LA PISTE AFRICAINE

Née à Budapest, Christine Arnothy a fait de solides études à Paris et est devenue l'un des écrivains français les plus traduits (notamment onze best-sellers aux Etats-Unis). *J'ai quinze ans et je ne veux pas mourir* (Grand Prix Vérité du *Parisien* en 1954) est paru chez Fayard. Traduit en vingt-sept langues, devenu lecture conseillée dans les lycées et les collèges de plusieurs pays, ce journal de guerre d'une adolescente est considéré aujourd'hui comme un livre culte. Plusieurs générations ont été marquées par ce texte, des millions de volumes ont circulé dans le monde. En langue française, on compte plus de trois millions et demi d'exemplaires jusqu'à ce jour. La suite de *J'ai quinze ans...* et de *Il n'est pas si facile de vivre, Embrasser la vie*, parue en 2001, suit les traces de ce premier grand succès.

Les romans de Christine Arnothy, après leur carrière dans l'édition classique, ont aussi été publiés au Livre de Poche. Juste quelques titres : *Le Cardinal prisonnier, La Saison des Américains, Le Jardin noir* (Prix des Quatre-Jurys en 1966), *Jouer à l'été, Chiche !, Un type merveilleux, J'aime la vie, Le Cavalier mongol* (Grand Prix de la nouvelle de l'Académie française en 1976), *Le Bonheur d'une manière ou d'une autre, Toutes les chances plus une* (Prix Interallié en 1980), *L'Ami de la famille, Les Trouble-fête, Vent africain* (Prix des Maisons de la Presse en 1989), *Une affaire d'héritage, Désert brûlant, Voyage de noces, Complot de femmes, On ne fait jamais vraiment ce que l'on veut. Aller-retour, tous frais payés* (Fayard 2004) est paru au Livre de Poche en mai 2005.

Une rentrée littéraire (septembre 2004), *Relations inquiétantes* (septembre 2005) et *L'Homme aux yeux de diamant* (avril 2006) sont parus chez Fayard. Pour plus d'informations concernant Christine Arnothy (biographie, résumés, éditions étrangères), consulter son site :

www.arnothy.ch

Christine Arnothy
dans Le Livre de Poche :

Autobiographies

J'AI QUINZE ANS ET JE NE VEUX PAS MOURIR (Grand Prix Vérité 1954), *suivi de* IL N'EST PAS SI FACILE DE VIVRE
JEUX DE MÉMOIRE
EMBRASSER LA VIE

Romans

LE CARDINAL PRISONNIER
LA SAISON DES AMÉRICAINS
LE JARDIN NOIR (Prix des Quatre-Jurys)
JOUER À L'ÉTÉ
CHICHE !
UN TYPE MERVEILLEUX
J'AIME LA VIE
LE BONHEUR D'UNE MANIÈRE OU D'UNE AUTRE
TOUTES LES CHANCES PLUS UNE (Prix Interallié)
UN PARADIS SUR MESURE
L'AMI DE LA FAMILLE
LES TROUBLE-FÊTE
VENT AFRICAIN (Prix des Maisons de la Presse)
UNE AFFAIRE D'HÉRITAGE
DÉSERT BRÛLANT
VOYAGE DE NOCES
COMPLOT DE FEMMES
ON NE FAIT JAMAIS VRAIMENT CE QUE L'ON VEUT
ALLER-RETOUR, TOUS FRAIS PAYÉS

Recueil de nouvelles

LE CAVALIER MONGOL (Grand Prix de la nouvelle de l'Académie française)

CHRISTINE ARNOTHY

La Piste africaine

PLON

ISBN : 978-2-253-11797-1 – 1re publication LGF

Les personnages de ce roman, comme leur nom ou leur caractère, sont purement imaginaires et leur identité ou leur ressemblance avec tout être réel, vivant ou mort, ne pourrait être qu'une coïncidence non voulue ni envisagée par l'auteur.

Pour Claude, dans notre continuité.

Pour François Bellanger
qui a fait de ma vie une piste d'envol.

Pour Micheline et Joe
qui ont ramené la tendresse
et le soleil intérieur dans ma vie.
Avec eux, c'est presque comme avant…

Depuis la mort brutale de ma femme, j'avais l'Afrique dans la tête et un cadavre sur la conscience. Au cours de mes cauchemars, je revoyais la maison d'Angie : elle dominait l'une des hautes collines de Loïta Plains, et hébergeait sur son toit les cigognes que l'automne chassait d'Europe. Je croyais avancer sur l'ancienne piste envahie par la végétation grouillante de serpents agiles, de lézards téméraires et de rats futés – mais je marchais sur place, la distance restait la même. Paniqué, seul dans l'univers, je voulais crier, aucun son ne sortait de ma gorge. Je m'arrachais à ce rêve, je sursautais – le contact de mes draps trempés de sueur me révulsait. J'ouvrais les yeux, l'Afrique ne lâchait son étreinte qu'au moment où je me retrouvais à Los Angeles. La chambre était grande, luxueuse. La porte de la salle de bains en marbre était entrebâillée : il fallait juste y arriver, ivre d'images et saturé d'odeurs.

Je me réfugiais sous la douche. L'eau chaude me martelait et me soulageait. Emmitouflé dans un peignoir moelleux, je me préparais un espresso – l'appareil italien était posé sur une commode hors de prix. Ce café à effet immédiat me permettait de traverser le marécage du matin. Je buvais par petites gorgées et songeais au zinc des bistrots parisiens. Mentalement je m'y accoudais, je m'emparais de la corbeille chargée de croissants tièdes, j'entendais le français, ma langue maternelle, donc j'étais vivant. Elle poussait dans ma cage thoracique, la France.

Dans des conditions normales, j'aurais pu m'abandonner à une séance d'autosatisfaction. J'ai réussi en Amérique. Le modeste ingénieur français qu'un chef de bureau tenait en laisse à Paris, celui qui ne cessait de se débattre dans de misérables problèmes matériels, habitait aujourd'hui l'une des somptueuses propriétés de Beverly Hills et dirigeait un empire industriel de produits chimiques. N'étais-je pas devenu l'héritier d'une femme belle et riche dont – entouré d'autres hypocrites – je vénérais le nom et cultivais le souvenir ? Identifié à ce deuil permanent, il m'arrivait même de verser de vraies larmes. Elle me poursuivait, Angie. De l'au-delà.

J'affrontais la matinée selon le rituel : me raser sans me regarder dans le miroir puis m'habiller. Une employée mexicaine me préparait mes costumes et soignait avec une ferveur religieuse mes chemises. Toujours à la même heure, le téléphone grésillait, le chauffeur annonçait qu'il était devant le perron. Par précaution, je m'accordais un coup d'œil à la fin de cette première manche. Aujourd'hui aussi, j'avais l'air serein, légèrement tendu côté mâchoire. Une sorte d'insolence latine éclairait mes cheveux châtains et mes yeux vert et marron. Ça m'amusait quand on me déclarait que j'inspirais confiance. Je soignais mes apparitions. Des pas rapides et une attitude sportive signifiaient que j'étais sûr de moi, et lorsque je portais – comme aujourd'hui – de gros dossiers sous le bras – ceux de la Fondation Fergusson –, j'avais l'air respectable et presque sympathique. A vrai dire, je n'étais ni une crapule, ni un type malhonnête, juste un meurtrier.

Les larges marches de l'escalier en marbre aboutissaient dans l'immense hall où quatre statues d'hommes nus importées de Florence – des copies de chefs-d'œuvre – montaient la garde avec leurs flambeaux, les ampoules cachées dans des flammes de cristal éclairaient les dalles du sol et rendaient glauques les rares visiteurs. Angie avait acheté cette demeure à une star de Hollywood qui, pour faire plaisir à son amant italien, avait fait reproduire sur le plafond du hall un fragment des fresques de la chapelle Sixtine. Le portrait en bleu clair et rose d'un dieu, adapté à la Californie, pointait son doigt vengeur en direction des nuages mousseux.

Au rez-de-chaussée, je passais à côté des doubles portes des salons démesurés, conçus pour recevoir des centaines d'invités. Les stores et les rideaux étaient fermés ; dans un coin, un piano oublié gardait le silence. Quelques jours plus tôt, je m'étais égaré dans ces espaces à l'air épais, j'avais effleuré le clavier, le son était légèrement désaccordé. Luisa, la Mexicaine, n'entrait pas ici, elle avait peur. Un jour, j'étais revenu à l'improviste. Elle passait l'aspirateur au premier étage. Je montai en courant, j'enjambai le long fil. Lorsqu'elle m'aperçut dans un tournant, elle poussa un cri, lâcha l'aspirateur. Celui-ci, en sautillant, avançait seul et Luisa priait. Persuadée que le fantôme d'Angie hantait la maison, elle faisait mon lit en écoutant le radio-réveil qu'elle déprogrammait parce qu'elle cherchait les émissions en espagnol.

Ce matin, je trouvai la demeure particulièrement malsaine. Quand j'aurais réglé le compte de l'Afrique, je liquiderais ce bazar hollywoodien. J'ouvris la porte et je m'attardai sur le perron. Le soleil jaune citron de la Californie coulait sur les arbres majestueux dont les racines colonisaient le parc. Epaisses et solides comme des cordages de marins, elles se nouaient, s'entrecroisaient. Plus loin, le gazon était vert émeraude, les buissons en fleurs et les chemins étroits, où courait jadis le chien d'Angie, bordés d'azalées rouges. Une fine odeur de jasmin mouillé, arrosé toute la nuit, m'enveloppait. Le ciel était bleu et tendre comme la joue d'un enfant.

Près de la limousine noire, le chauffeur attendait, prêt à m'ouvrir la portière. Il était d'origine suédoise, Svenson. Grand, blond, il portait toujours des lunettes foncées et, selon sa fiche, il vivait avec une Portoricaine qu'il cachait. Il croyait que cette cohabitation pouvait gêner sa situation dans la firme. Je le saluai d'un mouvement de tête, mes dossiers, bien en évidence sous le bras, justifiaient, même à moi, ma propre existence.

Mon pied heurta un colis rectangulaire, déposé près du seuil. Je le déplaçai avec le bout de ma chaussure droite admirablement cirée. Je demandai à Svenson :

– C'est vous qui avez apporté ça ?

– Non, monsieur Landler.

– C'était déjà là quand vous êtes arrivé ?

– Je n'ai pas fait attention… Voulez-vous que j'appelle le secrétariat ?

– Non, merci.

Le paquet ramassé, je retournai dans le hall. Sous l'œil du dieu au profil rose et marron, je sortis de l'enveloppe une cassette vidéo. Ça ne pouvait être qu'une catastrophe. Je le savais. Les jambes raides, je me dirigeai vers le grand écran de télévision du salon et glissai la cassette dans la trappe du magnétoscope.

Sur l'écran défilèrent d'abord des carrés et des rayures, des espaces blancs et des taches, puis apparut, comme dans la pire hallucination, sur la terrasse de la maison du lac Tahoe, ma silhouette de dos. En face de moi, Angie tenait un mince dossier. Le son était parfaitement audible :

> « Vous m'avez menti. Seuls vos diplômes sont authentiques. Vous n'êtes pas issu de la noblesse française, vous n'avez pas de maison près de Paris, ni de chevaux. Vous m'avez trompée… »

Je crus crever sur place lorsque j'entendis ma voix.

> « Je sors d'un milieu pauvre, et alors ? Ford a commencé en vendant des journaux. J'ai prouvé ma valeur professionnelle, j'abats un travail énorme… »
> « Vous n'êtes qu'un tricheur ! martela Angie. Vous avez abusé de ma confiance. L'histoire de votre famille ? Un vrai désastre. Votre mère n'a même pas voulu de vous. Je connais vos mensonges. Et sur cette terrasse que mon père aimait tant, je vous annonce ma décision… »

Puis des cicatrices noires et blanches sur l'écran. Et une voix légèrement nasillarde :

> « La suite pourrait vous envoyer sur la chaise électrique. Combien vaut votre vie ? Réfléchissez. Je vous ferai signe, bientôt. »

Comment vous dire ? Ayant poussé une sorte de grognement, un mélange de soupir, de cri et de rage, j'éprouvai presque un soulagement : ce que je redoutais s'était enfin produit. Celui qui me tenait – sans doute depuis assez longtemps – se dévoilait ce matin. Etait-ce un ultime message de Sanders, mon ancien complice et pire ennemi ? Aurait-il pris ses précautions avant de mourir pour pouvoir me torturer de l'au-delà ? Qui d'autre ? Je repris la cassette et la glissai entre les livres de la bibliothèque. J'étais humilié et en colère. La vidéo prouvait qu'Angie – malgré mes précautions – s'était payé ma tête.

Lors d'une excursion improvisée au lac Tahoe – juste avant notre départ pour le Kenya – Angie m'avait assuré qu'elle avait débranché le système de surveillance dont chacune de ses maisons était équipée. Dès le début de notre étrange vie conjugale, je haïssais ces gadgets pour riches, je fuyais les yeux électroniques braqués sur moi. Les caméras miniatures étaient cachées partout – introduites à l'intérieur des moulures, des cadres richement sculptés, et sans doute incisées dans des rochers qui entouraient la terrasse où j'ai tué Angie. C'était un homicide involontaire, conséquence d'un geste violent. Elle avait piétiné ma dignité, la seule valeur que j'avais en propre. Je réfléchissais, en sueur. Si la scène du meurtre était enregistrée, si les bandes étaient de longue durée, j'étais perdu. L'extrait était suffisant pour provoquer un état spasmodique. Je transpirais dans l'atmosphère étouffante du salon, je tournais en rond. J'avais la sensation d'un contact, c'était ma main plaquée devant ma bouche.

Je me précipitai à la cuisine ridicule et tragique à la fois, une sorte de laboratoire en métal, en acier brillant et en marbre. Je me sentais comme un cobaye sous surveillance, je cherchais de l'eau. J'ouvris la porte du réfrigérateur aussi haut que moi : plus aucune bouteille à l'intérieur. Je tournai alors le robinet au-dessus de l'évier et recueillis dans mes mains l'eau qui sentait le désinfectant. Je bus comme un rat. Puis, dans le miroir d'un vestibule, je vérifiai mon aspect. J'aurais été un beau cadavre, sinon un parfait mannequin pour un musée de cire. Blême. Qui avait accès à la maison du lac Tahoe que j'étais censé avoir quittée avec Angie ? Sans doute l'agent immobilier chargé de la surveillance, Mrs. Brown. Aurait-elle le courage de tenter un chantage de cette envergure ? Ou l'un des techniciens de la vidéosurveillance ? Mais pourquoi auraient-ils attendu, tous, tant d'années ?

Je ressortis de la maison. Svenson ouvrit la portière de la limousine noire, un *stretch-car* que j'appelais mon corbillard de luxe, et je m'installai sur la banquette du fond, à côté de la pile de journaux préparés à mon intention. Les gravillons s'écrasaient sous les pneus. Au passage, dans l'allée principale, pas loin d'une plate-bande de fleurs multicolores, le jardinier me salua. Lorsque j'avais vidé la maison de ses serviteurs, il n'était pas sur la liste du personnel à congédier. L'erreur d'une secrétaire avait sauvé son emploi. Il restait. Sans lui le parc aurait déjà été une forêt sauvage. Je lui interdisais juste de tondre le gazon quand j'étais chez moi. La grille royale, importée de France par l'ancienne propriétaire, s'ouvrait et se refermait sur télécommande. Je devais maintenir cette installation prétentieuse, les habitants chic et frileux du ghetto blanc de Beverly Hills n'auraient pas compris pour quelle raison le *Frenchie* livrait sa maison aux cambrioleurs.

Le porteur de la cassette avait dû s'introduire dans la propriété par la petite porte située du côté service. Quelqu'un avait dû subtiliser la clef du jardinier ou celle de la Mexicaine.

Nous passions maintenant le long de la piscine vide. J'avais inventé une répulsion pour les piscines – il fallait que je justifie aux yeux des relations mondaines mon inaptitude d'Européen pour l'emblème du confort américain. La vraie raison ? Après le drame, lorsque je piquais une tête, je me trouvais en émergeant face au cadavre d'Angie. Elle flottait sur le dos. Ses yeux clairs fixaient le ciel. J'avais parfois l'impression de la toucher. Aujourd'hui, le sol sec du bassin – décoré de dauphins en mosaïque – doit être balayé, des feuilles s'y accumulent.

Nous roulions dans ces rues de Beverly Hills qu'admiraient les touristes lorsqu'ils observaient, des autocars, les maisons fastueuses des vedettes de cinéma. Au long des clôtures souvent camouflées derrière des rideaux d'arbres foisonnants de feuilles et de fleurs, les propriétés bardées d'interdits étaient équipées des systèmes de sécurité raffinés. Il fallait être très riche pour vivre par ici. Los Angeles, côté blanc, était un labyrinthe de parcs, de maisons luxueuses enfouies dans des forêts de palmiers, dont parfois la verdure masquait de vrais petits châteaux, ou des maisons de style provençal. Tout n'était que silence et or.

Je me calai contre la banquette arrière de la limousine. Le bar installé sur la paroi à droite était garni de carafes en cristal remplies de boissons diverses et à côté des verres finement taillés étaient fixées des coupes remplies d'amuse-gueules que grignotaient mes invités ou mes interlocuteurs que le chauffeur accueillait à l'aéroport. Ce véhicule me rappelait l'incident intervenu après l'une de mes discussions avec Angie. Muette de colère, elle manipulait les touches du clavier au-dessus du siège du fond. Elle fit baisser la paroi opaque qui nous séparait du chauffeur, puis s'allongea sur la moquette grise en ôtant son slip – le triangle d'or sur le bas de son ventre témoignait de sa blondeur authentique. J'étais saisi par une pulsion sexuelle et l'idée d'un défi. La faire jouir. Elle appréciait les chocs rudes, les pénétrations sans ménagements. « Vous m'aimez, avait-elle susurré. – Vous appelez ça amour ? » Ensuite, elle reprit sa place, vérifia son léger maquillage dans un miroir qui ne quittait pas son sac et me sourit. « Ça va ? » me demanda-t-elle. Je me détournai.

Cet acte en quelque sorte imposé par la situation géographique de son corps me fit comprendre l'état psychique d'un étalon en service. Pourtant j'aimais bien le corps d'Angie dont se dégageait, en dehors d'une volupté glacée, l'aura de la majorité des actions de l'empire Fergusson et du pouvoir. Ses orgasmes courts venaient en prime. Je m'accordais souvent un compliment pour avoir fait résonner cet instrument humain. Pour ma femme le plaisir était un dû, comme les intérêts d'un capital. Personne ne pouvait deviner son tempérament de débardeur. Elle avait la distinction acquise dans un collège chic, elle n'élevait pas la voix. Sa diction, ses intonations particulières m'avaient impressionné au début, mais quand il s'agissait de sexe, de pouvoir et donc d'argent, sa nature innée resurgissait et la morsure de ses mots me paralysait. D'où mes colères. Je me défendais.

Nous venions de quitter Sunset Boulevard pour nous engager sur le Santa Monica Freeway. Il fallait quarante minutes jusqu'à Downtown dont les tours commerciales étaient, à cette heure-ci, déjà emballées dans des nuages chimiques. Dès dix heures du matin, la pollution changeait en mauve le bleu du ciel. Je réfléchissais. Celui qui possédait les cassettes avait admirablement choisi le moment de me faire saigner. J'étais au sommet de ma réussite personnelle, j'obtenais des contrats qui surprenaient agréablement le conseil d'administration, je travaillais comme un forcené. Les nuits entières consacrées à l'entreprise me permettaient de connaître les affaires en cours sans qu'on puisse me coincer sur un seul détail.

Mon travail pour l'Afrique était aussi assidu et franc. Lors de mon séjour forcé là-bas, malgré ma réticence, j'avais compris la passion d'Angie, cette passion qui l'humanisait. Je me consacrais donc avec ferveur à la Fondation Fergusson, je tentais de soulager ma conscience. Je devais bientôt signer les accords avec les autorités kenyanes et débloquer une partie des quatre-vingts millions de dollars qu'Angie leur avait destinés. Arrêté avant, parce que devenu le criminel le plus en vue des Etats-Unis, je me demandais ce que deviendrait l'Afrique d'Angie. Un capital bloqué.

Nous arrivions maintenant dans la partie cossue de Flower. Cette avenue traversait Los Angeles. Dans une tour de verre et de béton, l'empire Fergusson possédait vingt étages. L'entrée du gratte-ciel, l'entrée réservée aux visiteurs, ressemblait à la salle des pas perdus d'une gare déserte, mais chic. Du marbre noir partout, un sol brillant comme un miroir, et les gardiens solennels munis de talkies-walkies. J'entrais, moi, ailleurs. La limousine s'engagea dans l'une des descentes vers le sous-sol. Au premier contrôle le gardien me salua avec un large sourire. Parfois je disais à Svenson de s'arrêter et par la vitre baissée, en me penchant vers le gardien, je m'inquiétais de l'état de santé d'un de ses enfants – malade depuis sa naissance – et je lui tendais des billets de vingt dollars. Ensuite, nous atteignions le deuxième contrôle, où, sauf ses jours de repos, régnait une belle femme noire. Sans avoir jamais eu une seule lueur d'intérêt pour l'homme, elle accorda un sourire au patron.

Je quittai la voiture devant mon ascenseur privé dont j'avais la clef. Pour une raison que j'ignore encore aujourd'hui, j'attendis que la voiture s'éloigne avant de faire fonctionner l'ouverture. Je tournai la petite clef de sécurité de la porte métallique, en acier brillant comme de la moire, j'entrai dans la cage doublée d'acajou pour me trouver face à un mot inscrit à la craie sur la paroi : « Meurtre ». Pas meurtrier, juste « Meurtre ». Je ne pouvais plus sortir, j'étais déjà projeté vers le quarante-troisième étage. Je pris mon mouchoir et je me mis à frotter. Il fallait effacer le mot, je crachai sur mon mouchoir – j'avais trop peu de salive.

A l'arrivée, il restait la lettre E, je m'acharnais sur ce E. La porte en métal venait de s'ouvrir. Pour garder l'ascenseur à l'étage, je posai ma serviette devant l'œil électronique et réussis à effacer le E. Je quittai l'ascenseur qui se referma avec un chuintement soyeux. Comme si j'avais reçu un coup sur la tête, je regardai la moquette épaisse, antitaches, antifeu, antiusure, anti-moi. L'agression me laissait stupéfait. Il fallait me renseigner sur les personnes qui avaient accès à l'ascenseur.

Je passai devant une série de portes capitonnées et munies de lumières qui autorisaient ou interdisaient le dérangement – mes collaborateurs, à cet étage, étaient des éminences grises dont on sollicitait les faveurs. Je me dirigeai vers une première pièce où travaillaient quatre secrétaires, je les saluai. L'une des filles venait de cacher un flacon de vernis à ongles dans son tiroir – l'odeur l'avait trahie. Une autre se penchait avec un intérêt tellement aigu sur l'écran de son ordinateur qu'elle pensait sans doute à autre chose que son texte tandis qu'une brune et une vaguement blonde étudiaient leurs dossiers.

J'arrivai au bureau de Sandy Davis, l'ex-secrétaire particulière de ma femme. Chaque matin, en la saluant, j'éprouvais un vif et douloureux plaisir. Je humais son parfum léger, à peine plus qu'une odeur de peau, fine comme certaines fleurs. Du jour où j'avais fait sa connaissance, je l'avais désirée physiquement et moralement. Un délice de femme.

– Comment allez-vous ce matin, mademoiselle Davis ?

– Bien, merci.

Sa peau était transparente et ses yeux verts. Ses cheveux clairs, avec ici et là des reflets blonds dans la masse châtain clair, souvent retenue en chignon, qui débordait de mèches rebelles. Elle était de taille moyenne et semblait fragile. Un relent de vanille flottait autour d'elle et réveillait le souvenir olfactif d'une boutique de viennoiseries aux Champs-Elysées. Ah ! Dévorer un croissant aux amandes en avançant dans la foule vers l'Arc de triomphe… Le mal du pays développait des ulcères dans mon âme. Lors de mes révoltes et de mes crises antiaméricaines, ma synchro mentale traduisait machinalement les phrases américaines en français, ou les françaises en américain. Je vivais sous-titré.

– Je voudrais vous demander plusieurs renseignements, Sandy.

Il ne fallait pas m'emporter ni m'exclamer : « Qui, dans ce bordel, a les clefs de mon ascenseur, celles de la maison du lac Tahoe, celles de ma vie ? »

– Qui possède la clef de mon ascenseur ?

– Moi, dit-elle. Mais je n'utilise presque jamais « votre » ascenseur – elle soulignait légèrement le « votre » –, je monte avec celui des employés.

– Il y avait une inscription injurieuse sur l'une des parois…

– Quel mot ?

– Qu'importe. Une injure.

– Je suis navrée, monsieur Landler, dit-elle. Ça n'est encore jamais arrivé. Pas à ma connaissance. Les mécaniciens ont une clef pour intervenir en cas de panne ou bien le jour de la vérification technique de l'ascenseur.

– Ils sont venus quand ?

– Je vais me renseigner. En général, ce genre d'entreprise fait très attention à l'identité des employés qui se présentent chez une personnalité.

– Renseignez-vous et convoquez le type. Le second problème est urgent aussi. Que se passe-t-il avec la société de surveillance de la maison du lac Tahoe ?

– Vous permettez ? dit-elle.

Elle frôla de ses mains expertes et légères l'ordinateur. Petit son d'outre-tombe et les lignes apparurent. Sandy se tourna vers moi :

– Vous voulez attendre les renseignements ici ?

– Je vous dérange ?

Elle rougit presque. Je regardai les informations sur l'écran :

> « *La société Sirius a reçu le règlement complet du contrat d'entretien et elle est à votre disposition pour reprendre le service.* »

Les lignes se multipliaient sur l'écran. Selon les consignes, les clefs avaient été rendues à l'époque

– contre un reçu – à Mr. Sanders, administrateur de la firme Fergusson.

– Ce qui vous intéresse, me dit Sandy, est peut-être en relation avec les appels pressants de Mrs. Brown ?

– Qu'est-ce qu'elle veut ?

– Je le saurai incessamment. Sa ligne est en dérangement depuis une demi-heure. C'est signalé au central. J'attire votre attention sur le premier rendez-vous de la journée. Mr. Robby Allen devrait arriver dans quelques minutes.

– Ce vampire me dégoûte de l'existence. Surtout ce matin. Vous n'avez vraiment pas pu l'éviter ?

– Il insistait tellement…

J'étais près de la porte de mon bureau :

– Pour quelle publication veut-il me photographier ?

– Il n'a pas parlé de photos.

J'aurais aimé une seconde de complicité, quelque chose qui aurait ressemblé à une relation plus humaine, plus naturelle avec cette jeune femme si parfaite.

– Ma cravate, ça va ?

– Je ne sais pas s'il s'agit ou non de photos, dit-elle. Mais votre cravate est bien.

La distance qu'elle gardait entre nous m'intriguait. Parfois cette femme était à peine polie.

Sandy – son prénom était Sandra – et son charme faisaient partie intégrante de mon existence. Angie me l'avait présentée dans des termes assez agaçants. « Une fille de qualité. Elle aurait pu s'affirmer davantage et ailleurs si elle avait pu payer ses études universitaires. » Sandy, je l'avais aimée dès le moment où je l'avais vue. Le coureur-né qu'est chaque homme digne de ce nom piaffait, mais moi, je voulais rester fidèle à Angie et prouver ainsi ma reconnaissance au destin qui m'avait comblé de chance. Je m'étais renseigné sur Sandy. Sa fiche ne contenait que des indications standards. Célibataire, elle vivait seule. Ni fumée, ni alcool, ni sniff. Pas de liaisons connues. Selon son examen graphologique, équilibrée et discrète. Après la mort officielle d'Angie, je l'avais gardée auprès de moi et peut-être pour moi. Si un jour j'étais inculpé, elle pourrait se trouver convoquée par la défense. « Mesdames et Messieurs les jurés, si Eric Landler avait commis le crime dont on l'accuse, aurait-il côtoyé tous les jours la secrétaire privée de sa victime ? »

Elle était plus vulnérable que l'Américaine standard. Peut-être sentimentale ? Aimait-elle quelqu'un ? Pas un seul regard pour signaler au patron veuf, donc disponible, l'ombre d'un intérêt. Pas la moindre tentative pour m'appeler – selon la mode – par mon prénom. Mes collaborateurs proches, les membres du conseil d'administration et les cadres haut placés me submergeaient d'« Eric » tout en me tapant dans le dos. Parfois je renvoyais quelques coups pour paraître intégré.

– Voulez-vous un café bien serré ? demanda Sandy en français, avec un accent qui me faisait fondre – ses R étaient comme emballés dans du coton hydrophile.

Elle s'offrait des leçons de français. Pour plaire à un patron chinois, aurait-elle pris des leçons de chinois ?

– Bien serré…

Je longeai un couloir et j'entrai dans mon bureau. Un coup d'œil par la baie vitrée : des tours recouvertes d'épais voiles de crasse. A droite de la porte, sur le mur blanc, régnait le portrait de ma défunte femme. Ses yeux clairs irradiaient la pièce d'une gaieté morbide. La peinture réaliste la représentait vêtue d'un tailleur bleu marine au revers rehaussé par son bijou fétiche, une tête de lion en or massif agrémentée de rubis, d'émeraudes et de brillants. Elle avait plusieurs broches de ce genre, de tailles différentes, exécutées sur commande par un maître joaillier dont elle était la fidèle cliente.

Quelque temps après son décès, j'avais dû m'incliner devant l'insistance du conseil d'administration de la firme et emménager ici. « C'est votre place, m'avait-on répété. Elle aurait désiré ça. » Et moi, le veuf qu'elle aurait sans doute aimé voir crever à sa place, moi, aurais-je pu expédier le portrait de ma bien-aimée dans les réserves du sous-sol ?

Chaque matin, la femme à qui j'ai ôté la vie me défiait. J'aurais tout donné pour qu'elle ressuscite. Tout. Mon pouvoir, l'argent, la présence infiniment précieuse de Sandy, mes espoirs attachés à sa personne. J'aurais même accepté de retravailler dans mon bureau haï de Paris, si j'avais pu me débarrasser de ce meurtre. Et de la peur des conséquences. La famille Fergusson me persécutait. Dans la salle du conseil contiguë à mon bureau, le portrait du père d'Angie montait la garde. S'il y avait un au-delà, mon désarroi devrait les amuser. Chez les Fergusson on ne clôt jamais un sujet ; même après leur mort, ils vous rappellent leur présence immatérielle.

De temps à autre, je découvrais, glissés au hasard dans les dossiers personnels, les codicilles qu'Angie avait ajoutés à son testament. Elle craignait la mort davantage pour ses biens que pour sa personne, d'où ses précautions juridiques griffonnées, les notes hâtives mais toujours signées et datées. Je n'avais pas osé les détruire, elle aurait pu, par malice, laisser des copies. Il y avait combien de copies du début de la cassette ? Combien de fois devrais-je la racheter et à qui ? Et qui avait écrit « Meurtre » dans mon ascenseur ?

Il y a des années, j'ai pu empêcher une puissante tentative d'extorsion de fonds et de détournement d'existence tentée par l'ancien administrateur de la société,

Sanders. Il était mort, lui, et moi j'étais là. De sa tombe, a-t-il pu téléguider l'affaire de la cassette ? De quelle manière, juste avant son dernier soupir, aurait-il programmé un missile pour me détruire en plein vol ? A la mort d'Angie, j'avais hérité de la totalité de ses biens, à l'exception de quatre-vingts millions de dollars réservés à sa fondation kenyane. Selon l'un des codicilles trouvé par une employée dans le tiroir d'une coiffeuse au ranch, l'exécuteur testamentaire devait rentabiliser les maisons d'Angie – à condition que je ne m'y oppose pas, protégé par des arguments irréfutables. Les loyers devaient être versés à la Fondation Fergusson. La demeure du lac Tahoe était en tête de la liste. Obligé de remettre le codicille à mes avocats, j'avais aussitôt déclaré que je souhaitais garder cette maison pour mon usage personnel.

Sandy m'appela :

– Je peux venir avec le café ?

– Je vous attends.

Elle entra et déposa la fine tasse sur mon bureau.

– Robby Allen est ici.

– Bardé d'appareils ?

– Pas cette fois-ci. J'ai déjà des informations à propos de l'ascenseur. L'employé qui devait le vérifier a eu un accident le matin, quelqu'un d'autre a exécuté le travail.

– Qui ?

– Nous le saurons bientôt. Alors, Allen ?

– Qu'il entre. Sandy ?

Elle se retourna sur le seuil :

– Oui ?

– J'exige le nom du technicien.

– J'ai compris. Vous l'aurez.

Robby Allen était un chasseur d'images de très grande classe, un psychanalyste par focus interposé, qui ne s'intéressait qu'aux vedettes de l'actualité. Des prix Nobel et des *serial killers* s'entrechoquaient sur sa pellicule, égayée ici et là par ces miraculeuses machines humaines qu'on appelle des top models. Il obtenait des prix faramineux pour ses photos, souvent des princesses aux longues jambes qui, chauffées par leurs ardeurs sous-exploitées, se prêtaient à son objectif. Ses prises de vues sophistiquées bien au-delà des audaces autorisées ébouriffaient les bonnes âmes et augmentaient les tirages des publications.

Je passai en revue mon costume, ma cravate, j'hésitai entre le regard dramatique ou un léger sourire empreint de tristesse. Sur le plan strictement mondain, je n'avais rien à craindre. Sachant qu'au premier accroc on me harponnerait, je vivais comme un moine voué à la culture de ses salades macrobiotiques. Personne ne pouvait me reprocher la moindre liaison, et pourtant les femmes voraces et belles de la société d'argent de Los Angeles me provoquaient. Pour des barracudas, un veuf avait meilleur goût qu'un célibataire.

Sur mon bureau était posée en évidence une photo d'Angie. Elle entourait de son bras droit Nick, le chien nordique qui, jusqu'à son dernier râle, avait éprouvé une envie irrésistible de me mordre. Il avait raison. J'attendais le visiteur. Les parois vitrées étaient si parfaitement insonorisées qu'aucun bruit ne parvenait par la double porte capitonnée. J'écoutais ce silence. Puis Robby entra et se dirigea vers moi. Je me levai pour l'accueillir. Il tendit la main, à l'européenne.

– Cher ami, prononça-t-il, vous avez meilleure mine. Le temps est le plus grand guérisseur, n'est-ce pas ?

Avant que j'aie pu prévoir la manœuvre, il me fit pivoter face à la baie vitrée.

– Les yeux moins cernés. On se console peu à peu ? Hein ?

– Je suis ravi de vous revoir, Robby.

– Votre temps est précieux, dit-il, je viens à l'essentiel.

Je l'orientai vers le coin salon de mon bureau :

– Prenez place.

– Il s'agit d'Angie, dit-il.

Cette fois-ci, c'est lui qui avait la lumière en plein visage. J'eus envie de le perturber avec un gros compliment :

– Avant de connaître le but de votre visite, sans doute important, permettez-moi de vous dire combien j'ai admiré votre photo en double page dans *Famous People*.

Une star connue, couchée sur le ventre sur un canapé complice, les jambes légèrement écartées et en demi-profil. La photo avait échappé à la protestation des ligues de vertu.

– En effet, dit-il. C'était une réussite. Surtout le travail mental. Il fallait vaincre les inhibitions de cette grande dame de l'écran.

– Qui vous refuserait ? Vous êtes un très grand…

Je n'avais pas ajouté : « artiste, créateur, metteur en images », je laissais traîner en moi l'écho du mot « salaud ». Robby restait sur sa faim, il adorait les flatteries, il les comptabilisait. Sa vanité dépassait les limites connues de la paranoïa mondaine.

– Un très grand quoi ? Cher ami…

– Artiste.

Ce mot me fit mal comme une opération des amygdales sans anesthésie.

– Merci, fit-il. Avant de vous exposer l'objet de ma visite, je dois vous faire un aveu. J'ai hésité, je vous ai épargné pendant longtemps, mais les circonstances m'obligent à être un peu moins délicat. Nous avions, Angie et moi, une tendre histoire entre nous. Très sophistiquée. Mais je vous rassure, c'était avant votre mariage-surprise.

Je sentais brûler l'épiderme de mon visage. Ai-je fait une grimace ?

– Ce n'est pas la première fois que quelqu'un s'immisce dans le passé d'Angie. Elle ne peut plus se défendre.

Il insista.

– Ce que je dis est vrai.

Allen portait un pull-over blanc à col roulé sous une veste en cachemire blanche. Une chevelure abondante et légèrement bouclée entourait son visage. Ses rides d'attention et de concentration, crispées, creusaient ses traits. Il avait des yeux de charognard.

– Je peux espérer votre compréhension, Eric ?

– Tout ce qui concerne ma femme m'émeut. Je vous écoute.

Robby chuchota :

– A vrai dire, j'étais l'un de ses amants. Entre le Dr Howard assassiné…

Il esquissa une moue réprobatrice – ce genre de mort était peu élégant –, puis continua :

– … et quelques autres hommes qu'elle avait croqués pour se détendre, j'ai eu une petite place. Disons : expérimentale. Selon Angie, un homme était un continent à visiter. Elle aimait les corps neufs. Quand elle avait pris sa décision d'accepter ou de provoquer l'acte, il fallait agir sans trop de ménagements.

C'était inconfortable de subir l'analyse de la vie sexuelle d'une femme qui avait été la vôtre.

– Le passé est la propriété exclusive de ma femme. Si vous pouviez vous abstenir des détails…

Il sourit, puis s'exclama :

– Vous manipulez les mots avec tant d'habileté ! On se demande, presque jaloux, de quelle manière vous êtes devenu bilingue. Evidemment, il reste l'accent, mais le vôtre est moins vilain que l'habituel accent français.

– Je vous écoute, Robby.

– Voilà. En dehors d'une liaison rapide et provoquée en quelque sorte par l'intimité que créaient les photos, j'ai eu d'autres liens… avec la firme. Votre ex-administrateur, Sanders, un ami fidèle, n'hésitait pas à me faire des confidences.

Aucune ombre ne devait troubler mon regard. Question d'entraînement. Lorsqu'il avait voulu m'étrangler, je l'avais écrasé, Sanders. J'avais caché le dernier testament d'Angie qui m'avait dépossédé de tout. On ne fait pas chanter celui qui n'a rien. Sanders avait ses atouts, moi les miens. Une crise cardiaque l'avait emporté au bon moment.

– Un homme excellent, Sanders, ai-je dit. Il était un deuxième père pour Angie. Lors de la mort tragique de ma femme, il m'a été d'un grand secours.

Robby s'exclama :

– Ne me faites pas avaler ce genre de souvenir pieux. Sanders était rancunier. Angie le traitait mal. Il devait rendre compte de ses dépenses comme un adolescent qui dépend de ses parents. Elle lui avait demandé de freiner ses frais de représentation !

Robby s'installait dans une complicité de commérage masculin.

– Elle était meilleure femme d'affaires que maîtresse. Un vrai ordinateur. Et quelle classe, quelle élégance ! Les jeunes lions sont un peu comme elle était. De loin, câlins, mais si vous le tendez, vous y laissez votre bras.

– Vous êtes venu pour me dire cela ?

– Oh, non ! Il faut juste rentrer dans le passé. Lorsque Angie a disparu presque d'une heure à l'autre, j'ai été dépossédé d'un de mes sujets préférés. De son vivant, Sanders me communiquait les dates des déplacements d'Angie, et je me trouvais ainsi, comme par hasard, aux endroits les plus inattendus pour elle. J'invoquais la télépathie. Elle y croyait.

– Sanders se serait prêté à ce genre de médiocre espionnage ?

– Il avait des contreparties. Ses photos publiées avec des textes flatteurs. Administrateur de l'empire Fergusson, l'homme providentiel, etc. C'est ainsi que je le payais.

– On n'emporte pas le bénéfice de ces frivolités dans la tombe. Si vous pouviez m'annoncer la raison de votre visite…

Il savourait chaque mot :

– La psychologie criminelle ! A travers les photos, je peux flairer, sentir et découvrir. En ce qui me concerne, j'étais aidé par la chance.

– Allons donc ! Et de quelle manière ?

– L'ex-gouvernante de Sanders m'a prévenu que les affaires de son regretté patron allaient être jetées. A l'époque du décès de son maître, elle avait donné les vêtements, mais n'a pas osé liquider des caisses de papiers.

– Pourquoi vous en êtes-vous mêlé ?

– Vous imaginez une photo de Sanders à l'agonie ? Je travaillais sur mon album « La fin des gloires ». Une série d'images des derniers moments solitaires des personnages connus. Leur ultime décor. J'ai raté l'affaire. Lorsque je suis arrivé là-bas, la Mexicaine avait déjà tout déménagé, entassé Dieu sait où. Elle en a gardé un sentiment de remords. Il y a peu de temps, elle s'est souvenue de moi et m'a appelé, ses neveux avaient ressorti les cartons. J'ai passé des journées là-bas, j'ai cherché, trié, ausculté la vie de Sanders.

– Vous avez fouillé les poubelles ?

– J'ai examiné les dossiers, parcouru des feuilles éparses, ouvert des enveloppes encore fermées. Après les crises cardiaques, on trouve souvent un utile désordre mortuaire. Lors de ces recherches, j'ai senti comme un parfum de crime.

– Qu'avez-vous trouvé ?

– Vous ne l'avez pas encore deviné ? Cher ami, réfléchissez.

C'était donc lui, l'expéditeur de la cassette. Je ne me prononçai pas, j'attendais.

– Angie est supposée avoir été tuée par des braconniers, continua-t-il.

– Supposée ? C'est un fait.

– Holà, dit-il. Vous y tenez !

– Je ne vois pas le but de cette conversation.

– Ce que je vous dis, ce ne sont que des allusions. Et pas des menaces. Selon moi, Angie n'est pas morte en Afrique. L'Afrique n'a servi plus tard que de prétexte pour justifier sa disparition.

– Je perds mon temps.

– Vous étiez son héritier, continua-t-il sans désemparer.

– En effet. C'était la surprise : pendant notre vie commune, elle n'a jamais parlé de testament.

– Mourir en Afrique en dilettante, de cette manière horrible, n'est pas vraisemblable, lorsqu'il s'agit d'une personne aussi avertie qu'elle. Et l'identification de sa dépouille est une affaire bien étrange.

– Vous auriez dû demander des détails à votre ami Sanders. Il a été le premier à reconnaître le corps d'Angie à la morgue de Nairobi.

Il tambourina sur l'accoudoir en cuir :

– A l'époque, son intérêt était de se taire. Mais, blousé par vous, il ne survivait sans doute qu'en nourrissant l'espoir d'une vengeance posthume.

Il prit dans la poche de sa veste en cachemire blanc une feuille. Une photocopie.

– Regardez.

– C'est quoi ?

Il était fiévreux :

– Sur une enveloppe, il y avait une indication : « Prière de remettre ce pli à Robby Allen. » Ce genre de message est souvent pénible pour des vivants, sinon pour un vivant.

Quelques lignes manuscrites sur la feuille :

« Robby,

« Concernant la mort d'Angie, il y a des éléments inconnus de la justice. Le Français est à l'origine de ce décès. Après ma mort, il n'y aurait aucune prise sur lui. Il faut m'aider. Très vite. Ça peut être rentable pour nous deux. On ne peut pas ressusciter Angie, il faut avoir Landler. »

Aucun génie de la pellicule, aucun fouilleur d'âmes ne devait déceler mon désarroi. J'en étais sûr, le masque tenait.

– Sanders sentait sa mort et prévoyait mon retour à la tête de l'empire Fergusson. Situation énervante pour un cardiaque.

– Continuez à lire, dit Robby d'une voix aiguë.

– Quel intérêt ? La peur de la mort réveille chez les êtres vindicatifs une sorte de paranoïa.

– Lisez, répéta-t-il, lisez.

Je m'enfonçai dans le fauteuil.

> « *La raison de la mort d'Angie Fergusson et le lieu se devinent sur le début de la cassette que vous trouverez dans l'enveloppe. La suite, quelqu'un l'a prise. Il existe donc des images irréfutables concernant Landler. Il faut retrouver cette cassette.* »

Voilà donc le maître chanteur débutant. C'était sans doute sa première tentative, il était fébrile, le trac l'agitait. Je feignis l'indignation :

– C'est vous le plaisantin débile qui m'a déposé la cassette ? Vous n'avez pas honte, Robby, de vous laisser aller à des manigances aussi dégradantes ?

– Vous l'avez, me dit-il. Vous l'avez vue.

– Ce n'est rien. Juste la douleur de revoir Angie.

– Ne montez pas sur vos grands chevaux, dit-il, désemparé, le temps travaille pour moi.

Je dominais assez bien la situation. Je rejetai la feuille.

– Vous voulez faire quoi avec ça ?

– Sur les images, vous avez une attitude menaçante.

– Vous racontez des bêtises. Quel mauvais goût ! Ça me surprend de votre part. Il y a eu une petite scène de ménage sur la terrasse, ensuite, réconciliés, nous sommes partis pour Las Vegas. Et au Kenya.

– Supposons que la suite de la bande…, dit-il.

– La suite n'a aucun intérêt. La personne qui a pris les bandes est juridiquement en tort. Si vous voulez vendre des images à une publication à scandale, mes avocats vous pèleront la peau. D'ailleurs, même si vous aviez le malheur de vouloir insister, je déposerais plainte contre vous.

– Eric, dit-il, soyez sérieux. Sanders et moi, nous étions liés, il n'avait pas de raison de m'embarquer dans une histoire scabreuse.

– Mais si. Il me détestait tellement qu'il aurait sacrifié n'importe qui pour me coincer. Je suis stupéfait de constater que vous manquez d'une psychologie élémentaire.

– J'agis selon des coups de tête, dit-il, c'est vrai. Mais je crois à Sanders. D'ailleurs, je ne suis pas seul sur l'affaire.

– Quelle affaire ?

– L'affaire Fergusson.

– Il n'y a pas d'affaire.

– C'est ce que nous allons voir, dit-il.

Il se leva, s'approcha tout près de mon visage :

– Le détective Lomel, vous vous en souvenez ?

Ce nom me rappelait la période où, après la mort de Sanders, j'avais repris le pouvoir dans l'entreprise. Un homme plutôt agréable s'était fait connaître. Il appartenait à la police de Reno et manifestait une curiosité tenace concernant notre dernier séjour, avec Angie, au lac Tahoe. Il était prudent et d'une politesse exquise.

– J'ai dû le rencontrer.

– Il a quitté la police et ouvert un bureau de détective privé dans la 6e Rue. Je l'ai rencontré par hasard lors d'un reportage. Quand j'ai appris qu'il avait travaillé à Reno, je lui ai parlé d'Angie.

– Et alors ?

– J'ai découvert un homme attentif et sensible aux détails. Il m'a dit que la mort d'Angie le tourmentait encore. Qu'il ne pouvait pas s'habituer à l'idée qu'elle ait quitté d'une manière aussi insolite la maison du lac.

– Qu'est-ce qu'il y avait d'inhabituel ?

– Il vous en parlera.

– J'en doute.

Robby se leva, s'approcha de la porte :

– Mais si, un de ces jours il vous demandera un rendez-vous. Quant à moi, je pars bientôt pour le Kenya.

– Je vous en félicite. C'est un pays magnifique.

– Ne crânez pas, Eric. Je sais ce que je fais.

– Je suis ravi pour vous.

– Vous allez être étonné, dit-il. J'ai acheté là-bas, à la faveur de la grande invasion touristique, la majorité des actions d'une société de safaris-photos. Nous louons des voitures avec des chauffeurs-guides. Tout le monde se précipite en Tanzanie et en Afrique du Sud. Actuellement, c'est la crise.

– Voulez-vous un mouchoir ?

– Vous n'allez pas vous moquer de moi longtemps. J'irai à chaque endroit visité par Angie.

– Ah bon ? Pour quoi faire ?

– Je vais constituer un album de photos relatant la vie – et peut-être la mort – de votre femme. J'ai une proposition à vous faire. Au lieu de nous bagarrer, on pourrait s'associer.

– Tiens donc ! En quel sens ?

– Amenez-moi à Loïta Plains et montrez-moi l'emplacement de la tombe. Si vous acceptez de m'aider…

– Qu'arrivera-t-il ?

– Je serai moins dangereux. Je citerai vos souvenirs concernant votre femme, tout en photographiant les lieux où elle a laissé ses marques.

Je ne bronchai pas, mais je ne comprenais rien à ces histoires de marques.

– Elle les prenait au sérieux… ses marques, dit Allen. Pour rien au monde, elle ne serait partie sans les avoir vérifiées, complétées.

Pas la moindre idée de ce qu'il voulait dire.

– Si vous avez du temps à perdre…

– Une fortune à gagner avec mon album, dit-il. Vous imaginez ? L'Afrique aujourd'hui, dans l'ombre, une Américaine morte pour ce pays. Des paysages, des visages, et partout en transparence : Angie. La biographie d'une héroïne, les étapes de sa vie et de sa mort.

– Sans mon autorisation, vous n'aurez que des obstacles, des procès…

– Détrompez-vous ! Une biographie illustrée non autorisée ? Le succès est assuré. J'ai la liste des points de chute où elle s'arrêtait pour s'émerveiller ou pour s'indigner. Les traces laissées sont datées. Vous devez le savoir.

– Evidemment. Mais ne comptez pas sur moi.

Il se leva :

– Vous n'êtes pas coopératif. Voyez-vous, au lieu de me freiner, votre attitude m'encourage. J'adore vaincre les obstacles. Je ne cacherai pas au public votre deuxième mariage.

– Tout le monde le connaît et l'admet. Je croyais rester en Afrique auprès d'une femme profondément croyante, fidèle aux traditions de sa religion.

– On ne parle pas d'une bonne sœur mais d'une exchangeuse d'argent d'un casino de Las Vegas. J'ai pu enfin trouver l'adresse où elle a habité avant de vous connaître…

– Quelle perte de temps, Robby…

– Vous ne croyez pas un mot de ce que vous dites, Eric. Je vous préviens, je ferai n'importe quel sacrifice pour avoir une photo d'elle, une interview… Son parcours de Las Vegas jusqu'à une réserve africaine. Les âmes sensibles seront émues.

– Elle gagnait sa vie comme elle le pouvait… Elle espérait en sortir.

– Votre rencontre providentielle et la mort d'Angie ont dû l'arranger… cette dame. Que de coïncidences !

Je l'interrompis :

– Prenez des calmants et commencez une psychothérapie. Mais fichez-moi la paix.

Une colère violente m'a poussé à l'empoigner et à le plaquer contre la porte en murmurant des injures en français.

– Vous avez tort de vous emporter ainsi, dit-il en se dégageant. Si vous n'avez rien à craindre, autorisez-moi à entrer chez vous à Beverly Hills, à la maison du lac Tahoe, au cottage près de Diani Reef. Je vais en tout cas reconstituer l'itinéraire d'Angie avec l'aide des photos. De la demeure patricienne où elle est née à Boston, jusqu'à sa mort au lac Tahoe.

Je devais prendre sur moi :

– Ma femme est morte en Afrique.

– Bien sûr, répondit-il, mais la dernière étape était quand même le lac…

Il ajouta prudemment :

– … avant que vous partiez.

– Ensuite nous sommes allés à Las Vegas.

– Pour rencontrer Annie ? Un vrai conte de fées.

Je le poussai vers le bureau de Sandy qui revenait juste à cet instant et d'un regard, elle comprit la situation.

– J'arrive au mauvais moment, dit-elle. Vous n'avez pas vu le clignotant rouge de votre téléphone ? J'essaie de vous passer un appel urgent du lac Tahoe.

Robby s'exclama :

– Du lac Tahoe ?

Sandy tenta de l'exclure de notre dialogue en s'adressant exclusivement à moi :

– Il y a eu une inondation. Assez importante. Mrs. Brown s'inquiète de l'état des archives.

Robby saisit l'occasion pour s'attarder :

– J'ai photographié Angie sur la terrasse, accoudée à la balustrade.

Je me demandai si la veine qui traverse mon front côté gauche entre la tempe et la racine des cheveux se voyait. Ça arrivait parfois lors des tensions extrêmes. Il fallait se débarrasser de ce type.

– Allez-vous-en, Robby…

Enfin il quitta les lieux.

D'un geste impatient, j'avais invité Sandy à me rejoindre. En l'attendant – elle avait dû prendre entre-temps une communication – je me retournai vers les baies vitrées et lorsqu'elle entra dans le bureau, j'attaquai de front :

– Plusieurs choses. Quel genre de signes Angie était-elle censée laisser à des endroits divers en Afrique ?

– Je suis sûre qu'elle vous en a parlé, mais vous l'écoutiez si peu. Quelques intimes étaient au courant.

– Vous appelez cette limace d'Allen un « intime » ? En tout cas, il est au courant, lui.

– Angie a dû trouver intéressant de le lui raconter. Le souci de ses marques tournait peu à peu à la manie.

– C'était quoi ?

– Je suis sûre, monsieur Landler, qu'elle vous en a fait part. Vous êtes passé par la plupart des places qu'elle – en quelque sorte – signait.

– Là-bas, j'étais plutôt… distrait.

J'ajoutai, comme si je n'attachais aucune importance à cette affaire :

– Lorsque nous sommes partis, Angie était heureuse. Elle a dû oublier ces enfantillages.

Sandy gardait le silence.

– Ensuite, et ce n'est pas la moindre nouvelle, Robby Allen prétend avoir été l'amant d'Angie. Si c'est vrai, pourquoi ne me l'avez-vous pas dit ?

– Le secret professionnel couvre les morts aussi. Et Robby n'était qu'un épisode.

J'étais agacé à l'extrême :

– Vous auriez dû me prévenir avant cette visite désagréable. Quand on ignore ce que tout le monde sait, on se sent idiot. Maintenant, vous aurez peut-être l'amabilité de me dire ce que vous saviez vraiment de la vidéosurveillance de la maison du lac. Si vous vous référez au secret professionnel, vous permettez à un maître chanteur de m'étriper. C'est ce que vous me souhaitez ?

Elle répondit, morne :

– Angie gardait les cassettes enregistrées, parfois elle les projetait.

– Qui changeait ces cassettes ?

– Ou Angie, ou la société de surveillance. Au lieu de laisser imprimer sur les films en place les suivants, les techniciens devaient remettre à Angie les enregistrements dans une enveloppe scellée.

– Après notre départ pour le Kenya, qui a pu prendre les cassettes ?

– Comme je vous l'ai signalé, Mr. Sanders avait les clefs de la maison.

– Et qui encore ?
– Mrs. Brown.
– C'est tout ?
– Moi aussi.
– Vous ?
– Angie voulait que je puisse m'y rendre à n'importe quel moment.
– Robby possède une cassette qui contient un début de discussion. D'Angie et moi. Sur la terrasse. Sanders l'avait prise et la lui a léguée. Robby cherche la suite.
– Que voit-on sur la cassette ?
– Un début de scène de ménage.
– C'est tout ?
– Merci. Si ce n'est pas suffisant…
Elle réfléchit :
– Tout cela ne m'étonne ni de Sanders, ni de Robby. Ce photographe est un voyeur et un voyou. Il a voulu nous embarquer, Angie et moi, dans une aventure détestable qu'il qualifiait d'artistique !
– Quelle aventure ?
– Me photographier avec Angie.
– C'est plutôt sympa.
– Nues, dit-elle.
– Vous photographier avec ma femme ? Nues ?
– Il a proposé ça d'une manière très naturelle. Il dit que si on place deux vases en porcelaine de Sèvres côte à côte ou deux femmes nues, ça revient exactement au même.
– C'est tellement puéril.
– Pour vous, Français, peut-être, dit-elle. Pour les Américains issus de cette société, c'est d'une audace ! Allen trouvait que nous avions le même type, le même style. Angie l'avait remis à sa place.
Elle se tut.

– A sa décharge, admettons l'évidence, vous êtes une jeune femme aussi belle que tentante…

Je m'arrêtai, car en Amérique la vertu était devenue dictatoriale, je n'aurais pas voulu me compromettre par un compliment banal. J'ajoutai :

– Je suis navré, Sandy. Je m'emballe facilement. Et vous me cachez des éléments essentiels.

Je l'observai :

– Asseyez-vous.

Je lui désignai le fauteuil.

– Je dois retourner à mon bureau. On est submergés. Tout le monde vous demande.

– Je travaille suffisamment, vous aussi, pour qu'on s'accorde un entracte. Si on pouvait se connaître mieux ? En dehors du travail ? Voulez-vous dîner avec moi ? Si vous me répondiez assise, je serais plus à mon aise.

Elle se tenait debout comme un soldat :

– Dîner ? Quand ?

– Ce soir.

– Je ne suis pas libre, prononça-t-elle.

– Et demain ?

– Vous serez au lac Tahoe.

– Et dans trois jours ?

– Vous partez pour l'Afrique.

– Donc vous ne voulez pas dîner.

Elle sourit machinalement :

– Il faut trouver une occasion.

– A la Saint-Glinglin ?

– C'est quand ? demanda-t-elle.

– C'est une fête française.

– Vous vous moquez de moi.

– Un peu. Vous êtes tendue.

– Il y a de quoi, monsieur Landler.

Je détestais être refusé. J'eus une idée salutaire :

– Vous avez accompagné combien de fois Angie en Afrique ?

– Jamais. Chaque fois, quelques heures avant le départ, elle changeait d'avis et me laissait ici. Parfois elle m'informait la veille d'un départ.

– Vous étiez très déçue, j'imagine.

– Un peu. Mais le destin m'a déshabituée de cultiver mes états d'âme.

– Vous connaissiez les raisons de ces changements ?

– Elle n'avait pas besoin de se justifier.

Elle se tut.

– Vous voulez rester debout ?

– Je m'en vais, je sais qu'on me réclame partout.

– Pourquoi Angie vous laissait-elle ici ?

Je sentais qu'elle avait envie de tourner la tête vers le portrait, mais elle résistait.

– Elle était très exclusive, prononça-t-elle. Le Kenya lui appartenait. Elle se croyait investie d'une mission. « Je laisse mes marques, disait-elle, jusqu'au moment où je sauverai ce pays. »

– On y est. Aux marques. Donnez-moi quelques détails.

– Sur place, ce serait peut-être plus facile, mais je ne dis pas ça pour que vous m'offriez le voyage. Ce qu'elle racontait – sur ce plan-là – était assez flou. Enfin, je m'y reconnaîtrais.

– Venez avec moi…

– Peut-être pourriez-vous les trouver seul… En tout cas, il faudrait les compléter.

– Il est possible que dans l'état de bonheur où nous nous trouvions, elle ait oublié de me parler de ces marques.

– Non. Elle y tenait. C'est vous qui ne l'avez pas écoutée.

– Vous connaissez bien ses itinéraires. Il était prévu que je me déplacerais selon vos notes. Autant être avec moi…

– Ma connaissance n'est que théorique, mais je sais tout ce qui concerne les étapes d'Angie.

– Sandy, faites ce voyage avec moi. Je vous le demande.

– Sur le terrain je serais une novice.

– Moins que moi…

– Mais vous avez vécu là-bas.

– Anesthésié. Isolé de la réalité.

– Une question, monsieur Landler.

– Allez-y…

– Sans le décès de Sanders, seriez-vous resté en Afrique ?

– Non.

– Vous auriez fait quoi ?

– Crever. Mais ailleurs.

J'avais conclu un accord avec Sanders, le premier maître chanteur de taille qui ait voulu ma peau. Nous nous tenions. Je lui avais laissé un pouvoir – il régnait sur l'entreprise –, situation qui pouvait enfin satisfaire son orgueil. Pour lui laisser le terrain libre, je devais rester en Afrique. En revanche, il n'avait aucun droit de changer la structure de l'entreprise. Je gardais la totalité des biens – sans pouvoir y toucher. C'était « à qui meurt avant l'autre ». Il est mort, donc j'ai gagné. Mais il avait laissé derrière lui un terrain miné. Sandy réfléchit à haute voix :

– J'ai suivi les travaux de l'architecte qui a rénové la demeure de Loïta Plains. Et le mausolée que vous avez commandé est terminé. Je suis partante.

– Merci. Une question indiscrète, Sandy… Je me sens obligé de me renseigner. Avez-vous quelqu'un dans votre vie ?

– Oui.
– Vous l'aimez ?
– Oui.
– Il ne sera pas jaloux de ce voyage ?
– Non.

Ces réponses courtes et indiscutables fermaient entre nous une porte blindée. Je ressentis une déception aiguë, je crois que j'avais mis Sandy de côté. En réserve pour mes vieux jours, si jamais je restais vivant.

– Qui est l'heureux élu ?
– Il n'est ni heureux, ni élu, il existe. Comme moi.
– Quand une jeune femme aussi séduisante que vous parle de cette manière-là d'un homme, c'est que celui-ci est marié.
– Je ne souhaite pas vous en dire davantage.
– Comme vous voulez. Prenez vos dispositions, vous aurez facilement une chambre de plus, on est hors saison. Les médicaments antipaludiques, vous les supportez ?
– Je l'espère.
– Quant aux marques… Avec Allen, j'ai dû jouer. Faire semblant de savoir ce dont il parlait.
– On va le devancer, dit Sandy.
– Vous ne me dites rien avant ?
– Pas la peine. Parfois j'ai pensé qu'elle plaisantait. Sur place, je verrai si elle m'a fait marcher ou non.
– Sandy, dans l'immédiat, prévenez le pilote de service. Demain matin tôt, je vais au lac Tahoe.
– Je pourrais vous accompagner.
– Non, merci. J'ai besoin de votre présence ici.
– Ça va être pénible, là-bas…

Je me levai :

– Si vous dîniez avec moi, je me sentirais mieux demain.

– Je regrette, je ne peux pas.

Elle partit, revint au bout de quelques minutes et me tendit une feuille glissée dans une pochette en plastique.

– Je vous ai trouvé le plan technique des caméras. Et le code d'une armoire blindée, installée aux archives.

– K 978 ?

– K comme Kenya. Les cassettes, Angie les gardait là-bas.

– Comme un trésor. C'est un vice. Sandy, ces inondations, qu'en pensez-vous ?

– Tout peut arriver dans une maison non habitée depuis des années.

– Confirmez mon arrivée demain dans la matinée. J'emporterai pour le vol les dossiers du conseil de Fondation. Je n'ai pas encore écrit le début de la conclusion du rapport que je désire faire adopter. Le reste doit être rédigé au Kenya.

Le lendemain, avec le Learjet de la compagnie Fergusson, j'atterris sur l'aérodrome réservé aux avions privés, proche de Tahoe City. Une voiture de location m'y attendait. Pour la suite du programme, je préviendrais le pilote par mon téléphone portatif. C'est dans un état de dédoublement que je traversai Tahoe City. J'étais l'homme d'antan et celui d'aujourd'hui. Les hautes montagnes qui encerclaient le lac étaient gris foncé. Dès qu'on quittait l'univers des guinguettes, des camping-cars et des mobile homes installés près de l'eau, l'immensité des lieux fascinait.

Je m'engageai sur l'une des larges routes qui desservaient Squaw Valley. A la fois distrait et surexcité, je traversai le temps sans me rendre compte de la durée. J'arrivai sur un haut plateau entouré de roches de basalte, adouci ici et là par les forêts de sapins. J'apercevais les éclats de lumière du lac, j'étais comme enseveli par cette solitude cristalline, je m'enfonçais dans un paysage de rochers, de plateaux et de clairières. Enfin apparut une agglomération construite autour d'une rue principale.

Je cherchais, parmi les chalets conçus selon le même modèle, celui de l'agent immobilier, Mrs. Brown. Je le reconnus à ses volets bleu vif. Je ralentis et me garai sur un étroit terre-plein. Au moment où j'arrêtais le moteur, une femme plutôt petite, aux joues rosies d'émotion, ouvrit la porte d'entrée de sa maison – elle devait guetter par la fenêtre. Elle se précipita vers moi :

– Monsieur Landler, c'est vous ! Enfin ici… Depuis le temps…

Elle me serra la main. Je la saluai en affichant un sourire et marmonnai des phrases dans le style « Angie m'a si souvent parlé de vous ». Elle m'écoutait à peine.

– Que je vous regarde ! Vous êtes mieux que sur vos photos…

Elle faisait partie de ces femmes qui, au seuil de la cinquantaine, abandonnent leur féminité. Ses cheveux méchamment rasés sur la nuque lui prêtaient un air masculin.

– Je n'en reviens pas, monsieur Landler. Au lieu d'être une catastrophe, cette inondation est une chance ! Je peux enfin faire votre connaissance !

Je libérai mon bras.

– Oh, pardon ! dit-elle. Voyez-vous, l'émotion me rend mal élevée.

– Ce n'est rien, madame.

– Entrez donc, prenez un verre.

J'avais l'impression d'abriter une sangsue sous ma chemise. Comment me débarrasser d'elle ?

– J'ai si peu de temps. Une autre fois.

Elle me menaça de son index :

– C'est ce qu'on dit et on ne revient pas.

Elle me fixait de son regard légèrement myope :

– Franchement, vous avez peur d'y aller, n'est-ce pas ? Les hommes sont plus émotifs que les femmes. Nous sommes plus résistantes.

Elle prit un air compatissant :

– Je parle d'expérience. Après la mort de mon mari, j'ai attendu pendant trois mois avant de commencer à ranger son bureau. Même son coupe-papier m'a fait pleurer. Alors, on y va ? Je prends une veste…

Je ne supportais pas l'idée d'arriver avec cette femme à l'endroit que je fuyais depuis tant de temps. D'être épié, sous contrôle… il manquait l'appareil pour prendre ma tension.

– Je désire m'y rendre seul. Vous comprenez, n'est-ce pas…

– Evidemment, dit-elle. Vous avez dû passer des heures inoubliables là-bas… Ça se paie.

Je m'étais dégagé, je m'éloignais vers ma voiture lorsque je sentis un contact mouillé sur ma main. Un berger allemand, une oreille plus basse que l'autre, me reniflait avec une certaine amabilité qui ne correspondait pas à son regard pénétrant. Mrs. Brown lui tapota la tête :

– Sioux, calme, très calme.

Le chien balançait sa queue aux longs poils mités, et m'observait avec intérêt.

– Il s'appelle Sioux ?

– Parce qu'il avait la réputation de dépister.

– Quoi, madame ?

Je haïssais Mrs. Brown.

– Il appartenait à la police de Reno. C'est un chien spécialisé dans les recherches des restes humains. Avec l'âge, il a perdu – paraît-il – de son flair, d'où sa mise à la retraite… Je n'en crois rien. Il m'a déterré avant-hier un grand rat bien enfoui et presque décomposé. Il a gratté, il était sûr de lui.

J'ouvris la portière de ma voiture :

– Je m'en vais. A tout à l'heure.

– Ecoutez-moi, dit Mrs. Brown en me poursuivant. Angie, la veille de votre départ pour le Kenya, m'a envoyé une autorisation. A la moindre alerte, je devais vérifier l'état du chauffage. Mais mon petit doigt m'a dit qu'il valait mieux vous consulter avant. Je suis très psychologue, vous savez !

Quand il me vit installé derrière mon volant, le chien tenta de grimper à côté de moi.

– Il est chou, il voudrait partir avec vous. Viens, Sioux, viens. Il est si affectueux.

Elle empoigna le collier de la bête. Avant de refermer la portière, je me penchai vers elle :

– Juste une question. Après la mort de ma femme, la société de surveillance est-elle entrée dans la maison ?

– Non. A l'époque, Mr. Sanders est venu et a ordonné la fermeture complète. En accord avec vous, n'est-ce pas ?

– Evidemment.

Elle se collait sur la carrosserie, j'aurais pu coincer son menton avec la vitre.

– Monsieur Landler, j'ai des offres de location. Il faudrait les examiner. L'endroit, à cause du nom d'Angie et de son malheur aussi, attire les clients riches.

– Je ne louerai pas la maison.

– Même pas pour le triple de sa valeur locative ? Que de snobs et de curieux de Los Angeles voudraient venir ici ! Celui qui réussira à s'installer donnera des fêtes !

J'imaginais les invités sur la terrasse. Un barbecue. La nausée.

Je réussis à remonter la vitre. Elle n'hésita pas à y tambouriner et à me dire :

– Le photographe Robby Allen m'a téléphoné. C'était un ami d'Angie. Il m'a dit qu'il s'adressera à vous pour une autorisation de location ou de visite. Et qu'il était sûr de l'obtenir !

– A tout à l'heure, madame Brown.

Je démarrai, elle resta au bord de la route, je l'aperçus dans le rétroviseur.

Je conduisais en songeant au nombre de salauds qui peuplaient le monde. Que d'escrocs, de tueurs, de golden boys trempés dans des « combinazione » financières déguerpissaient périodiquement pour s'installer sous des cieux cléments ! Et moi ? Criminel par maladresse, je crevais de remords et m'enfonçais dans des mensonges de plus en plus compliqués. Si j'avais ôté la vie d'une femme pauvre, moi, paumé, j'aurais été défendu par un avocat commis d'office et on m'aurait reconnu peut-être quelques circonstances atténuantes. Un étranger accusé d'avoir ôté la vie de sa richissime femme américaine n'échappera pas à des semaines de procès télévisé, à des avocats vedettes et à la mort applaudie par la foule. J'imaginais l'état de transe de mon avocat, Me Kidmann, devant les caméras. Grâce à ses cheveux gardés blancs, son visage régulier, lisse, sans une ride, et ses lunettes en vraie écaille – combien de fois Angie lui avait-elle fait reproche de porter atteinte à l'intégrité physique des tortues –, Me Kidmann était un monument de respectabilité. Accepterait-il ma défense ?

La forêt bleuissait à vue d'œil, l'ombre fonçait les couleurs. Les pics en basalte précédés et entourés de sapins sévères départageaient le paysage en îlots sauvages, chevreuils et écureuils couraient sur l'herbe déjà jaunie. Lorsque Angie m'avait invité ici, elle conduisait avec des gestes secs. Je ne savais pas encore qu'elle me haïssait. Si je lui avais dit : « Arrêtons-nous, dis ce que tu as à dire. Pas la peine de peaufiner ta mise en scène », elle serait encore vivante.

J'avais un plan rudimentaire, ce qu'on donne aux invités avant une réception; je cherchais une route secondaire, je ne devais pas être loin. Un écureuil venait de s'engager sur le macadam, puis s'arrêta au milieu de la route et me dévisagea avec ses yeux brillants. Je freinai, m'arrêtai presque, l'écureuil repartit, la queue verticale, signe de mécontentement. Je redémarrai en guettant les larges chemins qui traversaient la forêt, il fallait retrouver celui des Fergusson.

Vers les années 1950, le père d'Angie avait acheté un chantier abandonné dont le devis initial était largement dépassé. L'amateur de solitude qui avait fait creuser dans les rochers un habitat genre bunker de luxe avait déjà dépensé une fortune pour son fantasme. Andy Fergusson, attiré par l'insolite, avait acquis la construction restée au niveau d'ébauche et confié la suite à un architecte réputé pour ses trouvailles. Il fallait souder dans le basalte des poutres en acier pour soutenir la falaise qui abritait une partie des étages. Les travaux avaient duré des années.

A l'arrivée, côté chemin de terre, on n'apercevait qu'une façade plutôt modeste en pierre du pays, un toit en ardoise et la porte d'entrée protégée par une grille lourde constituée de barres de fer verticales. La demi-lune du parking prévu pour quatre voitures était entourée d'une petite forêt de sapins. J'arrêtai le moteur, mon cœur battait très fort, j'attendis quelques secondes avant de quitter la voiture dont je refermai doucement la portière. J'allais pénétrer dans une crypte.

Derrière les lierres tentaculaires qui recouvraient la façade, je devinais des traces d'humidité. Des gouttières en zinc entouraient le toit, des plantes grimpantes aux feuilles gonflées de sève se propageaient vers le mur de deux mètres de hauteur, qui protégeait l'extrême caprice d'Andy Fergusson : une terrasse creusée et implantée sur un petit espace plat, une sorte d'appendice naturel en prolongement du living-room, isolée ; personne ne pouvait, d'aucun côté, espionner cette terrasse.

J'entrebâillai la lourde grille, qui émit un grincement, puis je tournai deux fois la clef dans la serrure de la porte en chêne massif, provoquant un autre râle du matériel éprouvé par les intempéries. J'entrai dans le vestibule, je cherchai l'interrupteur en tâtant les murs. Pas d'électricité dans la baraque. Au pas de course, je retournai à la voiture où je pris une torche. Grâce au jet de lumière sur les parois, je découvris, dans un placard en métal, le disjoncteur. En le manipulant, je pus rebrancher l'électricité. Quelques rares ampoules répondaient encore aux commandes. Je continuai vers le salon, un plafonnier blême me permit d'apercevoir les meubles laqués noir.

Les stores remontaient lentement, la lumière extérieure gagnait des coins et des recoins et la vue sur le lac et les montagnes de la rive en face, côté Nevada, se dégageait. Le salon était plus petit que dans mes souvenirs. Je me cognai aux chaises en cuir noir alignées près de la table de la salle à manger. J'évitai de me tourner vers la terrasse isolée encore par le store baissé qui fonctionnait à part.

Le plan technique des caméras de surveillance ne me servait pas à grand-chose dans cette semi-obscurité humide. Je me dirigeai au niveau inférieur, vers les chambres à coucher creusées dans le ventre de la montagne. Par la première porte entrouverte, j'aperçus un lit en désordre. Mon désordre datant d'une éternité. Dans l'autre pièce, le lit d'Angie était défait aussi. L'électricité fade, parfois vacillante, me permit de repérer une large tache sur un mur. Les stores remontés, d'ici le lac semblait irréel.

Puis je descendis quelques marches de plus, à l'étage en dessous se trouvaient les archives, ainsi qu'une cave à vin et une buanderie. Sur le sol, je repérai une fine pellicule d'eau, sans doute une rupture de joint des canalisations. De retour au salon, je cherchai et découvris – grâce au plan –, dans une moulure qui encadrait la première fenêtre, les traces d'une minuscule caméra, un autre œil incrusté près des supports de rideaux se nichait à la hauteur du plafond.

Sur la cassette de chantage, j'avais été filmé sur la terrasse, il fallait y aller. Je fis fonctionner le store électrique, le volet montait difficilement. Je vis la terrasse en prolongement du salon, cet espace d'environ deux cents mètres carrés arraché à la montagne et rempli de terre. Sur ce balcon naturel, le père d'Angie avait fait planter des fleurs de rocaille et, du côté précipice, installé une balustrade de plus d'un mètre cinquante de haut. Une table en basalte occupait le milieu de la terrasse. Le plateau décoré d'un cadran solaire reposait sur un socle formé de trois têtes de dauphins stylisées. Je m'étais aventuré dehors. Le plan technique de Sandy ne signalait que les lieux, mais pas les cachettes. Après examen des rochers, je dépistai le premier œil camouflé sur le haut d'un rocher, dans un matériau qui imitait la pierre. Je n'avais plus le temps de trouver l'autre, la sonnerie du téléphone retentissait au living-room. Je courus pour décrocher.

– Oui…

– Allô, dit Mrs. Brown, ça va ? Tout fonctionne ? Pas de problème avec l'électricité ?

– Tout va parfaitement bien.

– Si j'arrivais rapidement, dit-elle, ça vous dérangerait ?

– Non, pas du tout.

Tout de suite après cet appel, j'entendis une voiture puis, presque aussitôt, la sonnerie de la porte d'entrée. J'allai ouvrir. Mrs. Brown se tenait sur le seuil.

– J'espère que vous appréciez ma délicatesse, je sonne, pourtant j'ai des clefs ! Je vous ai appelé de ma voiture ! J'étais déjà près. Très près.

– Entrez, madame Brown.

Elle franchit le seuil et jeta un regard inquisiteur :

– Que c'est triste sans Angie. C'est une épreuve d'entrer ici. Mais vous l'avez déjà passée, vous.

Elle était suivie par son chien attentif.

– Vous avez amené Sioux ?

– Il est toujours avec moi. Depuis que je l'ai adopté, on ne se quitte plus.

– Je crois avoir trouvé la fuite, madame Brown. Elle se situe dans la chambre d'Angie.

Elle sourit et dit :

– J'ai le plan de la tuyauterie. A l'époque où la canalisation a été restaurée, l'architecte a garanti l'étanchéité, mais il n'était pas sûr de l'isolation de la terrasse. La rupture peut se situer aussi dans le sol de la terrasse…

– La terrasse ?

Elle passa à côté de moi. Le chien semblait collé à ses mollets. Je retenais mal ma fureur et camouflais difficilement la répulsion que suscitait cette femme. Je pris le chien comme prétexte :

– Il vaudrait mieux le laisser dans la voiture.

– Il est si sage, dit-elle, peinée. Sioux, monsieur Landler pense que tu es de trop.

Le chien avançait, la tête baissée, vers le salon. Nous le suivîmes.

– Je vous ai dit, continua Mrs. Brown – rien n'échappait à son regard circulaire – que sur la terrasse, Andy Fergusson a voulu installer une fontaine. L'architecte l'a dissuadé, mais des tuyaux restaient de cette tentative. Un si grand nombre d'ouvriers travaillaient sur ce chantier qu'on ne saura jamais qui a pu mal souder un joint ou si le froid les fait sauter…

Elle gagnait du terrain. Nous étions maintenant au milieu du salon, le chien reniflait le bas des fauteuils.

– Il ne faut pas lui en vouloir, dit Mrs. Brown. C'est un chien policier.

Elle me frôla l'épaule droite :

– Vous l'aimiez beaucoup, n'est-ce pas, votre Angie ?

Un mouvement de recul me permit de ne pas répondre. Mais je saisis l'occasion :

– Le service de surveillance effective de la maison a cessé quand ?

– Lorsque Mr. Sanders a interrompu le contrat.

– Où sont les cassettes enregistrées ?

– Aux archives, je crois.

Sur le trousseau de clefs que j'avais pris à mon bureau de Los Angeles, il y en avait une d'un format et d'une taille peu courants.

– C'est ça ?

– Peut-être, dit Mrs. Brown. Je ne l'ai jamais eue.

Je m'apprêtais à descendre dans l'étroite cage d'escalier sur les marches creusées dans le rocher, lorsque Mrs. Brown me rejoignit, le chien aussi.

– Sioux, reste en haut.

Le chien se moquait d'elle. Il nous suivit. Le dernier niveau de marches était dans le noir. Mrs. Brown sortit de son grand sac à main deux ampoules :

– J'ai bien pensé qu'on en aurait besoin. Tenez.

– Vous pensez à tout. J'avais une torche. Je l'ai déposée…

– Remplacez les ampoules mortes. Tenez…

Je tâtai la surface au-dessus de ma tête. Je vissai les ampoules, les douilles étaient facilement accessibles tant le plafond était bas. Je m'attaquai ensuite à une lourde porte. La petite clef plate était efficace. Je réussis à entrouvrir le battant, une épaisse odeur de moisi nous envahit. Dans un filet de lumière, près du mur suintant d'humidité, j'aperçus une série d'étagères métalliques serrées les unes contre les autres. Que contenaient ces archives ? Mrs. Brown fit quelques pas, elle écarta deux éléments – sur les rayonnages, j'aperçus des cassettes rangées comme des livres. Des noms et des dates étaient marqués sur l'angle visible. Un « di Arraro », un « Sanders », une cassette « Sandy Davis » et une « Robby Allen ». Mrs. Brown soupira :

– Angie voulait tout contrôler. Elle imaginait que les gens lui mentaient. Elle ne voulait plus être trompée.

Je vis une cassette « Mrs. Brown » et plusieurs dates :

– Vous y êtes aussi.

– Ça m'était égal. Il fallait tout supporter d'une cliente comme elle

Le chien, dégoûté de l'endroit, s'éloigna. Nous entendîmes la sonnette de l'entrée. Mrs. Brown s'exclama :

– Les plombiers !

Elle quitta les archives et remonta vers l'entrée. Pendant quelques minutes, seul dans cet endroit détestable, j'ouvris l'armoire métallique placée à côté des étagères. Un dossier avec un gros « Landler » me sauta à la figure. Sans doute la copie du rapport qu'Angie avait jeté sur la table de la terrasse lors de notre affrontement. Il y avait aussi un classeur « Landler ». J'allais revenir pour chercher les documents que j'avais cachés derrière une pile de dossiers apparemment anodins. Je refermai l'armoire. Je ressortis des archives au moment où les plombiers dévalaient les marches. Je leur serrai la main :

– Bienvenue ! Il y a des infiltrations importantes par ici.

– Monsieur Landler, me dit le maître d'œuvre, j'espère que vous n'allez pas nous faire des reproches. Depuis des mois, on aurait dû vérifier les conduites, les vidanges n'ont pas été faites. Il vaudrait mieux nous laisser une clef. Mrs. Brown ne voulait pas nous laisser entrer.

– Elle avait raison. Quant à moi, j'étais souvent absent de Los Angeles.

– Voyez-vous, dit le patron, grâce au maintien d'un minimum de chauffage, vous n'avez pas eu plus de dégâts.

Il interpella un employé.

– Allez-y. Je vous ai signalé les points sensibles.

Il prit dans sa poche le plan des canalisations de la maison :

– Côté terrasse, c'est un vrai bricolage. Ce n'était pas nous…

Le jeune ouvrier se fraya un passage parmi ses camarades et annonça

– J'ai trouvé une grosse infiltration côté est. Il faudrait manipuler les étagères.

– Monsieur Landler, demanda le patron, vous allez évacuer les papiers, n'est-ce pas ?

– D'abord les placer dans les hauteurs. Il m'est impossible de m'attaquer à tout cela dans l'immédiat.

– Je m'en chargerai, dit Mrs. Brown.

– Vous ne toucherez à rien du tout. Coupez les arrivées d'eau et faites une vidange complète. Je ne veux plus de chauffage.

– Il existe une alimentation d'eau à l'extérieur aussi. Regardez cette flèche.

Il m'indiqua la direction de la terrasse.

– Flèche ou pas flèche, vous avez assez à faire à l'intérieur. On ne touche pas à la terrasse. Faites vite, je ne pourrai pas rester longtemps…

Il m'interrompit poliment.

– On n'a pas besoin de vous, monsieur Landler. Nous pouvons travailler sans vous. On a l'habitude…

– Faites le strict nécessaire pendant que je suis là. Pour les grands travaux, on attend.

Je me précipitai à la recherche de Mrs. Brown. Elle était au salon et essayait d'ouvrir la porte-fenêtre.

– Laissez cette terrasse, madame.

– Impossible, monsieur Landler. L'essentiel du problème se cache dans la terre de cette terrasse.

Je faillis avoir un rire nerveux.

– Croyez-vous ?

– J'en suis sûre, insista-t-elle. Si je pouvais vous donner un conseil…

– Pas besoin. Merci.

Mrs. Brown n'aimait pas être remise à sa place, elle se hissa sur la pointe des pieds, son regard était jaune comme celui des hyènes. Le chien commenta avec un grognement ce mouvement inattendu.

– Monsieur Landler, la surveillance de cette maison m'a été confiée et j'avais des clefs. Je vous attendais par politesse. Et j'avais de la compassion pour vous. Alors ne refusez pas, et d'une manière aussi sèche, mon attention pleine d'affection.

Le chien acquiesça et s'assit.

– Je vous apprécie, madame Brown. Je suis juste un peu tendu.

– Alors, dit-elle, penaude, je peux enfin sortir sur la terrasse ?

Si je le lui avais interdit une fois de plus, j'aurais provoqué sa curiosité.

– Evidemment.

Elle fit quelques pas en avant. Avec son pantalon large, ses lourdes baskets, son pull épais et sa nuque rasée, elle ressemblait à un gros rat. Je sentais sa haine, j'étais l'étranger dont Angie n'aurait jamais dû s'encombrer. Sans moi – devait-elle penser – Angie n'aurait connu que des gens de son milieu, des riches pour qui ni le fric ni le temps ne comptaient. Le Français, un gagne-petit dans son pays, était hargneux parce que complexé.

– Quelle vue, quel calme…

Elle se retourna et ajusta son regard comme un tireur d'élite son viseur :

– Il y a des clients potentiels qui s'intéressent à cette maison. Je vous ai laissé des messages auprès de votre fidèle secrétaire. Elle ne vous en a pas fait part ?

Elle glissa une main sur un meuble laqué noir et continua :

– Il y a quelques mois, un homme d'affaires oriental cherchait une maison de grande classe à louer. Pour quelques semaines. Faute d'avoir une réponse de vous, je leur ai loué la propriété Orbisson, pas loin d'ici. Les deux femmes que j'ai aperçues étaient voilées. C'était d'un exotique !

Je me souvenais de cette proposition transmise par une des collègues de Sandy, qui, ce jour-là, avait une méchante crise d'allergie. Au téléphone, elle était presque inaudible.

– J'étais au courant, madame Brown.

– On a perdu dix mille dollars de location pour un mois.

– Qu'importe !

D'une grimace, Mrs. Brown exprima son mépris. Je n'avais pas l'esprit des riches de naissance. Ceux-ci ne négligent aucune possibilité d'économiser ou de gagner de l'argent.

– Je vous signale aussi qu'un ancien membre de la police de Reno m'a rendu visite. Un homme agréable, Mr. Lomel.

Je regardai ostensiblement le lac et quelques petits bateaux lointains :

– Qu'est-ce qu'il voulait ?

– Juste parler d'Angie.

Elle entrouvrit en la poussant de toute sa force la porte coulissante de la terrasse.

– Un peu d'air.

Le chien, les oreilles et la queue baissées, se faufila aussitôt à l'extérieur. Mrs. Brown l'interpella :

– Sioux, pas de bêtises. Attention.

– Ce Mr. Lomel a connu Angie ?

– Elle utilisait parfois ses services, avant votre mariage.

Elle se mit à siffler :

– Sioux ! Sioux ! N'abîme pas la terrasse. Sage !

Le chien grattait le sol. Je ne sentais plus mes jambes.

– Sioux !

Le chien se retourna puis s'approcha de la balustrade.

– Il a un problème avec une oreille ?

– C'est l'âge, monsieur Landler, c'est l'âge.

Elle sortit. Le chien vint vers elle pour l'accueillir, puis s'assit.

– Quelle merveille, la vue d'ici ! s'exclama Mrs. Brown.

Je la suivis. Elle ouvrit les bras d'un geste théâtral :

– Quand je pense qu'on est juste en face de l'enfer du jeu du Nevada... Notre Angie n'a jamais joué. Jamais. Pourtant, beaucoup voulaient la tenter...

Comment me débarrasser d'elle ? Elle se dirigea vers la table, le chien hésitait. Mrs. Brown effleura le cadran solaire gravé sur le plateau :

– Il paraît que ça date de l'époque des Romains. C'était quand, les Romains, monsieur Landler ? Ils étaient en Italie, n'est-ce pas ? Mr. Fergusson père avait acheté ce plateau là-bas...

Soudain intéressé, le chien revint et renifla le sol.

– Sioux ! Qu'est-ce que tu cherches, Sioux ? Tu es à la retraite !

Elle tentait d'arrêter le chien en s'agrippant au collier :

– Sioux !

Elle lui parlait comme à un vieux mari gâteux :

– Sioux, que cherches-tu ? Voyons, tu n'es plus en service...

Le chien leva sur elle un regard veiné de rouge. La femme se tourna vers moi :

– Ce Mr. Lomel… Charmant. Il m'a dit qu'il ne comprenait pas pour quelle raison Angie s'était exposée à un trajet aussi long. D'ici à Las Vegas, en voiture, avec ses vertèbres fragiles…

Le chien reniflait le pied de la table.

– Je suis sûre qu'il sent le souvenir d'un barbecue. Sioux…

Elle s'écria :

– Monsieur Landler, regardez ! La table est déséquilibrée… Non, vous êtes du mauvais côté. Par ici. A droite. Le bas du socle s'enfonce…

– Ce n'est qu'une impression, madame Brown.

Elle tournait autour de la table.

– Vous n'avez pas le compas dans l'œil, monsieur Landler ! Je vous assure qu'il y a une différence de niveau.

– Quel intérêt ?

– Ça a un intérêt. Le climat est dur ici, et la montagne imprévisible. Parfois il y a même des éboulements, les rochers bougent ! La table est précieuse, si le plateau tombait…

– Mais non. Calmez-vous.

Elle boudait :

– Vous ne devez pas négliger ce déséquilibre.

– Je ne le néglige pas. Mais il n'y a rien d'urgent.

Le chien poussa un gros soupir et s'allongea près d'une des chaises en fer, tête posée entre ses deux pattes allongées devant lui.

– C'est bien, Sioux, dit Mrs. Brown, puis : Angie n'aurait pas attendu le printemps pour faire des travaux.

– Elle est morte.

Il fallait garder une apparence de placidité. La femme et le chien sentaient quelque chose sur cette terrasse, il fallait qu'ils partent. J'écoutais les bruits de pas et de paroles des ouvriers, ils passaient d'un niveau à l'autre et s'interpellaient. Mrs. Brown contemplait la vue ; le chien, la tête immobile, le museau collé contre le sol, la suivait du regard. Sa maîtresse s'approcha de la balustrade, s'y appuya et se pencha vers le lac :

– Le vide me dérange et m'attire...

– Alors éloignez-vous.

– Le vide, répéta-t-elle, exerce sur moi une sorte de fascination.

Elle se hissa sur la pointe des pieds, penchée vers le précipice. Je la voyais tomber. Disloquée, Mrs. Brown.

Le chien se leva doucement et s'étira tandis que Mrs. Brown me submergeait de potins misérables. Elle me rabaissait au niveau d'un domestique. Je n'étais plus le veuf d'Angie, mais un maître d'hôtel licencié. Elle m'acheva en me donnant un petit coup de coude complice – en faisant une allusion à la fortune Fergusson :

– Ce n'était pas si mal d'en hériter, n'est-ce pas ?

Je m'éloignai vers le living-room, le cabot me suivit en touchant ma main avec sa truffe.

– Il vous trouve sympathique, dit Mrs. Brown. Un chien, quand on l'aime...

Si son chien avait l'impression que je l'aimais, alors je ne devais plus m'inquiéter, ses instincts étaient éteints. Lorsque Sioux aperçut mon intention de refermer la porte-fenêtre, extraordinairement rapide, la queue baissée, il se glissa dehors.

– Que voulez-vous ! s'exclama Mrs. Brown. Il passait sa vie à chercher des traces, il en reste quelque chose...

– Rappelez-le.

– Bien sûr.

Elle interpella le chien :

– Sioux, mon trésor, reviens !

Le chien hésita, puis s'assit. Il réfléchit sur un problème que seul moi, je connaissais.

– Avant de vous épouser, Angie avait eu quelques liaisons, dit Mrs. Brown. Elle cherchait l'homme qui aurait accepté de s'installer avec elle en Afrique…

– Si vous pouviez m'épargner, et elle aussi…

Rien ne pouvait l'arrêter.

– Robby Allen aussi, continua-t-elle, les joues roses d'émotion. Il faisait des pieds et des mains pour épouser Angie. Il a même pris des actions dans une agence de tourisme au Kenya pour prouver à Angie qu'il s'intéressait à l'Afrique. Il y a eu aussi un personnage très laid, qui se moquait d'Angie et de ses aspirations africaines. Il disait méchamment que l'Afrique n'était pas un gadget pour femmes riches et qu'elle n'avait qu'à organiser des services sociaux pour tous les enfants nécessiteux de Los Angeles. Elle n'aimait pas ça, Angie.

Mrs. Brown réussit à m'entraîner vers le marigot.

– Velardo ou Arraro, continua-t-elle.

– Pourquoi me parler de lui ?

– Parce qu'il n'a jamais compris, lui non plus, pour quelle raison Angie – avant son départ pour le Kenya – s'est arrêtée à Las Vegas ailleurs que dans sa suite. Lui, il descend toujours au Caesar's Palace. C'est là-bas qu'ils ont fait connaissance. Ils avaient même rendez-vous, je crois. Elle ne lui a pas fait signe.

Elle rappela enfin le chien :

– On s'en va, Sioux. Tu viens, Sioux ?

Elle dut saisir le collier du chien pour le faire rentrer.

– Arraro ! Du Venezuela. Angie l'avait invité ici. Il voulait acheter cette maison.

Mrs. Brown s'exclama d'un ton hystérique :

– Vous ne pouvez pas le nier !

– Quoi ?

– Le plateau de la table est légèrement incliné.

– Et alors ? Venez, entrez. J'ai une petite surprise pour vous.

– Une surprise ?

Elle vint en tirant le chien. Elle dut déployer un effort considérable, car le vieux cabot était costaud et, lorsqu'il se planta sur ses quatre pattes, il fallut de la force pour le décoller. Enfin ils étaient là, à l'intérieur, tous les deux. Avant que je continue mon travail de sape avec Mrs. Brown – je voulais la corrompre – les plombiers nous avaient rejoints. Je signai les feuilles de présence pour les factures et distribuai des pourboires copieux. Ils étaient contents et m'assurèrent que la vidange était parfaitement exécutée. Mrs. Brown parla aux ouvriers d'une autre maison dont elle avait la charge. Enfin seul avec elle, je dis :

– Je n'ai pas eu le temps de consulter votre dossier. Etes-vous convenablement payée ?

– Quelques billets chaque mois.

– Combien de billets ?

J'adoptai son vocabulaire.

– Quatre cents dollars.

– Vous aurez trois cents de plus si vous respectez à la lettre mes ordres.

– Par mois ?

– Oui.

– Monsieur Landler, dit-elle en m'attrapant la main, merci ! Evidemment, je suivrai vos instructions. Les temps sont durs, voyez-vous. Rien ne se vend. Il n'y a que des offres de location. Mais on n'en parle plus pour ici, n'est-ce pas ?

– Vous avez compris. Partez tranquillement, j'en ai pour un certain temps ici, je ne voudrais pas vous retarder.

Elle interpella le chien installé devant la porte-fenêtre :

– Sioux, on s'en va.

Elle partit à regret et, en se retournant, elle me tendit les clefs de la maison :

– Ce trousseau est plus complet que le vôtre. Gardez-le.

Dans l'entrée, elle continua :

– Je m'inquiète pour les archives, monsieur Landler. Je pourrais revenir et débarrasser les étagères inférieures. Je porterais les dossiers à la cuisine, je les poserais sur la table. Qu'en pensez-vous ?

– Je ferai transporter les archives aux bureaux de Los Angeles. Dès que j'aurai le temps de m'en occuper personnellement.

– Vous allez déménager d'ici les archives de Mr. Andy et de Miss Angie ?

Elle redevenait l'employée dévouée aux riches morts qu'il fallait servir encore. Et défendre. Le Français chanceux, l'héritier par accident, voudrait-il déplacer les dossiers de Mr. Andy et de Miss Angie ? Elle prit un air offusqué et moi un ton plus dur :

– Si vous pouviez ne pas vous préoccuper à ce degré des affaires de ma défunte femme, je vous serais reconnaissant.

Elle se moucha bruyamment :

– Je suis si sensible ! Je pense à ces archives…

– Pas la peine. Combien de personnes meurent – tous les jours – assassinées à Los Angeles ? Hein ? Vous auriez de quoi pleurer si vous connaissiez les chiffres.

Elle hocha la tête :

– Les grands problèmes du monde ne me concernent pas. Mais l'ordre d'Angie, oui. Ses habitudes…

– On oublie ses habitudes. L'année prochaine – après les travaux indispensables – je vends la maison.

– Vendre la maison de Miss Angie ?

Je salivais en m'imaginant pitt-bull, les crocs plantés dans les mollets de Mrs. Brown.

– Oui, je vais la vendre, la liquider. Si je trouve un architecte capable, je ferai couler du béton sur la terrasse, je rendrai ce balcon naturel à la montagne.

– Les rochers ne supporteront pas plus de poids.

– Vous n'êtes pas architecte.

Elle était anéantie.

– N'oubliez pas la cave à vin, fit-elle. Le vieux Fergusson avait des bouteilles précieuses. En descendant à Tahoe City, déposez les clefs chez moi, si vous voulez bien. Le trousseau complet que je vous laisse...

Elle m'avait réduit au niveau d'un intrus à qui on délègue, condescendant, quelques droits. Je ne redonnerais plus les clefs à cette garce. Je serais enfin en sécurité. Elle partit en poussant le chien dehors. J'attendis sur le seuil de la porte d'entrée le temps qu'elle arrive enfin au parking. Elle me fit un petit signe d'adieu puis j'entendis sa voiture démarrer.

Je refermai la porte à double tour, j'étais seul et comme frappé par une soudaine surdité. Au salon, j'ouvris une fenêtre, un bruit de moteur me parvint du lac. Il y avait encore des êtres vivants. Je m'effondrai dans un fauteuil.

Si Angie était vraiment morte à la suite d'une agression au Kenya – c'était la légende que nous avions créée, Sanders et moi : la dépouille d'une touriste allemande, ethnologue amateur disparue dans la région, nous avait permis une substitution d'identité –, si Angie avait été enterrée à la frontière de la Tanzanie, au bord de la rivière Mara, j'aurais pu recommencer ma vie. Tandis que maintenant, malgré la mort de Sanders, je ne faisais que prolonger mon existence rongée par les remords.

Je me levai du fauteuil, je dévalai les marches pour retirer de l'armoire métallique le dossier « Landler ». Ma femme avait chargé une agence de détectives privés de contrôler et reconstituer mon passé en France. Je lus le rapport. Angie en était morte.

> *« Le sujet de notre enquête, Eric Landler, n'est pas issu d'une noble famille française. D'origine alsacienne du côté maternel et du Centre par le père, sa parenté existante est ce qu'on appelle en France des "petites gens". Sa mère le considère comme ingrat et solitaire. Lors de notre visite, elle a exprimé le souhait de ne plus entendre parler de ce fils. Les origines de ce rejet maternel ne pourraient être que le complément de notre enquête et l'objet d'une autre mission.*
>
> *« Le père n'a pas été un officier brillant ni un champion national d'escrime, mais un simple soldat. Avant d'être enrôlé dans l'armée, il travaillait comme comptable dans une modeste entreprise.*
>
> *« Avant son quatrième départ pour les Etats-Unis, Mr. Landler était cadre dans une entreprise parisienne. Considérant ses qualités de travail et ses diplômes, il a été rémunéré bien au-dessous de ses qualités professionnelles. Le sieur Landler, ingénieur chimiste, possède plusieurs diplômes authentiques et de grande qualité (liste jointe). Il a élaboré et breveté plusieurs inventions gardées en réserve par sa firme, qualifiées de "trop audacieuses".*
>
> *« Il a fait une grande partie de ses études avec l'aide matérielle d'un vieil oncle, un retraité des*

chemins de fer. Mr. Landler a acquis ses connaissances d'anglais dans une université anglaise en gagnant sa vie grâce à des travaux au noir. Lors de ses séjours aux USA il a exercé différents métiers. Il a été notamment concierge remplaçant dans un modeste hôtel de Santa Cruz, serveur occasionnel au yacht-club de San Diego, etc. (sur la liste jointe, on peut vérifier la nature et la durée des emplois que nous avons pu retrouver).

« Il a vécu à Malibu avec la gérante d'un motel bon marché et, lors d'un séjour à Chicago, il habitait avec une femme de race noire devenue chanteuse de boîte de nuit. Les personnes interrogées ont toutes témoigné des grandes qualités de travail du sieur Landler. Son casier judiciaire est vierge. »

La sonnerie venait de retentir. Je cachai le dossier dans le tiroir d'une commode en laque noire et me précipitai à la porte d'entrée. Mrs. Brown, de retour, tout excitée, m'inondait de paroles :

– Je vous dérange, c'est honteux. J'ai laissé le chien dans la voiture, il me semble qu'il vous énervait.

– Mais non, mais non, entrez donc. Que désirez-vous ?

Elle fonça vers le salon :

– J'ai oublié mon foulard, un cadeau d'Angie. Vous pensez si j'y tiens !

Elle faisait semblant de chercher :

– Où ai-je pu le laisser ? Mais où ?

Elle déplaçait les chaises, les coussins en cuir des fauteuils.

– Peut-être sur la terrasse ?

Elle fouinait, se rendant compte de mon désarroi. Je la suivis :

– C'est bien ça ?

Je lui présentais une loque de bazar, une espèce de fausse soie en matière artificielle.

– Oh ! dit-elle. Merci. C'est Angie qui me l'a donné.

– Vous en êtes sûre ?

– Mais oui.

Elle mentait. Angie n'aurait jamais acheté un article bon marché de ce genre. Brown avait un autre but. Il fallait l'arrêter dans ses investigations.

– Une seconde, madame.

Je m'exprimai en français et obtins ainsi un effet rapide. J'avais toujours une somme d'argent assez importante sur moi. D'une poche profonde de la doublure de ma veste, je pris trois cents dollars et les tendis à Mrs. Brown :

– Achetez-vous un beau foulard…

– Mais non, mais non, bégayait-elle, ce n'est pas mérité.

Elle compta :

– Trois cents dollars ! Merci, monsieur Landler. Les Français ! Ils savent parler aux femmes ! Chez vous, on envoie souvent des fleurs et on offre des parfums, n'est-ce pas ?

– Ça dépend, chère madame… Je suis ravi si je peux vous faire plaisir. Voilà, nous allons tout fermer, ensemble. Bloquer de l'intérieur la porte du salon.

Elle m'aida, affichant son regret, puis regarda sa montre :

– J'ai un autre rendez-vous. Des clients peut-être. Je file.

Elle repartie, je pris le dossier caché et, des archives, les cassettes « Robby Allen » et « Arraro ». Le premier était un ennemi puissant, le deuxième un inconnu. J'en saurais plus de l'un et de l'autre. Aucune cassette me concernant ne se trouvait dans cette maison. Le magnétoscope se situait à l'intérieur d'une armoire dans la chambre d'Angie. La trappe était vide.

De retour au salon, j'appelai Sandy. Avant même qu'elle puisse me demander, avec une exquise courtoisie, si je n'avais pas subi un choc par trop pénible, je la submergeai de travail et d'une liste de personnes de l'entreprise à convoquer. Elle devait aussi me communiquer les faits de la journée.

– Daniel Grosz voudrait un rendez-vous urgent avant la réunion du Conseil de Fondation.

– Qu'est-ce qu'il veut ?

– Vous soumettre une proposition qui lui a été adressée. Un secteur de l'Association mondiale pour la sauvegarde de la vie sauvage voudrait être associé à l'hommage rendu à Angie Fergusson. Les demandeurs pensent que le cercueil d'Angie sera transféré bientôt à Loïta Plains. Une délégation présente auprès de vous lors de l'inhumation les aiderait, grâce aux médias, à faire parler d'eux.

– Il faut leur expliquer que le transfert de la dépouille mortelle de ma femme Angie dans le mausolée de Loïta Plains correspondra au moment où nous libérerons une partie des fonds pour le gouvernement kenyan. Notre voyage va permettre de fixer des dates approximatives. Dès que les accords avec les autorités kenyanes concernées seront signés, nous les avertirons. Rien avant. Quoi d'autre ?

– Des demandes de rendez-vous s'accumulent. Votre brain-trust est en effervescence, car vous serez absent une dizaine de jours. A propos, vous passez la nuit au lac Tahoe.

– En aucun cas.

– Vous rentrez donc ? Dans ce cas, vous pouvez recevoir vos collaborateurs dès demain matin.

– Ne convoquez personne pour demain matin.

– Vous aurez après-demain Mr. Berthold Steiner.

– Si vous pouviez annuler…

– L'entrevue a été acceptée par vous il y a six semaines. C'est un vieil homme qui se déplace de New York à Los Angeles spécialement pour vous rencontrer.

Je détestais l'idée de connaître un Fergusson de plus. Sinon un « dérivé » des Fergusson. Berthold Steiner était l'oncle d'Angie – dans les familles très riches, il y a souvent « celui qui ne fait rien » et qu'on entretient justement pour qu'il ne soit pas encombrant.

– Vous ne savez toujours pas ce qu'il veut ?

– Non. Il insiste sur les liens, par alliance, entre vous et lui et prétend que ce qu'il a à dire est strictement personnel.

– Je le recevrai comme prévu vendredi à dix heures.

– Vous rentrez quand ?

– A temps pour ce rendez-vous.

– Si j'ai un besoin urgent de vous parler, je vous appelle sur votre téléphone portatif ?

– Non. J'ai envie de me débrancher. J'ai besoin d'une autonomie limitée dans le temps mais totale, d'un espace de silence à moi.

– Je ne suis pas votre ennemie, dit-elle, juste une employée. Et j'essaie d'exercer mon métier.

– Pardonnez mon irritabilité. Vous n'y êtes pour rien. Dites aux collaborateurs pressés que je travaille sur un projet confidentiel. Ça impressionne et ça ne veut rien dire. C'est clair ?

Je voulais lui présenter mes excuses pour ma brutalité mais elle raccrocha. Je restai le combiné muet en main. D'une manière indirecte, elle m'avait envoyé balader.

C'est aussi à cause de ma sale nature qu'on me détestait. Déjà à Paris, je n'étais pas un homme à amis, je rêvais d'être en contact avec des gens de haut niveau intellectuel, je haïssais mon état de gagne-petit, je voulais remuer le monde, d'où mon exaspérant amour pour l'Amérique où, selon la légende, tout est possible. J'ai tout obtenu. Le meilleur et l'enfer. Le prix que je payais m'éloignait davantage des autres. Angie serait encore là si elle n'avait pas écorché ce qui me restait le plus précieux : mon amour-propre. Je connaissais mes capacités, je mesurais le travail que j'avais accompli pour obtenir mes diplômes. Elle n'aurait pas dû me piétiner.

L'atmosphère de la maison pesait des tonnes. Je passai d'une pièce à l'autre pour fermer les portes, je baissai les stores. La dernière étape était le salon, d'où je contemplai la terrasse. En effet, le plateau de la table était incliné d'une manière à peine perceptible. Mon regard s'arrêta sur les chaises en lourd fer forgé. Voulais-je l'effrayer ou l'impressionner ? S'il y avait eu un objet sur la table que j'aurais pu empoigner et lui jeter à la tête, serait-elle encore vivante ? Sous le choc du poids de la chaise, elle était tombée.

Je la croyais évanouie. Agenouillé à côté d'elle, je pris sa tête entre mes mains en la soutenant par les épaules, je lui parlais. Ses paupières glissaient en arrière, il ne restait qu'une ligne blanche de sa vie. Je l'ai reposée au sol puis j'ai foncé à la recherche d'un téléphone. Je me cognais contre les meubles, les fauteuils : avant le drame, je n'avais passé qu'une nuit ici, la maison m'était presque inconnue. Le temps de trouver l'appareil, j'ai compris que personne ne croirait à un accident. Affolé et en sueur, je tremblais près du téléphone. Jamais je ne pourrais prouver que mon geste était non prémédité. Je me voyais livré au rouleau compresseur de la justice américaine. Je suis allé chercher Angie, son corps était lourd. Je l'ai allongée sur son lit et je l'ai regardée comme si j'espérais une réponse. Elle était plus fine et élégante que jamais. Une morte chic, vêtue de haute couture. Machinalement, je lui ôtai son manteau. Si j'avais su qu'un jour, il pourrait me perdre…

Je ne cessais d'élaborer et de rejeter les projets les plus insensés. Des hypothèses. Notre entourage savait que nous nous apprêtions à partir pour Nairobi. En Afrique, une mort accidentelle semble plus plausible qu'ici… Donner l'apparence qu'elle était partie avec moi… Comment ? Cacher le cadavre dans le coffre de la voiture ? Traverser Tahoe City avec un corps attaché au siège à côté de moi ou placé sur la banquette arrière en prétendant que « ma femme dort » ? La déposer quelque part ? On était en haute montagne, mais dans les forêts environnantes, des amateurs d'excursions auraient trouvé le corps.

Plus le temps passait, plus je devenais criminel. La terrasse ! Là il y avait de la terre… La peur avait décuplé mes forces. Je ne sourirais plus jamais en apprenant qu'un prisonnier peut creuser un tunnel avec une cuillère pendant des années. Dorénavant tout exploit humain de ce genre me semblait crédible. Pour m'assurer le secret de la tombe, je devais déplacer la table, la fierté du père Fergusson. Un effort surhumain pour gagner, centimètre par centimètre, la place du corps. J'ai fait un tas de la terre enlevée, enfin j'avais l'emplacement suffisant pour y déposer le corps d'Angie et le recouvrir.

Mes larmes m'aveuglaient lorsque je jetai des pelletées de terre sur Angie puis, comme un gosse qui joue sur une plage de sable, je tapotai la terre, aplatis les bosses, lissai les irrégularités – la moindre rugosité aurait attiré l'attention en cas d'investigation. Ayant replacé le socle, je hissai à sa place le plateau que j'avais posé en biais sur les chaises alignées. Crasseux, en sueur, je jurai de donner à Angie, le plus rapidement possible, une sépulture décente. Des années ont passé, elle était toujours là.

Avant de m'arracher à ce cauchemar, je voulais jeter un coup d'œil sur les enregistrements. La télévision du salon fonctionnait, la trappe avala la cassette « Arraro ». Le type que j'avais aperçu n'était pas plus laid qu'un laid normal. Quel intérêt avait Angie à filmer, mais surtout à garder ce genre de document ? D'un bavardage insipide, j'ai cru comprendre qu'Arraro venait chaque année à une certaine période à Las Vegas, qu'il habitait le Caesar's Palace et qu'il trouvait que ma femme avait un cou de cygne.

Je glissai ensuite dans l'appareil celle du photographe ; il se déplaçait au salon comme un paon, ses gestes et ses mimiques étaient ridicules. « Vous m'amusez », répétait Angie en souriant. Ces hommes n'avaient pas le moindre soupçon qu'ils étaient filmés. Qu'importe. Eux, aujourd'hui, avaient plus de perspectives que moi. Que faire de ma vie déviée ? J'avais quelques heures à moi pour éclaircir la situation à Las Vegas où j'avais dragué ma deuxième femme. Si son ancienne compagne d'appartement était encore là-bas, je devais lui parler.

Je prévins le pilote de mon arrivée à l'aéroport. Le Learjet m'attendait sur la piste. Le pilote me salua, je montai dans l'avion et, calé dans l'un des fauteuils, hagard, je bus plusieurs verres d'eau. Au bout de la deuxième heure de vol, j'aperçus le tapis de lumières de Las Vegas, la ville où on vit et on meurt vingt-quatre heures sur vingt-quatre. Après l'atterrissage, le pilote reçut mes instructions ; j'allais repartir pour Los Angeles le lendemain matin, au plus tard à sept heures.

– S'il y avait un message à vous communiquer ?

– Vous ne me trouverez pas. En cas de changement, de mon côté, je vous préviendrai. Gardez avec vous votre téléphone.

La voiture de location, retenue de l'avion, m'attendait au parking Hertz. Je m'engageai sur la route vers la ville. Le trajet était court, proche du Strip ; le ciel rougissait à vue d'œil et l'avenue baignait dans un ruissellement de lumières. Si à l'époque, par timidité, j'avais refusé l'invitation d'Angie dans sa suite louée à l'année au Caesar's Palace, elle serait encore de ce monde et moi – en laisse – à Paris. Mais innocent. Reçu dans un cadre clinquant par une jeune femme si intelligente, si convaincante, le blanc-bec que j'étais, foudroyé par les éclats glacés de cette ville, était tombé pieds et poings liés dans le piège.

Fallait-il m'accuser sans cesse de maladresse, de manque d'expérience ? J'avais juste assez de travellers pour subsister une semaine de plus aux Etats-Unis et ensuite, j'allais retrouver un chef de bureau goguenard – « Alors, Landler, c'était beau l'Amérique ? Vous ne trouvez pas qu'on est mieux chez nous ? » – et l'oncle mécontent m'aurait rabroué. Il m'avait prêté de l'argent pour mon excursion chic en Amérique et je revenais bredouille.

A l'époque, c'est un emploi que je cherchais, pas une femme. L'Américain dont j'étais l'hôte m'avait parlé d'une créature de rêve, l'une de ses amies, Angie

Fergusson. « Elle va peut-être venir. Je ne garantis rien. Elle est imprévisible. » Les premiers contacts avec Angie semblaient faciles, j'essayais de me comporter comme un vulgaire tombeur, j'avais même tenté un léger baiser au clair de lune. Elle m'avait repoussé, je croyais ne plus jamais la revoir. Puis soudain cette invitation à Las Vegas. Dans sa suite.

Lorsque Angie m'avait proposé un mariage de raison, lors du premier dîner, je soupçonnais une méchante plaisanterie. « Ce qui compte, me dit-elle, c'est l'entente sur l'essentiel, l'amitié, la franchise, l'amour vient après. – C'est quoi, votre essentiel ? – L'Afrique. Etes-vous intéressé par la sauvegarde des fauves ? » Heureusement, on m'avait prévenu de sa passion. L'Afrique, je ne la connaissais que des catalogues de voyage et de rares offres d'emploi dans la zone d'influence française. Endetté, devant un horizon bouché, j'étais – moi – l'animal à sauver. J'ai marmonné quelques banalités sur les éléphants, j'ai failli ajouter que les girafes étaient sympathiques aussi, mais après une courte hésitation, j'évitais tout ce qu'elle aurait pu prendre pour une déplaisante boutade et j'ai déclaré haïr la chasse et les méthodes d'expérimentation des médicaments sur des animaux. « Merci, Eric, a-t-elle dit, merci. »

Cet examen a duré, entre les bouchées d'algues et les poissons crus du restaurant japonais, plus de trois heures. J'attendais l'irruption d'une bande de copains qui auraient ri. Elle était pressée. Le lendemain matin, j'ai épousé mon fantasme dans une *wedding chapel*. Je n'ai pas couché avec elle avant, en revanche j'ai signé chez un avocat une renonciation complète aux biens que j'aurais pu réclamer en cas de divorce.

C'était ça, l'histoire du Français qui rêvait plus haut que la barre mise par le destin. Qu'est-ce que je cherchais dans cette ville, ce soir ? J'avais mal aux mains tellement je serrais le volant. Les lumières transformaient Las Vegas en une gigantesque soucoupe volante ! La ville qui ne dormait jamais m'accueillait avec le sourire artificiel d'une prostituée. « Je fais ceci ou cela pour tant… Tu veux quoi ? » Ici tout changeait sans cesse, les hôtels gigantesques poussaient de la terre rouge, j'aperçus une pyramide en béton coloré que gardait un sphinx, puis un étincelant château pour grands gosses. J'approchais bientôt l'ancien MGM, jadis un monument classique dont les couloirs étaient, à son époque flamboyante, décorés de portraits des vedettes. Les clients se dirigeaient vers leur chambre sous le regard langoureux de Marilyn, de Rita Hayworth, de Judy Garland et de tant d'autres stars. Et les couples, avides de ce qu'ils imaginaient le péché de chair, se précipitaient vers les lits surplombés de plafonds plaqués de miroirs. Les femmes nourrissaient leurs fantasmes les plus secrets, croisant parfois le regard narquois de Clark Gable, le portrait placé face au lit. L'hôtel racheté et rebaptisé Bally's Grant ne rivalisait pas avec les châteaux hantés, les tourelles walt-disniennes, les pyramides égyptiennes et les forteresses munies de ponts-levis ; en retrait du Strip, il tentait de satisfaire les exigences des familles nombreuses et vertueuses.

Je pris le tournant de l'entrée principale, où des groupes de Japonais attendaient leur car pour découvrir ensuite le ventre de Las Vegas. Là alors, plus de Mickey, mais des strip-teaseuses de grande beauté, des prostituées pour peu d'argent, des call-girls en Porsche décapotable, deux à trois mille dollars la nuit, appelées par les concierges des palaces de grand luxe. Je laissai la Ford louée au voiturier, je lui glissai cinq dollars donc j'étais digne d'attention, il me prit pour un joueur pressé. J'allais affronter le passé.

Je franchis la porte tournante pour me plonger dans le tintamarre des machines à sous ; ces attaques sonores égayées, ponctuées par les cris de joie des clients et les ululements hystériques des appareils lorsque quelqu'un gagnait ou touchait le jackpot, crevaient l'oreille. L'immense salle de jeux était traversée en long et en large par des étroites allées bordées des bandits manchots devant lesquels, sur des tabourets ronds, femmes et hommes assis, le regard fixé sur les petites images qui défilaient, faisaient fonctionner les manettes. Ces joueurs modestes buvaient des Coca gratuits que leur offraient des serveuses au regard vide. Les rares *coins* de retour tombaient dans les réceptacles en métal, la plupart du temps l'appareil avalait et digérait le pécule.

J'avais erré ici après le meurtre de ma femme. Une idée absurde me hantait, le seul moyen de salut qui me restait. J'aurais dû me rendre avec Angie à Nairobi. Pour faire croire à sa présence, il fallait trouver une femme qui accepterait de jouer le rôle d'Angie et de m'accompagner en Afrique. Embarquer à deux. Si je réussissais à prendre l'avion de Los Angeles à Zurich et ensuite pour le Kenya avec une fausse Mrs. Landler que je perdrais là-bas – je croyais à l'époque qu'en Afrique tout était possible – j'aurais un alibi inattaquable. Je pensais qu'à Las Vegas, la logique n'était pas la même qu'ailleurs, ici chacun cherchait sa chance. J'aurais pu devenir le jackpot de la femme qui admettrait le principe de ce voyage.

Ce soir, dans la salle résonnante de cliquetis, je cherchais le fantôme d'Annie, celle que j'avais entraînée dans l'aventure. J'avais transformé une fille normale, simple, éclairée par une prodigieuse dose de bon sens, en complice de meurtre. J'observais la foule, je cherchais un seul regard sur moi. Rien. J'étais l'homme invisible.

– *Change, change !*

Une fille aux yeux mornes encadrés de cils lourds de rimmel, style « cabaret 1900 », passait à côté. Elle portait, attaché par des sangles qui emboîtaient ses épaules, un plateau chargé de rouleaux de vingt-cinq cents.

– *Change, change !*

Pour elle, je n'étais qu'un péquenot parmi d'autres. Je lui ai tendu un billet de dix dollars. Elle m'a rendu un rouleau de quarante pièces de vingt-cinq cents. J'aurais souhaité un seul petit signe pour m'assurer que nous étions encore dans le monde des vivants. Rien. Je traversai la salle de jeux, le bar était à droite, en haut de quelques marches. Trois musiciens mexicains déguisés en gauchos débitaient « La vie en rose » en espagnol. Je m'étais affalé dans un fauteuil, une serveuse haut perchée sur ses talons démesurés et aux cuisses gainées de noir à peine couvertes par une mini-jupe m'avait approché.

– Ce serait ?

– Un Coca-Cola !

Elle avait griffonné la commande sur un bloc avant de disparaître, méprisante. Etais-je à ses yeux un touriste fauché ou un ancien éthylique reconverti à la sobriété ? Au retour, elle avait placé devant moi, d'un geste sec, le Coca pression. Je vidai le verre et laissai l'argent sur la table, le double de l'addition. Je longeai le couloir qui bordait, en face, la salle de jeux, je m'approchai du long comptoir de la réception protégé par des grilles dorées. Derrière un guichet, une fille au teint mat et aux yeux noirs accepta de m'écouter :

– Juste une question, s'il vous plaît.

Elle attendit. Allais-je parler ? Oui ou non ?

– La suite Ben-Hur est-elle libre ? Pour cette nuit ? D'ailleurs peut-être ne s'appelle-t-elle plus Ben-Hur.

– Plus de mille dollars, dit-elle, ennuyée par l'effort qu'elle devait déployer – je n'avais pas l'air de quelqu'un qui pouvait dépenser cette somme pour une nuit.

– Je connais le prix. Enfin, le prix d'il y a un certain temps. Mais est-elle libre ?

Elle m'observait. A Las Vegas, l'individu est un mystère. L'homme peut être un *serial killer*, un millionnaire, un rêveur fauché. Si je louais la suite, elle examinerait ma carte American Express avec un soin méticuleux. Si celle-ci avait été volée ? Elle tapotait sur le clavier de son ordinateur.

– Libre. Vous la prenez ?

– Je voudrais y jeter un coup d'œil avant de me décider.

Elle ne put réprimer une grimace. « Evidemment, devait-elle penser. Un curieux, un parasite que la proximité de l'argent incite à frimer. » Elle se méfiait aussi. Il y avait toujours le danger qu'un quidam projette de se suicider en découvrant une fenêtre qui n'aurait pas été scellée. Je décidai de m'imprégner dans sa mémoire. Je tentai de m'accouder sur l'étroit bord en cuivre, mon coude glissa, ici on évitait le style confessionnal.

– Il y a deux ans, j'ai passé quelques nuits dans cette suite avec ma femme. Je m'appelle Landler, Eric Landler.

Elle humecta ses lèvres :

– Et alors ?

– Voulez-vous chercher sur l'ordinateur ? Landler, L-a-n-d-l-e-r. Vous nous trouverez peut-être.

On se méfie des fous à Las Vegas. Prudente, elle préférait ne pas me contrarier. Elle mima un intérêt aigu pour un écran vide, dont elle n'avait même pas effleuré le clavier.

– Je regrette. Au bout d'un an, les noms s'effacent automatiquement. Votre femme est là ce soir ?

– Elle est morte, ma femme. Morte en Afrique.

Aussitôt, dans le regard de la fille aux yeux cernés se réveilla une lueur d'intérêt. L'homme, qu'il soit meurtrier, veuf inconsolable, coureur invétéré ou semi-clochard sans fric, mais légalement libre, était digne d'attention. Les femmes qui n'avaient ni chien, ni chat étaient tentées de prendre un homme à la dérive, de le loger, le nourrir, le remettre en état de fonctionnement. Elles adoraient réparer, consoler, rapiécer.

– Vous êtes seul ?

– Hélas ! Nous étions si heureux dans cet hôtel. Ce soir, j'ai décidé d'affronter le passé. Ce n'est pas facile de se coucher dans le lit même où je l'ai tenue dans mes bras. Mais le choc peut aider.

La superposition incessante du faux et du vrai allait finir par me détraquer. Mais je tenais encore bon. Elle m'écoutait avec une condescendance teintée de réserve. Les psychotiques étaient dangereux à cause de leurs réactions imprévisibles. Et si je brandissais soudain une arme automatique pour tirer dans la foule, puis sur elle ? En revanche, lors de mon procès, elle pourrait m'être utile. « Oui, je le reconnais. Il a parlé de sa femme, morte en Afrique. Il a voulu revoir la suite Ben-Hur. » Obsédé, je ne cessais de fabriquer des futurs témoins.

– Je peux savoir votre nom ?

– Marilyn, dit-elle.

– Vous êtes aussi belle qu'était l'original. Marilyn, la blonde.

Ce cliché, elle avait dû l'entendre mille fois. Elle bâilla la bouche fermée puis, résignée, elle fit signe à un jeune employé et lui susurra un ordre. Celui-ci me conduisit au fond du hall, vers l'ascenseur express. Pendant le trajet vers les hauteurs, je m'apercevais dans le miroir du plafond. J'avais encore beaucoup de cheveux, pas même une tonsure. Nous avions débarqué dans le couloir des élus, à l'endroit où la galerie des suites était séparée du couloir par une porte en grille dorée. Nous entrions dans le huis clos de l'argent. Les photos des stars de jadis y étaient encore, Ava Gardner, lascive, me surveillait, Charlton Heston aussi. C'était lui, Ben-Hur.

L'employé s'arrêta, glissa sa carte dans la serrure et entrebâilla la porte de la suite. Il me bouscula presque pour y entrer avant moi. Je le suivis et restai ensuite immobile au milieu du salon. Le jeune homme sifflotait et tapotait la carte d'accès avec ses ongles. Je saisis mon mouchoir et vidai bruyamment mes cavités nasales. Il me regarda avec une moue de dégoût. A droite, c'était la chambre à coucher et la salle de bains. Combien de fois avais-je appelé le garçon du service d'étage pour mimer la présence d'Angie ! Je l'interpellais du salon : « Chérie, voulez-vous un jus d'orange fraîchement pressé ? Une coupe de champagne ? Une aile de poulet ? » Je parlais à une femme morte et enterrée depuis deux jours !

L'air était épais. Une vraie bouillie dans les narines. Je parcourus l'endroit d'un regard avide, je vérifiai les détails, les rideaux en lourd satin étaient plus sombres aux plis : la pollution. L'un des cordons en soie – à droite – était effiloché. Je me tournai vers l'employé vaguement intéressé par la télévision. Il avait fait fonctionner la télécommande dès que nous avions franchi le seuil. Il avait besoin des mouvements incessants sur l'écran pour calmer son énervement. Il regardait un vieux film sur TNT.

– J'étais ici avec ma femme il y a deux ans.

Il se fichait de moi. Fred Astaire était plus intéressant. Je continuai, tenace :

– Maintenant, je le sais. Je souffrirais le martyre si je restais. Avez-vous déjà perdu quelqu'un qui vous était très cher ?

Je lui donnai dix dollars. Je devins quelqu'un. Il appuya sur une touche et vida l'écran de ses images.

– J'ai vingt-cinq ans, dit-il comme si cet âge était une garantie contre la mort. Vous voulez rester encore ?

Il palpait son billet et ajouta :

– J'ai tout mon temps.

Je jetai un coup d'œil sur la chambre à coucher contiguë, le lit *king size* était recouvert d'un satin bordeaux.

– On peut partir.

Nous reprîmes l'ascenseur. A la réception, je m'arrêtai au guichet de Marilyn :

– Merci. Vous êtes bien aimable. J'ai essayé, j'ai voulu rester mais ma douleur est encore trop présente. Je ne pourrais pas dormir. Je chercherais ma femme.

Etonnant, la fille me crut.

– J'espère qu'un jour vous reviendrez moins triste.

– Moi aussi. Merci.

M'étais-je gravé suffisamment dans sa mémoire ? Pas sûr. Il y a tant d'allées et venues ici. Lors de mon procès éventuel, mon avocat, Me Kidmann, la convoquerait. « Il est venu, ému, il a évoqué l'amour pour sa femme », affirmerait-elle. Merci, Marilyn, de vous en souvenir le moment venu. Je lui glissai, à elle aussi, un billet de dix dollars. Elle voulut le refuser :

– C'est interdit.

– Juste pour vous acheter des fleurs.

Je redonnai du fric au garçon qui se tenait sur mes talons. Il n'en revenait pas. J'étais le jackpot de minuit. Ces pourboires inespérés et injustifiés fausseront son jugement au moins pendant une semaine. Il sera poli avec les péquenots et les avares. Un autre dix dollars pour le voiturier lorsque je repris la Ford.

Je démarrai devant l'entrée éclairée, mauve, rouge, jaune et vert, et ressortis sur le Strip dont les lumières me griffaient la rétine. On roulait pare-chocs contre pare-chocs, ce n'était pas Independence Day, juste l'afflux nocturne des touristes. J'aperçus du côté gauche le Caesar's Palace où j'avais été l'invité d'Angie. Il lui avait fallu une soirée et une heure et demie de plus le matin pour me convaincre de l'épouser. J'aurais été le dernier fou de ne pas l'écouter, j'étais le dernier fou d'avoir cédé.

Je roulais dans une pluie de lumière aiguë. J'aurais payé cher pour rencontrer une fille qui ne saurait rien de moi, mon fantasme était l'anonymat, une fausse identité, un faux nez et une fausse bite. Il me faudrait tout faux pour survivre. C'est l'authentique qui m'accablait. Je tournai le volant et traitai de « ducon » un individu qui me serrait de trop près avec sa bagnole américaine, carrosserie éblouissante et moteur brimé. Comme moi. Il ne sait pas ce que c'est, « ducon », il me fait un geste amical pour se faire pardonner. Passer quelques heures avec une fille qui m'oublierait aussitôt ! Accomplir juste l'acte physique, lui offrir son petit orgasme et s'effacer de sa mémoire. Les publications bon marché s'étaient emparées de mon visage après la mort d'Angie, je devrais baiser masqué. J'étais le *Frenchie* malheureux et veinard à la fois. Je me souviendrai toujours d'un titre : « Le Français essuie ses larmes avec des dollars ».

Je conduisais dans un tunnel de lumières. Façades rubis, panneaux publicitaires étincelants m'ensevelissaient, puis un déversement de feu à gauche : le volcan gadget situé devant l'entrée du Mirage, l'hôtel à la mode, venait de faire son éruption. Toutes les soixante minutes, mesdames et messieurs, un fleuve de faux feu et de fausse lave dévale vers les spectateurs. A Las Vegas, le feu ne brûle que les âmes, aucun extraterrestre ne survivrait à cette atmosphère de fin du monde. Quand le temps et la durée n'existent plus, l'apocalypse n'est plus à craindre. Superbe, non ?

Je roulais, dans mon champ de vision se présentait la silhouette géante d'un clown, le panneau de signalement du Circus Circus. Ah, le passé en pleine rétine ! J'avais végété ici pendant deux nuits, je me croyais à l'abri au palais des pauvres, ceux qui chauffent dans leurs paumes les derniers vingt-cinq cents à risquer s'amènent ici souvent avec les enfants et les cabas accrochés sur les poussettes. On y trouve la frange inférieure de la classe moyenne, les tout petits bourgeois, les citoyens noirs, les Blancs plus pâles que jamais, les Asiatiques sauf les Japonais. Eux, ce sont des seigneurs, propres, organisés et respectant l'ordre. Je tournai le volant, je voulais juste parcourir le demi-cercle et passer devant l'entrée mais d'autres véhicules étaient déjà en attente, je ne pouvais plus sortir de la file, alors, mon tour arrivé, je laissai la Ford à un employé pressé – avec les clefs je lui donnai cinq dollars –, puis je m'approchai de la porte tournante. Un enfant noir s'incrusta près de moi et poussa lui aussi la paroi crasseuse, il gonfla une bulle de chewing-gum. Arrivée derrière nous, une épaisse femme noire nous propulsa littéralement à l'intérieur.

Je ne savais pas ce que je faisais dans ce décor ocre et bordeaux. J'avalais la poussière chauffée et reniflais une odeur de fauve. Des hommes de ménage nettoyaient avec l'aide de pelles et de balais à longs manches – les mêmes qu'on utilise pour ramasser les crottes dans les cages au cirque. Je frôlai – en voulant avancer au ras d'une rangée d'appareils à sous – une vieille femme tassée sur son tabouret. Accrochée comme une moule à son rocher, elle ne lâchait pas la manette de sa machine. Elle jouait contre la mécanique – la pire erreur qu'on puisse commettre, considérer une machine comme une personne à vaincre.

J'arrivai vers le large escalier aux marches recouvertes d'un tapis rouge râpé. La montée débouchait au premier étage de cette cathédrale, sous une coupole où, sur des câbles tendus entre les promontoires en acier, circulaient des clowns trapézistes. Un type hirsute avec son gros nez rouge faisait semblant de glisser, s'accrochait, se retenait d'une main, ses jambes pédalaient dans le vide, les gosses criaient, puis le clown se hissa sur l'une des plates-formes. A Las Vegas, on aperçoit souvent sur le dos large des hommes un enfant qui dort. Sur les passerelles baignées dans la lumière acide des projecteurs des femmes en bikinis pailletés virevoltaient et glissaient au sol pour s'en aller ensuite.

J'étais tourneboulé par cette atmosphère de foire clinquante. Le passé me bousculait comme les gens impatients qui passaient à côté de moi. Après ce que j'appelais l'« accident » du lac Tahoe, je cherchais à

Las Vegas la porte de sortie. J'étais convaincu : il me fallait une femme-alibi. A n'importe quel prix.

J'ai accosté Annie, changeuse d'argent au Bally's Grant, elle m'a envoyé au diable, croyant que j'étais un des amateurs de filles à bon marché. Peu à peu, découvrant que je n'étais ni fraîchement échappé d'un asile ni drogué, j'ai réussi à l'intéresser à mon projet. Elle accepta le marché si je me pliais à ses conditions. Un visa dans son propre passeport – mais, selon l'accord, elle devait voyager avec les pièces d'identité d'Angie. Cinquante mille dollars d'honoraires. Vingt-cinq mille à l'avance déposés sur son compte, l'autre partie payable au retour.

La veille, un Texan avait touché le jackpot de deux millions de dollars, la ville était en émoi, comme Annie. Le goût de l'argent réveille les appétits. Avant sa décision définitive, elle devait consulter sa meilleure amie avec qui elle partageait un appartement à Winnick Street, le quartier des travailleurs, des employés, du vrai peuple de cette ville. Il fallait attendre leur communication téléphonique, la copine se trouvait à New York, elle faisait des essais, elle voulait être modèle photo. Entre ses séances de maquillage et le décalage horaire, je devais attendre son opinion.

Pour convaincre Annie, j'ai inventé une histoire : à la suite d'un affrontement conjugal, ma femme serait partie pour Hawaii où elle boudait au bord de la mer en contemplant les surfeurs. On devait cacher notre mésentente à son oncle gravement malade, sinon celui-ci ne lui léguerait pas les actions de sa puissante entreprise. Si elle divorçait une fois de plus, elle perdait tout. Avec le consentement de ma capricieuse femme, j'étais donc à la recherche d'une partenaire, une complice comblée de cadeaux, pour accomplir avec moi le voyage kenyan où un secteur de la société de l'oncle était aussi implanté.

« Pourquoi n'avez-vous pas demandé à une amie de votre femme de faire ça ?

– Elles sont toutes bavardes dans ce milieu. Les femmes s'intéressent tellement les unes aux autres, le secret ne serait pas gardé. »

Annie, ayant partagé le problème avec son amie, réfléchit puis accepta le marché.

Depuis la provocation d'Allen, il était évident que je devais retrouver la compagne d'appartement d'Annie, et m'assurer de son silence. L'acheter. Que savait-elle, d'ailleurs ?

Arrivé au premier étage de mon étrange refuge, Circus Circus, je m'attardai devant les stands où on gagnait des koalas en peluche et des poupées exposés sur les étagères. Je m'étais assis sur un tabouret juste libéré, entre deux enfants noirs – et pour un dollar, je participai à une course de chameaux. Au bout d'une petite minute, avec mes balles mal lancées, je n'étais qu'un chameau couvert de honte, arrivé l'avant-dernier. Dégoûté, je me mêlai à la foule. Hommes, femmes et enfants bouffaient, grignotaient, dévoraient les barbes à papa. J'aperçus devant un comptoir une femme au corps élégant. Elle visait les cibles au nez rouge, trois clowns décapités donnaient droit à un Teddy Bear. La tête haute, les cheveux légèrement bouclés, les hanches étroites, elle avait l'air d'une amazone. Je lui effleurai le bras. Elle se retourna, surprise.

– Pardon, je voudrais juste…

Je n'avais pas l'air d'un agresseur.

– Quoi ?

– Rien. Veuillez m'excuser, une erreur due au décalage horaire.

Mon mensonge me fit croire une seconde que je débarquais et que tout était possible encore. Rembobiner le passé.

– D'où venez-vous ?

– De Paris.

– Français ?

– Français.

– Et qu'est-ce que vous faites à Las Vegas ?

– Un touriste va partout…

– On prend un café ? dit-elle.

L'aventure semblait se présenter sur un plateau de cuivre. Elle n'était pas de la première fraîcheur, moi non plus, et puis, danger immédiat, je ressentais le besoin de parler. Je voyais des demi-lunes de sueur sous ses bras et son front luisant. Ça m'a défrisé. J'aurais eu envie d'une fille mince sortant de sa douche. Elle parlerait norvégien. Une fille-fjord.

Je marmonnai quelques excuses et je me sauvai. Je dévalai l'escalier, me frayai un passage à travers la foule dense. De débordantes poitrines me frôlaient, une vraie lutte pour arriver jusqu'à la porte. Dehors, saisi par la chaleur et le vent chaud qui véhicule le sable du désert encerclant Las Vegas, je continuai cette course dans le néant. Le vent, qui me semblait proche du vent africain, me desséchait la bouche et m'enflammait le cœur. Je hélai un taxi maraudeur. Je me jetai sur la banquette arrière et, enfoncé jusqu'au nez, je criai :

– A Winnick Street.

– Numéro…

– Je trouverai l'immeuble. Allez-y.

La plaque de mica qui me séparait du chauffeur était bardée d'autocollants. « Interdit de fumer », « Alarme en cas d'agression » « Prière de ne pas vomir », « Evitez de vous suicider dans cette voiture ». Il manquait l'écriteau « Faites l'amour, pas la guerre », le slogan était d'une autre époque. Winnick Street était située derrière le Strip. Je repérai la série de petits immeubles à trois étages. Le troisième de la rangée où il y avait encore des fenêtres éclairées me semblait familier.

– Là ! Ça ne va pas être long. Attendez-moi.

– Donnez-moi une avance.

Je lui tendis vingt dollars, il les prit et referma aussitôt la trappe qui m'avait permis de lui adresser la parole. En quittant le véhicule, je regardai le chauffeur. Juste pour le reconnaître en cas de besoin. Ni noir ni blanc, blême.

L'immeuble où avait habité Annie n'avait guère changé. Les noms à côté des sonnettes m'étaient inconnus. Le balcon d'un appartement du troisième étage était doublé d'un grillage. A l'époque, Annie m'avait dit que sa compagne craignait que son chat ne tombe. Betsy Cook ? Je n'avais aucun souvenir de nom, je tentai ma chance. Très vite, une fenêtre s'ouvrit à côté du balcon du chat.

– C'est pour quoi ? demanda une femme plutôt jeune.

– Je cherche l'amie d'Annie White.

– Qui êtes-vous ?

– Le mari d'Annie.

Elle s'exclama :

– Sans blague ! Le Français cinglé ? Vous voulez quoi, à cette heure-ci ?

– Juste vous parler. Je suis de passage.

– Montez.

Je poussai la porte, l'étroite cage d'escalier sentait l'oignon frit. Au troisième étage, Betsy m'attendait sur le palier et me fit entrer dans le living-room. Plaisante et souriante – son joli corps, allégé de quelques kilos, aurait pu encore damner un saint pas trop exigeant. Elle avait des grands yeux foncés et des paquets de rimmel collés sur les cils. Mal démaquillée, elle portait un tee-shirt usé et un jean effiloché aux cuisses.

– J'aurais tout imaginé, sauf vous connaître un jour, dit-elle.

– Navré de vous déranger si tard. Cette visite n'était pas prévue.

Elle ne me quittait pas du regard :

– Pas la peine de vous excuser. Je suis ravie. J'étais folle de curiosité. Mais vous voulez quoi, au juste ?

– J'ai un cadeau pour vous.

– Pas la peine, dit-elle. On ne se connaît pas. J'aime pas ce genre de surprise.

J'eus honte de mes manières de riche.

– Je voulais dire une sorte de compensation.

– Il n'y a pas de raison. Voulez-vous un verre ?

– Un Coca.

Je me retrouvai dans un fauteuil avec la boisson glacée à la main. Installée en face de moi, elle me contemplait :

– Elle n'était pas capable de me décrire convenablement le type bizarre qui l'a draguée.

– Désespéré, plutôt.

Elle se fit confidentielle :

– Ce qui m'a épatée, c'est que vous l'avez épousée. Ça n'arrive jamais. Une drague qui se termine par un mariage, et avec un homme riche !

Je pris un air modeste. Seuls les vrais connaisseurs repéraient mes mensonges.

– Veuf soudain, je voulais accomplir un acte moral.

Elle s'exclama :

– Vous lui avez donné de l'argent, c'était déjà bien.
– Ses parents tenaient à la régularisation. Elle avait eu aussi quelques crises, genre mystiques.
– Pas la peine d'en discuter, dit-elle. Vous êtes un homme honnête, c'est tout.
Je commençai à respirer. Elle ne savait apparemment pas plus que ne voulaient transmettre au public des articles dans les journaux populaires.
– Betsy, avez-vous une idée d'où se trouve Annie ? Je ne communique avec elle qu'à travers un avocat. Elle me fuit, elle m'a pris en grippe.
Elle trouvait la conversation passionnante.
– Vous voulez la faire revenir ici ?
J'hésitai :
– Pas forcément. Nous allons nous séparer gentiment. Je veux dire : divorcer. Elle préfère l'Afrique à la Californie. Mais il faudrait s'expliquer.
– Elle a pris goût à l'Afrique, dit Betsy. Ça change, après le casino. Elle a toujours rêvé de vivre dans une communauté, au milieu de la nature.
Je ne voulais pas perdre un mot de ses explications. Elle surenchérit :
– Elle supportait difficilement la salle de jeux. Mais elle devait gagner sa vie. Alors votre offre était comme un miracle. Elle se consacre maintenant, comme elle dit, aux causes humanitaires.
– Mais où ?
– Elle m'a écrit il y a quelque temps, dit Betsy en croisant ses jambes.
Elle commenta mon regard :
– Elles sont encore parfaites, dit-elle. Mais on ne vit pas juste de ça…
– De quel endroit elle vous a écrit ?
– D'une ville près du lac Victoria. J'ai retenu le nom du lac à cause de *Victor, Victoria*, le film.

– Vous avez encore l'enveloppe ?

– C'était une carte postale.

– Vous l'avez ?

Elle haussa les épaules :

– Si on gardait tout… Parfois elle appelle. Mais ce qu'elle dit ne vous concerne pas. Ou très peu.

Elle n'était pas hostile, Betsy, juste infiniment curieuse. J'avais l'impression d'être un animal préhistorique dont on compte les écailles.

– Elle a quitté la maison où nous vivions ensemble avant que je revienne à Los Angeles.

– Ah, le truc sur la colline ?

– Truc ? Une demeure.

– Je voulais dire ça, fit-elle, froissée. Si ma façon de parler ne vous plaît pas…

– Elle me plaît.

– Peut-être elle est tombée encore plus amoureuse de Dieu que de vous, dit Betsy. C'est ce que j'ai cru comprendre. Pourtant vous n'êtes pas mal.

– Il n'y a pas de comparaison.

– Ses passions sont maintenant religieuses.

– Juste une question saugrenue, Betsy. Je veux dire, insolite.

– Pas besoin de traduction, dit-elle. Je vous préviens, je suis susceptible comme un pou.

Je repris, angoissé :

– Est-il possible qu'Annie ait eu un enfant et qu'elle me l'ait caché ?

– Elle, un enfant? Seule? Non, dit Betsy. C'est agréable quand un enfant a un père.

– La veille de son départ, Annie m'a parlé d'un enfant blond parmi les petits Noirs. Cet enfant blond aurait été le nôtre. Le symbole d'un monde meilleur. Aucune distinction de race.

– Oh ! dit Betsy. Des blagues. Les gens racontent ça. Surtout elle. Ses histoires qu'il n'y a pas de différence de races me faisaient rigoler. Enfant ? Non. Elle me l'aurait annoncé. Je crois tout simplement qu'elle ne veut plus de vous. Elle a été très choquée d'être épousée au prix d'un deuil. Il y a une femme morte entre vous.

En effet, nous n'avions jamais de répit, Angie Fergusson nous séparait. Betsy me contemplait :

– Vous avez l'air si... Comment vous dire ?

Elle cherchait :

– Je dirais : aimable et poli. Il paraît que votre femme – la première – Angie Fergusson, avait une personnalité exceptionnelle. Je me demande comment Annie a pu vous détourner d'elle. Les hommes... Je vous assure. On se demande s'ils sont normaux...

– Elle vous a donné des détails ?

– Ce qu'elle jugeait utile.

– Quoi ?

– Je n'en sais rien. Et je ne comprends pas non plus.

– Quoi ?

– Annie n'était pas une beauté, elle n'était pas plus intelligente que les autres. Si vous l'avez amenée en Afrique en cachette de votre femme légitime, c'est qu'elle avait quelque chose de plus... Vous avez inventé de belles histoires, vous lui avez donné de l'argent, mais c'était – j'en suis sûre – une histoire de sexe.

Annie, ma sainte Annie, était comme toutes les femmes, elle se croyait irrésistible et n'avait pas avoué à sa meilleure amie que j'avais acheté sa présence. Question d'amour-propre. Je la comprenais. Betsy alluma une cigarette :

– Ça ne vous fait rien ?

– Non.

Elle continua.

– Vous avez servi à quelque chose…

– A quoi ?

– Annie avait des tendances mystiques, mais elle les cachait. L'aventure avec vous lui a permis de voir clair.

– C'est-à-dire ?

– Les malheurs ont augmenté son besoin de Dieu. En m'appelant d'Afrique, elle m'a parlé d'une mission, ou de missionnaires. Je n'ai rien compris. Elle m'a dit qu'enfin elle savait quoi faire pour être plus près de Jésus-Christ. Elle attend, avant d'agir, le signe divin.

– Mon avocat devrait prier avant de l'appeler ?

– Vous dites des choses odieuses. Il faut respecter les convictions des autres.

– Sur le plan pratique, le trop de respect complique l'existence.

Elle m'interrompit :

– Annie m'a dit que Dieu attend – patiemment – que l'être humain trouve seul son chemin du salut. Quand il a vraiment prouvé sa bonne volonté, le Créateur l'aide avec un signe.

Le souvenir d'Annie l'éclairait et moi, je la distrayais.

– Si j'avais été, moi, votre maîtresse d'abord et votre femme légitime ensuite, je ne me cacherais pas en Afrique. Je vous le jure. J'aurais beaucoup de bijoux, je m'habillerais à Rodeo Drive et je raconterais à tout le monde que je suis votre femme.

A ses yeux, je n'étais qu'un mari de hasard, issu d'un adultère. En m'identifiant à un tricheur mondain, à un ingrat, j'étais en tout cas en meilleure position que dans la peau d'un meurtrier.

– M'éviter à ce point…

– Vous n'êtes pas le seul à la chercher, figurez-vous ! Ça bouge autour d'elle ! L'un des hommes les plus célèbres de Californie m'a appelée. Un photographe…

– Robby Allen ?

– Mais oui ! Il a dépisté quelque part mon adresse. Il sait que j'étais la meilleure amie d'Annie. Il va venir ici. Lui, en personne !

Elle me fixait :

– Vous imaginez ma chance ? Je voulais être top model. Les photographes me jetaient à la porte. J'étais pas assez mince et j'avais des mauvaises ombres sur le visage. Des contrastes malheureux. Vous saviez que ça existait ?

– Vous êtes ravissante.

– Vous dites ça pour me flatter ! Mais Robby Allen, lui, peut me faire rattraper le temps perdu. Il voudrait raconter en images la vie d'Angie Fergusson et celle de votre deuxième femme ! Dont j'étais la meilleure amie ! Passionnant, non ? Avec mes photos à la clef… Pas forcément dans le même livre. Ailleurs !

– Moins vous parlerez de moi, plus je serai content. Je me méfie des ragots.

Maladroit, je cherchai dans la poche intérieure de ma veste mon portefeuille.

– J'aimerais contribuer…

– On ne m'achète pas, dit-elle. Je ne suis ni une pute ni une balance à qui on offre du fric pour obtenir des renseignements ou pour la faire taire !

– Betsy, vous vous emballez trop vite. A l'époque, Annie m'a dit que vous partagiez le loyer. Si vous vivez seule ici…

– Alors quoi ?

– Vous devez payer la totalité de la somme.

– Je vis avec un chat, expliqua-t-elle. En effet, il est difficile de trouver quelqu'un de confiance pour partager un appartement. Las Vegas est une ville dangereuse.

Elle bâilla :

– Faudrait me coucher.

– Betsy, je suis le mari de votre ex-compagne de location, j'ai le droit, à la place de ma femme, de vous régler un an de loyer. Un acte de politesse. Je suis sûr qu'Annie l'approuverait.

– Si vous le prenez comme ça, dit-elle avec un large sourire, c'est différent. Vous avez des manières. Et si elle veut revenir un jour, elle a toujours sa chambre, son lit. Il paraît que vous n'avez jamais couché avec elle ici.

– Ça a un intérêt quelconque ?

– Juste la curiosité.

– Laissons planer le mystère.

Je cherchai dans une autre poche.

– Vous me faites un chèque ou quoi ?

– Je vous donne déjà l'argent que j'ai sur moi en espèces et un chèque de cinq mille dollars.

– Cinq mille ? C'est beaucoup.

– Geste de reconnaissance. Moins vous parlerez d'Annie, plus je vous gâterai.

J'avais pris les billets dans mes poches. Elle émit un petit sifflement :

– Vous vous promenez avec des centaines de dollars à Las Vegas ?

– Je n'ai pas l'air riche, alors on ne m'attaque pas.

Je venais de retrouver mon carnet de chèques, malmené aussi.

– Ma banque a une filiale à Las Vegas. Vous pouvez toucher l'argent sans problème. Ce n'est pas un cadeau, Betsy, mais une compensation de loyer.

Elle regardait le chèque :

– Ça m'arrange, mais vous n'avez aucune obligation…

– Je me sens responsable.

Elle haussa les épaules :

– Franchement, plus je vous regarde, moins je comprends l'attitude d'Annie. Un plutôt beau gars, même fatigué, au style viril, et elle vous refuse. Bref, si j'en rajoute, vous direz que je veux flirter. Donnez-moi votre numéro de téléphone et je vous tiendrai au courant de la visite de Robby Allen.

– Merci. Et si Annie vous appelait, dites-lui que j'ai un besoin absolu de lui parler, que je ne veux rien, que…

– Que vous l'aimez ?

– Non, n'ajoutez pas un message romantique de ce genre. Dites-lui juste que je dois la rencontrer. Je vais partir pour l'Afrique dans quelques jours…

– Pour de bon ?

– Du tout. Un simple voyage. Je dois la retrouver.

Elle fit une grimace :

– Il faudrait encore qu'elle appelle… Et surtout qu'elle accepte ! Elle est têtue comme une mule. Vous n'y pouvez rien.

– Essayez, on ne sait jamais.

Je devais la prévenir sans la brusquer ou la braquer :

– Je vous mets en garde. Robby Allen vous demandera des renseignements.

– Je le sais. J'en rêve ! Je ne mentirai pas à Robby Allen. Je lui donnerai la moitié du numéro de téléphone que j'ai marqué… A vous aussi. La ligne était mauvaise et le crayon abîmé.

Je me freinais : à la moindre surenchère, elle m'enverrait au diable.

– Si vous me le donniez, vous me rendriez un de ces services...

– Même la moitié ?

– Oui.

Elle partit dans sa chambre et, au bout d'un temps que je trouvai très long, elle revint avec la feuille arrachée d'un bloc. Je reconnus l'indicatif du Kenya mais ensuite...

– C'est quoi ?

– Je n'ai pas pu l'écrire mieux.

– Essayez de me le lire. Vous connaissez votre écriture.

– Quelque chose comme « baie »... Oman-Bay ? Ça existe ?

– A-t-elle mentionné Homa Bay ? Vous avez dit ça à Robby au téléphone ?

– Non. Je voulais qu'il vienne lui-même, qu'il me voie. J'espère encore... La mode des femmes de trente-cinq ans peut être imposée...

Elle me regardait avec ses grands yeux, ses cheveux abondants étaient un peu gras :

– Vous ne trouvez pas absurde qu'on ne présente que les filles de vingt ans dans les magazines ?

– Que voulez-vous ? C'est ainsi.

J'ajoutai :

– Je serai toujours là pour vous dépanner. Considérez ce fait comme une preuve d'attachement envers Annie. Mais si vous pouviez oublier Homa Bay...

– Bien sûr que j'en parlerai, à Robby Allen ! Pour une photo signée Robby, je me ferais couper la tête. Après la photo. S'il me disait : « Vous êtes intéressante. Il me faut comme modèle une femme qui a l'air d'être une femme, comme toutes les autres femmes, et pas un oiseau de paradis... Et surtout l'amie de l'actuelle Mrs. Landler… », je lui raconterais qu'Annie a travaillé pour une mission médicale à Homa Bay.

– Vous ne m'avez pas dit ça…

– J'ai oublié, dit-elle, mal à l'aise.

– Quelle mission ?

– Des Allemands, je crois, ils vaccinaient les enfants. Et il y a cette histoire de mission ou de missionnaires. Je ne savais pas que ça existait encore, des missionnaires…

J'aurais dû être plus intéressé par ce problème, mais j'étais obsédé par Robby.

– Ne dites pas que je suis venu.

– Ça, je peux promettre. Je vous le dois bien.

Puis elle ajouta :

– Les gens pourraient imaginer que vous courez après moi aussi…

Qui oserait avouer : « Mais non, mais non. Quelle idée ! Vous, vous êtes le cadet de mes soucis » ? Prudent, je répondis :

– Vous êtes séduisante, mais si réservée…

– Vous trouvez ?

Cette phrase parut la satisfaire. Elle me regrettait mais elle se comportait en « meilleure amie ». Je la quittai doucement, il ne fallait pas l'agacer. Je lui promis de l'appeler. Elle eut un moment d'hésitation sur le palier :

– Quand on pense qu'un homme aimable et généreux comme vous a si peu de chance avec les femmes ! La vie n'est pas juste.

J'aurais pu ajouter que les femmes n'avaient pas de chance avec moi non plus. On me prenait pour le gros lot et on découvrait au seuil de l'extase que le dernier chiffre n'était pas le bon.

Le chauffeur de taxi m'attendait, appuyé contre la portière de la voiture. Il fumait et n'avait aucune envie d'écraser sa cigarette avant de reprendre le volant.

– Vous aviez pensé que j'allais me sauver de l'autre côté ?

Il n'y eut pas de réponse. Il reprit sa place, moi, la mienne.

– On va où ?

M'enfermer dans une chambre d'hôtel ? Impossible. La ville agissait comme une amphétamine. Et le résultat de la journée n'était pas mauvais. J'avais pu désamorcer une attaque directe du côté de l'ancienne compagne d'appartement d'Annie et obtenir une vague indication de l'endroit où était ma femme.

Le taxi roulait maintenant sur le Strip. J'aperçus bientôt, côté gauche de l'avenue, l'entrée éblouissante de néons du Caesar's Palace, vert fluo. En bordure, des statues monumentales en toge s'amusaient sans doute dans leur éternité en stuc.

– Allez au Caesar's Palace.

Je criai pour qu'il m'entende à travers la plaque antigangsters. Le chauffeur fit demi-tour sur le Strip, freina, pour arriver au ralenti devant l'entrée principale du Caesar's. Il fallait impressionner le portier. Je payai généreusement le chauffeur. J'étais trop chiffonné pour cet endroit chic où on ne s'adressait aux bandits manchots qu'avec des pièces de un ou cinq dollars. Le portier m'admit dans le palais. Je poussai le volet épais de la porte tournante. De l'autre côté, l'air froid me flanqua l'angoisse d'une bronchite. Ayant rajusté ma cravate, je me présentai à la réception.

Je m'adressai à une jeune femme style poupée Barbie, et demandai s'il existait un Mr. Arraro à l'hôtel. La blonde platine pianotait sur un clavier et annonça qu'il n'y avait pas d'Arraro ici. Une jeune femme noire, perspicace – échappée d'un remake de *Mission Impossible* – passa, se pencha au-dessus de l'épaule de sa collègue, effleura du regard l'écran et prononça :

– Di Arraro ?

– Si vous voulez, je le prends avec le « di ».

Vouloir plaisanter aux Etats-Unis avec le nom d'un client, style Caesar's Palace ? Je n'étais pas encore adapté au protocole du snobisme d'ici.

– Il y a un « di » Arraro, en effet.

– Merci. Vous êtes superbe.

L'adjectif à la française tomba dans le vide. Il fallait sans trop tarder adopter la manière que j'appelais « narines pincées ». Je pris un air plutôt ennuyé, un ton nasal, et je rétablis un semblant de confiance.

– Le numéro de sa chambre ?

C'était raté.

– Chambre ? répéta-t-elle, dégoûtée. Suite. Demandez au client par le téléphone intérieur. Il vous le dira lui-même s'il le veut.

Ancien exclu du luxe, je n'avais pas encore passé assez de temps à la tête d'un empire américain pour devenir comme eux. Je veux dire, digne de ce niveau d'argent. Je marmonnai un vague « *thank you* », m'éloignai de la réception à la recherche du stand des téléphones intérieurs. Les joueurs, plus élégants qu'ailleurs, apparemment plus à distance de leur voracité qu'ailleurs, avaient les traits marqués. Le célèbre restaurant japonais – sur une île artificielle au milieu de l'immense hall – était fermé. C'est là-bas qu'Angie m'avait demandé en mariage. J'avais, à l'époque, quatre cent vingt-cinq dollars en poche, elle plus de quatre cent cinquante millions dans les banques. La différence était convaincante.

J'arrivai vers la rangée des téléphones. Je décrochai le premier combiné et demandai Mr. Di Arraro. Un système d'ordinateur intérieur me brancha sur son numéro. La sonnette grêle du téléphone retentit plusieurs fois, puis une alerte voix d'homme me répondit :

– Allô ?

– Monsieur Di Arraro ?

J'insistai sur le « di ».

– Oui.

– Pardonnez-moi de vous déranger et à cette heure-ci. Je voudrais vous rencontrer juste quelques minutes.

– Mais qui êtes-vous ? s'exclama-t-il, irrité. J'ai demandé une femme, pas un homme.

Le quiproquo était dangereux.

– Je suis… J'étais… Comment vous dire ? Le mari d'Angie.

– Le Français ? Mais où êtes-vous ?

– Dans le hall.

– Et comment saviez-vous que je suis ici, que j'existe ?

– De passage à Las Vegas, je voulais essayer de vous trouver.

La voix se fit plus aimable.

– C'est urgent ? Que voulez-vous ?

– Mrs. Brown, de l'agence du lac Tahoe, m'a parlé de l'intérêt que vous portez à la maison que possédait ma femme.

– Pas aujourd'hui. Encore moins cette nuit. Cette bonne femme a dû raconter des bêtises concernant Angie et moi. C'est pour ça que vous êtes venu ?

– Pas précisément. Il y a de tout. Le hasard, l'insomnie, la curiosité.

– Vous la vendriez, la maison ? Vraiment ?

– Oui.

– Montez donc. Numéro 972.

Je me précipitai vers les ascenseurs. Je parcourus ensuite au neuvième étage une distance considérable sur une moquette rouge, la suite d'Arraro était au bout du couloir et avait une porte à double battant.

La sonnette avait à peine retenti qu'un homme de petite taille, vêtu d'un peignoir de bain, ouvrit et me tendit la main. Il avait une tête large, le visage d'un empereur sur un corps trapu et mal assorti à son regard dominateur.

– Entrez.

Il passa sa main sur ses cheveux collés sur son crâne et effleura sa moustache. Je détestais l'imaginer avec Angie. Ses yeux noirs grossis par des lunettes aux verres épais me photographiaient. Il était d'une laideur sympathique et, même en peignoir, il semblait riche. C'était visible à son attitude, au manque de complexes, à une sorte d'arrogance de naissance.

– J'ai peu de temps, monsieur…

– Landler.

– Un whisky ?

– Si vous y tenez.

– Ça m'est égal. Oui ou non ?

– Un verre d'eau.

– Prenez place…

Il sortit du minibar un quart Perrier :

– Vive la France, dit-il. C'est ce qu'on dit à un Français quand on veut lui faire plaisir, n'est-ce pas ?

– A qui ça ne ferait pas plaisir ?

Pour son whisky à lui, il extirpa du fond d'un seau des cubes de glace, j'aperçus à son auriculaire gauche une lourde chevalière en or. Il avait un vilain tic devenu un réflexe. Il se rinçait la bouche avec son whisky avant de l'avaler. Juste un glouglou, aux lèvres serrées. Je l'intéressais :

– Alors, vous étiez le mari d'Angie ?

– Oui.

– Et son héritier ?

– En effet.

Mon poids en dollars semblait le satisfaire.

– J'ai cinq minutes pour vous.

Il s'assit en face de moi, le peignoir s'entrouvrit sur ses cuisses épaisses. Gagné par l'impatience des fumeurs, il cherchait du regard et repéra son paquet glissé sous un *Newsweek*. Il dégagea l'élégant carton doré et d'une chiquenaude en fit surgir une cigarette :

– Si vous fumez…

– Non, merci.

– Vous voulez vivre longtemps, me dit-il, railleur. Moi, je m'en fiche.

Je trouvai ses mains obscènes. J'éprouvais une nette répulsion. Ma femme, blonde et fragile, les aurait-elle acceptées ? Di Arraro pressa le rythme :

– Il y a demain une vente de demi-sang près de Las Vegas. Et de quelques yearlings. D'où ma présence. Mais vous ?

– J'avais une affaire à régler. Mrs. Brown m'a dit que d'habitude vous descendiez ici. Ce n'était pas difficile de me renseigner.

– Je vous rassure tout de suite, je suis plus passionné par les chevaux que par les femmes, dit-il, jovial. J'ai fait la connaissance d'Angie lors d'une vente, justement de yearlings. Je n'avais plus envie de la lâcher. Elle était comme un objet précieux pour un collectionneur ; quand on le découvre, on voudrait l'acquérir.

Il aspira profondément la fumée :

– Je savais que j'étais trop laid pour elle. Ça ne la dérangeait pas, elle me trouvait suffisamment drôle et riche.

Je défendis Angie :

– Elle avait une fortune considérable et de l'esprit aussi. Elle a dû être attirée par votre personnalité.

– Vous êtes perfide et aimable à la fois, monsieur Landler. C'est très français, je crois. Mais vous n'avez pas les mêmes problèmes que moi.

– Sur quel plan ?

– Votre aspect physique privilégie les rencontres. En plus, Français, vous devez plaire d'office. L'Italien est le plus dangereux rival, mais après, sinon ex aequo, c'est le Français. Je parle en connaissance de cause. Deux fois dans ma vie, je suis parti à deux en Italie et je suis revenu seul.

– Coïncidences.

– Vous êtes arrangeant. Vos manières sont agréables. Mais vous le savez sans doute, qu'il arrive un moment où la femme balance sa chance pour le sexe. Pour ne pas avoir de regrets physiques ensuite.

– Vous avez un charme certain…

Je devais le consoler, sinon j'étais venu inutilement. Il se fit confidentiel :

– Je suis doué d'une séduction folle lorsque je tends un écrin à une femme. Quel regard elles ont ! Les diamants éveillent une profonde sensualité.

– Je parle de votre personnalité.

– Mon professeur de mathématiques au collège était aussi laid que moi. Il m'a donné un conseil précieux. Dès qu'on sent une hésitation, il faut s'exclamer : « Je ne plais qu'aux femmes intelligentes. » Si elle vous refuse, elle se délivre un certificat de stupidité.

– Et ça marche ?

– Parfois. Mais au fait, qu'est-ce que je peux faire pour vous ? J'imagine que vous voudriez la maison de Tahoe pour une des anciennes relations d'Angie. Si vous êtes sentimental…

– Non. Ça m'est complètement égal. A propos, est-il vrai que vous étiez son amant ?

En américain, j'ai dit : « *Did you have sex with Angie ?* » Traduite en français, la phrase est à hurler de rire : « Avez-vous eu du sexe avec Angie ? »

– *We did not have sex together*, dit-il. En tout cas pas comme les gens l'entendent, le sexe. Nous étions complices et nous nous amusions. Nous avions plus de fous rires que d'orgasmes ensemble.

– Des fous rires ?

– Mais oui. Est-ce si étonnant ?

– Vous avez ri avec Angie ?

– Elle était très drôle.

– Très drôle ?

– On faisait des blagues de potaches. Des devinettes. Un homme très grand couche avec une toute petite femme. Où se trouve sa tête au moment de la pénétration ? Le problème est le même avec une femme très grande et un homme de taille modeste. On pleurait de rire.

– De ça ?

– Etes-vous choqué ?

– Non. Désorienté.

Il me regardait de près :

– Je vous assure, elle avait des répliques… Vous et elle, vous n'aviez pas la même langue maternelle. Il y a toujours des nuances qui échappent, des sous-entendus cachés dans des intonations. Un Américain ne rit jamais au même moment qu'un Français.

– Vous êtes sud-américain.

Il haussa les épaules :

– Education américaine. Un autre Perrier ?

J'acquiesçai. Il me servit.

– J'ai proposé deux millions de dollars à Angie pour la maison, raconta-t-il. C'était peu, mais pour me surprendre, elle aurait pu l'accepter. Elle a dit non. On mangeait des fraises. On a mis la fraise à deux cent mille dollars. Ma coupe terminée, mon offre était de quatre millions de dollars. D'ailleurs, êtes-vous vendeur ou était-ce un prétexte pour venir ici ?

– Dans un an, vous avez la maison. L'argent de la transaction sera versé directement à la Fondation Fergusson.

– Vous aurez un chèque de quatre millions dès que vous vous déciderez. Mais n'ajoutez plus une seule fraise. Il y a des travaux à prévoir.

Je saisis l'occasion :

– Je vais condamner la terrasse. Faire couler du béton sur toute la surface.

– Bravo. Je hais cette terrasse. La balustrade arrive à ma cage thoracique. J'étais comme un nain. Seule la table était sympathique.

– Sympathique ?

– Le cadran solaire sur le plateau, je l'adore.

Il m'ausculta du regard :

– Vous avez une mine effrayante. D'habitude, quand je sais à l'avance qui je rencontre, j'évite les gens déprimés. Ils ont de mauvais fluides.

Je l'interrompis :

– Je m'en vais. Je ne veux pas vous contaminer.

– J'avoue que je n'ai pas une envie très forte de vous retenir. Vous pourriez me porter la poisse malgré vous.

Il se leva et chercha sur le bureau du petit salon contigu à la chambre une feuille de papier à lettres :

– Il ne faut pas m'en vouloir, dit-il en revenant, je suis toujours très direct. Voulez-vous qu'on signe la promesse de vente ?

– Pas tout de suite.

Il hocha la tête :

– Je suis persuadé que vous n'êtes pas dans votre état normal. Si vous vous suicidez en sortant d'ici, ne laissez pas dans une lettre d'adieu le souvenir de notre rencontre. On est embêté ensuite pendant des mois par les enquêteurs. On s'intéresse déjà beaucoup trop à moi à cause d'Angie. A la suite de quelques photos parues dans les journaux de potins mondains, un détective m'a rendu visite.

– Que voulait-il ?

– Juste glaner quelques informations concernant l'emploi du temps d'Angie. Avant que vous embarquiez pour le Kenya, vous avez passé quarante-huit heures à Las Vegas, n'est-ce pas ?

Un de plus qui allait me faire chanter. J'avais envie de le provoquer :

– En effet.

Il hocha la tête :

– Elle avait ici, au Caesar's Palace, une suite à l'année. Pourquoi aller ailleurs ?

– Je voulais tout changer. Ne pas être chez elle. Je nous ai offert une suite ailleurs.

– Elle aurait dû m'appeler. Il y avait dans un ranch une vente privée de poulains pur-sang. Elle pensait y assister. J'ai raconté ce détail au charmant détective, il était triste pour moi.

– Angie et moi, nous avions décidé de nous accorder une excursion amoureuse…

– Quelques jours avant de partir pour le Kenya ? L'Afrique est déjà une escapade.

– Nous avons commencé un voyage de noces un peu tardif à Las Vegas.

– Et elle m'a laissé tomber, reconnut Di Arraro. Pourtant elle n'était pas capricieuse.

– Très préoccupée par l'Afrique, ai-je ajouté.

Di Arraro était agacé :

– J'étais vraiment froissé. Choqué. Quand je pense au temps que j'ai passé à écouter ses idées humanitaires, dont je me moque complètement. Elle était intarissable lorsqu'il s'agissait de toutes ces belles choses que les femmes de luxe se racontent en prenant le thé.

– Elle y croyait.

– Elle le jouait aussi ! Je ne croyais pas à sa fondation africaine, sauf bien encadrée par des spécialistes locaux.

– C'est ce qu'elle a voulu. Et je continue son œuvre.

– Vous comprenez, expliqua-t-il, les Africains, chez eux, doivent diriger eux-mêmes leurs dispensaires, leurs hôpitaux. Il y a des Kenyans extraordinaires, qui vivent dans l'anonymat. L'aide des Blancs, sans la compréhension de ce peuple et de ses traits de caractère, n'est qu'une histoire pour presse populaire.

– Angie avait une équipe à sa disposition.

Di Arraro fit un geste comme pour chasser une mouche :

– Bah… Je veux bien. Elle avait surtout besoin d'un enfant. J'ai connu Angie avant son mariage avec le médecin. Lorsque à la suite de sa chute de cheval, elle fut obligée de porter une minerve…

– J'ai vaguement entendu évoquer cette chute.

– Elle ne vous a jamais avoué la gravité de l'accident ? Ça ne m'étonne qu'à moitié. Pour elle, une difficulté physique était une tare, presque une honte. Ses vertèbres cervicales étaient si fragiles qu'un seul geste brutal aurait pu la tuer. Alors, qu'est-ce qui vous a rapprochés, vous deux ? Le sexe ?

– Une attirance réciproque.

La sonnerie du téléphone retentit.

– Vous permettez ?

Il décrocha, parla à voix basse, puis se tourna vers moi :

– Vous devez partir.

Je me levai :

– Merci de m'avoir reçu.

– Vous êtes dans quel hôtel ?

Je cachais mes errances.

– Invité dans une propriété au bord du lac Mead.

– C'est bien, dit-il, distrait.

Il m'accompagna à la porte :

– J'attends une fille. Cher payée. Elle n'a pu me prendre qu'avec du retard sur l'horaire habituel. Un autre client l'avait retenue depuis des mois. La nuit complète aurait coûté trois mille dollars. Je paie la moitié.

Je reculai, la distance rééquilibrait la dénivellation de nos tailles.

– Etiez-vous amoureux d'Angie ?

Il haussa les épaules :

– Amoureux ? Je ne sais pas ce que c'est. J'aurais voulu l'exhiber. Elle était représentative et convoitée, ça me suffisait.

Sur le seuil, Di Arraro ajouta :

– Je vous signale que Robby Allen – vous connaissez le célèbre photographe ?

– Bien sûr.

– Il cherche à me rencontrer. Il prépare une biographie en images d'Angie. Je devrais avoir une belle place dans l'album.

Il posa sa vilaine main sur mon bras droit :

– Il y avait tant de monde autour d'elle. Etant l'ex-mari – il évita le mot veuf – vous devez être, à côté d'elle, la vedette du livre.

En guise d'adieu, il me tendit une carte de visite prise dans la poche du peignoir :

– Mon numéro de téléphone privé, à Caracas. En plus, le bureau aussi et le fax. Et pour la maison du lac Tahoe, c'est quand vous voulez...

On sonna à la porte. Il ouvrit. Une sublime Asiatique apparut. Des yeux noirs, la peau en porcelaine, une statuette en ivoire. Elle souriait machinalement, elle comprit à la seconde même que son client était le crapaud en peignoir et pas l'individu au costume fripé. Elle m'accorda juste un regard de regret. C'était la fin de notre courte et dense histoire.

Dehors, dans la chaleur étouffante, je redescendis en taxi jusqu'à Circus Circus où je louai une chambre minable. A la réception, une femme impassible imprima ma carte American Express. Elle me tendit la clef, une plaquette magnétique. Dans ma chambre, allongé sur le lit couvert d'un drap grisâtre, épuisé, je réfléchissais. J'avais vidé deux abcès ce soir. C'était déjà ça. Je devais encore prévenir Mrs. Brown d'un oubli volontaire. J'ai rallumé l'éclairage fade au-dessus de mon lit. Je consultai mon agenda de poche et je saisis le téléphone. J'allais bouleverser la vieille peau. Il était bientôt trois heures du matin, mais j'avais un prétexte acceptable. Je composai le numéro, un ordinateur protesta quelque part en miaulant. Tombant de sommeil, je recomposai avec soin ce putain de numéro. L'ordinateur daigna l'accepter. Mrs. Brown décrocha au bout de quatre sonneries.

– Allô ?

– Eric Landler. Pardonnez ce dérangement à une heure impossible. Je suis si navré.

– Vous ne me dérangez pas. Qu'est-ce qui vous arrive ?

– J'ai oublié de déposer les clefs chez vous. Je les ai emportées à Las Vegas. Je vais vous les renvoyer de Los Angeles.

Elle s'exclama. Certains oiseaux crient comme ça.

– Monsieur Landler, je ne vous aurais jamais confié les clefs sans avoir ma trousse de sécurité à moi. J'ai des doubles. Rassurez-vous, je peux entrer dans la maison quand je veux.

La garce me coupa le souffle.

– J'ai cru comprendre que vous n'en aviez pas d'autres.

– J'ai tout ce qu'il faut pour prendre soin de la maison.

D'où vient aux femmes ce don vicieux de tout prévoir, de tout pressentir ?

– Vous n'avez rien à faire dans la maison !

– On ne sait jamais. Vous avez confiance en moi, n'est-ce pas ?

J'hésitai :

– Bien sûr.

Ceux qui réclament sans cesse qu'on leur fasse confiance vous achèvent souvent.

Dans un moment de fureur muette, j'essayai de casser le téléphone, je devais me défouler. Le plastique résistait à tout et la moquette en matière synthétique, cette surface gris souris, n'accusait même pas les coups. Je protestai contre les villes et les êtres humains, contre ce siècle qui charriait des immenses masses de fric et de déchets, puis je me recouchai, j'imaginais, dégoûté, les têtes qui avaient été en contact avec l'oreiller, puis ma fatigue vint à mon secours et je sombrai dans un demi-sommeil. Dès sept heures, sous l'emprise d'une suractivité agressive, j'appelai Sandy chez elle.

– Bonjour, Sandy. Pardon de vous déranger si tôt et chez vous.

– Bonjour, dit-elle. Je sortais de ma douche. D'où appelez-vous ?

– De Las Vegas. Je rentrerai à Los Angeles ce matin. Voulez-vous prendre quelques notes ?

– Attendez une seconde, j'ai les cheveux mouillés et je dois chercher un bloc…

J'attendis, puis j'entendis :

– Le voilà. Je vous écoute, mais avant, je vous signale que j'ai obtenu le renseignement concernant l'ouvrier qui devait vérifier votre ascenseur privé.

– Alors ?

– Un ex-réfugié cubain détenteur d'une *green card*. Ce jour-là, violemment malade à cause d'un empoisonnement alimentaire, il a dû être remplacé par un collègue. Il ne se souvient pas de son nom. Il y a dans l'entreprise un tel va-et-vient d'ouvriers que le chef du personnel ne l'a pas encore identifié. On m'a demandé en quelle langue le mot injurieux était écrit sur la paroi. La plupart de leurs ouvriers ne parlent qu'espagnol.

– « Meurtrier ». En anglais…

– Pardon, une seconde…

Un silence. Elle me dit :

– J'avais le dos tout mouillé. Ça y est maintenant. Je crois qu'il n'est peut-être pas utile de répandre ce mot, en ce qui vous concerne.

– Vous auriez préféré « sale capitaliste » ?

– Je ne sais pas, dit-elle prudemment.

– Que conseillez-vous, Sandy ?

– Je n'oserais pas prendre une décision à votre place.

– Conseil. J'ai dit : conseil.

– Ne plus vous en occuper. Et si jamais j'obtenais le nom de l'ouvrier, vous pouvez le convoquer, lui demander ses raisons et le faire licencier ensuite.

– Vous avez certainement raison, Sandy.

Ayant dicté une série de noms, ceux des cadres qu'elle devait convoquer pour des entretiens avant mon départ pour l'Afrique, je demandai qu'elle prépare quelques lettres que j'allais relire et signer. A mes débuts de président de la firme, j'étais entouré de personnages très brillants, des Américains – souvent d'origine irlandaise – sortis de Harvard. L'ombre d'une seule erreur d'appréciation des affaires leur aurait donné l'occasion de me moucher. J'étais devenu une bête de travail, je passais des nuits à étudier les dossiers, les structures des lois, j'apprenais sur le tas.

Parfois, si une expression juridique purement américaine me désorientait, je cachais mon ignorance. Sous prétexte d'être un perfectionniste à la limite de l'absurde, j'avais engagé un avocat rayé du barreau, qui m'apprenait la base des lois californiennes. Le peuple de l'Ouest regardait les procès transmis par la télévision. N'importe quel enfant connaissait la manière de composer un jury et le rôle de la partie civile. Je devais aussi apprendre à saisir le moindre grognement, rire au bon moment. C'était le plus dur, au début. Ecouter un Texan raconter une blague.

Au début de mon glorieux mariage, une ancienne hippie, orthophoniste de métier, appartenant à une association religieuse, venait chez moi, à Beverly Hills, deux fois par semaine pour atténuer, grâce à divers exercices, mon accent français et m'aider à prononcer les sons purement californiens. Avant Angie, j'étais confronté au peuple. L'accent américain ce n'est pas seulement le problème des *r*, c'est aussi celui du palais. Je devais m'exprimer du nez et de la gorge. Angie me raillait : « Vous n'avez pas besoin de tout cela, vous êtes mon mari. » Mais si, madame, j'en avais besoin. Parfois je me promenais – seul – dans ma chambre avec une pince sur le nez. J'avais trouvé des pinces à linge au quartier mexicain, dans un bazar. Les narines pincées me permettaient de bien prononcer : B-ho-s-t-ho-n. Les h supplémentaires rendaient le mot sophistiqué.

Sous ma douche à Circus Circus, je songeai à Sandy, j'aurais aimé l'avoir près de moi, nue. Ça n'arrivera jamais. Je me rendis ensuite au coffee-shop. C'était une salle au sous-sol, saturée d'odeurs et de bruits de métal. J'y engloutis un jambon-œufs-pommes de terre, avec des morceaux de pain chaud, en buvant du café. Je me suis nourri à la manière d'un Américain moyen. Lors de mes errances aux Etats-Unis, je subsistais grâce à ces boîtes dont les calories emmagasinées en une seule fois permettaient de faire face à la journée. Ces coffee-shops étaient des miroirs de l'Amérique. Dans ces huis clos évoluaient serveuses afro-américaines, belles Hispanos ou Asiatiques légèrement maussades, qui auraient préféré posséder l'affaire au lieu d'en être les employées. Les œufs, vous les voulez comment ? Ouverts ? Mous ? Recouverts de blanc ? Hissés sur des tabourets, accoudés sur le zinc, les clients mangent, le nez dans les assiettes, les *pancakes* épais couverts de sirop d'érable qui arrivaient comme des mini-soucoupes volantes pour les affamés du petit matin.

L'estomac rempli, les yeux brûlants, me sentant collant et agacé, je me dirigeai vers l'aéroport en contemplant de la voiture la grosse mémère qu'est Las Vegas le matin. Les lumières éteintes, le maquillage électrique du soir ôté, ce n'est plus qu'une bourgade où les accrochés aux manettes dorment encore, les prostituées comptent leurs sous et leurs bleus, les nettoyeurs nettoient et ceux qu'on a sauvés du suicide regardent le plafond blanc des hôpitaux. Du côté du City Hall, ça bouge ; les innocents et les éblouis d'Idaho, d'Oregon ou d'autres régions, parfois les Européens gavés de films, y cherchent des licences de mariage.

Le pilote m'attendait. Je retournais dans le luxe et je n'étais plus du tout sûr qu'être pauvre, c'est mieux. Installé dans mon large fauteuil, j'ouvris les journaux du matin. Dans une bouteille thermos, mon café était préparé. Je me réconfortais, j'étais à la tête d'un empire, je ne me laisserais pas vaincre, ni par un fantôme, ni par ses acolytes. J'appelai mon avocat-vedette, Me Kidmann. Echanger quelques mots avec lui – même lorsque je le dérangeais pour un rien au milieu d'un rendez-vous – me rassurait. Sa secrétaire m'annonça – après une minute d'attente – que « Me Kidmann préférerait vous rappeler ». J'indiquai les moments qui me convenaient, mais je sentais aussitôt un poids sur le plexus solaire. S'il en avait assez de moi ? Je n'ai jamais rechigné à régler une note, aussi salée qu'elle fût. N'étais-je pas devenu une routine ? S'il savait ce qu'il risquait de manquer, Me Kidmann !

La limousine m'attendait à l'aéroport réservé aux avions privés de Los Angeles. Il me fallait cinquante-cinq minutes pour arriver à Flower. L'ascenseur était fraîchement nettoyé, l'acajou sentait la cire. Je traversai les couloirs et les bureaux avec de petits hochements de tête à droite et à gauche. Des notes et des messages urgents m'attendaient, rangés en pile sur mon bureau. L'une des secrétaires – la blonde – m'annonça que Sandy serait incessamment de retour. La visite de Berthold Steiner était programmée pour dix heures du matin. Il avait dû voler toute la nuit – la durée du trajet entre New York et Los Angeles était d'environ cinq heures et demie. Il aurait pu m'expliquer par téléphone ce qu'il désirait.

A neuf heures quarante-cinq, la petite lumière rouge et muette clignota sur mon appareil de téléphone.

– Je suis là, dit Sandy. J'avais une entrevue avec l'entreprise qui s'occupe des ascenseurs. Ils ont décidé de poursuivre l'enquête. Je n'ai pas dit de quel mot il s'agissait. Et j'ai souligné le fait que vous n'attachiez plus aucune importance à l'affaire.

– Parfait. Voulez-vous venir une seconde ?

– J'arrive.

Elle apparut dans la porte. Je fus surpris par sa pâleur :

– Vous avez des problèmes de santé, Sandy ?

– Juste un peu de fatigue.

– Trop de travail ?

– Pas seulement ça.

– Personnel ?

– Dans un sens.

– Ça veut dire quoi ?

– Il y a eu chez moi une tentative de cambriolage.

– A quel moment ?

– Hier, en plein jour. Ce n'est pas étonnant. L'immeuble est facile d'accès et souvent la porte d'entrée reste ouverte. Des enfants circulent tout le temps et calent le battant avec une pierre.

– Vous avez averti la police ?

– La police ? Il y a tellement de plaintes ! Ils ont enregistré la mienne, c'est tout.

– Qu'est-ce qu'on vous a volé, Sandy ? Vous êtes assurée ? Bien assurée ?

– Je ne possède pas d'objets de valeur. Ce qui m'a choquée, c'est le désordre. Mon appartement est devenu un vrai chantier.

– Si je peux vous aider…

– Vous êtes bien aimable.

Je n'étais pas impressionné par le cambriolage, je voulais l'égayer un peu.

– Vous connaissez Paris, Sandy ?

En prononçant le mot, je me sentis comme drogué. Un flash de bonheur : Paris.

– J'ai traversé Paris, dit-elle.

– Alors ?

Je voulais en entendre parler. Je voulais des mots flatteurs, je voulais qu'elle aime Paris et qu'elle le dise.

– Vous avez éprouvé quoi ?

– Un vif désir de retour.

Elle glissa entre les mots. J'étais déçu. Elle aurait pu s'exclamer : « Paris, je l'adore, j'en suis folle ! Si je pouvais vivre là-bas… » Rien de tel.

– Pour Nairobi, quelle compagnie avez-vous prise ?

– Swissair. Première étape de Los Angeles à Zurich, onze heures de vol et ensuite, de Zurich, sept heures trente pour Nairobi.

J'étais éloigné une fois de plus de la France.

– Aidez-moi à me débarrasser rapidement de Mr. Steiner.

J'avais entendu parler de lui. Angie l'évoquait avec moins de tendresse qu'on en manifesterait pour un meuble ancien qui suivrait ses victimes – esclave des héritages successifs. « Il ne sert à rien, mais il ne dérange pas » répétait Angie. Grand et maigre, plutôt élégant, Berthold Steiner, dès qu'il a franchi le seuil de mon bureau, a voulu me serrer sur sa poitrine, j'ai échappé de justesse à cette manifestation d'affection inattendue. Ses cheveux étaient blancs et ses yeux bleu-vert. Il accompagnait ses paroles de gestes, ses doigts jaunes de nicotine étaient expressifs. Il débordait d'amabilité. Il parlait d'une voix cassée :

– Eric, mon cher neveu par alliance, que d'attente pour faire votre connaissance. Angie évitait les réunions familiales. Elle détestait les anniversaires, les commémorations.

Il se tut, il n'avait plus de souffle.

– Dès que j'ai appris votre souhait de me rencontrer, Berthold, j'étais à votre disposition. Et avec un grand plaisir. J'ai même dit : « Le hasard fait bien les choses. »

Ce mensonge, personne n'y croit, mais souvent on le place quand on se sent coupable d'indifférence.

– Que puis-je pour vous ?

Il balaya l'air avec sa main droite, à la peau ridée comme un vieux parchemin :

– Je m'exprime difficilement. A la suite d'un cancer, j'ai un œsophage en matière artificielle.

Que dire dans ce cas-là ? La vérité.

– Je suis navré, Berthold.

– Moi aussi, susurra-t-il. Parfois c'est pénible d'écouter quelqu'un qui a ce genre de difficulté. Angie ne vous en avait pas parlé ?

– Pas du tout. Sans doute vous considérait-elle guéri. Prenez place.

Il s'assit, tâta ses poches et trouva une cigarette amochée.

– Vous fumez, malgré… ?

– Pour le temps qui me reste…

– On vous a opéré quand ?

– Il y a quinze ans.

– Vous devriez vous épargner !

– Sans doute, dit-il, mais l'être humain est faible.

Pour économiser sa voix, il répondait d'une simple expression de son visage aux traits mobiles ou d'un mouvement d'épaules. Signe de l'âge, il liait sans cesse les événements du passé au moment présent.

– J'étais l'un des amoureux déçus de la belle Gail. Vous en avez entendu parler, j'imagine. A n'en plus pouvoir, n'est-ce pas ?

Il avait compris que j'en avais assez de leurs histoires de famille, de leurs haines, de leurs amours et des très rares sentiments.

Oui, comme les histoires de la mère d'Angie m'exaspéraient !

– Depuis le temps, ai-je dit. En effet.

J'essayai une mondanité éprouvée :

– Mais ce n'est pas le passé qui vous a fait venir de New York.

– Bien sûr que si. Je suis encore dépendant d'eux. Je vis des rentes que, selon les héritages, on m'accorde.

Il se fit confidentiel :

– Vous le savez maintenant, n'est-ce pas ? Les Fergusson n'avaient pas de cœur. Lorsqu'on a été présentés, mon frère et moi, à la belle Gail, nous étions tous les deux à la recherche du billet gagnant.

– C'est loin, Berthold. Gail – il m'était étrange d'appeler une défunte belle-mère par son prénom – avait choisi librement l'homme qu'elle voulait épouser.

– Librement ? C'est ce qu'on croit. La compétition était truquée. Mon frère Andy m'a honteusement trompé, Sanders aussi. Il faisait partie des soupirants de Gail. Andy flattait la famille aussi, il a accepté d'être « adopté » par le père Fergusson et d'assurer ainsi la continuité de leur immense orgueil.

– Je connais tout cela, Berthold. Mais qu'est-ce qui vous amène, en dehors de ces souvenirs – permettez-moi de vous le dire – fort lointains ?

Il hocha la tête :

– Quelqu'un a découvert les liens familiaux que ce vieux Steiner avait avec Angie Fergusson. J'ai eu une étrange demande, par personne interposée. Je me sentais très important. Une revanche sur le passé.

– Quelle demande ?

– On voudrait l'exhumation de la dépouille d'Angie pour faire un prélèvement ADN. Le progrès est fantastique : s'il reste un seul cheveu d'Angie, une infime parcelle d'elle, on pourrait savoir si c'est vraiment elle ou non dans la tombe.

J'eus l'impression de me trouver sous les décombres d'une maison écroulée. Enseveli, moi aussi. J'eus la force de m'écrier :

– Quelle idée absurde ! Angie a été identifiée par Sanders et par moi à la morgue de Nairobi. Et personne n'a le droit d'intervenir et de déranger sa paix.

– C'est ce que j'ai dit à mes interlocuteurs… Mais voyez-vous, ceux qui vous détestent tentent d'établir le doute autour de la vraie fin d'Angie.

– Si ce n'était pas tragique, ce serait ridicule.

– Il y a des personnes qui seraient comblées de joie si vous étiez inculpé.

– De quoi ?

– Je n'ose même pas prononcer un mot si invraisemblable en ce qui vous concerne. De meurtre…

Il avait un ton de voix faible, mais la force de son regard m'incitait à la plus grande prudence.

– Le problème, Berthold – et je me penchai vers lui pour essayer de créer un climat de complicité –, c'est que je ne suis pas américain. Un Français à la tête d'un empire californien, ça fait mal. Il n'est pas exclu qu'on veuille me discréditer, ne fût-ce qu'avec des rumeurs.

– Deux personnes s'acharnent sur vous…

– Un photographe, sans doute ?

– Vous l'avez deviné ?

– Bien sûr.

Il hésita :

– Alors vous devinez l'autre…

– Dites-le.

– Un détective privé.

– Qui était votre interlocuteur principal ?

– Le photographe. Il a combiné l'affaire aussi vicieusement que possible. Après avoir consulté sans doute d'excellents avocats. Comme je suis le seul membre vivant de la famille biologique, je pourrais demander cet examen, même si vous vous y opposez.

Je haussai les épaules :

– Je demanderais à mon avocat de déposer plainte pour harcèlement juridique.

Il afficha une expression émue :

– Je comprends votre indignation. L'humanité est d'une bassesse ! Je ne ferai rien contre vous. Je voudrais juste que vous soyez conscient du fait qu'Angie…

Je l'interrompis violemment :

– Elle est morte.

– Que même de sa tombe, elle peut nuire, cette petite ! L'idée du prélèvement a germé chez Allen, qui a rendu visite à une famille allemande dont un membre a disparu. Ce sont des gens très dignes, évidemment, mais si on les incite à entreprendre ce genre de recherches, ils risquent d'être tentés. Pour le moment, ils m'ont adressé une simple demande. A l'époque de la mort tragique d'Angie, une dame allemande, ethnologue sur les bords, a disparu au même moment. Allen leur a suggéré la solution : moi.

– Vous devez être bouleversé, Berthold.

– Non. Ça me ravit d'avoir un semblant de pouvoir sur la tombe de ma cruelle petite Angie.

– Si je peux vous soulager…

– Vous pouvez ! La rente qui m'a été accordée par Andy et confirmée par Angie n'est pas suffisante. Je voudrais mieux vivre pendant le peu de temps qui me reste. Et ça dépend de vous… Une goutte d'eau dans l'océan d'argent dont vous avez hérité.

Il ne fallait pas être très doué pour comprendre que Berthold souhaitait être acheté. Au moins, c'était clair, concis et sans équivoque.

– Cher Berthold, je vais prendre des dispositions aujourd'hui même et doubler, sinon tripler la somme qui vous est versée. Mais vous auriez pu…

– … vous dire ça au téléphone ? D'une voix suave ? Tripler, c'est bien.

Je devenais si aimable que je n'étais plus moi, mais mon double.

– Vous êtes mon oncle par alliance. Vous ne m'en voudrez pas si je vous offre – dès maintenant – sur mes fonds à moi, un chèque qui couvrira vos frais de déplacement et vous financerait un beau voyage…

J'hésitai :

– Vous supportez le climat tropical ?

– Oh oui ! dit-il. Les mers chaudes aident mes vieux os…

– Des séjours réguliers dans un hôtel de grand luxe aux Bahamas ?

– Vous lisez dans mes pensées, mon cher neveu par alliance.

Je me levai, m'approchai de mon bureau. Angie me regardait, amusée, cette fois-ci, de sa photo. Je tendis un chèque de vingt mille dollars à Berthold, il apprécia le chiffre.

– Ce n'est qu'un début, mon cher Berthold. Au moindre signe, je réponds. On doit ça à un oncle.

– Vous êtes un chic type, dit-il, et vous comprenez vite les ultimes besoins d'un vieillard… En vous remerciant de votre amabilité, en vous évitant l'humiliation que vous imposerait une exhumation forcée, je vous transmets, aussi, ce dossier.

Il tira de sa serviette des feuilles reliées. Je les reconnus à l'aspect, ça devait être l'enquête d'Angie me concernant. Le même assemblage de feuilles sous couverture de plastique qu'Angie avait jeté sur la table de la maison du lac Tahoe… Elle en est morte.

– Selon cette enquête, chuchota Berthold, vous êtes issu d'un milieu simple, vous vouliez prendre place dans le monde de l'argent. Tout cela pourrait vous faire du mal aujourd'hui.

Il luttait pour rythmer sa respiration :

– Elle me l'a fait parvenir, ce torchon, pour vous discréditer et justifier son divorce.

J'étais digne et offensé. La somme que je lui avais donnée me permit de planer dans les hauteurs de mes blessures morales.

– Cette démarche m'a profondément choqué, à l'époque. Ma famille est honorable, estimée par tout le monde, mon oncle français a votre âge !

Il me scrutait du regard :

– Bien sûr. Mais dès qu'elle a compris que vous n'étiez pas au sifflet, elle s'est plainte de votre résistance contre un séjour prolongé en Afrique.

– Je préférais la vie active de la firme et l'exercice de mon métier. Je n'avais pas la vocation d'un vétérinaire, ni la ferveur d'un missionnaire.

– Elle espérait, prononça Berthold avec difficulté, que vous accepteriez une existence organisée par elle en Afrique et que vous lui feriez des enfants là-bas.

Il poussa le dossier plus loin sur la table basse et conclut :

– Vous étiez donc obligé de partir pour l'Afrique.

– J'étais d'accord pour quinze jours, pas pour toute une vie.

Je n'en pouvais plus de cette famille de sangsues.

– A propos, dit-il, il y a encore une chose. Voyez-vous, on ne peut pas passer toute l'existence – même si elle s'annonce courte – aux Caraïbes. J'ai découvert, lors d'une promenade solitaire, une charmante maison de style normand à Long Island. Vous devriez l'aimer, c'est très français. Si vous l'achetez à mon nom – rien ne vous influence, je l'espère – je vous la laisserai dans mon testament.

– Je vous l'achète, ai-je dit.

– Vous êtes un homme bien, constata-t-il.

Il désigna le dossier :

– Cette saleté n'a rien à voir avec ma demande, c'est clair, n'est-ce pas ?

– Evidemment.

Il ajouta :

– Les affaires d'argent sont réglées, je peux donc, sans avoir l'air d'exercer une pression sur vous, ni appuyer ma demande, vous confier quelque chose, dit-il en cherchant dans ses poches.

Il me tendit une enveloppe :

– Regardez-le à votre aise.

– Désagréable ?

– Il vaut mieux encaisser les chocs à temps.

– Je suis prévenu. C'est quoi ?

– Ses combines, dit-il, essoufflé. Elle avait tous les privilèges de la famille riche, la beauté, la santé, des parents qui l'adoraient. Les maris, elle les a choisis comme un gosse son jouet, le champion de tennis – il n'a pas duré longtemps –, le psychiatre Howard, et puis vous, le Français sciemment observé, analysé, pesé…

Je ressentis une sourde colère :

– Je l'ai connue chez son ami Hart, elle n'a pas eu beaucoup le loisir – comme vous dites – de m'observer.

– Donnez-moi l'enveloppe.

Je la lui tendis. Il l'ouvrit avec difficulté.

– Lorsqu'elle éprouvait un vague besoin de famille, elle m'écrivait. Une petite lettre par-ci… un message par-là.

Il manipulait les feuilles avec soin, en réservant son effet de surprise. Il chercha ses lunettes, enfin il me lut le texte, au début peu cohérent :

> « … *conforme à ce que je veux. Je vais le revoir. Il n'est pas facile à déchiffrer. Je pourrais m'habituer à son accent sans m'énerver. Roy n'invite que les personnes issues d'un excellent milieu.* »

Il demanda :

– Roy Hart, n'est-ce pas ?

– En effet. Quoi encore ?

– Attendez…

« Il n'a pas renoncé à ses exigences, Roy. Il n'accepte que des vieilles fortunes et il se méfie des Européens dont les origines sont souvent difficiles à contrôler. Rencontrer quelqu'un chez lui est une garantie. »

Berthold leva le regard sur moi :
– On continue ?
– Si vous y tenez…
– J'y tiens.

« L'ingénieur français en question est apparemment l'homme qui me serait utile et agréable à la fois. Assez grand, châtain, sportif, modérément baratineur, ayant passé plusieurs mois aux USA. Il a été étudiant à Cambridge, pendant trois ans, il est issu de la noblesse française, donc il a des manières. Il a l'air franc. Ce qui est le plus important pour moi, c'est la franchise. Je ne supporte plus le mensonge. On m'a si souvent trompée. »
« Je serais contente de te revoir. Et si tu venais passer quelques jours au ranch ? Date à convenir. Je t'embrasse.

Ton Angie. »

Il s'exprimait de plus en plus difficilement :

« P.S. Il serait (physiquement) le père souhaité pour les enfants que je voudrais avoir. J'aime bien le mélange des peuples, des esprits, des sangs, le résultat est souvent excellent. Et surtout, Berthold, il a l'air honnête. J'ai besoin d'un homme honnête. »

J'éprouvai une sensation d'humiliation assez exceptionnelle. Aurais-je été, dès le début, sélectionné ? Ça me semblait invraisemblable. Je m'étais tellement démené pour que l'industriel américain accepte mon invitation. Avait-il la mission de « m'expérimenter » pendant ce repas et de me proposer comme échantillon humain à Angie ? Leur avais-je facilité l'« affaire » en courant comme un dément vers l'Amérique ?

– Pourquoi aurait-elle eu besoin d'un étranger ?

– Le nombre d'amateurs prêts à s'installer en Afrique est restreint. Elle était entourée de play-boys, d'industriels habitués à leur golf, de psychiatres chic, aucun de ces individus n'aurait été amateur de paludisme ni de missions humanitaires.

Le vieux avait plié les feuilles pour les glisser dans l'enveloppe.

– Vous les mettez de côté ?

– C'est comme vous voulez.

J'essayai de me montrer détaché :

– Elle a dû garder de son adolescence fortunée l'idée que tout lui est dû. Ce n'est pas sa faute.

– La vôtre non plus, dit Berthold. Vos origines modestes ne diminuent pas vos qualités professionnelles, déclara-t-il.

– Vous me rassurez.

– Elle était si snob, cette petite, continua Berthold. Mais laissons-la reposer en paix. Si vous permettez une remarque – je suis votre oncle – il n'était peut-être pas très adroit de votre part de vous remarier si tôt ! Un an après la mort d'Angie…

– La jeune femme américaine que le destin m'a fait rencontrer souhaitait cette légalisation. Elle a voulu vivre au service de la Fondation en respectant le souvenir d'Angie et en continuant son œuvre, mais ses convictions imposaient ce mariage. Nous n'étions qu'une association humaine vertueuse et désintéressée.

– Qu'est-elle devenue ?

– Nous nous sommes séparés lors de la mort de l'administrateur, Sanders. Je suis revenu, elle est restée en Afrique. Nous allons divorcer.

Il se leva :

– Il y a des femmes comme ça… Elles attirent moins les hommes que les garces.

– Vous avez de l'expérience, Berthold ?

Il dit en souriant :

– Je n'ai pas toujours été vieux. Bien, mon cher, je prends congé.

Je prévins Sandy et demandai qu'on reconduise Mr. Berthold Steiner à l'aéroport. Je venais d'échapper à l'accolade. Il se retourna sur le seuil :

– Tous ces crocodiles autour de vous. Ils glissent, silencieux, dans l'eau et soudain vous n'avez plus de jambes…

– Je peux vous accompagner jusqu'en bas, monsieur ? demanda Sandy.

– La compagnie d'une si jolie personne ne se refuse pas.

– C'était important ? demanda Sandy au retour.

– Tout est important dans cette putain d'existence ! prononçai-je en français.

– Je ne vous ai pas compris.

– Tant mieux, Sandy. Voyons les dossiers.

– Je vous annonce une visite imprévue. Vous pouvez évidemment la refuser.

– L'oncle me suffit pour la journée.

– L'homme attend en bas, près du gardien. Voulez-vous l'entendre au téléphone ?

– Pourquoi ? J'ai horreur des surprises. Vos manières m'étonnent. Un visiteur qui veut me parler de l'immeuble même ? C'est une farce.

– C'est moi qui le lui ai conseillé. Il est si convaincant.

Elle composa le numéro du gardien et lui parla à mi-voix puis me tendit le combiné. Je me sentis agressé :

– Qui est à l'appareil ?

– Mark Lomel, détective privé. Nous nous sommes vus il y a quelques années. Je voudrais vous parler. Juste quelques minutes. Je ne voulais pas me présenter à votre étage sans votre accord.

– Je me souviens de vous, monsieur Lomel. Mais pourquoi m'aborder d'une manière aussi insolite ?

– Je voulais vous rencontrer rapidement, dit-il. C'est au sujet d'Angie… Un petit quart d'heure, pas plus.

Sandy feuilletait un dossier, j'étais indécis, je ne mesurais pas encore ce qui se passait autour de moi.

– Venez ce soir à huit heures.

– Merci, monsieur Landler.

J'ai raccroché. Sandy m'a proposé un verre d'eau glacée.

– Parfait. Vous n'allez pas m'empoisonner aussi ?

Je dus expliquer que c'était de l'humour.

– Vous avez une idée de la date où j'ai rencontré Lomel ?

– A votre retour d'Afrique. Il venait de quitter la police de Reno…

– Il vous a dit ce qu'il voulait ?

– Des renseignements… Je crois que plus rapidement vous partirez pour votre voyage en Afrique, mieux ce sera.

Elle parut fatiguée, les dossiers s'accumulaient sur mon bureau, les collaborateurs s'impatientaient, les affaires avaient subi un gros retard à cause de mon absence de trente-six heures.

– « Mon » voyage ? C'est le nôtre…

Elle ne réagit pas.

– Daniel Grosz attend depuis plus d'un quart d'heure, je peux le faire entrer ?

– Accordez-moi deux minutes, que je reprenne mes esprits. La matinée s'annonce corsée.

Pour Grosz, ce rendez-vous tombait à un mauvais moment. J'avais subi l'oncle d'Angie et tous les souvenirs familiaux, un détective privé surgissait d'un passé pénible. Avant mon départ forcé pour le Kenya, j'avais très rapidement propulsé Grosz à des hauteurs inespérées. A l'époque, il me fallait un personnage dont le pouvoir accordé par moi équilibrait celui de Sanders. Mais il n'avait pas su rester moralement à sa place, Grosz. Nommé administrateur adjoint, il avait eu l'audace récemment, sans m'avoir soumis la proposition, de supprimer l'une de nos filiales, celle de Düsseldorf. Tout en servant notre prestige, elle perdait de l'argent. Grosz avait commis une faute professionnelle. Mais c'est toujours comme ça. Vous dites à quelqu'un qu'il est indispensable, aussitôt il veut prendre votre place.

Après la mort de Sanders, à mon retour d'Afrique, je le sentais énervé par ma présence. J'étais de trop chez moi. Il continuait à organiser des réunions avec les cadres – comme si je n'étais pas là –, il prenait des décisions sous prétexte que, dans le temps, certains pouvoirs lui avaient été délégués. Il se croyait génial et m'avait affublé d'un surnom : « le coq ». Il était assez naïf pour imaginer qu'on ne me rapporterait pas la boutade. Son ardoise était chargée et moi prêt à bondir. Je décrochai le téléphone :

– Faites-le entrer.

Grosz franchit le seuil.

– Eric…, dit-il.

Lorsque je l'avais appelé à mes côtés, il était humble et cordial. Et moi, je croyais à des notions romantiques, de solidarité, d'affinités et de compréhension entre hommes de la même génération. Depuis j'ai appris à mes dépens que si l'on n'est pas un requin ou un crocodile, on vous prend pour un poisson rouge. Bon pour le bocal.

Je n'aimais pas son « Eric » tout court, pourtant j'avais proposé moi-même de prendre l'habitude si américaine d'appeler presque tout le monde par son prénom. Je n'aimais pas non plus son regard à la fois soumis et impatient. Au lieu de l'accueillir côté salon, je lui désignai le fauteuil en face de mon bureau. Il se tassa sur le siège pendant que je faisais semblant de jeter un ultime coup d'œil dans un dossier. Juste quelques instants de silence pour lui faire sentir ma supériorité sociale et économique, puis j'attaquai :

– Daniel, vous vous doutez – du moins je l'espère – que j'ai de graves reproches à vous faire.

Ma véhémence le surprit.

– Vous avez outrepassé les limites de vos fonctions en supprimant sans mon autorisation la succursale de Düsseldorf. Vous m'avez mis dans une situation délicate vis-à-vis du conseil d'administration.

Il plissa les yeux :

– La filiale était déficitaire…

– Vous auriez dû me consulter.

– Vous avez si peu de temps !

– Pas à moi, ce genre de prétexte puéril. Vous auriez dû rendre bénéficiaire cette tête de pont à Düsseldorf. Restructurer et diminuer le nombre d'employés.

– Nous avons promis par contrat aux Allemands de ne pas pratiquer de licenciements. Nous avons obtenu des avantages en garantissant un certain nombre d'emplois.

Je m'exclamai :

– Et la suppression pure et simple ? Ce n'est pas une piraterie vis-à-vis des Allemands ? Vous avez commis une maladresse.

Il s'essuya le front. Je détestais ses boutons de manchette.

– Vous m'avez donné carte blanche. Je leur ai promis de nous réimplanter différemment.

– Quand on dit à un médecin : « Faites ce que vous pouvez », on ne l'autorise pas à pratiquer l'euthanasie.

– Nous avons dix-sept succursales dans différents pays. Je n'en ai fermé qu'une seule, dit-il sans se rendre compte qu'il employait, une fois de plus, le « je ».

Je l'interrompis :

– Les Allemands risquent de mettre notre crédibilité en doute. La fermeture d'une succursale est presque toujours signe de faiblesse pour une société.

– Je ne suis pas tout à fait de votre avis, dit-il.

– C'est bien dommage, Daniel. Je vais m'occuper personnellement de cette affaire. S'il le faut, j'irai là-bas inaugurer une nouvelle installation. Je n'ai pas le rapport de vos travaux d'approche auprès des éventuels lauréats du prix Nobel de chimie. Je vous ai ouvert un crédit quasi illimité pour votre champ d'exploration. Je veux des génies. Qu'est-ce que j'ai ? Rien.

Une telle dureté, j'en étais conscient, désarmait Grosz. Je désapprouvais mon comportement brutal, mais aujourd'hui je ne pouvais m'apaiser qu'en démontrant mon pouvoir. J'enfonçais Grosz dans son désarroi.

– Les as de la chimie ne sont pas tellement disponibles, dit-il. Très bien payés, ils hésitent à changer. Ce sont des chercheurs, des savants.

– Débauchez-les.

– Ce n'est pas seulement une question d'argent.

– Tout le monde a un prix. Publiez vos offres dans le *Los Angeles Times*.

– Vous voulez recruter la crème de notre société scientifique par annonces ?

– Ne jouez pas à l'enfant de chœur, Grosz. Déguisez nos ambitions commerciales en mécénat ! Lancez la définition de l'« écologie morale ». Mélangez tout, le sida, le cancer, la pollution, la lutte contre la radioactivité qui nous menace à l'Est – plus dangereuse que les essais atomiques pratiqués à l'Ouest. Clandestinement, je veux dire. Faites miroiter nos bonnes actions humanitaires sur le continent africain. Parlez de la fondation dont ils pourraient être les recrues, les célèbres membres d'honneur. Après le désastre qui touche la région des Grands Lacs, tout le monde sait que l'Afrique existe. Encore. Mais pour combien de temps ?

– Oui, oui, bégaya-t-il. Ce sont des horizons très différents.

– Tiens, vous venez de le découvrir ? Et les déchets, Grosz ? Je n'ai vu aucun projet non plus pour le lancement du grand mouvement, la croisade antidéchets des Chimies Fergusson. Ce n'est pas beau, Grosz ? Croisade antidéchets ? Le chômage baisse dans le pays, l'économie est relancée. Qu'attendez-vous ?

– Je voulais juste… En effet, je ne me suis pas vraiment occupé de la Fondation africaine. Il y a toute une population à sauver ici, dit-il, les gens crèvent dans les rues, les gosses se bourrent de crack, les clochards sont assassinés par les skinheads… Une croisade contre la discrimination raciale serait…

– Grosz, ce n'est pas à vous de choisir qui on doit sauver. Si ma femme avait voulu que sa fortune serve à fabriquer des attelles pour les colibris aux pattes cassées, je serais fidèle à sa volonté. Ma femme est morte pour l'Afrique…

Un déclic se produisit dans mon esprit : « Ma femme est morte pour l'Afrique ». Mais évidemment ! Elle est morte pour l'Afrique. Il fallait le dire et le répéter. La honte qui me tenaillait, ajoutée aux remords, allait trouver une échappatoire en transformant ma victime en héroïne internationale.

– Un conseil amical, Daniel. Prenez de moins longs week-ends. Vous aimez les loisirs. Le golf. Qui ne les aime pas d'ailleurs ? Il faut juste travailler assez, avant et après.

Ses rides d'expression qui encadraient ses lèvres et barraient son front se creusèrent. Il sentait le danger.

– Je passe au bureau de dix à quatorze heures par jour, dit-il.

– Il est évident que votre rapidité de synthèse est à améliorer. N'oubliez pas, les temps sont durs, les hommes de trente ans vous poussent…

– Je crois, prononça-t-il, hésitant, que vous m'avez pris en grippe.

– N'exagérons pas. Mais quand on a deux enfants et une belle maison achetée à crédit à Brentwood, il vaut mieux se consacrer aussi aux dossiers en cours. Vous pourriez accorder autant d'intérêt aux affaires qu'à la baballe sur le green.

En quelques minutes il avait pris plusieurs années. Il se leva, marmonna quelques phrases, partit en traînant les pieds. J'avais envie de le saisir par les épaules et de lui dire : « Je me comporte comme un salaud, je le sais, mais je suis aux abois. » Immobile, je regardais le dos vieilli de Grosz. En se retournant, il voulut dire encore quelque chose. Impassible, je soutins son regard. Lorsque la porte se referma derrière lui, une ligne spéciale réservée à Me Kidmann signalait un appel. Ayant écouté vaguement les raisons qui l'avaient empêché de me prêter attention ce matin, je lui racontai l'intervention de Robby Allen. Il m'interrogea :

– Etait-il drogué ?

– Je ne crois pas.

– Ivre ?

– Pas du tout.

– Menaçant ?

– Pire. Ses sous-entendus perfides m'accablaient.

– Peut-être bourré d'amphétamines ?

– A mon avis, c'est une tentative de chantage. Il tâtait le terrain.

– Et la vidéo ?

Je lui expliquai les images et les mots.

– Faites-la porter chez moi. Si je comprends bien, la cassette vidéo avait enregistré un début de dispute entre vous et votre femme. Cette cassette obtenue sans une perquisition autorisée par un juge n'a aucune valeur juridique. Même si la police était intéressée par les présomptions d'Allen, elle aurait la plus grande difficulté à obtenir d'un juge un permis de perquisition. Sur quelle base ? Et chercher quoi ? Et où ? Vous êtes une personnalité qui compte dans la vie publique, un mécène.

– Il y a une attaque concentrée contre moi.

Je lui résumai la visite de Berthold.

– Quoi ? s'exclama Kidmann. Un prélèvement d'ADN ? On va faire de l'ordre dans tout cela. Hier j'ai eu une longue communication de Me Wagner au sujet de votre divorce avec Annie White. Elle désire jouer un rôle important dans la future structure de la Fondation. Elle accepte de vous rencontrer lors de votre prochain voyage, mais à ses heures et à l'endroit qu'elle choisira.

– Il paraît qu'elle a des crises mystiques.

– Me Wagner n'en a pas parlé. C'est une femme de tête, elle sait exactement ce qu'elle veut.

– Vous connaissez ses conditions ?

– Me Wagner m'a envoyé par télécopie les clauses qu'elle veut ajouter.

– Vous pouvez me les faire parvenir.

– Vous les aurez dans la journée. Me Wagner a reçu l'autorisation définitive des Kenyans concernant le transfert du corps d'Angie – à la date définie par vous – de la réserve de Masaï Mara à Loïta Plains.

– L'année prochaine, dis-je. Mais peut-on craindre une descente juridico-légale pour pratiquer le test d'ADN ?

– S'il avait lieu malgré votre interdiction, nous demanderions des dommages et intérêts pour le choc moral subi. Vous ne risquez rien.

C'était peut-être la première fois qu'un client avait l'occasion d'admirer l'innocence de son avocat.

– Le transfert aura lieu en même temps que l'inauguration des premiers bâtiments sociaux. J'exposerai le plan lors du Conseil de Fondation où je vous verrai, maître Kidmann. Que deviendrions-nous sans vous ?

Il ronronnait littéralement. Depuis notre première rencontre, je le caressais dans le sens du poil.

La journée fut lourde en émotions. A huit heures, je regardais Los Angeles, ce fantastique patchwork de lumières sans cesse en mouvement, parcouru de fleuves de voitures, qui s'étendait au-delà des parois vitrées de mon bureau. Le gardien de nuit m'appela :

– Mr. Lomel est là. Il paraît qu'il a rendez-vous avec vous.

– Faites-le monter

J'allai à sa rencontre à la sortie de l'ascenseur express des employés, et je le reconnus à la seconde même. Lomel devait avoir trente-cinq ans, sinon un peu plus. Vêtu d'un costume gris classique, il ressemblait plus à un jeune professeur d'université ou à un fonctionnaire espérant une carrière brillante qu'à un détective privé. Je lui tendis la main :

– Bonsoir, monsieur Lomel, vous n'avez pas changé. Lorsque j'ai fait votre connaissance, je vivais une période cruelle.

– Vous ne m'avez pas oublié…

– Oh, non ! Venez, je vous précède.

Il me suivit dans les dédales ouatés de mon univers, ne manifestant aucun intérêt pour les bureaux des secrétaires ou le mien. Il était d'une grande discrétion.

– Prenez place.

Je l'invitai au coin salon, sous le portrait d'Angie.

– Vous désirez boire quelque chose ?

– Une bière.

– Laquelle ?

– Qu'importe.

Je lui tendis une canette, il but quelques gorgées, puis s'essuya avec un mouchoir :

– Je ne sais pas très bien ce que je veux, monsieur.

– Vous sembliez pourtant pressé de me rencontrer.

– Pardonnez-moi, dit-il. Ça me prend par vagues. Depuis la mort d'Angie, je suis obsédé…

– Par le drame ?
– Surtout par votre personnalité.
– Et vous avez voulu me dire cela à vingt heures ce soir même ?
– Vous êtes une énigme, monsieur Landler, et la raison de ma rupture avec la police. Mes supérieurs me reprochaient de me préoccuper trop de vous. Alors je me suis mis à mon compte.
– Si je suis votre seule affaire, vous courez à la faillite.
Il sourit, modeste :
– J'ai quelques clients. Mais mes pensées et mon temps libre sont occupés par vous.
– Nous vivons l'époque des fixations mentales. Dues au stress. Je peux vous citer un exemple : si je ne vois pas le matin ma secrétaire Sandy, j'ai l'impression qu'un malheur va m'arriver.
– C'est de l'humour français ? demanda-t-il.
– Prenez-le comme tel. Allons, le but de votre visite ?
Il avala une gorgée de bière :
– Depuis votre départ – de vous deux – précipité pour le Kenya, plus rien n'est cohérent. Encore moins les itinéraires choisis. Ce qui s'est passé…
– Il y a des années ! Ça vous intéresse maintenant ?
– Peut-être parce que vous partez pour l'Afrique et que ça m'excite. Vous êtes supposé avoir quitté avec Angie la maison du lac Tahoe vers dix-sept heures…
– Supposé ?
– Veuillez ne pas tenir compte de mon langage d'ex-flic.
– Votre « supposé » est choquant.
– Je suis navré. Vous étiez censé arriver à Reno une heure et demie plus tard, donc vers dix-huit heures trente…

– Monsieur Lomel, vous êtes – pardonnez-moi – d'une candeur incroyable. Il s'agit de faits datant de plusieurs années… Comment pouvez-vous calculer rétrospectivement la durée du trajet d'un couple enfin en liberté ? Nous aurions pu nous arrêter, admirer le coucher de soleil.

– Elle a dû en voir beaucoup de sa terrasse.

Je me levai, me déplaçai pour cacher mon profond agacement.

– Je vais régler l'air conditionné, dis-je.

De retour, je lui lançai :

– C'est ce qui me reste – principalement – de l'Europe, une espèce d'énervement lorsque j'ai trop d'air froid dans le cou.

– Je n'émets que des probabilités, reprit-il. Mais ce passé me fascine…

– Pourquoi justement aujourd'hui ?

– Parce que vous allez à Nairobi. Et tant de détails m'intriguent. Imaginez que si vous mouriez dans un accident, je ne saurais jamais la vérité. Le trajet en voiture du lac Tahoe à Los Angeles prend au moins huit heures. Ça vous fait, en partant de la maison, neuf heures trente enfermés dans un véhicule.

– Lors d'un voyage de ce genre, un couple peut s'apaiser, analyser ses problèmes…

– Sans chauffeur ? dit Lomel.

– J'aime bien conduire, ça me détend…

Il reconnut :

– En effet, la conduite peut détendre. Monsieur Landler, continua-t-il, j'ai connu Angie Fergusson. Sa colonne vertébrale a été malmenée par un accident. Pourquoi aurait-elle entrepris une si longue route en voiture ?

– Votre conditionnel est une injure grave. Elle a entrepris ce voyage.

Il réfléchit :

– Merci de votre patience. Mais vous deviez être épuisé en arrivant à Los Angeles ! Et là-bas, vous ne vous arrêtez pas dans votre maison, Angie n'appelle pas sa secrétaire, vous continuez vers Las Vegas : environ cinq heures, cinq heures et demie de route en plus.

– Nous avions projeté de passer la nuit au Hyatt Regency, côté Nevada. Mais il n'y avait pas une seule chambre de libre à cause d'un congrès.

Je m'étais renseigné à l'époque, ce que j'affirmais était vrai.

– Quitter une superbe maison pour un hôtel… ?

– C'était de l'improvisation.

– Comme un air de liberté, n'est-ce pas ?

Son flair m'impressionnait.

– Monsieur Lomel, vous êtes esclave d'une idée fixe. Je suis navré pour vous.

– Je dépenserai mes derniers dollars pour cette enquête, dit-il. Juste pour ma propre satisfaction.

Il calculait :

– En plus, vous avez parcouru un trajet de quarante-cinq minutes entre Reno et l'hôtel ? Pourquoi n'avez-vous pas appelé de votre voiture pour savoir s'il y avait de la place ou non ?

– Nous nous promenions.

– C'est beau, l'amour, remarqua-t-il. J'ai failli me marier deux fois, deux fois j'ai trouvé, juste avant la cérémonie, des raisons de rupture.

– C'est votre problème.

– En effet, dit-il. Refusés par le Hyatt Regency, qu'avez-vous fait ?

– J'ai rejoint le *highway* entre Reno et Los Angeles.

– Un très long trajet, dit-il, même si on a beaucoup de choses à se dire.

– Nous nous sommes arrêtés dans un motel.

– Où ?

– Au hasard. Je ne me souviens pas.

– On pourrait peut-être retrouver l'endroit grâce à un reçu d'une carte de crédit ?

– Monsieur Lomel, je crains que vous dépassiez les limites de ma patience. Vous n'avez aucun droit de m'interroger.

– Interroger ? Que Dieu m'en garde ! Si mon comportement apparaît à ce point maladroit, alors je dirai que la police de Reno avait raison de se séparer de moi.

Je cherchai un terrain d'entente et à me débarrasser de lui sans le fâcher :

– Je peux demander à ma comptabilité de retrouver ce reçu ou une trace de relevé bancaire. Sauf si j'ai payé en espèces…

– En espèces ?

– Pourquoi pas ? Je ne suis pas issu d'une famille riche, monsieur Lomel. Avoir des centaines de dollars sur moi me procure un plaisir certain.

– Angie aurait pu simplement signer la note. Son nom lui ouvrait des crédits partout, dit-il. Si elle n'avait pas, elle, sa carte. L'une de ses nombreuses cartes.

Il se leva, déposa la canette sur la table basse.

– Un soudain manque de logique dans le comportement des gens apparemment sensés m'a toujours passionné. Angie avait une suite à l'année au Caesar's Palace et y gardait une garde-robe complète. Et vous êtes allés au Bally's Grant…

– Je voulais inviter ma femme.

– Quand l'amour s'ajoute à l'amour-propre, l'équilibre est difficile à garder. Une femme si riche et si belle à la fois… Il faut l'assumer… Je suis si navré de vous avoir importuné, mais c'est votre départ pour l'Afrique qui a déclenché ma crise.

Il voulait se faire pardonner. Nous avons échangé encore quelques petites phrases. Enfin il manifesta la volonté de s'en aller et je l'accompagnai à l'ascenseur. Il resta sur le seuil de l'engin en acier, le bloquant avec sa paume tournée vers l'œil électronique, puis il prononça à mi-voix, mais en parlant très vite comme pour créer une confusion des mots :

– Qu'avez-vous fait avec le corps de votre femme, monsieur Landler ?

Je reçus la phrase en plein plexus.

– Comment ?

Il rougit. Ses mots vite débités s'entrechoquaient :

– Je m'exprime mal quand je suis intellectuellement excité. Je voulais demander : quand le corps de votre femme sera-t-il transporté au mausolée de Loïta…

– Loïta Plains. La date n'est pas encore fixée.

– Vous m'autorisez à me rendre à la cérémonie ? demanda-t-il.

– Si ce déplacement a un intérêt pour vous…

– Ça va être une belle et triste cérémonie, dit-il. La savane, un petit groupe d'amis, les représentants des autorités kenyanes, les employés des pompes funèbres qui portent le cercueil. Les hommes noirs vêtus de noir prêtent sans doute une solennité encore plus grande au transfert.

– Vous êtes morbide.

– J'ai l'imagination visuelle. Il y aura quelqu'un d'autre de la famille d'Angie ?

Il ajouta d'une manière que je trouvai parfaitement odieuse :

– Il existe un oncle à New York.

– Il a quatre-vingt-deux ans.

– Ce n'est pas une raison pour ne pas aller au Kenya, dit-il.

– Au revoir, monsieur Lomel.

Il fallait le faire partir avec douceur, mais sans délai, sinon je l'enverrais au diable à la manière française.

– A bientôt. Si vous ne voyez pas d'inconvénient à continuer notre dialogue…

L'œil électronique libéré, l'ascenseur partit avec un souffle résigné. Du premier téléphone qui me tombait sous la main, j'appelai aussitôt le gardien :

– Accompagnez le visiteur jusqu'à sa voiture. Notez le numéro d'immatriculation. Discrètement.

– Tout de suite, monsieur Landler.

Je me surpris à me tenir la tête comme si j'avais peur qu'elle explose. J'étais traqué. Dans mon désert de luxe et de pouvoir, je ne pouvais appeler que Sandy. Quelques secondes plus tard, j'entendis sa voix.

– Si je pouvais venir pour mettre au point le voyage africain, je ne vous dérangerai pas longtemps.

Fine et aussi réceptive qu'un radar, elle sentait mon désarroi.

– Venez, dit-elle. Il vaut mieux que je vous indique l'itinéraire. J'habite un petit immeuble de trois étages, sur la plage, juste avant Paradise Cove. Prenez Sunset, ensuite Pacific Coast Highway, à droite, vous dépasserez une grande station-service, à gauche, et le centre commercial de Malibu. Continuez environ cinq kilomètres et vous bifurquerez sur une route de terre, où vous verrez un écriteau : Indigo Shore Drive. Vous serez à quelques pas de l'entrée.

Je conduisais, absent de moi-même, en fixant les lignes qui délimitent la route. Ce soir, je rejetais d'emblée la Californie, y compris Malibu, la côte légendaire. J'avais pu en rêver. Pauvre, je la trouvais fascinante ; devenu riche et obtus par snobisme, je contemplais parfois, comme invité, une bande de sable, une route à quatre voies et les montagnes. Les Américains adoraient leur Malibu, la moindre parcelle y coûtait des fortunes. Une seule fois, j'ai osé dire que l'endroit était parfait pour des Norvégiens en vacances. L'eau était froide, le sable granuleux souvent noir et les maisons – même celles qui valaient des millions de dollars – souvent ordinaires. J'ai failli me faire lyncher. Malibu était bien plus qu'une région, c'était un état d'esprit, une philosophie, m'expliqua-t-on, hargneux. Il valait mieux me taire. D'ailleurs, tout cela m'était égal.

A un tiers du trajet, un court-circuit puissant frappa soudain la région. L'éclairage de la route s'éteignit au fur et à mesure comme les bougies d'un gâteau d'anniversaire. Les flashes d'information se succédaient à la radio, le central électrique d'Oregon était en état de surcharge – la panne allait durer. Sans l'ombre d'une émotion, j'écoutai à peine les nouvelles. A force de vivre ici, je m'étais habitué aux défaillances du gigantisme américain. Surgie des ténèbres comme une cible visée par mes puissants phares, apparut au milieu du boulevard obscur une fille blond platine. Sur le béton où glissaient les reflets de mes lumières blanches aiguës, sa silhouette grandissait. Grande, très mince, vêtue d'un tee-shirt et d'une minijupe couvrant à peine la moitié de ses cuisses, comme tombée d'une autre planète, elle leva le bras pour protéger ses yeux. Me fit-elle un signe de l'autre main, voulait-elle traverser ou se tuer ? Je refusais de m'y intéresser. J'appuyai sur l'accélérateur et passai à côté. Je n'avais plus de marge pour un imprévu. La fille rapetissait dans mon rétroviseur et disparut.

Je surveillais – pratiquement depuis la sortie de Sunset – un véhicule qui roulait derrière moi, sans désemparer, en gardant la même distance. Il ne décollait pas. Plusieurs fois, je dépassai d'autres voitures, il m'imita. Si c'était Lomel ? Quelques minutes plus tard, j'arrivai enfin en vue de l'écriteau indiquant « Indigo Shore ». Je tournai un peu plus loin et bifurquai sur le chemin de terre parallèle à la mer. Je m'arrêtai devant un petit immeuble de trois étages, l'autre véhicule de même. Une silhouette se dessinait sur le seuil de l'entrée principale, Sandy m'attendait. Je lui fis signe de patienter. Je restais un moment près de ma voiture, car j'espérais prendre Lomel en flagrant délit de harcèlement. Il rangea plus loin la voiture bordeaux, une vraie pièce de collection. Je vérifiai la fiche : le numéro de la plaque était celui que le gardien m'avait annoncé. Lomel éteignit les phares et se terra dans l'obscurité. Je m'approchai de Sandy :

– Bonsoir, Sandy. Pardonnez-moi d'être si énervé, mais je ne suis pas seul. Regardez là-bas.

– Une voiture, dit-elle.

– C'est Lomel. Je vais lui dire un mot.

Sandy me retint par le bras :

– Il vous répondra que le bord de mer est à tout le monde.

– Il n'a pas le droit de me harceler.

Sandy s'efforçait de me calmer :

– Vous n'avez pas la preuve qu'il vous a suivi. Sa présence peut être due au hasard.

– Vous vous moquez de moi ?

– Certainement pas. En Amérique, il faut des preuves pour tout.

– Sandy, le système judiciaire de ce beau pays me panique.

– Si vous voulez monter... ?

Je la suivis.

La cage d'escalier était noire. Aucun bruit. Elle me devançait de trois marches.

– Vous êtes seule dans l'immeuble ?

Elle se retourna :

– Normalement, deux familles y habitent. Et assez bruyantes. Je ne sais pas ce qu'elles sont devenues. Elles font peut-être une excursion.

Je ne distinguais que la rampe de l'escalier et les chevilles de Sandy.

– C'est un endroit de rêve pour les cambrioleurs. Isolé, près de la grande route, on peut dévaliser tranquillement et partir. Ils ont attendu bien longtemps avant de s'attaquer à vous.

– C'est que je ne suis pas riche, dit-elle. Les autres non plus. Il fallait une raison précise.

– Quelle raison ?

Elle ne répondit pas. J'entendais le bruit des vagues qui s'écrasaient sur la plage. L'entrée de l'appartement était éclairée par une lampe de poche posée sur une petite table, à côté d'un portemanteau en bois. Dans le living-room, la porte-fenêtre était ouverte sur le balcon. Je m'y dirigeai directement. Les vagues étaient bordées d'écume presque phosphorescente.

– C'est beau ici... Le rêve californien, déclarai-je.

– Je loue cet appartement depuis dix ans. Malgré les augmentations, le prix est encore supportable, expliqua-t-elle.

J'aperçus au loin les feux de position des bateaux de pêche. Fuir à Hawaii ? Ils me trouveront en quelques heures.

– Prenez place, venez, dit-elle, et elle me désigna au milieu du petit salon un canapé entouré de deux fauteuils.

– J'aime bien circuler. Regarder. Si vous ne me trouvez pas trop indiscret…

– Enervé à cause de Lomel ?

– Lui et les autres. En quarante-huit heures, j'ai été confronté à un photographe agressif, à Mrs. Brown et à un détective obsédé. Un maniaque.

– Vous avez eu Mr. Steiner aussi, ajouta-t-elle.

– Je m'en serais passé. Quelqu'un lui a expliqué que lui, seul membre vivant encore de la famille biologique d'Angie, pourrait demander un test ADN, même si je m'y oppose.

– Quel test ADN ?

– Pour authentifier une fois de plus la dépouille d'Angie. Pour être sûr qu'il n'y a pas eu de confusion à la morgue de Nairobi. Robby Allen a dépisté des Allemands qui recherchent un des membres de leur famille disparu au Kenya.

Sandy se taisait.

– Vous ne semblez pas très indignée.

– Vous avez beaucoup d'ennemis. Ils sont inventifs. Vous offrez une telle surface d'attaque…

– Lomel voudrait que je justifie les trois jours que j'ai passés en liberté avec Angie, avant notre départ pour le Kenya.

– Il s'en lassera, conclut Sandy. J'ai du whisky, du Coca, de l'eau. Qu'est-ce que je vous sers ?

– Un Coca.

Elle partit à la cuisine et revint avec des canettes. Je retournai sur le balcon où elle me rejoignit.

– Sandy, je suis aux abois.

– Plutôt fatigué. Vous voulez faire tout, tout seul.

– Pour leur prouver que sur le plan professionnel, je n'ai rien à envier à quiconque. Je suis venu plusieurs fois aux USA avant ma rencontre avec Angie. J'ai connu des gens superbes. J'ai vécu en clandestinité, on me protégeait, j'avais des amies, des copines, des complices dans le bon sens du mot, j'avais des maîtresses, je ne leur devais rien, sauf un peu d'honnêteté et de plaisir. Mes amis étaient souvent considérés comme des ratés, déviés d'un prétendu droit chemin, déboulonnés de leur situation, mais parmi eux je me sentais chez moi. Je ne voulais pas faire fortune, juste travailler dans ma branche, légalement, et obtenir un plus grand champ d'activité. Lancer mes produits dont personne ne voulait en France. Depuis mon mariage avec Angie, je n'ai rencontré que des requins et des maîtres chanteurs. Je suis devenu une cible.

Sandy commenta doucement :

– Elle vivante, vous seriez déjà divorcés. Vous n'auriez pas voulu vivre en Afrique…

– Certainement pas.

C'était peut-être le moment d'avouer mon crime… Elle refuserait de me croire.

– L'argent dénature, dit-elle, et rend vorace. Le photographe, si célèbre qu'il soit, donnerait sa peau pour vous démolir et entrer dans la firme. Il est tombé sur la cassette. Il veut vous faire payer votre chance.

– Et Lomel ?

– Il est à part, c'est un philosophe du crime.

Je détournai la conversation :

– Est-ce qu'il y a d'ici, je veux dire, du rez-de-chaussée, un accès direct à la plage ?

– Non. Il faut contourner l'immeuble. Parfois je passe mes dimanches sur un matelas, dehors.

– Avec l'homme que vous aimez près de vous ?

– Je ne désire pas mêler ma vie privée à nos relations. Lorsque vous m'avez appelée, vous aviez une question précise, je crois…

Elle ne voulait pas parler de son ami. L'idée d'un homme tenant Sandy dans ses bras me rendait jaloux.

– D'accord. Passons aux choses détestables. Est-ce qu'Angie avait l'habitude de visionner les cassettes en compagnie de ses amis ?

– Elle voulait faire rire : les convives filmés à leur insu étaient ridicules. Robby était friand de ces séances. Il faut reconnaître que parfois les invités réclamaient les films où ils figuraient. C'était chic, d'être grotesque chez Angie Fergusson.

Sandy passa au salon, je la suivis. Elle me demanda si j'avais dîné.

– J'ai une faim de loup…

– Je n'ai que ça, dit-elle et elle me tendit sur une assiette – sortie de sa commode – des bretzels salés.

J'en pris plusieurs à la fois :

– Vous trouvez ça normal ? Sous prétexte d'assurer leur sécurité, espionner les gens ?

– Angie était riche et méfiante.

– Vous n'auriez pas un peu de saucisson sec en fines tranches ?

Elle éclata de rire :

– Je n'ai pas fait de courses cette semaine… D'ailleurs ici, les tranches de saucisson se vendent dans des pochettes en plastique.

– Laissez-moi rêver. Vous auriez dîné de quoi, seule ?

– J'ai une pizza congelée. Si vous voulez, je la réchauffe au micro-ondes.

– Non, merci. C'est toute votre fortune ?
– Deux pommes et du lait.
– Même pas un pot de rillettes ?
– De quoi ?
– Rien. Sandy, que pensiez-vous de moi… à mon arrivée dans la société ?
– Vous étiez annoncé en fanfare, comme une vedette. Français et ingénieur chimiste. Difficile de trouver mieux pour Angie.
– Votre avis sur ce mariage ?
– Je le prévoyais de très courte durée. Angie, la société et l'Afrique en plus, c'est beaucoup pour un étranger…
Je l'interrompis :
– Etranger, c'est relatif. Je connaissais la Californie comme ma poche, j'étais bilingue, avec accent. D'ailleurs, je l'ai atténué, cet accent.
– Ce n'était pas une question de prononciation, monsieur Landler. Vous étiez français d'esprit. A force de vivre ici, la mentalité s'adapte, pas les réflexes. Toute l'entreprise vous observait.
– On voulait savoir à quelle sauce je serais mangé ?
– Ce n'était pas exprimé d'une manière si directe. Angie cherchait un Américain d'adoption à installer en Afrique. Elle sous-estimait votre personnalité. Elle vous imaginait au sifflet. Vous n'aviez pas le type qu'on aime ici. Ni amateur de rodéo, ni fan de base-ball, pas de vices affichés.
– Comment devient-on américain, Sandy ?
– Un vrai ? Il faut arriver dans ce pays au plus tard à l'âge de dix ans. Etre coupé de sa langue maternelle. Avoir de l'argent pour faire des études, posséder des muscles pour se battre avec ses camarades de classe, devenir un phénomène sportif que les universités se

disputeront. J'ai pensé que vous alliez quitter votre femme le jour où elle vous a fait attendre devant son bureau. C'était pour vous faire sentir, à vous aussi, son pouvoir.

J'étais encore malade de ce souvenir. Pour la punir, je l'avais prise sur son bureau directorial. C'était la première fois que j'allais forcer une femme à faire l'amour. Ce jour-là, elle jouit comme jamais.

Sandy garda le silence puis prit sur un meuble une pile de dossiers.

– Regardez ! Tout cela était par terre. Des feuilles partout. Les tiroirs vidés au milieu de la pièce. Je suis persuadée que les hommes de main – sans doute ceux de Robby Allen – cherchaient les cassettes, la fameuse série qui devrait vous accabler. J'avais la clef de la maison du lac Tahoe. Tout le monde le savait. J'aurais pu prendre ce que je voulais…

– Vous ne l'avez pas fait.

Elle s'approcha de la porte-fenêtre ouverte. Silhouette de dos, noire sur un fond de mer noir.

– Si j'avais eu l'idée indélicate de contrôler les appareils et d'y prendre une cassette, je l'aurais mise aux archives.

– Sandy, pourquoi avez-vous refusé mon invitation à dîner ? La pizza congelée était plus tentante que moi ?

– Je devais ranger, dit-elle.

– Et maintenant ? Je suis là, j'ai plutôt faim, vos dossiers, même en vrac, sont déjà sur la commode, on peut s'en aller…

– Je préfère rester.

La puissante lampe de poche était tournée vers le balcon. L'obscurité masquait nos visages. Pour créer une diversion, elle fit fonctionner la télécommande. L'écran se couvrit de points blancs.

– Le court-circuit se prolonge, dit-elle.

– Sandy, vous connaissez infiniment mieux que moi les habitudes africaines d'Angie. Accepteriez-vous de me dire dès ce soir ce que vous savez de ces « marques » ?

– Elle était superstitieuse. Elle tenait ce rituel secret. Mais sur place, sans doute, je les trouverai. Je l'espère.

Elle continua, presque impatiente :

– Je vais chercher des bougies. Je déteste leur odeur mais ce court-circuit dure trop longtemps.

Elle partit à la cuisine et revint avec deux grosses bougies, que je l'aidai à allumer.

– Un autre Coca ?

– Plutôt une bière.

Elle me porta une canette. En l'ouvrant, distrait et maladroit, je m'aspergeai. Elle m'essuya avec une serviette qu'elle prit de sa salle de bains :

– Votre costume…

– Il supporte tout.

Je détestais l'odeur de la bière sur ma veste.

– A propos de costume, une question, si vous le permettez. Le tailleur bleu marine que vous portez assez souvent ressemble à celui que j'appelais l'« uniforme » de ma femme.

– C'était le modèle préféré d'Angie. D'habitude, elle en commandait plusieurs dans le même ton de bleu. Avant votre départ pour le Kenya, elle m'avait avertie que le modèle d'origine était soldé dans une boutique de Rodeo Drive. Elle m'avait suggéré de l'acheter pour la moitié du prix.

– Suggéré ? Elle aurait pu vous l'offrir, ce tailleur.

– Angie ? Non, elle était plutôt économe. J'ai eu de temps en temps un cadeau. Mais le tailleur, je l'ai acheté. Il a attendu longtemps dans une housse. La boutique m'appelle encore et me propose le même style de vêtements. Toujours en solde.

– Si vous permettez, je vous en commande deux, trois, tout ce que vous voulez...

– Non, merci, dit-elle. J'ai un salaire confortable, donc pas besoin de ce genre de récompense !

J'aurais aimé la serrer sur mon cœur, lui dire : « Devenons pauvres ensemble. J'ai quelques tares, je l'avoue, j'ai enterré ma première femme dans la terre molle de la terrasse, à la maison du lac Tahoe, et la deuxième ne m'a pas encore accordé le divorce. Voulez-vous m'aimer quand même ? »

– Vous vous détendez, constata-t-elle. Qu'est-ce qui vous fait rire ?

– La vie... Il n'y a que la mort qui est parfois plus amusante.

– Cette phrase peut vous porter malheur, s'exclama-t-elle. Retirez-la, tout de suite.

– Je vais partir et aller dîner seul.

– La pizza quand même ? demanda-t-elle d'un ton incertain.

– Non. Dites, où avez-vous connu Angie ?

Elle détourna la tête :

– A Berkeley.

Je savais, par sa fiche personnelle, qu'elle avait fait quelques études universitaires.

– Je suis entrée là-bas quand Angie était en sa dernière année. J'ai entendu parler d'elle, la vedette du campus. Elle a fait faire une enquête sur moi. Je l'ai su plus tard.

– De quel droit ?

– Cette méthode d'investigation était la spécialité de son père.

– Comment l'avez-vous su ?

– Elle m'a invitée à déjeuner et m'a proposé de travailler pour elle. Elle savait que je n'aurais pas assez d'argent pour continuer mes études et présumait que ma demande de bourse serait refusée. Elle m'a montré mon dossier. J'avais l'impression d'être un chien dont on aurait vérifié le pedigree. J'ai quitté l'université sans laisser d'adresse.

– Elle vous a retrouvée ? Où ?

– J'avais un emploi intéressant auprès d'un psychiatre. Le Dr Howard.

Je m'exclamai :

– Le Dr Howard !

– Oui. Le prototype du médecin pressé. Je lui plaisais. Je faisais des dossiers parfaits. Au bout de six mois de collaboration, il a proposé de m'épouser. J'aurais coûté moins cher en tant qu'épouse qu'une employée.

– Vous avez couché avec lui ?

– Et alors ? dit-elle. Vous avez l'air étonné ?

– Vous avez accepté le mariage ?

– Evidemment. J'aurais eu un nom, une situation sociale, un mari très apprécié par la société chic de Los Angeles.

– Vous l'aimiez ?

– Ça n'avait pas d'importance. Depuis mon adolescence, je ne faisais que des concessions. En tout. Alors, une de plus… Angie, de son côté, se souvenait de la fille qui avait refusé son offre d'emploi. L'un des rares refus qu'elle a dû encaisser. Elle m'a retrouvée avec l'aide d'un détective : Lomel.

Je m'entendis répéter :

– Lomel ?

– Oui. Alors elle a demandé un rendez-vous au Dr Howard. Il a été en extase, cette cliente fameuse

– présumée dépressive – était une manne. Parfois, c'est moi qui ouvrais la porte à Angie, elle m'appelait *my dear*, me félicitait pour le futur mariage avec « son » docteur. La veille de la cérémonie, Howard, gêné, m'a annoncé la rupture. Angie me l'avait enlevé pour le propulser dans la société d'argent. Elle avait financé le rachat de la moitié des actions d'une clinique privée. Howard planait. Etre le mari d'Angie Fergusson, c'était le succès assuré. Les rendez-vous se prenaient deux mois à l'avance.

J'étais sidéré.

– Et vous avez accepté de travailler pour Angie ?

– J'étais bien payée pour jouer le rôle de doublure. Si elle n'avait pas envie d'aller à une réunion de charité, je la remplaçais. Je signais ses lettres que je devais rédiger aussi… Je commençais à m'habiller dans son style mais… à mes frais. J'étais curieuse aussi, je voulais savoir de quelle manière le destin moucherait Angie. C'est fait. Je n'aurais ni souhaité ni imaginé une fin pareille.

Je me levai, je voulus la prendre dans mes bras, elle se dégagea :

– Partez, monsieur Landler. Il est tard.

J'étais déjà sur le palier lorsque les locataires reparurent. Les gosses montaient les escaliers quatre à quatre. Une femme à la voix stridente demanda à son mari s'il n'avait pas laissé les phares de la voiture allumés.

– Ils sont là, dit Sandy, je préfère.

En descendant, je les saluais, les « *hello* », les « *good evening* », les « *hi* » pleuvaient. Sandy venait de rentrer dans son appartement.

J'avais le choix : repartir comme si je n'avais pas vu Lomel, ou l'affronter. Je me dirigeai vers lui. Sa voiture, une Lincoln d'une quinzaine d'années, brillait, même la nuit. Lomel, appuyé à la portière, m'accueillit avec une exclamation :

– Monsieur Landler ! Que vous êtes aimable de venir vers moi…

Je lui lançai :

– Vous m'avez suivi…

– Cette rencontre est une pure coïncidence. J'étais fasciné par le noir apocalyptique de la panne. J'avais envie de la mer.

– Et vous êtes là par hasard ?

– En roulant, j'ai aperçu cet immeuble et sa situation privilégiée. Rien des deux côtés. On peut contempler la mer librement… Je me suis arrêté pour le plaisir.

– Lomel, vous me prenez pour qui ?

– Quelqu'un de très intéressant.

La lune, de retour, dessinait le visage de Lomel, ses fines lunettes aussi, sa cravate impeccable et sa veste sortie peut-être ce matin de chez le teinturier.

– Votre habileté me sidère, Landler. Votre imperméabilité aux suspicions. Votre sang-froid. Et vous avez toujours dans votre vie des femmes intéressantes.

Il désigna l'immeuble :

– Sandy Davis. Je l'ai aperçue lorsqu'elle vous a accueilli. Chic fille, n'est-ce pas ?

– Laissez Sandy Davis en paix…

– Je la connais par un dossier. Un petit travail sur commande pour Angie.

– Je sais. Elle vient de m'en parler. Votre métier ne vous dégoûte pas ?

– Question d'habitude. Pourriez-vous m'indiquer l'heure ?

Je regardai ma montre. Il me saisit le poignet :

– Tiens ! dit-il. Pour un homme aussi riche et pressé que vous, j'aurais imaginé une…

Et il prononça le nom d'une marque clinquante, massive, nouveau riche. Il ajouta, pensif :

– Mais non, vous portez une Cartier. Même pas en or massif. Or et argent… Vous n'avez pas besoin de vous affirmer par une montre. Vous aimez le luxe discret. C'est la France. Cartier, Perrier…

– Nous avions aussi Landru. L'un des premiers *serial killers* de l'histoire criminelle.

– Votre Landru, dit-il, avait un style de petit bourgeois. Comparé au sordide exhibitionnisme de Jack l'Eventreur, il était plutôt discret.

– Mes connaissances sont limitées dans ce domaine, monsieur Lomel.

– Vous, les Français, vous avez l'art de glisser sur les événements pas forcément glorieux. Votre amour-propre est très développé.

– Vous faites des études d'ethnologie ?

– Hélas, je n'en ai pas le temps. Mais je travaille en amateur sur des êtres passionnants, je les analyse, par exemple Angie Fergusson. Elle avait plusieurs maisons, une suite à l'année au Caesar's Palace, le pouvoir dans une société internationale. Et elle a tout oublié pendant trente-six heures ? Un mari français peut-il exercer une influence pareille ?

Je le détestais.

– J'ai organisé une escapade selon mes possibilités matérielles à moi…

– Pardonnez-moi d'insister, mais du vivant de votre femme, vous étiez royalement payé. La société vous assurait un salaire digne du mari de la propriétaire de l'empire.

– Il me serait désagréable de déposer une plainte pour harcèlement. Mais ça ne saurait tarder.

Il hocha la tête :

– Vous n'avez pas d'arguments. Ce soir, vous m'avez reçu à votre bureau de votre propre gré, à une heure plutôt insolite. Ensuite, par hasard, j'ai pris la même route que vous. Le Pacific Coast Highway ne vous est pas réservé. Puis j'ai attendu à un endroit d'où je pouvais observer la mer et les lumières des bateaux. Il se trouve que vous étiez dans l'unique immeuble de ce coin paisible, et en sortant vous êtes venu, vous-même vers moi…

– Laissez-moi tranquille.

Je me dirigeai vers ma voiture.

– Sinon ?

Je fis demi-tour.

– Sinon je prendrai les mesures nécessaires pour me débarrasser de vous.

– Je cherche désespérément la logique de cette affaire.

– Reprenez le volant de votre pièce de collection et repartez…

Il fit un geste comme pour affirmer son innocence, les bras largement ouverts, les paumes offertes.

– Elle est belle, n'est-ce pas ? Je l'ai héritée de mon père. Il l'appelait Lulu Belle. Je ne la sors du garage que pour des excursions excitantes, intellectuellement vivifiantes et je lui parle… à Lulu.

Je regardai le vieux modèle, orné de pare-chocs rutilants, une danseuse de french cancan de la Belle Epoque à la retraite. Lulu Belle me rassurait. Lomel était peut-être seulement un aimable psychopathe. Il me dit :

– Je sais ce que vous pensez ! Ce n'est pas ça. Vous verrez, ce n'est pas ça. A bientôt.

Je roulais prudemment sur le chemin du retour vers Los Angeles encore plongée dans le noir. Selon la radio, le court-circuit allait durer quelques heures de plus. A Beverly Hills, le long des rues sans lumières, mes phares éclairaient au hasard des masses d'arbres et des buissons fleuris. La demeure étant branchée, en cas de panne, sur un groupe électrogène, la grille royale s'ouvrit. Du vivant d'Angie, une fine musique flottait dans l'air le jour, et le soir les éclairages indirects donnaient à certains endroits du jardin une auréole fluorescente. Peu de temps après notre mariage, je réclamai l'arrêt de ce perpétuel spectacle de sons et lumières. Dans cette première période de notre cohabitation, Angie céda au Français récalcitrant à la mise en scène américaine ; mais lors des réceptions où j'étais le figurant principal, elle rétablissait lumière et musique. Vêtu d'un smoking blanc, entouré de femmes aux décolletés et aux fortunes vertigineux, j'étais le *French darling* ou le *wonderful young man*. La mâchoire tendue, j'expliquais mon métier, mes diplômes, mes capacités professionnelles. « Il se donne tellement de mal », répétait Angie. Si j'avais été un chien, aurait-elle prétendu que je n'avais pas besoin d'aboyer ? Je trouvais sa méthode destructrice. Elle m'exaspérait. « Quand nous serons en Afrique, c'est de votre force physique que j'aurai besoin », disait-elle, amusée.

J'abandonnai la voiture devant le perron, j'enjambai les quelques marches, ouvris la porte d'entrée, appuyai sur un bouton et aussitôt les flambeaux en cristal tenus par les mains de marbre des statues s'allumèrent. Je traversai le hall et montai au premier étage. Au bout de la galerie se trouvait l'appartement d'Angie.

A mon arrivée ici, au début de notre étrange mariage, pour retrouver Angie, je devais actionner la poignée de la porte. Lorsqu'elle était verrouillée, c'était le signe qu'elle ne voulait pas de moi. Il me fallut quelques semaines pour connaître et évaluer le système qui devait faire fonctionner le couple que nous étions. Je m'étais mis en grève. Elle m'appela, et je lui expliquai qu'on ne me sonnait pas. Je venais quand l'envie me prenait. « Installez-vous près de ma chambre, dit-elle. La porte restera ouverte. Vous êtes un vrai Latin », constata-t-elle comme si elle n'avait connu dans son passé que des Esquimaux dans leurs igloos. Elle n'était pas née pour l'amour physique comme Nicole, Jeanne, Jeanine, Corinne et toutes mes amies de jadis. Angie croyait que l'orgasme était un dû. Elle l'attendait, plutôt passive, et évaluait ensuite avec un petit soupir le degré de puissance de la sensation éprouvée. Si ça ne marchait pas, elle boudait. Juste pour la forme. « Nous pourrions avoir le même lit, dis-je un jour. – Non, vous remuez beaucoup en dormant, répondit-elle. J'ai le sommeil trop léger. Vous me réveilleriez. » Un jour, je l'ai prise sur le tapis devant le lit. Elle était ravie.

Je déposai ma serviette au pied d'une commode Louis XIII importée de France et j'entrepris l'inspection des lieux. Je m'infligeais cette punition quotidienne. Un petit salon en demi-cercle et ensuite la chambre à coucher aux baies vitrées comme tenues par des branches d'arbres centenaires. Une gigantesque cage de verre. Les oiseaux se cognaient souvent contre les parois vitrées en croyant que la liberté était… à l'intérieur. Je traversai la pièce, mon regard effleura le couvre-lit en satin blanc. Il restait la porte du dressing-room. Je l'ouvris brusquement. Les armoires débordaient de tailleurs, de robes du soir et de capes en brocart damassé.

Que faire de tout cela ? Les proposer pour une vente aux enchères et verser l'argent à la Fondation ? Les emballer dans les grandes valises marquées aux initiales d'Angie et les jeter ? Mais où ? Je songeais aux collecteurs de déchets alignés dans une impasse parallèle à Rodeo Drive, mais les clochards auraient pu récupérer les vêtements et les vendre à la sauvette, bien que l'affaire fût risquée pour eux : comment prouver que ces fringues de luxe n'étaient pas volées ? Et si je les brûlais ? Mais la grande cheminée du salon dégagerait une fumée épaisse. Il ne me restait qu'à espérer un tremblement de terre.

Il fallait affronter la nuit. Je jetai mes vêtements par terre. La Mexicaine les ramasserait. Ceux de demain étaient déjà préparés. Un petit tour sous la douche, puis le lit. Lomel m'avait tellement énervé que je dus prendre un somnifère de plus que d'habitude. Sous l'effet du produit, bientôt mon cauchemar, l'un des plus connus de mon répertoire, me projeta dans une salle de tribunal démesurée. Accusé de meurtre, j'affrontais le contre-interrogatoire du procureur. Etait-il myope, avait-il perdu le matin même ses lentilles ? Il parlait si près de mon visage que je faillis reculer ma chaise.

– Vous avez fait la connaissance d'Angie Fergusson lors d'un séjour en Californie en mai 1993.

– Oui.

– Après une première rencontre, avez-vous insisté pour la revoir ?

– Elle a voulu me retrouver, elle aussi.

– Répondez par oui ou par non. Avez-vous insisté ?

– Oui.

– De quelle manière ?

– J'appelais les numéros qu'elle m'avait donnés.

– Combien de fois ?

– Je ne me souviens pas du nombre exact.

– Dix-neuf appels d'un hôtel de Vera Cruz. Dix-neuf tentatives en quarante-huit heures. N'est-ce pas un peu insistant ?

– Si on veut.

– Oui ou non ?

– Oui.

L'homme marchait devant moi puis plongeait dans mon visage. Je me voyais dans ses yeux.

– Avez-vous accepté l'invitation d'Angie Fergusson au Caesar's Palace, à Las Vegas ?

– Oui.

– Avez-vous passé la nuit avec elle ?

– A côté. Dans l'une des chambres de sa suite.

– Le lendemain, avez-vous pris une licence de mariage au City Hall de Las Vegas ?

– Oui. Comme elle. Il fallait être deux pour se marier.

– Donc vous vous êtes mariés le lendemain de votre arrivée. Rapide, non ?

– Plutôt, oui.

– A-t-elle proposé de vous payer ?

– Non.

– Etiez-vous amoureux d'elle ?

– J'étais attiré.

– Répondez à ma question. Etiez-vous amoureux, oui ou non ?

– Non.

– Deviniez-vous les vraies raisons de l'étrange proposition d'Angie Fergusson ?

– Elle voulait essayer un mariage – comme elle disait – à l'envers. D'abord un couple-équipe et ensuite l'amour en prime.

– Vous avez accepté ce marché ?

– Ce n'était pas un marché.

– Cette proposition ?

– J'ai admis sa théorie.

– Parce qu'elle possédait l'une des grandes fortunes de ce pays ?

– Elle était belle et l'idée originale.

– Depuis quand le mariage avec une riche héritière est une idée originale ?

– L'argent n'était pas le mobile.

Le procureur s'écria :

– Prouvez-le !

– J'ai renoncé à toute prétention matérielle.

– Alors ce mariage devait servir à quoi ? Ni argent, ni amour, était-ce une plaisanterie ?

– Je voulais rester aux Etats-Unis. Travailler dans une entreprise mondiale de produits chimiques et prouver enfin mes capacités.

– Un mariage blanc ?

– Non. Un mariage tout court.

– Sans aucun sentiment ?

– Nous éprouvions de la sympathie l'un pour l'autre.

Le procureur émit un grincement :

– Vous vouliez son argent.

– Objection, intervint la défense. Présomption.

– Objection rejetée.

– Vous avez exploité la vulnérabilité d'Angie Fergusson.

– Non.

– Avez-vous pris connaissance du drame qu'elle avait vécu juste avant de vous rencontrer ?

– Non.

– Pourtant Mr. Roy Hart affirme vous l'avoir raconté dès le premier soir de votre arrivée.

– Je n'ai pas dû faire attention. J'étais un invité, un touriste de passage, un étranger.

– Aujourd'hui, vous sentez-vous étranger, monsieur Landler ?

– Non. Ma naturalisation est en cours. Je conduis les affaires de l'empire Fergusson d'une manière satisfaisante. Ma réussite commerciale est incontestable.

– Etes-vous un étranger, oui ou non ?

– Impossible de répondre par oui ou par non.

Le procureur devint presque cordial.

– Je pose la question d'une manière plus explicite. Etes-vous intégré dans la vie américaine, monsieur Landler ?

– Par moments.

– Ce n'est pas une réponse. Dans votre esprit, dans vos instincts, êtes-vous resté français ?

– Oui.

Il s'exclama :

– On y est. A la tête d'un empire industriel américain, vous vous considérez comme Français. Donc étranger.

– Ce n'est pas ce que j'ai voulu dire.

– Peut-être, mais c'est ce que vous avez dit ! Quelques jours avant votre voyage au Kenya, vous vous êtes rendu avec votre femme au lac Tahoe. Pour quelle raison ?

– Elle voulait me montrer sa maison.

– C'est tout ?

– Oui.

– Ignoriez-vous que le but de ce déplacement était une rupture ?

– Je l'ignorais.

– Le dossier vous concernant transmis à votre femme par une agence de détectives privés vous a surpris ?

– Oui.

– Où se trouve-t-il, ce dossier ?

– En ma possession. Dès le début, j'ai contesté certaines affirmations de l'agence.

– Dès le début de quoi ?

– De ma conversation avec Angie.

– Selon vous, Angie Fergusson vous a littéralement jeté le dossier à la figure.

– C'était une image.

– Soyez précis.

– Elle l'a posé d'une manière brusque sur la table de la terrasse.

– A-t-elle prononcé le mot divorce ?

– Elle a fait allusion à une séparation.

– A-t-elle annoncé son intention de divorcer ?

– Ce n'était pas si clair.

Le juge interpella le procureur :

– Formulez votre question différemment.

– A-t-elle déclaré que la fortune vous échappait, monsieur Landler, la gloire et la considération aussi ? Que vous n'auriez plus de travail aux Etats-Unis, surtout pas dans votre branche : la chimie ?

– Peut-être.

– Oui ou non ?

– Oui.

– Avez-vous perdu votre sang-froid ?

– Oui.

– Pourquoi ?

– C'était une provocation.

– De quelle manière ?

– Une provocation verbale.

– Alors vous, si sensible, vous avez voulu…

– … la faire taire.

– Qu'avez-vous fait ?

– Je lui ai demandé de cesser de m'injurier. Il s'agissait de ma dignité. Je n'étais pas devenu un homme différent de celui qu'elle avait épousé, depuis qu'elle avait découvert mes origines modestes.

– Continuez…

– Je refusais d'être humilié.

– Vous avez ressenti…

– Une blessure morale.

– Et quelles ont été les conséquences de cette blessure morale ?

– J'ai saisi l'une des chaises en fer forgé, une lourde chaise, et je l'ai envoyée vers elle.

– Vers elle ou sur elle ?

– Vers elle. La chaise l'a heurtée.

– Angie est tombée par terre. Oui ou non ?

– Oui. Affolé, j'ai bondi vers elle. Je la croyais évanouie.

– Qu'avez-vous fait à ce moment-là, monsieur Landler ?

– C'est-à-dire…

– Avez-vous appelé un médecin, une ambulance, la police ? Qu'avez-vous fait ?

– J'ai… j'ai voulu appeler…

– Avez-vous appelé du secours, oui ou non ?

– J'ai hésité.

– Répondez par oui ou par non. Avez-vous appelé à l'aide ?

– Non.

Je revivais cette scène en permanence. Soudain vint se superposer la sonnerie du téléphone. Décrocher le combiné était une délivrance. Je ne savais pas qui était à l'autre bout du fil. Qu'importe. J'étais sorti de la salle de tribunal.

– Eric, je te réveille ? Je sais que tu me cherches.

– Depuis une éternité, je te cherche.

A peine eut-elle prononcé mon nom que je reconnus la voix d'Annie, qui ramenait le passé. Je m'assis dans mon lit trempé de sueur et je cherchai de quoi écrire.

– Tu ne devrais pas me tourner en bourrique, Annie. Me plaquer, me faire courir, me torturer à distance.

– Si tu m'engueules, je raccroche, dit-elle.

Je criai :

– C'est quoi, ce jeu ? Raccrocher, disparaître. Tu as peur de moi, Annie ?

– Peur de ce que tu traînes derrière toi.

– Justement, il faut en finir. J'arriverai au Kenya jeudi prochain. Je refuse dorénavant de correspondre uniquement par l'intermédiaire de l'avocat.

– Et moi, je voudrais divorcer sans te rencontrer. Je souhaite faire partie de l'organisation de la Fondation, diriger le Centre. Pas besoin de toi.

Je n'avais plus envie de l'épargner.

– Si ma présence est une telle épreuve, alors sois le témoin à charge et fais-moi exécuter. Tu seras sûre de ne plus me rencontrer.

Sa voix me parvint atténuée, de très loin :

– Avec l'aide de Jésus-Christ, je vais me libérer du passé. Je prie Jésus pour ton salut.

– Je ne t'ai rien demandé.

Annie m'empêcha de continuer :

– J'ai des raisons de te garder en liberté.

– Encore heureux ! J'ai reçu la liste de tes exigences. Me Wagner l'a envoyée à mon avocat. Tu es gourmande…

– Ce que je demande n'est qu'une goutte d'eau dans ta fortune. Je veux Loïta Plains à moi.

– Tu l'auras. Mais viens à Nairobi, viens me dire tout cela en face.

– Tu as déjà perdu trop de temps, Eric. Il y a une espèce de vautour, un photographe, qui te suit à la trace. Il veut me rencontrer aussi.

Je marchais en long et en large, le téléphone mobile à la main :

– Il veut du fric. C'est un maître chanteur qui fait ses premiers pas. Annie, quel monstrueux culot de me raconter que tu attendais un enfant et de me plaquer le lendemain.

– J'ai dit ça parce que j'avais envie de le dire. J'ai pris mes désirs pour des réalités, c'est tout.

– Où es-tu ? Là, maintenant ?

– Dans un endroit de rêve. Quarante degrés au soleil, humidité quatre-vingt-cinq pour cent, les crocodiles en balade sur les rives, les moustiques affamés et une mission médicale en faillite. Je suis à Homa Bay, à l'hôtel des Touristes.

– Qu'est-ce que tu fais là-bas ?

– J'y ai passé presque deux ans. Dès que tu auras réglé les papiers, je m'installerai à Loïta Plains. Proche du futur Centre et de l'école. Eric, j'ai quelque chose d'important à te dire.

– Je t'écoute.

– Essaie de ne pas passer à côté de l'essentiel.

– Quel « essentiel » ?

– Il y a près de toi une fille, Sandy.

– Tu la connais ?

– Par téléphone.

– Elle ne me l'a pas dit.

– Je le lui ai interdit. Elle connaît des détails importants du passé africain d'Angie, ses habitudes, ses étapes et l'importance des…

La ligne fut coupée.

Je connaissais l'indicatif du Kenya, mais pour obtenir le numéro de l'hôtel des Touristes, je devais attendre le bon vouloir des ordinateurs. Enfin, je le tenais, ce numéro. La sonnerie retentit plusieurs fois au bout du monde, quelqu'un décrocha.

– Allô ? S'il vous plaît, une Américaine vient de me parler. Regardez autour de vous, elle doit être encore là… Une femme blanche.

Une voix d'homme me répondit en swahili, et je restai avec le combiné à la main, à l'écoute d'un bavardage lointain. Puis le silence. Mon interlocuteur m'avait oublié.

Je me levai et tournais en rond. Un fauve dans sa cage. Annie savait exactement ce qu'elle voulait obtenir. Elle m'avait fait marcher, à l'époque, avec l'enfant ! Quelle est la femme qui n'a pas essayé, au moins une fois dans sa vie, l'argument « enfant » ? J'étouffais. A qui parler ? A oncle Jean, à moitié sourd ? Même si je hurlais dans le combiné, il ne me comprendrait pas. « Qu'est-ce que tu avais à chercher si loin ? me demanderait-il. La France est le plus beau pays au monde. Pourquoi voulais-tu l'Amérique ? En plus, tu me parles du Kenya, ou quelque chose comme ça, je n'y comprends plus rien. »

Ma boîte de somnifères était presque vide. Je devrais m'en procurer demain. J'avalai les deux derniers comprimés et je rêvais d'une odeur. J'ouvrais les yeux. Une gueule de lion au-dessus de ma tête. Il bavait sur mon visage, le lion.

Comme souvent après une lourde nuit, le lendemain j'étais d'une humeur massacrante. J'en voulais à tout le monde. Surtout aux femmes. Je ne dis ni bonjour ni au revoir à Svenson, je passai sans un regard pour les gardiens, je pris mon ascenseur, la paroi immaculée sentait le produit de nettoyage. Aussitôt arrivé au quarante-troisième étage, je demandai à Sandy de me rejoindre. Sans un mot aimable pour la soirée de la veille où, malgré ses réserves, elle avait semblé plus communicative que d'habitude, je l'interpellai, brutalement :

– Vous auriez dû me dire que vous connaissiez Annie.

Brusquée par le ton sec, elle se défendit :

– Uniquement par téléphone. Et je réponds quand vous m'interrogez.

– Sandy, votre perfection frôle la provocation. Je vais de surprise en surprise. Vos relations avec Annie m'étonnent et m'agacent.

– C'étaient des communications accidentelles. Elle ne pouvait pas vous parler, alors elle se contentait de moi. Puis-je vous demander de ne pas vous mettre en colère juste avant le conseil ? On vous attend dans la salle. J'ai fait servir des cafés et des petits gâteaux.

Encore une fois, elle me rappelait à l'ordre. Je songeai aux call-girls sublimes, à leur regard vide, à leur corps parfait. A ces filles qui disparaissent sans la moindre ambition de vous expliquer votre propre existence, ni de vous donner une leçon de comportement.

Il fallait que je passe un peu d'eau froide sur mon visage. Depuis la conversation-duel avec Annie, j'étais comme un accumulateur de colère. J'aurais chauffé une maison entière avec l'énergie de ma rage. L'exchangeuse d'argent de Las Vegas ne jouerait pas, avec moi, les directeurs de conscience. Certainement pas. Je vérifiai mon aspect dans la salle de bains attenante à mon bureau : je devais prendre le masque du veuf éploré qui surmonte son chagrin grâce à son travail. Parfait, le rideau pouvait se lever. Mes mains, où je portais encore l'alliance épaisse offerte par Angie, ne tremblaient pas. Combien de fois j'avais voulu ôter l'objet ! Hélas, pour le moment, je devais l'exhiber.

Entré dans l'arène, j'avais conscience de chaque détail de mon aspect physique. Grand, alerte, élégant... Ah ! je m'étais trompé de cravate. J'en étais certain, celle-ci était d'une couleur trop vive. J'allais serrer les mains. Ce Français est si soigné et ses mains sont fraîches, preuve de bonne santé, n'est-ce pas ? Je saluais un par un les membres de la Fondation. Le Pr Malir, personnalité afro-américaine spécialiste des questions économiques du tiers-monde, avait sur la table, devant lui, un gros dossier. Adélaïde Mayo, mécène dévouée et fortunée, ne s'intéressait qu'au tiers-monde noir et se nourrissait presque exclusivement de statistiques. Le Dr Frédéric Koudor, conseiller médical, spécialiste du sida et coordinateur des campagnes de vaccination, jouait chez nous un rôle actif. Une fois élu à la présidence de ce conseil, j'avais invité des personnalités des plus diverses, aussi bien dans le domaine de l'écologie que dans celui de la géographie économique, à nous rejoindre. J'avais aussi sollicité la présence d'un sénateur à la retraite dont l'honorabilité, louée par tout le monde, nous prêtait un éclat supplémentaire.

Au moment où la firme se trouva provisoirement entre les mains de Sanders – lors de mon départ forcé pour l'Afrique – j'avais confié à Daniel Grosz la tâche importante de recruter des forces nouvelles. Dès le début de la réunion, il m'avertit par un signe qu'il voulait prendre la parole. Je me méfiais de ce qu'il allait dire. Je commençai, en soignant mon accent :

– Madame, messieurs, je vous remercie de votre présence. Vous consacrez avec une générosité émouvante votre temps à une cause difficile, à une action dont l'importance se confirme d'un jour à l'autre. Je vais entreprendre incessamment un voyage rapide au Kenya, d'abord de pèlerinage – je m'inclinerai sur la tombe de ma femme – et pour jeter des bases du rapport final qui permettra le dégagement d'une partie importante des fonds.

Je notai l'expression sereine de Mrs. Mayo, qui me souriait. Je continuai d'un ton grave :

– Une année fructueuse me permet d'offrir un large pourcentage de nos bénéfices à la trésorerie de la Fondation Fergusson. Ce don complémentaire est d'environ dix millions de dollars. C'est minime si on le compare aux besoins immenses du Kenya, mais ce geste est un symbole de ma fidélité aux nobles projets de ma chère Angie, si présente dans nos mémoires.

Les participants émirent un soupir, le Pr Malir, avec ses grandes mains blanches tapissées de coussinets de chair, avait esquissé un applaudissement. Mrs Mayo avala – discrètement et sans eau – un comprimé qu'elle prit dans une petite boîte en argent. Koudor griffonnait des notes, Grosz me fixait. Me Kidmann, arrivé au milieu de mon introduction, saluait les participants d'un mouvement de tête, puis il me regarda avec une intensité dérangeante. J'étais le client idéal, à soigner, je le payais les yeux fermés, je n'utilisais sa compétence juridique que dans des affaires de grande classe. Je lui avais offert le contrôle juridique de cette fondation à but humanitaire. Relativement peu de travail et les échos assurés dans la presse. Un cadeau royal.

– Je salue la présence de Me Kidmann dont la vaste connaissance juridique est notre élément porteur et sécurisant.

Grosz me fixait toujours.

– Mes amis, je vous fais part aussi – avant de vous épuiser avec tous les chiffres que j'ai à votre disposition – du résultat d'une longue et douloureuse réflexion. J'ai décidé de ne faire transporter le cercueil d'Angie de Masaï Mara à Loïta Plains que dans un an.

Mrs Mayo extirpa un mouchoir de son sac dont le fermoir émit un petit bruit métallique. Elle se tapota le bout du nez.

– Pour quelle raison ? susurra-t-elle.

– Lorsque nous procéderons à l'inhumation d'Angie dans le mausolée de Loïta Plains, son grand projet devra être en cours de réalisation, le bâtiment de l'école et du centre administratif terminé. Pour que ces travaux puissent être engagés rapidement sous la direction de Mr. Moretti, notre excellent architecte italien, nous dégagerons les crédits dès que nous aurons l'assurance que l'argent ne sera détourné sous aucun prétexte.

Prudent, j'évitai toute allusion à la corruption. Nos interlocuteurs kenyans étaient de parfaits honnêtes hommes. Mrs Mayo intervint :

– Monsieur Landler, je comprends et je respecte votre décision. En effet, il vaut mieux transporter le cercueil d'Angie à Loïta Plains au moment où son projet verra le jour. Mais permettez-moi de vous poser une question à propos de votre situation juridique actuelle. Il s'agit de l'union avec la personne que vous avez épousée lors de votre long et éprouvant séjour en Afrique. Je n'ai aucun droit de vous tourmenter, mais j'aimerais connaître l'état des choses aujourd'hui.

Me Kidmann voulut m'empêcher de répondre :

– Peut-être pourrions-nous remettre la discussion sur ce point très personnel au retour de Mr. Landler...

Je m'inclinai légèrement en direction de mon avocat :

– Merci, maître Kidmann, mais ma vie est un livre ouvert. Je n'ai pas de secret, je préfère répondre.

Le plafond ne s'est pas effondré, la terre ne s'est pas ouverte : c'est donc qu'on pouvait prononcer impunément des mensonges énormes. Rassurant.

– Je vous répète les faits. Mon mariage avec Annie White n'était qu'une manifestation de respect à l'égard de cette jeune femme, fervente croyante et admiratrice de l'œuvre future d'Angie. Installée avec moi dans la maison de Loïta Plains après le drame, Annie White souffrait de cette situation qui aurait pu susciter des commentaires douteux à son égard. Vivre sous le même toit, dans un endroit désert, avec un homme – même si elle le soutenait moralement – aurait pu susciter des rumeurs désobligeantes... Pour ne pas choquer ses parents, ni Dieu – ici je m'arrêtai et je regardai mon public –, nous nous sommes mariés. L'union fut un échec. Lorsque, à mon retour, je repris la présidence de la société, elle resta en Afrique et se consacra à la cause kenyane.

Je ne distinguai plus la vérité de mes mensonges. Me Kidmann intervint :

– Si vous m'y autorisez, j'aimerais ajouter quelques mots qui éclaireraient cette situation particulière.

– Bien sûr, maître Kidmann.

– Eric Landler est encore légalement le mari d'Annie White, mais je suis chargé, avec l'aide d'un excellent confrère de Nairobi, de leur divorce. Nous élaborons les clauses de la séparation juridique. L'actuelle Mrs. Landler nous a fait parvenir ses conditions. Son premier souhait, c'est de diriger le futur Centre

Fergusson. Selon moi, elle est apte à mener à bien cette tâche.

– Quelle est la formation d'origine de cette personne ? demanda le Dr Koudor.

J'intervins avant qu'on commence à fouiller le passé d'Annie. Depuis longtemps j'avais transformé l'ancienne changeuse d'argent d'un casino de Las Vegas en une militante écologiste. Les informations que je transmettais, je les modifiais selon les besoins du moment. Il n'y avait jamais une vraie contradiction, seulement les nuances.

– Miss Annie White, encore Mrs. Landler, dis-je, est américaine, descendante des pionniers. Issue d'un milieu modeste et méritant, elle n'avait pas les moyens de poursuivre des études théologiques – ici j'eus un moment d'angoisse : est-ce que ça coûtait cher de se consacrer à Dieu ? Je passai vite sur le sujet et je conclus –, mais elle s'est dévouée aux autres dès son adolescence.

Me Kidmann me regardait, interloqué. C'était – je crois – la cinquième version qu'il entendait sur les qualités d'Annie. J'aimais bien l'histoire d'aujourd'hui, je la fignolais.

– Elle faisait des travaux d'intérêt public, elle était aide-soignante volontaire dans des hôpitaux.

– Vous l'avez rencontrée où ? Ce point est resté obscur. Ça n'a plus d'importance, mais si elle reste à la Fondation..., demanda Koudor.

– Avant de partir pour le Kenya, nous avons passé, Angie et moi, un week-end à Las Vegas. Ma femme s'intéressait à une vente de chevaux. Le hasard fait parfois bien les choses. En allant vers les ascenseurs qui desservaient notre suite, nous avons traversé la salle de jeux, c'est là qu'Angie avait aperçu Annie.

Mrs. Mayo s'exclama, affolée :

– Elle jouait ?

– Oh non ! Elle venait en aide à une personne prise d'un malaise. Angie l'a invitée à boire un café et l'a découverte passionnée par la nature et surtout par les animaux. Une grande sympathie était née devant mes yeux.

Je pensais que le seul animal qu'Annie fréquentait à l'époque, c'était le chat de Betsy, sa compagne d'appartement. Un grand silence suivit mes paroles. Koudor fronçait les sourcils et s'arrêta de noter.

– Continuez, c'est si romantique, dit Mrs. Mayo.

– Angie lui a offert un parcours dans les réserves.

– Oh ! dit Mrs. Mayo. Que c'est beau... Et vous l'avez retrouvée, cette jeune femme, après le drame ?

– Elle en a entendu parler à la télévision, elle a lu les détails atroces dans les journaux, elle était attendrissante d'émotion, de fraternité. Elle est venue me rendre visite, nous ne parlions que d'Angie...

– Si elle est tellement parfaite, pourquoi divorcer ? demanda Mrs. Mayo.

– Parce que l'ombre d'Angie nous sépare. Nous sommes trop investis par la personnalité d'une femme morte pour nous supporter.

– Que faire alors ? demanda Koudor. Que faire dans l'immédiat ? Et dans le futur ?

– Elle peut jouer un rôle important dans la vie du Centre, ai-je dit. Elle connaît le Kenya et la mentalité africaine. Elle s'estime chargée d'une mission par Angie. Dès le début de notre séparation, elle se consacrait à des enfants en difficulté et participait aux différentes campagnes de vaccination. Je lui alloue sur son compte à la Barclay's Bank de Nairobi des sommes qui lui permettent une vie confortable.

Le Pr Malir demanda la parole :

– Si cette dame a, en dehors de son sens des affaires humanitaires, le sens de l'organisation aussi, si elle est désintéressée et connaît le Kenya, en effet, nous pourrions lui confier un poste de responsabilité : directrice des affaires sociales, secondée par un directeur administratif. Les comptes doivent être tenus par un spécialiste.

Je saisis l'offre, une vraie bénédiction :

– Excellente idée, cher professeur.

Me Kidmann acquiesça :

– On peut envisager cette solution après le divorce de Mr. Landler.

Le Dr Koudor intervint une fois de plus :

– Voulez-vous nous éclairer sur la situation juridique de la fortune Fergusson si votre décès intervenait avant que le divorce soit prononcé ?

– J'ai légué tout ce que j'ai hérité d'Angie, et en plus mes biens acquis depuis mon travail ici, à la Fondation Fergusson tout en assurant la survie de la firme. En cas de vente de cet empire, l'argent reviendra à la Fondation.

– Si un descendant naissait de cette union ? demanda Mrs. Mayo.

– Il n'y en a pas. Nous vivons séparés, sur deux continents.

– Mais avant, monsieur Landler ? Vous nous avez dit, à l'époque de la création du Conseil, qu'au moment où elle quittait la Maison des Lions, Annie parlait de grossesse.

– Elle traversait à l'époque une crise mystique. Désirait-elle un enfant, s'imaginait-elle être enceinte ? J'ai interprété d'une manière légère et disons idéaliste ses paroles et ses sous-entendus. Non, pas de descendant.

– Vous en êtes sûr ?

– Oui.

Le Pr Malir intervint :

– Quelles que soient les qualités de cette dame, il vaudrait mieux obtenir une rapide séparation légale. La situation actuelle n'est pas idéale pour la Fondation.

– Si je meurs avant notre divorce – en cas de contestation ou de revendications – Me Kidmann défendra l'empire Fergusson.

Je me tournai vers mon avocat :

– Cher ami, vivants ou morts, nous ne sommes, avec nos biens, en sécurité que grâce à vous !

Kidmann acquiesça. L'exclusivité de sa présence ici me coûtait une fortune. Il me rassurait.

Je terminai la réunion en distribuant des compliments et en promettant un rapport. Et un divorce. Et le transfert du corps d'Angie. Je promettais tout. Les sourires amicaux éclairaient les visages, j'allais lever la séance et les serveurs s'apprêtaient à apporter du champagne quand Grosz demanda la parole :

– Monsieur le Président, dit-il en me regardant fixement, mesdames et messieurs – sa voix était cassée –, je vous présente à l'avance mes excuses pour jouer les trouble-fête. Mais j'ai des raisons personnelles d'annoncer sans retard mon départ du poste important que j'ai occupé jusqu'à ce jour dans la société des Chimies Fergusson. En même temps, cela va de soi, je démissionne du Conseil de Fondation Fergusson.

J'interrompis Grosz :

– Votre déclaration, en ce moment précis, est déplacée. Elle ne concerne qu'indirectement la Fondation.

Daniel Grosz rougit et précisa :

– Je ne reste pas au service de la société, donc je me dégage de la Fondation aussi.

– Le moment n'est peut-être pas propice pour discuter une affaire interne, dit Me Kidmann.

– Si vous le permettez, je prends congé, répéta Grosz.

Il s'inclina et quitta la pièce. Un silence désagréable fut rompu par l'arrivée des serveurs. Selon mes habitudes, un verre de champagne à la main, je passai d'un groupe à l'autre, j'expliquai en sourdine les problèmes psychiques de Grosz. « Surmenage », « saturation », « ses qualités ne sont pas à discuter, un homme remarquable mais hélas, cyclothymique ». Je l'enfonçais pour me justifier.

Lors de cette valse mondaine, je distribuai mots flatteurs et adjectifs efficaces. Tout le monde devait penser que j'étais « un homme charmant », « excellent dans les affaires », « il s'exprime presque comme un Américain de naissance », « son léger *french* accent est *gorgeous* ! ». Je cherchais à graver dans leur mémoire l'image que je confectionnais sur mesure. Je fis une remarque à Mrs. Adélaïde Mayo concernant sa nouvelle coupe de cheveux. Elle répondit que c'était « depuis vingt ans la même ». Je réparai aussitôt : « Vous êtes rayonnante, je croyais que… » « Les Français savent parler aux femmes. » Puis, en les rassurant chacun tour à tour sur l'avenir de la Fondation, je quittai la réception.

Je retraversai mon bureau et m'enfermai dans la salle d'eau. Dans le miroir au-dessus du lavabo, je voyais mes paupières gonflées. Je laissai couler une fois de plus l'eau froide sur mes mains pour m'apaiser. De retour à ma table, je bus un Perrier et j'appelai Sandy :

– Je demande votre indulgence. Ce matin, je me suis comporté d'une manière exécrable.

– Vous avez des raisons d'être tendu, monsieur Landler. Ne serait-ce qu'élaborer une aussi belle légende que celle d'aujourd'hui doit demander un effort considérable.

– De quoi parlez-vous ?

– Angie et Annie. Vous osez tout.

– L'une est morte et l'autre, bien vivante, s'impose. Qu'attendez-vous d'un homme qui ne peut pas se débarrasser du souvenir d'une femme morte ni divorcer d'une deuxième épouse bien vivante ?

– Monsieur Landler…, dit-elle.

Je coupai court :

– Pour le moment, je souhaite votre aide. Je désirerais éviter l'intervention du directeur du personnel dans l'affaire Grosz. Veuillez communiquer la proposition suivante à Daniel : six mois de salaire et une indemnité de quarante mille dollars à son départ.

– Il vous manquera, Grosz.

– C'est mon problème.

– Pourquoi devrais-je accomplir, moi, cette sale besogne ?

– Je voudrais qu'on s'en tienne à un message personnel, ce qui permettrait à Grosz – éventuellement – de changer d'avis et de rester sans être humilié par une réintégration officielle – que je lui accorderais, je crois.

– Vous le regrettez déjà, constata Sandy. A l'époque où Mr. Sanders faisait la pluie et le beau temps, n'oubliez pas que vous avez donné à Grosz carte blanche. Avant votre premier départ pour l'Afrique.

– C'est de l'histoire ancienne. Ne perdons pas notre temps.

– Grosz agissait toujours sur vos ordres, monsieur Landler. Vous lui avez délégué le secteur allemand. J'ai pris vos notes en sténo, puis vous les avez lues et signées vous-même. Je les ai portées personnellement à Daniel Grosz. Vous exprimiez clairement qu'il devait agir selon son jugement et ses appréciations. Aujourd'hui, vous lui faites subir un traitement injuste. Il pourrait vous demander des dommages et intérêts.

– Sandy, auriez-vous un faible pour Daniel Grosz ?

– Non. Juste de la mémoire.

Elle me renvoyait parmi les patrons amnésiques, sinon capricieux ou irritables, donc injustes.

– Sandy, vous devez comprendre…

– Je préférerais être dispensée de cette tâche.

– Quelle tâche ?

– De transmettre un tel message à Daniel Grosz.

– Vous le ferez. S'il vous plaît, Sandy.

Des rapports tendus avec une secrétaire personnelle sont pires que des escarmouches avec une femme légitime. Celle à qui la loi vous enchaîne, vous pouvez l'éviter en partant au bureau. Mais comment fuir la dépositaire de votre vie professionnelle et de votre emploi du temps, votre secrétaire, en vous calfeutrant chez vous ? Je devais compter sur l'intelligence de Sandy pour alléger la tension.

Sandy me dit en fin d'après-midi que Daniel – elle l'appelait par son prénom – aurait préféré une explication franche et calme avec moi. Sans intermédiaire. Mais il ne changerait pas de décision. Les collaborateurs qui voulaient prendre la place de Grosz se bousculaient déjà au portillon. Je fus ahuri par le nombre de phrases flatteuses que j'entendis aussitôt la nouvelle de l'incident répandue.

Trois jours plus tard, vers vingt heures – heure locale –, je me rendais avec Sandy à l'aéroport de Los Angeles. Nous allions prendre un vol direct de Swissair pour Zurich. L'atterrissage était prévu le lendemain, suivi d'un départ dans la soirée pour Nairobi. Sandy avait réservé nos fauteuils-couchettes des deux côtés de la carlingue. Le chef de cabine me salua avec un « Monsieur Landler » parfaitement prononcé, attira mon attention sur le duvet rangé dans sa housse aux pieds du siège. Un steward distribua les trousses de toilette, des grosses chaussettes et demanda quel film je souhaitais voir. Le siège à côté de moi n'était pas occupé. J'y étalai mes dossiers africains, puis je me levai et rendis visite à Sandy.

– Je n'ai jamais fait l'expérience d'une première classe, dit-elle. C'est comme un rêve.

Une hôtesse nous proposa des coupes de champagne et des amuse-gueules. Je levai mon verre, elle le sien.

– A votre santé, Sandy. A côté de moi, le siège est libre, si vous le voulez, j'enlève mes dossiers…

– Je préfère rester ici, dit-elle. Vraiment. Merci.

Elle protégeait ses dernières heures de liberté.

Après le dîner, j'examinai l'emploi du temps à rectifier selon les indications de Me Wagner – en contact avec les représentants du gouvernement kenyan et avec Annie. Du moins je l'espérais. Je devais aller au lac de Naivasha et à Nakuru où, selon les renseignements reçus, le lac était pollué par les eaux usées d'une usine de produits chimiques proche de la rive. La plupart des flamants s'étaient envolés vers le lac Borongo. Plus tard, en me rendant aux toilettes, je jetai un coup d'œil à Sandy. Elle dormait sur son siège transformé en couchette, le masque bleu couvrait ses yeux, elle avait remonté jusqu'au menton l'édredon léger, ses cheveux éclaboussaient l'oreiller. Elle était si loin de moi.

J'essayais de lire, je regardais distraitement la carte géographique éclairée au centre de la cabine : le petit avion sur l'écran signalait les lieux que nous traversions.

Je dus dormir aussi, je ne sais plus. Après onze heures de vol, arrivés à Zurich, une hôtesse nous conduisit au salon de première classe. Après une longue douche dans la salle d'eau attenante, je m'enfonçai dans un fauteuil en cuir. Je voulais oublier ma propre existence. Une hôtesse m'apporta le téléphone portatif :

– Monsieur Landler, n'est-ce pas ?

– Oui.

– Un appel pour vous.

La firme connaissait nos déplacements, le directeur général adjoint avait la liste des escales, qui voulait quoi de moi ? Je ne pouvais pas me plaindre, c'était moi qui assurais mon pouvoir en tenant tout en main.

– Monsieur Landler ?

La voix était proche.

– Qui est à l'appareil ?

– Lomel.

Une colère profonde, désespérée, m'envahit.

– Bon sang ! Même ici… Que voulez-vous, Lomel ? Je suis à l'extrême limite de la patience.

– Juste présenter mes excuses pour l'autre soir. Le hasard me favorisait, mais vous étiez si irrité… Je ne voulais pas que vous restiez sur une mauvaise impression.

– Et selon vous, qu'est-ce que je ressens maintenant ?

– L'indulgence à l'égard d'un homme qui voudrait se racheter.

– Qui vous a renseigné sur le vol que j'ai pris ?

– Personne. Une simple déduction. Avant le drame, vous avez pris Swissair pour Nairobi…

– … avec ma femme.

– Avec votre femme, répéta-t-il. Pourquoi auriez-vous choisi une autre compagnie ? Celle-ci assure une correspondance parfaite pour le Kenya. J'ai calculé les heures et les probabilités, je vous ai demandé au salon de première classe. Je vous ai trouvé et je vous présente mes excuses.

– Et en dehors de vos excuses, qu'avez-vous à me dire, monsieur Lomel ?

– Une faveur à vous demander. Si vous changiez la date du transfert du corps de votre femme – je veux dire : défunte femme – prévenez-moi. A temps. J'aimerais y assister.

– Vous insistez d'une manière malsaine.

– Beaucoup moins malsaine que les agissements d'autres gens autour de vous. Je pense à la tentative…

– Quelle tentative ?

– Une demande de prélèvement d'ADN qu'Allen a voulu obtenir.

– Vous savez ça aussi ?

– Tout le monde connaît l'existence de votre oncle, comme on dit aimablement, « par alliance ».

– Et alors ?

– Le charmant vieux monsieur a choisi le meilleur moment de l'année pour partir aux Caraïbes. Sans laisser d'adresse. Il ne reste à Mr. Robby Allen que la solution de la famille allemande qui peut – elle – introduire une demande.

– Absurde !

– Le corps d'Angie a été déchiqueté, on peut supposer que lors de l'identification, il y ait pu avoir une erreur.

– Une tête de lion, le bijou préféré d'Angie, a été retrouvée parmi les restes.

– Un objet ne suffit pas toujours à une identification.

– Il a suffi, à l'époque.

– Les recherches des Allemands n'ont jamais cessé et maintenant ils sont aidés. Par Robby. Ne soyez pas surpris si la police kenyane stoppe le processus de transfert…

– … Il est remis à une date ultérieure.

– … Ou si elle demande l'exhumation…

– Si on raccrochait maintenant, monsieur Lomel ? ai-je dit. Je refuserai, n'en doutez pas, cet acte sacrilège.

– Je souhaite votre réussite. J'ai trouvé plus cordial de vous prévenir.

– Je m'en passerais, de votre cordialité, sachez-le. Merci. Au revoir.

Je débranchai l'appareil portatif. Sandy, de retour, aperçut le geste.

– Quelqu'un vous a appelé ?

– Lomel. Il est déjà au courant de l'éventuelle demande pour le prélèvement ADN.

Sandy s'assit dans le fauteuil voisin pendant qu'un Africain élégant, sans doute diplomate, venait d'entrer et nous saluait d'un rapide hochement de tête.

– Me Wagner trouvera une solution, dit-elle. Je lui fais confiance.

Elle était presque indifférente, j'étais persuadé qu'elle n'avait aucun sentiment pour moi.

Bientôt ce fut l'embarquement en direction de Nairobi. Un dîner de plus, des chaussettes, des masques pour les yeux et le réveil cruel. Poussés par les vents favorables, nous avions atterri avec une heure d'avance sur l'horaire officiel. Sandy avait resserré ses cheveux en chignon, enfoncé jusqu'à mi-front un chapeau en toile et se cachait derrière des lunettes foncées.

L'aéroport avait changé depuis mon dernier voyage. Dans le hall, les boutiques hors taxes, débordant d'articles coûteux, étaient encore fermées. Plus loin se formaient deux files d'attente, celle des citoyens kenyans qui rentraient chez eux et celle des étrangers. Parmi les hommes et les femmes au visage fatigué et aux vêtements chiffonnés, nous étions visiblement des touristes de luxe. Je présentai au douanier nos deux passeports. Il les examina :

– Vous êtes ensemble ?

– Oui.

Sans commentaire, il frappa les pages avec un tampon et me rendit les documents. Dans la salle voisine, les bagages arrivaient déjà sur le tapis roulant. Je cherchai un porteur. En dehors d'un Kenyan qui somnolait, assis dans un coin, je ne voyais personne à interpeller. Je dégageai un chariot d'une vingtaine de ces engins accrochés les uns aux autres et, de retour vers Sandy, je chargeai la vieille ferraille dont une roue cassée grattait le sol en béton. Le douanier au contrôle de la sortie nous laissa passer en esquissant un geste à peine perceptible.

La salle suivante s'ouvrait sur l'extérieur. Dans la pénombre circulaient Africains, hindous et Blancs blêmes. Vingt-six heures de voyage rendaient les contours irréels. Le bureau de Los Angeles s'était éloigné à la vitesse de la lumière tandis que les affaires juridiques liées au Kenya s'imprimaient en lettres majuscules dans mon esprit. Quant à Sandy, elle semblait dormir les yeux ouverts. Les quelques touristes aventurés ici hors saison attendaient les voitures des organisations de safaris-photos. Les minibus arrivèrent bientôt, les conducteurs affichant les panneaux « Plaisir Safaris », « Photos Tours », « Général Safaris ».

Je poussai notre chariot vers la rangée de taxis. Le chauffeur aux cheveux grisonnants, premier de la file, nous demanda où nous allions et plaça nos valises dans le coffre de son véhicule. Puis il prit la direction de l'hôtel Norfolk. Entre l'aéroport et le centre-ville, la route était sombre. Sandy frissonnait.

– Vous avez froid ?

– Un peu. J'imaginais l'Afrique différente.

– Vous auriez voulu être accueillie par un groupe de danse folklorique ? Il vous manque des plumes et des lances ?

– Vous vous moquez de moi...

– Ne m'en veuillez pas...

Le décor s'animait. Nous traversions une banlieue industrielle. Les *matatus* surgissaient, nous dépassaient ou, venant d'en face, s'écartaient à la dernière minute pour éviter une collision. Tout était gris. L'aube avait du mal à s'imposer. Le taxi quitta la grande avenue principale, s'engagea dans une rue transversale pour arriver à l'hôtel Norfolk dont le décor semblait presque provincial et le grand restaurant, prolongé d'une terrasse sur le trottoir, était encore fermé.

Le portier de nuit, vêtu d'un uniforme impressionnant, nous ouvrit la portière avec un large sourire, et le temps de payer le taxi, fit charger les bagages sur un chariot. Dans le hall, un homme de ménage passait l'aspirateur. A la réception, une jeune femme à lunettes nous salua :

– Bienvenue au Norfolk.

– Bonjour, dit Sandy. J'ai réservé de Los Angeles deux chambres. Pour Mr. Landler et Miss Davis.

J'aurais aimé être ailleurs. A Paris, même sans argent. L'employée se pencha sur son écran de contrôle :

– Nous vous avons choisi deux belles chambres dans l'aile nouvelle. On va vous accompagner. Mais voulez-vous d'abord remplir les fiches ?

Nous avons griffonné sur les petits cartons le résumé de notre vie, nationalité, date de naissance – pas encore celle de la mort – et le numéro des passeports. Le bagagiste nous guida à travers le jardin intérieur, petit, soigné, humide. L'aile nouvelle était un bâtiment de deux étages. Le boy s'arrêta à un rez-de-chaussée situé de l'autre côté. Les portes-fenêtres de nos chambres contiguës s'ouvraient sur des jardinets. Le ciel s'éclairait peu à peu. Le boy ouvrit les portes, déposa les bagages et alluma la télévision. Dehors, les ouvriers arrivaient pour s'attaquer aux jardins. Je fis une reconnaissance des lieux, et m'arrêtai sur le seuil de la chambre de Sandy :

– Reposez-vous. J'appellerai Wagner à huit heures.

– Merci, répondit-elle. Moi, dès que les bureaux s'ouvrent, je vais signaler au secrétaire d'Etat chargé des contacts avec les représentants de la Fondation Fergusson que nous sommes arrivés.

– Il faut d'abord écouter les propositions de Wagner. Je vous tiendrai au courant.

Elle me regarda, pensive :

– Si vous entriez ? Il y aurait moins de courant d'air.

J'avais la certitude qu'il fallait partir. Ne pas affronter dès aujourd'hui les problèmes juridico-financiers. Flairer le terrain, découvrir – sans trop brusquer Sandy – l'histoire des marques d'Angie, devancer le photographe qui les cherchait aussi.

– Sandy, on s'engagera dans les discussions diverses après notre parcours. Je dois revoir les places préférées d'Angie, sinon je n'ai pas d'arguments crédibles. Se retrouver ici après des années d'absence, c'est comme parler les yeux bandés.

– En effet : plus vite on partira d'ici, mieux ça vaudra, dit-elle.

De retour dans ma chambre, j'étais de nouveau une bête traquée. Je me souvenais du moment où je me débattais dans les fièvres d'une pneumonie infectieuse et esquivais les appels de plus en plus pressants de Sanders. Nous étions, à l'époque, à l'hôtel Stanley. Annie me soignait et conversait avec Sanders à travers les combinés recouverts de mouchoirs en se faisant passer pour Angie. Mon crime était encore récent et j'attendais chaque jour qu'on le découvre. Aujourd'hui, rodé aux mensonges, j'avais pris goût au pouvoir, et surtout à la vie.

Je demandai un café au room-service. Exaspéré par le bavardage incessant des ouvriers devant la porte-fenêtre, j'attendais que le temps passe. J'appelai enfin Me Wagner, qui venait d'arriver au bureau. Il acceptait de remettre notre rendez-vous de deux ou trois jours.

– Vous venez quand vous voulez. Je ne quitte pas Nairobi. Quant aux rendez-vous officiels, n'oubliez pas que c'est l'Afrique, le temps a une autre dimension.

– Et l'histoire de l'ADN ?

– Les divagations du photographe Allen ? dit-il. Quelle importance pour vous ? Son seul tort, c'est d'être agressif. Si on pouvait aider la famille allemande à retrouver sa paix intérieure, pourquoi pas ? Les Allemands ne cherchent que la certitude qu'il n'y a pas eu erreur sur la personne. Ils n'ont que quelques mèches de cheveux de la femme disparue, que le mari avait gardées lorsqu'elle les avait coupés. Etrange, la vie.

– Je n'accepterai aucune opération de ce genre.

– C'est votre droit mais vous pourriez vous montrer plus compréhensif avec des personnes frappées par le même malheur.

– Je refuse toute intervention !

– J'attire votre attention sur le fait que les Allemands ont délégué leur pouvoir à Robby Allen. Celui-ci possède à Nairobi la majorité des actions d'une entreprise, il risque d'être écouté.

– Et la Fondation Fergusson ? Elle donne plus…

– On est sur un plan purement humanitaire. S'ils se heurtent à votre incompréhension, ils insisteront. Il n'est pas exclu que nous allions devant le tribunal, qui risquera de les aider.

Il promit d'organiser une rencontre avec Annie. Quand ? Et où ?

– Elle va être de retour de Homa Bay et de Kisumu.

– Qu'est-ce qu'elle fait là-bas ?

– Elle travaillait pour une mission médicale. Si vous y allez, vous aurez des nouvelles sur place. Elle n'est pas très loquace avec moi…

– Angie a voulu créer là-bas une permanence de planning familial, c'est pourquoi j'y vais… pour voir ce que les locaux sont devenus. Je vous appellerai, maître, d'où que je sois. Laissez-moi les messages ici, au Norfolk. Merci à l'avance.

Je m'approchai de la porte-fenêtre. Les ouvriers se racontaient des histoires sans fin ; dans le couloir, les femmes de chambre s'interpellaient avec des cris d'oiseaux accompagnés de rires aigus. Je demandai au standard le bureau de réservation du Mont Kenya Safari Club. Je l'eus tout de suite. Oui, il y avait des chambres, on était hors saison. Dès que je prononçai le nom de Fergusson, le ton changea. Angie Fergusson était membre de ce club fréquenté par la jet-set.

– Je serais heureux de vous rencontrer, monsieur Fergusson, dit quelqu'un d'une voix gutturale.

– Je m'appelle Landler.

– Monsieur Landler…

Parce qu'il ne comprenait pas les relations entre l'agressif Landler et la défunte Fergusson, je fus obligé une fois de plus d'expliquer que j'étais le veuf, etc., jusqu'à la nausée.

– Je voudrais passer deux nuits au club. Le cottage préféré de ma femme, Angie Fergusson, était le numéro douze. Comme il y a deux chambres à coucher, ma secrétaire pourrait y être logée aussi.

– Nous allons essayer de vous satisfaire, monsieur Landler. Il me faudrait quelques minutes pour vérifier si les hôtes américains qui y étaient hier encore sont déjà partis ou non. En tout cas, ce que je vois déjà, c'est que la suite présidentielle est libre et peut être mise à votre disposition.

– Où se trouve-t-elle, votre suite présidentielle ?

– Dans le bâtiment principal. En dehors du cottage, c'est ce que nous avons de mieux à vous offrir.

– Je voudrais venir dès ce matin.

– Avez-vous une voiture ?

– Non, mais je pourrais louer un avion.

Il m'interrompit :

– L'un de nos chauffeurs se trouve justement à Nairobi, avec un minibus. Je le contacterai par téléphone et je vous donnerai aussitôt des nouvelles. Mais vous pouvez passer au bureau.

– Quand je serai arrivé chez vous.

– Monsieur Landler, vous croyez parler avec l'hôtel de Nanyuki. Mais nous sommes à deux pas de votre chambre.

En effet, la représentation officielle du Mont Kenya Safari Club et le bureau de réservation se trouvaient maintenant dans l'une des galeries de l'aile neuve, à quelques mètres de nos chambres. Le manager m'accueillit avec une expression douloureuse :

– Permettez-moi de vous exprimer ma compassion. Quel drame…

– Merci. Je ne souhaiterais plus rouvrir les blessures.

– Je vous comprends.

Il était grand, souriant, cordial. Les employés, derrière leurs ordinateurs, me regardaient avec intérêt. Le nom d'Angie était gravé dans les mémoires. Ils étaient tous efficaces, courtois et un peu tristes. Juste pour me faire plaisir avec leur chagrin poli.

A ma demande par téléphone, Sandy vint me rejoindre. Derrière les hublots des lunettes de soleil, on pouvait juste deviner ses yeux. Son chapeau un peu trop grand glissait d'un côté à l'autre, les mèches débordaient ; parfois, avec des gestes impatients, elle les chassait derrière les oreilles. Je vis passer une ombre dans le regard du manager : le veuf est venu avec sa maîtresse…

– Voici Miss Davis, elle était l'assistante d'Angie Fergusson, principalement pour les affaires africaines.

– Je m'appelle Makouda, dit le manager. Bonjour, mademoiselle Davis.

Sandy le salua d'un mouvement de tête et me dit :

– Il y a eu un appel pour vous, de Los Angeles. Le standard l'a orienté vers moi parce que vous ne répondiez pas. Il y a quelques problèmes avec les actions Saron.

Le manager était perplexe. Sandy se montrait distante, à peine aimable. Grâce à elle, nous allions retrouver un crédit moral.

– Qui a appelé ?

– Grosz. Lorsque Felton s'est adressé à lui, il a répondu qu'il ne pouvait plus prendre la moindre initiative parce qu'il quittait l'entreprise.

Felton était le directeur administratif adjoint, mais Grosz, spécialisé dans les problèmes d'actions, pouvait agir d'une manière plus efficace.

– Je vais le rappeler.

Je pris congé de Mr. Makouda, qui allait m'avertir de l'arrivée de la voiture du Mont Kenya Safari Club. Il m'avait rassuré :

– Dès que le cottage que vous souhaitez sera libre, il est à vous.

Sandy intervint :

– Mr. Landler n'est intéressé que par le douze.

– Très bien.

– Je connais les lieux, j'ai préparé plusieurs voyages de Miss Fergusson. Je pourrai travailler au salon.

Suivi par le regard intense des employés, Makouda nous avait accompagnés jusqu'au seuil du bureau. Nos valises étaient déjà transportées dans le hall. La réception de l'hôtel était habituée aux changements de programme des clients de luxe. J'allais régler la note. Le portier de jour qui venait de prendre son service avait un aspect si digne que je doublai le pourboire glissé dans sa main habile. Le chauffeur, un homme d'une cinquantaine d'années aux cheveux grisonnants, nous attendait près d'un minibus. Sandy me prit à part :

– Si vous envoyez une télécopie à Daniel Grosz, ou à Felton, vous serez moins énervé. Il est neuf heures du soir à Los Angeles. Ils sont encore hier.

– Vous avez raison.

Je fis demi-tour et, dans une pièce annexe de la réception, griffonnai un message à Felton :

Bob,

Essayez d'amadouer Grosz. Vous pouvez lui annoncer qu'à mon retour je souhaiterais une explication moins passionnelle, le recul nécessaire provoqué par ce voyage me permettra de lui proposer une solution plus satisfaisante pour nous deux. Qu'il fasse racheter les actions jetées sur le marché. S'il accepte de faire l'opération, transmettez-lui mes remerciements. Sinon je vous envoie un pouvoir à vous.

Sandy intervint :

– Permettez-vous une suggestion ?

– Evidemment.

– Si vous adressiez un message personnel à Daniel Grosz, il serait plus attentif à votre proposition.

Je pris une autre feuille et j'écrivis :

Daniel,

Navré d'avoir eu une réaction si violente à votre égard. J'ai été injuste. Donnons-nous un peu de temps de réflexion. J'oublie Düsseldorf et vous, ma colère. Réintégrez vos pouvoirs et faites racheter les actions Saron.

A mon retour, nous verrons plus clair dans ce pseudo-conflit. Veuillez me répondre par fax au numéro du Mont Kenya Safari Club où je me trouverai dès cet après-midi.

Eric Landler.

Le temps du trajet, le destin malicieux donna un peu de mou à ma laisse. Le minibus sentait le tabac et le métal fatigué, le chauffeur nous examinait dans le rétroviseur, Sandy, impassible, regardait Nairobi grouillante de vie et d'incidents divers. Les hommes, formant des groupes, parlaient en gesticulant ; des gosses affublés de lunettes noires, la casquette tournée à l'envers, la visière dans la nuque, avançaient sur des planches à roulettes ; des jolies filles affichaient leurs jambes tandis que les grosses matrones affublées de fichus multicolores se traînaient dans des baskets déformées.

Il allait être inutile d'insister sur la réglementation du nombre de visiteurs dans les réserves : ils venaient beaucoup moins nombreux qu'avant car ils s'orientaient vers la Tanzanie, pays devenu accueillant et infiniment plus préservé que le Kenya où les attaques à main armée se multipliaient. Les clandestins, les réfugiés venant de partout faisaient du troc, échangeaient des armes contre de la nourriture. Notre chauffeur, indifférent à la foule qui s'amassait, circulait au milieu du désordre habituel.

Sur la route en direction des Grands Lacs, nous roulions coincés derrière des véhicules surchargés, des échafaudages de marchandises tenues en équilibre par des cordes qui menaçaient de s'écrouler. Après la banlieue chic poussaient des cités, des cabanons, des baraquements-champignons, des Coffee Inn ou « Stop – Holidays » ou « Bienvenue, touristes – Cadeaux ». Des marchands assis par terre devant ces taudis espéraient vendre leurs statuettes et animaux grossièrement taillés dans le bois ou en pierre de savon. Je me sentais presque étranger à mon destin. Je n'appris que quelques semaines plus tard les événements qui se déroulaient juste à ce moment à Las Vegas.

L'infatigable Lomel s'était rendu ce jour-là chez Betsy. Vêtue d'un peignoir défraîchi, une tasse de café à la main, émoustillée par tant d'intérêt qu'on lui portait, elle évoquait ses souvenirs pour cet Américain si agréable qu'on lui aurait donné le bon Dieu et la confession en plus.

– Qu'est-ce qui vous intéresse ? demanda-t-elle à Lomel. Si je peux vous aider…

– Ce que je vous demande est dû à une curiosité personnelle. Rien ne vous oblige à me répondre. J'ai connu Angie Fergusson, je voudrais juste comprendre la psychologie des personnages qui l'entouraient. La sienne surtout.

– C'était il y a longtemps, dit Betsy, mais je vous répondrai.

– Les relations de votre amie Annie avec Mr. Landler m'intéressent particulièrement. Cette liaison existait-elle depuis longtemps ?

Lomel présumait sûrement que deux femmes partageant le même appartement et la même existence bourrée de rêves devaient parler entre elles, sans dissimulation.

– Amants ? Pas du tout. Si elle avait été la maîtresse d'Eric Landler depuis des mois, je l'aurais su. Annie n'avait personne à l'époque, je peux vous le jurer. Elle s'en plaignait d'ailleurs, et recherchait la consolation dans la religion. Elle a fait la connaissance de ce Français étonnant trois ou peut-être quatre jours avant de partir avec lui pour l'Afrique. J'ai trouvé la manière dont elle a été embarquée très expéditive, sa décision rapide, mais elle a saisi sa chance. Elle ne l'a pas regretté. C'est curieux, actuellement beaucoup de monde s'intéresse à Annie. Même des personnes célèbres me demandent des renseignements à son sujet. Un photographe, par exemple, et pas le moindre. J'en rêve ! J'ai passé ma vie à courir les rendez-vous avec les photographes, et cette fois, les projecteurs sont enfin dirigés sur moi. Et par un type célèbre. Mr. Landler – le mari – est venu, lui aussi. C'est vrai que ces Latins ont quelque chose de…

– De ?

– … plus que les autres.

– Il est venu ici ?

– Mais oui. Ce n'est pas un homme franchement beau, mais… Comment vous dire ? Il est… Il est si… si français.

Lomel l'interrompit doucement :

– En effet, c'est un homme d'un grand agrément.

– Agré… quoi ?

– Courtois.

– Ça, vous pouvez le dire ! Il voulait connaître l'endroit où se trouve Annie… Elle le fait marcher. Elle siffle et il accourt. Et quand elle ne siffle pas, il la cherche.

– Revenons au début, dit Lomel. Il y a bientôt trois ans, votre amie vous a annoncé d'un jour à l'autre qu'elle partait pour l'Afrique.

– D'une heure à l'autre. Par téléphone. J'étais à New York pour des essais de photos. Ça n'a pas marché. Annie avait juré au Français de garder le secret, mais elle m'a tout dit, et la manière dont elle a été draguée au casino. Il voulait juste lui parler. Ce n'était pas pour le sexe. Pas tout de suite. Il s'agissait d'argent : beaucoup. Enfin, beaucoup pour une fille comme elle.

– Quelle somme ?

– Tenez-vous bien. Cinquante mille dollars, la moitié payable avant le départ.

– Qu'est-ce qu'il fallait faire pour ce prix-là ?

– Partir avec le Français.

– Et la femme légitime ?

– Je ne sais pas. Il paraît qu'elle était d'accord.

– A-t-elle pris le même avion qu'Angie et son mari ?

– Un avion est grand, dit Betsy. Il y a beaucoup de monde dedans.

– Sont-ils partis sur le même vol ?

– Je n'en sais rien. Je crois que oui. Mais pourquoi la femme légitime avait-elle accepté la présence d'Annie ? On ne le saura jamais. Tuée par les braconniers, elle ne parlera plus. Annie a accepté de vivre avec le Français en Afrique, à condition qu'il l'épouse. Mais elle n'était pas heureuse de ce mariage au prix de la vie d'Angie.

– Qu'appelez-vous le prix de la vie d'Angie ?

– Ils allaient supporter tout le temps une femme morte entre eux. J'ai dit à Annie qu'elle devait se raisonner : on ne trouve pas facilement un homme riche et célibataire.

– Elle était préoccupée par la mort d'Angie ?

– Ça, vous pouvez le dire. Elle s'en faisait… A sa place, je me serais mieux débrouillée. Le type est super, le mari je veux dire. Pas avare…

– Allons donc !

– Il m'a payé six mois de loyer, plus un cadeau de cinq mille dollars.

– Cinq mille dollars ?

– Pour que je ne parle pas de lui au photographe. Je n'ai rien promis, mais vous, vous n'étiez pas dans le contrat de silence.

– Elle se trouve où, Annie ?

– En Afrique, c'est sûr… Mais où ? Quand elle m'appelle, elle dit : l'Afrique. N'empêche, pour la première fois, elle m'a parlé de Homa Bay, elle m'a même envoyé de là une carte postale. Elle doit tenir à cet endroit.

Cela se passait donc pendant que nous roulions en direction de Nanyuki, sur une route bordée de plantations de café et de champs d'ananas. Puis il y eut le premier coup d'œil sur l'immense plaine jaune emballée dans de légères brumes bleues, la Rift Valley. Nous avancions sur les hauts plateaux, le mont Kenya nous fuyait. On l'apercevait, bleu et presque palpable, puis il disparaissait. Pour l'approcher, il fallait décrire des cercles et se faufiler dans un paysage riche. Sandy remarqua qu'Angie faisait ce déplacement souvent en avion.

– Votre dernier voyage, je ne l'ai pas organisé.

Je gardai le silence. Que savait-elle ?

Avant Nanyuki, au tournant d'une route de terre, un panneau indiquait le Mont Kenya Safari Club. Au bout de sept ou huit kilomètres de chemin jadis cahoteux, maintenant bitumé, nous étions arrivés à l'un des hôtels les plus fameux du monde. Le temps que le minibus s'immobilise et que nous descendions, un Kenyan de haute taille se présenta pour nous accueillir.

– Bienvenue, mademoiselle Davis, monsieur Landler, dit-il.

Trois boys avaient emporté nos valises. Le chauffeur prit congé. Un substantiel pourboire l'avait déridé.

– Selon les souhaits de la direction de Nairobi, vous avez la suite présidentielle.

Il avait ajouté d'un ton soyeux :

– Miss Davis disposera d'une chambre contiguë. Si le travail l'exige, on peut ouvrir la porte de communication avec le salon.

En avançant, il continuait à parler :

– J'espère pouvoir vous donner demain, sinon au plus tard après-demain le cottage numéro douze.

Il nous précédait en direction du hall où le comptoir de la réception formait un carré. Des employés aimables nous saluèrent. Tout me semblait rétréci, plus petit que dans mes souvenirs.

– Monsieur Landler, dit le manager, je vous prie d'accepter mes condoléances tardives mais si sincères. Je n'ai pas eu l'honneur de connaître Miss Angie Fergusson ni de la servir.

Sandy l'interrompit :

– Il vaudrait mieux épargner à Mr. Landler ce genre de souvenirs.

J'intervins :

– Le drame de ma femme avait attiré l'attention de toute l'Amérique sur les dangers que représentent les gangs de braconniers, dis-je. Angie était leur ennemie…

– A ce propos, je peux vous assurer, conclut le manager, que la riche faune autour du Mont Kenya Safari Club est sauvegardée. Des gardes armés patrouillent jour et nuit.

De quelle sauvegarde parlait-il ? Celle des animaux ou celle des humains ?

Il se tourna vers Sandy.

– Mademoiselle Davis, vous connaissez le Kenya ?

– J'organisais les voyages d'Angie Fergusson. En théorie.

– Pour un voyage de découverte, la saison n'est pas la meilleure. La pluie devrait arriver presque d'une heure à l'autre. Si vous voulez me suivre, je vous accompagne jusqu'à la suite.

Une large galerie ouverte encadrait le patio, bordée de rosiers géants et de bougainvillées rouge vif. A droite, le mur que nous longions était chargé de souvenirs de morts d'éléphants, des défenses posées sur des socles décoraient l'entrée vers un salon. Nous passâmes devant la tête d'une antilope.

– C'est un bongo, dit l'homme.

Sandy s'arrêta et regarda la tête beige clair marquée de points dorés. Les yeux de l'animal étaient en plastique coloré marron et argent.

– Il ne sort que la nuit. Presque impossible à capturer, continua le manager. Le tuer est plus facile. Mais on ne chasse plus dans notre pays.

Au bout de la galerie, au-dessus de la porte de la salle à manger, une tête de koudou – les cornes en zigzag – surveillait les allées et venues. Un étroit escalier conduisait au premier étage où le palier se prolongeait en une galerie superposée à celle du rez-de-chaussée. Deux statues de Masaïs munis de leur lance entouraient la porte de la suite. La gouvernante d'étage, arrivée précipitamment, avait ouvert, juste à côté, la chambre destinée à Sandy.

– Deux lits ? dit Sandy en apercevant les baldaquins étroits.

– C'est la chambre d'enfants de la suite, dit le manager. Si vous voulez un grand lit, nous pouvons vous proposer des chambres dans l'autre aile.

– Non, dit Sandy. Ça me va…

La suite était digne d'un palace new-yorkais : le salon était meublé en style Empire, complété par un large canapé et des fauteuils, la chambre à coucher dominée par un immense lit et une cheminée se terminait par une terrasse qui surplombait l'un des plus beaux paysages du monde, veillé par la silhouette bleue du mont Kenya habité, selon la légende, par le dieu des montagnes.

– Vous apercevez d'ici la forêt profonde, dit le manager. Elle est impénétrable. Et le domaine est protégé par des barbelés électrifiés.

– Electrifiés ?

– Pour provoquer un choc aux animaux qui s'y heurteraient.

Nous sortîmes sur la terrasse, le soleil brûlait. Sandy contemplait ce paysage.

– Un îlot pour milliardaires au milieu d'un Kenya souffrant du chômage, du sida et du gangstérisme né de la misère, dit-elle soudain.

Je croyais entendre Angie. Le manager était gêné. Sandy aperçut des tourniquets géants qui arrosaient un terrain de golf d'un vert provocant.

– Que d'eau ! dit-elle.

– Les Japonais viennent ici pour le golf.

– Il n'y a pas d'insectes, constata Sandy. Angie me l'avait dit.

– A cette altitude-là, nous n'avons pratiquement pas de moustiques. En tout cas, pas le moustique du paludisme. Parfois nos clients qui veulent éviter de prendre les médicaments antipaludiques arrivent ici directement de l'aéroport de Nairobi et repartent sans s'arrêter en route. Ils jouent au golf et s'en vont. Mais c'est leur responsabilité.

Devant le sol taillé dans du velours vert, les marabouts se promenaient, pensifs. Ces grands oiseaux au bec coupant comme un sabre poussaient de temps à autre un cri en déployant et en refermant leurs ailes. A droite, en forme de demi-cercle, cachés derrière de foisonnants buissons rouges et des orchidées sauvages, se trouvaient des cottages isolés l'un de l'autre par des massifs de fleurs. La vision de la piscine, comme une pierre bleue jetée au milieu de la verdure, provoquait en moi un malaise. C'est au bord de cette eau transparente que Sanders avait surpris Annie et l'avait forcée à avouer tout ce que j'avais pu lui dire la nuit d'avant.

– Miss Fergusson, dit Sandy d'une voix légèrement voilée, me parlait souvent des marabouts. Elle les trouvait vindicatifs et physionomistes. Ils la reconnaissaient – croyait-elle – d'une année sur l'autre.

– Les clients les aiment bien, ce sont les porte-bonheur du domaine, dit le manager, distrait.

Le bruit des plats entrechoqués nous parvenait, les pieds des chaises grinçaient sur le carrelage de la terrasse ouverte du rez-de-chaussée. Les garçons préparaient les tables, les clients se servaient au buffet et s'installaient dehors pour déjeuner. Le manager nous accompagna jusqu'à la salle à manger. Je me tournai vers Sandy :

– Oui, dit-elle, que désirez-vous me dire, monsieur Landler ?

Tout. Or, quand on a tout à dire, on se tait. Je me contentai d'une banalité :

– Avez-vous faim ?

– Je vais faire un tour au buffet...

Elle s'approcha du cuisinier qui, à une table proche d'une porte-fenêtre, coupait avec un soin méticuleux des tranches fines d'un épais morceau de viande blanche. Deux Japonaises, des assiettes à la main, attendaient leur tour.

– C'est quelle viande ? demanda Sandy au boy vêtu de blanc.

– De l'impala.

– Comment pouvez-vous...

Sandy tourna le dos au boy et plus loin se servit de légumes. Dans cinq récipients en métal, des mets difficiles à identifier flottaient dans la même sauce. Je la suivis, l'atmosphère était irrespirable.

– L'impala, dit Sandy en prenant place à une table de la terrasse.

Elle désigna les clients d'un mouvement de tête :

– Ils viennent regarder les animaux sauvages et ils les mangent après. Un monde cannibale.

J'interpellai un garçon qui passait :

– Juste une question.

Il s'arrêta, souriant. Ces Kenyans au service de ce complexe luxueux étaient distingués et leurs manières accompagnaient leur amabilité légendaire. Mais ils étaient malins, aussi.

– Pourquoi propose-t-on ici de l'impala ? C'est déplaisant, je dirais même dégoûtant.

L'homme gardait le sourire :

– Souvent, les clients veulent connaître le goût des animaux sauvages. A Nairobi, il existe un restaurant spécialisé où on déguste des tranches de crocodile, d'autruche, des cuissots d'impala, des rôtis de gazelle de Thompson, différents serpents…

– Ce monde décadent va crever, conclut Sandy d'une voix douce.

Quelques minutes plus tard, le manager nous rejoignit :

– J'ai pris connaissance de votre indignation. L'impala est un animal protégé, mais justement, à cause de cette réglementation, parfois il y en a en surnombre, il faut en tuer.

– Il y a toujours une explication à tout, dit Sandy.

Bientôt, elle abandonna le déjeuner et partit, presque grelottante. Il faisait frais à l'ombre et brûlant au soleil.

Trois quarts d'heure plus tard, je frappai à sa porte.

– Entrez.

Allongée sur son lit, elle tremblait sous ses couvertures.

– Je ne suis pas malade, dit-elle, ce n'est qu'un état émotionnel aggravé par les différents décalages horaires. Je me connais. Merci de vous inquiéter pour moi, mais ça va passer.

– Voulez-vous un thé ?

– Je ne refuse jamais un thé.

Elle s'accouda sur un oreiller :

– J'ai parfois des arythmies cardiaques.

– Vous ne me l'avez pas dit…

– Mon arythmie cardiaque n'avait pas d'intérêt à Los Angeles, dit-elle. Ici, à cause de l'altitude, je peux être gênée. Ça va passer. J'ai un médicament.

– Vous l'avez pris ?

– Il y a cinq minutes.

Je tirai un petit fauteuil pour m'installer près d'elle. Sa pâleur coupait mes envies de confession. Charger de mes difficultés cette femme fatiguée ? Avec son redoutable instinct féminin, elle détecta mes pensées et voulut me faciliter la tâche :

– Il ne faut plus vous inquiéter des pressions de Robby Allen. J'ai trouvé une solution radicale pour le désarmer. Il racontera ma version à Lomel, qui se calmera aussi. J'ai dit à Robby que le jour de votre départ du lac Tahoe, le jour où la discussion a été enregistrée, j'étais là-bas avec vous deux.

Je la regardai, incrédule :

– Et pour quelle raison auriez-vous été là-bas avec nous ?

– A la demande d'Angie ! Elle m'aurait donné des instructions importantes.

– Vous ? Avec nous ? Et ensuite ?

– Je suis partie avec vous deux de la maison, nous nous sommes séparés à Reno.

Elle se sentait mieux. Elle s'étirait comme un chat, ses yeux brillaient. Elle adorait me surprendre, être la plus forte. L'alibi parfait qu'elle avait inventé aurait pu – en cas d'inculpation – me blanchir, mais son audace, la jubilation qui illuminait son regard me désorientaient.

– Vous n'avez pas promis un thé ? dit-elle.

Je l'avais oublié. Machinalement, je m'approchai du téléphone et demandai un thé pour deux au salon de la suite, et j'invitai Sandy à me rejoindre.

– Mettez un pull et venez.

– Je vous suis.

Je demandai au service d'étage qu'on allume le feu dans la cheminée du salon et je me précipitai, par le couloir, chez moi.

Il fallait récupérer. Dans ma salle de bains, le miroir me renvoyait le visage à peine marqué par les années d'un homme à l'aspect honnête. A l'époque où je me plaisais, je plaisais aussi aux femmes. Je revins au salon. Sandy frappa à la porte.

– Je peux entrer ? demanda-t-elle.

– Installez-vous sur le canapé.

Un Kenyan apparut ; il s'agenouilla devant la cheminée pour alimenter avec des petits morceaux de bois de grosses bûches déjà préparées. L'homme se retourna et regarda en direction du mont Kenya bleu foncé, au sommet caché dans les brumes :

– Demain, nous aurons la pluie.

– Comment le savez-vous ? demanda Sandy.

– Par CNN, dit-il, je le préfère à la BBC.

– CNN ?

– Au salon, nous avons un grand écran, monsieur, et une vingtaine de chaînes par satellite. A Madagascar il pleut depuis hier.

– Etre isolé en pleine nature, avec vingt chaînes, quelle joie ! s'exclama Sandy.

Un serveur apporta le thé préparé selon le rituel anglais, les petits muffins dans une corbeille en argent étaient tièdes et le liquide noir brûlant. Le feu prospérait avec rapidité le long des bûches sèches. Le ciel venait de se couvrir d'un duvet gris puis, en quelques secondes, comme par des vannes ouvertes, la pluie se déversa sur le domaine. Une gigantesque quantité d'eau s'accumulait au bord du toit et des filaments de pluie rassemblés en tresses tombaient, comme un tissu gorgé d'eau soudain déployé. J'avais connu ce genre d'inondations venues du ciel lors des mois passés à Loïta Plains.

En dégustant le thé, j'engloutis quelques petits gâteaux. L'angoisse, comme le manque d'amour, donne faim.

– Pour me faire plaisir, vous avez raconté des faits inexacts à Robby Allen. Il y aura toujours quelqu'un pour affirmer que vous étiez ce jour-là au bureau, dis-je, incertain.

– J'ai des ressources si on veut me coincer, dit-elle. Je devais préparer un dossier africain très urgent. Angie m'avait autorisée à rester chez moi. « Face à la mer, tu réfléchiras mieux », avait-elle dit.

– Supposons que j'entre dans votre jeu – j'étais odieusement paternaliste pour camoufler mon excitation, elle pouvait me sauver. Je vous demande alors, comment êtes-vous revenue à Los Angeles ?

– Vous m'avez conduite jusqu'à l'aéroport. J'ai pris un vol à la dernière minute.

– Vous avez acheté votre billet à quel nom ?

– Au mien.

Elle reprit un petit gâteau :

– Au bout de tant de temps, le contrôle est difficile.

– Carte de crédit ?

– Non, dit-elle. Vous m'aviez donné le prix du billet en espèces.

Je me penchai sur elle :

– Je peux vous embrasser sur le front ?

– Peut-être pas, dit-elle. Restons comme avant.

Elle se servit une lamelle de chocolat à la menthe :

– Robby Allen était hors de lui, continua-t-elle. Il m'a dit qu'il était très dangereux de s'improviser témoin. « Si je n'ai rien dit avant, c'est que personne ne m'a posé la question ! » J'ai affirmé vous avoir rejoints sur la terrasse juste après la discussion et qu'aussitôt l'atmosphère s'était apaisée. Donc, continua-t-elle, s'il y a une deuxième et une troisième cassette, je dois y figurer aussi. C'est ce que j'ai affirmé. Il suffit d'y croire.

Je l'observais, fasciné.

– Sandy, vous vous êtes mêlée à une affaire bien délicate…

– L'insistance de Robby Allen et de ce détective allait très loin. Ils ne s'aiment pas mais leur idée fixe commune les rapproche.

– Laquelle ?

– C'est qu'Angie aurait pu disparaître entre le lac Tahoe et l'embarquement pour Zurich. Ils abusent du fait que vous êtes étranger.

– Et vous venez à mon aide ?

– Oui. C'est normal.

– Normal ?

– Bien sûr. On vous accuserait de n'importe quoi pour vous faire plonger… Vous n'êtes pas américain et Angie était aimée… De plus, vous avez hérité d'une fortune énorme.

Elle étouffa un petit bâillement.

– Je vous laisse, dis-je.

Avant de retourner dans ma chambre, contiguë au salon, je m'arrêtai :

– Si vous avez besoin de quelque chose, appelez-moi.

– Merci, dit-elle.

Allongé sur le lit, j'observais la pluie tropicale. Le mont Kenya n'était plus qu'une tache bleue et noire. Ma vie avait gagné une valeur inespérée grâce à l'alibi que Sandy venait de me fournir.

On frappa à la porte. Le Kenyan venait m'annoncer que la dame sur le canapé du salon dormait et qu'il venait de la recouvrir avec un plaid. Il avait vérifié l'état du feu dans la cheminée.

– Vous êtes kikuyu ? demandai-je.

– Non. Masaï.

J'aurais dû le deviner ; cette haute taille, cette dignité sévère empreinte d'humanité, appartenaient aux anciens nomades, jadis les maîtres de la savane.

– Avez-vous des enfants ?

– Beaucoup.

Comme c'était simple. L'homme ensemençait la femme, celle-ci accouchait, les enfants grandissaient, il en restait toujours un pour aider les vieux parents.

– Vous avez une femme, monsieur ? Une bonne femme ?

Le mot « bonne » était une qualification suprême.

– Non.

– Vous n'avez pas d'enfants non plus ?

– Non.

– Vous êtes seul ?

– Seul.

Il me conseilla de choisir une femme et de fonder une famille. Je n'étais plus le Blanc porteur de fric, j'existais en tant qu'être humain. Je lui en étais reconnaissant. Je réfléchis : si je lui donnais de l'argent, c'est que je payais – en quelque sorte – sa fraternité. Si je ne lui offrais rien, je serais un salaud ou bien un avare. Je pris de l'une des liasses de billets plusieurs milliers de shillings :

– Puis-je me permettre de vous faire plaisir ? D'être utile à vos enfants…

Hésitant, il regardait l'argent :

– C'est trop, dit-il.

– Ici, oui. En Amérique, non. Juste une attention.

– J'accepte. La vie est chère. Est-ce que je peux faire encore quelque chose pour vous, monsieur ?

– Je ne crois pas, merci.

– Je vous souhaite un séjour agréable, dit-il, et il referma la porte doucement.

Je m'endormis. Mon sommeil chargé d'images fatiguait plus qu'il ne détendait. Lorsque j'ouvris les yeux, le soleil – de retour après la pluie – se cramponnait encore à l'horizon. Je me levai. Sur le canapé il ne restait que la couverture, Sandy avait regagné sa chambre. Je frappai à la porte de communication avec le salon.

– Entrez, dit-elle.

Sa valise, posée sur un support, était ouverte.

– Je cherche mes baskets, dit-elle. Je ne les trouve pas.

– Vous allez mieux ?

– Le médicament m'aide. Votre thé aussi.

Elle se tourna vers moi :

– Je crois maintenant que vous n'étiez pas au courant de la manie d'Angie.

– Je vous aurais menti ?

– Non. Mais ce tic nerveux, cet attachement à un geste qui correspondait à des ténèbres de peur aurait pu vous sembler ridicule. Elle aurait pu vous le cacher, de peur de paraître superstitieuse – ce qu'elle était.

– Angie n'avait peur de personne.

– Bien sûr que si. Elle était persuadée de ne plus pouvoir revenir si elle manquait une seule fois à ce rituel. Etes-vous sûr qu'elle ne vous a rien dit ?

– Elle me submergeait avec ses histoires d'animaux. Entre l'angine d'une girafe et l'angoisse d'un lion, ça a dû m'échapper.

– Vous étiez dans une chambre standard. Vous vous souvenez de laquelle ?

– Du tout.

– Elle ne s'est pas sauvée à un moment donné ?

Je réfléchissais. Pendant combien de temps pourrais-je mentir encore ? Elle plissa légèrement les yeux :

– Je suis persuadée qu'elle avait honte d'en parler.

– Angie ? Honte ? Tout lui était dû, y compris moi.

– Monsieur Landler, dit-elle en refermant sa valise, depuis votre départ de la maison du lac Tahoe, elle était devenue – c'est si joli quand vous le prononcez en français – insouciante. Si, à cause ou grâce à cette insouciance, elle avait manqué à ce rituel, ceux qui étaient dans ses secrets pourraient prétendre qu'elle n'est pas venue ici…

Je l'observais :

– Vous faites exprès de m'ennuyer à ce point ? Angie aimait jouer avec son entourage. Ne me faites pas le même coup, s'il vous plaît.

– Réclamez, je vous prie, le bungalow numéro douze. Dites que vous voulez me le faire visiter. Je trouverai une solution pour qu'on reste seuls pendant quelques minutes.

Je quittai sa chambre pour aller à la réception. C'était surtout une fuite.

Je pensais à mon audace, due au manque de connaissance des lieux et de la popularité d'Angie. Avoir osé me présenter ici avec une femme substituée à celle que j'avais tuée ? Une folie. Pourtant, ça avait marché ! Arrivé avec Annie en pleine saison, annoncés en tant que Mr. et Mrs. Landler, mêlés aux touristes, nous étions à l'abri de la curiosité. Le directeur anglais qui connaissait Angie était en vacances et le manager venait d'être remplacé par un nouveau venu. Les employés arrivés de Nairobi ne connaissaient pas encore personnellement les membres célèbres de ce club très fermé. C'est ce qui nous a sauvés.

A la réception, j'expliquai à une jolie fille, une fois de plus, que je voulais le bungalow numéro douze. Elle me trouvait franchement ennuyeux mais gardait une politesse exquise.

– On va faire de notre mieux, monsieur Landler. Je vous assure. Dès que les actuels occupants seront partis, nous vous préviendrons.

– Mais quand ?

– Nous avons une clientèle qui vient de préférence hors saison pour pouvoir prolonger son séjour. Je ne sais pas, monsieur Landler. Peut-être demain ou après-demain… Vous n'êtes pas satisfait de votre suite ?

Je ne m'étais jamais leurré avec des fausses certitudes, ni ici ni ailleurs, mais si j'avais su ce qui se passait à Los Angeles, j'aurais pris la fuite. Vers Madagascar ou directement en enfer. A Los Angeles, une secrétaire maladroite précipitait ma chute. Si le patron d'une boutique d'objets de deuxième main, d'un *pawnshop*, n'avait pas appris que j'étais en Afrique, il aurait essayé encore – pendant quelques jours – de me joindre au bureau, j'aurais pu gagner plus d'une semaine. Ayant appris que j'étais au Kenya, il jugea l'objet de sa démarche trop important pour attendre et commença à s'organiser. C'était un type efficace et tenace.

Il s'appelait Benny Mandel et avait ouvert une vingtaine d'années plus tôt sa boutique d'objets d'occasion. Il prenait toutes les précautions pour éviter les ennuis avec la police. Il prospérait grâce à sa prudence. Ayant feuilleté une publication dans la salle d'attente de son dentiste, il découvrit les souvenirs d'un joaillier qui évoquait les passions diverses et étonnantes de ses clients célèbres pour certains objets. Ce créateur de bijoux précieux citait en exemple l'attachement de la regrettée Angie Fergusson à un modèle de clip : une tête de lion aux yeux de rubis et à la gueule de diamant. Elle en avait plusieurs. Si elle oubliait celui qui était prévu pour tel ou tel événement, elle revenait à la maison le chercher, sinon sa journée était livrée aux mauvaises influences. La photo du bijou d'Angie occupait un quart de page en couleurs. « C'était son réflexe de toucher la tête de lion avant de prendre une décision. »

Benny encaissa le choc. Il faillit en parler au dentiste, mais celui-ci l'obligeait à garder la bouche ouverte. Benny réfléchissait en écoutant sa salive gargouiller dans une pipette. Une tête de lion en or massif, munie de rubis et de diamants, était apparue dans sa boutique presque trois ans plus tôt. La femme qui l'avait proposée l'avait déclarée « trouvée ». Benny avait suivi à la lettre les prescriptions de la loi lors d'un achat de ce genre. Plus tard, il revendit la tête de lion, et pour lui l'affaire était classée.

Ce jour-là, de retour dans sa boutique, il n'eut pas besoin de chercher longtemps, il trouva la fiche de la personne qui lui avait proposé l'objet. De sa mémoire, émergeaient le nom d'Angie Fergusson et sa fameuse maison du lac Tahoe. Il appela aussitôt le quartier général de la police de Reno. Quelqu'un serait-il encore intéressé par l'histoire d'un objet qui appartenait selon toute vraisemblance à la regrettée Angie Fergusson ? Il recommença son histoire trois fois, jusqu'au moment où un interlocuteur plus attentif que les autres l'orienta vers Mark Lomel : « Il a travaillé pour nous. Il a maintenant son bureau à Los Angeles. C'est lui qui s'occupait de cette affaire. »

Mon destin était dorénavant dans les mains de Benny Mandel.

Je retrouvai Sandy pour le dîner dans une salle mal éclairée et presque vide, réservée aux membres si chic du Mont Kenya Safari Club. Un maître d'hôtel et deux garçons surveillaient nos gestes.

– Vous avez dîné avec Angie à cette table, n'est-ce pas ?

– Non. Je vous le répète, elle avait choisi l'anonymat, nous étions dans l'autre salle.

Elle dégustait des haricots verts.

– Et on ne l'a pas reconnue ? Elle n'a pas insisté pour obtenir le bungalow numéro douze ? Tout cela n'est pas logique.

– Je le sais.

– Non.

– Elle s'est contentée d'une chambre standard. C'était un caprice comme un autre.

– Les murs étaient comment ?

– Les murs ? Je n'en sais rien. Pourquoi les murs ?

– Je vous le dirai bientôt.

– Vous êtes pénible.

– Je le sais, monsieur Landler. C'est réciproque. D'où une suggestion pour modifier notre voyage.

– Vous voulez retourner à Los Angeles ?

– Vous me permettez de ne plus faire semblant de dîner ? dit-elle, crispée.

– Sans doute je suivrai votre exemple.

Elle partit, j'ai signé la fiche et en retraversant la galerie, je l'ai vue disparaître dans l'escalier qui menait au premier étage. Je me traitais de sale brute, mais elle, elle me provoquait. Pour me racheter et garder une apparence d'innocence, j'allai à la recherche de la chambre où j'avais passé une nuit d'enfer avec Annie. J'errais dans un couloir faiblement éclairé.

Dans une annexe, je crus reconnaître une porte à cause de la proximité immédiate d'une photo accrochée au mur, l'un des anciens clients près d'un éléphant mort. J'entendis un bruit de conversation, je frappai. Je voulus jeter un coup d'œil à l'intérieur. Une hindoue, la chair débordante, vêtue d'un sari vert violent, m'ouvrit la porte. Je pus juste apercevoir la grande fenêtre, les rideaux n'étaient pas encore tirés.

– Je suis navré, madame, je me trompe de numéro. Veuillez m'excuser.

– Tout le couloir est occupé par notre groupe, dit la femme.

– Merci.

Elle referma la porte assez brutalement. Je retournai à l'extérieur, traversai le patio et, en rejoignant la galerie, je montai à la suite. Le Kenyan avait allumé toutes les lampes ; les fenêtres – sans moustiquaires – étaient ouvertes, l'altitude le permettait.

Je tournais en rond. Sandy me testait, avec cette histoire de marques. Explorait-elle les limites de mes mensonges ? Pouvait-elle deviner qu'Angie n'était jamais venue ici avec moi ? Il fallait en finir de ces sous-entendus. Qu'elle dise ce qu'elle avait sur le cœur. Ou sur la conscience.

Pendant ce temps, Benny attendait avec impatience l'appel du détective Lomel. Le marchand tournait en rond dans son magasin dont les murs étaient couverts d'affiches et d'instruments de musique. Derrière se trouvaient le petit bureau du caissier, celui du comptable et, plus loin, les coffres-forts.

Benny, honorablement connu dans Melrose Avenue, avait une clientèle hétéroclite. Il ne cherchait à identifier un vendeur qu'en cas d'achat d'objets précieux. Quand un déchu lui vendait la fierté de sa réussite matérielle de jadis, par exemple une Rolex, il inscrivait le nom, l'adresse, et prenait les empreintes digitales. Lorsque c'étaient des femmes qui offraient les cadeaux d'amour de jadis, leurs petites montres, leurs chaînes avec des pendentifs, il remplissait juste une simple fiche.

Le jour où la tête de lion lui fut proposée, Benny fut troublé. L'objet de grand luxe l'éblouit. Il l'avait acheté pour une misère à une femme pressée et sans le sou, et revendu quelque temps plus tard avec un important bénéfice. L'empreinte de la femme figurait sur la fiche d'achat et la déclaration sur l'honneur selon laquelle la vendeuse avait trouvé l'objet à un endroit qui ne permettait aucune hypothèse sur l'appartenance ou l'identité de l'éventuelle propriétaire. Alors qu'il servait, distrait, un client qui voulait un appareil photo, l'appel de la secrétaire du détective le mit en état d'effervescence. Lors du rendez-vous presque imminent, Benny allait présenter l'ensemble de ces documents à Lomel.

Sandy frappa à ma porte vers dix heures du soir :

– Je vous dérange ?

– Pas du tout.

– Je sais que vous m'en voulez, vous avez raison, mais je n'ai pas tout à fait tort non plus. Nous devons nous rendre au cottage numéro douze.

– Et ceux qui y sont ? Vous les réveillez ?

– Je suis allée à la limite sud du golf, je n'y ai pas vu de lumière.

Elle appela la réception :

– Miss Davis à l'appareil. J'ai aperçu en me promenant dans l'après-midi une silhouette familière devant le bungalow douze. Je crois connaître cette dame, mais ce n'est pas sûr. Le nom m'aiderait…

– Une seconde, je vous prie.

J'entendais l'écho de la fille de la réception.

– Vous avez dû voir Mrs. Higgins, dit-elle. Elle et son mari sont partis il y a peu de temps. Ils passent la nuit à Nairobi car ils ont un vol tôt demain matin. Le cottage sera disponible. Le manager a souhaité qu'on vous le prépare à la première heure.

– Merci, dit Sandy, merci. C'est bien aimable.

Elle raccrocha et se tourna vers moi :

– Il faut y aller. Nous n'avons pas de temps à perdre.

Dans la nuit, le Game Ranch semblait sans frontières. On sentait l'altitude, il faisait froid. Pour arriver aux cottages, il y avait le choix entre deux chemins. Celui, à travers le paysage, qu'on apercevait du bâtiment principal, sinon un étroit contour en béton conçu pour desservir les bâtiments. Nous avons pris l'itinéraire utilitaire.

Nous avons aperçu dans un clair-obscur deux gardes armés qui revenaient de leur tour d'inspection. Nous qui aurions souhaité être transparents dans cette nuit sans étoiles, ils nous interpellèrent avec des « *jambo* », « bonjour » en swahili. Ils avaient envie de s'arrêter, de bavarder.

– Nous allons faire quelques pas, dis-je.

– Promenade, promenade, dit le plus grand, dont la blancheur des dents éclairait le visage.

– Pas de lampe de poche ? demanda l'autre.

– Non.

– Tenez, la mienne, dit-il. Rendez-la à la réception. Vous êtes dans la suite, n'est-ce pas ?

– Merci, oui. Je m'appelle…

– Landler, dit le garde en prononçant parfaitement mon nom.

L'autre, comme par hasard, effleura de sa lumière le visage de Sandy et émit un petit sifflement.

La lampe de poche à la main, Sandy et moi avancions sur le chemin goudronné sur lequel s'ouvraient les portes de service des cottages. Les façades étaient tournées vers un paysage d'arbres et d'arbustes noirs. Le bungalow de luxe numéro douze était le dernier de la rangée, juste à l'entrée du terrain de golf et protégé à droite par un mur de verdure. Sur la terrasse de plain-pied encerclée de buissons de jasmin, le mobilier en lourd plastique blanc était encore jonché de serviettes-éponges. Sur la pelouse humide des arbustes fantomatiques abritaient sans doute des oiseaux dont les cris et de rares chuintements d'ailes nous rappelaient que nous étions en Afrique.

Le panneau en verre épais glissa, nous entrâmes au salon. Le faisceau de lumière de la lampe de poche nous permettait de distinguer un large canapé, les fauteuils devant une cheminée et, dans le prolongement de celle-ci, un petit comptoir en bois, derrière lequel ronflait un réfrigérateur. Sandy promena le faisceau blanc et aigu de la lampe de poche autour de la cheminée, hocha la tête, puis me fit signe de la suivre. A gauche, dans la chambre à coucher à deux lits, les oreillers étaient jetés par terre. A côté, la baignoire jacuzzi remplie d'eau, un *New York Times* oublié sur le carrelage. L'autre chambre et l'autre salle de bains étaient dans le même état.

– Angie gardait pour elle la chambre côté gauche, et pour ses amis la pièce à droite.

De retour au salon, fascinée, elle fit glisser la lumière sur les murs en pierres grises, de tailles et de formes différentes. Ce côté bunker devait être dans les goûts d'Angie, je reconnaissais presque – en version adoucie – l'intérieur de la maison du lac Tahoe.

– Il est étonnant que lors de votre passage elle n'ait pas voulu au moins vous montrer ce cottage.

– Qu'importe le passé.

– Il vous poursuit, dit-elle, résignée. L'« insouciance » d'Angie pourrait vous coûter cher.

– Merci pour le rappel. Si vous pouviez enfin dire ce que vous cherchez…

Je m'étais installé dans un fauteuil, où je simulais l'indifférence faisant semblant de m'ennuyer. Tendue, silencieuse, elle auscultait le mur, puis elle s'exclama :

– C'est là, venez.

Je me levai et m'approchai de la cheminée. A droite, le retour vers le mur porteur formait un angle d'une épaisseur de quinze centimètres environ. Sur ces pierres grises et friables, je repérai des traces, des lignes. En tenant d'une main la lampe, Sandy me désigna des A alignés l'un en dessous de l'autre et à côté, des dates. Huit séjours ici, ensuite plus rien.

– C'est ça ?

– A chaque voyage, partout où elle passait une nuit, elle gravait des A et la date précise. Avec l'année.

– Ça servait à quoi ?

– Des repères. Elle ponctuait l'attente. Selon Angie, le Kenya était enfermé dans une prison d'argent, d'intérêts internationaux et de corruption. Elle répétait que le jour où le pays deviendrait vraiment indépendant et dominerait la société de consommation, ce serait comme une sortie de prison. Donc plus de marques sur les murs…

Je maudissais le gadget inventé par l'enfant gâtée qu'était ma femme défunte. Sandy prononça en français :

– « L'insouciance » – et continua en américain –, un oubli dû à l'insouciance. Mais en cas d'une enquête malveillante, vos ennemis pourraient contester sa présence ici… avec vous, lors du dernier voyage.

– Vous prenez ça au sérieux ?

– Très au sérieux, surtout parce qu'elle avait avoué ce qu'elle appelait « sa psychopathie secrète » à Robby. Lui, il sait ce qu'il cherche. Attendez… Voulez-vous la tenir ?

Sandy me passa la lampe de poche, prit dans la poche de sa grosse veste en tricot un objet au bout aigu, une sorte de tournevis. Elle grava sur le mur gris un A et la date présumée du dernier passage d'Angie.

– Ne faites pas ça, dis-je, gêné. On a l'air de quoi ?

– C'est la première chose que le photographe cherchera.

– Vous saviez la date de mémoire ?

– C'est le devoir d'une secrétaire.

J'étais persuadé qu'elle se payait ma tête. Mais quel était son but ?

Un grondement et quelques minutes plus tard, les éclairs mauves et argentés traversaient le ciel.

– Partons, dit Sandy. Il va pleuvoir. Elle avait à l'année un bungalow au milieu du parc de l'hôtel ex-colonial de Naivasha. Vous devez passer là-bas et graver le A.

– Je ne me prêterai pas à ce jeu idiot.

– Idiot peut-être, mais pas un jeu. Il faut laisser une marque à Masaï Mara aussi. Question d'alibi.

– Vous en faites trop, Sandy. Je ne suis pas un criminel.

– Il y a combien d'innocents accusés à tort, monsieur Landler ? Pensez-y. Angie aurait dû signer sa présence ici. En cas d'enquête, on pourrait affirmer qu'elle s'est introduite ici… C'est tout.

– Quel est votre intérêt de me protéger par ce jeu imbécile ?

– Tout le monde est contre vous. Il faut bien que quelqu'un soit pour vous aussi.

Nous avons refermé les portes-fenêtres et regagné – toujours sur l'étroite route bétonnée qui desservait les bungalows – l'hôtel.

– Monsieur Landler, j'ai une proposition à vous faire.

– Je vous écoute.

– On peut louer un biplan à l'hôtel, l'entreprise fournit l'équipement…

– Vous me fatiguez, Sandy.

Elle haussa les épaules et commença à s'éloigner de moi. Je la rattrapai par le bras :

– Je suis exécrable, je le sais. Continuez.

– Avec cet avion, si je pouvais convaincre le pilote, je pourrais arriver en une heure à Narok, même à Mara Serena Lodge. Vous irez entre-temps à Nairobi, vous verrez Me Wagner, vous aurez des nouvelles – je l'espère – d'Annie, ensuite vous passerez à Naivasha et à Nakuru.

– Au cours de mon voyage avec Angie, nous ne sommes pas allés à Naivasha.

– Vous auriez dû. Elle avait la clef du bungalow. Elle ne s'annonçait à la réception que si elle voulait le service, c'est tout. J'ai cette clef pour vous. A Naivasha, dans le bungalow, il y a aussi une cheminée. Qu'est-ce que ça peut vous faire d'y graver un A avant de partir ?

Les deux gardes venaient en face, Noirs calqués sur un fond noir.

– Finie, la promenade ? demanda le plus grand.

– Il fait frais, dit Sandy.

– Nous allons vous accompagner jusqu'à l'entrée de l'hôtel, dit l'autre à qui Sandy rendit la lampe de poche.

Ils étaient sur nos talons. Notre conversation devint innocente, transparente, un exercice pour des débutants en anglais. Si les types derrière nous voulaient comprendre ce que nous disions, ils n'avaient pas à se plaindre. Sandy ne se rendit compte qu'au bout de trois phrases que je tournais la situation en dérision.

– Vous, seule ? Seule au Kenya ?

– Rien ne peut arriver dans ce pays, répondit-elle.

Je continuai :

– Ma femme… morte ici.

Elle commençait à déceler la plaisanterie sinistre. J'insistai :

– Domaine entouré de barrières électrifiées. Nous, bien gardés. Vive la sécurité !

– Monsieur Landler, vous n'êtes pas drôle.

Les gardes discutaient en swahili.

– Seriez-vous d'accord, monsieur Landler, que je parte ? On va devancer le photographe. Pour l'amadouer – si le pilote ne m'accepte que jusqu'à Narok – je louerai une voiture avec un chauffeur à l'agence dont il est en partie propriétaire. Je me montrerai confiante.

– Il vous croira ?

– Je l'espère.

– Vous compliquez le voyage.

– Pas du tout. Je le simplifie. Et nous nous retrouverons à l'hôtel des Touristes à Homa Bay.

L'un des gardes riait maintenant. Ce rire me rendit ma lucidité. Je devinais que Sandy voulait se débarrasser de moi, qu'elle avait envie de ne plus rien m'expliquer, la manière dont je me comportais l'énervait. Elle désirait rester seule avec le Kenya. Elle ne m'aimait pas, donc je l'agaçais.

– Faites comme vous voulez, Sandy, dis-je. J'exprimerai ma reconnaissance pour tout ce que vous faites avec une augmentation rétroactive.

Nous étions au seuil de l'entrée de l'hôtel. Enfin les gardes nous quittèrent, Sandy avançait, muette. Je la saisis par les épaules et je la tournai vers moi. Elle semblait désespérée.

– Dites quelque chose, Sandy.

– Ça risque de vous faire mal.

– Allez-y.

– Vous manquez irrémédiablement d'instinct avec les femmes, monsieur Landler.

Elle me quitta, j'hésitais. En allant vers ma suite, je réfléchissais à ce que j'avais pu dire pour la blesser à ce degré. N'était-elle pas une Américaine à qui il fallait parler d'argent ? N'était-elle pas née sur un continent où seul l'argent comptait ? Devant sa porte, j'essayai de tourner la poignée – doucement – comme font les assassins dans les films à minuit. La porte était fermée à clef.

Le lendemain matin, dans une salle à manger grouillante de touristes hindous, je retrouvai, installée à une petite table à l'écart, Sandy, une tasse de café à la main, qui me fit un geste plutôt aimable. En tout cas mieux qu'hier.

– Bonjour, Sandy. On s'est quittés sur une mauvaise impression, c'est ma faute.

– Aucune importance, monsieur Landler.

Elle me tendit la moitié d'une tranche de pain :

– Tenez, goûtez-le, il est encore tiède…

J'avais l'air bizarre avec ce morceau de pain à la main.

– C'est vrai. Tiède.

Le serveur qui surveillait les arrivées apporta une cafetière et la posa en même temps qu'une grande corbeille remplie d'un assortiment de pains sur la table. Je savourai l'excellent café kenyan.

– Je crois, Sandy, que pour ce voyage, il faut adopter un autre comportement. Je vous énerve, vous m'agacez…

– Je m'en vais dans une heure, dit-elle. Pour le reste, considérez que nous passons par la crise des décalages horaires et celle des souvenirs.

– Vous avez pris vos dispositions. Vous avez retenu le pilote…

– Oui. Il m'amène jusqu'à Narok. Cette nuit, je vous ai épargné un méchant réveil.

– Quoi ?

– Vers une heure, vous n'avez pas entendu votre téléphone. Le standard a dirigé l'appel sur ma chambre.

– On aurait dû insister et me réveiller. C'était Grosz ?

– Non. Allen.

– Un cauchemar. Que voulait-il ?

– Vous parler en tête à tête. J'ai pu le désarmer, sinon le calmer. Je l'ai écrasé de compliments, tout y est passé : son art, son flair ou son sens des affaires. Il fondait.

– C'est une ordure.

– Il vaut mieux ne pas l'avoir sur le dos. J'ai demandé qu'il donne des ordres pour me faire envoyer à Narok un chauffeur avec une Land Rover.

– Le chauffeur va le tenir au courant de chacun de vos pas.

– Tant mieux. Officiellement, je vous aide à établir le rapport pour le Conseil de Fondation. L'essentiel du rapport concernant l'usure du sol et la raréfaction du monde animal ne peut se faire que lors d'un trajet de ce genre.

– Et moi, dans tout cela ?

Le serveur venait d'apporter une seconde cafetière.

– Je lui ai dit que vous serez dans l'après-midi d'aujourd'hui à Nairobi, au Norfolk. Il arrivera en même temps que vous.

– Vous, seule au milieu du Kenya avec vos bagages trop chers, trop beaux…

Elle esquissa un sourire :

– Cadeau d'Angie pour me consoler d'un départ annulé. Quelques heures avant l'embarquement. Elle a changé d'avis au salon d'attente de l'aéroport. Elle a fait récupérer mes bagages à la dernière minute.

– On dirait qu'elle cherchait à vous humilier.

– Parce que Howard s'intéressait encore à moi, même après leur mariage. Ce n'était pas l'amour, mais l'amour-propre d'Angie qui était écorché. Il fallait qu'elle me frappe. Pour se rassurer. Je n'ai rien à craindre dans ce pays. Ils font attention aux touristes comme à la prunelle de leurs yeux. Los Angeles est beaucoup plus dangereuse.

– Que voulez-vous que je dise ? Vous avez raison, semble-t-il.

– Pendant des années, je me suis occupée des affaires africaines d'Angie, j'ai parcouru souvent ce pays – en théorie – sans y avoir jamais mis le pied, je connais les itinéraires.

– Si je pouvais lire dans vos pensées, Sandy…

– Ce serait sans doute intéressant pour vous… J'ai confirmé nos chambres à Homa Bay. Les diplomates d'Ouganda y viennent souvent et, à partir de quatorze heures, la chambre peut être louée. Je voulais laisser le numéro de la carte American Express : ça n'intéressait pas du tout la gérante. Elle a quand même accepté de le noter.

– Vous vous impliquez beaucoup trop dans ces affaires.

– Me trouvez-vous indiscrète ? dit-elle. Je peux rentrer à Los Angeles.

– Ne soyez pas susceptible.

– Je vous suis dévouée. Si vous emmenez votre secrétaire dans un voyage difficile à assumer moralement, c'est que sans doute vous attendez en retour un service approprié.

Je hochai la tête, signai l'addition puis nous retraversâmes la galerie. A la réception, la fille aux yeux couleur œil-de-tigre nous reçut avec un sourire éclatant :

– Mademoiselle Davis, prononça-t-elle, tout va bien, le pilote vient d'annoncer des conditions atmosphériques parfaites pour le vol, mais il ne va pas plus loin que Narok.

– J'ai cru comprendre hier qu'il était décidé à me laisser là-bas, dit Sandy. J'ai commandé un chauffeur de l'agence Jungle-Safaris. Il m'attendra à l'atterrissage.

La fille se tourna vers moi :

– Nous avons eu un message par télécopie à votre intention, monsieur Landler. Le voilà.

Je vis le sigle de la société Fergusson :

De Daniel Grosz à Eric Landler

J'accepte la « mission » intérimaire jusqu'à votre retour. J'ai donné l'ordre d'achat pour les actions Saron. Je surveille les opérations et les fluctuations des prix.

D. Grosz.

P.S. La presse a été prévenue de votre départ. Elle s'intéresse à la cérémonie funèbre d'Angie Fergusson. Pouvez-vous indiquer une date, même approximative ?

Je décidai d'envoyer un mot aimable à Daniel Grosz :

Merci, Daniel, pour votre comportement fraternel. Pour la presse, voici le communiqué : « Eric Landler, plongé dans son chagrin, désire accomplir son voyage-pèlerinage dans la plus stricte intimité. La cérémonie funèbre aura lieu lors du transfert du corps au mausolée de Loïta Plains à une date ultérieure. »

Je venais de signer le texte lorsque l'employé m'apporta une deuxième télécopie expédiée par Jungle-Safaris.

A la demande de Mr. Robby Allen, Miss Davis, l'assistante de Mr. Eric Landler, est attendue sur le terrain d'atterrissage de Narok par un chauffeur expérimenté et une Land Rover.

Le prix de la location sera débité sur le compte de l'entreprise Fergusson. En vous remerciant de votre confiance, veuillez recevoir, etc.

Sandy déclara, satisfaite :

– C'est un succès. Allen était persuadé que vous le considériez comme un ennemi, le voilà presque allié !

Rarement un crime fut aussi parfait que le mien, rarement un criminel fut aussi protégé que moi. Jusqu'à quand ?

Un bus venait de déverser de nombreux clients bien en chair. Certains exhibaient des cuisses épaisses, à peine couvertes d'un short. Bardés d'appareils photo et de caméras, ils portaient des chapeaux comme les coloniaux il y a cent ans. Sandy se retourna vers la fille au regard œil-de-tigre :

– Faites descendre ma valise, s'il vous plaît…

La voiture de l'hôtel nous conduisit sur un chemin cahoteux jusqu'au terrain d'atterrissage. Le biplan rouge ressemblait à un jouet. Le pilote d'un âge indéfinissable portait la reproduction des vêtements classiques de l'époque héroïque de l'aviation. Il nous salua, puis habilla Sandy d'un gilet épais. Elle mit le casque, des grosses lunettes couvraient la moitié de son visage.

– Il fera beau pendant le vol, dit le pilote, qui ajouta en me regardant : Ne vous inquiétez pas.

La valise et le bagage à main étaient posés sur les deux étroits sièges arrière.

Sandy prit place à côté du pilote. Je m'approchai de l'appareil :

– Vous pouvez encore changer d'avis, Sandy.

– Non… Appelez-moi au Mara Serena Lodge. Je devrais y être dans l'après-midi.

Les hélices tournaient déjà. L'avion avançait sur l'étroite piste, je courus :

– On paie sa course, restez ici !

– A ce soir ! cria-t-elle.

Le pilote fit un signe de la main, puis l'avion prit de la vitesse et s'éleva. Bientôt, il n'était plus qu'un point rouge dans le ciel bleu.

Au retour, à la réception, le chef du service des relations publiques me rassura :

– Une petite merveille technique, cet avion. Les pièces arrivées des Etats-Unis ont été réunies à Nairobi. L'appareil fonctionne depuis plus de deux ans sans l'ombre d'un problème, le pilote est un as. Miss Davis est plus en sécurité lors de ce vol que sur la route, je vous le garantis !

Je regagnai ma suite et donnai l'ordre de descendre mes bagages.

Dehors, dans la plénitude verte, l'un des garçons du restaurant avait attiré, avec des morceaux de pain, des marabouts qui battaient l'air de leurs ailes puissantes. Ils attrapaient les grosses miettes, parfois leurs becs s'entrecroisaient. Les paons les rejoignirent. Un mâle déploya sa queue en éventail : vert, mauve, orange, rouge. La beauté de ces plumes accentuait la stupidité de son regard. A quelques mètres, les cris aigus d'un cortège d'oies emplissaient le silence. Face à cette beauté irréelle, j'avais soudain un franc et impérieux désir de mourir. Utiliser les pensées comme une roulette russe. Mourir, pas mourir, mourir... et clac, c'est fini.

Quelqu'un me toucha le bras. Je sursautai. Le Kenyan chargé des relations avec la clientèle m'interpella.

– Veuillez m'excuser, dit-il. Me permettez-vous une question ?

Les oies déferlaient en direction du baobab séculaire près de la pièce d'eau.

– Avez-vous compris les ressorts psychologiques qui ont fait partir d'ici Mrs. Fergusson… pardon, Landler ?

J'étais gêné :

– Psychologiques ?

Le Kenyan me fixait du regard :

– Elle avait l'expérience du pays, une superbe maison à Loïta Plains, les moyens de transport qu'elle souhaitait, elle pouvait tout s'offrir. Et soudain…

– C'est sans doute ma faute. Elle me trouvait complètement en dehors de ses centres d'intérêt. Elle a voulu se retrouver avec le Kenya, seule.

J'ajoutai :

– Ma femme supportait mal mon incompréhension à l'égard de l'Afrique. Nous avons eu des échanges de mots assez durs.

Je soutins le regard de l'homme :

– Elle me parlait de bonnes actions, je lui répondais : corruption. D'où ses colères.

Il me trouva antipathique. Il avait raison.

– Nous devons une grande reconnaissance à Mrs. Angie Fergusson, dit mon interlocuteur. Si elle avait été ici au moment du drame des Grands Lacs…

– Elle y serait allée, dis-je et soudain, comme par enchantement, je ressentis un chagrin cuisant. Trop tard.

Je repris un ton léger.

– Voyez-vous, je suis un homme d'affaires, pas un apôtre.

– C'est clair, dit-il. Mais vous êtes aussi l'exécuteur testamentaire.

– En partie. Secondé par des avocats.

– Monsieur Landler, l'argent que Mrs. Fergusson a laissé au Kenya…

– Dès que je peux, j'en ajoute. Je fais ce voyage pour un ultime contrôle des conditions d'application du contrat. Au lieu de m'interroger, dis-je soudain assez violemment, sur les motivations de ma femme, concernant son départ brusque, j'aimerais, moi, connaître les raisons qui empêchent la police kenyane de trouver ses assassins.

– Il est plus facile de capturer à mains nues un *cheetah* que d'attraper un braconnier, dit-il. La population ne dénonce personne. Certains braconniers tuent pour de l'argent, les autres pour se nourrir…

Il afficha un air peiné :

– Selon vous, la police kenyane n'est pas efficace ? Elle ne cesse de chercher. La tâche est compliquée. De plus, une incontestable confusion est créée par la personnalité de la deuxième Mrs. Landler, dévouée, elle aussi, aux problèmes sociaux de notre pays.

– Celle que vous désignez en tant que deuxième Mrs. Landler était une fervente admiratrice d'Angie. Lorsque j'ai décidé de vivre ici, lors des premiers mois de deuil, elle s'est jointe à moi, m'a aidé. Nous allons divorcer mais resterons unis pour la cause.

– Tout cela est clair, dit le Kenyan sans conviction.

Un employé de la réception qui venait de nous retrouver sur la terrasse m'avertit qu'on m'attendait au téléphone. Je me précipitai dans le petit bureau de la standardiste, saisis le combiné et, dégoûté, reconnus la voix de Robby Allen.

– Eric Landler ? Ravi de vous trouver.

– Si vous vous attendez à des effusions d'enthousiasme, vous serez déçu…

– Un mot, juste. Votre Sandy Davis est une jeune femme exceptionnelle. J'ai pris soin moi-même de lui choisir le meilleur chauffeur de notre équipe. C'est le moindre service que je peux rendre…

– Où êtes-vous ?

– Je suis arrivé à Nairobi hier dans la nuit. De Londres. Je suivrai l'itinéraire classique d'Angie. Et je photographierai. Si vous étiez un peu plus coopératif, nous pourrions travailler ensemble... Eclaircir l'histoire des soi-disant braconniers.

– Trop de gens racontent n'importe quoi au sujet de ma femme.

– En commençant par votre fidèle secrétaire, l'excellente Miss Davis. Elle affirme avoir été avec vous et Angie au lac Tahoe.

– Elle y était, en effet.

– Quelle chance extraordinaire pour vous ! Un témoin irréfutable. Pourtant il y a un os : l'unique témoin capable de vous blanchir de toute suspicion travaille dans votre société. Sa parole pourrait être mise en doute.

– Robby, vous déraillez.

– Certainement pas. L'amitié qui me liait à Angie me pousse à chercher la vérité.

– Elle protesterait.

– Je photographierai sa tombe ; où que soit cette tombe, je la trouverai. Je vous le jure.

– La frontière de la Tanzanie va de l'est à l'ouest. Vous aurez de vastes recherches à faire.

– On verra, dit-il.

Je raccrochai avec le profond désir de le voir succomber à une crise cardiaque, lui aussi. Comme Sanders. Il resterait Lomel.

Je m'attardai quelques secondes près du téléphone dans la petite pièce de la standardiste. L'atmosphère était inerte, les employés de la réception bavardaient au ralenti, un vieux couple demandait des renseignements pour une excursion au lac Turkana. Je passai, la fille aux yeux œil-de-tigre me suivit du regard, elle me fit un petit signe de la tête. Je pouvais m'adresser à elle à n'importe quel moment.

Le manager m'accompagna jusqu'au minibus de l'hôtel qui me conduirait à Nairobi. Je l'intéressais un peu trop.

– Monsieur Landler, puis-je vous poser une question entre hommes ?

Je détestais ce genre d'agression mondaine :

– Allez-y.

– Si votre femme actuelle, la deuxième, avait été – elle aussi – à l'hôtel lors de votre discussion avec Angie Fergusson…

– Quelle idée !

– Nous parlons en secret, continua-t-il. J'ai consulté le registre aux dates précises et les noms des dames accompagnées d'autres dames. Il arrive qu'un homme marié cache sa bien-aimée dans un groupe de femmes lors d'un voyage de ce genre. J'appelle ça le « safari-adultère ». Angie Fergusson aurait découvert la présence de votre maîtresse. Telle aurait pu être la raison de son départ…

– Ne cherchez pas de raisons aussi absurdes. Ça m'agace profondément.

– Je vois, dit-il en plissant légèrement les yeux. Je vois.

J'allais remonter dans la voiture quand la fille au regard œil-de-tigre arriva en courant :

– Monsieur Landler, on vous appelle au téléphone.

J'hésitai une seconde mais je devais affronter la communication. La nausée me prit lorsque j'entendis une fois de plus la voix du photographe :

– Hé, ami ! Ce n'est pas interdit de s'appeler « ami », n'est-ce pas ?

– Vous faites injure à ce mot. Alors ?

– Demain, j'ai rendez-vous avec un personnage haut placé de la police de Nairobi que je voudrais photographier pour l'album. Il vaut mieux, surtout pour vous, nous voir avant.

– Une tentative de chantage de plus ?

– Non. Je vous propose un accord. Vous donnez une explication acceptable aux questions obscures, vous m'accordez libre accès à tous les endroits où Angie a vécu et l'album de photos pourrait devenir un livre. « La vie et la mort d'Angie Fergusson », ou bien « Angie l'Africaine », hein, qu'en dites-vous ? Dans ce cas, je mettrai de côté – par amitié – mes méchantes suppositions.

La fille aux yeux de tigre ne me quittait pas du regard.

– On en parlera. Je serai dans l'après-midi à Nairobi. Au Norfolk.

– Vous êtes quand même intelligent, dit-il. L'éditeur m'offre deux cent mille dollars d'avance pour l'album de photos et souhaite une option sur le livre.

– L'argent, j'imagine que vous l'offrirez à la Fondation ? Je l'accepterai au nom d'Angie... Vous l'aimiez tant, n'est-ce pas ?

Attachée à son siège, Sandy réfléchissait. Elle avait caché au pilote ses désordres cardiaques. Elle supportait apparemment sans difficultés une altitude d'environ trois mille mètres. Parfois le vieil homme – mais était-il vraiment vieux ou seulement patiné par le temps ? – prononçait quelques mots mais le bruit absorbait ses remarques. Le petit avion progressait dans un assourdissant ronflement de moteur. Le ciel était violemment bleu et la réverbération agressive. Sandy aperçut des montagnes et la gamme de jaunes de la Rift Valley. Avec son tableau de bord sophistiqué, l'engin était une réussite de l'aéronautique américaine.

Elle croyait qu'ils survolaient la ville de Naro Moru et se dirigeaient vers le Hell's Gate National Park. Lorsqu'elle tenta d'interroger le pilote, celui-ci la fit taire. Dans les agglomérations disséminées ici et là, des hommes et des femmes leur faisaient des signes, des enfants couraient comme s'ils espéraient attraper le petit avion rouge.

Bientôt – elle n'avait pas regardé sa montre, il ne fallait pas bousculer cette éternité jaune et bleue –, l'avion prit un léger tournant, la terre bascula. Les zones brûlées par la sécheresse alternaient avec des zones vertes. Approchaient-ils de Narok ?

– Par ici, il a déjà plu, cria le pilote, qui désigna d'un geste une ligne noire, irrégulière comme une ponctuation défaillante au sol.

– Des gnous…

L'avion perdit un peu d'altitude.

– Des zèbres aussi…

– Quoi ? demanda-t-elle.

– … Vers la Tanzanie…

Le pilote remarqua :

– Les faibles sont abandonnés par le troupeau.

Les faibles crèvent partout, pensa Sandy. Elle se souvenait du regard haineux du photographe : « Vous voulez prendre une place dans la vie d'Eric Landler ? Au prix d'un faux témoignage ? Vous courez un risque considérable ! » Il avait ajouté : « *my dear* » pour atténuer ses menaces.

L'avion survolait des espaces sauvages. Peu à peu, le ciel s'assombrit. Sandy suivait des yeux un groupe de girafes aux mouvements harmonieux, et plus loin des phacochères. C'était bientôt la fin du voyage. Le pilote se positionna face à la piste étroite. L'avion atterrit avec un léger choc et, malgré le freinage, cahota violemment sur la piste caillouteuse. D'une baraque venait de sortir l'employé d'une de ces petites compagnies privées qui faisaient escale par ici. Il échangea des mots en swahili avec le pilote ; en même temps, Sandy repéra la Land Rover envoyée par l'agence. Le véhicule s'approcha de l'avion, puis le chauffeur coupa le moteur, quitta son siège et vint près du pilote.

Sandy interpella le chauffeur :

– *Hello, jambo*, je suis votre cliente. J'espère que vous avez une bonne voiture.

– Je devrais la changer. On m'a annoncé cette course sur la route de retour de Nairobi. Je dois prendre de l'essence à Narok.

Le chauffeur évitait le regard de Sandy. D'une trentaine d'années, corpulent, il avait l'air maussade. Le pilote aida Sandy à enlever le gilet. Elle quitta l'avion et tendit la main au chauffeur. Celui-ci la salua parce qu'il ne pouvait pas faire autrement. Sans cesser de bavarder avec le pilote, il prit les bagages de Sandy et les jeta sur les sièges arrière de la Land Rover. Sandy s'installa à l'avant. Le siège en vieux faux velours était humide.

– Vous avez renversé de l'eau ?

– Non. J'ai lavé la voiture, elle était sale. Savais pas que j'aurais un passager, dit-il.

Il tourna la clef de contact, le véhicule bondit. Sandy fit un vague signe d'adieu au pilote et chercha à attacher sa ceinture.

– Elle est cassée, dit-elle.

– Je vais l'arranger à la station-service.

– Quel est votre nom ? Monsieur…

– Pas monsieur. Akoua.

– Je m'appelle Davis. Sandy Davis.

Le ciel, comme s'il voulait se vider d'un seul coup, ouvrit ses vannes. Les couches d'eau qui glissaient sur le pare-brise masquaient la route, malgré la lutte des essuie-glaces. La pluie était agressive comme une chute de grêle. Les éclaboussures d'une terre en bouillie retombaient sur le capot. Les contours de la ville devenaient flous sous l'averse. Au milieu de la grande rue, un troupeau de vaches subissait la douche, la population noire attendait à l'abri des magasins. La station-service était bloquée par deux camions dont les conducteurs bavardaient, entassés sur les sièges d'une seule cabine. La Land Rover se fraya un passage auprès des vaches qu'une femme masaï, sous un parapluie rouge, dirigeait avec un long bâton. Sandy retrouva son appareil et voulut photographier la scène, mais le chauffeur intervint :

– Ça peut vous coûter cher si elle n'est pas d'accord. Faut payer pour la photographie.

Avant même que Sandy ait pu ranger l'appareil, la femme masaï frappait du bout de son parapluie la portière de la Land Rover. Sandy baissa la vitre, reçut un paquet d'eau dans le visage et affirma qu'elle n'avait pas pris de photo. La femme la transperça de son regard noir et tendit vers elle sa main ridée. Sandy donna cinq cents shillings à la Masaï, qui partit en gesticulant avec son parapluie.

La pluie ayant cessé d'un seul coup, la population se déversa dans la rue principale. Akoua se rangea derrière les camions, puis quitta le véhicule et alla s'expliquer avec l'employé de la station-service. Sandy descendit à son tour, s'enfonça dans la boue dont elle sentit le contact humide sur ses chevilles. Des bottes, pensa-t-elle, des bottes en caoutchouc, c'est ce qu'il m'aurait fallu.

Elle s'étonnait de l'hostilité du chauffeur. Serait-il timide, donc agressif ? se demanda-t-elle. Mais ces considérations d'Occidentale avaient-elles cours ici ? Akoua avait plutôt l'aspect d'un chauffeur de camion habitué aux épreuves nocturnes des voyages sans fin que celui d'un conducteur privé au service d'un touriste de luxe. Or, la touriste était blanche, la route mauvaise et la voiture loin de sa belle jeunesse. Maintenant, le chauffeur, l'employé de la station-service et les conducteurs des deux camions formaient un groupe animé. Personne n'avait l'air pressé. Sandy s'en approcha :

– On s'en va quand ?

– Sais pas, dit le chauffeur. On verra…

Puis il se tourna vers ses compagnons en prononçant une phrase en swahili, qui les fit rire bruyamment.

Sandy eut soudain l'impression qu'elle ferait mieux de rentrer à Nairobi, retrouver Eric et continuer le trajet avec lui. Mais ne perdrait-elle pas la face vis-à-vis du photographe ? Et même devant Eric à qui il lui faudrait avouer qu'elle cédait à l'angoisse parce que le chauffeur était désagréable ? Elle s'éloigna vers le trottoir. Une des boutiques exposait et vendait des cartes du Kenya pour des prix astronomiques. Une file de voitures – retardée par la pluie – bloquait la circulation du centre-ville, plus loin on apercevait quelques étals d'un marché. Des enfants, voraces et insistants, tournaient autour de Sandy. Deux vieilles femmes masaïs vêtues de rouge parlaient fort en fumant. Le temps s'étirait et le gris du ciel, soudain strié de bleu, s'éclaira par un soleil violent. Les enfants essayaient de toucher Sandy, quémandaient des sous ; l'ensemble chic en jean détonnait et d'innombrables paires d'yeux fixaient son sac en bandoulière.

Elle domina sa timidité, se rapprocha du groupe et prit le chauffeur à part :

– Si vous pouviez me répondre… Quand partons-nous ?

– Dès qu'on peut.

– Vous avez bien une idée ?

– Quand ces camions qui sont devant nous auront fait le plein.

Enfin ce fut le tour de la Land Rover. Le tuyau en main, l'employé expliquait quelque chose au chauffeur, et chaque geste prolongeait la durée de l'opération. Sandy, désorientée par tant de désinvolture, regardait Narok. La ville ressemble à une exposition coloniale d'il y a cinquante ans, se dit-elle. Ou à une « semaine africaine » organisée par une foire mondiale. Il manquait des écriteaux : « femme masaï », « vaches maigres à la recherche de pâturage », « marchands maussades ressentant la crise », « femme blanche imprudente », « gosses pauvres mais malins », « camions surchargés »…

Encore un bon quart d'heure, et la Land Rover se dégagea enfin du poste d'essence. Le chauffeur signala à Sandy qu'elle pouvait remonter en voiture.

– On ne change pas de véhicule ?

– Non, dit-il. On ne m'a pas envoyé celui que j'attendais.

Il avait jeté, avant que Sandy reprenne sa place, une vieille couverture grise sur le siège.

– Avec ça, vous ne sentirez pas l'humidité.

Près du tableau de bord Sandy aperçut un téléphone.

– Il fonctionne ?

– On peut parler avec les chauffeurs des voitures de la compagnie.

– Et avec le central aussi ?

– Ça dépend de la région d'où on appelle.

– Je voudrais envoyer un message à quelqu'un par votre standard.

Le chauffeur haussa les épaules. Sandy décrocha le combiné. De loin – des sons étranges venus de partout créaient une vraie zizanie sur la ligne –, une femme assura Sandy qu'elle ferait de son mieux pour communiquer un message à Mr. Landler, à l'hôtel Norfolk. Sandy se rappela qu'elle devait acheter de l'eau. Elle fit signe à Akoua de s'arrêter, descendit, traversa la foule pour entrer dans une boutique qu'elle avait repérée pendant l'attente. Elle demanda de l'eau minérale. Quinze dollars la bouteille. Le commerçant servait une femme, qui portait un enfant dans ses bras, un autre agrippé à son dos. Sandy dit à la mère :

– Ils sont beaux.

La femme parut indifférente au compliment, l'enfant – sur le dos de sa mère – regarda fixement Sandy. Il y a toujours, dans la vie d'un Africain, le choc du premier Blanc rencontré. Elle fit miroiter plusieurs billets de cent shillings et demanda l'autorisation de téléphoner. Le marchand désigna l'appareil près de sa caisse. Sandy prit le combiné et composa le numéro de l'hôtel précédé de l'indicatif de Nairobi. Ça marchait. Elle entendit la standardiste de l'hôtel, à qui elle dicta un message à Mr. L-A-N-D-L-E-R, et quitta ensuite la boutique le cœur plus léger.

– Il vaudrait mieux arriver à Masaï Mara avant la prochaine pluie, dit le chauffeur

Il se tourna vers Sandy :

– Vous voyez ce que c'est quand il pleut…

– C'est la saison, dit-elle, plutôt contente de cette phrase adaptée aux circonstances.

La nuit précédente, dans le lodge où il dormait, à la limite de la réserve de Masaï Mara, le chauffeur Akoua avait été tiré d'un sommeil profond. C'était l'un des actionnaires de l'entreprise Jungle-Safaris qui l'appelait, un photographe américain à qui il servait déjà de modèle des années auparavant, à sa sortie de prison où il purgeait une peine pour faux témoignage. C'était dans le style d'Allen : sauver pour mieux enfoncer ensuite, exploiter la dette morale.

Robby Allen s'assura d'abord qu'Akoua se souvenait bien de lui, puis il s'exprima d'une manière claire. En tant qu'actionnaire important de la société qui employait Akoua, il pouvait aussi bien améliorer la situation du chauffeur que le faire congédier sous prétexte qu'il venait de découvrir son casier judiciaire. L'avenir d'Akoua dépendait de lui-même, de son intelligence et de son habileté. Akoua comprit que le commanditaire américain verrait d'un bon œil que la passagère qu'il devait prendre à Narok arrive avec du retard à Homa Bay. Si, par malchance, elle se trouvait victime d'un fâcheux contretemps, le chauffeur gagnerait dix mille dollars de prime. Payables en espèces, directement à lui.

– Un fâcheux contretemps ? demanda-t-il.

– Tout peut arriver à une vieille voiture à l'époque de la saison des pluies. La femme en question ne connaît l'Afrique que par descriptions. Sur le plan pratique elle est nulle. Supposons que votre voiture tombe en panne…

– C'est de la ferraille, mais ça tient encore.

– Elle pourrait quitter la voiture, faire une chute.

– C'est dangereux, dit Akoua. Pour elle…

– Justement, comme tout est dangereux, elle pourrait avoir un incident grave. Il vous faudrait un témoin qui constaterait la maladresse ou le manque de discipline de votre cliente.

– Ça peut se terminer très mal, répéta le chauffeur.

– Si c'est mal pour elle, vous avez dix mille dollars, dit le photographe. Si c'est un simple retard, cinq mille. En revanche, vous aurez quinze mille dollars si l'affaire se révèle dramatique.

Il me demande de tuer la passagère, pensa Akoua, désemparé. Il était en mauvaise situation financière et s'il perdait son travail à Jungle-Safaris, c'était le chômage qui l'attendait et la rue ensuite. Son amie attitrée le mettrait à la porte en le traitant de fainéant.

– Je vais voir ce que je peux faire, dit-il. C'est difficile.

– Vous n'êtes pas obligé de me rendre ce service, vous avez le choix, répliqua le photographe. Entre cinq et quinze mille dollars, ou le licenciement. Ça dépend de vous…

Perdu dans ses réflexions, Akoua jeta un coup d'œil à la passagère. Malgré sa pâleur qui évoquait le ventre d'un poisson oublié au frigo, elle n'était pas franchement déplaisante. Sortie de Narok, la voiture roula bientôt sur une route de terre. Le changement entre la petite ville pittoresque à l'excès et le paysage monotone avait été brusque. Sur le lointain horizon se dessinait une chaîne de montagnes bleues, ici et là teintées de rose, effet de jeux de lumières diverses. Sandy tenait de sa main gauche la poignée fixée au-dessus de la porte de la Land Rover.

Après un trajet aussi morne que cruel à cause des secousses, ils atteignirent enfin la Masaï Mara Gate, l'entrée officielle de la réserve. Le chauffeur descendit, annonça leur arrivée aux gardiens, signa les documents, puis la voiture continua son chemin vers l'intérieur de la réserve. Des visions successives émerveillaient l'Américaine, qui en oubliait les chocs et l'épreuve que subissait sa colonne vertébrale. A quelques mètres de la piste, des girafes dégustaient les feuilles d'acacia. Le voyageur qui aperçoit pour la première fois les animaux sauvages hors d'un jardin zoologique est toujours ému. Les girafes ne tournaient même pas la tête au passage de la Land Rover, sauf peut-être celles qui se trouvaient le plus près de la route.

– Elles ont une redoutable habitude des voitures, dicta Sandy à son petit magnétophone.

Le texte servirait pour la rédaction du résultat du parcours.

Plus tard, dans la plaine, Sandy aperçut des phacochères.

– Où vont-ils ? demanda-t-elle au chauffeur.

– Ils ne m'ont pas prévenu, dit Akoua.

Le sang de Sandy ne fit qu'un tour :

– Vous n'êtes pas guide aussi ?

– Presque tous les chauffeurs sont guides.

– Alors pourquoi ne me répondez-vous pas ?

– Parce que personne ne sait où vont les phacochères. Ils sont idiots, dès que l'un d'eux se met à courir, les autres le suivent.

Sandy essaya de réduire la tension qui régnait dans la voiture. Elle aperçut une petite photo accrochée sur le côté droit du volant :

– Votre femme ? demanda-t-elle. Si jolie…

– Une amie, fit-il. Pourquoi vous me demandez ça ?

– Parce que la route est longue. Vous avez des enfants aussi ?

– Non.

– Les girafes…, commença-t-elle.

Le chauffeur l'interrompit :

– Vous n'avez jamais vu de girafes ?

– Si, mais pas en liberté.

– Parce qu'ici, c'est en liberté ? Vous appelez ça liberté ? Vous n'avez encore jamais vu de lionne crever de faim parce qu'elle ne peut plus chasser ?

– Les minibus…, commença-t-elle d'une voix incertaine.

Combien de fois Angie lui avait raconté les méfaits des minibus qui ravageaient la savane.

– Dès l'aube, l'animal encerclé par les minibus est photographié. Avec de beaux appareils. Comme le vôtre. Ça défile toute la journée, les chauffeurs se donnent des tuyaux : « Tu veux un lion ? Tu as un lion ! A tel endroit… Vas-y… »

Fallait-il lui expliquer qu'elle avait été l'assistante d'une femme exceptionnelle qui voulait justement lutter contre le fléau du photo-tourisme ? A quoi bon ?

– Ça va être réglé un jour, dit-elle.

– Quoi ? Le pouvoir du fric blanc ?

– Le fric noir corrompt aussi, observa-t-elle.

Puis elle se tut. Il ne fallait pas faire un ennemi déclaré de cet homme.

– J'aimerais descendre, reprit-elle.

– Pourquoi faire ? On ne quitte pas la voiture dans la réserve, c'est une règle.

– Toilettes, dit-elle. W-C. *Lady's room*. Besoin physique…

Le chauffeur poussa un soupir pour signaler son mécontentement. Brusquement il se serra près des bosquets, pas loin de la piste.

– Allez-y.

Il fallait quitter la Land Rover sans perdre sa dignité, du moins ne pas être ridicule. Les jambes raides, elle contourna la voiture pour se diriger vers le bosquet à droite du véhicule. Elle avançait dans une boue légère, quelques branches d'arbustes la frappaient au visage. Akoua resta au volant, regardant ostensiblement devant lui. Elle défit difficilement le jean si élégamment serré sur ses cuisses ; pour s'accroupir il fallait encore écarter de ses jambes cette réussite de la couture chic. Or le tissu en élastis était devenu un deuxième épiderme, et elle en était à lutter avec son pantalon. Enfin la libération de sa vessie ! Et la résolution d'acheter un jean pour routard.

Soulagée, elle se retourna et s'immobilisa, incrédule, le souffle retenu d'étonnement. C'était comme un rêve. De l'autre côté de la piste, à une dizaine de mètres de la voiture, des éléphants avançaient. Sandy, bouche bée, observait leur lente progression. Ils balayaient le sol avec leur trompe pour repérer et prendre ce qu'ils trouvaient de consommable. Ce qui leur déplaisait, ils le rejetaient en émettant un son qui manifestait leur agacement. Derrière la colonne – ils étaient huit en tout –, un éléphanteau se hâtait, maladroit, cherchant à garder le rythme de sa mère. Parfois ses deux pattes avant se croisaient et il trébuchait. Sans doute une malformation.

Lorsque les éléphants disparurent, elle revint vers la voiture, et dut faire un effort pour ouvrir la portière et regagner sa place.

– Je vous avais dit qu'il ne faut pas quitter la voiture dans la réserve.

– Vous aviez raison, admit-elle, espérant un armistice.

Le chauffeur démarra.

– Le petit éléphant était mignon, dit Sandy, qui se serait mordu la langue d'avoir formulé cette remarque mondaine.

– Ils l'abandonneront s'il n'a pas la force de suivre. Et il crèvera.

– Vous n'avez pas le droit de condamner cet éléphanteau. Pourquoi sa mère l'abandonnerait-elle ?

– La loi du troupeau qui avance… Vous ne savez pas ce que c'est ?

Le chauffeur ne cachait pas son mépris. Il la détestait maintenant, cette femme venue d'une autre planète, émue par un éléphanteau, alors qu'ici, au Kenya, des enfants ont faim et qu'une grande partie de la population lutte pour la survie ou l'espoir du travail. Il se rétracta dans un silence hostile. Sandy, cramponnée à la poignée supérieure, amortissait les chocs avec son bras gauche. Elle prit l'une des bouteilles d'eau et but au goulot.

– On est loin encore ?

– Quand la piste est bonne, ce n'est pas loin.

Les nuages gris foncé s'écartaient peu à peu, et de violents rayons de soleil se cognaient contre le pare-brise. Le passage était tracé à travers un creux plein de rochers cassés et de cailloux, soudain la voiture fut coincée par un monticule de terre qui bloquait les roues avant.

– Si vous voulez éviter les grandes secousses, il vaut mieux descendre.

Elle ouvrit la portière, posa un pied sur une pierre plate, l'autre à terre près d'un gros caillou. Sandy contourna le véhicule et aperçut le pot d'échappement soutenu par un gros fil de fer. Le chauffeur libéra la voiture, qui s'engagea sur une petite pente. Le chauffeur lança :

– Il y a des serpents partout…

En accélérant, il accentua la distance et Sandy se précipita pour rattraper la voiture. Les cailloux se bousculaient sous ses semelles. Enfin le chauffeur s'arrêta. Elle s'évertua une fois de plus à rouvrir seule la portière avant de reprendre sa place. Bientôt sortie de la cuvette naturelle, la piste redescendait vers un niveau plus plat. Elle consulta sa carte :

– Sert à rien, votre machin. Il faut avancer, c'est tout, dit Akoua.

Ils abordaient un espace boisé. Surgis des bosquets ou de l'abri des hauts talus, trois militaires apparurent, leur faisant des signes. Akoua s'arrêta et une conversation en swahili s'engagea.

– Des gardes contre les braconniers, annonça Akoua sans tourner la tête vers Sandy. Ils demandent qu'on les amène jusqu'au lodge ou un peu avant. Ils nous avertiront.

Le plus âgé des trois jeta un coup d'œil à l'intérieur de la voiture, aperçut la bouteille d'eau de Sandy et la lui demanda.

– Mais oui, prenez-la…

Elle les invita à entrer dans la voiture. Il fallut manipuler les bagages de Sandy ; des mains connaisseuses tâtaient le matériel cossu, les militaires échangeaient des commentaires. Sandy sortit de son sac à main un paquet de biscuits et, en se retournant, en offrit aux soldats.

– Servez-vous…

Le chauffeur démarra sans prévenir. La secousse renvoya Sandy vers le pare-brise. Elle réprima un cri et par chance retrouva l'équilibre. Personne n'accorda la moindre attention à l'incident. Les trois hommes bavardaient avec le chauffeur, soudain loquace. La piste se prolongeait dans une sorte d'éternité. Le soleil déclinait sur un ciel teinté de rouge. Sandy tenta d'établir un lien avec ces hommes au visage immobile et au verbe rapide :

– Il y a beaucoup d'animaux malades, c'est ce qu'on dit.

L'un des stoppeurs répondit :

– La maladie vient du Serengeti.

L'autre conclut :

– Ça retourne au Serengeti.

D'une minute à l'autre, des nuages presque noirs recouvraient l'horizon et la pluie se mettait à crépiter sur le toit de la Land Rover, coulait sur le pare-brise et les vitres.

– On n'est plus très loin, dit le chauffeur.

Il tendit le bras vers l'horizon, Sandy ne distinguait pas encore les bâtiments du lodge. La voiture roulait dans l'obscurité mouillée, l'averse s'accentuait, puis cessa. Les soldats palabraient toujours avec le chauffeur. Dès qu'Akoua arrêta le véhicule, ils disparurent après avoir salué Sandy d'un hochement de tête.

– Où vont-ils ? demanda Sandy.

– Ils font leur travail.

– Où ?

– Partout.

– Et le lodge ? demanda-t-elle.

– Là-bas, dit le chauffeur, en pointant son index vers les collines.

A travers le pare-brise dégoulinant d'eau, Sandy aperçut enfin, sur un plateau étiré en longueur, des excroissances en béton. Il fallait encore presque une heure pour les atteindre. Enfin, c'était le salut. Sur le parking étaient déjà garés des minibus. Il y avait donc d'autres victimes à avoir parcouru cette piste éprouvante.

– Montez, dit le chauffeur, je vous suis avec les bagages.

Sandy quitta le véhicule avec la ferme volonté de ne plus le reprendre. Elle demanderait une autre voiture et un autre chauffeur, un matériel plus perfectionné et un chauffeur plus courtois. Elle reconnut – ayant classé elle-même les photos d'Angie – l'accès au lodge, un chemin étroit en béton, entrecoupé de petites marches, où l'on avançait par paliers. A côté, des buissons touffus et des rhododendrons s'écrasaient sous la masse d'eau. L'entrée des chambres pour deux ou trois personnes se trouvait à droite de la montée. Sandy déboucha sur une terrasse, puis entra dans le hall. Derrière le comptoir de la réception, un employé l'accueillit en souriant :

– Bienvenue à Mara Serena Lodge.

Il jeta un coup d'œil sur le passeport que Sandy lui tendit et prononça aussitôt :

– Avez-vous fait bon voyage, mademoiselle Davis ?

– La route est difficile, dit-elle, mais enfin je suis là. Est-ce qu'il y a un message pour moi ?

L'employé consulta des fiches, hocha la tête et s'informa auprès de la standardiste installée dans le bureau à côté.

– Non, dit-il comme en s'excusant. On a eu peu de communications. A cause de la pluie, les lignes sont mauvaises.

Il prit une clef et la tendit à Sandy. Celle-ci interrompit le mouvement :

– Je voudrais le numéro un.

– Le un ?

– Exactement.

Il regarda le tableau de location.

– Actuellement, la chambre n'est pas libre. Elle est occupée par deux personnes qui font partie d'un petit groupe dont le départ est pour demain. Si vous restez, vous pourrez la prendre. Toutes nos chambres sont équipées de la même manière. Si vous voulez vous rendre dans celle qui vous est réservée…

Le chauffeur franchit le seuil du hall et laissa tomber, en exagérant leur poids, les bagages de Sandy sur le sol. Il salua l'homme de la réception, fit une remarque en swahili, puis se tourna vers Sandy :

– Pour apercevoir quelques animaux, il faut sortir tôt demain matin. Vers six heures. Peut-être qu'on ne verra rien du tout, d'ailleurs.

– Entendu, dit-elle. Demain à six heures. Ici, n'est-ce pas ?

Le chauffeur s'éloignait déjà. Le réceptionniste expliqua :

– Nous avons des bâtiments derrière pour les chauffeurs. Si vous avez besoin de lui avant…

– Non, s'exclama-t-elle.

Un homme de service vint à l'aide d'une femme de chambre pour porter les bagages. Sandy les fit patienter.

– Attendez. Je voudrais essayer de téléphoner.

Avant qu'on puisse l'en empêcher, elle entra chez la standardiste. Elle avait les cheveux grisonnants et le sourire jovial.

– Pas la peine d'insister, dit-elle. Après la pluie, les lignes, vous savez…

Ce « *you know* » resta comme suspendu dans l'air. « *You know…* » Sandy lui fit une série de recommandations : si on l'appelait, il fallait venir la chercher à sa chambre, surtout ne pas raccrocher. Elle revint vers le réceptionniste.

– Envoyez-moi un thé. Une grande théière.

Puis elle suivit le boy qui portait l'élégante valise et la femme de chambre chargée du bagage à main. Les employés s'étaient arrêtés devant la chambre numéro neuf. Sandy les interrogea :

– Il y a beaucoup de clients actuellement ?

– Non, dit le jeune homme. Ce n'est pas la saison. Juste quelques Anglais.

– J'aimerais regarder la vue de la chambre numéro un.

– Quelqu'un est resté au lit. Je viens de lui porter de l'eau. Demain, ils partiront tous.

Il ouvrit la porte de Sandy, déposa les affaires sur le carrelage rudimentaire et accepta avec un plaisir manifeste le billet que Sandy lui tendit. La femme fit un aller-retour et apporta quelques serviettes de plus, puis eut son pourboire. Sandy, enfin seule, chercha un training moelleux et ses baskets dans la valise. Elle s'enferma dans la cabine de douche et savoura chaque instant sous l'eau à forte odeur de désinfectant. Vêtue de son deux-pièces en gros coton, elle nourrit son visage avec une crème de beauté, puis examina l'endroit où elle se trouvait. La femme de chambre lui apporta le thé, noir et brûlant. Sandy massa ses bras, essaya ses articulations et avala prudemment deux aspirines d'un seul coup contre les courbatures.

La chambre monacale était d'une propreté impeccable ; les draps dégageaient la même odeur de désinfectant que l'eau de la douche. Par la fenêtre conçue comme une meurtrière dans le mur épais d'un donjon, elle aperçut dans l'opaque crépuscule qui tombait sur le jaune de la savane des striures vertes. Les acacias solitaires ponctuaient le paysage d'un vide lunaire. Elle se souvint des récits d'Angie évoquant le ballet des singes devant le lodge. Parfois ils venaient près des fenêtres et regardaient les êtres humains qui apparaissaient dans ces ouvertures.

Elle chercha son bloc et son magnétophone, mais lorsqu'elle entendit sa propre voix résonner, renvoyée comme par ricochet du carrelage et des murs recouverts de chaux, elle eut un mauvais sentiment. Elle déposa l'appareil sur la table et résuma ses impressions en quelques notes écrites. Si Angie la voyait ici, elle se sentirait dépossédée de ses privilèges. Elle n'a jamais voulu partager l'Afrique avec Sandy. Dans cette solitude grise, la lourde tasse en faïence remplie de thé noir à la main, elle fixait la savane comme on estime la force de frappe d'un adversaire. L'Afrique allait-elle la rejeter en souvenir d'un fantôme ?

Elle crut apercevoir un mouvement. Etait-ce une illusion ? Une masse brune se déplaçait en se cachant parmi les arbustes nains et les plantes épaisses. Le mouvement se reproduisit et Sandy distingua, malgré le crépuscule, la silhouette d'un grand singe. Il s'arrêta, tourna la tête à droite et à gauche comme s'il avait perdu quelqu'un de cher. Il hésita puis repartit vers la broussaille. Un clandestin qui craint qu'on le dépiste, qu'on l'attrape, qu'on le photographie.

Sandy ne supportait plus le silence de ce huis clos. Elle retrouva dans ses affaires une veste en gros tricot, l'enfila, sortit de la chambre, se précipita sur l'étroit passage, remonta vers le hall et continua jusqu'au salon où, dans une cheminée immense, le feu brillait, chauffait. Les flammes sortaient parfois de l'âtre, juste pour taquiner les spectateurs. Sur le canapé à six places, une vieille dame sirotait son thé. Sandy la salua et s'assit à côté d'elle.

– Vous n'êtes pas sortie ? demanda la dame. Je m'appelle Miller. Diane Miller.

– Je viens d'arriver, dit Sandy. De Narok.

– Il n'y a rien à voir par ici, déclara l'autre. Les fauves sont partis pour le parc de Serengeti. Ils reviendront en août. Théoriquement. Il n'y a plus de rythme. Les saisons sont détraquées.

Deux serveurs préparaient le buffet dans la salle à manger, séparée du salon par quelques marches.

– Vous êtes seule ? demanda Mrs. Miller. Je n'ai pas compris votre nom.

– Sandy Davis. En voyage d'études.

– De quoi ? Sur une planète dévastée, on étudie quoi ? A l'époque où le Kenya était une colonie anglaise... c'était différent.

Sandy se leva, marmonnant une obligation de téléphoner. Diane voulait la retenir :

– Téléphoner après cette pluie ? C'est que vous ne connaissez pas encore l'Afrique, *my dear* !

Sandy s'enfuit vers le standard où elle put obtenir, au bout de quelques minutes d'essais, l'hôtel Norfolk, « Mr. Landler n'est pas dans sa chambre. Non, il n'a pas laissé de message. Oui, le vôtre on le lui communique. Je vous le relis : "Appelez-moi à Masaï Serena Lodge. Merci. Sandy Davis." » Elle revint au salon. Elle avait mal partout. Désœuvrée, elle regardait la pièce s'animer d'une clientèle hétéroclite – on entendait parmi plusieurs langues une dominante d'anglais – qui analysait les rares événements de l'après-midi. Le ballet des garçons s'accélérait autour des tables de la salle à manger.

– Si vous voulez dîner avec moi, dit Mrs. Miller en accostant Sandy, vous serez la bienvenue à ma table. Ça n'a pas marché, votre téléphone ?

– Mais si, dit-elle en s'esquivant, pour ne pas entendre les prévisions apocalyptiques de l'Anglaise.

Elle s'installa à une petite table, dans un coin. Un maître d'hôtel lui demanda ce qu'elle souhaitait pour son dîner. Sans prêter l'ombre d'un intérêt à ce qu'elle commandait, elle se trouva avec des côtelettes de mouton grillées. Le manager vint la saluer. Sandy regretta amèrement d'avoir à lui parler de la Fondation Fergusson et du vœu pieux de contingenter le nombre de touristes.

– Nous possédons l'analyse du plan Fergusson. Ce serait le chômage et, sur le plan économique, une catastrophe, dit-il. Vous permettez ?

Il s'assit en face de Sandy :

– Comment indemniser chaque employé, chaque famille lésée par la suppression de son revenu ?

– Mais si un jour vous n'avez plus d'animaux, vous n'aurez plus de touristes non plus.

– Les prévisions de ce genre sont bien floues, répliqua le manager – surtout lorsqu'on a une vision extérieure au pays.

Il se lança dans un long discours, puis quitta Sandy.

Au retour, grâce à l'éclairage resté en marche au-dessus de la porte, elle aperçut sur le seuil de sa chambre un scorpion qui, sur le dos, se débattait en brassant l'air avec ses pattes poilues. Sandy, avec une exclamation de dégoût, repartit en courant vers la réception pour demander de l'aide. L'employé appela une femme de chambre qui arriva avec un bâton, une pelle et un balai et suivit Sandy. D'emblée, elle écrasa le scorpion. Sandy détourna la tête, révulsée par le craquement de la carapace. La femme ramassa les fragments du scorpion et proposa de jeter un coup d'œil à l'intérieur.

– Il vaudrait mieux regarder sous le lit aussi, dit la Kenyane. Si vous mettiez les pieds par terre dans le noir…

Pendant la vérification de la Kenyane, la pluie fine se mua en trombes d'eau. L'électricité fut coupée. Sur une étagère de la penderie séparée de la pièce par un rideau en plastique, l'employée retrouva une lampe à pétrole et l'alluma. Elle expliqua le maniement :

– Vous pouvez augmenter la flamme. Je vous laisse les allumettes.

Seule face à la lampe qui évoquait l'époque des pionniers, Sandy songeait au danger qu'elle courait. Si elle avait un problème cardiaque, une arythmie soudaine – plus violente que les autres –, elle ne pourrait compter sur aucune aide. Elle entrouvrit la porte. Elle se sentait seule au monde. L'extérieur était voilé par la pluie déferlante dont le bruit assourdissant évoquait un déchargement de gravillons. Elle recula, referma la porte, se lava les dents avec de l'eau minérale qu'elle avait achetée à la salle à manger, enfila à toute vitesse un pyjama et se glissa au lit, où elle s'immobilisa. Le monstre de son enfance, celui que sa tante qui l'avait élevée avait réussi à dompter, guettait peut-être derrière le rideau en plastique.

Elle pensa à Eric. Elle était tombée amoureuse de lui dès leur première rencontre. « J'ai épousé un ingénieur français, lui avait dit Angie en passant au bureau. Il faut l'aider, il sera perdu les premiers jours. Il va avoir une grosse responsabilité jusqu'à notre départ pour l'Afrique. Comme les Français en général, il s'intéresse aux femmes, à *toutes* les femmes. Pas la peine d'attirer l'attention sur vous, mon chou, vous êtes un peu plus jolie qu'il ne le faudrait dans votre situation. » Lorsque Sandy vit Eric, elle éprouva une telle jalousie à l'égard d'Angie qu'elle en devint presque muette. Chaque minute auprès de lui allait être une torture. Sandy ne pouvait perdre ni sa place ni sa dignité. Elle s'endormit en pensant à lui, l'oreiller dans ses bras.

Réveillée vers cinq heures, elle s'habilla et se dirigea vers le bâtiment principal. Des clients terminaient leur petit déjeuner. Elle but une grande tasse de café et dévora du pain tiède avec du beurre salé. Puis elle chercha dans sa chambre un blouson, des lunettes foncées et son magnétophone. Au parking, le chauffeur l'accueillit avec un reproche :

– Vous avez vingt minutes de retard. Les autres voitures sont déjà parties.

– On va juste faire un tour de deux heures ; après quoi, j'aimerais partir pour Homa Bay.

Le chauffeur démarra :

– En deux heures, vous ne verrez rien. Quant à Homa Bay, après la pluie de cette nuit… impossible. Vous ne connaissez pas l'état des pistes.

– Je dois aller à Homa Bay.

– Il faut savoir ce qu'on veut. Je vais où ?

– Roulons jusqu'à la frontière tanzanienne.

– Où ? demanda le chauffeur. Vous vous croyez dans un taxi ?

Sandy faillit exiger un minimum de politesse, mais elle se retint :

– Vous êtes le guide, vous devez m'expliquer…

– Quoi ? dit-il. Vous ne m'écoutez pas. Vous voulez donner des ordres.

– Où est la frontière de la Tanzanie ? répéta-t-elle.

Il décrivit un large cercle avec son bras :

– Partout…

– La rivière Mara traverse la frontière, dit-elle.

– Oui. Il faut trois heures pour l'atteindre. Si on suit cette piste, on va vers Keekorok Lodge.

– Près de la frontière ?

– Oui. Alors ?

– Allons-y.

Elle aperçut devant eux, dans la même direction, quatre minibus. Bardés d'appareils, les touristes s'accoudaient sur le toit des véhicules et se préparaient à prendre des photos. Trois bus venaient en face en même temps ; les chauffeurs se transmettaient les informations d'une voiture à l'autre. L'odeur de l'essence devenait irrespirable. Les voitures se suivaient à la queue leu leu sur la piste en demi-cercle.

– On ne pourrait pas se dégager de tout cela ? demanda Sandy.

– On va retrouver les mêmes. Partout.

A un embranchement de piste, Akoua s'écarta de la caravane. Elle est insupportable, pensait-il. Mais la supprimer ? C'était une autre affaire. Un problème insoluble. La savane était comme un boulevard. La perdre dans la nature ? Tout incident devait être immédiatement signalé et le central alerté.

Par suite du système de navette quotidienne entre les lodges, le sol de la réserve s'usait inexorablement. Au bout d'une heure d'un trajet inconfortable, Sandy aperçut des zèbres, qui se déplaçaient en groupe. Proches de la piste, deux phacochères se roulaient dans la boue, l'un d'eux enfoui presque jusqu'à la croupe. A l'approche de la Land Rover, il leva la tête, sembla réfléchir puis se mit à courir. Surgi des buissons, tout un troupeau de phacochères s'éparpilla dans le désordre.

Sandy réclama la rivière Mara.

– Je vous ai dit au moins trois heures…

Elle se pencha sur sa carte, où Eric avait entouré d'un cercle rouge l'emplacement de la tombe d'Angie, à proximité d'un rocher taillé qui signalait la ligne de la frontière entre le Kenya et la Tanzanie. Elle leva la carte vers Akoua :

– Jetez un coup d'œil, s'il vous plaît.

Akoua accorda un regard en biais à la carte :

– Qu'est-ce que vous voulez faire avec ça ?

– Aller à l'endroit entouré de rouge, ici…

– Pour des photos ?

Il voyait déjà la femme qui prétendait s'aventurer au bord de la rivière gonflée par les pluies. Elle voudrait photographier l'eau visqueuse – comme tous ces stupides touristes. La rivière grouillait de jeunes et de vieux crocodiles, qui croqueraient avec délice la chair fraîche. Il la voyait avec son appareil de photo dans une main, le magnétophone dans l'autre, le chapeau enfoncé jusqu'aux oreilles. Elle guetterait les branches pourries – c'était l'aspect que prenaient les vieux crocodiles charriés par l'eau jaune et boueuse –, à l'affût d'un mouvement éclair à photographier. Un pas, un deuxième pas, la terre molle qui cède… Queues et mâchoires, un tourbillon maculé de boue et de sang…

– On peut essayer, dit-il en esquissant un sourire. L'endroit est intéressant. Il faut juste y arriver…

Le ciel se couvrait une fois de plus. Des girafes distraites dépiautaient des feuilles des branches d'acacia, à quelques mètres de la voiture. Elles se consacraient à leur travail minutieux sans qu'aucun véhicule ne les effraye ni ne les intéresse.

Le ciel noircissait à vue d'œil.

– Il va pleuvoir, dit le chauffeur. Comme hier.

– Continuons, dit Sandy.

Dans la grisaille, assez loin de la piste, elle aperçut près des arbustes et des buissons des minibus arrêtés en cercle.

– C'est un point d'eau, dit le chauffeur. Les voitures ne devraient pas s'en approcher si près.

– Je voudrais les photographier pour illustrer mon rapport.

Akoua donna un coup d'accélérateur et quitta la piste. Les pneus brassaient la terre molle.

– Les lions vont crever de faim. Ils ne peuvent plus chasser. Quand un car recule, un autre prend sa place pour que chaque touriste ait sa photo.

Sandy se sentait coupable. Le chauffeur continua :

– Les clients offrent de l'argent aux chauffeurs pour quitter la piste.

– Approchons, dit-elle, indécise sur ce qu'elle devait faire.

Le chauffeur détourna la tête. Elle était ridicule, cette femme, à dicter ses remarques à un dictaphone. A quoi bon ? En tout cas, elle allait voir les ravages blancs. Ils étaient tout près de la corolle de minibus.

– Vous voulez faire la queue pour voir aussi le lion, sans doute affaibli ? Pour votre rapport, c'est ce qu'il vous faut ?

L'animal encerclé était mitraillé par les cliquetis des appareils.

– Faites demi-tour, demanda Sandy.

Le chauffeur effectua la manœuvre, puis roula sous la pluie qui redoublait.

Au bout d'un trajet sans fin dans l'opacité mouillée, la pluie cessa et sur le ciel gris foncé apparut un arc-en-ciel. La lutte du soleil avec les nuages avait créé un ruban de lumière. Ce demi-cercle de couleur paraissait s'ouvrir sur un autre monde. Par la vitre baissée, Sandy tendait la main, croyant presque toucher les couleurs. En passant près des bosquets, le chauffeur ralentit.

– Vous avez de quoi faire une photo, vous aussi. Regardez !

Des lionceaux, accrochés au flanc d'une lionne couchée, tétaient. La femelle était parcourue de spasmes, ses pattes se détendaient, puis se figeaient. Des crampes ou des velléités de fuir ce monde secouaient son corps jaune comme la savane.

– Elle est malade, ou du sida des animaux ou de la faim. Elle va mourir.

Les lionceaux suçaient désespérément les mamelons vides de la lionne.

– C'est bon pour votre documentation ?

– Rentrons, dit-elle.

Le chauffeur hocha la tête.

L'arc-en-ciel, en reculant sans cesse, semblait les inviter à venir le toucher. La pluie avait nettoyé l'horizon, la savane se remit à respirer. Sandy repéra plus facilement cette fois les bunkers beiges de Mara Serena Lodge. Il était évident qu'ils ne pouvaient plus partir aujourd'hui pour Homa Bay.

– Demain matin, à quelle heure ?

– Sept heures, répondit le chauffeur. Vous voulez tenter la traversée sur la piste ?

– Je ne veux pas retourner à Narok, dit-elle. Demain, ça ira peut-être mieux par ici.

Le chauffeur ne voulut même pas répondre.

En revenant vers sa chambre, par l'étroit chemin en béton, Sandy aperçut deux hommes qui tiraient des fléchettes sur des hyrax gris, ces grands rats plutôt aimables d'aspect, qui se faufilaient entre les buissons.

– Vous les tuez ? s'exclama-t-elle.

– Pas du tout. On les endort et on les transporte à Nairobi. Les médecins analysent leur sang pour dépister le sida des animaux. Si jamais ils mordaient les clients… Ce n'est jamais arrivé, mais il vaut mieux prendre des précautions.

Les animaux anesthésiés étaient entassés dans des grands sacs percés de trous d'aération, puis portés vers une camionnette en attente au parking.

Sandy retrouva sa chambre, s'allongea sur son lit et observa une araignée qui tentait de descendre sur son fil fragile vers le bas du mur. Elle se leva et l'écrasa avec une chaussure, puis elle alla vomir aux W-C. Elle avait l'impression, à genoux devant la cuvette, de régurgiter tout ce siècle, l'argent, la lutte raciale, la nature violée. Elle se lava le visage, jeta un coup d'œil au miroir fatigué au-dessus du lavabo, but un peu d'eau minérale, s'essuya la bouche avec le dos de la main. Puis elle se ressaisit, quitta sa chambre, remonta à la réception et appela l'hôtel du Lac à Naivasha.

Par miracle, la ligne était bonne. Eric, qui se trouvait dans la salle à manger de l'hôtel, se précipita vers le téléphone près de la réception. Il y eut un pâle échange de paroles, les mots conventionnels. Eric lui annonça une sorte d'armistice avec le photographe, conclu la veille à l'hôtel Norfolk.

– Il va venir ici, dit Eric. Mais avant, j'irai au bungalow d'Angie.

– Gravez le signe près de la cheminée, insista Sandy.

– Je le ferai, mais sans aucune conviction. Pour vous faire plaisir.

– Il faut réparer les dégâts dus à son – et elle prononça en français – « insouciance ».

Elle annonça qu'elle allait le lendemain à Homa Bay et décrivit l'état actuel de Masaï Mara. Lui, d'une voix neutre, expliqua le plan de leur futur déplacement vers la tombe d'Angie. Il fit un rapide compte rendu de l'entrevue avec l'avocat Wagner qui, avec l'autorisation de sa cliente, révéla qu'elle avait vécu presque deux ans près du lac Victoria et travaillait dans une mission médicale.

– Nous en saurons davantage sur place, dit Eric. J'ai entendu une conversation qui ne m'était pas destinée. Je connais le nom et le métier de la femme africaine chez qui Annie a habité, d'abord à Homa Bay, ensuite à Kisumu. J'ai confirmé notre arrivée à l'hôtel des Touristes. On nous gardera nos chambres jusqu'à trois heures. Nous avons amplement le temps d'y arriver.

Il ajouta :

– Je serai content de vous revoir. Ça va, votre chauffeur ?

– Je vous en parlerai, dit-elle.

Après cette conversation avec Eric, elle s'aventura sur la terrasse qui surplombait la piscine. La plupart des photographes du lion devaient être là. Les hommes portaient des shorts courts dont la ceinture se fermait difficilement sur le ventre, ils affichaient des tee-shirts reproduisant l'image des lions, des gazelles et des girafes. Ils avaient des montres d'aviateurs, avec des bracelets larges comme des menottes, des caméscopes, et circulaient en tenant leurs appareils photo comme des armes à feu. Ces chasseurs d'images étaient en manque : l'unique singe qui hantait encore les environs du Mara Serena Lodge ne reviendrait qu'au crépuscule. Fallait-il encore qu'il en ait envie !

Les serveurs kenyans, grands, minces, au visage décalqué des hiéroglyphes égyptiens, portaient aux clients des boissons multicolores dans des verres au bord givré de sucre et décorés de minuscules parapluies made in China. Sandy reprit le chemin de sa chambre.

Sur le passage en béton, les Kenyans cherchaient encore les derniers grands rats en liberté, qui se terraient dans les buissons. Dès qu'ils se montraient, ils recevaient des fléchettes dans le flanc.

– On les endort seulement, répéta l'un des Kenyans.

Sandy dîna en compagnie d'un couple d'Allemands sympathique et discret, et d'une aimable Italienne. Un employé accepta ensuite d'accompagner Sandy en l'abritant sous un grand parapluie. Grâce à un large pourboire, elle put entrer dans la chambre numéro un, tandis que le boy attendait devant. Les occupants de cette pièce étaient déjà partis. Derrière les étagères cachées par l'éternel rideau en plastique, sur un étroit pan de mur, elle trouva sept A et les dates. Avec son outil pointu, elle en grava un huitième et les dates du dernier voyage présumé d'Angie, puis sortit de la pièce et rejoignit sa chambre.

Après une douche, elle se coucha. Elle se débattait dans les rêves avec un *cheetah* qu'elle voulait porter dans ses bras chez un vétérinaire. L'animal se dégagea et devint une ombre. La pluie martelait le bunker sur le flanc de la colline. Elle se voyait flotter sur des eaux troubles et dériver vers un univers noir.

Le lendemain à sept heures, Akoua se tenait près de la voiture.

– Vous voulez toujours partir ?

– Je n'ai pas changé d'idée, répondit Sandy.

– Alors on ira, dit-il, impassible, puis il ajouta : Une employée de la blanchisserie voudrait retrouver ses quatre enfants à Homa Bay. On lui doit des vacances. Elle pourra venir avec nous.

Ce n'était pas une demande mais une affirmation.

– Très bien. Ça me fait plaisir, dit Sandy.

Avec une Kenyane dans la voiture, l'atmosphère serait moins tendue, espéra-t-elle.

Dans le ciel clair, après le déluge de la nuit, le soleil revenait doucement. Pendant qu'Akoua allait chercher la fille de la blanchisserie, une certaine Nania, Sandy retourna dans sa chambre où elle prit son petit chapeau en toile et ses grandes lunettes foncées. Elle acheta au bar deux bouteilles d'eau minérale et composa le numéro de l'hôtel à Naivasha. La ligne était en dérangement. Elle fit ses recommandations à la réception : si Mr. Landler la cherchait, elle était partie pour Homa Bay. Un garçon se précipita vers elle avec un panier de pique-nique.

– Votre déjeuner et celui du chauffeur, dit-il.

Sandy demanda ses bagages et retourna au parking, où elle retrouva le conducteur et une fille noire.

– C'est Nania, annonça Akoua.

La fille restait muette. Sandy essaya d'établir un contact.

– Je suis contente d'avoir une personne aimable avec nous.

Elle souligna le mot « aimable » – effort parfaitement inutile. Ils s'installèrent dans la Land Rover. Derrière, la fille et les bagages de Sandy prenaient toute la place.

Dès le départ, les Kenyans se mirent à bavarder en swahili. Quand Sandy demanda en souriant de quoi il s'agissait, Akoua ne daigna pas répondre. Il était manifeste que les deux complices – issus de la même ethnie – n'allaient pas partager la moindre phrase, fût-ce de courtoisie, avec la touriste.

C'était un beau matin teinté de couleurs pastel, rose, gris, noir, bleu foncé et une gamme de verts. Délimitée plus loin par les montagnes, la savane se déroulait devant eux comme un immense tapis jaune. Le sol était spongieux, par endroits les roues s'enfonçaient et tournaient dans le vide mais chaque fois, l'équilibre put être rétabli. La piste parsemée de gros cailloux semblait encore praticable. Sur le fond sonore de la conversation incessante entre la fille et le chauffeur, Sandy, recalée dans son silence forcé, amortissait avec ses bras les chocs dus aux trous et aux inégalités multiples du terrain. Les acacias aux fleurs jaune pâle et les taches verdoyantes des arbustes formaient près de la route étroite des îlots ici et là, les hautes herbes foisonnantes étaient déjà vertes. Projetés par les pneus, des fragments de boue épaisse retombaient sur le capot. Il faisait très chaud, Sandy se sentait dans un hammam roulant, elle se cramponnait à la poignée supérieure et à celle du tableau de bord. Après un heurt plus violent que les autres, elle demanda au chauffeur s'il pouvait conduire d'une manière moins brutale. Celui-ci dit quelque chose en swahili à la fille, qui rit. Sandy se retourna :

– Vous ne parlez pas un mot d'anglais ?

La Kenyane l'ignora – elle cherchait dans la boîte métallique à ses pieds une bouteille à laquelle elle but goulûment, puis elle la tendit au chauffeur. Il but sans lâcher le volant. L'eau dégringolait sur sa poitrine. Sandy comprit qu'aux moments où ils ne parlaient pas, ils correspondaient par échanges de regards dans le rétroviseur. Il rendit la bouteille à la fille.

Le temps s'étirait dans l'infini et le soleil pesait lourd. La piste décrivait un demi-cercle autour d'un paysage parsemé de groupes d'arbustes. En face, comme dans un mirage, se dessinaient les silhouettes de collines escarpées. D'une seconde à l'autre, comme s'il avait reçu un ordre, le chauffeur braqua le volant à droite, quitta la piste et fonça droit devant. La fille de la blanchisserie fit une remarque, il la rabroua.

– Vous quittez la piste ? demanda Sandy.

– C'est pour votre rapport.

– Vous m'avez dit que par ici il n'y a pratiquement plus d'animaux…

– Ça dépend, dit Akoua.

Elle décrocha le téléphone, et n'entendit que des grésillements.

– Votre standard ne répond pas…

– Il n'y a pas de voiture de notre compagnie dehors. Il a plu toute la nuit…

– Raison de plus de ne pas quitter la piste.

La fille de la blanchisserie se cramponnait à une poignée de secours, à hauteur de sa tête. La passagère gardait son calme, mais Akoua devinait l'angoisse de la femme blanche. Seule la vitesse relative imposée au moteur permettait – en provoquant une agressivité mécanique – de franchir ces obstacles mineurs, ronces accaparantes, racines saillantes enchevêtrées et branches cassées des arbustes broyés par la pluie. Sous un choc, la ceinture mal réparée de Sandy se relâcha, elle faillit heurter le pare-brise et se rattrapa aux deux poignées.

– Retournez sur la piste, dit-elle.

Le chauffeur réfléchissait. Les circonstances créées par les exigences imbéciles de la femme blanche le servaient. C'est elle qui voulait sortir de ce côté de la réserve. C'est elle qui avait insisté pour prendre des risques. Sauf qu'elle n'avait aucune idée des vrais dangers. Elle allait voir que les belles valises ne servent à rien par ici, ni le ton de commandement.

– Est-ce qu'on est encore loin d'Ololo Gate ? demanda-t-elle.

– C’est vous qui avez la carte.

Les éclats des rayons de soleil l’éblouissaient. Sandy chercha ses lunettes plus foncées dans son sac, chef-d’œuvre de la haute maroquinerie qui gisait à ses pieds. L’enveloppe bourrée de shillings y était bien visible. Avec ce fric, plus de souci pendant un an, pensa le chauffeur. Il dit quelque chose à la fille.

Au bout de plus d’une heure de lutte pour traverser une clairière bordée d’arbustes, soudain la Land Rover se trouva jusqu’à mi-pneus dans la boue. D’abord, l’incident parut mineur. A chaque pression sur l’accélérateur, la voiture prenait un élan et amorçait un bond en avant pour retomber ensuite dans son propre sillon de plus en plus profondément. A chaque essai, les pneus battaient la boue, puis ce fut le grand silence.

Akoua quitta le véhicule et le contourna; il pataugeait jusqu’à mi-mollet dans la boue. Il fallait simuler un dépannage. La fille de la blanchisserie l’observait par la vitre. Sandy ne sentait plus ses mains engourdies de nervosité. Akoua remonta dans la cabine. Il se dégageait de lui et de son pantalon gluant une odeur de vase. Il tourna la clef de contact, le moteur démarra en hoquetant.

– Qu’est-ce qu’on fait ? demanda Sandy.

– Sais pas…

Il quitta le véhicule et s’enfonça avec un malin plaisir dans la gadoue. Accoudé au capot, il hocha la tête. La fille se leva de son siège, retroussa sa jupe, l’attacha autour des hanches, puis, sans jeter un regard sur Sandy, quitta le véhicule. Sandy se glissa un peu du côté conducteur et tourna vers elle le rétroviseur. Elle n’existait pas pour les Kenyans, elle était transparente. Elle ôta ses lunettes noires. Ses paupières étaient gonflées et le blanc de ses yeux rosi à deux endroits par des veines éclatées.

Elle redressa le rétroviseur et regagna sa place, baissa la vitre puis entrouvrit légèrement la portière. Il lui fallut forcer tant il y avait de boue. Les Kenyans, comme les personnages d'une horloge, allaient et venaient, ce n'était que du spectacle. Le chauffeur attacha un câble au pare-chocs de devant. La fille l'aida à le fixer au tronc d'un arbre. Il revint et tenta de dégager un levier sous le volant, mit le moteur en marche. Le treuil ne frémit même pas.

– C'est avec ça que vous comptez nous dépanner ?

– Si vous avez une meilleure idée…

– Avez-vous essayé – côté technique – la voiture avant le départ ?

Ces questions logiques et presque banales frôlaient la dérision.

– J'aurais dû changer de voiture. Mais il n'y en avait pas d'autre…

Le conducteur ressassait les mêmes pensées. Il aurait cinq mille dollars de prime pour un gros retard. Déjà dans la poche, se dit-il. La femme blanche n'avait toujours pas compris qu'elle était dans une mauvaise situation. Elle voulait commander, elle faisait des reproches. Sandy changea de place et remit le moteur en marche. Les roues fouettèrent la boue, la voiture s'enfonça davantage, puis ce fut une fois de plus le silence.

– Jouez pas avec ça, vous allez aggraver la situation.

La fille attendait dehors, elle supportait le soleil les yeux grands ouverts, la boue, puis elle avança vers la clairière, se coupa une branche d'arbuste et la balança devant elle comme un enfant qui s'ennuie, en jetant parfois un regard vers Akoua. Ses jambes d'ébène envoyaient des messages codés. Elle cherchait un espace pour se prêter au chauffeur. Celui-ci remonta sur son siège et ouvrit la trappe devant, où se trouvaient en vrac les papiers de la voiture. Cachant sa peur, Sandy s'adressa à Akoua comme s'ils étaient dans le bureau de Nairobi.

– Je connais bien l'un des patrons de votre entreprise. Vous avez dû en entendre parler, le célèbre photographe américain ? Il s'appelle Mr. Robby Allen. C'est un ami, c'est lui qui m'a proposé vos services…

Si le chauffeur avait eu l'ombre d'une hésitation, elle venait de la dissiper. Cette femme, il fallait la liquider.

– J'ai entendu son nom, dit le chauffeur.

– Quand je lui dirai que vous êtes parti sans avoir vérifié la voiture…

– Vous, les étrangers, vous ne pensez qu'à nous menacer…

Il souriait. La femme voulait se plaindre des défauts de la bagnole à celui qui prétendait transformer Akoua en tueur à gages.

– Je constate des faits.

Elle décrocha le combiné.

– Rien, dit-elle. Votre tableau de bord est nul. C'est de l'inconscience…

Le chauffeur méprisait ces Blancs dont l'un le faisait chanter et l'autre l'agaçait. On n'avait pas besoin ici d'arrogance. Les Anglais, au moins, connaissaient la nature fière des Kenyans.

– Je vous souhaite d'avoir l'occasion de vous plaindre, dit-il. Vous m'avez forcé à entreprendre ce trajet.

– Vous avez quitté la piste.

Une forte odeur de sueur se dégageait de lui. Le dos de Sandy était humide de transpiration.

– Que faire alors ? demanda-t-elle.

– Restez dans la voiture…

– Et ensuite ?

Akoua entrouvrit la portière de son côté :

– Il est interdit aux touristes de descendre de voiture dans la réserve.

– Et vous ? Et la fille ?

– Nous sommes d'ici, dit-il.

Sandy eût aimé demander : « Les animaux – ils préfèrent s'attaquer aux Blancs ? », mais elle retint la phrase à temps. Akoua, jusqu'aux chevilles dans la boue, ne réussit guère à se faire une démarche nonchalante. Il levait difficilement un pied après l'autre. A une dizaine de mètres, le sol devint plus ferme. Il cassa une branche d'arbre, la montra à Sandy. Le silence était tel qu'il n'avait même pas besoin d'élever la voix pour être entendu :

– C'est avec ça que je me défendrai, dit-il.

Il traversa l'assemblement d'arbres et de bosquets, derrière lesquels la fille avait conquis un espace genre clairière. Akoua alla la rejoindre. Ils tournaient le dos à Sandy, ils l'avaient exclue de leur univers.

L'air épais émettait des sons, une espèce de vibration provoquée par la nuée d'insectes visibles et invisibles qu'attirait la voiture immobile. Sandy tira la portière, remonta les vitres. Elle contemplait une volée de libellules dorées. Les insectes s'accouplaient et, l'une sur le dos de l'autre, jouaient à saute-mouton et valsaient devant le pare-brise. Sandy tourna la clef de contact et réussit à écraser avec les essuie-glaces un bourdon égaré. Le chauffeur se retourna et signifia avec un geste qu'il fallait arrêter le moteur. Avant de lui obéir, Sandy décrocha une fois de plus le combiné dont le silence augmentait l'angoisse de la jeune femme. Son rythme cardiaque s'accéléra.

Elle respirait l'air chaud du véhicule. Si elle ouvrait la vitre, elle serait aussitôt victime d'une flopée d'insectes. Elle essaya de bouger, de rabattre le dossier, dont le levier rouillé devait être forcé. Agenouillée sur son siège, elle put se pencher en arrière pour retrouver l'une de ses bouteilles d'eau glissées par terre. L'eau trop rapidement avalée la fit tousser, ses efforts se transformèrent en spasmes qui la secouaient, et elle dut faire plusieurs exercices respiratoires pour retrouver un rythme normal. Elle tourna la clef de contact, le véhicule sursauta, les pneus brassèrent la boue, puis le moteur s'arrêta.

L'Américaine gardait un sang-froid apparent. Ce n'était qu'une mise en scène pour les autres et une mise en condition pour elle-même. Par un « bang » violent et solitaire, son cœur signala l'angoisse. L'extrasystole déclencha une alarme morale, car elle avait déjà expérimenté le cercle vicieux, d'abord le « bang », ensuite la peur viscérale, les spasmes et la crise de tachycardie que la panique, même inavouée, accélère. Par terre dans son sac à main, elle retrouva la petite boîte qu'elle avait cachée dans une poche extérieure, elle y prit à l'aveuglette un comprimé et le porta à la bouche. Elle tourna la tête et s'exclama : le chauffeur, de l'autre côté de la vitre, l'observait. Il avait dû revenir subrepticement pendant qu'elle cherchait eau et pilules. Elle fit disparaître la boîte, but au goulot pour débarrasser son palais du comprimé. Akoua entrouvrit la portière :

– Vous êtes malade ?

– Malade ? dit-elle. Du tout.

– Vous avez pris quelque chose…

– Mal à la tête, dit-elle. Un peu.

D'être surprise ainsi, en flagrant délit, elle se sentait livrée à des forces qui la dépassaient. La femme blanche va bientôt pleurer, pensa Akoua. Il contourna la voiture et ouvrit le coffre. Il obligea ainsi Sandy – qui voulait savoir ce qu'il manigançait – à se retourner. Elle s'agenouilla sur son siège et surveilla le chauffeur qui rangeait des objets jetés en vrac. Il souleva une couverture jaune canari, ici et là tachée de crasse.

Assez loin derrière les hautes herbes – groupées en touffes – la fille, à petits pas dansants, éveillait l'appétit du mâle. En même temps, elle fredonnait d'une voix d'oiseau. Le fait que la femme blanche pouvait les apercevoir l'emplissait d'un sentiment de satisfaction. Elle n'était pas seule, elle n'avait pas peur. La sueur coulait entre ses seins et à l'intérieur de ses cuisses.

Akoua reçut l'appel, prit la couverture, referma la portière du coffre puis s'éloigna pour rejoindre la fille, qu'il plaqua contre lui. Il ne l'embrassait pas, il se contentait de la serrer comme s'il testait la force de ses muscles. Que la femme blanche les regarde : elle verra ce que c'est, un vrai homme et une vraie femme. Il enfermait entre ses bras la fille et celle-ci sentait la pression du sexe d'Akoua. Leur peau humide de sueur, la moiteur du sol – recouvert de brassées d'herbes trempées – lançaient un appel exigeant au plaisir.

Akoua souleva la fille, celle-ci croisa les jambes autour de la taille de l'homme, cherchant l'endroit où s'allonger pendant qu'elle s'abandonnait déjà à un mouvement de rotation, en bas, en haut, en bas, en haut. En fouillant le sol avec la branche, Akoua s'assura qu'il n'y avait pas de serpents. Il évitait la proximité des arbres – souvent des petites vipères vert et noir se fondaient dans les couleurs des branches. Puis le couple s'effondra sur une couche d'herbe trempée de la pluie nocturne, des lézards affolés et des fourmis dérangées se sauvèrent.

Sandy observait l'arbre à la base duquel gisait le câble. Le soleil vertical chauffait, l'air étouffait. Avec un vaporisateur antimoustiques, elle s'aspergea, puis entrouvrit la portière et se laissa glisser jusqu'à mi-mollet dans la boue à peine tiède. Le dégoût faillit la faire remonter aussitôt dans la voiture. Elle pensa à la boîte de secours qu'elle avait, à chaque voyage, selon les prescriptions médicales, préparée pour Angie. Sandy ne l'avait pas prise, cette boîte. Elle se souvint des informations concernant les vipères qui pullulent à l'époque des pluies. Décidée à en finir avec sa captivité, dégageant difficilement une jambe après l'autre, elle avança dans la fange vers la terre plus ferme.

Elle aperçut derrière le rideau d'herbes hautes et jaunes le couple emmêlé. A voir les mouvements de son dos, l'homme devait donner des coups de boutoir à la fille. Sandy échappait à l'attention du chauffeur, c'était déjà ça ! Au bord de la nausée, elle examina ses jambes à tour de rôle. Pas de sangsue, juste la crasse. Elle réussit à atteindre l'arbre, elle souleva le câble et constata qu'il avait été tourné autour du tronc, mais au bout il n'y avait pas de fixation. Cette opération n'était donc qu'une mise en scène.

Elle jeta un coup d'œil vers le couple ; maintenant la fille chevauchait l'homme. Ses cheveux bouclés entouraient sa tête en couronne. Empalée sur l'homme elle ressemblait à un animal mythique surgissant de la broussaille au rythme pulsionnel de son corps. Sandy avança, examina les feuillages au-dessus de sa tête, aucun son ne lui parvenait, les insectes restaient assez loin, l'odeur de la citronnelle les chassait. Elle supposa que le chauffeur avait quitté la piste avec l'intention de l'effrayer : il serait maintenant pris à son propre piège. Que voulait-il ? Elle avait des sommes considérables dans son sac et des bagages provocants. Elle examina encore le bout du câble, puis les alentours. La boue profonde s'étendait sur plusieurs mètres, mais une voiture équipée pour ce genre de risque devait pouvoir sortir de cette bouillasse redoutable.

Près d'une termitière, elle trouva une branche cassée qu'elle ramassa pour s'y appuyer et se défendre. Les termites continuaient leur va-et-vient à la fois agité et ordonné. Selon la carte, Ololclo Gate n'était pas loin. Loin ? A quatre ou cinq kilomètres ? Elle guetta le ciel : une pluie de plus les aurait achevés. Sur une branche de l'arbre, près d'elle, pas tout à fait au-dessus, elle aperçut une forme allongée, marquée d'un dessin noir en zigzag sur un fond vert foncé comme les feuilles. Sans doute une vipère verte et noire de la savane.

En se précipitant vers la voiture, la pensée lui vint de son imprudence à s'aventurer seule dans de telles conditions et elle s'accusa d'avoir été peut-être excessivement autoritaire. N'avait-elle pas pris trop d'argent en espèces ? Et n'avait-elle pas exposé involontairement ces billets de mille shillings ? Pourtant, elle avait loué la voiture d'une agence dont un patron était une de ses relations américaines. Après analyse de la situation, elle conclut qu'elle pouvait se montrer inquiète, énervée, impatiente, vindicative parce que la voiture n'avait pas été vérifiée avant le départ, mais en aucun cas elle ne devait trahir sa peur.

Le soleil frappait. Fallait-il se rapprocher de la voiture ou attendre à côté, dehors ? Un paquet d'insectes tourbillonnait autour d'elle. Bientôt la citronnelle ne servirait plus à rien. La chaleur transformait l'humidité de l'air et du sol en vapeur.

Quand le chauffeur et la fille émergèrent des hautes herbes, Akoua constata l'initiative de Sandy. Il ne pourrait jamais se justifier si sa passagère disparaissait pendant qu'il faisait l'amour, lui, le responsable. Il s'essuya le front avec son avant-bras.

– Vous faites quoi, dehors ? s'exclama-t-il.

Sandy répondit, calme :

– Je vais retourner jusqu'à la piste que vous avez abandonnée…

– Vous n'avez pas le droit.

– Le droit ? Vous plaisantez ?

– Il est interdit de s'éloigner de la voiture.

– Vous racontez n'importe quoi !

Elle l'exaspérait.

– Je suis chauffeur et guide aussi. Responsable de mes clients.

– Quelle chance ! dit-elle. Vous êtes donc responsable de moi. Vous expliquez comment l'abandon de la piste ?

Sandy se méfiait de plus en plus.

– Je vous propose une solution : allons tous les trois vers la piste…

– Vous marcherez plus de dix kilomètres dans la chaleur et la boue ? Il ne faut pas abandonner la voiture. Il faut attendre.

– Quoi ? Votre téléphone est en panne…

– Ça, je n'y peux rien. Parfois ça marche, parfois non.

Elle insista :

– Les organisations de safaris prennent la piste que vous avez quittée. Je préfère bouger que de rester…

– Vous n'arriverez pas à la piste, dit-il, presque menaçant. Voilà ce qu'on va faire. Pour la nuit, je vais m'installer avec la fille sur le toit de la voiture.

– Vous parlez de la nuit, il est midi…

Il continua :

– Quand on n'aura plus de phares parce que la batterie sera à plat, les animaux s'approcheront. Le lion a une odeur très particulière, ça, vous le sentirez, même de l'intérieur. Et vous ne bougerez pas, je vous le garantis.

– Alors les animaux ne sont pas encore en vacances, tous au Serengeti ? demanda-t-elle.

Elle ne pouvait pas s'empêcher de réagir. Tant pis si elle mettait Akoua en rage. Pourtant, elle avait plus peur de lui, des serpents ou des insectes que d'un lion. Elle ne croyait pas du tout à l'histoire du lion.

– Vous ne savez rien de la réserve, cria le chauffeur. Les animaux…

Sandy l'interrompit :

– Ce qui en reste…

– Vous ne savez rien, répéta-t-il.

En balançant des hanches, la fille de la blanchisserie revenait aussi vers la voiture. Elle s'arrêta à quelques mètres et, avec un bout de sa jupe, s'essuya les cuisses. « Dans notre futur centre social, le premier devoir sera d'expliquer la nécessité du contrôle des naissances, l'utilité des préservatifs. Ce n'est pas notre mentalité qui doit s'adapter à la leur, mais leur comportement qu'ils doivent calquer sur le nôtre… », lui avait un jour expliqué Angie, blonde, transparente, aux mains d'une rare finesse, ornées d'une seule bague d'un diamant blanc pur, comme elle. Qu'aurait-elle fait, Angie, là ? Maintenant ?

Le couple kenyan affichait une détente remarquable. Epanouis, l'homme et la femme s'amusaient, échangeaient des regards lascifs et d'une insolente nonchalance. C'est ce tempérament qu'Angie voulait changer en élaborant des budgets savants ? Sandy, parcourue d'un rire nerveux, hocha la tête et se mit à chantonner. Ils la regardaient. La femme blanche n'avait aucune raison de rire. Son argent ne servait à rien, sa belle valise non plus, son arrogance encore moins. Le conducteur passait mentalement en revue tous les projets possibles pour en finir avec la passagère. L'entreprise semblait infiniment difficile.

– Qu'est-ce qui vous fait rire ? demanda Akoua.

– Je ne suis jamais en retard, répliqua-t-elle, et aujourd'hui, mon patron va m'attendre à Homa Bay. Ce qui m'amuse, c'est l'ampleur du drame. Tout le monde va nous chercher. Mr. Allen enverra les voitures à notre recherche, un hélico peut-être pour nous repérer. Que dira-t-il de votre voiture défaillante ? Non vérifiée au départ ?

Akoua restait songeur. La femme blanche manquait d'instinct. Elle n'avait pas compris que le détour était voulu et la panne aussi. Le plan réussissait mieux qu'il ne l'espérait.

La fille de la blanchisserie ouvrit la portière pour prendre sa bouteille d'eau, puis repartit vers la clairière. Sandy cherchait les raisons de cette trop paisible attente. Akoua aurait-il donné rendez-vous à des braconniers ou à l'un des gangs qui sévissaient de ce côté-là, à des réfugiés qui végétaient en clandestinité ? Elle reprit sa place dans la voiture, se nettoya comme elle put les jambes et ôta ses chaussures couvertes de boue. Elle but encore un peu d'eau.

Par la portière arrière, le conducteur prit le container isotherme avec les sandwiches que le cuisinier du lodge de Masaï Mara lui avait préparés. Il referma brutalement sans rien proposer à Sandy. Elle extirpa de son sac quelques biscuits qu'elle grignota – il fallait sauver la face, ne rien demander, ne rien remarquer, et surtout ne pas laisser échapper le rythme, pour le moment calme, de sa respiration. Devant elle, les arbres semblaient se multiplier, s'épanouir, puis s'enfoncer dans la terre molle. Elle fermait de temps à autre les yeux, mais l'obscurité parsemée d'étoiles brillantes et de petits carrés jaunes éveillait ses angoisses. Elle tentait de se rassurer : si Eric ne la voyait pas arriver à l'hôtel des Touristes à Homa Bay, il la cherchait par tous les moyens, en alertant le bureau de Jungle-Safaris à Nairobi et surtout Robby Allen.

Soudain, le bruit d'un avion ! Elle se précipita à l'extérieur, sans souci de la boue, et s'écarta du véhicule. Un petit avion traversait le bleu éclatant du ciel, en traînant dans son sillage une légère trace blanche. Elle agita les bras et se mit à crier. Proches des bosquets, assis sur un tronc d'arbre mort, le chauffeur et la fille mangeaient. Il lança de loin :

– Pas la peine. Il ne vous verra pas.

Ils riaient. La touriste blanche n'avait qu'à crever avec son autorité, ses belles valises et son fric. Elle faisait partie de la race régnante, celle qui exploite les Noirs, même si elle les paie bien. Celle qui croit que les Noirs sont nés pour être des serviteurs. Les Blancs prétendent que tous les hommes sont égaux. C'est ridicule.

Le passage de l'avion ne laissa rien que la nature immobile et silencieuse. Parfois l'air répercutait quelques mots en swahili, Sandy aurait aimé qu'Akoua et la fille l'invitent à partager le repas et l'attente. Mais ils se maintenaient à l'écart – n'étaient-ils pas des subordonnés ? Un gros insecte, le dos strié de lignes jaunes, tournait autour de Sandy, gourmand, peu soucieux de la citronnelle, attiré par cet épiderme plutôt rare par ici. Sandy avait beau le chasser, l'insecte, un robot volant, la cernait de plus en plus. Alors elle remonta dans la voiture et referma la vitre. Pour lutter contre la panique qui la paralysait, elle décida de s'occuper et d'ouvrir sa valise. La petite clef du cadenas était dans son sac à main. Et elle se vit tout à coup, l'imbécile, à chercher au milieu d'une réserve africaine, dans son sac à main sorti d'une maroquinerie mondialement célèbre, la clef d'un petit cadenas. Elle la trouva. En rabattant le dossier de son siège, elle réussit à ouvrir sa valise d'où elle tira l'une de ses baskets, puis elle chercha l'autre.

Tout ce qu'elle faisait avait l'air tellement laborieux que la fille, curieuse, s'approcha. Elle mâchait quelque chose, traînait la couverture jaune et, pour voir de plus près la valise ouverte de Sandy, elle ouvrit le coffre sous prétexte d'y ranger la couverture. Sandy referma prestement sa valise et, abandonnant les baskets, quitta la voiture pour s'engager vers la piste abandonnée.

– Hé ! cria le chauffeur qui se précipita vers elle. Vous allez où comme ça ?

– Je ne vais pas attendre là toute la vie.

– S'il y a un contrôle, vous payerez une amende.

– Je ne demande que ça, un contrôle…

– Retournez dans la voiture. Je suis responsable de vous.

– Vous vous êtes assez moqué de moi. Ça suffit.

Il se dressa devant elle :

– Retournez dans la voiture.

– Non.

– Mais si !

Il la saisit par le bras et la força à faire demi-tour. Il était lourd, sentait la sueur et la haine. Elle ne supportait pas qu'il l'oblige à rentrer dans le véhicule. Pour elle, c'était une défaite, mais elle n'avait plus la force de se dégager. Elle remonta, contrainte et forcée, sur son siège, décrocha le téléphone, mais ses appels étaient absorbés par le silence. Le chauffeur ouvrit la portière et l'interpella brutalement :

– Vous devez vous reposer. Dormir. La journée va être longue.

– Fichez-moi la paix ! Je n'ai pas sommeil…

Elle voulait rester à égalité :

– Vous, vous auriez envie de dormir ?

– Je parle de vous, dit Akoua.

Le blanc de ses yeux était injecté de veinules rouges éclatées. Ses traits étaient marqués, ses lèvres blessées.

– Dans cette chaleur, il faut dormir, répéta-t-il. Je sais mieux que vous ce qu'il faut faire.

Il ouvrit la deuxième portière et se hissa sur le siège, derrière Sandy, après avoir poussé la valise vers le coffre. L'Américaine détestait cette présence pesante; l'homme respirait fort, comme quelqu'un qui a le trac. Ce qu'on exigeait de lui était plus difficile qu'il ne l'avait cru. Il transpirait.

– Que faites-vous? Mettez-vous de l'autre côté. Votre présence me gêne.

– Parce que je suis noir?

– Bêtises, dit-elle.

Puis elle ajouta – rapidement, tout bas, comme pour elle-même :

– N'importe quel mec blanc, derrière mon dos, m'emmerderait.

– Comment? dit Akoua. Répétez.

– Allez ailleurs.

C'était difficile de discuter avec quelqu'un qu'elle ne voyait pas. Tout son corps lui faisait mal.

– On est à l'abri du soleil ici, dit-il. J'ai le droit de me reposer.

La nuque frêle et blanche de Sandy paraissait plus provocante que jamais entre le col de sa chemise en tissu de jean et la bordure du chapeau de toile. Un seul coup du tranchant de la main et elle cesserait de respirer. Il aurait pu aussi lui empoigner la tête, la tourner violemment, rompre ses vertèbres cervicales et déposer le corps près du bosquet. « La femme blanche n'aurait pas dû courir. Elle a eu peur d'un serpent. Son pied s'est accroché dans une racine. Elle a fait une chute, mauvaise… » Sandy, tétanisée, pensa à Angie.

Elle entendit la respiration s'accélérer derrière elle, l'odeur de sueur se mua en odeur de peur. La fille de la blanchisserie, repartie vers la clairière, leur tournait ostensiblement le dos. Savait-elle ce qui allait se passer ? Akoua avait tout l'air de préparer un mauvais coup. Elle ne voulait participer qu'au résultat. Au partage. Un chemisier blanc et brodé au col, aperçu dans la valise, l'intéressait.

Akoua respirait par saccades. Tuer, c'est facile en théorie. Provoquer un accident sur la route, peut-être, mais utiliser ses mains pour rompre ce cou immobile et arrogant tenait de l'irréel. La fille blanche se pencha à droite, vers le siège vide du conducteur, et fit ce qu'Akoua détestait le plus. Elle tourna le rétroviseur vers elle et, avec une impertinence insupportable, ôta son chapeau, secoua sa chevelure, cette masse de soie bizarre, pas raide mais pas bouclée comme celle des femmes noires, et avec une petite brosse se mit à se coiffer. Le regard haineux d'Akoua passa dans le rétroviseur. Sandy tenta de camoufler sa panique derrière des gestes futiles. Dans un dernier sursaut de courage – il fallait provoquer ou crever –, elle prit dans son sac son rouge à lèvres et se mit à dessiner les contours de sa bouche.

Le chauffeur la regardait en pensant à certaines femmes de son pays qui devaient se prostituer pour vivre, dans la banlieue de Nairobi. Elles couchaient avec des camionneurs, qui parcouraient les routes interminables et se distrayaient de temps en temps avec des filles.

Akoua leva la main, prêt à frapper. L'Américaine aperçut le geste, sursauta, ouvrit la portière et se glissa dehors dans la boue. Elle avait eu le réflexe de prendre ses lunettes. Elle fit face au conducteur :

– Vous vouliez me dire quelque chose ?

– Vous ne devez pas quitter la voiture, bégaya-t-il.

– Tiens donc !

Comme si de rien n'était, sans se soucier de la gadoue qui lui collait aux jambes, elle alla vers le coffre et réussit à l'ouvrir.

– Qu'est-ce que vous faites, là ?

Comme un fauve échappé de sa cage, il était près d'elle, derrière elle. Il n'avait jamais songé à la posséder, il détestait par principe les femmes blanches. Mais une sourde haine mêlée de jalousie l'envahissait, car il pensait aux femmes de sa race. Elles se démolissaient à travailler comme les hommes, pendant que les créatures blanches, minces, aux seins fermes, transportaient des sacs pleins de fric. L'Américaine fit une tentative désespérée :

– Dites à la fille de revenir, je voudrais lui donner un cadeau pour ses enfants.

Pour une raison inexplicable, l'homme obéit. Il y avait en lui, à côté du futur assassin, sa doublure, le serviteur habitué à ne pas contrarier les maîtres. Il appela la fille qui se retourna, étonnée, pour écouter les paroles prononcées en swahili. En revenant vers la voiture, elle réfléchissait : cette Américaine n'aurait jamais dû s'aventurer sur la route avec Akoua. Elle le connaissait, c'était un jaloux et un violent, comme souvent les êtres qui n'ont pas confiance en eux. Elle-même avait subi un jour une raclée pour un rien.

La femme blanche ne devait pas donner des cadeaux dans la situation où elle se trouvait. De toute façon, le bagage appartiendrait bientôt à Nania. Ils raconteraient à la police qu'ils avaient été attaqués par des clandestins. La Blanche avait voulu s'enfuir, elle était tombée. Les voleurs avaient pris les affaires, l'argent, abandonné le corps et la voiture immobilisée.

Au regard de la fille, Sandy comprit qu'elle avait perdu.

– Je pensais à vos quatre enfants…

La fille répondit dans un anglais rudimentaire :

– Pourquoi vous pensez à mes enfants ?

– J'aime les enfants, dit Sandy qui sentait la sueur couler dans ses yeux.

Elle proposa quatre billets de cinq cents shillings à la fille qui hésita à tendre la main – elle allait tout avoir, pourquoi se contenter d'un pourboire ? Akoua, désorienté, regardait la scène. Soudain il repéra un petit serpent, une de ces vipères qui ne se montrent dans la journée qu'à l'époque des pluies. Il écrasa la tête du reptile marron qu'il balança brusquement vers Sandy. Croyant la vipère vivante, elle poussa un hurlement et se précipita en direction de la piste abandonnée. C'est alors que très loin, presque à ras de terre – là où le ciel et la savane jaune et verte se confondaient – quelque chose de blanc. Un point blanc bougeait.

– Là-bas, cria-t-elle en tendant le bras. Là-bas…

Elle haletait. Akoua repoussa du pied le cadavre de vipère.

– Je voulais juste vous montrer un serpent, pas la peine de vous sauver.

– Là-bas, répéta Sandy. Peut-être une voiture !

Le papillonnant phénomène blanc se déplaçait sur la ligne lointaine de l'horizon.

– La piste, cria Sandy. C'est là-bas, sur la piste que vous avez quittée. Par ici !

– Ils ne nous verront pas, on est trop loin. Arrêtez de crier.

Dans le coffre resté entrouvert, Sandy aperçut la couverture jaune. Elle revint en courant la chercher.

– Venez, ordonna-t-elle à la fille. Tout de suite.

Le chauffeur adressa à Nania un signe perceptible qui voulait dire « non ». Sandy prit la couverture jaune et commença à la secouer.

– Venez.

La fille, du regard, interrogea Akoua, qui détourna la tête.

– Tout de suite. Ici, répéta Sandy.

La fille n'osa plus résister. Sandy lui tendit la couverture et les deux femmes, tenant les quatre coins du tissu épais, crasseux, effiloché, le tendirent comme un écran et le firent basculer de droite à gauche.

– Ça ne sert à rien, dit le chauffeur.

Il prononça quelques mots en swahili. La fille fit un geste de la tête vers Sandy, pour faire comprendre que c'était sa volonté. Peu à peu, l'objet blanc s'approchait.

– Une voiture ! s'exclama Sandy.

Elles continuèrent à agiter le tissu jaune et, après des minutes épuisantes, l'Américaine distingua un pick-up car. La petite camionnette s'approcha et s'arrêta à une quinzaine de mètres. Un homme aux cheveux blancs, aux yeux bleus, suivi d'une petite femme ronde et vive, en était descendu ; ils étaient accompagnés d'un jeune homme d'une trentaine d'années.

– Hé ! dit l'homme en anglais. Vous êtes en panne ?

Sandy renonça à traverser la boue.

– Aidez-nous, dit-elle. On a des gros problèmes. Merci d'être venus. Merci.

L'homme – que sa femme avait rejoint sur une bande de terre plus solide près de la clairière – s'approcha jusqu'au piège à boue. Il s'adressa à Akoua :

– Pourquoi n'avez-vous pas actionné le câble ?

Akoua s'éloigna en marmonnant, l'air plutôt embarrassé.

– Nous sommes anglais, dit la femme en s'adressant à Sandy. Mon mari était pilote, il est à la retraite et mon fils…

Le jeune homme se rapprocha.

– On va vous aider, dit-il.

– Il est ingénieur. Nous sommes en vacances. Que faites-vous là ? Avec ces gens-là ?

– Je suis américaine, je prépare un rapport sur le Kenya. C'est une voiture louée. Le chauffeur est un incapable. On s'est embourbés.

– Exprès, ajouta l'ex-pilote.

A quelques mètres, les deux Noirs figés constituaient un front face aux anciens occupants, les Anglais.

– Je fais partie d'une fondation, mon nom est Sandy Davis. Je rédige donc un rapport…

– Je m'appelle Brenton, dit l'ex-pilote. Voici ma femme Judy et notre fils Jeremy.

Sandy ne put s'empêcher de sourire intérieurement, tellement ces courtoises présentations au-dessus du marécage semblaient insolites.

– Il vous a conduite dans un endroit impossible, continua l'ex-pilote. Si vous n'aviez pas envoyé des signaux, on ne se serait pas approchés. Nous pensions que vous observiez des animaux.

Tandis qu'Akoua suivait attentivement les propos des Anglais, Nania, visiblement apeurée, meurtrissait un pan de sa jupe. Il les détestait, eux et tous ces Blancs qui se tenaient les coudes et se réconfortaient entre eux.

Judy encouragea Sandy :

– Avec ces deux-là, mon mari et Jeremy, rien n'est impossible. On va vous sortir d'affaire.

Les Anglais avaient déjà occupé le terrain. Commandés par l'ex-pilote, munis de planches étroites qu'ils avaient sorties du pick-up car, ils s'approchèrent de la Land Rover. Jeremy appela le chauffeur :

– Il faut y aller. Les pelles sont inutiles.

Il lui ordonna d'un geste de s'agenouiller – comme lui – et de commencer à dégager à mains nues un espace devant les pneus pour pouvoir y glisser les planches. L'ex-pilote alla examiner le câble :

– Nul, dit-il. On ne peut rien faire avec ça – il en brandit un bout. Rien. Votre chauffeur n'a aucun sens des responsabilités.

– Sans votre loque jaune…, commença Judy.

Elle ne termina pas la phrase. Sandy se confondait en remerciements. Elle était tentée de dire ce qu'elle pensait de son chauffeur, mais elle préféra attendre le moment.

– On va essayer de remorquer la voiture avec la nôtre, dit Jeremy. Ça ne va pas être facile, la Land Rover est lourde comme un char d'assaut et très enfoncée.

Les hommes attachèrent le câble du pick-up car, que Jeremy avait amené en contournant le bosquet. Pendant l'opération, Judy expliqua à Sandy qu'ils étaient en vacances au Kenya et qu'ils devaient se rendre chez des amis qui possédaient une plantation de thé près de Kericho. Ils avaient fait un détour sur la piste pour jeter un coup d'œil à la réserve et s'apprêtaient à reprendre la direction de Narok pour retrouver une route goudronnée.

– Si on ne peut pas dégager la voiture, il faudra qu'on vous prenne avec nous. Ce sera compliqué, continua Judy, parce que devant il y a juste les trois places et derrière, c'est le dos cassé garanti. On n'est pas loin d'Ololololo Gate. Où allez-vous ?

– A Homa Bay.

– Nous ne connaissons pas encore le lac Victoria, dit Judy.

Enfin attachée au pick-up, la Land Rover résistait. Jeremy s'exclama :

– Ce n'est pas possible ! On dirait que le chauffeur sabote le démarrage ! Je vais prendre sa place.

Akoua dut quitter le véhicule.

– Nous pourrions aller jusqu'à Olololo Gate, proposa Judy, et vous envoyer de l'aide.

Sandy fut prise de panique :

– Ne m'abandonnez pas ! Je m'installerai près de la bâche. Derrière. Je préfère avoir le dos cassé que de rester ici.

– Si Jeremy n'avait pas eu une hernie discale, il n'y aurait pas de problème. Mais on ne peut guère l'exposer aux secousses. Pourquoi s'est-il éloigné de la piste, ce chauffeur ? demanda l'Anglaise.

– Je ne sais pas.

Judy déplia la carte de la région, qu'elle avait gardée à la main.

– Homa Bay est de l'autre côté de la montagne. On pourrait vous escorter, et ensuite reprendre la route goudronnée, continuer sur Kisumu et arriver après ce détour à Kericho.

– On est en vacances. Autant ne pas rater le lac Victoria, dit l'ex-pilote.

Au huitième essai, la Land Rover fut enfin arrachée à la boue. Judy applaudit. Sandy poussa un soupir et prononça, émue :

– Un immense merci.

Le chauffeur se désintéressait des manœuvres dont il avait été exclu. D'un air maussade, il se dirigea vers la Land Rover sauvée de la boue. Il y eut une consultation familiale entre les Anglais. Puis l'ex-pilote, accompagné de son fils, revint vers Sandy.

– On va vous suivre, dit Jeremy. Si votre voiture tombe en panne, je m'installerai à l'arrière du pick-up car et mes parents vous prendront devant. Je ne suis pas si fragile que ça. Votre Land Rover doit avoir plus de quinze ans, aucun équipement ne marche, le téléphone est bon pour la ferraille…

Judy haussa les épaules :

– Nous sommes en Afrique, Jeremy.

Le jeune homme protesta.

– En général, les organisations de safaris louent des voitures parfaitement entretenues. Bref, pas la peine d'épiloguer. Essayons d'atteindre Olololo Gate. Il faudrait se laver un peu là-bas…

Les voitures, comme les hommes, étaient gluantes de boue. Brenton prévint Akoua de leur décision de suivre la Land Rover. Le Kenyan ne cacha pas son hostilité. Leur affrontement les rejetait cent ans en arrière.

– Votre chauffeur est désagréable, dit Judy.

– Si vous nous suivez, il marchera droit.

– C'est votre premier voyage en Afrique, n'est-ce pas ?

– En effet. C'est tellement visible ?

– Vous croyez à votre logique. Il a la sienne.

– Et quelle est sa logique ? insista Sandy.

– Il se sent mal dans une situation qui n'est pas due uniquement à l'état de la voiture. Il y a sûrement une autre raison.

– Ma femme est un peu médium, dit l'ex-pilote. Elle nous a annoncé il y a déjà une semaine un événement imprévu. C'est vous.

Judy sourit :

– Mais je ne suis pas assez médium pour deviner s'il y a des hôtels à Homa Bay.

– Mon patron a réservé deux chambres. Je vous invite dans la mienne. Lui hébergera votre mari et votre fils.

– L'espoir d'une douche donne des forces, dit Judy. Le destin est étrange : on était tentés par le lac Victoria, on y avait renoncé, et on y va quand même.

Sandy remonta dans la Land Rover, le chauffeur reprit sa place, la fille, derrière, regardait ostensiblement par la vitre. Après un redémarrage laborieux, suivis de près par les Anglais, ils passèrent cahin-caha à travers la broussaille, écrasant les arbustes et déchirant les ronces.

Ils arrivèrent vers trois heures de l'après-midi à Ololololo Gate. Les montagnes autour, qui de loin paraissaient chauves, on les découvrait couvertes d'herbe encore sèche. L'Ololololo Gate consistait en deux piliers sommaires reliés par une poutre en béton. Un gardien somnolait derrière une minuscule table placée à l'ombre. Il était obligatoire de signer un registre, d'y inscrire les numéros d'immatriculation – c'était la preuve que les voyageurs avaient quitté la réserve. A une vingtaine de mètres à droite, un groupement de baraques assurait un service d'hygiène ; il y avait même une douche malingre et des toilettes. Les Anglais et Akoua s'y précipitèrent. Nania les suivit.

Sandy préféra rester seule un moment, le temps de reprendre ses forces. Elle s'était déchaussée dans la voiture et essuyait vaguement avec un tee-shirt ses pieds gris de boue. Elle avait décidé de rester telle qu'elle était jusqu'à Homa Bay et là-bas, de jeter ses vêtements maculés. Elle sentait sa sueur, son visage la brûlait, la fatigue l'accablait et des élancements traversaient sa poitrine. Il était urgent de prendre ses médicaments sans témoin, boire, et sentir l'eau couler sur sa poitrine. Un semblant de liberté.

Elle avala un quart de comprimé qui devait modérer son rythme cardiaque. En cherchant dans sa valise, penchée par-dessus le dossier rabattu de son siège, une paire de chaussettes, elle aperçut le sac de Nania fermé par une grosse ficelle. Elle l'ouvrit, fouilla, trouva une pièce d'identité dans une pochette en plastique. La fille ne s'appelait pas Nania, et l'adresse du domicile était Rongo, pas Homa Bay. Elle glissa la carte dans le sac qu'elle referma et ouvrit la boîte en métal qui pendant le trajet se trouvait par terre aux pieds de la fille – avec les affaires du chauffeur. Elle y découvrit un téléphone portatif sans tonalité. Elle n'eut pas le temps de l'essayer : Judy revenait, chargée de bouteilles de Coca-Cola et de chips dans de grands sachets en plastique.

Son visage buriné éclatait en mille rides lorsqu'elle souriait. Elle avait le style « naturel » – un chapeau, même pas de lunettes – et une énergie peu commune émanait d'elle.

– Ça va mieux ? demanda-t-elle en tendant une bouteille de Coca à Sandy. Vous avez eu un malaise, non ?

Pouvait-on cacher quelque chose à cette femme ?

– J'ai aussi une bouteille d'eau pour vous. Il y a une boutique, on ne la voit pas ici. Dites…

Elle s'approcha de la vitre baissée de Sandy :

– Qu'est-ce qui vous a prise de partir seule avec ce type ?

– C'est une voiture de location. La sympathie n'avait pas grand rôle à jouer dans cette affaire.

– Je vous le dis, il est fou furieux, reprit Judy en croquant ses chips. Il nous a complètement ignorés là-bas… Pas un mot. Pas le moindre remerciement. Rien. Vous n'avez pas besoin de faire pipi ?

– Non. Je suis un peu choquée, je récupère comme je peux.

– J'ai réfléchi, on peut vous installer à la place de Jeremy. Il est costaud et serviable. Une bonté de garçon. C'est moi qui ai voulu le ménager.

– Attendons encore, dit Sandy.

– Espérons que votre chauffeur sera plus aimable pour le reste du parcours. La bonne femme qu'il traîne n'est pas un cadeau non plus.

– Dans trois heures, on sera à Homa Bay. Là-bas, je lui dirai ses quatre vérités.

– Vous faites quoi, ici ? Seule, hors saison, Américaine…

– Un rapport pour une fondation. Avant de verser aux Kenyans des sommes considérables.

– Tout va disparaître dans leurs poches !

– Nous avons des interlocuteurs d'une honnêteté exemplaire.

– Vous avez de la chance, constata Judy qui prit une gorgée de Coca-Cola à la bouteille.

– Nous avons nos exigences, dit Sandy. Mon patron est en discussion avec eux. Il ne cesse de réclamer des garanties.

Les autres revenaient tous des cabanons sanitaires, l'ex-pilote, Jeremy, le chauffeur, la fille. Ils marchaient côte à côte, silencieux. Brenton s'approcha de Sandy et murmura :

– Ce chauffeur, qu'est-ce qu'il a contre vous ?

– Je ne sais pas. Il est bien payé.

– Il a une dent contre tout le monde, dit Jeremy.

Judy intervint :

– Tu pourrais changer de place avec Sandy et t'installer, toi, à côté du chauffeur. Ça, c'est une idée !

Sandy intervint :

– Accident assuré.

– Si on n'était pas anglais, ce serait plus facile, commenta Jeremy.

– Croyez-vous ? fit Sandy. Je suis américaine et il me hait.

– C'est ça, l'être humain, conclut Judy.

Ils quittèrent presque à regret le poste de surveillance d'Olololo Gate.

– Je connais l'itinéraire, dit Sandy au chauffeur qui s'installa derrière son volant avec un soupir. On va en direction de Lolgorien, Kilkoris, Kisii et ensuite, à partir de Nyan-gusu, on trouvera une route goudronnée jusqu'à Homa Bay.

– Moi aussi, je connais la région, répliqua Akoua, qui fit bondir la voiture.

La Land Rover avançait sur la piste parsemée de pierres ; derrière eux, le pick-up car luttait avec la pente raide. Ils atteignirent enfin un plateau signalé sur la carte – Moïta, plus de mille cinq cents mètres d'altitude –, un espace couvert d'acacias de taille moyenne, aux branches hérissées de piques de plusieurs centimètres de longueur. Les dards écorchaient la voiture. Il fallait fermer les vitres. La piste avait presque disparu. Akoua forçait le passage dans cette forêt de sabres. Il orienta le rétroviseur d'une telle manière que lui seul pouvait apercevoir la camionnette.

– On va perdre les Anglais ! cria Sandy.

La vieille Land Rover, animée d'une vigueur inattendue, roulait comme un char d'assaut parmi les arbres tueurs. Akoua, cramponné au volant, appuyait sur l'accélérateur à fond, exprimant par là sa colère et son désarroi. Il avait manqué des occasions uniques. Cette passagère péremptoire méritait son sort. Il n'avait pas encore dit son dernier mot, pensa Akoua pour se consoler. L'éjecter de la voiture parmi les arbustes et les ronces ? Impossible. Il fallait d'abord semer ces maudits Anglais qui, avec leur voiture ridicule, tenaient le rythme.

Sandy voulut examiner une fois de plus la carte et pour la déplier dut lâcher les poignées auxquelles elle se cramponnait. Le véhicule bringuebalait sur les cailloux, sa ceinture allait lâcher.

– Vous vous écartez de la piste. On est entre Oyani et Kilkoris.

Le chauffeur donna un coup de frein qui fit basculer Sandy en avant et la ceinture expira. Elle réprima un cri et se retourna. Les yeux de la fille, qui se cramponnait elle aussi aux poignées de la porte, exprimaient la peur. De quoi ? De cette course folle ou de se retrouver bientôt en tête à tête avec le chauffeur ? Ne l'avait-elle pas trahi en aidant Sandy à faire des signaux de détresse avec la couverture jaune ?

– Il faut attendre les Anglais, déclara Sandy.

Le soleil martelait le pare-brise sur lequel s'écrasaient, en laissant des traces jaunes et rouges, de gros insectes.

Elle se contorsionna pour apercevoir dans un angle du rétroviseur le pick-up car. La camionnette bringuebalait sur les obstacles qui hérissaient le sol et subissait les coups de cravache des acacias sauvages.

Pour une raison qui ne devait rien à l'insistance de Sandy mais tout au moteur qui s'était mis à fumer, le chauffeur avait ralenti, puis arrêté la Land Rover. Immobile, il semblait fatigué. Peut-être assumait-il difficilement ses émotions contradictoires et l'échec de ses projets. La femme blanche était toujours là, en forme. Jamais il ne pardonnerait à Nania d'avoir apporté son aide. Sans elle, la cliente n'aurait pas pu agiter la couverture qui avait attiré l'attention des Anglais. Le Kenyan avait été trahi par sa compatriote, alors qu'elle aurait dû le servir aveuglément, sans réfléchir. Quant à lui, il avait trop hésité. Jeté par terre comme si elle était tombée en courant pour s'enfuir, le corps de la Blanche serait resté dans des bosquets. Lui, il serait revenu à pied avec la fille jusqu'à la piste. Ils auraient expliqué la panne à leur manière.

Il se tourna vers Sandy :

– Ne criez pas tout le temps.

– Je suis bien obligée. Vous ne m'écoutez pas.

Les Anglais venaient de s'arrêter derrière la Land Rover, presque pare-chocs contre pare-chocs. L'ex-pilote s'en était extirpé. Malgré le traitement infligé par la route, il avait gardé sa prestance. Il écarta pour se préserver le visage une branche d'acacia-couteau et ouvrit la portière de la Land Rover.

– J'aimerais vous parler, Sandy.

Elle descendit.

– Votre chauffeur est un fou dangereux. Mon fils pourrait prendre votre place, mais comme je le connais, ils vont s'entre-tuer. D'un autre côté, si vous restez dans ce véhicule, il va provoquer un accident.

La chaleur moite transformait les vêtements en compresses humides. Les insectes bourdonnaient autour de leurs visages.

– Il m'en veut, ce type, dit Sandy. Depuis le début, il est méchant. Je ne comprends pas.

Akoua, descendu de l'autre côté, s'était éloigné de quelques pas pour soulager sa vessie. La fille – comme une statue oubliée – resta à l'intérieur.

– Ma seule sécurité, dit Sandy à Brenton, c'est vous. En cas d'accident, vous pouvez le dénoncer à la police et surtout prévenir mon patron.

– Vous croyez que c'est une solution ?

Jeremy vint les rejoindre, préoccupé.

– Mademoiselle Davis, changeons de place. Je vais m'installer à côté du chauffeur. S'il le faut, je l'assomme.

Brenton hocha la tête :

– Il te provoquera. Toi, tu vas t'emballer, il y aura une bagarre.

Le chauffeur revint vers la Land Rover.

– Acceptez-vous de m'écouter ? demanda Sandy.

– Je ne fais que ça…

– Si vous ne promettez pas de conduire plus lentement, je change de place avec l'ami ici présent.

Sandy désigna Jeremy.

– L'ami ? Ah bon ? Je croyais que vous veniez de les rencontrer.

– Ami quand même, dit Sandy. Mais ça va être compliqué à expliquer à vos patrons.

– Quoi ?

– La raison de ce changement de place… Votre comportement absurde dès le début.

L'ex-pilote intervint en conciliateur :

– On sait que souvent les Africains conduisent en prenant des risques. C'est dans leur tempérament, le rythme… Mais essayez de vous freiner.

Il ajouta prudemment :

– C'est l'intérêt de votre cliente aussi.

– Si on veut arriver par cette route, et il n'y en a pas d'autre, il ne faut pas traîner.

Jeremy s'approcha du capot :

– Il y a quelque chose de malade là-dedans. Il vaudrait mieux jeter un coup d'œil.

– C'est pas un coup d'œil qui va rajeunir le moteur, rétorqua Akoua. Il est chaud, c'est tout. On repart. Allons-y.

Il remonta dans le véhicule et se laissa tomber sur le siège.

Ils ressemblaient à une peinture surréaliste, Sandy, Jeremy et John près de la voiture, immobiles, à quelques centimètres des dards des acacias. Il aurait suffi d'une perte d'équilibre pour être happé et tailladé par les branches tueuses. Le chauffeur tourna la clef de contact, la voiture trembla. La fille, calée à l'arrière contre le dossier en simili-velours, les mains croisées sur son ventre, se désintéressait de ce qui se passait autour d'elle. L'air bourdonnait d'insectes, une armée de moucherons invisibles partaient à l'assaut des orifices, s'introduisaient dans les narines et les gorges. John Brenton, secoué par une quinte de toux, en recrachait dans son mouchoir. Les nuages s'amassaient, mais le soleil attaquait encore.

– Allons-y, dit Brenton quand il eut retrouvé sa voix.

Le sauvetage de cette Américaine et la course avec le chauffeur noir seraient un exploit sportif à raconter cet hiver au club. Le parcours était truqué mais il l'amusait ; au bon vieux temps il aurait parié sur la victoire de l'un ou de l'autre. Du pick-up car, Judy leur faisait de grands signes :

– Vous venez ou non ? La palabre, c'est fini ?

Jeremy cria :

– On arrive !

Judy n'était pas contente :

– Qu'est-ce qu'il y a de si important à se dire ? Regardez l'heure…

Sandy déplia sa carte et pointa son doigt sur les noms de villes :

– Nous ne sommes pas loin de Kilkoris, ni de Kisii – elle additionnait les chiffres –, on devrait y arriver en trois heures.

– En théorie, dit John Brenton. Multipliez par trois les kilomètres et vous serez plus proche de la réalité.

– Je m'en vais, décréta Judy qui tourna la clef de contact.

Elle avait espéré pendant dix ans ces vacances au Kenya. Une de ses amies d'enfance l'attendait à Kericho. L'intermède avec l'Américaine commençait à l'ennuyer. Son inexpérience l'agaçait.

Sandy remonta enfin dans la Land Rover. Le chauffeur appuya brutalement sur l'accélérateur et la voiture fit un bond. Des kilomètres furent vaincus dans un bruit fracassant, puis le terrain se dégagea. Ils traversaient maintenant un désert caillouteux sous un ciel de plus en plus gris.

– Où sommes-nous exactement ? demanda Sandy au chauffeur.

Elle s'efforçait d'alléger la tension régnante.

– Au Kenya, m'dame, lança-t-il.

La piste descendante aboutit à une route de terre, qui partageait en deux moitiés une agglomération rurale de cases rondes et de quelques petites maisons multicolores. Dans une pénombre couleur ocre, ils roulèrent enfin sur du macadam. Ils croisaient des autobus aux toits chargés de caisses et parfois de voyageurs qui n'avaient pas trouvé de place et faisaient le trajet agrippés à l'extérieur.

Entre les nuages gonflés de pluie fulguraient des éclairs mauves et bleus. Suivie des Anglais, la Land Rover traversa Kilkoris en évitant les enfants qui couraient de tous les côtés et se faufilaient parmi les voitures. Des hommes et des femmes, au bord de la route, les saluaient. Enfin, ils arrivèrent à Kisii, annoncé par les Anglais comme centre administratif, en réalité un gros village jeté en vrac sur un plateau naturel. La place centrale, entourée de baraquements, était occupée par le point vital de l'endroit, une pompe à essence. Elle attirait les habitants pour lesquels les véhicules qui y défilaient lentement représentaient un divertissement. Le rendez-vous avec les Brenton était prévu près de cette station-service. Mais, au lieu de s'y diriger, le chauffeur braqua le volant et s'engagea sur un chemin de terre.

– Mais où allez-vous ? Les Anglais nous attendent, protesta Sandy.

Les épaules penchées vers le volant, le visage buté, le chauffeur garda le silence et augmenta la vitesse.

– Vous êtes sourd ? Vous allez où ?

Akoua venait de contourner un groupe d'enfants qui jouaient au milieu de la chaussée.

– Je veux acheter des chaussures, dit Akoua. Je suis dans la boue jusqu'aux genoux.

– Vous achèterez vos chaussures demain. A Homa Bay. Si on prend encore du retard, l'hôtel ne gardera pas les chambres...

La Land Rover déboula parmi des ombres noires. Ils étaient dans la banlieue de Kisii, parmi les abris en tôle ondulée posés en quinconce, n'importe où, sans éclairage. En s'engageant sans prévenir sur cette route de terre où monticules, trous, dénivellations, poches d'eau se multipliaient, Akoua réussit à semer les Anglais.

Sandy craignit un enlèvement. Le chauffeur pouvait la forcer à entrer dans une de ces boutiques obscures d'où elle ne ressortirait plus jamais. Il était chez lui, dans sa région. Incidemment, presque malgré lui, il avait déclaré à Sandy être luo, une tribu du côté ouest du Kenya. N'importe quel boutiquier l'aiderait, il lui suffirait de dire que sa passagère s'était trouvée malade, qu'il fallait l'héberger jusqu'à l'arrivée de secours. A l'intérieur d'une baraque, tout pouvait arriver. « Je ne sais pas où l'Américaine est allée, dirait Akoua. Elle voulait quitter la voiture et s'acheter un souvenir. » La marée noire se refermera sur elle.

Les phares du véhicule éclairaient des femmes ; sur les larges tissus noués autour de leurs hanches s'agrippaient des enfants en bas âge. Les hommes portaient les gosses sur leur dos, parfois à califourchon, les pieds pendant de chaque côté de leur cou. Les adultes avaient presque tous, comme une excroissance naturelle, un enfant sur eux. Les vieilles et les vieux, accroupis au bord des trottoirs en terre bosselés, regardaient passer la voiture folle. Sandy répéta :

– Retournez sur la place !

Deux fois, le chauffeur ralentit devant les étalages en plein air éclairés par des lampes à pétrole. La vitre baissée, il discutait avec les vendeurs, hochait la tête et redémarrait. La Land Rover dévala une route en pente, puis arriva à la limite de l'agglomération. Au-delà de la frontière à peine visible d'un ravin, il n'y avait que la forêt. Plus d'issue de ce côté. Akoua hésita, fit demi-tour, frôla en marche arrière le bord d'un fossé et, en marmonnant sans doute un juron, reprit la direction de la place et arrêta la voiture au ras de la pompe à essence. A l'écart de la foule, les Anglais, en groupe, manifestaient à la fois leur compassion et leur mauvaise humeur. Le changement de programme, commencé comme un interlude mondain et humanitaire, tournait mal.

Le moteur de la Land Rover émit un bruit de métal assez brutal et se tut. Le chauffeur descendit en claquant violemment sa portière. Sandy, aidée de John Brenton, réussit à détacher sa ceinture, Jeremy et Judy les rejoignirent avec des canettes de Coca.

– Ça y est, dit Brenton, descendez. En cas d'accident, cette ceinture peut vous tuer.

– Si je ne bricole pas cette chose, je me retrouve dans le pare-brise, dit Sandy. Déjà pour l'attacher, j'y laisse mes ongles, mais l'enlever, impossible !

Elle quitta la voiture, son sac en bandoulière caché sous sa veste. Elle était si engourdie, si courbatue qu'elle trébucha. L'ex-pilote la cueillit dans ses bras.

– Elle va s'évanouir, dit Judy qui tapota le visage de Sandy. Hé, *darling*, ce n'est pas le moment. Tenez, buvez.

Elle lui tendit une canette déjà ouverte. Sandy reprit souffle :

– Merci pour tout ce que vous faites. Mais vous avez assez souffert. Repartez à Kericho. Je ne cours plus de risque par ici.

– Vous plaisantez ? dit John Brenton. Vous êtes avec un fou. D'ailleurs, au point où nous en sommes, atteindre Kericho est plus compliqué que d'aller à Homa Bay.

– On ne vous laisse pas tomber, ajouta Jeremy.

Judy était perplexe :

– D'ici à Kericho, il y a aussi une route principale et franchement, Sandy, j'en ai marre de votre chauffeur.

John Brenton l'empêcha de continuer :

– Tu vas avoir ta chambre, ta douche et le lac.

– Si j'ai ma chambre, vous aurez votre lit, conclut Sandy, prudemment.

– Et si vous ne l'avez pas ?

Que répondre ? L'Anglaise commençait à supporter plus difficilement que son mari et son fils la tournure des événements.

La fille de la blanchisserie quitta la Land Rover et s'éloigna vers les baraques. Le chauffeur, en marmonnant, déversait ses rancœurs à l'employé de la pompe à essence. Celui-ci jeta un coup d'œil sous le capot et hocha la tête. Selon lui, la batterie serait bientôt morte. Il plongea la main et une violente décharge électrique le projeta en arrière. Sandy se précipita. Jeremy était furieux :

– On vous a loué une voiture pourrie conduite par un chauffeur inconscient.

L'incident réveilla l'inertie joviale des Africains qui jusque-là, se contentaient du rôle de spectateurs. Il y eut un remue-ménage autour du capot, devant lequel le chauffeur et l'employé de la pompe à essence discutaient.

– Je me sens responsable de tout cela, dit Sandy. Où avez-vous mal ? Montrez votre main.

– Ça va passer.

Akoua s'adressa aux Anglais comme si l'incident n'avait pas eu lieu :

– Il y a un hôtel pour touristes à la sortie de Kisii, à droite. Allez m'y attendre. J'ai encore des affaires à régler ici.

Sandy se serra entre le couple, Jeremy s'accroupit à l'arrière, à côté de la bâche roulée. Selon la carte, ils étaient à peine à quatre-vingts kilomètres de Homa Bay, mais la route allait être, comme toutes les autres, étroite et encombrée.

– Je dois appeler l'hôtel de Homa Bay. C'est indispensable, répéta Sandy.

Dans la nuit noire, les rares éclairages ne venaient que des échoppes. A deux kilomètres du centre, au bord de la route défoncée, s'ouvrait une cour encombrée d'ombres et de voitures en mouvement. Au fond, sur la façade d'un bâtiment à un étage, long et obscur, pendait, à moitié décroché, un panneau où se lisait HÔTEL, en grandes lettres déformées. La camionnette des Anglais se glissa entre un cabanon en tôle et un car pratiquement désossé.

Pendant qu'ils traversaient la cour en essayant d'enjamber les mares où se mélangeaient la boue et des excréments, la Land Rover entra en trombe. Akoua stoppa net contre un *matatu* dont le chauffeur protesta à grands cris. Akoua quitta son véhicule et, avec quantité de gestes, expliqua quelque chose à son compatriote. Puis il fit signe à la fille de la blanchisserie qui vint les rejoindre.

– Ils sont de mèche, ces deux-là, dit Judy. Vous n'avez pas pensé à ça ?

– Non, dit Sandy. Dans quel intérêt ?

– Deux contre un, dit Judy. Dès le début, vos dés étaient pipés !

Dans la cour dominait une pénétrante odeur d'urine et de fumier.

D'une écurie ouverte, les vaches se distrayaient en regardant les mouvements des humains. Des toits dégoulinaient des liquides puants qui se mélangeaient aux fins rubans de la pluie.

Judy tendit la main.

– Ça y est, il pleut. Le comble !

– Je dois trouver un téléphone, dit Sandy.

– Je compte sur notre chambre, lui rappela Judy.

– Vous m'accompagnez ? demanda Sandy à John Brenton.

L'Anglais acquiesça et ils se dirigèrent vers le bâtiment principal. Le plafonnier, qui éclairait l'entrée de l'hôtel, était couvert d'insectes.

– Je dois téléphoner à Homa Bay, répéta Sandy. Si mon patron n'a pas réclamé, on ne me gardera pas la chambre. Il a l'habitude qu'on organise tout autour de lui.

– On ? demanda Judy. C'est vous, « on » ?

Elle fit un geste – advienne que pourra – et partit à la recherche des toilettes, suivie de Jeremy. Accompagnée de Brenton, Sandy entra dans le hall de l'hôtel. Avec un art du détachement propre à son éducation, l'Anglais suivit, passif, l'Américaine. Le hall étroit, au sol mouillé, sentait mauvais.

Derrière la réception, accoudée au comptoir en bois taché de graisse, une grosse fille rêvassait. Elle leur annonça sans attendre la question qu'il n'y avait pas de chambre libre. Sandy demanda le téléphone. D'un geste mou, l'employée désigna l'appareil fixé sur le mur en face. Sandy vit, sur la paroi lépreuse, une boîte noire ornée d'un gros cadran, aux chiffres presque effacés, une couche de crasse recouvrait le combiné. Elle sortit des billets de dix et vingt shillings de sa poche, les posa sur le comptoir et demanda de la monnaie. La fille de la réception haussa les épaules. Elle n'en avait pas.

– Je dois téléphoner, dit Sandy. Aidez-moi. De la monnaie. Je vous donne cinq cents shillings pour quelques pièces, s'il vous plaît.

Indifférente, l'employée observait la femme blanche : ce problème n'était pas le sien. Elle n'avait d'ailleurs pas de pièces dans son tiroir. John Brenton, placide, constata à mi-voix que le Kenya n'avait pas fait beaucoup de progrès dans le domaine de la communication depuis cinquante ans. Comme certains hommes devant une difficulté, il se réfugia dans l'inertie et déclara qu'il avait soif. La grosse fille leur indiqua la porte du bar et ajouta que là-bas ils pourraient trouver de la monnaie. Dans une grande salle obscure et bruyante, apparemment le centre mondain de Kisii, la population noire buvait et bavardait. Au comptoir, Sandy paya à Brenton une bière et, avec la monnaie obtenue en retour, courut dans le couloir et glissa les précieuses pièces dans l'appareil dont le combiné collait à sa paume. Pas de tonalité. Sandy se tourna vers la fille qui observait la scène :

– Il n'y a pas de ligne.

– Quoi ?

– Mais venez vous-même !

Elle tapait sur le téléphone :

– J'ai mis des pièces, pas de ligne.

– Quoi ? répéta la fille.

Sandy revint vers le comptoir :

– Je voudrais aller téléphoner au bureau de l'hôtel. Appelez le directeur.

La fille hocha la tête :

– Bureau, ici. Téléphone – elle montra le mur – là.

– Il ne marche pas. Vous ne comprenez donc pas que votre saloperie de machine ne marche pas ? Marche pas !

La fille commençait à s'intéresser à la femme blanche au bord de la crise de larmes. Elle n'avait jamais encore vu de Blanc pleurer. Sandy devenait folle : le temps n'avait plus de valeur, les minutes et les heures se confondaient ; en réclamant la ligne, elle avait l'impression d'avoir formulé la demande la plus incongrue. Il était dix-neuf heures et ils avaient encore, sur une route d'enfer, au moins deux heures de trajet pour arriver au bord du lac Victoria. A qui s'adresser ? Les Kenyans qui entraient et sortaient – le bar, sans doute – ne la regardaient que parce qu'elle se trouvait sur leur passage. Elle serait victime d'une crise cardiaque, recroquevillée par terre, on s'écarterait ou on l'enjamberait.

Elle revint vers le bar, les clients buvaient, riaient, elle n'était plus qu'une mouche blanche qui se cognait à des parois humaines noires. John Brenton, à l'écart de l'agitation, assis tout raide sur une chaise en bois, sirotait sa bière. Il leva même la canette en direction de Sandy – tchin-tchin ! L'Américaine repéra un Blanc accoudé au comptoir. D'abord, elle se retourna vers Brenton, lui fit comprendre qu'elle n'avait pas pu téléphoner. L'Anglais Brenton ne bougea pas.

– Pardon, dit Sandy en s'approchant de l'homme blanc assis sur un haut tabouret, parlez-vous anglais, s'il vous plaît ?

Il se tourna vers elle :

– C'est votre jour de chance. Oui.

– Est-ce que vous pourriez m'aider à téléphoner ?

– Vous aider ? Vous voulez téléphoner d'ici ? Où ?

– A Homa Bay.

Elle parlait vite, désespérée. L'homme eut l'air profondément contrarié par ce dérangement : pourquoi cette femme s'adressait-elle à lui ? Elle insista :

– Je n'arrive à rien. On ne veut même pas me répondre. Vous connaissez mieux les habitudes d'ici.

Il haussa les épaules.

– Quelles habitudes ? Il n'y a pas d'habitudes. Il n'y a pas de ligne non plus. D'ailleurs personne n'essaie d'appeler de cet hôtel…

– Mais alors, dit Sandy, pourquoi y a-t-il un téléphone ?

– C'est votre premier voyage au Kenya ?

– Oui. Rien ne marche comme prévu.

– Si vous n'aimez pas les surprises, il vaut mieux rentrer chez vous.

L'homme désigna John Brenton.

– Votre mari ? dit-il.

– Non, un ami.

– Il ne peut pas vous aider, lui ?

John Brenton se leva, s'approcha lentement, le corps douloureux. Il fronça les sourcils et désigna Sandy d'un coup de menton :

– Elle est américaine. Pour la première fois ici. Je lui ai dit que le téléphone, en Afrique…

Sandy serra les poings. Elle sentait venir le discours : « Le téléphone ? Parlons-en. Je n'y ai jamais cru. Le

Kenya est devenu un pays industriel, mais le système des communications n'a pas suivi le rythme. » Elle n'avait pas besoin de leçons !

– Expliquez à votre amie, dit le Blanc en se retournant vers son verre.

L'ex-pilote répondit, résigné :

– Elle insiste. Pourtant, je lui ai dit qu'avant l'indépendance…

Sandy avait envie de hurler. Pousser un cri juste pour se soulager, un cri qui aurait fait taire tout le monde.

– S'il vous plaît, répéta Sandy.

Les deux serveurs se moquaient ouvertement des Blancs. De l'obscurité grouillante, les autres Africains les contemplaient aussi : c'était comme au cinéma, ces trois Blancs perdus. L'homme du bar, gêné dans son amour-propre, se mit en mouvement. Il quitta son tabouret, accompagna Sandy jusqu'à l'appareil. Il regarda Sandy introduire toute une poignée de pièces dans la boîte qui les engloutit. L'homme participa à l'effort en secouant le combiné, écouta un moment, puis raccrocha :

– Il n'y a pas de ligne.

Ses yeux, derrière l'épaisseur des verres, étaient grossis comme par une loupe.

– Que faites-vous par ici ? demanda-t-il.

– Un voyage d'études. Et vous ?

– Trop long à raconter. On n'est ici que par hasard. Ou parce qu'on ne peut plus s'en aller. Voyage d'études ? Vous avez de quoi apprendre.

Sandy l'implora :

– Vous connaissez le directeur de cette boîte, quelqu'un ?

L'homme hocha la tête.

– Il faut l'admettre, qu'il n'y a pas de ligne ! Et même s'il y avait un bureau, il n'y aurait pas de ligne non plus. Il a plu. Vous comprenez ! La pluie. Vous voyez le rapport ? Retournez d'où vous venez, conclut-il. Ça vaudra mieux pour vous.

– Nous devons arriver à Homa Bay, répéta-t-elle.

Sandy n'eut pas le temps d'en dire plus : soudain le Blanc haussa les épaules et fit volte-face. Sandy le suivit pour retrouver John Brenton, sur sa chaise, assommé par la fatigue.

– On s'en va ?

– Bien sûr, dit-elle. Bien sûr.

Dans la cour, grâce à un phare de voiture, Sandy repéra Akoua, au milieu d'un groupe, qui expliquait quelque chose aux Kenyans qui l'entouraient. La fille de la blanchisserie passa une seconde dans la lumière et reprit sa place dans la Land Rover. Mrs. Brenton et Jeremy leur faisaient de grands gestes des bras de l'autre côté de la cour, pour appeler Sandy, qui s'engagea au milieu des flaques à l'odeur pestilentielle. Judy l'informa que les cabinets dits de toilette étaient impraticables parce que des excréments et de l'urine inondaient le sol. Il fallait se retenir ou aller se soulager derrière des cabanons.

Au dernier moment, Jeremy proposa encore de changer de place. Sandy déclina :

– Il nous reste à peine deux heures de route. Vous et le chauffeur, ensemble, ce serait une catastrophe.

Le grand hôtel de Homa Bay, destiné aux visiteurs de marque, aux touristes argentés et aux diplomates des pays voisins, était un établissement accueillant et parfaitement dirigé. La demande dépassait toujours le nombre de chambres disponibles. Dès la réservation faite à Los Angeles, l'heure limite d'arrivée avait été signalée à Sandy, qui connaissait déjà ces dispositions depuis l'époque où elle retenait les chambres pour

Angie. Prudemment, elle avait voulu payer d'avance par carte de crédit, mais on n'en était pas encore là. Il fallait arriver à l'heure et payer sur place.

Malgré l'obscurité de la cour, à l'hôtel de Kisii, Jeremy avait réparé une fois de plus le rétroviseur du côté de Sandy, qui pouvait surveiller les phares du pick-up car. La route de nuit était terrifiante. Les véhicules déferlaient. Les moteurs des camions chargés étaient poussés à la limite de leur résistance, des bagages, des balluchons, des caisses empilées et fixées avec des cordes brinquebalaient à chaque coup de frein. Les véhicules surgissaient dans la lumière blanche des phares de la Land Rover, avant de disparaître l'instant d'après.

Akoua ruminait sa colère. Le seul résultat qu'il pourrait offrir à son commanditaire, c'était le retard de l'Américaine. Mais il n'avait pas encore dit son dernier mot. Lorsque Sandy protesta une fois de plus, car ils avaient perdu le pick-up, Akoua, pris d'un coup de sang, arrêta brutalement la Land Rover. Un camion juste derrière dut freiner net, dans un bruit fracassant, pour éviter de justesse la collision. Le chauffeur du poids lourd jaillit de sa cabine. Akoua quitta la voiture. La discussion des deux Kenyans allait se terminer en bagarre.

Les voitures qui suivaient durent s'arrêter, dans l'impossibilité de dépasser à la fois un poids lourd et une Land Rover : la route était étroite et la circulation d'en face ininterrompue… Un car surchargé de voyageurs se trouva stoppé en troisième position. Certains passagers, profitant de l'arrêt inattendu, descendirent et s'éparpillèrent partout, malgré la pluie qui avait repris, heureux de saisir cette occasion de se dégourdir les jambes. Le chaos s'organisait, une valse mécanique ponctuée de discours violents en swahili. Les Noirs dans la nuit noire, les femmes affolées, avec des nourrissons dans les bras, de peur d'être volées, traînaient leurs bagages ficelés.

Personne ne connaissait la raison de cet arrêt général. Sandy, tassée sur son siège, redoutait que la foule découvre que la Land Rover était à l'origine de l'embouteillage. Les hommes, la croyant en panne, auraient été capables de la soulever pour la déposer au-delà du talus, dans le ravin. Sans doute Akoua se méfia-t-il aussi, car il remonta dans le véhicule et le remit en marche. Il fit demi-tour au milieu de la route en rasant les flancs d'un *matatu* chargé de passagers, qui tentait de se faufiler dans l'embouteillage cataclysmique. Il roulait maintenant en sens inverse.

La fille de la blanchisserie avait disparu. En se hissant sur son siège, Sandy la découvrit accroupie au sol. Sur un coup d'accélérateur brutal, l'Américaine, surprise, fut projetée contre le tableau de bord et, traversée par une douleur aiguë, elle poussa un cri. Cramponnée aux poignées, les bras raides, Sandy bougea un peu pour vérifier l'état de sa colonne vertébrale. Elle gardait le silence : le moindre mot, le moindre geste auraient aggravé l'agressivité du chauffeur.

En roulant à l'extrême limite de la chaussée abîmée, la Land Rover parcourut trois kilomètres et Sandy découvrit les Anglais : leur pick-up car était arrêté, à moitié monté sur le talus. John Brenton et Jeremy terminaient de changer un des pneus avant. De l'autre côté du talus, Judy esquissait des mouvements des bras.

– Il faut bouger un peu, cria-t-elle, c'est plus sain !

Akoua s'autorisa de nouveau à couper la route et s'arrêta derrière les Anglais. Sandy entrouvrit la portière :

– Ça va ? demanda-t-elle.

Judy s'approcha du talus et lui parla de l'autre côté :

– Une course de stock-car, répondit-elle. Notre première expérience de ce genre.

Elle retrouva le pick-up car en glissant sur son derrière et aboutit à quatre pattes en bas du talus. Brenton, s'essuyant le nez avec son avant-bras, s'approcha de Sandy :

– Quelle pagaille... Marchez quelques pas. Pour votre circulation.

– J'ai tellement mal que je ne pourrai plus remonter sur mon siège, dit Sandy.

Elle sentit monter un rire nerveux.

– Selon vous, on est encore loin ? demanda Jeremy en essayant la résistance de leur pneu de rechange par quelques solides coups de pied.

– En théorie, non.

Akoua contourna le pick-up car, proposa son aide.

– Votre chauffeur est un salaud, mais il veut se racheter parce qu'on arrive bientôt, constata Judy.

De temps en temps Akoua fermait les yeux. Il n'allait pas s'endormir d'épuisement sur l'une des routes les plus dangereuses du Kenya ? Alors qu'il venait de frôler un autocar – évité de justesse –, Sandy toucha prudemment son bras épais.

– Attention, vous dormez !

Il sursauta.

– Sûrement pas !

Peu après, sa tête s'inclina en avant.

– Je vais vous tenir éveillé, dit Sandy qui se mit à chanter fort et faux « *My Bonnie is over the ocean* », l'histoire d'une femme qui attend au bord d'un quai le retour de son amoureux, un matelot.

– Taisez-vous, dit Akoua. C'est moche.

La fille, derrière, émit un petit rire : la femme blanche était rabrouée.

Les premières lumières de Homa Bay apparurent : la délivrance. La fille de la blanchisserie, ragaillardie par l'humiliation infligée à la Blanche, bavardait avec Akoua.

– Vous savez où est l'hôtel ? demanda Sandy.

Akoua roulait sur la rue principale, étroite, plus dégagée car la plupart des véhicules avaient continué vers Kisumu et Kakamega. Ils traversèrent un secteur de la ville constitué des classiques baraquements en tôle ondulée, de cases aussi, de petites villas aux fenêtres éclairées ; plus loin, on devinait une surface où rebondissaient des reflets d'origine indéfinissable : le lac. Puis, la voiture aborda un quartier plutôt riche. En empruntant des ruelles, des passages entre des groupes de maisons, le chauffeur aboutit dans le parking de l'hôtel, entouré et cloisonné de trois côtés par des plates-bandes fleuries et des arbustes noirs. La Land Rover s'immobilisa, le pick-up car, très proche, arriva à son tour. Sandy réussit à se débarrasser de sa ceinture, s'arracha de son siège de souffrance, entrouvrit la portière, avala une bouffée d'air collant à l'odeur de vase et, en glissant sur les deux marches, toucha terre. Les Anglais s'étaient garés à côté de la Land Rover. Sandy leur fit signe d'approcher, car elle n'avait plus beaucoup de voix :

– On y est. Enfin ! Je cours à l'intérieur. Je cours comme je peux…

Elle prit dans la voiture son bagage à main et John Brenton, ragaillardi par l'espoir d'un dîner, s'avança :

– Je vous aide ?

– Non. Je prends juste mon sac. Je vais à la réception. J'enverrai quelqu'un pour les bagages.

Judy les rejoignit :

– Croyez-vous que…

– Je l'espère. En cas de problème, on s'entassera tous dans la chambre de mon patron.

Près de la Land Rover, Akoua tenait par les épaules la fille qui ressemblait à une poupée de chiffons, et lui expliquait quelque chose. Sandy traversa les plates-bandes de fleurs, s'écorcha légèrement sur une étroite barrière de métal et se rattrapa en prenant à pleines mains la branche d'un arbuste hérissée de piquants. Enfin elle passa le seuil du hall d'entrée et déboula devant la réception, réduite au minimum : une table, une chaise et un grand livre. Une femme se leva, grande et mince. Moins épuisée, Sandy aurait admiré sa beauté. Ce n'était pas le moment.

– Etes-vous Miss Davis ? demanda la gérante.

– C'est exact. Ma chambre ? Vous l'avez encore ?

– Oui, dit la femme. Mr. Landler s'inquiétait au téléphone de votre retard. Il m'a assuré que vous alliez arriver. Lui, il ne viendra que demain matin, il a eu un problème à Nakuru.

Comme Nakuru et ses problèmes semblaient loin, irréels ! Sandy s'étonna d'agripper le bras de la gérante :

– Vous avez gardé sa chambre aussi, je l'espère ? Il faut loger un couple d'Anglais et leur fils.

– Mr. Landler n'a pas maintenu sa réservation. J'ai loué la chambre. J'avais une très grosse demande. Vous êtes épuisée, on dirait.

– J'ai eu une journée horrible. Je dois prendre au moins la dame anglaise dans ma chambre.

– Vous avez deux lits. Le tarif sera plus élevé.

– Qu'importe. Que fait-on des hommes ? Ils m'ont dépannée dans la réserve, je leur dois aide et remerciements.

– Je ne peux placer plus personne, déclara la gérante.

– Où peuvent-ils dormir ? Ils sont ici à cause de moi. Vous n'avez pas une annexe ?

– Homa Bay est une toute petite station, dit la gérante. L'hôtel est plein à craquer. Même avec la meilleure volonté…

Sandy s'appuya contre la table.

– Qu'est-ce que je leur dis ?

– Il faudrait qu'ils continuent vers Kisumu.

– On a fait une route effrayante…

La femme hocha la tête.

– Commençons par nous occuper de vous. Vous avez des bagages ?

– Oui. Il me faut un porteur.

Un jeune employé se présentait lorsque Akoua surgit brutalement dans le hall, manquant se cogner contre Sandy. Il la contourna et s'adressa à la gérante, d'abord en anglais.

– Une chambre pour chauffeur, vous en avez ?

– Plus rien. Les chambres pour chauffeurs sont toutes occupées. Il faut chercher ailleurs.

– Où ? cria Akoua. Où ? La journée a été harassante.

Il désigna Sandy :

– C'est elle qui a voulu ce trajet. C'est à cause d'elle qu'on est dans cet état.

Soudain, un flot de swahili submergea la gérante, qui apprit ainsi que le chauffeur ne supportait plus sa cliente blanche et que celle-ci détestait le chauffeur noir. Il valait mieux rester en dehors de cette affaire. Le gouvernement souhaitait qu'on fasse preuve de la plus grande courtoisie avec les touristes qui amenaient des devises. Elle tentait de calmer Akoua pendant que Sandy, accompagnée de l'employé, retournait au parking. Les Anglais attendaient près de leur camionnette, Mrs. Brenton apprit qu'elle aurait son lit et sa douche, l'ex-pilote et Jeremy accusèrent le choc de n'avoir aucune chambre et déclarèrent qu'ils voulaient au moins se laver avant de camper dans la camionnette.

– Je suis navrée, répéta Sandy.

– Ça ne fait rien, dit Judy. Pour eux, ce n'est rien. On a des sacs de couchage et des produits contre les moustiques. Même moi, j'ai déjà passé des nuits dehors.

Sandy les invita à dîner, mais proposa d'abord d'installer Judy.

– Suivez-moi, dit-elle.

L'employé prit la valise dans la Land Rover. Au même moment, Akoua reparut, vit le déménagement et protesta :

– Pas toucher aux valises. Nous continuons demain ! Je garde les bagages. Je dois aller chercher un logement pour la nuit, mais je garde tout.

L'employé de l'hôtel s'était arrêté au milieu de ses mouvements. Le chauffeur l'inondait d'explications et d'ordres.

– Allez, dit Sandy, c'est moi qui commande. Portez tout à l'intérieur.

Elle s'adressa à la fille de la blanchisserie, appuyée contre un arbuste, et dont on ne voyait que le blanc des yeux.

– Vous, je ne vous oublierai pas. Vous étiez lâche et méchante. Vous m'auriez laissée crever.

La fille dit quelque chose en swahili. Akoua s'interposa :

– Laissez-la tranquille ! Elle ne comprend même pas ce que vous racontez.

– Bien sûr que si. Votre baratin ne marche plus.

Le chauffeur se dressa devant elle, grande masse d'homme furieux.

– Alors, que proposez-vous ? Je vais dormir où ?

– Chez elle, dit Sandy en désignant la fille. Elle a quatre enfants à Homa Bay, donc un logement. Elle peut partager le lit avec vous, puisqu'elle a déjà partagé la couverture.

Sandy préféra ne pas comprendre l'avalanche de phrases en swahili qui lui répondit.

– Basta ! s'exclama-t-elle. Je ne veux plus vous voir. Plus jamais. Et je raconterai tout à votre patron. A l'Américain.

– L'agence a donné l'ordre de ne pas vous quitter.

Elle le toisa :

– Et quoi encore ? Peut-être aussi de prendre mes bagages, mon argent ou de m'écraser, hein ?

John Brenton intervint :

– Laissez-le, conseilla-t-il à Sandy. Ne discutez pas. Cet homme n'est pas dans son état normal.

Judy s'éloignait déjà vers l'entrée, derrière le boy qui portait les bagages. Sandy voulut avoir le dernier mot :

– Vous êtes un fou ou un salaud, qu'importe aujourd'hui, ça revient au même…

– Vous avez changé les itinéraires. J'aurais dû vous accompagner autour de Masaï Mara Serena Lodge seulement.

– Vous mentez, dit Sandy. Vous avez une grande gueule, mais plus de pouvoir. Rien. Zéro.

L'ex-pilote entraîna Sandy :

– Ça va mal se terminer. Arrêtez !

Mais Sandy lança encore à Akoua :

– Vous aviez un téléphone dans votre sac !

Le chauffeur recula d'un pas :

– Vous avez fouillé mes bagages ? Je me plaindrai…

– Un téléphone, répéta Sandy. On aurait pu appeler à l'aide.

– Il ne fonctionne pas loin de Nairobi, dit-il.

Sandy pointa le doigt sur la fille :

– Elle ne m'a pas adressé une seule parole d'encouragement, rien. Mère de quatre enfants ? Sans blague ! Où sont-ils ? A Rongo ?

La fille s'exclama et dit quelque chose en swahili. Sandy sentit sur son bras la main de Mr. Brenton :

– Il vaut mieux rentrer à l'hôtel…

Un bruit retentit : Jeremy venait de s'envoyer une gifle. Sandy s'étonna :

– Vous vous giflez ?

– Les moustiques, dit Jeremy. Ils vont nous bouffer intégralement si on reste là…

Ils apparurent ensemble dans le hall comme les rescapés d'une apocalypse, sales, moulus, et Sandy humiliée par l'aventure. On ne connaît pas un pays seulement par des dossiers, pensait-elle. J'aurais dû faire tout différemment. La gérante lui donna une clef, et elle monta avec Mrs. Brenton dans la chambre. L'Anglaise se déshabilla prestement et se précipita sous la douche. Puis ce fut Sandy. John et Jeremy attendaient leur tour dans le couloir. Une bonne demi-heure plus tard, ils se retrouvèrent, épuisés, les cheveux humides, les yeux rouges et l'épiderme irrité, dans la salle à manger où un repas délicieux leur fut servi : poisson du lac grillé, accompagné de pommes de terre. Sandy grimaça au moindre mouvement, une vive douleur lui traversait le dos. Elle trouva dans la poche de son blouson propre des aspirines qu'elle y avait glissées à Los Angeles. Ses vertèbres cervicales lui semblaient bloquées et sa colonne vertébrale comme tenue par une main de fer de la nuque aux chevilles. Pourrait-elle tourner la tête ? Elle essaya tout doucement.

– Ça fait mal, la piste, constata Judy.

Elle prit en main l'arête centrale du poisson et la mordilla des deux côtés, comme un os. Jeremy dévora les pommes de terre et John Brenton eut sa deuxième bière.

Par des questions prudentes, les Anglais s'informèrent des raisons du voyage de Sandy. A moitié endormis, ils absorbèrent le résumé de l'histoire d'Angie Fergusson et de sa mort tragique.

– Pour quelle raison Mr. Landler avait-il laissé partir sa femme seule ? demanda mollement John Brenton.

– Après une discussion. Ils formaient un couple moins harmonieux que vous deux, dit Sandy. Quant à moi, c'est mon premier voyage ici, et il aurait pu être le dernier.

– Il valait mieux qu'on soit là, conclut Brenton. Sans votre couverture jaune…

Jeremy, sans un mot, dégustait le pain tiède sur lequel fondait le beurre salé. Epuisés et silencieux, ils s'attardèrent encore un peu à table. Puis les Anglais prirent dans leur sac des produits contre les moustiques, se badigeonnèrent de pommades. Sandy retourna à la réception et demanda au remplaçant de la belle gérante si Mr. Brenton et son fils pouvaient prendre leur sac de couchage et s'installer par terre, dans sa chambre. Le refus catégorique ne mit pas les Brenton de mauvaise humeur.

– Un jour, il y a très longtemps, nous sommes restés coincés toute la nuit dans la réserve d'Amboseli. On reconnaît l'odeur des lions. Il y en avait deux autour de la camionnette. Je vous assure que nous n'avons pas bougé le petit doigt ! Bien, assez pour aujourd'hui.

John et Jeremy disparurent dans la nuit.

En montant lentement les deux étages, Sandy et Judy croisèrent des clients africains qui descendaient vers le bar. Les chambres étaient bruyantes, l'hôtel une vraie ruche. Au milieu du couloir, Sandy s'immobilisa.

– Et s'il pleut, que vont-ils faire ? La bâche ne résiste pas à la pluie…

– Ils viendront s'installer dans le hall. Quand on cherche l'aventure, il faut l'assumer… C'est notre principe.

Que c'était reposant, cette chambre bien éclairée, ces lits propres et ces petites lampes de chevet déjà allumées sous leur abat-jour rouge. Sandy prit dans sa valise un pyjama en coton. Elle frissonnait de fatigue. Mrs. Brenton vaquait à ses occupations. Elle entra dans la salle de douche, se lava les dents en crachant et de retour, la bouche encadrée de blanc, elle prononça un « *bye, bye, sweetie* », se coucha et s'endormit aussitôt. Sandy allait et venait, elle devait s'apaiser, elle redoutait le lit, l'arythmie de son cœur et la douleur de son dos. Quand elle installa le voile de la moustiquaire de Mrs. Brenton, l'Anglaise ne broncha même pas.

Sandy se changea, se brossa les cheveux. Le miroir renvoyait l'image d'un visage épuisé, avec les cernes jusqu'au milieu des joues. Elle revenait vers son lit lorsqu'on frappa à la porte. Aurait-elle oublié qu'elle avait commandé un thé ?

– Qui est là ?

– Ouvrez, j'ai quelque chose à vous dire…

Elle reconnut la voix d'Akoua :

– Allez-vous-en…

– Ouvrez. Je dois vous parler.

– Présenter vos excuses, peut-être ? Non. Je vous ai assez vu.

– A votre place, je serais plus curieux.

Bruyant, un groupe de bavards s'attardait quelque part. Sandy ne risquait pas grand-chose en entrouvrant le battant. Ce fut l'erreur. Le chauffeur l'empoigna par le bras et la tira vers l'extérieur, si brutalement que la porte claqua violemment. Akoua plaqua Sandy contre le mur. Une seule ampoule éclairait le couloir. Le bruit s'amplifiait à l'étage au-dessous, mais par ici, pas une âme. Seule la voix aiguë d'une femme dans une chambre racontait une histoire ponctuée de rires.

– Vous allez m'écouter, dit Akoua en parlant tout près du visage de Sandy. Vous la bouclez ensuite. Un mot de trop et je vous tords le cou.

Akoua avait les yeux exorbités de fatigue.

– J'ai reçu l'ordre de vous supprimer.

Il desserra ses mains. Sandy reprit son souffle et répliqua :

– Lâchez-moi. Vous racontez n'importe quoi pour justifier l'horreur de cette journée, et celle d'hier, aussi.

– Vous n'avez pas compris. Quelqu'un veut que vous disparaissiez. C'est clair ?

Elle ne put appeler au secours car le chauffeur avait plaqué la main sur sa bouche. De la tête, elle fit signe qu'elle comprenait. Il ôta sa main.

– Qui ?

– Votre ami, le photographe. Il veut votre peau pour quinze mille dollars. Pas cher, la vie chez vous ! Si vous dites un mot, la fille de la blanchisserie perd son travail et moi je vous tue. Même pour rien. Pour mon plaisir.

– Pourquoi me haïssez-vous à ce point ? souffla-t-elle.

– Vous êtes tous des pourris. Des gens de fric et de pouvoir. Pourquoi votre copain veut vous voir crever ? Demandez-le-lui. Autre chose : vous vous êtes moquée de la fille et de ses quatre enfants. Faites-en autant. Elle a vingt-huit ans et quatre enfants à Homa Bay, c'est vrai. Pas à Rongo. Elle est née à Rongo. Et vous ? Vous avez quoi dans la vie ? Une valise ? De l'argent ?

Sandy avait mal : un tuyau fixé au mur lui meurtrissait le dos.

– Que voulez-vous ? demanda-t-elle. J'ai des milliers de shillings. Prenez-les. Inutile de vous exciter.

– Ce serait trop facile, ricana-t-il. Mais plus vous rabâcherez à Mr. Allen que je suis un sale type, que vous avez failli mourir de peur, que je me suis mal conduit, plus il sera content, et plus vous m'arrangez. Compris ? Il faut être fêlée pour s'aventurer seule avec n'importe qui au milieu de la savane.

Elle fit un mouvement pour se dégager et retrouva en tâtonnant, derrière son dos, la poignée de la porte. Le chauffeur l'immobilisa une fois de plus et frappa avec son index sur le front de la jeune femme :

– Rien là-dedans. Une noix de coco vide. Quinze mille dollars ? *You are cheap*, ajouta-t-il dans son anglais rudimentaire.

– Lâchez-moi, s'exclama Sandy.

Elle détestait l'haleine d'Akoua sur son visage. Du côté de l'escalier arrivaient trois Africains, qui devaient avoir leur chambre à cet étage. Akoua s'écarta un peu de Sandy :

– Attention… Si vous appelez à l'aide…

– Allez au diable, dit-elle. Sale type.

Les Africains étaient arrivés à leur hauteur. Akoua recula. L'un des clients jeta un coup d'œil sur Sandy : cette belle fille blanche avec sa masse de cheveux clairs, que fricotait-elle avec un Noir de classe inférieure ? Il vint vers Sandy :

– Bonsoir, mademoiselle. Vous n'êtes pas importunée, je l'espère. Si vous avez besoin de quelque chose…

– Cet homme, dit-elle en désignant Akoua, est mon chauffeur. J'avais oublié quelque chose dans la voiture, il vient de me l'apporter.

Pour justifier sa présence dans le couloir, elle ajouta :

– Ma cousine dort dans la chambre, j'avais peur de la réveiller.

L'Africain, un diplomate ougandais, nota le visage tourmenté de la femme blanche, sa respiration rapide comme si elle avait couru. Tandis que ses collègues continuaient vers leurs chambres, l'Ougandais resta près de Sandy :

– Vous êtes sûre de ne pas avoir besoin d'aide ? Vous vous sentez bien ?

– Très bien, merci.

Le diplomate, soupçonnant un mensonge, dévisagea le chauffeur :

– Vous faites partie de quelle organisation ?

Akoua répéta :

– J'ai apporté un médicament que la miss avait oublié sur le siège.

– C'est exact ?

Sandy acquiesça :

– Oui, un médicament. Merci pour votre aimable intérêt, monsieur. Bonsoir.

Elle se sauva dans la chambre, entendit encore quelques paroles échangées entre deux Africains et leurs pas qui s'éloignaient.

A l'intérieur de la chambre, elle s'adossa, haletante, à la porte refermée. Elle essaya plusieurs fois la poignée pour s'assurer qu'elle était bien fermée, puis chercha sa bouteille d'eau minérale posée à côté de son lit et but à grandes gorgées pour se calmer. Elle s'assit au bord de son lit, écouta la respiration forte de Mrs. Brenton. Au moins, elle n'était pas seule. L'accusation du chauffeur concernant le photographe la terrassait. D'abord elle refusa l'idée. Puis, en réfléchissant, elle se remémora peu à peu certains détails étranges. Par exemple, quand elle avait improvisé son mensonge sur l'emploi du temps d'Eric, avant son départ de la maison du lac Tahoe, elle avait senti une colère difficilement contenue chez Allen. En fait, elle était gênante pour quelqu'un qui aurait voulu monter une accusation, sinon un chantage.

Ecoutant le battement agressif de son muscle cardiaque, elle se glissa dans son lit, à l'intérieur de la moustiquaire qu'elle avait installée. Dans le couloir résonnaient encore des pas, des allées et venues, des mots prononcés dans des langues inconnues traversaient le sommeil agité de Sandy. Elle se réveilla soudain, comme si elle avait reçu un choc. Elle souleva le côté mobile du voile, tâtonna pour retrouver sa montre dont le cadran lumineux marquait vingt-trois heures. Elle entendait une respiration profonde. Elle mit quelques secondes pour se souvenir de la présence de Mrs. Brenton, et s'endormit.

Elle se réveilla parce qu'on frappait à la porte. Un coup d'œil sur sa montre lui apprit qu'il était deux heures du matin. Les coups redoublaient. Elle détacha un côté de la moustiquaire, se leva et s'approcha de la porte :

– Qui est là ?

– Landler. Ils n'ont pas gardé ma chambre. Si vous pouviez m'héberger, ça m'arrangerait.

Elle ouvrit la porte et l'aperçut dans la lumière fade. Pour la première fois, elle prononça son prénom :

– Eric ! Merci d'être arrivé…

J'étais sale, je sentais la sueur, la route avait été éprouvante. Dans la chambre obscure, Sandy, ma secrétaire, la fille réservée, toujours sur ses gardes, était dans mes bras, le visage contre mon épaule. De ses cheveux et de son pyjama se dégageait une odeur de sommeil mélangée au désinfectant de l'eau et des draps. Elle avait tant de choses à me dire. Au-delà d'elle, je devinais une forme dans l'autre lit, sous la moustiquaire ouverte.

– Qu'est-ce que c'est, là ? Dans le lit ?

Ses mots se bousculaient, elle me racontait une histoire décousue : des Anglais l'avaient sauvée, la femme dans le lit était l'épouse du pilote – « ex-pilote », précisa-t-elle. Le chauffeur était engagé pour la supprimer. Je ne comprenais plus rien. Que dire dans ce cas ?

– Vous allez bien, malgré tout ?

Je l'écartai un peu de moi : son visage était ravagé, son pyjama boutonné de travers, ses yeux gonflés de larmes retenues ou de fatigue. Très agitée, elle tentait d'expliquer. Je l'interrompis.

– Demain, si vous voulez. J'espérais tant un lit.

Elle était au bord des pleurs :

– Je ne pouvais pas refuser de l'héberger. D'ailleurs, on m'a dit que vous ne veniez que demain matin.

Elle parlait très vite :

– Je vais partager mon lit avec vous. Sans ces Anglais, je serais peut-être morte. Même si vous aviez été là… Son mari et son fils passent la nuit dans leur pick-up car, dans des sacs de couchage.

Il fallait en finir. Les explications viendraient plus tard.

– Sandy, on s'arrête. Je coucherai par terre. J'ai eu ma dose pour aujourd'hui. Je me suis battu avec le roi des ordures…

– Allen ? demanda-t-elle en remontant la moustiquaire pour arranger son lit.

– Oui. Il était sur mes talons à Naivasha. J'ai pu pénétrer dans le bungalow un quart d'heure avant qu'il y arrive. Et à Nakuru, dans un lodge fermé, alors que je cherchais la chambre d'Angie, il était encore après moi. J'ai besoin de me doucher et de m'allonger.

– Venez à côté de moi, dit Sandy. Pourquoi n'avez-vous pas demandé qu'on garde votre chambre en la payant quoi qu'il arrive ?

– Négligence, bêtise, qu'importe...

Je jetai mes vêtements sur l'unique chaise de la pièce et fonçai à la douche. Peu à peu, l'eau très chaude me soulagea. J'avais passé deux jours à me débattre avec des réminiscences pénibles, subi des rencontres d'une violence insoupçonnée. Je n'étais qu'un bagarreur de mots. Les vraies empoignades, je n'en avais plus connu depuis la cour du lycée à Paris. Allen, cet artiste si mince, avait une force physique insoupçonnée. Nous nous étions battus à Nakuru, roulant par terre dans les gravats d'une pièce dont les murs se fissuraient et abritaient des lézards agiles.

Sorti de la douche, une serviette-éponge autour de la taille, je pris dans mon sac un pantalon de pyjama. Sandy, dans l'auréole de lumière de la lampe à abat-jour rouge, m'attendait, assise sous la moustiquaire.

– Venez, dit-elle.

Je contournai le lit, elle dénoua délicatement le voile lourd, fortement amidonné. Assommé de fatigue, je cherchai la manière à adopter. Fallait-il jouer au grand frère auprès de la petite sœur ? Ou la brute qui, assommée, s'endort comme une masse ? Je n'ai jamais dormi comme une masse. Surtout depuis la mort d'Angie, je cours sans cesse dans des labyrinthes de cauchemars. Devais-je tenter une psychanalyse amateur pour l'apaiser ? L'écouter ? Non, je n'avais aucune énergie pour une comédie semi-intellectuelle. Comme, à force de silence et d'immobilité, nous sombrions peu à peu dans une molle léthargie, je déclarai :

– Je vais m'endormir, Sandy. Je ne sais pas si je ronfle, je dors seul depuis longtemps…

– Allen était violent, n'est-ce pas ? dit-elle.

– Il veut tout. Son album, la cassette, l'entreprise, et en prime assister à…

Je faillis dire « à mon exécution ».

– Il voulait me faire tuer, dit Sandy.

Elle délirait. L'Afrique monte parfois à la tête comme un alcool fort avalé d'un seul coup. Je cherchai une explication rassurante :

– Votre témoignage inattendu l'agace. La probabilité de ce témoignage.

– Je le maintiens, dit-elle. Tout.

Un homme couché à côté d'une femme qui en aime un autre n'a qu'à se taire. L'Anglaise venait d'émettre un ronflement puissant.

– Elle ronfle par à-coups, me dit Sandy pour me rassurer.

Je soupirai.

– Avez-vous un peu d'eau ?

– Bien sûr.

En se penchant pour prendre la bouteille d'eau minérale, elle accrocha le fil de la fragile lampe, qui tomba, la bouteille glissa des mains de Sandy et l'eau en liberté arrosa la lampe éteinte. Je récupérai enfin la bouteille, bus goulûment et la posai près de moi. A la suite d'un geste trop brusque, le support fragile de la moustiquaire se détacha du mur où il était peu solidement fixé et le filet épais, sentant le tabac refroidi et le désinfectant, s'effondra sur nous.

– Des prises comme nous sont plutôt rares, dis-je en me débattant pour nous sortir de la masse de tissu.

Sandy s'enfonça un bout de drap dans la bouche pour étouffer son rire.

– C’est nerveux, dit-elle en hoquetant. Je ris pour toute une journée de panique.

– C’est mieux que de pleurer. Riez donc.

Je nous débarrassai de la moustiquaire, qui gisait maintenant auprès du lit.

Je m’allongeai sur la moitié de la couverture de Sandy, couvert d’une autre qu’elle avait trouvée sur l’étagère derrière le rideau en plastique. Alors que je me croyais ce soir insensible à tout, mon corps était en état d’alerte. Je me raisonnais. Je devais respecter la confiance de cette jeune femme dont la proximité me brûlait l’épiderme. Si j’exploitais les avantages de la situation, je serais un salaud. Si je m’abstenais de la moindre manifestation de désir, passerais-je pour un honnête imbécile ? Elle pouvait soit me trouver nul, soit admirer l’élégance de mon comportement. Je poussai un soupir, auquel Mrs. Brenton répondit par un hoquet hargneux. Je me détournai de Sandy pour camoufler le réveil de mon sexe. En glissant entre nous un oreiller long, plat et dur, pour assurer la séparation des corps, ma main heurta celle de Sandy. Paume contre paume. Rien n’était plus sensuel, plus attirant et plus pernicieux que ce contact. Ma vie flambait.

– Ça va ? Vous n’êtes pas trop mal installé ? demanda-t-elle.

Mrs. Brenton souffla deux coups en sourdine. Sous l’emprise dictatoriale de la vertu imposée, je répondis, en retirant ma main :

– Ça va. Mais je dois oublier le fait étonnant de partager un lit avec vous.

Elle me donna le coup de grâce :

– Si j’avais deviné votre arrivée, je me serais installée à côté de Mrs. Brenton. J’aurais laissé ce lit libre pour vous.

Elle posa la tête sur mon épaule.

– Il vaudrait mieux que je m'allonge par terre, Sandy.

– Non, dit-elle. J'aurais peur pour vous. Les bêtes…

Dans un demi-sommeil, elle m'annonça :

– J'ai vu un scorpion à Mara Serena Lodge.

Nous nous retrouvâmes dos à dos, elle tournée vers la lampe cassée, moi vers Mrs. Brenton. Il pleuvait. L'hôtel allait finir par flotter sur le lac. Comme un spectre, l'Anglaise s'assit sous la moustiquaire. Le vacarme de la pluie battante l'avait réveillée.

– *My sweeties* dehors ! s'écria-t-elle. John, Jeremy…

Puis elle retomba sur l'oreiller et se rendormit. Sans se retourner, Sandy murmura :

– Ils nous ont dégagés de la boue, le chauffeur a saboté la Land Rover. Allen lui a promis quinze mille dollars pour que je n'arrive pas ici.

Les mots me parvenaient à travers un brouillard.

– On en parlera demain, Sandy.

J'entendis de très loin :

– Eric, j'ai un souffle au cœur. Quand on a un souffle au cœur…

Jolie image, pensai-je, romantique. Moi, c'était une tempête que j'avais au cœur. Je la dominai, je sentis le sommeil s'emparer de moi et je sombrai.

Une vague idée de l'aube, une ligne plus claire sur l'horizon gris. La fenêtre encore dégoulinante d'eau. Ma montre-bracelet. Un œil ouvert. Six heures. Un ronflement de Mrs. Brenton me ramena dans le monde réel. Je regardai autour de moi, au-dessus, aussi. Le support détaché de la moustiquaire avait laissé un trou noir sur le mur blanc et le voile formait un tas de mon côté. Je me précipitai vers la petite salle de douche. Après, en m'habillant, je m'imposai de ne pas regarder vers les lits.

– Vous êtes vraiment là, dit la voix de Sandy. Je n'ai pas rêvé.

Je me retournai. Les yeux grands ouverts, elle m'observait. Je venais d'attacher ma ceinture. Je détestais me préparer sous un regard de femme. « Un homme qui se déshabille ou qui s'habille dans une chambre à coucher, c'est laid », m'avait dit un jour Angie. J'étais en caleçon, elle m'avait fait rougir. « Il faut arriver et repartir nu. Ou en pyjama. »

Je pris mes chaussures et mon sac de voyage.

– Je descends. On se retrouve au petit déjeuner. On fera comme si je venais d'arriver.

Je me retrouvai dans le couloir, où je déposai mon sac et me chaussai. Un Africain de grande carrure – ce que certaines femmes appellent un bel homme – était sorti de la chambre voisine. Tout en muscles couleur d'ébène, il portait juste un pantalon et une chemise ouverte. Il était pieds nus. Nous échangeâmes un regard complice : lui sortait d'une nuit d'amour, moi, des décombres d'une moustiquaire. J'aimai ce moment de connivence.

– *Hi*, ai-je lancé.

– *Hi*, répondit-il et son large sourire dévoila des dents superbes.

Quelle nuit la fille qui avait partagé son lit avait dû passer !

– Vous avez aussi... ? demanda-t-il en désignant la porte.

– Quoi ?

Il valait mieux rester prudent.

– Des enfants qui dorment ? J'en ai deux, le moindre mouvement les réveille.

C'était un père de famille, moi, un orphelin.

– Non, ai-je dit, non. Bonne journée.

Je dévalai les marches couvertes d'un vieux linoléum, traversai le hall désert, de la salle à manger parvenait un bruit de casseroles et de bavardages. Plus vite j'aurais un café, mieux j'affronterais les événements. Deux cuisiniers surpris dans leur univers gris et gras me souriaient, un peu forcés, me saluaient avec un « *Habari, bwana... jambo* » : j'étais trop tôt, je les dérangeais. Je demandai doucement :

– Je ne veux pas vous ennuyer, mais j'ai voyagé toute la nuit. Un café, s'il vous plaît.

Rapidement, l'un d'eux m'apporta une grande tasse en faïence pleine de café noir. J'étais le réfugié d'une nuit étrange, le rescapé d'une tentation, un idiot vertueux, sinon tout simplement un homme fatigué. Les serveurs préparaient les tables pour le petit déjeuner. Je m'avançai vers l'entrée, où je m'installai sur l'unique chaise, face à la porte. Deux hommes, un vieux et un jeune, éprouvés, chiffonnés, l'œil veiné de rouge et la barbe naissante, venaient de franchir le seuil, chacun portant un sac de voyage. Sûr de mon affaire, je me levai pour les accoster :

– Mr. Brenton ?

– Oui.

– Et son fils ?

– Oui. Jeremy.

Je serrai les mains :

– Je suis Eric Landler. Je viens d'arriver, j'ai frappé à la porte de ma secrétaire, elle m'a dit qu'une personne partageait sa chambre, Mrs. Brenton, votre femme, et que tous trois vous lui avez sauvé la vie.

Le père acquiesça :

– Sandy était en grave difficulté.

Je vis leur regard fixé sur ma tasse.

– Vous allez avoir du café. Venez ! Suivez-moi.

Je me dirigeai vers la cuisine. J'étais déjà connu du personnel, cette fois en grande activité. Je posai deux billets de cinq cents shillings sur une table et demandai des cafés et des petits déjeuners anglais abondants. Je revins annoncer aux Brenton l'arrivée de la commande. Le père maussade, préoccupé, et le fils boursouflé de sommeil et de piqûres de moustiques me demandèrent s'il existait dans l'hôtel une douche indépendante des chambres. Je l'ignorais. Ils évoquèrent la nuit dans leur pick-up car, les moustiques, la pluie, en jurant qu'ils ne renouvelleraient l'expérience pour rien au monde. Je m'adressai à la réception : « Pas de douche indépendante. » Le gardien du matin me renvoyait sur mes territoires de client agité et exigeant.

– Dès que votre femme et ma secrétaire quittent la chambre, vous la prendrez et vous vous remettrez en état.

– Nous devrions être à Kericho, commenta Jeremy, songeur, en se grattant le front. Mais on ne pouvait pas laisser cette jeune femme entre les mains d'un chauffeur fou furieux…

Le serveur arriva avec deux plateaux chargés de plats et d'assiettes divers, tout ce dont un Anglais pouvait rêver après une nuit blanche. Les œufs grésillaient encore sur les assiettes, et l'atmosphère se détendait.

– Quel que soit le travail dont vous avez chargé votre employée, dit John Brenton en étalant le beurre sur un petit pain, vous n'auriez pas dû la laisser voyager seule.

– C'est elle qui a insisté.

Il eut un geste agacé :

– Elle ne connaît rien du monde. Elle n'a jamais quitté la Californie.

– Elle avait au départ de solides connaissances des lieux.

– Qui ne servent à rien. L'Afrique s'apprend sur place. Il y avait une autre femme dans la voiture, mais elle ne participait à rien. Elle regardait, c'est tout.

– Une autre femme ?

– Une Noire.

Je ne connaissais pas ces détails. Pour ne pas apparaître comme un patron abusif ou tout simplement un abruti, j'expliquai que la voiture appartenait à une organisation de tourisme, que celle-ci – ne fût-ce que pour assurer sa réputation – devait garantir la sécurité de ses clients, dont ma secrétaire.

– Le chauffeur était très agressif, continua Jeremy. Il avait peut-être des raisons personnelles, peut-être des problèmes. Peut-être ressentait-il le fait de se retrouver avec une femme seule, ses valises et son argent comme une provocation.

Son père renchérit :

– On avait l'impression qu'il voulait délibérément créer un accident. Il a réussi à embourber la voiture, ce qui était évidemment prémédité. Notre arrivée l'a empêché d'agir.

– Il savait que sa voiture n'était qu'un tas de ferraille, dit Jeremy. Il était fou de rage lorsque je l'ai obligé, à genoux à côté de moi, à dégager les roues avant.

Je tentai de faire valoir l'ordre relatif qui régnait au Kenya, l'attention portée aux touristes, mais Brenton, le père, m'opposa des arguments péremptoires :

– La meilleure police du monde n'est pas capable de ressusciter un mort. Si vous me permettez la question, que faites-vous exactement, vous, le patron ?

En beurrant mes petits pains chauds, je leur racontai la légende Fergusson, le drame, la Fondation, le centre social à bâtir. Jeremy commenta :

– Jolie histoire, bien dans le style du mécénat américain. Il reste à la réaliser. Franchement – entre nous – vous croyez que vous allez réussir ?

Les « entre nous » me mettaient toujours en état d'inconfort. Les « entre nous » avec des gens qu'on ne connaît pas, qu'on ne reverra jamais, préludaient souvent à quelque mensonge.

– Vous avez déjà vu un Etat refuser de l'argent ?

John Brenton essuya un peu de jaune d'œuf sur son menton :

– Les bénéficiaires seront sans doute très contents. Mais accepteront-ils vos principes ? La gérance américaine du Centre, par exemple ?

– Bien obligés.

Le vieux pilote hocha la tête.

– Avez-vous pris en considération leur amour-propre ?

L'ancien colonisateur n'avait pas de leçon à me donner. Il eut le malheur d'ajouter :

– Vous qui êtes d'origine française, paraît-il.

Je lançai, à peine poli :

– Pour quelle raison près de cent millions de dollars bouleverseraient-ils l'amour-propre d'une classe dirigeante ?

– C'est bien français, dit John Brenton, de considérer avec autant de confiance les dirigeants d'un pays en cours de développement. Les élus. Vous croyez aux élus.

Peut-on se fâcher avec des bienfaiteurs ? Peut-on envoyer au diable ceux qui, pour sauver votre secrétaire, se retrouvent boursouflés de piqûres de moustiques ?

– Toute une équipe suit l'évolution du projet, aussi bien sur le plan social qu'ethnographique.

John Brenton entama son deuxième œuf.

– Ils ont des médecins excellents, ici. Ils font des études en Angleterre ou en Amérique. Il y a un hôpital de toute première qualité à Nairobi.

Jeremy prit le dernier toast. Je fis signe à un serveur d'apporter encore quelques-unes de ces superbes tranches de pain grillé.

– Ce que vous projetez – la manière dont vous en parlez – correspond à l'idée qu'on se faisait du Kenya il y a cinquante ans. De grands enfants un peu désorganisés à protéger. Des serviteurs à former, capables de préparer le thé et les petits gâteaux à la manière anglo-saxonne.

J'avais peur d'exploser. Il fallait calmer ce donneur de leçons.

– Il me serait très agréable de vous inviter à visiter notre Centre.

– Où ?

– A Loïta Plains. Dans un an.

– Magnifique endroit, dit John Brenton, mais il n'y a pas d'eau. Il faut forer à plus de cent mètres. Je parle des puits.

Le fils intervint.

– Ce n'est peut-être pas le moment de se braquer sur la réglementation du nombre de touristes. Ils ne viennent plus comme avant. Les petits explorateurs se dirigent en groupes bien ordonnés vers la Tanzanie.

– Au Kenya, et ailleurs en Afrique, il y a toujours un besoin impératif de dispensaires et de centres sociaux.

– Ce que j'aime chez les Américains, c'est qu'ils veulent faire du bien partout. Il n'y a pourtant pas de pétrole au Kenya...

– Miss Fergusson se préoccupait de la faune – je parlais de ma défunte femme comme d'un monument –, mais son projet ne tenait que si on augmentait le niveau de vie du peuple. Ceux qui n'ont plus faim ne braconnent plus.

– L'erreur est profonde, monsieur...

– Landler.

– Le braconnier est parfois plus attaché à la tradition qu'à l'argent. Quant aux rhinocéros... Ça, c'est le scandale.

J'étais aux dernières limites de ma patience.

– Si on laisse agir des responsables indigènes selon leur compétence, vous verrez... Vous comprendrez vite, mais entre-temps, vous aurez perdu des fortunes et des illusions.

Il sentait mon énervement et changea de sujet :

– Quelle nuit difficile ! dit-il. Pour tout le monde.

Jeremy ajouta, la bouche pleine :

– Sans parler des bruits étranges. Les crocodiles. Nous avons soulevé la bâche, juste un coin...

– Une ombre allongée se faufilait entre les voitures, dit John Brenton.

La libération arriva en la personne de Sandy, accompagnée de Mrs. Brenton. Je me précipitai vers elles :

– Salut, Sandy. Merci, madame Brenton, pour tout. Quand j'ai frappé à la porte ce matin pour annoncer mon arrivée, Miss Davis m'a raconté la situation en quelques mots. Je vous suis infiniment reconnaissant.

Mrs. Brenton se hissa sur la pointe des pieds et me dévisagea :

– C'est vous, donc, le patron qui laisse voyager sa secrétaire toute seule au milieu de l'Afrique ! Sans le hasard qui nous a dirigés vers elle, cette pauvre petite aurait passé la nuit dans la réserve, livrée à un fou.

John Brenton intervint :

– Judy, *my dear*. Du calme…

– Mes hommes, dit Judy avec la fierté d'une femme qu'accompagnent deux mâles, ne m'auraient jamais exposée à une situation pareille…

Nous avons repris du café ensemble. J'étais saturé de leçons de géopolitique, dégoûté pour longtemps des œufs sur le plat, mais certain que Sandy était la femme pour qui j'avais un sentiment particulier. Etait-ce le désir, le besoin d'apaisement, un ensemble d'éléments que les gens normaux appellent « amour » ?

Tout en faisant semblant de m'intéresser aux statistiques de la mortalité des nouveau-nés en Afrique, je m'abandonnai à mes pensées et découvris, étonné, que pendant ces trois jours, Sandy m'avait manqué. Que j'avais pris l'habitude de la rencontrer chaque matin au bureau. Et cette nuit m'avait achevé. Sans espérer qu'elle me fasse des avances, qu'elle m'accorde un mot complice, j'attendais un signe. Un presque rien. Et je n'ai rien eu. Elle restait l'employée modèle en service commandé, une secrétaire de rêve.

– Vous étiez où pendant tout ce temps, monsieur Landler ? demanda Judy. Si je ne suis pas indiscrète…

– J'avais une réunion à Nairobi, ensuite une moitié de nuit à Naivasha, puis l'obligation d'une visite à Nakuru. Sur la carte, tout semble proche, mais la nuit, sur une route…

J'allais mettre en scène mon héroïque équipée, dans la vieille Toyota, parmi les camions, lorsque John Brenton m'interrompit :

– Nous en avons autant à vous raconter sur l'état des routes. Merci.

J'eus ensuite droit à l'histoire de leurs amis propriétaires d'une plantation de café, et qui les attendaient. Je voulais leur manifester ma reconnaissance :

– Peut-on envoyer des billets d'avion à un ancien pilote et à sa famille, accompagnés d'une invitation en Californie ? A Los Angeles. J'ai une grande maison là-bas, vous pourriez vous y installer tant que vous voudrez.

– Avec plaisir, dit-il, soudain souriant – ses rides éclataient et partaient dans tous les sens –, un retraité n'est qu'un retraité. La Californie, nous ne la connaissons pas.

– On viendra, conclut Judy, mais d'abord, avant de faire le tour du monde en sens inverse, il faut que mes hommes prennent une douche. On peut leur laisser notre chambre, je crois.

– Evidemment.

La gérante venait d'arriver à la réception. Elle me fascinait. La voir de si bon matin, c'était comme écouter du jazz avant d'aller au bureau, à jeun. Son allure sophistiquée, ses longs cils, sa bouche humide aux lèvres brillantes étaient mal accordés avec son travail matinal. Je payai la chambre pour vingt-quatre heures de plus, les Anglais pourraient y rester à leur aise. Ravis, ils repartirent à l'étage tandis que Sandy surveillait le trajet de nos valises. Je revins vers la gérante, que je finissais visiblement par exaspérer.

– Vous êtes Miss… ?

– Mon nom n'a pas d'importance. La gérante.

Mouché. Ce Blanc de taille moyenne et les traits creusés la fatiguait.

– Il y a quelque temps, une Américaine m'a appelé d'ici.

Elle haussa les sourcils. Ma phrase lui semblait parfaitement imbécile.

– Une Américaine ? Et alors ? Qu'est-ce que j'ai à voir avec elle ? Je ne sais même pas de qui vous parlez.

– Elle a appelé il y a environ dix jours.

– Son nom ?

– Landler.

– Comme vous ?

– Oui. Avait-elle une chambre à l'hôtel ?

Elle fit semblant de chercher dans son registre hâtivement ouvert, n'importe où :

– Je ne vois pas ce nom.

– Elle appelait d'ici.

Elle désigna le téléphone sur le mur :

– Tout le monde peut l'utiliser. Il suffit d'avoir de la monnaie.

– Avez-vous peut-être entendu parler d'une Américaine qui vivrait ici ?

Elle tapota sa bouche de sa main droite. Ses ongles longs étaient de couleur opaline.

– Il y a beaucoup de nationalités à Homa Bay, mais personne ne reste longtemps. Pendant les événements du Zaïre, quelques délégations sont passées par là, mais pas américaines. Je ne crois pas.

Elle réfléchit un instant :

– Il y a des années, paraît-il, une Américaine travaillait ici avec des enfants. Mais je ne l'ai pas connue. Juste entendu parler d'elle.

Sandy vint m'annoncer que les bagages étaient là. Les deux femmes se dévisagèrent. Je ne comptais plus. Nous avons pris congé poliment, comme des invités qui s'en vont enfin.

En nous dirigeant vers le parking où attendait la Toyota que j'avais achetée à Nairobi, Sandy me parla du chauffeur et de ses menaces. J'étais moins indigné qu'elle l'aurait voulu.

– Vous ne me croyez pas…

– Bien sûr que si. Il n'est pas exclu qu'il ait dit la vérité. Mais je suis surpris que le photographe se soit montré aussi direct avec un employé. C'est trop dangereux.

– On peut mourir pour des sous-entendus aussi, répondit Sandy.

Je résumai en quelques mots le récit de mes affrontements avec Allen à Naivasha et à Nakuru, et je promis les détails pour plus tard. L'intérieur de la Toyota ressemblait à une vieille caisse à outils chauffée. Je dégageai le siège avant pour Sandy et, le coffre chargé de bagages, nous sommes partis explorer Homa Bay.

– Centre ou bord du lac ?

Je préparais mon effet : j'avais littéralement volé, en surprenant malgré moi une conversation, le nom d'une infirmière qui aurait été en relation avec Annie. Mais j'attendais mon heure pour l'annoncer. Sandy ne serait pas étonnée pour rien. A qui m'adresser au fond de cette cuvette humide ? Le lac ressemblait à un couvercle de casserole et nous, en dessous, nous étions livrés aux forces des ténèbres.

– J'ai trop mal au dos pour réfléchir, déclara Sandy.

Je m'engageai sur une route de terre, vers un rassemblement qui se révéla être un marché. Ralenti par un embouteillage local, je m'avançai à cinq kilomètres à l'heure sur l'espace encombré et je garai la voiture sur un terre-plein, auprès de deux camionnettes que deux adolescents chargeaient de caisses de légumes étranges.

Je refermai la voiture. Au milieu de la marchandise étalée par terre, des femmes de tout âge, la tête recouverte de fichus éclatants, attendaient les clients, accroupies ou à genoux. Des cuvettes en métal remplies de poissons dégageaient des odeurs pénétrantes. La chaleur moite voilait nos lunettes de soleil, l'air était aussi humide que dans un hammam.

Le lac était à quelques mètres, le marché s'étendait pratiquement sur sa rive. Striée de rayures jaunes, reflets des lumières ou algues, l'eau prolongeait le niveau du sol. Sur la bande de sable gisaient des gobelets en plastique, des papiers gras, des bouteilles éventrées, et des enfants se bagarraient avec ces projectiles ramassés au hasard. Une jetée en bois pourri, bordée de murs rongés d'humidité, aboutissait à un cabanon. Soûlés par la moiteur et la réverbération cruelle, nous marchions vers cette étrange passerelle qui, dans un film de science-fiction, nous aurait attirés vers une éternité opaque. Des poissons aux grandes gueules dentées et aux yeux morts se décomposaient déjà. Les marchandes désignaient leur balance rudimentaire pour nous inviter à acheter. Je ne pouvais plus attendre :

– Je dois trouver une Mrs. Oduana.

– Pourquoi ? demanda Sandy.

– Une femme d'ici, liée à Annie…

– Ah bon…

Elle était à la limite du malaise. Juste une toute petite perte de conscience pour être ailleurs, se débarrasser de moi, du lac, des poissons. De l'Afrique.

– Et même si vous la trouviez, quel intérêt ? demanda-t-elle. Ici, on est hors du temps. Qui se souvient – et de quoi – dans ce marigot ?

– Annie a vécu ici.

Elle se tassa, se recroquevilla dans son blouson. Elle ne voulait plus de moi, créateur de complications inextricables. Elle était épuisée par son aventure, elle respirait mal l'air qui ressemblait à un torchon mouillé plaqué contre le visage. Je voulus la rassurer.

– Il faut voir le lac avant de quitter Homa Bay. On n'a pas rendez-vous avec le lac Victoria tous les jours.

– Ce serait malheureux de voir ça tous les jours...

Au début de la jetée, installé sur un banc vermoulu, un vieux gardien qui s'éventait avec un journal crasseux nous déclara sans aucune conviction qu'il n'était pas permis de se promener sur la passerelle, trouée à plusieurs endroits. Deux cents shillings le réconcilièrent avec le règlement. Des cumulus de terre flottants coupaient la vue sur l'horizon, cloisonné par des monticules grouillants de bestioles qui se déplaçaient, lentement sur l'eau épaisse.

– Ce sont peut-être des bousiers aquatiques qui roulent la crotte sur l'eau...

– Vous vous trouvez drôle, monsieur Landler ?

– J'essaie de vous dérider.

– Si vous avez une méthode... Ici les femmes vieillissent à vue d'œil.

Elle avait raison. La chaleur fétide nous couvrait de sueur, les insectes bourdonnaient autour de nos têtes ; en tapant à l'aveuglette, j'en écrasai plusieurs à la fois. En théorie, nous étions préservés par un médicament antipaludique. On verrait bien.

– On va où ? demanda Sandy.

– Personne ne pourra nous reprocher de n'avoir pas vu de près le lac Victoria. Vous êtes sûre qu'Angie venait ici ?

– Tout à fait sûre. Mais le climat lui était déconseillé.

– Il y a de quoi... Et que faisait-elle ici ?

– Je ne sais pas.

Un jeune Kenyan vêtu d'un jean et d'une chemise usée, abrité derrière des lunettes de soleil, s'approchait, mystérieusement surgi de ce pont qui ne menait nulle part. Il était à contre-jour. Je m'aventurai vers lui avec un « *Hello* » plutôt incertain.

– *Hello*, répondit-il et il continua dans un anglais parfait : Voulez-vous des renseignements sur le lac ? Si je peux vous aider…

Il nous parlait comme si nous nous connaissions depuis toujours. Je racontai mollement qu'on cherchait les traces d'une dame américaine qui était passée ici probablement deux semaines plus tôt.

– Il n'est pas exclu qu'elle ait habité chez une certaine Mrs. Oduana.

– Oduana ? répéta-t-il. Il y a quelques Oduana par ici. Mais l'Américaine, je ne sais pas.

Sandy se cacha derrière ses lunettes noires, saturée du lac et de moi.

– Beaucoup de touristes passent ici. Ils ne restent pas longtemps.

Il parlait d'une voix monocorde. Nous nous traînions sur le bois pourri qui s'affaissait parfois sous nos pas.

– Il y a eu ici des chercheurs et leurs laboratoires, des services médicaux, à l'origine d'une campagne de vaccination, expliqua le Kenyan. La dernière mission constituée de Français et d'Anglais est partie il y a dix-sept jours, par manque d'argent.

– Si on pouvait quitter ce lac ? dit Sandy, inerte.

– Il est unique au monde, vous savez.

– Tant mieux.

J'ajoutai :

– Il nous passionne.

Il pouvait être merveilleux pour des voyageurs moins chargés de ténèbres que nous. Le Kenyan désigna les monticules flottants :

– Ils sont constitués de terre, d'algues et de déchets, de morceaux de bois, de cadavres d'animaux en décomposition, ce sont, on pourrait dire, les excréments du lac.

– Ça soulève l'estomac, marmonna Sandy.

Elle se retourna vers le Kenyan :

– Quel est votre nom ?

– Pour les étrangers : Jim.

– Vous êtes guide ?

– J'étais comptable. Mais les bureaux licencient, les hôtels aussi. On réduit tout. Aujourd'hui, je me promenais en pensant à ma vie vide. Et vous êtes arrivés.

Le soleil frappait d'une telle force qu'on étouffait en plein air.

– C'est beau. Si on s'en allait ?

Sandy lui demanda, s'efforçant de manifester un peu d'intérêt poli :

– Et là-bas, ces terres-éponges ? C'est quoi ?

– Les refuges de crocodiles. Mais l'île, là-bas – il désigna à gauche une esquisse de colline, au bas recouvert d'algues –, c'est une vraie île, pleine de crocodiles. Les braconniers y vont la nuit. Il est interdit de vendre la peau des crocodiles, mais le besoin d'argent est plus fort que la peur.

Sandy s'appuya sur mon bras. Elle en avait assez, elle voulait rentrer à Los Angeles. Tout cela n'était guère supportable. Que ça cesse, s'il vous plaît.

Comment aurais-je pu deviner, dans cette pourriture aveuglante où on avalait maintenant des insectes minuscules, comment aurais-je pu imaginer que mon attitude, que je considérais élégante pour la première fois de mon existence, décourageait Sandy ? Une fois veuf, une fois mari, patron et, ce qu'elle ne savait pas, meurtrier, j'étais resté insensible à ses charmes, j'avais pu passer une nuit sur le même lit sans même tenter de l'embrasser. Elle n'avait pas eu besoin de me repousser, comble de l'humiliation pour une femme. J'entourai ses épaules d'un geste fraternel, ce qui la mit dans un état de rage inattendu. Elle se dégagea violemment :

– Vous m'énervez, monsieur Landler.

Nos lunettes absorbaient soixante-quinze pour cent de la violence de ce soleil, et pourtant nous devions plisser les yeux tant les reflets étaient agressifs.

– Si vous voulez goûter la viande de crocodile, il y en a au marché, proposa Jim.

– Non, dit Sandy. Vous avez parlé d'une mission ? Avant de se faire dévorer par les insectes, allons-y.

– C'est fermé.

– Montrez-nous l'emplacement.

– Suivez-moi.

Les planches craquaient sous nos pieds. Nous avons retraversé une partie du marché, et l'homme nous désigna un marchand qui vendait de la viande de crocodile.

– Vous n'en voulez vraiment pas ?

– Non. Pas de crocodile à jeun, dit Sandy.

La lumière écrasante déformait les contours, l'odeur de vase s'infiltrait dans les narines, le lac fascinant et visqueux semblait nous coller aux talons.

Au signe du Kenyan, j'arrêtai la voiture devant une bâtisse aux volets bleus. A peine touchée, la porte en bois s'ouvrit sur une pièce au sol carrelé, comme celui des deux autres dans le prolongement de la première. Sur les murs rongés par l'humidité pendaient, à moitié détachées de leurs punaises multicolores, des affiches en anglais, en français et en allemand, des interpellations : « Halte au sida. Préservez-vous », « Vaccination : pensez à vos enfants ». On avait l'impression d'une sorte de désastre, de fuite. Ce n'était même pas les personnes, mais la vie qui était évacuée de ces lieux. Jim prit l'une des affiches :

– Je vais la garder. Ils consultaient ici, il y avait des tables, des chaises, même des armoires. Ils ont dû les emporter ou les donner.

– Avez-vous le souvenir précis au moins d'une seule personne ?

Il réfléchit :

– Tout le monde parlait anglais, même les Allemands et les Français. Alors qui appartenait à quelle nationalité ?

– Vous avez vu des femmes ? insista Sandy.

– Je me souviens de l'une d'elles, une Allemande, je crois. Elle avait des cheveux grisonnants. Elle était d'une patience d'ange... J'ai amené mon plus jeune frère pour le faire vacciner.

Il semblait absurde que toute une mission disparaisse d'une semaine à l'autre. Pourtant c'était ainsi.

Nous sortîmes tous les trois derrière, par une porte étroite qui s'ouvrait sur une cour intérieure minable : aucune trace de vie, pas la moindre poule arpentant le sol cuit dans la chaleur. Un vrai four à pain. Une maison d'un étage occupait le fond de l'impasse.

– Qui habite là ?

Jim frappa à la porte. Une vieille femme apparut si vite sur le seuil qu'elle devait nous guetter. Jim lui donna des explications, sans doute en luo. La vieille femme – après avoir débité un long discours et réconfortée par les mille shillings que je lui tendis – nous fit entrer dans une grande pièce claire aux murs recouverts de dessins d'enfants. Sur des feuilles jadis blanches, des enfants montraient leur visage barbouillé de peinture noire.

Leurs mains aussi, noires. Les petits Africains avaient dessiné des petits Africains. Sur un mur, une aquarelle représentait un sapin des pays froids, un arbre de Noël enrubanné et chargé de boules multicolores. La peinture à l'eau avait dû être exécutée par un adulte. A l'arrière-plan, on pouvait distinguer des mots en anglais, tracés avec un large pinceau : « *Merry Christmas* ». Les mots « Los Angeles » coulaient d'en haut, comme si de l'eau avait endommagé cette fresque enfantine.

Jim raconta que selon la vieille femme, il y a des années, il y avait ici une petite école pour les enfants de Homa Bay, la dame américaine qui s'en occupait n'était plus revenue. En effet, une infirmière kenyane, une Mrs. Ouada qui fréquentait des Blancs, était partie récemment, en même temps que la mission – engagée comme surveillante au marché de Kisumu. La femme nous montra une petite pièce voisine, qui contenait encore une table en bois blanc et une chaise. Quelques mètres carrés, une toute petite fenêtre donnant sur une autre petite cour morte. Le soleil pesait des tonnes. Plus d'air. L'enfer clair. Et soudain, sur le mur à droite de la fenêtre, lorsque les yeux malmenés se furent habitués à vaincre les reliefs du contre-jour, soudain, comme par magie, apparurent des lettres gravées dans le mur de ciment couvert de plâtre. A.F., A.F., A.F..., des A.F. et les dates.

Je pris à temps Sandy dans mes bras ; elle cacha le visage contre mon épaule :

– Angie, dit-elle. Elle n'en a jamais parlé. De sa petite école, des dessins, des enfants. Des mots ici et là, j'ai compris, continua Sandy, qu'elle aimait les enfants petits, « c'est la période de la vie où tout est possible encore, devenir un être humain, non dévié par le destin, par la couleur, la misère, le continent où on naît ».

Je me souviens des périodes d'un ou deux mois où on ne pouvait pas la joindre. C'est elle qui appelait. Elle devait être ici. Se croire indispensable. Se donnant elle-même, c'était autre chose que l'argent.

Mentir encore ? Tout ce que j'aurais pu inventer était dérisoire. La femme que j'avais tuée était quelqu'un d'exceptionnel, la femme à qui j'avais ôté la vie était une missionnaire et une visionnaire, dans le sens le plus noble des mots. En soutenant Sandy, j'écoutais Jim, interprète entre la vieille femme et nous.

– Il y a eu ensuite une deuxième Américaine, qui elle aussi aimait les enfants. Cette deuxième Américaine est partie pour Kisumu il y a trois semaines. Peut-être Mrs. Ouada, qui habite maintenant à Kisumu, sait où elle se trouve. Elles étaient amies.

La découverte posthume des passions pures et innocentes d'Angie surgissait dans ma vie comme un accident. Ma situation morale s'aggravait d'une heure à l'autre.

Nous nous séparâmes de Jim et reprîmes la Toyota, que je conduisis dans un état de torpeur. Les panneaux signalaient Kisumu. De la route bétonnée aux abords verdoyants, le paysage semblait riche. Des plantations et des maisons soignées se succédaient. Que faire d'une existence où un acte de meurtre vous suit sournoisement, comme ce lac étrange, qui apparaissait d'un tournant à l'autre, tantôt au niveau même de la route, tantôt plus bas. Il nous jouait des tours, il ressemblait à un bord de mer ou à une mare étroite, puis à une grosse rivière collée à la rive. Il changeait sans cesse d'aspect. Parfois il n'était plus qu'une excroissance liquide, il épousait ses bords, s'infiltrait dans les brèches des côtes. Un lac pieuvre avec des bras d'eau.

– Je ne connaissais pas Angie, marmonna Sandy.

Je n'avais pas le droit de parler. Quelqu'un allait me coincer, peut-être moi-même. Les criminels parfaits sont souvent trahis par leur conscience. L'indic incontrôlable.

C'était une magnifique journée californienne. Le léger vent chassait les nuages de pollution du centre, la brise flattait les visages et les âmes, le soleil avait l'éclat d'un or de quatorze carats. L'avenue baptisée Olive au croisement de la 6e Rue avait un aspect provincial. Le quartier mexicain tout proche grouillait de vie et de couleurs. L'immeuble où entra Benny Mandel était propre et le *doorman* sévère. Benny cherchait le bureau du détective privé Mark Lomel : il fallait monter au septième étage, porte numéro 72. Dans la petite entrée, une secrétaire l'annonça aussitôt à son patron et, la minute suivante, les deux hommes se retrouvaient face à face.

Mandel hésitait, il craignait soudain de n'avoir pas assez réfléchi et, obéissant à ses instincts, de s'être aventuré sur un terrain dangereux. Lomel l'observait. Le détective redoutait ces temps de réflexion. Il arrivait parfois qu'un futur client prenne peur de ce qu'il voulait dire ou faire. Après quelques mots d'excuse, il disparaissait. Il fallait encourager l'homme tout à l'heure si pressé d'avoir un rendez-vous.

– Ici, tout est confidentiel, assure Lomel. Votre visite ne peut avoir aucune conséquence juridique. Si vous me confiez une mission, vous pouvez l'interrompre à n'importe quel moment.

Benny prit dans sa poche la page d'un journal populaire, la déposa devant Lomel tout en désignant avec son index une femme photographiée lors d'une réception :

– Monsieur Lomel, cette femme est Angie Fergusson.

Lomel encaissa le choc.

– Une personnalité bien connue. Pourquoi m'apportez-vous ce journal ?

– Regardez le manteau qu'elle porte – selon la description, en satin…

– Oui.

– Sur le revers…

Lomel se pencha :

– Oui.

– Une broche. Une tête de lion, la gueule ouverte tenant un rubis, les yeux en émeraude et le nez chargé de deux brillants.

Lomel comprit avec une jubilation profonde que ce qu'il espérait depuis des années était là, le détail qu'il traquait, le signe confirmant qu'il n'était ni fou ni obsédé. C'était le moment. Il leva le regard sur Benny, en plissant légèrement les paupières. Il fallait dissimuler les feux de joie qui brillaient dans ses pupilles.

– Qu'avez-vous à dire ?

– Cette dame est morte en Afrique.

– Tout le monde en a parlé à l'époque, acquiesça Lomel calmement, pour ne pas effaroucher le petit monsieur agité. Quel rapport avec l'image ?

– La broche… Prenez une loupe…

– Non, dit Lomel, je la vois bien.

– Pardon, parce que vous avez des lunettes…

– Qu'est-ce qu'elle a, cette broche ?

– Cette broche, je l'ai achetée et revendue.

– Angie Fergusson en avait plusieurs, répondit Lomel.

Il avait déjà examiné le problème de l'identification

du corps, établie grâce à une tête de lion que l'ancien administrateur de la société, un nommé Sanders, et le mari français avaient découverte dans les lambeaux de vêtements déchiquetés de la victime. Il se garda bien d'en parler.

– Plusieurs ou non, fit Benny, frustré de son coup de théâtre, celle-ci ou une autre, je l'ai eue en ma possession. J'ai une boutique proche de Melrose Avenue, il y a chez moi un va-et-vient considérable. Mais je me conforme à la loi. Je la respecte à la lettre.

Il glissa sa carte sur la table de Lomel :

– Je suis net, dit-il, je n'ai rien à me reprocher. Je l'ai achetée dans des conditions légales…

Lomel se demandait si un fœtus ressentait le moment où il allait naître. Sortir du noir, du ventre, du destin, apercevoir enfin la lumière.

– Donc vous avez pris l'empreinte et l'adresse du vendeur ? prononça-t-il.

– J'ai tout. Je vous ai apporté une copie de chaque document. La femme qui s'est présentée était une sorte de clocharde et sa voiture, que j'ai aperçue parquée sur un terrain vague à côté de mon magasin, une épave. Elle venait – selon ses dires – de Reno. J'ai demandé des détails. Elle était gênée mais elle ne mentait pas. Elle voulait de l'argent rapide, et surtout pas d'histoires. Sans que je la persécute de questions, elle m'a raconté qu'elle avait dormi dans son véhicule, près d'un motel, parce qu'elle n'avait pas de quoi louer une chambre. Le matin, elle s'était réveillée tôt et s'apprêtait à partir. Elle avait peur d'un contrôle de police. Elle était allée vers les toilettes du motel – il y en avait deux à l'extérieur du bâtiment. En passant, elle avait soulevé des couvercles de poubelles…

– Appartenant au motel ?

– Ça, elle ne le savait pas ni ne cherchait à le savoir. Une station-service voisine pouvait aussi utiliser ces containers.

– Bref, dit Lomel, continuez.

– Elle a trouvé dans une poubelle un vêtement de femme portant ce clip sur le revers.

– A-t-elle mentionné une date ?

Benny tendit un papier à Lomel :

– Regardez… Elle était si précise dans ses explications que j'ai marqué la date, machinalement.

Porté par une excitation profonde, Lomel constata que la date correspondait au lendemain de la journée où le couple avait ou aurait quitté la maison du lac Tahoe. Lui, Lomel, la connaissait, elle était marquée dans sa mémoire. Il aurait plutôt oublié son propre numéro de téléphone que cette fameuse date.

– Pourquoi vous adressez-vous à moi, monsieur Mandel ?

Benny ferma une seconde les paupières puis les rouvrit :

– L'instinct. Pour me préserver d'ennuis éventuels. Cette femme élégante aurait jeté son manteau et sa broche dans une poubelle entre Reno et Los Angeles ? Quand un acte n'est pas crédible, il peut devenir dangereux.

– Vous avez le nom et l'adresse de la femme qui vous a vendu la broche ? demanda Lomel d'un ton dégagé.

Benny prit dans son dossier les photocopies des documents.

– Tenez. L'adresse sur le permis de conduire a pu changer, mais vous retrouverez facilement la personne. C'est votre métier.

– Que désirez-vous en échange ?

– La certitude que je ne serai pas ennuyé en cas de…

– De ?

– Je ne sais pas. L'affaire me semble louche. Pourquoi cette femme célèbre et riche aurait jeté son manteau dans une poubelle avant son départ pour l'Afrique ?

– A qui avez-vous revendu l'objet ?

– A une Américaine passionnée de bijoux représentant des animaux. Elle était avec une amie française qui a insisté pour le lui offrir.

– Elle a payé comment ?

– La Française ? Par traveller's cheques. Mais j'ai demandé une garantie parce qu'elle n'avait pas son passeport sur elle. L'Américaine m'a donné sa propre adresse à elle et son numéro de téléphone.

– Vous les avez ?

– Tenez, dit Benny en tendant une feuille de son dossier.

Lomel avait devant lui, sur son bureau, toutes les indications dont il avait besoin pour retrouver la première femme. Celle qui avait vendu la broche. Il ne fallut pas plus de trois appels à ses anciens collègues, qui consultèrent sur leurs fichiers d'ordinateur les adresses et les empreintes digitales, pour savoir que la personne que Benny avait prise pour une presque clocharde travaillait dans un café et qu'elle n'avait pas de casier judiciaire.

Muni de ces renseignements, deux heures plus tard, Lomel traversait West Hollywood. La voiture qu'il utilisait ordinairement – car il laissait Lulu Belle au garage – avait un toit en plexiglas qui accumulait la chaleur. Il la rangea dans un parking à cinq dollars la demi-heure. Lorsqu'il franchit le seuil du coffee-shop, il aperçut tout de suite la serveuse : elle nettoyait la machine à café et rangeait les pots métalliques à lait et à sirop d'érable dans une machine à laver la vaisselle qui démarra avec le bruit d'une vieille usine. Il était quinze heures. Elle se retourna, passa un chiffon mouillé sur le comptoir où il restait quelques taches d'humidité.

– Un café, dit Lomel en s'asseyant sur un tabouret.

Elle posa une tasse devant lui, prit la cafetière en verre et versa le liquide, puis poussa d'un geste brusque le thermos de lait vers son client.

– Vous êtes Emily Gibson ?

– Et vous, un flic ?

– Privé.

– C'est moins grave, dit Emily. Je n'ai rien à me reprocher et vous avez l'air plutôt sympa.

– Si on parlait ? En tête à tête, continua Lomel.

– Seul l'argent m'intéresse, dit-elle. Pas question de m'envoyer un homme. Même pas par amour. J'en ai marre des mecs. Je ne veux consoler personne. Vous, c'est quoi ?

– J'offre de l'argent pour quelques renseignements.

Elle jeta sur lui un regard de mépris :

– Je suis pas un indic. Un. Deux : je ne sais pas grand-chose des gens. Trois : personne ne me raconte sa vie.

– Vous avez de la chance, dit Lomel. Aujourd'hui, c'est un animal qui m'intéresse. Un lion. Pour être plus clair, une tête de lion.

Elle marqua le coup, recula de quelques pas, trouva un travail urgent : elle se mit à remplir deux sucriers. Deux clients venaient de s'installer devant le comptoir. Emily fit un signe à Lomel qui voulait dire : patience. Elle servit les autres et revint vers le détective :

– Oui, je l'ai trouvée, la tête de lion. Je l'ai vendue dans un *pawn-shop*, le proprio me l'a achetée pour rien par rapport à sa valeur.

– Combien ? demanda-t-il.

C'était sa manière : il contournait les problèmes les plus aigus, les plus brûlants, en faisant semblant de s'attacher à un détail secondaire.

– Mille six cents dollars, fit-elle.

– C'est beaucoup d'argent.

– Pour quelqu'un qui n'a plus rien, c'est beaucoup, mais pas pour ce bijou.

– Que vous avez trouvé dans une poubelle.

– Qui vous l'a dit ?

– L'acheteur. Vous n'avez rien à vous reprocher.

Emily repassa le chiffon mouillé sur le comptoir :

– Alors quoi ? Vous m'apportez un rab ?

– Cent dollars pour les détails de cette découverte. Cette trouvaille. Appelez-la comme vous voulez.

– Pour deux cents dollars, je vous vends toute l'histoire.

– Cent cinquante.

– C'est parce que je suis fauchée. A quatre heures, dit-elle. Attendez-moi devant la porte.

Elle se pencha vers Lomel :

– Mais ne m'embarquez pas dans un truc ringard. Moi, je sais maintenant à qui appartenait la tête de lion. Je le sais par les journaux. A l'époque, lorsque j'ai trouvé le manteau dans la poubelle, c'était le cadet de mes soucis.

– Vous l'avez encore, le manteau ?

– On verra ça à quatre heures.

Elle n'était pas si mal, Emily. Elle avait plutôt une jolie ligne et fraîchement maquillée, avec ses lunettes de soleil et ses boucles rousses, elle se fondait naturellement dans la faune de Los Angeles. Lomel l'avait invitée à une terrasse installée sur un trottoir. Une adolescente – la tête haute, la visière de la casquette dans la nuque, le regard accroché par une énorme publicité qui reproduisait le visage épanoui d'un top model – passa sur un skateboard et évita de justesse le pied droit de Lomel. Au bout du trottoir, elle s'arrêta net.

Emily, impatiente, réclama :

– Alors, l'argent ?

Lomel montra les billets.

– Ça va, dit-elle. Ce que je vous dirai vaut sans doute plus, mais…

– J'allonge encore si vous ne me décevez pas.

Ils avaient demandé deux Coca, Emily s'accouda à la table :

– J'ai vécu il y a plus de deux ans une période plutôt moche. J'étais grillée à cause de mon ami, un comptable qui a eu la mauvaise idée de détourner de l'argent. Plus de fric, plus d'espoir de travail à Reno. Lui, il est en taule. Je ne vais pas le voir. Marre de consoler à travers le mica… Après le scandale, je suis venue à Los Angeles. Ce fameux jour, je n'en menais pas large. J'avais juste les sous pour l'essence et quelques sandwiches. Epuisée, j'ai passé la nuit dans ma voiture, à côté d'un motel.

– La date, dit Lomel.

Il était comme un drogué qui attend sa dose. Emily avait indiqué la fameuse journée où Eric Landler et Angie devaient être à Las Vegas.

– Je m'étais réveillée tôt, continua la serveuse, je ne voulais pas qu'un flic me surprenne dans ma voiture. En allant aux toilettes, j'ai aperçu trois poubelles. Il n'y avait personne aux alentours, que les voitures qui filaient sur la route. J'ai soulevé le premier couvercle, je me suis mise à pleurer, c'était le premier pas vers la déchéance complète.

Le serveur déposa les deux verres de Coca pression sur la table, Lomel paya.

– C'était dégueulasse, j'ai refermé aussitôt. La deuxième puait aussi. La troisième contenait des cartons cassés, des papiers alu froissés et des journaux humides. Je tâtonnais dedans, écœurée de ma vie. J'ai senti comme un tissu, j'ai tiré. C'était un manteau – en jersey de soie – j'ai vu tout de suite qu'il était chic, plus Neumann et Marcus que Macy's. Le luxe, quoi ! Le manteau avait été acheté dans une boutique de Rodeo Drive. Il y a encore la griffe.

Lomel avait rarement été si heureux. Emily continua.

– En retournant le manteau à l'endroit, j'ai vu le clip sur le revers, la tête de lion. Je me suis barrée aussitôt. La poubelle ne portait pas le nom du motel, donc je n'étais pas obligée d'informer la réception que j'y avais trouvé un bijou. C'est ce que j'aurais dû faire – selon la loi. Plutôt marrant, non ?

– Vous êtes quelqu'un de formidable, Emily.

Ses yeux brillaient, son visage était tendu. Emily était encore capable de constater que le mec était séduisant.

– Il y a intérêt, dit-elle simplement. La taule ? Plutôt crever. Je suis partie, j'ai roulé plus de six heures encore pour arriver à Los Angeles. Je n'avais plus qu'un fond de réservoir quand j'ai aperçu la boutique, près de Melrose. La panne sèche me guettait. Je devais vendre la tête de lion.

– Et le manteau ? demanda Lomel.

– Vous allez vite, remarqua Emily. Vous ne m'écoutez même pas...

– Le manteau ? répéta Lomel.

– Chez moi. Je n'ai pas pu le jeter, ça m'aurait fait mal, il est trop beau. Ni le porter, il est trop élégant.

– L'avez-vous donné à nettoyer ?

– Vous plaisantez ! Pas de fric pour ce genre de luxe. Je l'ai plié dans un sac en plastique.

– Je vous l'achète, dit Lomel, grisé.

– Vous cherchez quoi exactement ? dit Emily. Ce manteau devait appartenir à la Fergusson morte en Afrique une dizaine de jours plus tard. Elle n'a plus eu l'occasion de déposer plainte…

– Cent dollars pour le manteau, dit Lomel.

– Ça nous fait deux cent cinquante, dit la fille. J'ai un loyer de quatre cents dollars pour un studio minable. Vous me payez le mois et je vous donne tout. Y compris ce que j'ai trouvé dans la poche.

– Quoi ? dit Lomel, la gorge sèche.

– D'abord le fric, dit-elle. Ensuite vous verrez vous-même.

– On y va ? dit Lomel.

Enfin il allait tenir le Français. Il ne le détestait pas parce qu'il était étranger, ça lui était égal : en Amérique, tout le monde est un ancien étranger. Ni pour sa richesse. Il le haïssait parce qu'il le soupçonnait d'être le meurtrier d'Angie Fergusson. L'homme semblait intouchable, triste, charmant et réservé, on ne lui connaissait aucun lien avec une autre femme. Il vivait apparemment dans ses souvenirs, mais, selon Lomel, dans la crainte.

Il attendit Emily à la sortie de son travail et la raccompagna chez elle. Elle habitait dans une rue bordée d'arbres gris de pollution.

– Toute la rue est à louer, dit Emily. On court après les locataires, on les racole avec des jolies promesses.

Mais une fois que vous y êtes, si vous ne payez pas rubis sur l'ongle, on vous jette dehors.

– Pour le manteau, je ferai un sacrifice, déclara Lomel.

Il suivit la femme qui semblait gênée par l'odeur d'urine qui empestait la cage d'escalier.

– On descend les chiens à la dernière minute. Avant d'arriver en bas, ils lâchent tout, les pauvres. Enfin, il n'y en a pas des masses, juste deux cabots… J'en connais deux. Quelle vie, en laisse, la vessie toujours pleine, à attendre !

Son studio comportait un canapé-lit, une armoire en plastique, une douche et une kitchenette.

– Pour ce que c'est, je paie un prix exorbitant, dit Emily, mais on m'a dispensée de la garantie de trois mois… Sans la tête de lion, je serais à la rue.

Lomel s'assit dans un fauteuil bancal et dit :

– Vous me le montrez ?

– Vous n'avez que ça dans la tête, dit Emily. Le manteau. Voulez-vous un Coca ?

– Le manteau.

Elle ouvrit un placard étroit et prit un sac en plastique.

– Tenez…

Il reçut le paquet avec précaution, l'ouvrit et déploya délicatement le léger manteau en jersey de soie, beige pâle, finement gansé d'une étroite tresse or et noir. A l'intérieur, la griffe d'une boutique de luxe de Rodeo Drive était à moitié décousue.

– J'ai voulu l'enlever, la griffe, commenta Emily, mais j'ai changé d'avis.

Lomel avait l'impression que le manteau était vivant. Emily s'approcha et montra le revers :

– Elle était là, la tête de lion. Le manteau est réversible. Une femme ne l'aurait pas jeté sans avoir le réflexe de vérifier les deux côtés. Selon moi, c'est un homme qui s'en est débarrassé. La femme a dû partir en claquant la porte et lui, furieux, a voulu se défaire de tout ce qui appartenait à cette femme. Ils sont malades d'orgueil, les mecs, et avec ça, susceptibles. Un rien les démolit. Pourquoi la Fergusson s'encombrait d'un mec idiot ?

Lomel tenait le manteau. Il fallait le soumettre à des examens de laboratoire. S'il portait la moindre trace de poussière, d'un choc, d'une collision..., peut-être même, par miracle, une infime trace de sang séché, ou de la terre appartenant à la région du lac, à la maison, à la terrasse.

Emily reprit le manteau :

– Vous l'avez assez vu.

– Qu'est-ce qu'il y avait dans la poche ?

– Ça vaut cher aussi... Je vais vous le chercher.

Elle déposa le manteau sur son lit, revint et tendit à Lomel une petite carte commerciale, qui venait de la boutique super-chic de Rodeo Drive : « Permettez-nous de vous rappeler votre essayage le... » Le jour correspondait au lendemain du départ d'Angie du lac Tahoe. Angie serait partie du lac Tahoe vers Los Angeles, se serait arrêtée dans un motel minable et aurait jeté son manteau dans une poubelle ? Lomel tenait Eric Landler mais il n'avait, en dehors de ce manteau et du bijou, aucune autre preuve susceptible de soutenir sa théorie. Pourquoi Landler aurait-il fait disparaître sa femme entre Tahoe City et Los Angeles, ou bien à Las Vegas ?

– Si vous vous installez ici pour réfléchir, vous partagerez le loyer.

– Deux cents dollars, dit Lomel. Plus cinquante pour la carte.

– Cent pour la carte.

– Ça ne les vaut pas… Le nom de la cliente qui doit essayer n'est pas marqué !

– Je déteste les avares, s'exclama Emily qui voulut ranger le manteau.

– Trois cents dollars pour le tout, dit Lomel avec douceur.

– Ça va. Vous ne devez pas rouler sur l'or, vous non plus.

Emily remit le manteau dans le sac en plastique, y glissa la carte. Lomel la paya. Emily se fit confidentielle :

– Dites-moi ce que vous cherchez. Si c'est pour la Fergusson, l'affaire est close, non ? D'ailleurs, je lis un peu les journaux, elle va être enterrée dans un monument en Afrique.

– Mausolée.

– Appelez-le comme vous voulez. Vous supposez quoi ?

Lomel l'apaisa :

– J'ai des idées…

Emily insista :

– Le bijou, le manteau, la carte avec la date de l'essayage… Dans cette boutique, un chemisier coûte entre sept cents et mille dollars, et un manteau comme ça…

Lomel observait Emily :

– Que voulez-vous dire ?

– C'est un travail d'homme. La Fergusson ne serait pas venue dans ce motel. Trop moche pour elle. Il avait gardé la voiture, le manteau y est resté. Ils s'étaient engueulés ailleurs. Lui, il a pris une chambre pour dormir un coup. Les mecs se fatiguent vite. C'est leur truc, après une émotion, de bouffer et de plonger dans le sommeil. Ensuite, furieux, il a jeté le manteau. S'il s'en était débarrassé dans le container qui puait les légumes pourris, je ne l'aurais jamais repêché ! Vous avez une idée sur l'identité du gars ? Certainement pas le mari français… C'est un travail de brute.

Lomel se leva, remercia Emily, puis quitta l'immeuble résonnant de cris d'adultes et de vagissements de bébés. Il reprit sa voiture et se retrouva bientôt dans Hollywood Boulevard. Tout était maintenant une question de temps et de chance. Eric avait tué Angie, mais comment s'y était-il pris ?

Maintenant, il s'agissait de connaître la personne qui avait en sa possession la tête de lion. Shirley Thompson à Brentwood. Lomel l'avait appelée de sa voiture, avec tant d'amabilité et de douceur que la femme, d'abord réservée et méfiante, avait accepté d'écouter ses explications et de le recevoir. Quelques heures plus tard, il arrivait devant une maison qui ressemblait à un manoir normand, au milieu d'un jardin de roses. L'Américaine était distinguée et sûre d'elle-même.

– Monsieur Lomel, dit-elle en le conduisant dans le living-room obscur, je vous l'avoue, j'aime les roses et les bijoux qui représentent des animaux sauvages. Ma meilleure amie le sait. Lors d'une promenade dans Melrose Avenue où je lui expliquais ce qu'est un *pawnshop* – nous sommes entrées dans le plus proche –, elle a aperçu la tête de lion dans la vitrine du comptoir. Elle me l'a offerte, pour me remercier de mon hospitalité. J'ai protesté pour la forme. Si elle ne me l'avait pas offerte, je serais revenue la chercher, cette tête de lion. Voulez-vous un café ?

Lomel accepta en précisant que sa visite était privée et qu'il n'avait que des raisons personnelles de souhaiter quelques renseignements. Shirley Thompson avait apporté un coffret en cuir noir, qu'elle ouvrit.

– Le voilà, le lion.

Elle posa le bijou devant Lomel.

– Joli, non ?

Lomel, envahi d'une profonde émotion, hésita à toucher l'objet. La tête majestueuse du lion, ses yeux en émeraude, son nez en diamant, sa gueule ouverte tenant un rubis et la magnificence de la crinière créaient un effet remarquable.

– J'espère que je ne vais pas devoir le rendre. L'amie française serait désolée. Le marchand a garanti que l'objet n'était pas volé, mais trouvé, et j'ai la facture que m'a laissée mon amie.

– Un jour, dit Lomel – il entendait de loin sa voix rauque d'émotion – un jour, je vous demanderai peut-être de me le confier le temps d'un procès.

– Procès ?

– Il n'est pas exclu que cette broche ait été la propriété d'une femme très connue.

Le regard de Shirley changea :

– Et cette femme très connue l'aurait perdue ? Je ne sais pas, dans ce cas, ce qu'il faut faire…

Lomel avait la certitude que Shirley connaissait l'identité de celle qui avait possédé ce bijou.

– Elle est morte.

– Dommage. Qu'est-ce qui justifierait une enquête ?

– Pour le moment, il n'y a qu'un intérêt particulier. Le mien.

– Vous ne supposez pas un crime ? demanda Shirley avec le réflexe qu'ont les Américains d'imaginer hold-up et agressions diverses en tous genres.

– Pour le moment, je n'ai aucune raison de solliciter votre aide ni de vous emprunter la tête de lion. Peut-être un jour, je le ferai...

– Tout cela est troublant, dit Shirley, mais quand on a la conscience tranquille... Je peux la ranger ?

Elle reprit le bijou et l'enferma dans la boîte.

– Tout est légal, ajouta-t-elle. Ce qui s'est passé avant ne me regarde pas.

– Un jour, je demanderai peut-être votre complicité, sinon votre compréhension, dit Lomel qui se leva pour prendre congé.

– Qui était la femme ?

– Vous ne le savez pas ?

– Je ne m'occupe pas des potins mondains.

Elle le savait très bien, pensa Lomel. La seule erreur de cette superbe intelligence féminine avait été de dire « mondains ». Il trouva une fois de plus les femmes inouïes d'astuce et d'intelligence. Mais avec de l'oreille et du flair, on peut se défendre, se consola-t-il.

Il arrive, quand on part sur un autre continent, que le destin vous oublie. Ne serait-ce que pendant les quelques heures du décalage horaire. Mais cette fois, en route vers Kisumu, Angie était plus présente que jamais. Sa petite école nous avait bouleversés. L'apparente fragilité de Sandy supposait difficilement cette découverte. Je lui avais demandé si elle pouvait appeler l'homme que je présumais être son ami : elle avait haussé les épaules et gardé le silence.

Kisumu était une ville hors du temps. Le centre, construit sur une petite colline, évoquait l'époque coloniale ; dans la rue principale goudronnée, la circulation était plus désordonnée qu'intense. La chaleur tamisait les voix et les gestes. Personne n'était pressé. A l'étalage d'une boutique, Kenya Airways proposait des vols réguliers, quelques autres compagnies étaient présentes aussi. Nous avons pu garer la Toyota près d'un supermarché. En quittant le véhicule, Sandy enfonça son chapeau jusqu'au nez, comme pour se cacher. Le bord en toile arrivait au ras de ses lunettes noires.

– Il y a un hôtel près du lac, où venait Angie. Ça faisait partie de son trajet classique. Mais l'école, ça fait mal… Comment avez-vous eu le nom de cette Mrs. Ouada ?

– J'étais au téléphone avec la secrétaire de Me Wagner. Avant de me passer le poste de l'avocat, et sans couper la ligne, elle lui a expliqué qu'une Mrs. Ouada était en attente, de la part d'Annie Landler, que c'était urgent et que l'appel venait de Homa Bay.

Sandy réfléchit :

– Si on la trouvait, ça nous aiderait, c'est-à-dire *vous* aiderait, à voir plus clair.

Elle sortit de son sac une affichette :

– Hier soir, un employé de l'hôtel a vu le chauffeur en état de fureur à la réception. Il m'a donné cette publicité en supposant que je ne reprendrais pas la Land Rover.

J'examinai la publicité. Sandy s'impatientait :

– Après avoir trouvé cette Mrs. Ouada, il faut repartir pour Loïta Plains. Avec un petit avion, on sera libres.

– On va l'appeler de l'hôtel.

– Du Lac, compléta Sandy. Hôtel du Lac.

Un enfant nous offrit des bananes.

– Pas de bananes, dit Sandy d'une voix étonnamment énervée, pas de bananes.

Habitué aux refus, l'enfant n'insista pas. Un camion venait de s'arrêter derrière la Toyota et les hommes qui en descendaient se mirent à transporter des caisses dans le supermarché. Sandy hésita puis demanda :

– Pourquoi avez-vous eu – comme vous dites – des bagarres avec Robby Allen ?

– Un peu à cause de vous. Il m'a dit certaines choses gênantes en ce qui vous concerne.

– Quoi ?

– Vous serez furieuse.

– Ai-je l'air d'avoir assez d'énergie pour être furieuse ?

– Il vous accusait d'être ma maîtresse et de vouloir me couvrir. De vous improviser faux témoin…

– Rien que ça, constata Sandy, subitement placide. Evidemment, on peut tout dire…

– Sandy, jamais un mot ou un geste de ma part…

– Vous n'y êtes pour rien, commenta Sandy qui s'écarta parce qu'une camionnette supplémentaire s'était jointe au premier camion de marchandises. Nous formions obstacle. Vous n'y êtes vraiment pour rien, répéta-t-elle.

Un très jeune garçon portait à lui tout seul trois caisses qui l'obligeaient à se plonger en arrière sous le poids.

– Si on allait à l'hôtel ? proposai-je. L'endroit n'est pas idéal pour discuter. A moins que vous préfériez rentrer directement à Nairobi avec Kenya Airways et me laisser me promener dans un vieux zinc. Je vous comprendrais. Vous pourriez vous reposer au Norfolk.

– Non, dit-elle. J'aimerais bien voir enfin la fameuse maison de Loïta Plains. J'ai tant discuté des détails avec l'architecte italien.

Le gosse revint à la charge avec ses bananes tandis qu'une petite fille, le nez humide, nous offrait un ananas. Remontés en voiture, nous nous dirigions vers le quartier du lac. Il ne fallut guère plus de quinze minutes et quelques recherches. Ici, aucune trace de la tension de Nairobi. Provincial et surchauffé par un soleil de braise, Kisumu se tenait à l'écart du siècle.

Nous roulions parmi des villas bâties à l'époque coloniale, derrière lesquelles on devinait des piscines. Enfin se dressa devant nous un grand bâtiment : l'hôtel du Lac. A peine la Toyota arrêtée, deux boys se précipitèrent pour ouvrir le coffre. Je demandai s'il y avait des chambres libres. Ils acquiescèrent, souriants, et portèrent nos bagages dans le hall. A la réception, un employé vêtu d'un costume noir et exhibant une chemise blanche impeccable débita dès qu'il nous aperçut un petit discours aimable.

– Madame, monsieur, bienvenue à Kisumu. Ne vous inquiétez pas, il y a de la place. Toutes nos chambres sont avec vue sur le lac, c'est une vision unique au monde. Le coucher de soleil sur le lac Victoria est un coup d'œil sur le paradis. Vous ne l'oublierez jamais.

Nous n'avions qu'à émettre nos souhaits, tout serait aussitôt exaucé. Profitant de la bonne volonté de l'employé, Sandy s'informa d'une certaine Mrs. Ouada.

– Il y en a, des Ouada, dit le réceptionniste. Essayez le téléphone si vous n'avez pas d'adresse précise.

Puis il réclama ma carte de crédit et jeta un coup d'œil à nos passeports.

– Américains ? Vous êtes américains, constata-t-il avec satisfaction.

– Nous cherchons d'ailleurs une dame américaine.

– A l'hôtel, il n'y en a pas.

L'un des boys s'approcha avec nos valises :

– On y va ?

– Attendez, intervint Sandy. Ecoutez d'abord. Nous désirons une grande chambre avec deux lits séparés, ou, ce serait mieux, des pièces communicantes. Je ne voudrais pas rester seule cette nuit. J'ai peur de quelqu'un. J'ai été menacée.

Gêné, j'essayai de l'empêcher d'en dire trop. Le Kenyan, indifférent, se lança machinalement dans une explication circonstanciée sur la sécurité à Kisumu, garantie par un service de police parfait.

– Aurons-nous une grande chambre ? insista Sandy.

– Bien sûr.

Je fis des signes au Kenyan :

– Miss Davis a raison. Il s'agit d'une menace. Il faut la prendre au sérieux.

Le Kenyan s'abstint de marquer, ne fût-ce que d'un regard, la moindre complicité masculine. Il consulta son fichier :

– Au quatrième étage, nous avons une très belle pièce ; jadis c'était une suite. La terrasse est magnifique… On va vous la montrer.

L'amabilité de l'homme était une formalité. Pour lui, les Blancs étaient fatigants parce que compliqués.

– Avez-vous un annuaire des abonnés de Kisumu ? demanda Sandy. Toujours pour Mrs. Ouada.

– Tenez, madame.

Sandy prit le grand cahier relié :

– Je vais la trouver, cette Mrs. Ouada.

Nous suivîmes le bagagiste dans l'ascenseur étroit. Au quatrième étage, au bout du couloir, il nous fit entrer dans une pièce spacieuse prolongée par une terrasse. Le lac touchait la ligne d'horizon de la même couleur que la surface d'eau. Aucune barque ni bateau à voile ne dérangeait cette paix irréelle. Une escale sur une lune chaude devait ressembler à cet endroit. Le boy ouvrit la porte-fenêtre, et, à la seconde où nous sortîmes, nos vêtements se mouillèrent de sueur. Sandy couvrit son visage à deux mains :

– Pas mis de crème. Le soleil…

Elle se précipita à l'intérieur, fouilla dans son sac et enduisit son front et ses joues d'un produit protecteur. Le jeune Kenyan tourna un interrupteur près de la porte, qui enclencha l'air conditionné, ou plutôt qui aurait dû l'enclencher. Je lui donnai son pourboire, il partit. Pas un souffle d'air. Des gouttes de sueur coulaient dans mes yeux. Sandy ouvrit sa valise et chercha un chemisier propre. J'appelai la réception pour signaler la panne, l'employé m'assura que le dérangement n'était pas grave et qu'un ingénieur devait venir bientôt réparer l'appareil central. Il me conseilla de faire fonctionner le ventilateur du plafond. Je repérai la ficelle attachée à l'engin, tirai par le bout en plastique qui me resta aussitôt dans la main mais les pales commencèrent à brasser l'air.

Les stores étaient bloqués. Le soleil frappait à travers les fenêtres opaques d'humidité. Le ventilateur tournait comme une cuillère dans une bouillie. Sandy souleva les couvertures : les draps étaient grisâtres et froissés. Par le téléphone intérieur, elle réussit à trouver la gouvernante qui arriva bientôt, contempla le lit et nous assura que les draps étaient propres, mais qu'à force d'être lavés, ils devenaient gris, peut-être à cause de la poudre de lessive. Sandy prit quelques billets dans sa liasse de shillings et demanda des draps neufs.

– Neufs ? s'enquit la femme.

– Si neufs que pas encore déballés. De vos réserves. Et des taies d'oreiller neuves aussi.

– Je vais essayer, dit la Kenyane, indécise, qui nous trouvait encore plus bizarres que les clients habituels.

Pourtant – je n'espérais pas un tel résultat –, elle revint quinze minutes plus tard chargée de paquets de draps encore dans leur emballage d'usine et changea les lits. Sandy jeta les vieilles couvertures par terre et décida que pour la nuit, on se contenterait des draps. Elle invita la femme à la salle d'eau et lui montra une épaisse ligne de crasse qui faisait le tour de la baignoire.

– Il faut la laver.

– C'est l'usure. L'émail parti. Pas sale.

De retour dans la chambre, Sandy examina le sol à genoux.

– Vous avez perdu quelque chose ?

– Non, mais depuis le lodge, je vois partout des scorpions. Ils frottent leurs pattes velues et me guettent.

– Mais non, Sandy, on est au quatrième étage. Vous réserviez vous-même des hôtels pour Angie, vous savez qu'elle n'aurait pas choisi un endroit sale…

– Elle n'est jamais venue dans cet hôtel. Elle habitait ailleurs. Elle ne me l'a pas indiquée, l'adresse de Kisumu. Quand elle était là, c'est elle qui m'appelait.

– Et Mrs. Ouada ? Croyez-vous que…

– Je ne sais pas. Ici, Angie était un mystère. Je suis sûre qu'elle voulait garder sa petite école secrète, pour elle. Pourquoi ne vous êtes-vous pas intéressé à ce qu'Angie vous racontait ?

– Ça m'ennuyait. J'étais un Français qui voulait l'Amérique et s'est retrouvé prisonnier en Afrique.

Elle s'assit au bord de son lit et se mit à feuilleter l'annuaire. Il y avait au moins une dizaine d'Ouada… et chaque communication passait par le standard de l'hôtel. Quatre fois, les Ouada interpellés – des voix différentes – répondirent en swahili ou en luo. Sandy s'évertuait à expliquer dans un anglais clair et débité syllabe par syllabe qu'une Miss Davis, aujourd'hui à l'hôtel du Lac, voulait parler à Mrs. Ouada. Elle n'obtint aucun renseignement.

En l'écoutant d'une oreille, j'étudiais la carte pour tenter de découvrir l'endroit précis où la rivière Mara traverse la frontière entre la Tanzanie et le Kenya. Sandy raccrocha :

– Je ne comprends pas ce qu'ils disent. Voyons l'itinéraire. Peut-être aurons-nous plus de succès. Avez-vous trouvé un point de repère qu'on pourrait indiquer au pilote ?

– Non. Pas sur cette carte. Je crois qu'il faudrait survoler le terrain à basse altitude et trouver une possibilité d'atterrissage à proximité.

– A proximité de quoi ?

– Un grand rocher transformé en pierre tombale. A l'époque, c'est un 4 × 4 débarrassé de ses sièges, sauf de celui du conducteur, qui avait transporté le cercueil de Nairobi au bord de la rivière. Sur le rocher, le nom d'Angie est gravé.

– Vous étiez où ?

– Sanders et moi, dans une deuxième voiture et une troisième, transportions deux fossoyeurs et un pasteur. Nous avons obtenu l'autorisation de cette inhumation particulière pour répondre au désir d'Angie qui avait émis la volonté, dans un de ses fameux codicilles, d'être enterrée en Afrique. Les autorités ont accepté le témoignage de Sanders concernant cette déposition. Sous serment. Le rocher est à deux heures en Land Rover de Keekorok Lodge.

– S'il y a autant de boue que j'en ai trouvé sur mon trajet, même un tout petit avion aura de la difficulté à atterrir.

Elle sortit de sa poche de blouson une publicité qui vantait les mérites d'une compagnie privée de monomoteurs, Flamingo Flight.

– J'ai eu ça à Homa Bay, par hasard. Je vais les appeler, dit-elle. Si on s'en allait dès aujourd'hui ? Je hais l'idée de passer la nuit ici. En tout cas, Annie, on ne la retrouvera que si elle le veut bien.

– J'ai cru que j'étais l'être le plus impatient au monde. Vous me dépassez ! Bravo.

Elle composa le numéro, une voix de femme lui répondit que le pilote n'était pas là. Sandy expliqua à l'interlocutrice, peu aimable mais précise, ce que nous voulions.

– Est-ce qu'il peut vous rappeler ?

– On est pour peu de temps à l'hôtel... Serait-il libre tout de suite ?

– Comment, « tout de suite » ?

– Maintenant, pour nous amener à Masaï Mara.

– C'est exclu. Il va pleuvoir. Et il a besoin d'une autorisation de vol.

– Pas la peine d'insister ? demanda Sandy.

– Non.

– Alors, deuxième question : peut-il nous prendre demain matin ? S'il a un autre engagement, je chercherai ailleurs.

– Nous avons moins de clients que d'habitude. C'est la saison des pluies et la crise, en plus... Il peut vous transporter.

– Quel type d'avion avez-vous ?

– Monomoteur, quatre places. Avec lui, vous n'avez rien à craindre. Il ne faut pas trop de bagages. Ni trop lourds.

– Le pilote est de quelle nationalité ?

– Américain.

– Un jeune pilote américain ?

– Un pilote américain, dit la femme. Très expérimenté. Il exerce depuis longtemps. Il n'a jamais un problème, mais vous savez comment c'est. Un accident est toujours possible. Rappelez-nous dans une heure.

– Je vais essayer, dit Sandy. Je ne sais pas d'où… On va circuler. Je n'ai pas de téléphone portatif.

La femme s'écria :

– Vous avez de la chance ! Il arrive tout juste, je vous le passe.

Elle expliqua à mi-voix notre souhait au pilote, qui prit l'écouteur. Sa voix était forte, j'entendais chaque mot.

– Où voulez-vous aller ?

– A la réserve de Masaï Mara, à l'endroit où la rivière Mara traverse la frontière de la Tanzanie.

– Atterrir près de la Mara – à cette époque ? Vous rêvez… Je ne connais aucun point d'atterrissage aux abords de la rivière et je n'aurai même pas l'autorisation de m'y aventurer.

– Annoncez que vous nous amenez à Masaï Serena Lodge. Et vous dévierez ! On veut atteindre la tombe d'une Américaine tuée par des braconniers. Elle était très connue et a légué une fortune au Kenya. En ce qui vous concerne, quel que soit le prix, nous payons. Si on ne pouvait pas atterrir, il faudrait au moins pouvoir survoler l'endroit à basse altitude.

– Allez-y plutôt en voiture, dit le pilote. Dans trois ou quatre mois.

– Demain, avec vous. Sinon, je cherche une autre solution. J'ai vu d'autres annonces.

– Je peux vous proposer le survol de la région et décider selon les circonstances ce qu'on fera, admit le pilote qui ne voulait pas perdre de clients.

– C'est déjà ça, dit Sandy. Ensuite, on se dirigera vers Loïta Plains. Il y a un petit terrain d'atterrissage près d'une colline à la limite des Loïta Hills.

– Vous ne pouvez indiquer aucun lieu précis ? s'exclama le pilote. Vous croyez qu'on peut voler comme on veut et atterrir n'importe où ?

Je pris l'appareil :

– Je suis Eric Landler. Bonjour.

Je lui expliquai que si nous pouvions rejoindre un domaine situé sur un plateau, je repérerais l'ancien terrain d'atterrissage. Je dis aussi que la population des environs connaissait bien la « Maison des Lions ». Le pilote commençait à s'énerver :

– Vous voulez les interroger comment, les habitants ? De l'avion ? Vous êtes des marrants.

– Des marrants qui paient… Entre Lolua et Barkitabu, à peu près à trois miles, une immense maison au sommet d'une colline. Je me suis posé dans le temps près du domaine avec des petits avions.

– Ah bon ? dit-il, railleur. Vous avez fait ça ? Quand ?

– Il y a des années.

Le pilote réfléchit :

– Des années. Foutaise, votre terrain. Au milieu de la savane… Que savez-vous de la nature ici ? Hein ? En tout cas, votre excursion vous coûtera cher.

– Votre prix est le mien. Mais pas de leçons écologiques en prime. En combien de temps arrive-t-on de Kisumu jusqu'à la rivière Mara ?

Le pilote hésita :

– Ça dépend des vents. Avant d'accepter la course, je dois consulter les prévisions météorologiques. Vous pouvez vous adresser à n'importe quel collègue, ce sera la même chose.

Nous avions aperçu quelques nuages lointains, mais le soleil chauffait plus que d'habitude. Habitude ? Depuis hier… Le purgatoire.

– Répétez votre nom, demanda le pilote.

– Eric Landler. Nous sommes à l'hôtel du Lac. D'ailleurs, nous sommes venus à Kisumu à la recherche d'une compatriote américaine. Connaissez-vous la colonie blanche ?

– On ne trie pas selon les couleurs. Ceux qui viennent habiter ici sont acceptés. Aucun problème de ce genre. Il y a parfois des Américains, mais ils ne restent jamais longtemps.

– Avez-vous entendu parler d'une Mrs. Landler ?

– Le même nom que vous ?

– Oui. C'est ma femme.

– Non, dit-il. Non. Connais pas. Vous ne lui avez pas demandé son adresse avant de venir ?

– Nous sommes séparés.

– Et vous la cherchez ?

– Oui.

Il se tut. Il me croyait plus fou que le fou normal, celui qu'on rencontre tous les jours.

– Sur le plan pratique, monsieur…

– Elton.

– Monsieur Elton, votre avion est de quelle année ?

– D'une bonne année. Vous verrez.

– Le prix ?

– Quarante mille shillings sans atterrissage. Si je peux me poser au bord de votre marigot, vingt mille de plus. En espèces. Je ne veux pas de traveller's.

– Je n'ai que ça. Et quelque monnaie. Les banques à Kisumu sont ouvertes jusqu'à…

– … dix-sept heures. Dépêchez-vous. Mais d'abord, dites-moi tout. A Loïta Plains, qu'est-ce qu'on fait ? Si vous cherchez les papillons rares, ce n'est ni la saison ni l'endroit.

– Nous passerons dans la maison en question à peu près deux heures et nous repartirons pour Nairobi.

– Si votre colline est comme je l'imagine, il faudra deux heures pour y grimper. Sauf si une Jeep vous attend.

– Non.

Il était maussade :

– Et si les conditions climatiques ne permettent pas de repartir, vous faites quoi ?

– On campera dans la maison. Vous êtes notre invité.

– Quel cadeau ! dit-il. Invité ! Même les singes hésiteraient à affronter les collines. Elles sont raides, couvertes de broussailles piquantes et grouillent de serpents.

– Augmentez votre prix ! Ajoutez une prime de risque !

– Louez mon avion pour trois jours, dit-il. Vingt mille shillings par jour, plus vingt mille pour l'atterrissage à la rivière Mara. Mais quel que soit le prix que vous m'offrez, c'est la pluie qui commande.

– D'accord. Mais pour les espèces, ne croyez-vous pas que…

– Sans argent d'avance, je ne pars pas. J'ai été eu plusieurs fois. Ça suffit.

J'étais persuadé qu'il aurait aimé ajouter : « Les rigolos dans votre style ». J'imaginais sa femme qui le faisait taire avec des gestes. Il se payait notre tête, mais il fonctionnait, et il nous arracha d'une torpeur odieuse, il nous poussa à agir. Je pris un paquet de traveller's dans ma valise. Je suais comme jamais. Et Angie voulait vivre ici ! Je rêvai soudain de la Bretagne, de marcher pieds nus dans la mer. Fraîcheur. Espace. Pas de moustiques.

Nous descendîmes les marches des quatre étages, parce que je craignais de rester bloqué dans l'ascenseur. Devant l'hôtel, il fallut attendre en trépignant d'impatience qu'un des boys nous ramène la Toyota, un gentil jeune homme qui manipulait mon épave roulante comme d'autres auraient conduit une Rolls.

– Je m'appelle Oya, dit-il, radieux. Si vous avez besoin de moi…

– On verra plus tard. Merci. Tiens !

Un billet et le volant. Nous nous précipitâmes au centre-ville où le matin j'avais remarqué une banque. Arrivés juste à temps, la Toyota abandonnée près d'une porte cochère – à l'africaine, à côté d'une voiture sans roues et de poules caquetantes –, nous pénétrâmes dans la banque où une file d'hommes et de femmes apparemment harassés, mais patients, faisaient la queue. Au guichet situé au rez-de-chaussée, un hindou prenait tout son temps pour revérifier les différents versements qu'il venait d'effectuer ; l'employé abandonna plusieurs fois sa chaise tandis que son client, à l'abri de son impressionnant turban, ignorait la foule derrière lui.

Il fallut trois quarts d'heure d'attente pour arriver enfin au caissier qui jetait des coups d'œil à l'horloge centrale. En théorie, nous avions neuf minutes pour obtenir de l'argent, car j'étais sûr qu'il fermerait le guichet à dix-sept heures. Il examina longuement nos deux passeports – changer quatre-vingt mille shillings de traveller's n'était pas une opération courante. Il devait demander l'autorisation à son chef. A dix-sept heures deux, nous touchions des liasses de billets usés. Sandy bourra son sac d'argent, et moi mes poches.

Sandy avait aperçu le matin un bureau de Kenya Airways, elle voulut aller y demander quelques renseignements sur la petite compagnie de notre pilote américain, le Flamingo Flight. Je la dissuadai : il ne fallait pas attirer l'attention sur Elton qui n'était peut-être pas tout à fait en règle avec la loi. C'était une supposition. Son agressivité témoignait ou bien d'une parfaite innocence, ou bien de la culpabilité totale. J'en connaissais quelque chose, de cette attitude. J'étais capable aussi de mordre un plus faible ou un ignare. Juste pour me prouver que j'existais. Sandy s'inquiétait :

– Depuis la Land Rover engluée, je me méfie des appareils roulants ou volants. S'il nous colle dans un vieux zinc ?

– Il est dans le lot. Si on tombe, il tombe avec nous...

– Chaque fois, acquiesça Sandy, c'est la même réponse que j'entends. Le pilote... il est aussi dans l'avion. Ça n'a jamais empêché les crashes.

– Rentrez à Los Angeles et je continue le voyage seul. C'est tout ce que je peux vous offrir.

– Merci. Vous êtes de plus en plus aimable. Je reste. Comme je n'ai plus de parents, personne n'aura de gros chagrin.

Elle se retourna vers moi :

– Je ne manquerais à personne.

Qu'est-ce qu'elle attendait ? Que je me mette à sangloter ?

– Sauf à votre ami... Vous lui manqueriez certainement. Je vous assure, il pleurerait.

Elle haussa les épaules et enfonça son chapeau jusqu'aux oreilles.

Le ciel se voilait, les nuages s'accumulaient en meute accompagnée de lourds grondements. Sandy déclara que l'après-midi forcé à Kisumu nous permettait d'aller au marché, tenter de trouver cette Mrs. Ouada. Le dernier marché que j'avais vu était celui du dix-septième arrondissement. Je crois, sur la place des Ternes. Le paradis.

Nous reprîmes la voiture en direction du marché indiqué par des flèches posées de guingois – mais flèches quand même. Il fallait s'engager dans une large rue en pente dont le trottoir de gauche était occupé par des marchands de sculptures d'animaux en bois et en pierre. Tous les véhicules de Kisumu semblaient s'être donné rendez-vous là. En baissant ma vitre, je tentai d'attirer l'attention d'un conducteur coincé à côté de nous dans l'embouteillage. Le mégot collé à la lèvre inférieure, il ponctuait une musique tonitruante en balançant la tête d'avant en arrière. Il se tourna, par hasard, vers moi. J'avais atteint l'extrême profondeur de mon inutilité en Afrique. J'étais un voyageur en apnée.

– Le marché ! C'est par là ?

Il dut lire le mot sur mes lèvres, car le vacarme de sa radio l'empêchait d'entendre quoi que ce soit. Il pointa l'index pour indiquer que l'endroit était devant nous. En effet, à dix kilomètres à l'heure, nous arrivâmes à la limite extérieure d'un chaos humain concentré sur un terre-plein. Je trouvai une place en bas de la rue, collai la Toyota contre le trottoir, juste devant un marchand d'animaux en pierre de savon. Sandy s'attarda auprès de lui. L'espoir illumina le regard de l'homme. Le sac bourré d'argent de Sandy était caché sous sa veste, mes liasses gonflaient mes poches. Le marchand cherchait à savoir ce qui plaisait à la touriste. Il souleva un éléphant, Sandy désigna d'un geste timide un rhino. Le marchand voulait nous retenir, mais je précipitai tellement le pas que Sandy dut courir pour me rattraper.

– J'ai vu un rhino, dit-elle. Monsieur Landler, j'ai vu un superbe rhino.

– On n'achète rien.

Notre chemin passait au milieu d'autres marchands, qui avaient tous des rhinos et de toutes les tailles. Je réussis à arracher Sandy au flot des vendeurs et nous pénétrâmes sur l'immense place infiltrée de pluie, où il fallait patauger dans les flaques d'eau pour s'approcher d'un hangar démesuré et difforme. A proximité, devant des boutiques en bois peint, femmes et hommes, apparemment désœuvrés mais animés d'une gaieté intérieure, bavardaient. Des enfants couraient d'un groupe à l'autre, l'un d'eux, monté sur des rollers, passait les trous d'eau assez profonds en sautant. J'abordai un homme près d'un cabanon en tôle ondulée.

– Connaîtriez-vous une Mrs. Ouada ?

Il répéta d'une voix grasse à des gars autour de lui : « Mrs. Ouada. » En quelques secondes, nous nous trouvâmes au centre d'une petite foule. On me parlait, je crois, en luo, on voulait me vendre, en me les balançant sous le nez, des fichus multicolores, des colliers en plastique imitant les turquoises, des paniers en osier, même une poule. Mon premier interlocuteur répétait « Ouada ». Trois personnes désignèrent trois directions différentes. Sandy, qui avait réussi à s'échapper de l'étreinte du groupe, surveillait la scène avec un malin plaisir.

Sans l'ombre d'un avertissement, la pluie déferla soudain et la foule se dispersa à la recherche d'un abri. La vague humaine nous véhicula à l'intérieur du marché. Par les portes sans battants, on nous poussa de force vers les étals. Engouffrés dans ce palais en tôle, nous étions dans un monde noir parsemé de points scintillants : jaune canari et vert mordoré. Les taches claires des collines de fruits, des monticules de tomates, de radis, noirs aussi, des feuilles épaisses empilées dégageaient une forte odeur de terre mouillée. Il fallait se frayer un passage entre des rangées de comptoirs installés sur des pieds fragiles.

En dessous, des gosses rampaient et jouaient à cache-cache. Oui, des enfants partout. Ils poussaient du sol comme des plantes vivaces, ils se cognaient contre nos jambes. Ils levaient sur nous des regards marron, noirs, brillants, toujours sur fond de blanc éclatant. Des petites têtes rondes sur des corps harmonieux, à la peau lisse, symbole de la vie éblouissante, surgissaient comme des geysers. Des femmes aux corps envahissants, hanches et poitrines débordantes, bloquaient parfois le passage. La foule nous portait, nous n'étions pas plus que des ronces entraînées par des tourbillons d'eau.

– J'étouffe, cria Sandy.

– C'était votre idée de génie de venir ici.

– Je veux bien être votre bouc émissaire si vous me dégagez de là.

Serrée dans l'étau des ventres, des poitrines, des bras, elle luttait.

– Aidez-moi. On m'aime trop !

J'intervins avec des coups de coude et la libérai.

– La sortie est de l'autre côté. Avancez. Il n'y a pas de marche arrière.

En effet, à chaque étape gagnée, la foule se refermait derrière nous.

Soudain, je crus à un atterrissage d'extraterrestres : une lumière mauve envahit l'espace, un grondement puissant secoua le hangar ; hystérique, le vent flanquait des paquets d'eau par les ouvertures. Le déluge. On trébuchait sur les enfants qui cherchaient refuge sous les étals et passaient d'une rangée à l'autre.

– Sandy !

– Quoi ? hurla-t-elle.

– On est mieux ici que dans l'avion. Pensez-y !

Elle nageait dans la foule, elle écartait les oppresseurs involontaires avec des mouvements de brasse. Elle toucha à pleines mains le visage d'un homme.

– *De nada*, dit l'inconnu.

Pourquoi s'était-il exclamé en espagnol ? Qu'importe, lorsque la fin du monde arrivera, on reverra la tour de Babel.

Le sol se transformait en boue. Une femme interrompit notre progression en tendant vers nous un régime de bananes. J'attrapai Sandy par les épaules :

– Si vous avez faim, c'est l'occasion…

Je voulais être drôle. Elle me fit une vilaine grimace, donc je ne l'étais pas. Nous reçûmes une gerbe d'eau sur la tête. Nous étions sous une fissure du toit, juste la place pour un coup d'œil au ciel aussi gris que la tôle. Pas loin d'une des portes passa une ombre blanche. Sandy me tira par le bras :

– Regardez, la femme là-bas…

Reconnaître une épingle blanche dans une meule de foin noir ? Le personnage qui passait était blanc, mais d'ici à croire à une apparition d'Annie… L'ombre claire cherchait une sortie, elle aussi. Pour la rattraper, on aurait dû survoler les marchands. Ici, il était impossible de passer d'une rangée à l'autre, il fallait avancer jusqu'au bout du couloir de fruits dont nous étions les prisonniers. Traverser par-dessous ? Impossible. Bousculer les enfants, se retrouver la tête dans des jupes, des cuisses, recevoir dans le cou quelques tomates dégoulinantes ? Certainement pas. Dans le fond, l'ombre blanche s'attardait devant les paniers en osier. Je m'entendis crier :

– Annie ! Annie !

Le crépitement de l'eau sur la tôle et le bruit du marché absorbaient ma voix. Un autre éclair, dont les lumières d'un violet d'enfer passèrent sur nos visages, fut suivi d'un grondement. Nous étions encore à une trentaine de mètres de l'ombre claire. Une femme presque trop joviale nous proposa un ananas qu'elle tenait près du visage de Sandy.

– Je hais les ananas, s'écria Sandy.

– Si vous l'achetez, j'en donne un autre en cadeau, insista la femme.

Pour nous débarrasser d'elle, je lui offris cent shillings. L'effet fut désastreux. Sandy réussit à passer. Immobilisé, je me trouvai avec trois ananas dans les bras et deux gosses accrochés au bas de ma veste trempée, qui demandaient des sous. Enfin la femme s'écarta et je balançai les fruits sur les racines noires les plus proches.

L'ombre blanche avait disparu, nous étions bredouilles devant la porte. Dehors, la pluie torrentielle tirait un rideau gris entre nous et la silhouette fondue dans le paysage obscur.

– C'était elle ? demanda Sandy.

– Je n'en ai aucune idée…

Avec ses cheveux collés sur le crâne, plaqués dans le cou, son chemisier trempé sur sa poitrine, Sandy ressemblait à une rescapée d'un naufrage.

– Et vos instincts ? Ils ne marchent plus ? Ni Ouada, ni Annie, qu'est-ce qu'on fiche là ?

– Mes instincts sont morts, déclarai-je. Pas de pressentiment, ni de vision, aucune aptitude pour le surnaturel. Juste marre. Marre de tout.

– Sauf des discours, dit-elle en s'essuyant le nez avec le dos de la main. Allons-nous-en. Retrouvons la voiture !

Nous étions trempés jusqu'à l'âme, il aurait suffi d'un coup de vent et la pneumonie était assurée. Je pensais en spécialiste de ce genre d'infection. Enfin dehors, ruisselants, nous fîmes trois pas et Sandy faillit s'allonger dans une flaque d'eau d'où surgit sournoisement une pierre pointue. Je la rattrapai de justesse.

– Merci, me lança-t-elle, et un autre faux pas me l'envoya dans les bras.

Elle se dégagea, furieuse parce que des badauds abrités sous des parapluies multicolores riaient de la touriste. Nous avons rapidement retrouvé notre voiture. Protégés par des tentes improvisées avec des bâches, sur le trottoir délabré, trois marchands attendaient notre retour. Celui qui, dès notre premier passage, avait compris l'intérêt de Sandy, se tenait, le rhino convoité dans les bras, devant la portière. Un génie, ce type.

– Prenez-le. Pas cher.

– Il est beau, ce rhino, dit Sandy en touchant l'objet, le dos perlé de gouttes de pluie. Je le veux. Je l'achète avec mon argent.

Elle avait une expression butée, enfantine. J'allais vers de graves ennuis en refusant le rhino : j'avais encore plus d'une semaine à passer avec elle. Rien n'est pire que de cohabiter avec une femme qui boude. Je préfère encore une cyclothymique qui connaît des éclaircies, tandis que celle qui boude est morne et vous culpabilise.

– Un rhino de ce poids-là à travers l'Afrique ?

– Il y a plus petit, intervint le marchand qui proposa un animal miniature, à peine plus grand qu'un presse-papiers.

Les autres marchands nous guettaient. Encerclé par ces gens aimables qui nous montraient toutes sortes d'animaux, j'étais neutralisé. Sandy fixait le rhino, le premier, l'unique. J'en pris un dans la ménagerie la plus proche étalée par terre. Un moyen. Entre le presse-papiers et le géant.

– Vous ne voulez pas celui-ci ?

– L'autre ne doit pas être beaucoup plus lourd. Et il est tellement plus beau.

Entre les mains du marchand, le rhino-colosse nous contemplait. Le rhino ? On le dit presque aveugle, coléreux, bon père de famille et fidèle à sa femelle, lui. Ce rhino nous aimait. Je le pris. Il m'emporta les bras. Le poids était si inattendu que je m'exclamai : au moins dix kilos ! Le marchand savait que la touriste y tenait. Pour me coincer, il baissa le prix. Sandy protesta :

– Non. Pas baisser le prix. Acheter si bon marché, c'est du vol. Je n'accepte pas. Il est beau, le rhino. Un travail magnifique, des cornes superbes.

Je déposai la bête à mes pieds, dans un confluent de rigoles d'eau. Il fallut chercher les shillings cachés ; nos mains, surveillées par plusieurs paires d'yeux, fouillaient sous nos vestes. Pour en terminer, parce que je n'avais pas de monnaie non plus, je payai deux fois le prix demandé, sinon Sandy m'aurait accusé d'exploiter la misère d'un pays livré aux touristes voraces. Je transportai le rhino, le posai sur le siège arrière et je dus encore persuader Sandy que, si le vendeur avait l'air déçu, c'est qu'on n'avait pas marchandé.

– Ils adorent marchander.

– Faux, dit Sandy. Ils doivent gagner leur vie.

Je tournai la clef de contact.

– En effet, le désir de posséder des rhinos de cette taille-là n'est pas forcément très fréquent.

Dans la Toyota, tout bringuebalait, tout se balançait, tout se cognait, sauf l'imperturbable rhino. La bête en pierre de savon nous porta chance, nous retrouvâmes facilement la direction de l'hôtel.

– J'ai froid, dit Sandy.

– Je me permets de vous signaler que je suis trempé, moi aussi.

– Mais vous en avez l'habitude.

– De quoi ?

– De la pluie africaine.

Je me vengeai :

– Quand on n'est pas né ici, ça surprend. Je vous signale que, pendant le reste du parcours, je ne porterai pas le rhino.

– Est-ce que je vous ai demandé de porter le rhino ? Je le cacherai dans mes vêtements. Je vous donnerai les dossiers Fergusson.

Puis elle voulut m'achever :

– Votre accent français est plus fort quand il pleut, déclara-t-elle, espérant méchamment qu'à vingt à l'heure j'entrerais en collision avec une autre épave roulante.

J'accélérai :

– Je vous souhaite un accent américain aussi modéré que le mien quand vous bégayerez le français…

Nous roulions lentement. L'environnement ressemblait à une vaste éponge grise. Elle ouvrit la portière :

– Je descends. J'irai à l'hôtel à pied, et demain je vous quitte…

– Et le rhino ? Ne l'oubliez pas.

Quelqu'un klaxonnait derrière nous. Même à Kisumu, une portière ouverte en plein milieu de la rue agaçait. Sandy se pencha pour la refermer, la ferraille coincée résistait. D'autres conducteurs s'impatientaient. J'avais envie de fuir, de laisser ce bazar à ma parfaite secrétaire. Duel ? D'accord, pour me défouler. J'ouvris ma portière. Elle faillit être décrochée par un camion qui, entouré d'une fumée bleue, me harcelait. Son conducteur, du haut de son siège, me toisa et vociféra en luo ou en swahili. Comment on dit « connard » en swahili ? Je criai :

– Et alors ? Qu'est-ce que tu veux ? Passe par-dessus !

– Attention, il va le faire !

– Pourquoi râle-t-il ?

– Vous avez oublié de conduire à gauche ! Vous gênez tout le monde. C'est le système anglais ici. A gauche, monsieur Landler.

Elle riait.

– Vous avez un sens de l'humour très étrange.

Je me rabattis à gauche.

Enfin l'hôtel. Mouillé de la tête aux pieds, essayant de porter comme un rien un rhino de plus de dix kilos – une peccadille de plus dans cette funeste journée –, j'essayai de passer inaperçu devant la réception. De l'autre côté du comptoir, le Kenyan de service, élégant, nous fit signe. A côté de lui, on ressemblait à deux clochards blancs tombés d'une autre planète.

– Monsieur Landler ?

– Plus tard, dis-je.

L'employé posa un regard hilare sur le rhino :

– C'est urgent. Il y a un message pour Mr. Landler. C'est bien vous, Mr. Landler ?

Je ne pouvais pas m'esquiver. Je déposai – en le soulevant difficilement – le rhinocéros sur le comptoir. Je l'exposai, je voulais même en être fier. L'employé posa devant moi une feuille un peu amochée par leur fax.

Ami,

Je suis navré de vous avoir fait de la peine à Nakuru. J'ai manqué de diplomatie, je le reconnais. Grâce à des autorités compréhensives, j'ai pu localiser la tombe d'Angie. Je la photographierai, ensuite je suivrai l'itinéraire Fergusson jusqu'à la Maison des Lions.

Dans les quarante-huit heures, nous allons nous voir. Il n'est pas exclu que je puisse obtenir l'autorisation pour le prélèvement d'ADN. Délégué par la famille allemande. Voyez-vous, je ne vous réserve pas de surprise. J'annonce la couleur. Mais si on s'accordait un armistice, je pourrais changer d'avis. Vous me trouverez dès aujourd'hui à l'hôtel Norfolk. Je vous attends.

Robby.

Je passai la feuille à Sandy.

– Il n'y arrivera pas, fit-elle. J'ai la certitude que ce chantage ne marchera pas. Il ne pourra rien. Il veut juste obtenir des avantages…

Je mis la feuille dans ma poche en maudissant le photographe.

– Il connaît mieux que nous l'emplacement de la tombe.

– On va le devancer, dit Sandy.

– Et nous attendrons son arrivée là-bas ?

– Je suis confiante, répéta Sandy.

Je soulevai le rhino :

– Quand le pilote verra ça…

– Je vais le cacher dans ma valise.

– Le poids ! dis-je, féroce. Le poids…

– Vous devenez hostile, monsieur Landler.

– Irritable, mademoiselle Davis. La pluie m'énerve. Où que je sois, je l'avoue. Et nous avons le photographe sur le dos, peut-être avec deux experts. Et des autorisations.

– Les choses ne vont pas si vite, dit Sandy. Avant qu'il mette en marche sa caravane, il va réfléchir. Les pistes sont impraticables.

L'eau collait mon pantalon contre mes cuisses et mes pieds clapotaient dans mes chaussures. Nous laissâmes des traces humides dans l'ascenseur. En se dégageant des deux battants récalcitrants qu'elle poussa aussi de l'épaule, Sandy ajouta :

– Il bluffe, le photographe.

Je ne supportais plus les êtres humains, ni les objets. Je voulais blesser, je voulais être odieux, n'importe quoi mais que ça cesse. Je dis en avançant dans le couloir :

– Au moins, nous avons un beau grand savon.

Et je désignai du menton le rhino qui m'arrachait les bras.

– Donnez-moi ce rhino, tout de suite.

Je refusai, elle me lança :

– Ça ne m'étonne pas de vous. Si vous n'aimez pas la pluie, vous ne comprenez rien aux rhinos non plus.

Elle prit la bête, tituba sous le poids puis, en se redressant, continua, digne, vers la chambre. Elle eut encore la force de m'attaquer :

– *Singing in the rain*, ça vous dit quelque chose ?

– Pas de cinémathèque maintenant, s'il vous plaît. Vous ne voyez pas dans quel état nous sommes ?

– Tant pis, dit-elle. Tant pis.

Elle répéta le titre du film. J'enrageais, je ne prononcerais jamais comme elle : le *singing* allait encore, mais le r de *rain* m'humiliait. R américain, r français. J'essayai son r comme ça, tout seul ; elle me demanda si j'avais mal à la gorge. Je lui dis :

– Si votre rhino ne vous casse pas les bras, vous pourriez ronronner de plaisir. Prononcez donc « ronronner ».

Son « ronronner » était aussi nul que mon *rain*.

Le couloir était jaune sale, notre chambre reflétait la désolation. Elle déposa, sans un soupir, le rhino sur la table. Puis se massa les bras.

– Si vous n'y voyez pas d'inconvénient, je prendrai le bain avant vous, dit-elle.

– Evidemment. Mais dépêchez-vous.

A force de tourner, l'une des pales du ventilateur se cassa définitivement. Elle pendait, gênant les autres. A travers le rideau de pluie, le lac Victoria ressemblait à l'idée qu'on peut avoir de l'éternité. J'entrouvris la porte-fenêtre, la pluie entra aussitôt, je refermai. Sandy se retourna vers moi, elle avait son mauvais regard :

– Je vais prendre mon bain, mais avant, j'ai quelque chose à vous dire.

– Je vous écoute.

– Tout est votre faute.

– Quoi ?

– Tout. Rien ne marche. Vous vous laissez faire. Vous n'avez jamais pu vous imposer, lutter, balayer les salauds…

– On balaie ce qu'on peut, mademoiselle Davis. Et qui vous dit que j'ai le droit de balayer ? D'ailleurs, quelle est votre définition exacte d'un salaud ?

– En tout cas, vous, vous n'êtes pas un salaud, monsieur Landler, déclara-t-elle. Les salauds ont une certaine envergure, et jamais de tourments. Vous êtes conventionnel ! Licenciez-moi en pleine Afrique si vous voulez, je vous dis ce que je pense. Vous auriez dû reconnaître le fait que mon rhino est beau. Résister ? D'accord, mais aussi reconnaître la vérité. Il est beau, cet animal. Votre gros problème, monsieur Landler, c'est que vous êtes insensible aux personnes et aux objets.

Je fus d'abord chagriné par ce discours si féminin, si violemment blessant. Puis une telle colère monta en moi que je décidai de plaquer Sandy. Sortir seul, prendre une autre chambre. Je préférais les cafards, les moustiques affamés, la pluie et toute une ville grouillante, vorace, chaude, n'importe quoi, mais pas une heure de plus avec une donneuse de leçons. Je me taisais. Elle vit le changement et parut regretter ses paroles. Nous étions face à face. Je me demandai si elle allait sortir l'arme fatale, les larmes. Elle était livide.

– Monsieur Landler, la promiscuité, même involontaire, crée des situations où on prononce des paroles maladroites.

Je nous observais de l'extérieur. On avait l'air de quoi ? Un homme et une femme trempés jusqu'à l'os, apparemment presque ennemis. Devrais-je la prendre dans mes bras et lui dire que je l'adorais, à la française – coup de foudre, coup de tonnerre, coup de pulsion sexuelle, coup de désir d'amitié –, et que c'était comme ça depuis que je l'avais vue pour la première fois ? Mais le risque était énorme. Réservé, j'étais un insensible, refusé, je serais un ballot.

– Sandy Davis, il est vrai que vos mots étaient plutôt blessants.

Ses lèvres tremblaient. Au même moment, nous eûmes droit à quelques éclairs violets qui laissèrent des cicatrices au-dessus du lac.

– Et votre violence vous a rendue presque indiscrète, mademoiselle Davis.

– Je le sais, dit-elle. J'en suis navrée.

– Alors j'ai le droit d'être indiscret aussi.

Et soudain les mots sortirent de moi, sans contrôle, quatre ans de passion retenue se transformaient en un torrent de jalousie :

– Qui est le mec dans votre vie, l'imbécile qui vous laisse partir en Afrique avec un type comme moi, un porte-malheur, la pire espèce, le soi-disant patron, le prétendument riche ? Comment pouvez-vous aimer un homme qui vous laisse partir avec moi ?

Elle reprit son expression butée. Myope d'amour sinon aveugle, maladroit, lourd, baissant la tête et voulant foncer dans le néant, je me sentais devenir le rhino en pierre de savon.

– L'homme qui est dans ma vie ne connaît pas votre vraie nature, monsieur Landler. Lorsque je suis entrée dans la société, j'ai signé un engagement de secret professionnel. Je ne vous dirai pas grand-chose d'Angie, et je ne parle de vous à personne.

Je ne pouvais plus supporter tant de perfection et d'astuce.

– Dites-moi au moins s'il est marié, ce crétin, et si oui, pourquoi il n'a pas divorcé pour vous depuis longtemps.

Sandy mit un terme à la discussion :

– Ça ne vous regarde pas, monsieur Landler.

Nous étions soudain épuisés, donc apaisés. Il fallait maintenant changer nos vêtements.

– Je vais prendre mon bain, annonça Sandy.

Elle sortit de la chambre. La seconde d'après, j'entendis un cri aigu. Je me précipitai à la salle de bains. Sandy me désignait la baignoire au fond de laquelle se déroulait une course de cafards. Des gros, des luisants, des agiles se précipitaient vers l'écoulement. Un plus petit – un bébé cafard – venait de glisser et avançait sur le ventre.

– Prenez une douche, conseillai-je d'une voix morne.

Elle montra la pomme verdâtre et d'une sécheresse exemplaire :

– Vous croyez que ça…

– Essayez. Je ne suis responsable ni des cafards ni de votre bien-être…

– Vous recommencez, soupira-t-elle. Au lieu de m'aider…

Je tournai le robinet et des sons étranges se produisirent dans les tuyaux cachés dans le mur. Enfin apparurent les premières gouttes rouillées. Je tentai d'augmenter la pression, l'eau gicla sous forme de crachats poisseux.

– Tout ce que j'ai à vous offrir…

Enfin elle coula de la pomme de douche, d'abord rouge, ensuite jaune, puis verdâtre et enfin incolore. Les cafards fuyaient en rangs désordonnés.

– Depuis combien de temps, demanda Sandy, personne n'a pris de douche ici ?

– Connais pas les statistiques de Kisumu.

J'attendais. Sandy jeta par terre ses vêtements que je ramassai presque malgré moi. Réflexe. Elle se retourna :

– Il ne faut pas me regarder.

– Pas d'eau dans la bouche, surtout : diarrhée assurée.

– Vous avez l'âme d'un poète, c'est sûr, dit-elle.

Je la laissai seule.

– Je n'ai pas de savon, cria-t-elle. J'ai oublié le mien dans le lodge.

Je lui apportai mon savon. Plus tard elle reparut hirsute et grelottante. Ce fut mon tour ensuite d'aller me laver. Le temps que je me prépare, elle rappela le pilote. Elton s'était renseigné, les conditions météorologiques du lendemain permettaient d'espérer un vol confortable. La pluie était annoncée pour le début de l'après-midi.

– Je viendrai vous chercher à l'hôtel à six heures.

– Nous avons une voiture, répondit Sandy.

– Vous ne trouverez pas le terrain d'atterrissage. Il est aménagé depuis peu de temps. Vous avez de l'argent ?

– Oui.

L'affaire était conclue. Nous l'attendions pour le lendemain matin, déjà prêts.

– Ne me mettez pas en retard, je n'aime pas être pressé quand je prends l'air, ajoutai-je, péremptoire.

Il restait la soirée à tuer. Pour plaisanter avec ce mot, il fallait que je sois vraiment fatigué.

– Je vous signale que nous n'avons rien mangé depuis longtemps. J'ai un fantasme : une superbe soupe chinoise et un poulet à la citronnelle.

– On est à Kisumu, mademoiselle Davis.

– Il y a des Chinois partout. J'en suis sûre, renseignez-vous.

J'appelai la réception. Oya, qui devait remplacer l'employé habituel, nous proposa aussitôt de nous conduire vers l'unique restaurant chinois de la ville.

Nous quittâmes la chambre, en même temps que le soleil couchant réussissait son retour pour teindre l'horizon en rouge.

– Il me semble qu'il n'y a pas d'îlots de crocodiles ici, constata Sandy en longeant le couloir silencieux.

– Ils préfèrent Homa Bay… C'est plus familial, pour les petits…

J'étais las et désabusé. Je faisais partie de ces Français qui ne découvrent le monde que contraints et forcés. Je voulais l'Amérique, je l'avais eue, avec l'Afrique en prime. Toute cette conquête était bâtie sur du creux, sur une absence d'existence. J'avais souvent envisagé de me suicider si on m'arrêtait. Je ne traverserais pas en vedette un procès télévisé, je mourrais avant.

L'ascenseur ne partait pas. Il aimait ce quatrième étage. Il ouvrait et refermait ses battants, mais il restait sur place.

– Si on insiste, on risque de passer la nuit ici.

Nous sortîmes de l'engin et descendîmes dans le hall par l'escalier. Oya nous fit signe avec des gestes spasmodiques qui soulignaient l'importance de son information :

– Quelqu'un vous attend au salon…

– Qui ?

– Vous verrez.

– Si c'était Annie ! s'exclama Sandy. Elle nous épargnerait tant de difficultés.

La pièce était un large espace contigu au hall, meublé de quelques fauteuils en osier autour d'une table ronde. Près d'une fenêtre, une femme africaine, mince et plutôt grande, observait le paysage d'eau. Ses cheveux gris, courts dans la nuque, accentuaient son port royal et l'élégance de son cou. Des lourds cercles en or étiraient le lobe de ses oreilles. Sandy se tourna vers moi :

– Vous avez une idée… Qui ?

– Aucune.

La femme fit demi-tour. Vêtue d'un costume composé d'un pantalon et d'une veste, son chemisier ouvert sur le cou dévoilant une fine chaîne avec une croix, elle avait le type éthiopien et le regard brillant.

– Je suis Mrs. Ouada, dit-elle en tendant la main à Sandy, puis à moi.

La poignée de main était solide sans en être agressive et le contact frais.

– Vous êtes étonnés, constata-t-elle, mais on vit sur cette côte comme dans un seul gros village. J'étais avertie déjà à Homa Bay qu'un couple d'Américains me cherchait.

Je m'inclinai légèrement :

– Madame, je suis…

– Mr. Landler. Et votre secrétaire est Miss Davis. Qui vous a parlé de moi ?

Nous avons pris place dans les fauteuils en osier.

– Je connais votre existence par hasard, madame. J'ai entendu prononcer votre nom dans le bureau de mon avocat qui s'occupe de notre divorce. Je veux dire de ma séparation avec Annie. Sans la maladresse d'une secrétaire qui n'a pas fermé sa ligne en parlant de vous, je ne serais pas ici.

– Vous êtes franc, monsieur Landler, mais vous n'avez pas le choix non plus. Je vous salue, mademoiselle Davis, Annie m'a parlé de vous chaleureusement.

– Nous nous connaissons par téléphone, répliqua Sandy. Vous désirez boire quelque chose ?

– Non, dit Mrs. Ouada, et je n'ai pas le temps de parler longtemps.

Son anglais de Cambridge et ses manières me désorientaient.

– Nous vous avons cherchée dans l'annuaire.

– J'y suis sous le nom de mon organisation.

– En rapport avec le marché ? On m'a parlé de surveillance.

Elle sourit. Il était impossible de définir son âge.

– En quelque sorte. Depuis les événements du Zaïre, il y a ici des réfugiés restés clandestins. Souvent les enfants se perdent, on les amène dans ma maison. J'ai vécu au Zaïre, je connais la langue, la principale du moins – ici, les nouvelles vont vite –, on vient chercher les enfants perdus chez moi ; puis souvent les parents rentrent dans leur pays d'origine.

– Vous avez connu Annie dans quelles circonstances ?

– Toujours le hasard, le grand maître de nos destins. Le hasard n'obéit qu'à un seul supérieur, le Seigneur.

– Si vous vous êtes déplacée pour nous rencontrer…

– C'est que je ne voulais pas que vous perdiez votre temps. Annie n'est plus la femme que vous avez connue, monsieur Landler.

– Que j'ai épousée.

– Bien sûr, mais ce mariage n'existe pour elle que par rapport à ses ambitions.

– Ambitions ?

– Vivre pour les autres. Elle s'est convertie à la religion mormone.

– Mormone ?

J'allais de surprise en surprise.

– Elle est à la recherche de la grâce de Dieu.

– Et cette recherche l'empêche de me rencontrer ?

– Persévérez, le Seigneur vous aidera.

– Il n'a aucune raison de m'aider. Je suis un mécréant.

– Vous ne pouvez pas présumer de quelle manière Dieu vous considère.

Là, elle avait raison. Nous étions sur deux planètes éloignées. De Mrs. Ouada se dégageait le confort moral que suscite et conditionne la certitude d'une présence divine ; moi, hors-jeu mystique, je cherchais la sortie du labyrinthe. Elle était une privilégiée de la foi et moi un réfugié qui errait d'un néant à l'autre.

– Où est-elle ? demanda Sandy.

– Elle se manifestera.

– Madame, soyez raisonnables. Je ne peux pas me fier à Dieu, je suis obligé de consulter mon avocat, je suis un homme préoccupé, pressé, triste.

– Ça se voit, monsieur Landler. Vous avez le chagrin de ceux qui errent. Un homme comme vous pourrait être souriant, éclairé de l'intérieur ; mais vous n'avez pas exprimé le souhait de venir vers Jésus « le cœur brisé et l'esprit contrit ». Comment pourriez-vous connaître la joie dans le péché ? Vous devez étudier le livre de Mormon.

De quel droit entrait-elle, ou croyait-elle entrer, dans le tréfonds de mon être ? Je reculai devant ce scanner spirituel et me levai :

– J'exprime ma gratitude. Vous nous avez rendu visite, je vous en remercie. Mais je n'ai pas besoin de ce genre de leçons.

– Ce n'était qu'une citation approximative. Pendant près de deux ans, j'ai été missionnaire mormon. Les mots et les principes restent.

Sandy lui tendit la main :

– Je vous comprends, moi. Mr. Landler est un homme surmené, éprouvé…

– Laissez, Sandy.

Mrs. Ouada était de ma taille, elle me regardait dans les yeux :

– N'ayez crainte, je ne vous indisposerai plus. Je vous invite à dîner chez moi. Un peu plus que le pain et de l'eau, nos sacrements. Un accueil humble et amical.

– Nous venons si vous nous dites la vérité.

– Je dis la vérité.

– Où est Annie ?

– Partie pour Narok.

– Sur ces routes ?

– Par le train. Ensuite, elle ira à Loïta Plains.

Mrs. Ouada se tourna vers Sandy :

– Vous êtes fatiguée. Vous avez eu des difficultés avec Akoua.

– Vous connaissez ce chauffeur ?

– Il est des environs de Homa Bay. La gérante de l'hôtel m'a raconté qu'il était, lors de votre arrivée, fou furieux.

– En effet, dit Sandy. Vous ne pouvez pas imaginer ce que j'ai vécu pendant cette journée de voyage.

J'intervins :

– Si Miss Davis accepte votre invitation, nous venons.

Cette femme me rendait presque solennel. Elle avait un rayonnement incontestable. Il ne fallait pas la choquer par l'attitude agressive que j'avais habituellement à l'égard des religions.

– En vous cherchant au marché, dit Sandy, nous avons vu – de loin – une femme blanche. On a cru reconnaître Annie.

– Parce que vous la cherchiez. Il y a des Blancs ici, mais personne ne se soucie des différences de couleur. Kisumu est une ville agréable, très à la mode à l'époque coloniale. Maintenant, elle se trouve un peu à l'écart, mais les Blancs y sont bien accueillis, y compris les nombreux artistes qui peignent le coucher du soleil sur le lac Victoria.

– Quel est votre métier, madame ? demandai-je.

– Je suis conseillère juridique. J'ai fait mes études à Londres. Votre première femme, Angie, m'a souvent consulté au sujet de sa Fondation.

– Ce serait un honneur pour moi si vous pouviez donner votre avis sur l'ultime rapport que je soumettrai au Conseil de Fondation, avant de dégager les crédits.

– On verra, monsieur Landler, on verra. Je suis à votre disposition. Venez…

Alors que nous traversions le hall, elle me dit :

– Il paraît que les hommes cherchent toujours le même type de femmes… Mais vous…

Je l'interrompis :

– Pas de déduction, s'il vous plaît. Epargnez-moi. Mes deux mariages sont dus au hasard.

D'un seul coup, Mrs. Ouada se désintéressa de moi. Elle se rendit compte que je jouais la comédie, que je gardais mes distances, que je déversais ma réserve de mensonges : la comédie humaine par trente-cinq degrés au crépuscule l'ennuyait. Même pour un croyant qui ne compte pas son temps terrestre, un type coriace, toujours sur la défensive, finit par agacer. Mais moi, je ne voulais pas qu'on m'atteigne avec des mots.

Nous étions déjà devant la porte de l'hôtel.

– Si nous prenions ma voiture…

– Comme vous voulez, mais dans ce cas…

– Je vous ramènerai ici.

Oya nous surveillait, désespéré, comprenant qu'il avait perdu son bénéfice.

– Je te donnerai ma Toyota demain, dis-je.

Il haussa les épaules, incrédule et vexé ! On ne se moque pas d'un adolescent qui n'a que ses rêves.

– C'est vrai, Oya. Je te le promets.

Il voulut bien sourire et secoua la tête pour exprimer sa joie.

Dans la voiture, assis sur la banquette arrière, je contemplais les rues, tout en essayant d'obtenir quelques renseignements :

– Lorsque Annie venait à Homa Bay…

– Elle habitait une maison que je possède là-bas.

– Seule ? Venait-elle seule ?

– Oui.

– Pourtant elle supportait mal la solitude.

– Elle apprenait à s'y habituer. Au contraire, Angie, que j'ai connue à l'époque où nous avons installé la petite école, attendait l'homme providentiel qui accepterait de vivre avec elle en Afrique. Vous ! Mais le Seigneur en a décidé autrement.

Je supportais mal le trajet, enfermé dans cette cage de tôle, comme un animal exotique qu'on veut passer en fraude. Un singe qui parle. Le singe qui parlait ne voulait plus se censurer.

– Si elle tenait tellement à un homme adapté à l'Afrique, elle n'avait qu'à épouser un Kenyan.

Mrs. Ouada devint sévère :

– Monsieur Landler ! Elle ne voulait pas renoncer ni à l'Amérique ni à son milieu. Elle nous aimait, nous, Africains, mais elle voulait vivre avec quelqu'un de son ethnie. Un homme qui aurait épousé, avec elle, ses idées aussi. Quelle mort tragique que la sienne ! Les circonstances…

Sandy intervint :

– Mr. Landler souffre encore beaucoup de ces évocations.

– Bien sûr, répondit Mrs. Ouada, bien sûr.

– Vous habitez loin d'ici ? coupa Sandy.

– Rien n'est loin à Kisumu. Si vous pouviez rester quelques jours, vous découvririez les délices cachées de cette ville.

– Vous savez que nous partons demain.

– Elton, le pilote, m'a appelée.

Mon sang fit un tour.

– Pourquoi diable ?

– Pour des références. Savoir si vous êtes solvables ou non… Je lui ai même donné quelques renseignements sur l'emplacement de la tombe d'Angie.

Cerné, traqué, dégoûté : tout le monde savait tout, j'étais l'objet de perpétuelles vérifications.

La voiture anglaise de Mrs. Ouada était en excellent état.

– On n'a pas essayé de vous la voler ?

Ma question la fit bondir.

– Je suis une personne connue et utile à la région. On ne me vole pas.

– Il y a certainement un élément important qui retenait Annie ici, intervint Sandy. Vous ne savez pas quoi ?

– Elle seule vous le dira, si elle le veut.

La voiture sautait sur des cailloux, des trous ; parfois, la boue liquide d'une flaque d'eau retombait avec un bruit arrogant sur la carrosserie.

Pendant que je réfléchissais à ce que Mrs. Ouada devait savoir de moi, les événements se précipitaient et le piège qui allait me coincer se refermait peu à peu. Si j'avais su, j'aurais pu sortir un pied, puis l'autre, me mettre à courir, me prendre pour un être qui décide de son destin… Retourner à Nairobi, m'envoler par Kenya Airways pour les Seychelles, puis chercher un refuge sur une île inconnue du monde, en tout cas des enquêteurs. Si j'avais su qu'au même moment, ce soir, Lomel venait d'arriver à Nairobi…

C'était le premier voyage de Mark Lomel en Afrique. Après avoir passé plus de trente-six heures dans différents avions, passager de business class plus ou moins confortables, il arriva à Nairobi à dix-neuf heures, avec l'un des derniers avions du soir. Tout de suite, il se mêla à la foule. Vêtu d'une chemise et d'un pantalon de jean, il semblait indifférent au changement de climat, intéressé seulement par les faits qu'il devait découvrir.

Son portefeuille contenait deux photos : celle d'Eric Landler lors d'une réception, en smoking blanc, et celle d'Angie en robe du soir. Allen, le photographe, lui avait donné ces deux portraits agrandis, extraits d'une photo de groupe prise lors d'une réception. Dans la cohue des voyageurs, Lomel passait inaperçu. Il présenta son passeport au contrôle de la douane, on le lui rendit sans un mot. Il pouvait rester, s'il le voulait, deux mois ou plus, qu'importe. Lomel sortit sur le trottoir sale devant l'aéroport, se dirigea vers le premier taxi et dit au chauffeur, un jeune homme maigre :

– Hôtel New Stanley.

Il jeta sur le vieux siège arrière son sac de voyage et prit place à côté du conducteur. Il observait la route noire, la circulation dense. Ils arrivaient vers le centre. L'hôtel New Stanley était une institution connue du monde entier pour ses prix avantageux. Des badauds traînaient dans les parages, espérant quelque monnaie en échange de leurs services pour les clients désorientés.

Le marchand de journaux rangea son étalage tandis qu'à côté une galerie marchande gardait ses vitrines éclairées. Lomel paya le taxi. Avec son sac en bandoulière, il croyait retrouver ses vingt ans. Il se dirigea vers la réception, posa son passeport américain sur le comptoir et dit à l'employée indifférente :

– Auriez-vous une chambre pour une ou deux nuits ?

La femme émit un petit rire : la question était insolite.

– Vous n'avez pas réservé ? dit-elle. C'est indispensable ici, monsieur. Mais vous avez de la chance, il reste une chambre. Elle n'est pas belle, mais pour une ou deux nuits… Elle n'est pas chère non plus.

– Bien, dit Lomel. Merci. Merci. Tenez, ma carte de crédit.

Un boy courut vers lui, qu'il renvoya avec un hochement de tête : son sac, il en prenait soin lui-même. La clef dans la main, il traversa le hall étroit animé d'un va-et-vient incessant. Ceux qui avaient quitté leur chambre pour prendre un avion de nuit ou un charter attendaient, les yeux déjà fermés, les jambes allongées, tassés dans des fauteuils.

Lomel prit l'ascenseur en compagnie de quatre Japonais muets, le regard fixe. Lomel avait envie d'agiter le bras devant eux pour s'assurer qu'ils étaient vivants. Arrivé à son étage, il parcourut le couloir, d'où se dégageait un mélange d'anciennes odeurs jamais évacuées, et entra dans sa chambre minable. Pendant quelques secondes, il hésita à se fâcher ou non, mais il haussa les épaules, ouvrit les rideaux. En face de sa fenêtre, se dressait un mur.

Il referma le rideau, alluma la lumière, ouvrit le lit convenable, donna un coup de poing à l'appareil de télévision récalcitrant qui, après un hoquet, offrit une image en noir et blanc, floue : le président Moi inaugurait une école. Lomel referma l'appareil, jeta son sac sur le lit, y prit une chemise, se changea, descendit, se dirigea vers le restaurant et accosta aussitôt le maître d'hôtel.

– Je vais manger quelque chose, mais d'abord une petite question.

Il sortit les deux photos :

– Avez-vous un souvenir quelconque de cet homme ou de cette femme ?

Le maître d'hôtel, méfiant, se referma sur lui-même. Il ne travaillait ici que depuis six mois, il n'avait jamais vu ces gens. Lomel choisit de le croire. D'ailleurs, même s'il mentait, l'homme avait le droit de ne pas vouloir se trouver mêlé à une enquête. Impatient, il retraversa le hall pour poser la même question au portier de nuit. Celui-ci, malgré les billets de cent shillings que Lomel lui glissa dans la main, se défendit : « Les Blancs se ressemblent beaucoup et, le soir, les gens qui sortent explorer la vie nocturne de Nairobi ne perdent pas leur temps à bavarder. »

Lomel, de plus en plus nerveux, se retrouva à la réception où il demanda le numéro de téléphone du médecin attitré de l'établissement.

– Nous avons deux médecins, le Dr Farrell. Il est assez âgé, il faut aller chez lui, de préférence dans la journée. Le Dr Haidi, lui, se déplace.

– Pouvez-vous me donner son numéro de téléphone ?

– Nous l'appellerons pour vous. En cas de besoin, il vient même la nuit.

– Je voudrais le numéro, dit Lomel. Ecrivez-le ! Merci.

Le réceptionniste, perplexe, regardait ce client qui semblait se porter parfaitement bien. Pourquoi cherchait-il un médecin ? Lomel se dirigea vers le téléphone public du hall, d'où il appela le Dr Haidi. Une voix de femme répondit :

– Le docteur n'est pas là. Vous pouvez l'appeler sur son téléphone portatif.

Lomel eut instantanément la communication avec le médecin. Il lui expliqua qu'il arrivait de Los Angeles et qu'il avait des raisons très précises de le rencontrer, que ce n'était pas pour cause de maladie mais pour une affaire personnelle. Le médecin répondit qu'il était lié par le secret professionnel et que, pour le reste, il n'avait rien à dire à personne.

– J'aimerais quand même vous rencontrer. Accordez-moi cette faveur, je vous prie.

– Dans vingt minutes, je passe devant l'hôtel. Je viendrai vous chercher, si vous voulez, au restaurant.

Je crois que c'est le seul endroit qui sera encore ouvert, à part le hall toujours bruyant.

– Je vous attends, docteur Haidi, et je vous remercie à l'avance pour votre geste bienveillant et amical.

Dans la salle à manger, Lomel prit place à une petite table dans un coin, demanda un thé et quelque chose à manger. N'importe quoi.

– Chaud ou froid ?

– Style sandwich ou toasts. J'ai volé à peu près trente-six heures, je ne suis pas en état de…

Le maître d'hôtel n'avait que faire des explications.

En sirotant son thé, Lomel observait un garçon qui préparait sur un plateau plusieurs boissons. Il lui fit signe, le garçon déposa le plateau sur un comptoir et vint vers lui.

– Est-ce qu'il y a un service d'étage dans l'hôtel ?

– Bien sûr, monsieur. Vous voulez commander ? Quel numéro de chambre ?

– Non, attendez. Vous travaillez ici depuis longtemps ?

– Depuis un an, monsieur.

– Pourriez-vous m'indiquer un de vos collègues qui travaille ici depuis des années ?

– Oui. Vous voulez lui parler ?

– Dès que possible.

– S'il est là, je vous l'envoie.

Bientôt, Lomel vit apparaître un Kenyan replet, au visage luisant, les cheveux ras, extrêmement aimable – le genre qui engage volontiers la conversation et qui, s'il était européen ou américain, écrirait un jour ses Mémoires. C'était dans son regard. Il n'écrira jamais rien, pensa Lomel, mais peut-être parlerait-il.

– Veuillez prendre place.

L'homme regarda autour de lui :

– Ce n'est pas dans les règles, mais j'ai terminé mon service…

– Je peux vous offrir quelque chose à boire ?

L'homme était gêné :

– Je ne voudrais pas être servi par un de mes collègues.

– Eh bien, suggéra Lomel en faisant rouler de la paume, sur la table, cinq cents shillings vers lui, vous pouvez peut-être prendre quelque chose ailleurs. Acceptez, je vous en prie. Vous me rendriez un très grand service si vous vouliez vous souvenir de quelque chose.

– Si je peux, monsieur. Vous êtes de la police européenne ou… ?

– Je suis américain, je ne suis pas de la police, je recueille des souvenirs concernant un ami qui m'est très cher et qui a perdu sa femme dans des conditions très cruelles. Ils ont habité dans votre hôtel…

Il dit l'année, le mois. L'homme en face de lui haussa les épaules :

– Merci pour le cadeau, mais comment voulez-vous que je m'en souvienne ? Des gens à qui j'ai porté une fois dans ma vie un café ou un thé… Ça passe vite, les clients. On ne les regarde même pas.

– Celui-ci devait avoir un début de pneumonie ou quelque chose dans ce style-là. Il a reçu plusieurs fois la visite d'un médecin et il est resté couché au moins cinq ou six jours dans cet hôtel, soigné par sa femme, une Américaine aussi.

L'Africain plissa les yeux. Lomel sut à la seconde même qu'il se souvenait. Mais allait-il parler ?

– Ça arrive que les gens tombent malades, dit-il, parce que le climat est très dur et surtout, les visiteurs des réserves ne se rendent pas compte qu'il fait froid le soir. Très froid, même. Tandis que le jour…

– Avez-vous le souvenir d'un malade soigné par sa femme ? J'imagine qu'ils devaient vous donner un pourboire quand vous portiez…

L'Africain se trahit :

– Beaucoup de boissons.

– Donc, vous vous en souvenez.

– En effet. Il y a eu un va-et-vient de médecins. Sa femme était très inquiète. Vous voyez, quand quelqu'un tombe malade à Nairobi, il lui paraît impossible d'être bien soigné. Je me souviens qu'il est allé faire faire un examen de sang à l'hôpital principal de Nairobi. Sa femme le soutenait. Je les ai rencontrés dans le couloir : un des boys de l'ascenseur aidait l'homme d'un côté, sa femme de l'autre. Il est revenu en plus mauvais état. Sa femme disait qu'il n'avait pas la malaria, mais un début de pneumonie. Et le médecin, le Dr Haidi…

Lomel se sentait envahi par un étrange sentiment d'angoisse. Au tréfonds de lui-même, il ne souhaitait pas la chute du Français en tant qu'être humain. Il voulait sa victoire sur un criminel – la raison du crime n'était pas encore élucidée –, sur un criminel si parfait.

– Avez-vous gardé une vague idée des visages ?

– Non. Ils étaient blancs, c'est tout. L'homme, je l'ai toujours vu couché. Sauf au passage dans le couloir. Je leur portais des bouteilles d'eau minérale, on le faisait boire. Beaucoup de température, paraît-il.

Doucement, pour ne pas l'effrayer, Lomel sortit de sa poche les deux photos. Le Kenyan contempla la première, un Eric souriant.

– Peut-être. Je ne peux pas l'affirmer. En tout cas, c'était un Blanc avec les cheveux un peu foncés, mais pas tout à fait foncés, un regard plutôt clair. Je ne l'ai jamais vu sourire.

– Vous êtes sûr que c'est lui ?

– Non.

– Etes-vous sûr que ce n'est pas lui ?

– Non plus.

– Donc ça peut être lui.

– Oui.

Lomel prit la photo d'Angie et la glissa devant l'homme.

– Et cette dame, est-ce que c'est celle qui le soignait ?

– Ah non ! dit le serveur.

Cette fois, il était catégorique :

– Pas du tout. Ce n'était pas une belle blonde. C'était ce qu'on appelle une brave femme, mais pas une belle femme.

– Ah ! murmura Lomel.

Il éprouvait une intense jubilation.

– Elle ressemblait à quoi, cette dame qui le soignait ?

– Une grande brune, bien en chair, mais pas grosse du tout… Comment vous dire ? Solide. Un jour que j'apportais les boissons, le Blanc qui était debout a failli tomber. Elle l'a rattrapé et jusqu'au moment où j'ai déposé le plateau pour l'aider, elle l'a soutenu. J'en connais, des femmes comme celle qui accompagnait le monsieur malade, mais des beautés pareilles – il montra la photo – ça, je n'en ai pas encore vu de près.

– Merci, dit Lomel. Cordialement merci.

Le serveur s'éclipsa et Lomel, devant son thé froid, rêvait. Il rêvait d'une preuve de crime, comme d'autres espèrent une preuve d'amour ou de réussite. Il était si proche du dénouement et si loin aussi, faute d'une preuve. Le maître d'hôtel se dressa devant lui :

– Le Dr Haidi qui cherche un monsieur américain. Est-ce que c'est vous ?

– Oui.

Lomel se leva, contourna le maître d'hôtel, se précipita vers le Dr Haidi. De taille moyenne, les cheveux grisonnants, il avait le type hindou, un visage élégant, et, dans son regard, des millénaires de culture et de raffinement.

– Pardonnez-moi de vous avoir dérangé, dit Lomel. Est-ce que vous voudriez vous asseoir ?

– Deux minutes, dit le médecin. Deux minutes, pas plus.

– Puis-je vous faire servir un thé ?

– Non, je ne veux rien. Dites-moi seulement quel est votre problème. Peut-être n'avez-vous pas voulu dire au téléphone de quoi vous souffrez ?

– Non, dit Lomel, non. Voilà. J'ai un ami très cher qui vit éloigné de moi. Il a séjourné dans cet hôtel, lors d'un de ses premiers voyages, et il a été extrêmement malade. Il m'a parlé avec ferveur – vraiment, je vous assure – d'un médecin hindou qui l'a soigné.

Le Dr Haidi coupa court :

– Il y a beaucoup de médecins hindous à Nairobi.

– Mais vous êtes le médecin attitré de l'hôtel et mon ami était dans cet hôtel. Auriez-vous le souvenir, même vague, d'un Américain qui aurait été malade ici, avec un début de pneumonie, que vous auriez envoyé à l'hôpital principal pour une prise de sang ?

Le Dr Haidi sourit finement :

– Vous savez beaucoup plus de choses que moi, monsieur… comment ?

– Lomel.

– Monsieur Lomel. Vous me faites la description complète d'une situation complexe. En quoi avez-vous besoin de moi ?

– Juste pour savoir si cet homme – mon ami – était vraiment aussi malade qu'il me le dit. J'ai supposé que c'était peut-être psychosomatique, dû à des problèmes conjugaux.

– Les maladies psychosomatiques, en Afrique, on en voit peu. Ici, il y a des moustiques, la famine, le manque d'hygiène. Nous avons une telle gamme d'affections réelles qu'on n'a pas besoin de maladies imaginaires.

Lomel insista :

– Il m'a longuement parlé de sa pneumonie, et de sa femme.

Le docteur parut soulagé :

– C'était vraiment une femme… je vous le dis, monsieur, parfaite. Elle savait exactement ce qu'elle devait faire, il y avait toujours des glaçons quand j'arrivais, elle administrait les médicaments d'une manière précise. Si elle n'avait pas été aussi consciencieuse, j'aurais dû faire transporter l'Américain à l'hôpital, mais il était très bien soigné par sa femme.

Lomel posa la photo devant le médecin :

– J'imagine qu'elle était moins en forme, cette dame, que sur cette photo prise à Los Angeles ?

Le médecin regarda longuement la photo et leva le regard sur Lomel :

– C'est un piège ? Vous, les Occidentaux, vous avez toujours des problèmes de maîtresse, d'adultère, de sexe… Vous savez très bien qu'il ne s'agit pas de la même femme.

– Oui, dit Lomel.

– Alors pourquoi voulez-vous me tromper, me coincer ? Je trouve votre comportement inélégant.

– Je vous présente mes excuses, docteur Haidi, dit Lomel. Je peux commettre des maladresses. Jamais je n'attenterai à votre honneur, ni à tout ce que vous représentez. Il me fallait juste votre réaction sur cette dame.

Haidi se leva :

– Je ne veux pas être mêlé à vos histoires. J'ai vu un homme malade qui est votre ami. C'est lui qui vous a révélé qu'il avait une pneumonie, et moi j'ai simplement dit que la femme qui était avec lui le soignait admirablement. Je le maintiens. Ce qu'étaient les liens entre le malade et cette femme, ce n'est pas mon problème, monsieur. Je vous salue et j'espère que vous ne me dérangerez pas dans l'avenir avec ce genre d'investigations.

Il tourna le dos. Satisfait, Lomel dévora son deuxième toast, puis sortit dans la rue. Au cœur de la foule bruyante, brûlante, frôlé, caressé, bousculé, touché, il se sentait en sécurité. C'était un monde vivant. Plutôt mal habillé, sans aucun signe extérieur de richesse, il ne craignait aucune agression. On le prenait pour un routard, qui possède à peine de quoi passer la nuit quelque part. Qui aurait pu deviner que l'un des plus géniaux limiers des Etats-Unis promenait son âme de vingt ans dans les rues obscures de Nairobi ?

Mrs. Jennifer Ouada habitait assez près de l'hôtel du Lac. Sa maison, entourée d'un petit jardin, ressemblait à un pavillon de banlieue. La seule différence, c'était la présence des moustiquaires et, dans les quelques centaines de mètres carrés de verdure, des palmiers. Le jardin n'était pas soigné et l'air vibrait de moustiques. Nous la suivîmes dans l'étroit salon de style anglais, meublé de petits fauteuils conçus pour de grandes poupées et d'une vitrine baroque. Elle nous fit passer et asseoir dans une salle à manger dont la fenêtre s'ouvrait sur le lac, puis disparut dans la cuisine.

Je regardais Sandy, qui me regardait. Enfin elle se leva et se dirigea elle aussi vers la cuisine :

– Si je peux vous aider…

– Je ne dis pas non.

Bientôt, Mrs. Ouada posa devant nous une salade de riz froide et un Thermos de thé, puis du pain et du beurre salé. Nous commençâmes à manger avec un appétit insoupçonné. Cette réception improvisée, infiniment amicale, se prolongea un peu après le repas, à boire du thé noir. Puis Mrs. Ouada nous fit voir une chambre contenant trois lits d'enfants.

– Parfois ils sont occupés, parfois non. Voulez-vous voir la chambre d'Annie ? Elle en dispose depuis des années.

Son regard se fixa sur moi :

– Je ne dis pas qu'elle ne vous aime pas, monsieur Landler, elle vous évite.

Je notai les jouets rangés sur les étagères ; c'est triste, une chambre d'enfant vide.

– Je ne demande qu'une seule chose, c'est de divorcer. La libérer de moi. Ne plus jouer à cache-cache. Notre mariage était une erreur, mais ce n'est pas une raison pour me fuir.

– Elle a peut-être une autre raison. Ce secret lui appartient.

La pluie harcelait le toit, la terrasse, les fenêtres de l'hôtel. Réveillé, je m'extirpai de la moustiquaire pour aller aux toilettes et je revins dans la chambre où je contemplai le rideau de pluie noire. Vers cinq heures et demie, je réveillai Sandy. Sur l'horizon obscur apparaissaient des fissures de lumière.

Vers six heures et demie, nous descendîmes nos valises dans le hall. Derrière le comptoir, l'employé somnolent se réveilla d'un seul coup et nous sourit. Je payai et réclamai un café, qu'il nous apporta lui-même une dizaine de minutes plus tard. C'était chaud.

– Ouh ! dit Sandy après une gorgée. Ou-ou-ouhh !

Je n'avais pas envie de consoler ni d'expliquer. J'avais envie d'être ailleurs. A Toulouse. La ville était rose, même dans le noir.

– Nous allons voir…, commença Sandy.

– Si vous pouviez m'épargner le résumé des épreuves qui nous attendent.

– Fuir, ça ne sert à rien, déclara-t-elle.

– Mais si, dis-je avec conviction. Fuir loin, quelque part dans un ailleurs où il ne faut ni papiers ni argent. Un grand néant. L'anesthésie générale dont on ne se réveille plus jamais. Ça, c'est une fuite.

A sept heures moins le quart, quand nous sortîmes, Oya nous attendait devant la porte. Je lui avais promis ma Toyota. Il n'y croyait pas du tout, mais à tout hasard… Une Land Rover apparut, d'où descendit un petit vieux, quelques cheveux blancs collés sur le crâne.

– Je suis Elton, votre commandant, dit-il en nous tendant sa main minuscule.

– Monsieur Elton, votre avion est-il plus jeune que votre Land Rover ? demanda Sandy.

Il répliqua avec agacement :

– Ne vous occupez pas de mon avion, ni de son âge, ni de celui de ma voiture. Je suis responsable de votre sécurité, c'est tout. Il faut me faire confiance. Avez-vous l'argent ?

– Oui, répondit Sandy. Mais on aimerait bien voir l'avion, parce que s'il ne nous convient pas, nous prendrons la ligne officielle de Kenya Airways, nous rentrerons à Nairobi et nous irons de là-bas à la rivière.

– Votre commande était ferme. Je vous ai crus sur parole, j'ai refusé deux autres clients. Restez si vous voulez, mais vous me devez vingt mille shillings de dédit, en dédommagement.

L'attaque me désarma.

– Allons-y, reprit Elton, hargneux, sinon la pluie nous attrapera au milieu du trajet.

Je confiai les clefs de la Toyota à Oya :

– Suis-nous.

Nous prîmes place dans la Land Rover qui traversa Kisumu au milieu de vieilles motos pétaradantes. Au-delà de la gare, près d'un hangar en tôle ondulée, Elton stoppa la voiture, descendit et dit à Oya qui venait nous rejoindre :

– Viens m'aider.

Ils jetèrent, réunis dans le même effort, nos bagages au sol – le plus lourd avait échoué à Oya qui se plia en deux –, puis se dirigèrent vers le portail ouvert du hangar. Nous aperçûmes un petit avion à hélice.

– Ça vole, ça ? demanda Sandy.

Elton haussa les épaules :

– Depuis vingt ans, je n'ai eu aucun problème, mais il faut être fataliste : quand c'est l'heure, c'est l'heure.

Il se tourna vers moi :

– Vous, vous êtes dans quelle branche ?

– Produits chimiques.

– Une malédiction dans ce monde. Mais je vous épargnerai quand même…

– Bien aimable.

Il rit :

– Parce que je suis dans le même bateau, si vous permettez la plaisanterie. Sinon, je n'aurais aucune pitié pour un pollueur.

Sandy me regarda :

– Avez-vous des pulsions suicidaires, monsieur Landler ?

Je saisis l'occasion de nous tirer de là.

– On se sauve, Sandy ? Pour vous faire plaisir, j'abandonne l'expédition.

Elle détourna la tête :

– Il faut devancer le photographe. Imaginez Robby photographiant la tombe d'Angie… Et s'il arrive accompagné des représentants de la famille allemande, avec une équipe médicale, autorisée à faire un prélèvement ? Il vous a donné rendez-vous là-bas, en quelque sorte.

Elton sortait l'avion du hangar.

– Ça marche, constata-t-il.

Il redescendit de l'engin, vérifia quelque chose sous l'aile droite, et s'adressa à Oya :

– Mets les valises.

– Où ?

Le pilote se précipita vers le flanc de l'avion pour y ouvrir une trappe ; une fois les valises rangées, il verrouilla le battant et renforça la poignée avec un fil de fer.

– Si on tombe, ce sera la fin de nos soucis, dit Sandy.

Puis elle ajouta :

– Pourquoi voudrait-il mourir, lui ?

Elton s'avança vers nous :

– L'argent, dit-il.

– L'argent vole avec nous. Atterrit avec nous.

Oya m'interpella :

– Je peux prendre la voiture, monsieur ? Vraiment ?

– Oui. Mais si pour une raison quelconque, je reviens à Kisumu, tu me la rends.

– Il faudrait me donner un papier, monsieur, une lettre de cadeau, sinon je ne pourrai pas circuler. La police me la confisquera…

Sandy prit un bloc dans son sac. Elton ne nous quittait pas des yeux. J'inscrivis sur une feuille :

Je soussigné Eric Landler offre comme cadeau la Toyota – et j'indiquai le numéro de série – *à Oya Kimbu, en récompense de ses précieux services. En lui souhaitant bonne chance !*

J'ajoutai le numéro de mon passeport, Sandy signa la déclaration en tant que témoin.

– Allons-y, pressa Elton. Montez…

Installés derrière lui, je susurrai à Sandy :

– Il est jaloux. A cause de la voiture.

– Non, dit Sandy. Je crois tout simplement qu'il est un peu sourd.

– Sourd ?

– Oui, dit Sandy. Croyez-moi…

Nous attachâmes nos ceintures, Elton aussi. Oya s'accrochait aux pales de l'hélice pour la mettre en route.

Bientôt, l'avion avança en bringuebalant sur l'étroit ruban de béton, puis sur l'herbe, et décolla. Je me penchai en avant. Il fallait crier pour couvrir le vacarme du moteur.

– Quelle altitude ?

Je voyais le profil de notre héros.

– Quoi ?

– On monte à quelle altitude ?

– On fait ce qu'on peut, répondit-il. Deux mille mètres, deux mille cinq.

– Attention aux montagnes.

Il émit un juron :

– Vous voulez prendre ma place ? J'ai dit à ma femme…

– Quoi ?

– Que je me méfiais de vous.

– Je m'inquiète, c'est normal.

Le paysage tournait autour de nous. Elton gagna de l'altitude, l'avion tremblait sous l'effort. Il n'y avait plus aucun recours. Nous étions dans une boîte à sardines ailée.

– Sandy, si notre dernière heure est arrivée…

– Heure ? dit Sandy. Minute. Nos dernières minutes… Je vous ai dit que…

– Pas de sermon !

– Il n'a pas l'air de vouloir mourir.

Sandy se tut. Une dizaine de minutes plus tard, elle me saisit le bras :

– Regardez en bas !

Toutes les beautés du monde s'exposaient, à la fois très loin et très près. Un bonjour ou un adieu somptueux à la vie. Montagnes lointaines et savane striée de vert et de jaune, parcourue de troupeaux. Des gnous au galop, mouvant trait d'union entre le Kenya et la Tanzanie, se dirigeaient vers le parc du Serengeti.

Sandy déplia sa carte. Avec ses lignes rouges, vertes et les petits cercles qui signalaient les villes, ce n'était que du papier. Nous, nous étions proches de l'infini. Quelle que fût l'angoisse, ce vol valait son pesant de frayeur. Des tribus de girafes se déplaçaient en mouvements harmonieux, suivies de zèbres énervés. D'une masse verte se dégageaient des groupes de phacochères. Une demi-heure dans l'air, un goût d'éternité dans la bouche. Un vrai vertige de bonheur, de vivre et peut-être de mourir. Je frappai délicatement – d'un seul doigt – sur la clavicule d'Elton :

– Où est-on ?

– Au bout du Serengeti. A cause des vents, je devais faire un détour.

Je ne comprenais pas le changement radical du paysage : la savane, normalement traversée à cet endroit par une rivière écumeuse et grise, n'était plus là. Un immense plan d'eau étincelant la remplaçait, où surgissaient des îlots de verdure et quelques arbustes à moitié submergés. Je me hasardai à une remarque :

– Vous vous êtes égaré vers le lac Natron ?

Il bondit comme s'il avait voulu essayer les ressorts d'un siège éjectable :

– Mais non. C'est la rivière Mara. Elle a débordé, et on ne m'a pas prévenu. Il a plu depuis deux jours presque sans interruption. Même un hydravion serait inutilisable.

– Pourquoi ?

– L'eau n'est pas assez profonde.

Mon désarroi lui faisait plaisir. Il prit des jumelles sur le siège à côté de lui et me les tendit :

– Regardez ceux qui attendent en bas.

L'eau grouillait de petits troncs d'arbres mouvants.

– Les crocodiles, dit-il. Belle piscine, n'est-ce pas ?

Je passai les jumelles à Sandy, étonnamment calme.

– La tombe ? dis-je.

Elle scruta l'horizon d'eau :

– Même votre rocher doit être submergé. Ce rustique monument funéraire auquel vous avez fait une telle publicité.

Elle se reprit :

– Le photographe et les experts peuvent aller au diable !

La surface de l'eau nous envoyait des éclats de lumière. La « tombe d'Angie » était inondée, dévastée, la dépouille de la femme enterrée à la place de mon épouse sûrement emportée par les eaux. Quand l'eau se retirerait, il n'y aurait plus de trace de tombe. La cérémonie du transfert du corps substitué s'en trouvait annulée d'office. L'opinion publique me jugera d'une coupable inconscience : n'ai-je pas laissé le corps de ma femme dans un endroit exposé aux inondations ?

Le pilote cria :

– Votre rocher est foutu.

– Ne soyez pas grossier. Il s'agit d'une tombe.

– J'ai dit à ma femme que vous êtes des malades. Votre histoire de tombe… Quand je pense que Mrs. Ouada voulait m'expliquer l'emplacement… Si elle voyait ça…

L'eau s'étalait sur sept ou huit cents mètres, peut-être même un kilomètre. Le pilote força la voix :

– S'il y avait une tombe, elle est lessivée, anéantie. Vous devriez aller pleurer où c'est plus sec. Et maintenant ?

– Continuez vers Loïta Plains.

– Les vents, vous vous en fichez, vous, des vents ?

Je forçai la voix :

– Vous étiez d'accord. On vous paie.

– L'argent n'est pas tout. Les vents, vous ne pouvez pas les acheter avec votre fric.

– C'est vous le pilote, c'est vous qui avez déposé le plan de vol. Arrangez-vous.

Le petit zinc luttait contre les conditions atmosphériques pénibles. Pour rompre le silence de Sandy, je la cognai avec mon bras droit :

– Alors, dites quelque chose.

– C'est tragique, fit-elle. Mais ce phénomène naturel vous épargnera pas mal d'ennuis.

– On va plutôt m'accuser d'insouciance et de manque de respect pour avoir laissé le corps à cet endroit.

Sandy devait crier pour que je l'entende :

– Vous pourriez déclarer à la presse que le transfert du corps a déjà eu lieu dans le plus grand secret. Vous avez voulu éviter la publicité autour d'une exhumation.

– J'aurais menti de sang-froid au conseil de la Fondation aussi ?

– Vous évoquerez la pudeur, la douleur encore persistante de votre deuil. Vous ferez un beau discours. Vous créez si bien l'émotion. Tout ce qui est faux semble vrai chez vous.

– Vous m'accusez de trop bien mentir ?

– Vous avez une manière de présenter les faits…

– Sandy ?

– Oui.

– Vous êtes en train de m'injurier ou de me faire des compliments ?

– Croyez-vous que c'est l'endroit pour une discussion de ce genre ?

Le petit avion avançait par à-coups au-dessus de la nappe d'eau. L'inondation avait rendu au paysage son naturel sauvage, préservé des êtres humains. Nous volions en biais. Est-ce que ce vieux clown allait rétablir l'équilibre ? J'insistai :

– Et quoi dire aux Kenyans ?

Sandy commençait à s'affoler :

– Encore quelques minutes et vous n'aurez plus à mentir.

La surface de l'eau se rapprochait dangereusement. Sandy se frotta le nez.

– Je déteste la viande de crocodile. Mais quand ils nous boufferont…

– Vous, ils vous recracheront !

Parce que notre heure n'était pas encore arrivée, comme aurait dit la femme de ménage mexicaine, soudain les deux ailes de l'engin se retrouvèrent dans le même alignement. Sandy, malgré le tremblement de sa mâchoire, réussit à me dire :

– Vous avez eu une première autorisation il y a déjà un an pour le transfert. Vous l'avez utilisée dans la plus grande discrétion. Voilà la version.

Son visage se détendait. Pour le moment, nous étions sauvés.

– J'aurais aimé voir la tête de Robby Allen. Ses yeux… La rivière Mara lui a volé une fortune.

La situation était encore délicate. Le petit avion frémissait. Le pilote cria :

– Trop de poids !

Je serrai la main de Sandy :

– Le rhino…

Sandy répliqua :

– Et si nous étions obèses ?

Elton se tourna sur son siège. Il parlait dans un micro bricolé, attaché à son casque.

– Vous êtes sûrs de vouloir atterrir à Loïta Plains ?

Sandy se pencha :

– Essayons, s'il vous plaît. Si la piste d'atterrissage existe encore…

Devenu un soupçon plus sociable – il avait dû lui aussi avoir très peur –, il désigna des taches bleuâtres et grises au loin :

– Les Loïta Hills.

– La colline la moins haute, sur laquelle se trouve la maison, est à la frontière des Loïta Hills et de Loïta Plains.

Il hocha la tête. Ses pensées se lisaient, comme écrites sur son dos : se débarrasser de nous.

Une trentaine de minutes plus tard, nous survolions un paysage d'acacias groupés, de savane encore dominée par le jaune, ce qui prouvait qu'il n'avait pas autant plu ici que du côté de la réserve. J'aperçus une masse de pierres beiges et roses au sommet d'une excroissance de terre. D'ici – nous volions à peu près à mille huit cents mètres d'altitude –, ce n'était qu'une bosse prolongeant d'autres bosses d'en bas, c'était sans doute la colline que je cherchais. Le pilote guettait un point d'atterrissage d'où il pouvait repartir. Sandy se pencha de son côté, moi du mien.

– Il me semble, dit-elle, que j'aperçois une rayure grise.

J'effleurai le dos d'Elton :

– A gauche, regardez...

Il hocha la tête, de mauvaise grâce : il en avait assez de nous et de cette mission absurde. L'avion approcha la colline, survola la maison bâtie comme les fermes-forteresses de jadis : quatre bâtiments autour d'une cour carrée, l'ensemble entouré de murs, sauf l'échappée de la maison maîtresse dont la terrasse immense, s'ouvrant sur le début de la vallée du Rift, était en quelque sorte gouvernée ou dominée par une statue de lion. Un lion assis qui observait la savane où, jadis, avant d'être transformé en statue aveugle, les braconniers et les Masaïs le pourchassaient.

– C'est ça, votre baraque ? cria le pilote.

– Vous avez compris. Bravo !

– Ne l'agacez pas, intervint Sandy. Ne dites rien.

On devinait vaguement une étroite trace grise, de partout envahie par les plantes rampantes. Elton désigna l'endroit d'un mouvement de tête :

– Vous appelez ça une piste ?

– Ce qui en reste...

– Vous voulez atterrir ici ? hurla-t-il. Ce n'est pas sérieux !

– Essayez ! Vous êtes un as.

Il balança sa tête de droite à gauche. Il parlait seul, un monologue d'injures où revenait le mot « *fuck* ». Sandy me serrait la main. Je l'assurai que tout allait bien. Le paysage, vertical, puis horizontal, la minute d'après à l'oblique nous promettait nos dernières minutes.

Le pilote avait raison de vouloir donner l'argent à sa femme avant le départ. Un bon mari. Un choc. L'atterrissage. L'avion courait sur l'herbe, à côté du béton à moitié enseveli. Au moment de piquer du nez dans un acacia, le pilote l'évita de justesse et se retrouva après quelques sursauts sur la fin du ruban en béton ou ce qui en restait. Il respira en silence quelques secondes, et se dégagea de son siège. D'abord il scruta le sol, puis ouvrit l'objet volant qu'il appelait un avion et cria sans amabilité :

– Descendez ! Dépêchez-vous…

Les jambes engourdies, le dos en bois, je sautai dehors et vins de l'autre côté prendre Sandy dans mes bras pour la poser au sol. Elle tremblait.

– Ça va aller, dit-elle. Je vais récupérer. Ce ne sont que des spasmes.

– Alors, vous rêvez ou quoi ? dit le pilote.

Il ouvrit la trappe, sortit nos bagages des entrailles de sa boîte volante. Il poussa un grognement, inimaginable venant d'un homme si frêle, lorsqu'il souleva la valise de Sandy.

– C'est quoi, ça ?

Dans la valise se trouvaient les dossiers Fergusson que j'avais laissés sournoisement à Sandy, plus le rhino.

– Je rapporte une sculpture, expliqua Sandy avec l'audace infinie des femmes.

Le pilote, suffoqué, donna un coup de pied à la valise qui le laissa quelques secondes paralysé de douleur. La masse du rhino, même emballée dans des couches de vêtements, se défendait. Elton se dirigea vers moi en boitant :

– On y est. Donnez-moi la moitié de ce qui était prévu, mais ne comptez plus sur moi. Vous êtes dangereux. Vous ne m'aviez pas prévenu du poids monstrueux de vos valises. Votre complice – il parlait d'Oya – les a mises dans l'avion sans m'avertir.

– Vous voulez nous plaquer ici ? Vous n'attendez pas ?

– Attendre quoi ?

– Qu'on remonte là-haut et qu'on redescende.

– Où ? Là-bas ?

Sandy désigna la direction de la colline. Le soleil nous flanqua un contre-jour aveuglant. Une lumière casse-rétines. Elton se frappa le front de l'index :

– Vous êtes fous. Vous cherchez une tombe, elle est inondée – si elle a jamais existé. Vous cherchez une maison, elle est invisible. Vous parlez d'une piste, il n'en reste plus rien.

Je sortis de ma poche trente mille shillings que je tendis à Elton. Il les compta et les glissa dans un pli de sa veste étriquée. Je fis une dernière tentative :

– Vous nous laissez ici ? Vraiment ?

– Je ne tiendrai pas avec vous une heure de plus. Ni dans l'air ni sur terre.

Sous le soleil vertical, cachés derrière les hublots noirs de nos lunettes, nous étions vulnérables comme des tortues sur le dos.

– Les bagages ?

– Le premier chacal venu sera ravi d'en profiter.

– Monsieur Elton, vous nous détestez.

– Je n'aime pas les extraterrestres.

Il reprit place dans sa brouette volante et me cria :

– Vous me donnez un coup de main pour l'hélice ?

– Sinon ?

– Pas de sinon. Personne ne me l'a jamais refusé.

Je me retrouvai face au nez de l'avion, je m'agrippai à son hélice que j'essayai de lancer. Il fallut plusieurs tentatives épuisantes avant que son moteur démarre. L'engin fragile s'emballa, fit demi-tour sur l'herbe, accéléra et s'éleva dans l'air. Contre toute attente, Elton nous fit un signe. Soudain, un déséquilibre violent de l'appareil nous fit craindre un crash, mais, rétabli, il prit de la hauteur et disparut.

Sandy leva la main droite pour abriter ses yeux. Elle avançait en titubant dans l'herbe ici déjà verdoyante, là encore jaune paille, comme si la pluie avait choisi des secteurs à arroser.

– C'est la Maison des Lions ?

La direction était bonne, la visibilité nulle. Le soleil qui se déplaçait avec une lenteur exaspérante nous permettait, même d'une manière parcimonieuse, d'apercevoir la colline, presque noire en contre-jour. Je cherchai la route en lacet sur laquelle je faisais du surplace dans mes cauchemars. A deux kilomètres ou plus – selon le cas, la savane diminuait et doublait les perspectives – se dressait la première haute colline de Loïta Plains. Nous étions, Sandy et moi, à l'endroit où, à l'époque de ma vie commune avec Annie, je descendais en Jeep, je surveillais les lézards, les insectes. Misérable humain, j'espérais un réconfort. C'est ici, un jour, qu'Annie me dit : « Nous aurons un enfant blond aux yeux clairs, mais plus personne ne verra la différence. Noirs et Blancs s'uniront dans une profonde égalité. » Ici… De ces tourments, il ne restait qu'un vide.

Au milieu de la savane, les deux valises à nos pieds, plus le sac à main de Sandy, j'aurais préféré être – sur tous les plans – à la place de Robinson. Au moins lui n'avait rien à porter.

– Qu'est-ce qu'on fait ? demanda Sandy.

– On monte à pied.

– On laisse tout là ?

– Je n'ai pas les muscles de Schwarzenegger. Prenez votre sac à main.

– Il est lourd.

– Il fallait moins le bourrer.

– Le strict nécessaire, dit-elle.

J'avais honte, alors je pris le sac.

– Merci, dit-elle.

Puis :

– Et le reste ? Pour la nuit… Nos affaires de toilette dans la valise ?

– Je ne sais pas du tout où nous allons passer la nuit. On va peut-être devoir revenir ici…

– Ici ?

Elle m'observait anxieusement. Avait-elle des craintes sur mon état mental ?

– Peut-être pas. Là-bas, il y a quand même un toit.

– Et de l'eau.

– De pluie.

Nous étions isolés du monde, mais cernés de bruissements d'insectes, de gros lézards et de musaraignes de dimensions africaines.

– Avez-vous vu déjà les libellules s'accoupler ?

– Non.

– Moi si, dans la voiture, enfermée avec ce chauffeur maudit qui me narguait, j'ai dû assister à la procréation des libellules.

– Epargnez-moi vos souvenirs.

Elle haussa les épaules, abrita ses yeux avec sa main amenée à son front comme si elle voulait faire un salut militaire.

– Vous êtes sûr qu'il y a vraiment une maison sur cette colline ?

– Oui. Vide, délabrée sans doute, mais elle est là. Annie passe souvent par ici, il y a certainement une ou deux pièces habitables.

– Combien de temps faut-il pour monter là-haut ? Vous devez le savoir, vous avez vécu ici avec Annie.

– Je circulais en Jeep.

– Il n'y a pas de route, de toute façon.

– Il y en avait.

– Faisons des signes !

– A qui ?

– Il y a peut-être du monde, en haut.

Je levai le bras :

– Vous croyez qu'on peut voir un malheureux bras, de là-bas ? Non. Il faut s'attaquer à la colline ou rester ici, mais personne ne viendra.

– Les Masaïs nomades…

– Il y a cinquante ans, ils circulaient par ici, oui.

Elle insista :

– Où on va, c'est une petite montagne.

– Une toute petite montagne ou une grande colline.

– Presque mille mètres à grimper, par cette chaleur ! Je crois… Ça a l'air si haut.

– Sandy, je n'ai aucune autre solution à vous offrir. Vous pouvez rester ici, assise sur les valises. Moi, je m'en vais. J'essaie de trouver quelqu'un. De l'autre côté de la colline, il existe une piste pour les Jeep et les Land Rover, mais par ici, on n'a que nos jambes.

Les herbes nous arrivaient à mi-mollet et de gros insectes nous harcelaient.

– Il y a des serpents partout, déclara-t-elle. Quand j'ai quitté la voiture pour me sauver…

– Ça suffit, Sandy. Nous sommes en train de fabriquer des futurs souvenirs pour vos vieux jours.

Elle me dévisagea en oubliant la savane, les insectes, la broussaille, la distance jusqu'à l'hypothétique havre.

– Si vous pouviez m'épargner les remarques désobligeantes…

Je l'observais attentivement, perplexe. Pourquoi aimais-je cette créature ? Mais comme rien n'était dit ni fait, je me considérais encore libre. Donc prêt à me dégager, de mes propres pulsions.

– Je ne sais pas ce que je vais trouver là-bas… – je désignai la colline – mais je ne vois pas l'intérêt de rester ici. Il faut bouger.

– Vous payez l'entretien de la maison : il y a des employés.

– En Afrique, rien n'est sûr.

– J'ai peur, continua-t-elle. Des gens en général, du chauffeur. Oh ! ce chauffeur…

– Ici ?

Je balayai d'un geste exagéré le vide qui nous entourait. La savane à perte de vue, les acacias comme peints sur fond bleu, jaune et vert, les collines arides et, de loin, les montagnes grises.

– Allons-y, déclara-t-elle. Mais avant, tournez-vous.

– Pourquoi ?

– Je voudrais que vous vous tourniez. Il y a un insecte dans mon pantalon. Côté jambe gauche.

Elle ôtait déjà ses baskets, laborieusement.

– S'il vous plaît, monsieur Landler.

J'obéis et je contemplai, morne, un acacia indifférent. L'opération pantalon se déroula en silence et dura longtemps.

– Ça y est, dit-elle. Vous pouvez regarder.

Elle se compressait dans son jean. Je faillis m'autoriser un sourire moqueur. Elle me jeta un regard meurtrier :

– Je n'ai pas grossi, je me suis trompée : j'ai acheté une taille en dessous de la mienne.

Nous marchions en silence, les hautes herbes coupantes, piquantes nous frôlaient, les insectes valsaient autour de nos visages. Nous avancions comme des mécaniques vers la colline qui semblait reculer. Au bout d'une heure de progression freinée par les bosquets et les ronces, nous arrivâmes au bas de la montée vers le plateau. Il fallait nous frayer un passage parmi les plantes hostiles, sur un sol parsemé de cailloux, de creux, de silex pointus à moitié dissimulés. Sandy venait de tomber. Je la soulevai et l'époussetai comme on fait avec un gosse. L'air crémeux d'insectes, la chaleur accablante faisaient de l'escalade un enfer. Assaillis d'odeurs pesantes et indéfinissables, d'un mélange de relents d'herbe séchée au soleil, de poils mouillés, enfermés dans l'intimité fétide de la nature, il valait mieux se taire. Soudain, je perçus une absence derrière moi. Je me retournai : à quelques mètres, Sandy était assise sur un petit rocher plat.

– Venez. Ce n'est pas très prudent. Des serpents se cachent sous les rochers.

– Je n'ai plus d'air, dit-elle. La pente est trop raide. Je manque de souffle.

Elle avait les traits creusés et les lèvres craquelées.

– Vous n'avez pas un produit pour vous protéger les lèvres ?

– Dans ma valise.

Elle abrita ses yeux avec sa main en visière et regarda la plaine.

– On ne voit même plus nos bagages.

Je soulevai son sac à main :

– Qu'est-ce qu'il y a là-dedans ? Il pèse une tonne.

– Un magnétophone, les bandes, les piles, un carnet, le rapport…

Le bleu du ciel virait à un léger mauve. Le soleil nous écrasait, parfois légèrement voilé par des vents imperceptibles ; des brises trop lointaines pour nous soulager traînaient des lambeaux de nuages. A mi-hauteur de la colline, on fit une autre halte. Soudain la savane parut s'animer. Des phacochères couraient en bandes désordonnées.

– Ils ne sont pas tous au Serengeti, constata Sandy, restée plus bas, près de bosquets poussés sur le flanc de la montée. Revenez, s'il vous plaît. Par ici…

– Redescendre ?

– Juste quelques mètres. Venez…

Je me rapprochai d'elle, manquant glisser à chaque pas.

– Quoi ?

Elle me désigna la broussaille jaune fade qui surplombait un creux de la terre rouge.

– Pas de bruit.

Elle me désigna, dans l'ombre de la végétation basse et touffue, un animal allongé, aux poils jaune sale qui près du cou viraient au gris. Trois ou quatre petits fauves fouillaient ses entrailles.

– Une hyène femelle et ses petits…

J'essayai de m'émouvoir, d'exprimer un semblant de noblesse d'âme, voire de cœur, pour susurrer : « Que c'est beau ! » Je ne pouvais pas. Ma vie était remplie d'hyènes à deux pattes.

– Etes-vous sûre que c'est une hyène ?

– Vous vous moquez de tout.

Elle avait envie de pleurer à cause de la fatigue et de moi. Le ciel était à blanc, la lumière nous gênait malgré nos lunettes, la soif nous desséchait et elle, attendrie devant une famille de supposées hyènes, souffrait de ma prétendue cruauté.

– La pluie va nous surprendre, venez.

Elle réussit à se détacher de la famille de fauves. La colline était de plus en plus raide, parfois on devait grimper à quatre pattes. Je tendais la main à Sandy, je la tirais, je la réconfortais.

– Etes-vous vaccinée contre le tétanos ?
– Oui. Heureusement : mes mains sont écorchées.
Elle s'immobilisa :
– Regardez ! Juste au-dessus de nous.
La statue du lion surplombait le paysage. Nous étions juste dans son alignement vertical. Nous franchîmes non sans peine la distance qui nous séparait du mur de la terrasse. Nous nous agrippions aux ronces, aux arbustes, même aux pierres, mais à peine touchées, elles se détachaient et dégringolaient sous nos pieds.
– Je vais m'incliner devant ce monument, dit Sandy.
Je m'énervai :
– Ce n'est qu'un lion. Pas un dieu.
– Vous n'avez aucun horizon spirituel.
Elle venait de déraper, manquant de peu la chute. Je redescendis pour la rattraper.
– Vous me décrochez le bras, dit-elle. Si vous étiez plus doux…
– … vous seriez près de vos hyènes.
Elle réussit à me dire :
– Quelle erreur de vous imaginer capable de vivre en Afrique…
– Et vous ? Vous aimez Indiana Jones ?
Nous étions plus ou moins calés entre deux buissons piquants.
– Les films d'aventure sont truqués, me lança-t-elle. Ici, tout est vrai.
J'étais assis sur quelque chose de détestablement mou. Je craignais une bouse d'origine inconnue, ce n'était qu'un ramassis de racines mouillées.
– Qu'est-ce que vous aimez ?
– Les histoires d'amour.
Un morceau de rocher, ébranlé, prit notre direction. J'écartai Sandy en la tenant dans mes bras. Elle voulut se dégager et ajouta :

– Les histoires d'amour qui se terminent bien.

Le morceau de rocher passa à côté de nous.

– Si je ne vous avais pas tenue…

– Quand c'est l'heure, c'est l'heure, dit-elle.

De près, je la voyais comme dans des jumelles grossissantes. Son ridicule chapeau et ses immenses lunettes de soleil ne la protégeaient pas suffisamment. Son vêtement tropical, parfait pour une vitrine de Saks, était éprouvé, déchiré, seules ses baskets résistaient.

– Essayons de contourner le mur, Sandy. En avançant prudemment, on devrait atteindre l'entrée située de l'autre côté de la colline. Là où les Jeep ont accès à la cour.

Elle poussa un soupir et se leva en s'appuyant sur moi. Son sac, accroché en bandoulière sur mon épaule, me gênait.

– Vous n'avez pas de cœur, dit-elle. Ce n'est pas votre faute, c'est de naissance.

– Remuez-vous, dans un quart d'heure on a la pluie.

Elle était tombée sur l'autre genou. Elle se redressa.

– Vous n'abîmerez pas mon Afrique, dit-elle.

Nous atteignîmes un passage étroit qui contournait comme un collier la base du mur. On avançait en s'accrochant à des cordes de lierre et à des arbustes.

– Si j'avais su qu'on allait faire de l'alpinisme, j'aurais pris des gants. Mes mains sont démolies.

– Les miennes aussi.

– Vous êtes un homme. Et on est là pour vous, votre vie, votre passé, votre avenir.

– Toujours des reproches. Et vous ? Que faites-vous ici ?

Elle s'agrippa à une branche et retira en criant sa main criblée d'épines. Enfin, nous trouvâmes le portail, dont les vantaux étaient ouverts sur une cour intérieure.

D'ici, une vraie piste menait vers l'autre côté de la plaine. Sandy contemplait les bâtiments.

– On est sauvés. C'est habité. Je vous l'ai dit. Avec les factures que vous recevez…

Un enfant noir, immobile au milieu de la cour, nous regardait. Je me dirigeai vers lui :

– Tu fais quoi ici ?

– J'attends ma mère, dit-il.

– Où est-elle ?

Il montra l'une des maisons.

– Là-bas ? Qui habite ici ?

– Maman et les autres.

Je me tournai vers la porte d'entrée du bâtiment principal et je me rappelai aussitôt le couloir aux murs recouverts de faïences bleues qui reliait ce côté à une petite cour intérieure. Sur le toit plat à la bordure en pierre découpée, à la manière marocaine, j'aperçus des nids de cigognes, vides. Elles n'arriveraient qu'à l'automne.

Dans l'embrasure de la porte qui donnait accès à l'ancienne maison des domestiques, apparut un Kenyan noir d'une minceur biblique. Mon cœur fit un saut. Ce personnage me remplissait de crainte et réveillait en moi un sentiment aigu de culpabilité.

– *Jambo*, Ahmed. Depuis le temps qu'on ne s'est pas vus…

Le visage immobile, s'inclinant en guise de salut, il me souhaita la bienvenue en anglais.

– Nous vous attendions. Mais pas à pied ! Miss Annie a annoncé votre visite.

Ahmed était-il hostile ou indifférent ? Que savait-il ? Il s'approcha et me tendit sa main longue et osseuse.

– Un avion-taxi nous a déposés sur l'ancienne piste. Ma secrétaire, Miss Davis, a besoin de soins, d'eau et de repos.

Sandy montra ses blessures, Ahmed appela quelqu'un en swahili. Une Kenyane, qui devait nous guetter de la maison des employés, se précipita. Elle prit Sandy par le bras et l'entraîna.

– Ahmed, où se trouve Miss Annie ?

– Je ne pourrais pas vous le dire exactement. Il faut vous soigner, désinfecter vos mains. Vous êtes venus sans bagages ?

– Ils sont au milieu de la plaine.

– Je vais envoyer quelqu'un avec la Land Rover. Ce serait étonnant qu'on retrouve quelque chose.

Je me dirigeai vers le bâtiment principal. La grande maison que j'appelais le palais d'argile, bâtie par un architecte italien, était l'union du rêve d'un client qui ne regardait pas aux frais et du talent de l'artiste qui l'avait fait sortir de la terre rouge.

– Ahmed, j'aurais tant de choses à vous dire.

Il me fit entrer dans une petite salle d'eau et soigna mes mains avec un désinfectant liquide.

– Tout le monde sait, dit-il d'une voix monocorde, que Miss Angie a quitté le Mont Kenya Safari Club et qu'elle est morte, attaquée par des braconniers près de la frontière de la Tanzanie.

– Merci, Ahmed. Vous êtes généreux, vous ne voulez pas me tourmenter.

– Non.

Je me forçai à parler :

– Pour ne pas vous mêler à une querelle de ménage. Annie et moi, nous vous avons menti. Je vous l'ai présentée comme ma femme. Les circonstances nous aidaient car vous ne connaissiez pas personnellement Angie Fergusson. Nous avons agi lâchement et je le regrette profondément. Voilà, Ahmed, c'est ainsi.

Je restais soigneusement proche de la vérité.

– Quelques jours avant sa décision de rompre, elle m'a annoncé qu'elle était enceinte.

– Monsieur Landler, dit-il, presque indifférent, je vous remercie de vous donner la peine d'expliquer à un modeste employé ce passé douloureux. Miss Annie vient de temps à autre. Elle dirigera, m'a-t-elle dit, le futur centre Fergusson.

– Et l'enfant ?

Il ne me répondit pas.

Dès la première petite salle, je respirai l'odeur des herbes séchées. Ici, dans le palais d'argile, nous vivions avec l'odeur du foin. Des murs construits en pierres du pays et du sol en terre battue se dégageaient les senteurs de la savane. Je redécouvrais sur les parois les carreaux de faïence bleue, ornés de petits dessins blancs : du travail d'artisan inspiré. A l'abri de son chapeau en toile, Sandy cachait son émotion. Ahmed nous suivait ou nous devançait, parfois s'effaçait devant nous. J'avais erré ici tant de fois dans mes cauchemars que la réalité palpable me surprit par sa simplicité et le manque de mystère. Une fontaine symbolique occupait le centre du patio. Nous aboutîmes à une assez grande pièce, dont le milieu était occupé par une table basse entourée de poufs.

– Prenez place, on apporte le thé.

– J'aimerais aller dans la chambre qui m'est destinée, me laver un peu s'il y a de l'eau, et me reposer, dit Sandy.

– Le thé arrive, annonça Ahmed. Si vous voulez passer de l'autre côté – il désigna la pièce contiguë – il y a là-bas des fauteuils en osier.

Je les reconnus tout de suite, ces fauteuils : ils avaient fait partie de mon passé. J'invitai Sandy à s'y asseoir. Le temps qu'elle enlève ses baskets, un jeune Noir apparut, portant un plateau en cuivre chargé de petites tasses, d'une théière, d'une cruche d'eau et de verres.

– Vous n'avez pas d'eau minérale ? demanda Sandy à Ahmed.

– Nous filtrons l'eau gardée dans nos réservoirs. Nous y mettons des pastilles désinfectantes.

Sandy regarda son verre :

– Vous en avez mis là, des désinfectants ?

– Miss Annie boit cette eau sans inquiétude.

Sandy, gênée, insista :

– Ne m'en veuillez pas. Quand on n'a pas l'habitude ni, disons, l'entraînement…

– Les visiteurs boivent aussi de cette eau.

– Qui par exemple ?

– Un monsieur américain, qui est venu ici lors d'un de ses voyages au Kenya. Hart, il s'appelait Hart. Un ami de Miss Angie.

J'étais oppressé.

– Qui encore, Ahmed ?

– Les parents de Miss Annie. De Buffalo. Ils sont repartis au bout de quatre jours.

– Je n'ai jamais eu la moindre nouvelle de tous ces va-et-vient.

– Miss Annie affirmait que cette maison vous rendait malade. Elle allait chercher l'argent à la Barclay's Bank de Nairobi. Elle était très reconnaissante, vous êtes généreux.

Sandy tenait son petit bol entre ses deux mains, l'œil rivé sur Eric.

– C'est tout, Ahmed ?

– Nous avons eu la visite des missionnaires mormons. Deux jeunes hommes au regard clair. Ils sont venus en minibus et sont restés des semaines. Il y a eu plusieurs conversions. Quelques Kenyans animistes ont choisi la religion mormone. Mais pas les musulmans.

Oubliant le sentiment de culpabilité qui me paralysait habituellement, je m'écriai :

– Sans moi, cette maison ne serait pas le refuge de n'importe qui… Des anciennes relations de la femme qui m'a abandonné, des missionnaires, des amis américains… Tout le monde était servi et nourri ici ! On aurait pu m'en parler.

Devant son silence peiné, je regrettai mon explosion. Je changeai de sujet :

– Ahmed, qu'est-ce qu'on a fait de mes livres ?

– Ils sont emballés dans des caisses, déposées dans l'un des garages.

– Et mon ancien bureau ?

– Suivez-moi, *bwana*.

Ayant dépassé deux portes closes, j'entrouvris la troisième et reconnus mon domaine. La porte-fenêtre centrale était un écran qui reflétait la savane.

– Ahmed, où est Annie ?

– Vous la verrez à Nairobi.

A l'extérieur, la savane se prolongeait jusqu'à la ligne des montagnes bleues.

– Ahmed, la tombe de Miss Angie est inondée par la rivière Mara. Elle est unie désormais à cette terre africaine qu'elle aimait tant.

– A votre place, je n'insisterais pas, monsieur Landler, dit Sandy. Tout le monde a mal.

Je dis, presque malgré moi :

– Angie sera honorée dans ce pays. C'est notre consolation.

Je savais que j'en faisais trop, mais je ne pouvais pas m'en empêcher.

On respirait mal, l'oppressante odeur d'herbes s'accentuait. Le ciel se couvrait, des nuages mauves et gris foncé s'accumulaient. Et, en une seconde, la pluie se déchaîna. L'eau arrivait en forme de rubans argentés, innombrables ficelles d'eau qui obstruaient la vue. Deux servantes noires se précipitèrent pour fermer les fenêtres.

– J'aimerais bien me laver un peu, répéta Sandy.

– Je vais vous montrer votre chambre, mademoiselle Davis. Les femmes vous apporteront de l'eau, dit Ahmed.

Au bout du couloir, dans une petite pièce blanchie à la chaux, deux servantes préparaient le lit de Sandy. Et dans la pièce contiguë, le mien.

Plus tard, lorsque nous fûmes enfin seuls, je m'attardai chez elle, assis dans un fauteuil rudimentaire. Sandy réfléchissait à haute voix :

– Nous sommes sur une autre planète.

– Attention, Sandy : ces lieux transforment la manière de penser.

– Comment lutter contre les esprits ?

– Quels esprits ?

Elle leva les mains comme si elle voulait saisir quelque chose d'invisible :

– Je les sens.

– Autosuggestion. Revenez sur terre. J'ai vécu ici avec Annie en laissant planer une confusion sur l'identité de…

– … vos deux femmes, dit Sandy. Vous avez voulu tromper Ahmed.

– Ça a marché, jusqu'à la mort officielle d'Angie.

– Officielle, répéta Sandy.

Elle tendit les mains, une fois de plus :

– Elle est ici, Angie…

– Pas de cinéma macabre, Sandy.

Je ne la supportais plus. Je sortis dans le couloir qui contournait ce côté du bâtiment. Une Jeep venait de pénétrer dans la cour. Je vis les femmes se précipiter pour en extraire nos affaires, trempées. Il y a des miracles : nous avions récupéré nos affaires…

Un adolescent kenyan portait la valise de Sandy et un homme que je n'avais pas vu jusqu'à ce moment, la mienne. Je les accompagnai jusqu'à nos chambres et ils n'acceptèrent aucun pourboire.

– J'aimerais maintenant rester seule, demanda Sandy.

L'atmosphère des lieux saturés des vapeurs d'eau et de brumes opaques était irrespirable. Un sanctuaire dans la savane où régnaient un lion en basalte et une femme morte… Il fallait y échapper. Je songeais à mes amies de Paris, à ces filles aimables et futiles, qui achetaient leur vernis à ongles à Prisunic et leurs vêtements chez Tati. Elles ignoraient les théories métaphysiques, elles se contentaient de rapides prières adressées à un bon Dieu toujours disponible, de l'amour physique et de repas chinois à emporter. Elles étaient satisfaites de petits plaisirs, d'un cinéma ici, d'une crème glacée là, peut-être un jour un deux-pièces cuisine et un enfant. Elles voulaient – en revanche – leurs hommes à elles. Un type qui les engueule, qui les aime, qui les baise, qui les choie, selon le moment, qui leur donne aussi le droit d'aimer, de ne pas aimer, de bouder, d'avoir leurs règles, de se fâcher. Le quotidien. Ah, ces femmes de tous les jours, j'en voulais ! Je ne supportais plus le sublime, il me massacrait, le sublime.

Ahmed apparut à la porte :

– Si *bwana* et Miss Davis désirent une collation…

– On crève de faim, Ahmed. Miss Davis l'avouera moins facilement que moi.

Une demi-heure plus tard, nous nous retrouvions, Sandy et moi, dans la salle à manger pour y déguster les classiques tranches de mouton grillées accompagnées de haricots verts. Sandy s'abreuvait de thé.

– J'ai peur des scorpions, dit-elle en étouffant un bâillement. Ma chambre me terrorise. De la terre battue, vous imaginez…

– Vous auriez dû demander à Annie de vous faire préparer une pièce plus confortable.

– Vous êtes agacé ? C'est vrai que je lui ai parlé quelquefois au téléphone.

Elle avala sa dernière bouchée et se leva :

– Voulez-vous regarder sous mon lit, s'il vous plaît ?

Je la suivis dans sa chambre. Le drap était frais, l'oreiller aussi. J'inspectai le sol sous le sommier en bois.

– Rien à signaler. Vous pouvez vous coucher, mais il n'est que quatre heures de l'après-midi.

– J'ai une telle envie de dormir.

– Et que ferez-vous cette nuit ?

Elle acquiesça :

– Bon, vous avez raison, je vais travailler. Il faudrait prévenir Grosz et le directeur administratif que vous serez demain à Nairobi. Envoyer un message au secrétaire de la Fondation et les prévenir de l'inondation.

– Il n'y a pas de fax ici. Nous réglerons tout cela de Nairobi.

– Alors, quoi faire ?

– Compléter votre rapport.

– Bien sûr. Le rapport, répéta-t-elle en soupirant. Je vous retrouverai plus tard, monsieur Landler, j'ai besoin de me changer.

On frappa à la porte. Trois femmes se présentèrent. Sandy comprit qu'elle allait pouvoir se laver. Elle les suivit jusqu'aux bains, situés dans la maison des employés : une pièce carrelée servait de hammam, dont la chaleur humide était entretenue par des chauffages sommaires ; un réservoir d'eau, à côté, permettait les ablutions. Sandy, heureuse, s'abandonna à ces nounous épaisses et amicales.

Seul, j'avais l'impression d'être exclu de l'univers. Le lit qu'Ahmed m'avait préparé me tentait, mais il fallait résister. L'après-midi emballé dans la pluie imposait l'activité, sous peine de tomber de sommeil. A ma demande expresse – il fallut que j'insiste –, Ahmed me conduisit dans le garage où s'entassaient mes caisses de livres. J'en ouvris quelques-unes ; je découvris même une sorte de journal, un bloc où je notais, décousues, mes pensées. Malgré mon appréhension, je commençai à lire :

> *Jour et nuit se confondent. Pluie, soleil, lune. Silence. J'entends le monologue d'Angie. Sa voix traverse les journées et les saisons, elle explique qu'elle n'a pas voulu mourir.*

Fiévreux, je fouillai dans les pages. Aurais-je pu écrire des phrases qui me condamneraient ? Je transpirais de nervosité. Il ne faudrait jamais regarder les photos et les papiers anciens : les images et les phrases d'autrefois ne sont supportables que pour les êtres heureux. Quand la mort vous dépossède d'un être aimé, c'est le martyre, mais quand vous êtes la raison de cette mort, il ne vous reste qu'à fuir hurlant dans la nuit. Personne ne viendra vous secourir.

Ahmed, de retour, rompit cette dangereuse magie :

– Miss Annie se demandait ce qu'il fallait faire de vos livres. Vous ne viendrez plus jamais habiter ici… Vous pourriez les faire transporter chez vous, en Amérique.

J'étais expulsé d'ici aussi. Le « chez moi » en Amérique n'existait pas. Où avais-je un « chez moi » ?

Oncle Jean m'avait prévenu qu'il me laissait par testament son appartement, cinquième sans ascenseur rue des Acacias. Et la maison que je lui avais achetée à Nice. Ma famille était oncle Jean.

– Pour le moment, il ne faut toucher à rien, Ahmed. Et même quand je donnerai ce domaine à Miss Annie, lors de notre divorce, il faut tout me garder ici.

Il acquiesça :

– Je le lui dirai, *bwana*.

Du crépuscule – passé inaperçu derrière le rideau de pluie – nous arrivâmes au soir. Je revis Sandy, enveloppée dans des tissus qui la recouvraient des épaules aux chevilles. Ses yeux brillaient, elle picorait à la lumière de la lampe à pétrole une sorte de couscous allégé par une grande quantité de légumes.

– J'ai été baignée, raconta-t-elle, assise dans une immense cuvette, réchauffée par des doses d'eau chaude. On m'a couchée sur un lit étroit, on m'a frotté tout le corps avec une petite éponge qui mordille la peau, on m'a séchée, on m'a tapoté le dos… Ces femmes étaient mes mères.

Elle regardait, piquée sur sa fourchette, une lamelle de piment rouge :

– J'ai perdu ma mère tôt, j'ai manqué de douceur. J'ai un tel besoin de douceur.

Malgré mon odeur de sueur, j'avais envie de la prendre dans mes bras, de lui dire les mots qu'elle attendait. Je me retins et je l'accompagnai à sa chambre. Je regardai une fois de plus sous son lit, je la couchai et la couvris. Nous étions à plus de mille mètres d'altitude : la nuit allait être froide. Un seul mot aurait suffi pour que je lui avoue mon désir. J'aurais dit élan, pulsion, j'aurais tout dit sauf : amour. Je ne savais pas ce que c'était l'amour. Depuis mon enfance, ma mère répétait que j'étais un type sans cœur, insupportable, un égoïste qui ne pensait qu'à réussir. Mais si j'avais été paresseux, ne m'aurait-elle pas méprisé ?

– Monsieur Landler, dit-elle.

– Un jour, vous pourriez m'appeler Eric. Ça vous est arrivé, déjà…

– Un jour, répéta-t-elle. Un jour.

Elle s'endormit devant moi. C'était un signe d'abandon. Peut-être même de confiance.

Deux femmes m'attendaient au hammam. Je pris dans ma valise ma lampe de poche. Il ne pleuvait plus, mais pour atteindre l'autre côté de la cour carrée, je passai d'abord par l'intérieur de la maison-labyrinthe, je suivis les couloirs, j'entrai dans les pièces qui sentaient la savane et le vide, puis je sortis dans le patio. Le bassin de la fontaine était rempli d'eau de pluie. Je continuai vers l'endroit des bains.

Je fus baigné comme un enfant, assis dans la grande cuvette. L'une des Africaines me frottait le dos, l'autre me rinçait en versant sur moi des rasades d'eau chaude. Je montrai ma tête. Avec un grand rire, l'une d'elles me lava les cheveux aussi. Je m'allongeai ensuite sur une planche de bois, où la plus âgée me massa. Après cette séance de félicité, je remis mes vêtements sales, car j'avais oublié d'en apporter des propres. J'allai retrouver Ahmed.

Il habitait dans l'un des bâtiments qui entouraient la cour. Il ouvrit dès que je frappai. Sans doute m'attendait-il. Il ne me demanda pas d'entrer chez lui. Il créait une barrière parfaite entre Annie et moi, le passé et moi.

– Je vous dérange, Ahmed ?

– Non, *bwana*.

J'aurais aimé rester avec lui, réinventer le passé. Mais il me tenait à distance.

– Répondez à une seule question, je vous prie. Est-ce qu'Annie a eu un enfant ?

– Elle s'est crue enceinte. C'était une erreur. Vous repartez quand, monsieur Landler ?

– Demain. S'il y a une Land Rover disponible.

– Elle sera disponible. Essayez de vous reposer, vous avez eu une rude journée.

– Bonsoir, Ahmed.

– Bonsoir, *bwana*.

Il referma la porte et je restai dans la cour déserte. L'argent, la couleur, ma qualité de propriétaire de ce paradis fou n'empêchaient pas Ahmed de me faire comprendre qu'il était là pour me servir, pas pour m'accepter comme ami.

Attiré par la solitude peuplée de spectres, je continuai ma marche. Je m'aventurai même sur la grande terrasse. Je préférai affronter la statue du lion sans témoin. Les nuages avaient laissé la place à la lune qui teintait le paysage de blanc. J'étais vêtu de blanc, mes mains étaient blanchies par la lumière céleste. La terrasse semblait se prolonger dans l'infini. Je me trouvais maintenant près du lion. Recouverte d'une cape blanche, la statue aveugle du roi de la savane me subjuguait, puis, comme vêtu moi-même d'une toge blanche tissée de rayons de lune, je retournai dans ma chambre et m'effondrai sur le lit.

Le lendemain, je me réveillai tôt. Il me fallait du café. Je retrouvai la cuisine simple et meublée d'une manière rudimentaire à l'époque de la première propriétaire. Une femme âgée y faisait chauffer de l'eau dans une vieille casserole, on entendait craquer les morceaux de bois. La femme me demanda :

– Café ?

– Café.

Apparemment, elle n'avait pas envie de parler. Elle me tendit bientôt un bol contenant un breuvage noir.

– Vous connaissez Miss Annie ?

– Oui.

– Vous savez où elle se trouve, par hasard ?

– Vous, mari de la femme blanche ?

– Oui, moi mari de la femme blanche.

– Alors vous savoir où est femme blanche.

Elle riait, soudain elle trouvait drôle ce pauvre mec avec son café, sa braguette mal boutonnée, sa chemise froissée, ses yeux hagards. Une femme blanche pouvait donc rendre fou un homme blanc.

– Partie, dit-elle.

Elle vint vers moi avec sa casserole et me versa un supplément de café. Peu après, je vis apparaître Sandy, sous un aspect nettement plus civilisé que le mien.

– Café, dit-elle, incertaine, ça ?

– Il n'y en a pas d'autre.

– Il vaudrait mieux retourner à Nairobi.

– J'ai demandé hier soir la Land Rover de service. Mais avant le départ, nous devons aller voir le mausolée. Hier soir, je me suis aventuré jusqu'au lion. C'était suffisant.

Je partis à la recherche d'Ahmed, plutôt aimable ce matin. Il donna des ordres pour qu'on me sorte la voiture et qu'on charge nos bagages. Je demandai l'emplacement du mausolée. Il proposa de nous y conduire.

– Ahmed, pour éviter des histoires désagréables qu'on écrirait sur moi aux USA, nous annoncerons à la presse que le transfert du corps de ma femme a eu lieu dans le plus grand secret, avant l'inondation.

– Ça aurait pu se passer ainsi, dit-il, simplement.

Nous retrouvâmes la terrasse. Le mausolée se trouvait du côté nord de la colline. Je le détestais. Je ne supportais pas les cimetières. Les promeneurs du dimanche au Père-Lachaise me désorientaient. Je ne trouvais les pierres tombales ni apaisantes ni glorieuses. Je restai muet devant le mausolée gris, un petit château fort, un abri mi-marocain, mi-futuriste, un objet hideux digne de mon crime odieux. Ahmed nous laissa seuls.

– Sandy, ce mausolée est une horreur.

– En effet, dit-elle, mais l'artiste qui l'a conçu voulait satisfaire le goût de tous les futurs visiteurs.

– Il vaut mieux être emporté par des eaux violentes qu'enfermé ici.

Elle émit un soupir. Décidément, elle n'aimait rien de ce que je disais. Depuis la veille, notre relation se dégradait. Je contournai la chose :

– Sandy, vous demanderez à l'architecte une ouverture côté savane. Ça va déjà améliorer le bunker. Vous permettez ?

J'ouvris son sac à main que je portais aujourd'hui encore, car je voulais prendre le magnétophone pour dicter la note. Ma main heurta un objet lisse. Je poussai un grognement en faisant émerger des profondeurs un petit rhino. En pierre de savon. Au moins trois kilos.

– Pas la peine d'entrer en transe, dit Sandy. Je l'ai eu comme cadeau, en supplément. C'est l'enfant du grand rhino. Ensemble, ils font une famille. Pourquoi fouillez-vous mon sac ?

– Je voulais votre magnétophone pour dicter une note.

Je remis le bébé rhino à sa place et je tendis le sac à Sandy :

– Aujourd'hui, vous êtes moins fatiguée. C'est vous qui le porterez.

Elle prit le dictaphone :

– Allez-y.

– Plus maintenant. Ce rhino…

J'avalai le reste de la phrase. Nous retraversâmes l'esplanade pour nous retrouver dans la cour intérieure où Ahmed nous attendait.

Le soleil tapait fort. Nos visages ressemblaient au marbre, seuls nos yeux étaient vivants. Je vérifiai la voiture, examinai le tableau de bord, le téléphone, inutile.

– Je voudrais vous prévenir, monsieur Landler.

Ahmed me saisit le bras. Ce geste amical me surprit, car je croyais qu'il me détestait. La nuit avait dû l'amadouer.

– Miss Annie n'a pas l'existence facile. Vous allez la retrouver à Nairobi. Elle a là-bas un cercle d'amis : un couple, Mr. et Mrs. Ishman. Elle habite chez eux. Ne la faites plus souffrir, Miss Annie.

Le paysage autour de nous, y compris les personnes qui m'attendaient, semblait pétrifié. Un gosse serrait son ballon entre les mains sans oser le lâcher : le bruit aurait cassé le silence minéral. Sandy attendait dans la Land Rover, agrippée aux poignées devant et au-dessus de la vitre de la portière. Je reconnus l'attitude qu'elle avait tenté de me décrire plusieurs fois. Les femmes noires, comme échappées de la nuit, groupées pas loin du bâtiment des employés, nous contemplaient, je n'aurais pas osé élever la voix. Même au bout du monde on m'aurait entendu.

Pas un cri d'oiseau, pas un pas sur les cailloux, aucun grincement de vieilles portes. Etions-nous devenus sourds, étions-nous les seuls survivants après un cataclysme qui aurait décimé l'humanité ? Pas un chien, ni un chat. Dans un coin, un autre enfant s'agrippait à un morceau de bois. J'articulai avec précaution :

– Ahmed, ce silence…

– C'est le même que celui que vous avez connu lorsque vous viviez ici. Miss Annie avait pris l'habitude, dans ces moments difficiles, de se rendre près du lion.

– Allons-y…

Sandy voulut rester dans la voiture.

L'enfant laissa tomber le ballon. Ce fut comme une explosion. Nous traversâmes la maison de maître pour accéder à la terrasse. Il n'y avait plus aucune place pour les gestes, les mots devaient rester enfouis dans les gorges, la luminosité aveuglait, pourtant j'ôtai mes lunettes noires quelques secondes. Etions-nous à l'intérieur d'une bulle ?

Aucun plafond, fût-ce la chapelle Sixtine, ne pouvait rivaliser avec le bleu du ciel parcouru des lambeaux blancs de nuages innocents. Un jaune savane sécrété par le soleil teignait le paysage. Un jaune vivant, une couleur qui passait en virevoltant sur les sommets des montagnes lointaines, sur les arbustes proches. La couleur funambule courait sur la terrasse, enveloppait la statue du lion. Ahmed prononça avec douceur :

– C'est l'heure où Miss Annie s'adressait à Dieu. Elle était proche de Jésus depuis l'arrivée des missionnaires dans cette maison, venus frapper à notre porte un matin comme celui-ci.

La bulle de cristal où le jour nous avait enfermés s'emplissait de mots.

– Que disait-elle de moi, Annie ?

– Elle me parlait de vous avec la fraternité du langage des mormons. Je lui répondais par des citations des sourates du Coran.

– Je reviens toujours au point de départ. Pourquoi a-t-elle parlé d'un enfant ?

– Elle croyait à la rédemption, selon la foi chrétienne.

– Et l'enfant ? Quel rapport ?

– Elle a dû transposer l'idée de la rédemption à l'enfant.

– A-t-elle eu un enfant, Ahmed ?

– Je crois qu'il est temps de partir, monsieur Landler.

Nous partîmes donc, prévoyant au moins six heures de trajet pour arriver à Narok.

– On peut les priver de leur Land Rover ? demanda Sandy. Qui va la leur rendre ?

– Quelqu'un la ramènera de Nairobi. Ce ne sont pas les amateurs qui manquent.

La voiture dévalait la piste rugueuse, en zigzag. Parfois je freinais devant un gros caillou pour épargner le dos de Sandy.

– Quand nous avons été piégés, à l'arrivée des Anglais…

– Je vous en prie. Non. Notre présent est déjà assez pénible. Epiloguer sur les souvenirs serait un luxe. Gardons cet exercice pour Los Angeles.

– Et ce que vous avez fait à Naivasha, ça ne me regarde pas non plus ?

– A Naivasha, dans un bungalow fermé depuis des années – la comptabilité du secteur africain d'Angie en payait la location –, j'ai écrasé deux monstrueuses araignées qui n'avaient que quelques rares mouches à mettre dans leurs sales pattes velues…

– Vous avez gravé les initiales ?

– Pour vous faire plaisir.

– Vous m'agacez, monsieur Landler.

– C'est réciproque.

Elle se vengea :

– Même conduite par vous, il faut se cramponner…

– Je n'ai pas pu faire goudronner la piste pour respecter la fragilité de votre dos.

Elle demanda, après un silence court et pesant :

– Ensuite ? A Naivasha ?

– En traversant un parc piégé de tous les côtés par les acacias tueurs – jamais vu des piques pareilles…

– Moi, pendant mon trajet…

– Je vous raconte mes aventures, ou non ?

– Allez-y.

Nous contournions maintenant le bas de la colline vers une autre piste qui s'enfonçait dans la savane.

– Au moins, c'est plat.

Au même moment, un choc dû à un creux inattendu lui fit claquer les dents. Elle étouffa un juron :

– Ça m'apprendra à vous parler.

– Je sais maintenant comment obtenir votre silence.

Je regrettai aussitôt ma remarque idiote, ingrate, bref, masculine.

– Je continue l'histoire de Naivasha ?

Elle se contenta d'un signe de tête.

– Je m'étais aventuré vers le lac…

– Il est célèbre, dit-elle.

– Dans une nuée de moustiques, accompagnée d'un cortège d'insectes indéterminés, j'ai découvert, se prolongeant pratiquement parmi les roseaux, un ponton en bois et une barque. Un type voulait me vendre une promenade d'une demi-heure pour dix dollars. Il m'a montré deux points immobiles sur l'eau : selon lui, des têtes d'hippopotames, selon moi, un décor d'attrape-touristes. Un insecte s'étant infiltré dans mon oreille droite, je secouai la tête comme un damné. Lui croyait que je disais non, que je n'arrêtais pas de dire non.

– C'est tout ce que vous avez à me raconter de ce lac ? s'écria-t-elle, agacée. Selon Angie, c'est une merveille, qui rivalise avec celui de Borongo. Vous n'êtes vraiment pas fait pour l'Afrique.

– Que non ! Ensuite, de retour au bungalow, je suis tombé sur Allen qui venait d'arriver. Le salaud, à genoux devant la cheminée, cherchait les marques d'Angie.

– Qu'est-ce que je vous avais dit ?

Je n'avais rien à répondre. Elle avait raison.

Nous roulions maintenant parmi les hautes herbes dont la plupart déjà viraient au vert. La broussaille était juste assez haute pour cacher la proximité immédiate d'une piste plus passante. Sandy décrocha le téléphone du tableau de bord. Muet.

– Si on est engloutis dans la boue, vous verrez ce que c'est !

– Vous voulez connaître la suite, avec Allen, ou non ?

– Vous vous êtes battus.

– Parfait. Vous vous en souvenez. Je déteste me battre physiquement. Je préfère convaincre avec des mots.

– Vous n'avez rien d'un pionnier. Les Américains se battent depuis des siècles.

– Des ? Deux, à peine.

– Ça nous permet, ajouta-t-elle, d'avoir un avenir. Vous, vous vivez dans le passé.

– Pour y vivre, il faut en avoir, un passé.

Enfin, on arrivait sur un semblant de petite route ou de grande piste. La poussière rouge restait collée au sol par la pluie.

– Et à Nakuru ?

– Plus de flamants. Ils se sont réfugiés vers le lac Borongo. Une petite usine de produits chimiques a empoisonné l'eau.

– C'est un élément important pour le rapport, dit Sandy. On peut demander, sinon exiger, la fermeture de cette usine.

– L'être humain, quelle que soit sa couleur, est un grand salaud, ai-je dit, heureux de voir apparaître devant moi, enfin, un passage plus confortable.

D'un côté, un talus d'une ligne irrégulière, constitué de cailloux, de ronces, de mottes de terre, délimitait le chemin ; de l'autre côté, parmi les hautes herbes, je crus apercevoir le passage d'un animal, genre gazelle fragile.

– Vous auriez pu au moins demander à Ahmed ce qu'ils allaient faire en cas de besoin de leur unique voiture.

– J'attire votre attention sur le fait qu'ici aussi, tout m'appartient. Peut-être même ces terres où nous avançons…

Elle perdit son sang-froid.

– Le mausolée est à vous aussi, dit-elle.

Décidément, je ne supportais plus ma parfaite secrétaire – je donnai un brusque coup de volant. La Land Rover bifurqua et monta comme un insecte sur le talus. Le moteur bloqué, on resta quelques secondes en silence sur cette pente où dévalaient les cailloux.

– Descendez, Sandy. On va régler nos comptes.

Comme elle était du mauvais côté, elle devait quitter le véhicule en glissant sur mon siège. Je la cueillis et la déposai dehors d'un geste sec. Face à moi, sur le sol humide, dans une vapeur de chaleur, Sandy, avec son chapeau tiré jusqu'aux oreilles, ses grosses lunettes noires, ses cheveux resserrés par un élastique, ses baskets blanches couvertes de boue séchée, me défiait.

– Dites ce que vous avez à me dire. Dites-le.

Elle m'affronta :

– Vous êtes, monsieur Landler, quelqu'un de très difficile à sauver. Vous ne connaissez pas vos vrais ennemis. Et vous avez de la chance. Oui, vous avez de la chance, d'avoir autour de vous des personnes qui souhaitent que vous échappiez…

– A quoi ?

– A beaucoup de difficultés.

– Qui a fait déborder la rivière Mara ? A qui dois-je dire merci ? m'exclamai-je. A Dieu, aux pluies, à l'Afrique ? Et vous ? Vous êtes souvent insupportable. Vous dosez vos informations, vous me jetez les renseignements selon vos caprices. Je me fiche de vos arguments de secret professionnel…

– Ça peut vous sauver la vie, monsieur Landler.

– Ma vie m'appartient. Et si on me l'enlève, c'est moi le dépossédé, pas vous. Vous êtes une machine, un ordinateur, un inquisiteur, la pire espèce de femme. Vous jugez, vous condamnez, vous m'empoisonnez l'existence avec des sous-entendus…

Elle baissa d'un ton :

– Pas la peine de crier.

Je la saisis aux épaules. Elle ne se dominait plus.

– Je ne dis pas toujours tout. Vous auriez aimé savoir que le mot « meurtrier » était écrit dans votre ascenseur par un ancien technicien du service de sécurité de la maison du lac Tahoe, persuadé que vous êtes pour quelque chose dans la mort d'Angie ?

– Vous m'avez parlé d'un Cubain.

– Il est cubain. En situation régulière.

– Pourquoi vous ne me l'avez pas signalé ?

– Pour vous épargner ! Et lui aussi. Je lui ai fait un sermon, j'ai sauvé sa situation, je vous ai blanchi des rumeurs.

Je la secouai :

– Mais pourquoi ?

– Parce que je vous aime, hélas.

Je vis des larmes se former sous les hublots de ses lunettes de soleil.

– Je vous aime depuis le moment où Angie est venue avec vous à mon bureau et vous a présenté : « Mon mari français, Eric Landler. » Je vous ai adoré depuis la deuxième minute de notre rencontre. Ensuite je vous ai aimé moralement, spirituellement, intellectuellement. Mais ça ne va pas durer. Vous êtes en train de me guérir de vous.

Je hochai la tête.

– Vous avez terminé ?

Elle susurra :

– La bêtise des hommes est infinie, leur aveuglement, leur égoïsme, leur suffisance, leur manque d'instinct.

Je la pris dans mes bras et l'embrassai pour la faire taire. Ses lèvres étaient salées. Elle me repoussa, me martela de ses poings. J'avais beau être bête, aveugle, parano, égoïste, suffisant et sans l'ombre d'un instinct, j'étais physiquement plus fort qu'elle, donc je continuai à l'embrasser. Peu à peu, son corps s'assouplit, ses lèvres consentirent, puis elle ôta ses grosses lunettes et moi les miennes. Elle gardait les yeux fermés. Je couvris ses paupières de baisers, je goûtai ses larmes, puis j'enlevai son chapeau en coton et je me perdis dans ses cheveux. L'élastique ne tint pas longtemps. Dans mes mains fondaient des mèches, ce ruissellement de cheveux m'excitait.

Elle me traita de tous les noms, mais peut-être pas de maladroit. Je déboutonnai son chemisier, en dessous elle était nue. Plus de métaphysique, ni de sublime – un corps contre l'autre, le mâle et la femelle, aucun désir de reproduction, mais l'envie dévorante de l'absorber, de l'engloutir. La situation manquait de confort. Une voiture accrochée sur un talus, sous les pieds des cailloux et autour les hautes herbes. Adam et Eve auraient peut-être pu s'y allonger, mais pas nous, pauvres civilisés : le premier serpent nous aurait traités de crétins. Sandy, emprisonnée dans son jean en stretch, ne risquait guère d'être renversée par un homme de Neandertal, son pantalon la préservait mieux qu'une ceinture de chasteté. J'embrassai ses seins.

– Encore cinq heures jusqu'à Narok. Il y a un motel, murmura-t-elle.

A genoux, luttant contre les boutons de métal, je découvris son ventre, mais le jean vertueux résistait.

– Je vais m'évanouir, dit-elle. Le motel à Narok serait sympa.

Je la soulevai et la portai jusqu'à la voiture. Tout était en pente : la terre, les pneus, moi. Que c'est difficile, un acte d'amour, quand on n'est pas au cinéma. Je dénudai Sandy jusqu'à mi-hanches, où je me heurtai à l'élastique d'un slip ridicule, petit, mais efficace. Enfin, je trouvai la seule ouverture qui me restait au monde. Lorsque ma langue la toucha, Sandy soupira :

– Je crois que je vais mourir de plaisir. S'il vous plaît, continuez... S'il vous plaît, arrêtez...

Elle prit ma tête entre ses mains. Je la goûtai, la savourai. Je ressentais ses frissons, ses spasmes, je m'arrêtais parfois pour la faire souffrir de l'attente. Le plaisir lui ôta toutes ses forces et je dus la rhabiller, la soulever en trébuchant pour l'installer sur son siège. Je repris le volant, inondé par ma sève.

– Il y a un motel à Narok, redit-elle. En face de la station-service.

Elle ne me regardait pas. Je conduisais dans un état étrange.

– C'était cruel pour toi, dit-elle.

En effet, c'était cruel. Mais moins que les événements qui se déroulaient au même moment à Los Angeles.

Nous suivions maintenant une piste plus large. La plaine traversée, nous roulions enfin sur le béton. La formidable attente nous emplissait d'un surcroît de passion.

Nous approchions de Narok, il y avait des passants au bord de la route. Enfin, c'était la ville, sa rue principale, et, toujours les vaches. J'entrai dans la cour du motel.

– Viens.

Je contournai le véhicule et pris Sandy dans mes bras.

– Je me sens faible, dit-elle.

Nous nous présentâmes à la réception du motel. Le Masaï derrière son comptoir me donna une clef contre un billet de cent dollars. Pas de fiche à remplir, ni d'explications.

– Rez-de-chaussée, couloir, porte à droite…

Le souffle court, nous entrâmes dans la chambre dont la fenêtre s'ouvrait sur la route. Des vaches au ventre gonflé et aux yeux tristes défilaient, poussées par une Masaï qui les faisait avancer à coups de bâton. Sandy était déjà nue sous les filets d'eau gouttant de la pomme de douche. Je tirai le rideau en coton, réussis à baisser les stores, jetai mes vêtements par terre et rejoignis Sandy. Un baiser interminable nous réunit en un seul corps sous l'eau chlorée. Puis la serviette grisâtre et Sandy dans mes bras. Elle était frêle.

Sur le lit, nos corps se happèrent. J'entrai en elle, j'explosai aussitôt. Ce n'était rien, même pas un prélude. Harponnée, elle restait immobile, empalée volontaire. Enfin, ce que nous avions désiré dès notre première rencontre s'accomplissait. Sandy ne bougeait pas, moi j'attendais. L'orgasme arriva par vagues, d'abord la petite vague qui frôle juste le bord de la plage, suivie de la vague de fond qui s'écrase sur le sable.

– Je voudrais..., dit-elle en haletant.

– Une robe blanche ?

– Non. Toi vivant. Demain, après-demain. Et un cœur plus solide pour moi.

– Dès que je serai moins ex-veuf, divorcé et libre, je t'épouse. Si tu veux...

– Eric, dit-elle alors que je revenais vers elle, Eric, j'ai un souffle au cœur...

Je crus une fois de plus qu'elle plaisantait.

– Et alors ?

– Je n'ai pas envie de mourir, même par plaisir...

– Tu connais une meilleure mort ?

J'ajoutai :

– Pourquoi m'avoir fait attendre aussi longtemps ?

– Question de circonstances.

– Tu aurais pu résister longtemps ?

– Evidemment, dit-elle. Mais toi ? Tu ne m'as pas encore dit que tu...

– Non. Je ne peux pas prononcer le mot.

– Pourtant, rien n'est plus beau que « *I love you* ».

Je sautai pieds et poings liés dans le plus simple des pièges.

– Si, je connais plus beau.

– Quoi ?

Je murmurai en français :

– Je t'aime.

– Tu l'as dit, s'écria-t-elle, enfin heureuse de ma reddition.

Au volant de sa voiture, l'ancienne, la chère Lulu Belle, en route vers Santa Monica, Lomel réfléchissait. Il coincerait le Français. Mais les preuves ? Il fallait les preuves. Il regardait autour de lui ; chaque tête de conducteur cachait des mystères. Les mains sur les volants, elles avaient étranglé qui et quand ? Des preuves !

Pour quitter le chaudron de Los Angeles, ses quartiers d'enfer où la population noire végétait dans la misère, le secteur mexicain où on vendait de tout – les rues occupées par les gangs de chicanos –, pour déserter les ghettos blancs et chic à l'abri de leurs systèmes de surveillance, il fallait chercher son salut sur les *freeways* ou le long de l'extravagant Sunset Boulevard. Flanqué d'immenses panneaux publicitaires qui mélangeaient le cinéma et la vie, les librairies et les sex-shops, les boutiques et les supermarchés, les ruines calcinées et les immeubles de luxe, il représentait un symbole : celui de Hollywood. Avant d'arriver au bord de la mer, on pouvait traverser Venice et ses petits canaux, ses plages peuplées de routards, de drogués, de tatoués, de garçons et filles aux cheveux longs, des barbes et des barbes à papa, et combien d'assassins en plus ?

A Santa Monica on consommait le meilleur sushi, le meilleur poisson, et on entrait dans la plus grande librairie du monde. La 3e Rue était réservée aux piétons, aux touristes et à ceux qui aimaient marcher. Entre les 3e et 4e Rues de Broadway, Lomel connaissait une place où il pouvait laisser pendant une demi-heure sa voiture sans risquer une contravention de trente-huit dollars. Aujourd'hui, il plaça le véhicule entre deux camionnettes, devant une porte de garage fermée pour quelques mois : le patron était sous les verrous.

Lomel fit quelques mètres sur le trottoir encombré de gosses sur leurs rollers et trouva la boutique qu'il cherchait, celle d'un fripier, dont le magasin se situait entre un marchand de valises en solde et un spécialiste de blousons de cuir à prix défiant toute concurrence. Lomel avait connu son ami Freddy à l'occasion d'un vol dont lui, Lomel, avait démasqué l'initiateur : l'un des anciens associés du fripier, aujourd'hui en tôle aussi. Le détective aimait bien Freddy, car celui-ci avait un sixième sens dès qu'il ne s'agissait pas de sa propre personne.

Dans le magasin qui était étroit et profond, Lomel avançait parmi les rangées de supports métalliques où étaient accrochés des vêtements neufs et d'occasion, mélangés. Les vraiment neufs, sortis d'usine avec des défauts de taille ou de coupe, étaient pour la plupart entassés, encore pliés. Freddy rachetait les « ratés » des grandes marques de vêtements de sport. Parfois on trouvait des pantalons et des chemisiers de grande classe, dont la griffe était déchirée en deux pour qu'aucun futé ne puisse faire la bonne affaire en le revendant.

La boutique avait une clientèle de connaisseurs et quelques passants égarés, livrés aux hasards d'une tentation. D'une des cabines d'essayage venait de sortir une jeune Asiatique, qui essayait des jeans coupés à mi-cuisse, aux bords effilochés.

– Vous n'avez pas plus court ? demanda-t-elle à Freddy.

– Cherchez.

L'Asiatique retourna vers le rayon des jeans en loques. Freddy hocha la tête : celle-ci n'achèterait rien.

Il avait la jeune quarantaine et plus grand-chose à apprendre sur les êtres humains. Lorsqu'il aperçut son ami Lomel, il le salua d'un sourire :

– Ça va ?

– T'as une seconde ? demanda Lomel.

– Pour toi, toujours.

– J'ai quelque chose à te montrer. Discrètement.

– Personne ne fait attention, ici. A rien.

Il se réfugia près de la caisse, surélevée pour décourager les hold-up. Il se pencha sur le grand sac portant la marque d'un centre commercial que tenait le détective.

– T'as acheté un truc ?

Lomel l'arrêta :

– Freddy, j'ai besoin de ton avis.

– Je n'en ai pas.

– Ton appréciation, alors.

– Que veux-tu ?

– Une première impression. Ce que tu ressens.

– Parfois je ne sens rien, dit le fripier, méfiant.

Lomel tira du large sac un sac moins grand, en plastique aussi, l'entrouvrit et y prit une légère masse de tissu.

– C'est quoi ? demanda Freddy.

– Touche-le.

Freddy jeta un coup d'œil :

– Tu vends des vêtements usagés ? Ça… ?

Le marchand effleura le tissu tendu par Lomel :

– Je ne l'achèterais pas.

Lomel insista :

– Quelque chose sur ce vêtement…

– Me force pas.

– Si tu voulais m'aider…

Freddy déploya le manteau :

– Jersey de soie italien, qualité exceptionnelle.

Il examina la griffe :

– Tu fréquentes des endroits si chic ?

– Combien ça a pu coûter ?

– Entre quatre et cinq mille dollars. Je ne le prendrais même pas pour vingt box. Pas la clientèle.

– Est-ce que ce vêtement te suggère quelque chose ?

Freddy le porta à son nez :

– Il reste une odeur. Parfum et moisissure mélangés. J'aime pas. Pourquoi tu trimballes ça ?

– A ton avis ?

– Enquête ?

– En effet. La femme qui l'a porté…

– … est morte, déclara Freddy, qui encaissa vingt-deux dollars pour un long gilet en coton acheté par un routard traînant son sac monté sur roulettes. L'Asiatique tournait maintenant autour des jupes longues.

– Je te le dis, celle-là va rien acheter. Rien dans la poche. Elle frime. Certaines font semblant, ça leur suffit.

– Pourquoi morte ? insista Lomel en reprenant le mot du fripier. Comment peux-tu en être sûr ?

– Il y a une odeur de mort dans ce tissu, conclut Freddy en suivant du regard la fille aux yeux bridés.

Celle-ci, se sentant surveillée, raccrocha la jupe et revint vers le rayon des jeans coupés. Elle retrouva celui qu'elle y avait déposé, paya dix dollars cinquante cents et partit.

– Elle n'a plus un sou pour la bouffe mais elle a sauvé la face. Range-moi ce manteau, l'odeur m'écœure.

Pourtant, ici, c'était le palais des odeurs. Les vêtements anciens et neufs, mal lavés et désodorisés, le sol balayé de serpillières trempées dans des désinfectants dégageaient des relents qui, en s'additionnant, formaient une couche épaisse d'odeurs, renforcées par l'oppressante présence des cuirs.

– Freddy, insista Lomel, dis-moi ce que tu en penses.

– Pourquoi ? Tu as déjà décidé ce que tu feras. Je pourrais m'égosiller, ça ne servirait à rien.

– Je t'écouterais si tu me conseillais…

– Je ne suis pas voyant.

– Tu es plus. Tu réagis comme un sismographe.

– Force 7 sur l'échelle de Richter. Attends !

Le fripier encaissa dix-huit dollars pour deux pantalons qu'un jeune garçon noir venait de sortir d'une pile.

– Il y a une affaire compliquée derrière ce manteau. Si tu t'en occupes, fais-toi payer. Et exige une assurance-vie ! Assurance-accident aussi. Ne meurs pas pauvre.

– Pas un radis, dit Lomel. On ne me donne rien.

– Quelle raison alors ? demanda Freddy. Tu peux que merder avec ça… Il y a derrière ce manteau quelque chose de dangereux à affronter. Il était à qui ?

Dehors retentit la sirène d'une ambulance. Freddy expulsa avec des gestes fort explicites deux ados en rollers, qui voulaient entrer avec leurs canettes de Coca. Freddy a déjà presque oublié sa question, mais la phrase que Lomel gardait dans le tréfonds de sa conscience, les mots qu'il n'aurait pas prononcés s'il n'avait pas été confronté à quelqu'un qui ne supportait pas le mensonge, cette phrase sortit toute seule :

– J'étais amoureux de la femme qui portait ce manteau.

Freddy indiqua le prix d'un blouson à un barbu qui le lui demandait par signes de l'entrée.

– Quinze dollars.

Puis, sans se retourner, il jeta à Lomel :

– Tu as toujours eu la tête froide. Empêche-la de chauffer.

– Officiellement, elle est morte en Afrique.

– Tu ne peux plus rien pour elle. Ne le regrette pas.

– Pourquoi ? demanda Lomel.

Le conseil le privait de son fantasme.

– Elle t'aurait fait souffrir. Qui est cette femme ? Tu peux me le dire : je suis une tombe.

Le mot résonna dans l'esprit de Lomel :

– Tu parles d'une tombe : elle y est, justement.

– Va la fleurir. Ça suffira.

– Alors, je devrai me rendre chaque année en Afrique, dit-il en essayant d'exciter la curiosité de Freddy.

– Donne…

Lomel lui passa le manteau plié.

– Elle n'est pas si loin…

– Qui ?

– La femme morte.

– Ça veut dire ?

– Crois pas qu'elle soit enterrée si loin. Et si oui, oublie-la. C'est tout. Remballe !

– Freddy, tu sembles m'en vouloir…

– J'aime pas cette affaire. On est frères depuis que tu m'as sauvé la mise. Débarrasse-toi de ce manteau. Jette-le. Elle me rend malade, cette loque.

– Tu fabules, Freddy.

– Elle va nous brouiller, ta bonne femme. Elle veut que tu te fâches contre moi, contre le petit Juif de Brooklyn.

– Personne ne peut nous séparer.

– Elle, si. Qui était cette femme ?

– Tu as dû entendre son nom : Angie Fergusson.

– La môme bouffée par les lions… ? Il y a des lions en Californie ? Elle s'est promenée dans un zoo en folie ? Parce qu'elle n'est pas morte en Afrique.

– Freddy, pourquoi l'affirmes-tu ?

– Parce que… Va-t'en maintenant. Dégage ! Ce manteau porte la poisse.

Lomel se dirigea vers l'aéroport le plus proche, où il attrapa de justesse le vol d'une petite compagnie pour Reno. Là-bas, il loua une voiture et, en une heure et demie, remonta jusqu'à la maison du lac Tahoe. Celle où Angie l'avait reçu un jour pour lui commander une enquête sur son entourage, y compris la fidèle secrétaire Sandy Davis. Il laissa la voiture à trois cents mètres de l'entrée de la propriété, sur un emplacement destiné aux véhicules des touristes qui voulaient admirer le lac d'en haut.

Lomel pouvait courir sans perdre souffle. Il était sportif : il s'entraînait souvent à descendre et remonter les célèbres marches gravées en relief sur une des collines de Los Angeles, où venaient s'exercer des fanatiques d'exploits physiques. Il arriva rapidement à la maison d'Angie. Par acquit de conscience, il appuya sur la poignée de la porte : elle était hermétiquement fermée, y compris les lourdes barres de protection.

Il contourna alors la propriété du côté terre – de l'autre, c'était le précipice et le lac –, réussit à se hisser sur le mur d'enceinte et retomba sur la terrasse, parmi des plantes grasses et des vrais et faux rochers – pas loin de la table ronde. Il se redressa puis, sans perdre une seconde, se mit à gratter la terre dont il enferma une poignée dans son mouchoir. Pour sortir, il était obligé d'escalader le mur une fois de plus, mais c'était plus facile, grâce aux rochers.

Il tomba lourdement à l'extérieur et retourna en boitant vers sa voiture. Le bitume étincelait tellement qu'il faillit, aveuglé, emboutir un talus. Il redressa le volant à la dernière seconde. De Tahoe City, il gagna Reno, reprit un vol, et, en fin d'après-midi, il était chez un de ses amis appartenant à la police de Los Angeles, spécialisé dans les analyses de laboratoire – tissus, fragments de cheveux, échantillons de peau… Il lui laissa le prélèvement de terre et le manteau.

Nous avions, après l'épisode du motel, deux heures de route encore pour arriver à Nairobi. Le trop-plein de mots et de sentiments nous rendait muets. Sandy avait toute sa vie devant elle – et moi ? Je risquais de me retrouver devant le Grand Jury.

Par bribes de phrases, Sandy me fit comprendre son amour pour moi, ses craintes, ses scrupules et aussi, femme éternelle, ses espoirs d'avenir. Je ne me tournais que rarement vers elle, j'avais l'impression de l'apercevoir déjà à travers le mica, au parloir où nous communiquerions par l'intermédiaire d'un téléphone. Viendrait-elle me faire ses adieux la veille de mon exécution ? « Je t'aimerai toujours », dirait-elle. Et ce serait même vrai. Mes avocats obtiendraient peut-être la chambre à gaz ou la mort par injection, de préférence à la chaise…

Une femme masaï au bord de la route, dans son vêtement rouge venu du fond des âges, balançait deux poulets vers la voiture et un enfant tendit une corbeille de fruits. J'enregistrai l'image machinalement car je réfléchissais à la dose suffisante du produit qu'il me faudrait pour me suicider lorsque la police viendrait me chercher. Il fallait prévoir assez d'avance sur les secours éventuels pour qu'on ne puisse pas me sauver par lavage d'estomac.

Nous arrivâmes en fin d'après-midi à Nairobi. D'un geste royal, le portier nous invita à gravir les marches du perron. Il nous reconnaissait : les absurdes Américains qui étaient partis au bout d'une heure et revenaient dans un état étrange. Ils donnaient pour les petits services de gros pourboires : ils étaient généreux ou ne connaissaient pas la valeur de l'argent kenyan. Je me rendis à la réception. Une de ces ravissantes créatures qui dans ce pays sillonnent les halls des hôtels de luxe leva sur moi le regard :

– Vous voulez des chambres communicantes ?

Sandy répondit très vite :

– C'est égal.

– Parfait, mademoiselle Davis, dit la fille qui devinait que, malgré l'indifférence feinte, cette Blanche aux cheveux gras et au chemisier en triste état semblait heureuse.

Sous l'œil vigilant d'un boy qui portait nos bagages, elle franchit son seuil et moi le mien. La minute d'après, je frappai à sa porte. Elle ouvrit aussitôt. Je la serrai contre moi, et je pensai que vivre avec elle, ça en vaudrait la peine. Ensuite, dans ma chambre, sur la table, à côté d'un ananas et de bananes posés dans une corbeille d'osier, je trouvai des messages de Los Angeles, des télex et des fax de Grosz. On me cherchait, donc j'existais. Je redevenais le Crocodile en chef, celui dont on se méfie, qui a l'argent et le pouvoir. Ce n'était donc pas encore la fin. Je plongeai bientôt jusqu'au menton dans mon bain.

A dix-neuf heures, je commandai du thé au room-service. Presque détendu, pieds nus, vêtu seulement du peignoir, je m'assis dans un fauteuil et regardai à la télévision les déplacements des personnages officiels. J'énumérai le nom des délégués que je devais rencontrer le lendemain pour leur soumettre les dernières exigences du Conseil de Fondation. J'épluchai une banane, ému à la pensée des grands singes bienveillants, nos ancêtres.

Puis ce fut la fin de la quiétude darwinienne : le téléphone sonnait. Sandy ou Los Angeles ? Je décrochai. Une voix légèrement traînante et voilée me secoua le cœur et les tripes :

– Eric, c'est moi…

Le combiné faillit glisser de ma main :

– Annie ? Où es-tu ?

– Dans le hall.

– Quel hall ?

– De cet hôtel. Devant une vitrine de bijoux masaïs. J'ai à te parler. Ta chambre se trouve où ?

– Tu traverses la cour, tu montes quelques marches vers une sorte de passerelle, tu tournes à droite, puis à gauche, tu descends trois marches.

– Ta porte, quel numéro ?

– Le six.

– Bien. J'arrive. Si dans cinq minutes je ne suis pas chez toi, viens me chercher.

Je l'attendis en m'habillant – pantalon, chemise et un coup de brosse sur les cheveux. La femme qui savait tout de moi et qui m'évitait depuis plus de deux ans allait frapper à ma porte.

– Entre !

J'avais envie de la toucher, de la saisir par le bras, de me risquer à une accolade, juste pour m'assurer qu'elle était vraiment là. Elle me fit un sourire poli.

– Salut, Eric. L'intérieur de cet hôtel est un vrai labyrinthe. Bref, ne perdons pas de temps.

– Je peux te serrer sur mon cœur ?

– Tu en as un ?

– Ne plaisante pas.

– Si. Alors, ton voyage en Afrique ? Magnifique, désastreux, ennuyeux ?

Son absence complète d'hypocrisie la rendait redoutable. Derrière son maquillage – Las Vegas et sa vie nocturne l'avaient dressée à vivre avec des paquets de rimmel sur les cils – son fond de teint ne cachait pas tout à fait sa pâleur.

– Je t'ai déjà vu meilleure mine, Annie.

– Sans doute. Deux ans en Afrique et toi en prime, même de loin, et en plus l'horreur qui nous sépare, c'est trop.

– Végéter à Los Angeles en crevant de remords, c'est beaucoup.

– Tu n'as pas l'air malheureux, dit-elle. Ça marche avec Sandy ? Une fille superbe, un peu fragile… La vie avec toi devrait l'endurcir.

– Tu penses…

– Ne joue pas, elle a été folle de toi dès le premier jour.

– Qui te l'a dit ?

Elle toucha son nez :

– Question de flair.

Elle devinait, sentait, pressentait. Nous n'étions pas à armes égales. Elle était trop femme pour que je puisse être tout à fait homme. Elle s'assit près de la petite table ronde, je m'installai en face d'elle.

– Donne-moi de l'eau. Quant à mon teint, j'ai eu deux crises de paludisme graves. Ça laisse des traces…

– Partir pour Homa Bay comporte des risques. La côte est pourrie là-bas.

– Pour toi, dit-elle. Il y a des gens formidables qui y vivent. Mon amie, Mrs. Ouada, m'a appelée. Elle parlait de toi plutôt agréablement.

– Annie, tu m'as dit la veille de ton départ, avant que tu casses notre vie…

– Hé ! dit-elle. Ne force pas la dose. Ce n'était pas une vie : j'ai mis fin à une absence d'existence.

– L'enfant ?

– Grossesse nerveuse, dit-elle. Très nerveuse. Et puis je voulais m'échapper de cette maison sur la colline, il me fallait des femmes et des hommes, un marché, un lac, des gosses, un dispensaire où me rendre utile.

L'ex-changeuse d'argent d'un casino de Las Vegas, la femme que j'avais achetée cinquante mille dollars pour se substituer à Angie, la femme qui possédait suffisamment de preuves pour m'envoyer sur la chaise électrique, était en face de moi. Il fallait tout régler entre nous, avant qu'elle m'échappe.

– Tu m'as baratiné, Annie. La belle histoire ! « Oh, Eric ! Nous aurons un enfant blond qui sera accepté par les petits Noirs. L'égalité. »

– J'ai dit ça ? s'étonna-t-elle en sirotant son eau. J'avais peut-être raison sur le principe. La théorie est belle, non ?

– Tu m'as fait marcher, courir.

– J'ai dû croire à cette grossesse. Parfois le ventre trahit une femme. Elle gonfle pour rien et on n'accouche que de fantasmes.

– Tu as fait une fausse couche ?

– Une fausse vie…

Comme depuis le début, sa personnalité emplissait mon univers. Elle représentait le duel, la femme dure.

Avec Annie, c'était un incessant rapport de forces. A côté d'elle, Sandy était ce que le jus de raisin est au vin. Annie me fixait de ses grands yeux foncés, ses cheveux châtains éprouvés par la chaleur collaient à ses tempes. Jadis elle avait l'habitude d'évoluer sous l'éclairage blême des nuits de Las Vegas. Le jour lui allait mal, le manque de clinquant et de décors brillants la fit paraître agressive. Son tailleur en coton était chiffonné. Mais elle régnait. Elle portait des sandales, sur ses ongles de pied le vernis était impeccable.

Je me penchai et pris ses mains dans les miennes :

– Tu ne les ronges plus ?

Elle les retira aussitôt.

– Moins, jeta-t-elle.

Le blanc de ses yeux était légèrement teinté par quelques veinules éclatées.

– Tu n'es pas malade, Annie ? En dehors de tes crises de paludisme ?

– Il te faut quelque chose de plus ? Tu me trouves moche ?

– Impressionnante.

Une lumière étonnante et inattendue éclaira ses traits.

– Je suis si aidée, Dieu prouve chaque jour sa clémence. Je prie comme si je tenais les mains du Christ. Ses mains transpercées par les clous. J'embrasse ses mains, le contact est si intense que parfois je sens le goût de son sang.

– Les mormons ?

– Les mormons. Deux jeunes mormons américains sont venus un jour à la Maison du Lion. Ils étaient très jeunes, vingt ans – des anges. Ils sont arrivés par une chaleur torride, nets, souriants, frais, serviables. D'un jour à l'autre, ils ont répandu la paix. Partout, même en moi. Leurs paroles me pénétraient, m'ouvraient une porte vers le salut. Je me suis découvert une énergie incomparable.

– Pourquoi as-tu refusé tout contact avec moi ?

Elle demanda un autre verre d'eau.

– Question de temps. Mon but était de te sauver, mais de sauver mon âme aussi.

– Annie, pourquoi me sauver ?

– J'ai mes raisons.

– Tu m'aimes d'amour ?

– Non.

– Par bonté d'âme ?

– Non.

– Par intérêt ?

– En quelque sorte.

– Tu veux de l'argent ?

– Bien plus. Je veux hypothéquer ta vie. Écoute-moi attentivement. Sandy est ton avenir.

– Je n'en ai pas.

– Tu espères en avoir un. Je t'aiderai. Tout n'est pas fini, loin de là. Quelles sont tes relations actuelles avec Sandy ?

– Physiquement, parfaites. Mais quand tu es là, tout devient fade.

– Tu ne supporterais guère de vivre avec moi tout le temps, dit-elle. Il te faut Sandy et sa douceur. Tu as toujours été attiré par les femmes très dures. Peut-être pour vaincre enfin ta mère. Sandy fait partie du contrat de sauvetage. Je veux que tu l'épouses.

– Merci. Il faudrait divorcer d'abord, tu ne crois pas ?

– Ça va être rapide. A Reno, en trois semaines, le divorce est réglé.

Elle me dévisagea :

– La tombe inondée de Masaï Mara t'arrange.

– Ça prolonge mon existence. Je vais dire à la presse que le corps d'Angie avait été transporté au mausolée avant. Hideux, le mausolée.

– Bizarre, dit-elle. Mais il existe. C'est aussi un alibi.

– Tu veux me torturer ?

– Non. Pas plus que ne le fait ton destin. Tu administres bien ton crime et la chance t'aide. Quant à moi, je veux diriger le centre Fergusson, secondée par les volontaires mormons.

– Je suis d'accord pour tout. Que désires-tu de plus ?

– Ton mariage avec Sandy.

Le téléphone se mit à sonner. Je décrochai. C'était Sandy :

– Est-ce que je peux venir te voir ? J'ai ici une montagne de fax. On m'apporte tout.

– Je ne suis pas seul, Sandy.

– Raison de plus pour que je vienne, non ?

Annie se leva, s'approcha de la table de chevet et prit le combiné :

– Vous venez quand vous voulez, il est temps qu'on fasse mieux connaissance.

Elle dit quelque chose que je n'entendis pas.

– Bien sûr, répondit Annie qui me tendit l'appareil.

– J'ai autre chose à te dire, continua Sandy. Le photographe est en route. Il s'annoncera dès qu'il sera à l'hôtel.

– Je vais l'affronter !

Annie marchait dans ma chambre, en long et en large. Sa minceur était impressionnante.

– Mrs. Ouada me dit que tu as laissé Sandy seule avec un chauffeur de mauvaise réputation.

– Elle le savait ?

– Le tam-tam. On sait tout en Afrique. Robby Allen, fasciné par l'Afrique, toujours à l'affût du sensationnel, avait pris une part considérable dans une agence, en comptant sur le développement du tourisme. Lui demander un chauffeur dans les conditions actuelles, c'était une preuve d'inconscience…

– Il n'aurait pas dû prendre au sérieux les mensonges de Sandy.

– Sandy est ton alibi. Robby sait qu'elle est amoureuse de toi. Elle a affirmé avoir quitté la maison du lac Tahoe avec vous deux. Allen a pu imaginer aussi que Sandy détient la fameuse deuxième cassette, celle qu'il cherche à récupérer à la faveur d'un accident… Tu aurais perdu ta plus fidèle alliée et le témoin principal.

– Et pour corser l'intrigue, tu m'as fait traverser le Kenya.

– Je voulais que tu connaisses Homa Bay.

– Pourquoi ?

– Un jour, je te le dirai. Attention, continua Annie. La deuxième cassette peut t'incriminer ou t'innocenter. Une cassette, ça se monte, ça se fabrique… Ou bien on voit que tu as creusé la tombe de ta femme, ou bien on bricole un montage avec les cassettes des caméras intérieures : la manière dont tu cherchais le téléphone, dont tu as couché Angie sur son lit… Qui avait accès à l'installation de sécurité ?

– Le technicien, Sanders, l'agence immobilière, Sandy…

– Ça fait du monde, observa Annie.

– Et le photographe ?

– Quand je végétais dans la maison de Sanders, il se glissait partout sous le prétexte de son art, les photos. Sanders a dû lui indiquer l'existence de la cassette complémentaire. Il faudrait se débarrasser de Mr. Robby Allen.

– Il y a une solution. Me dénoncer, Annie…

– Je te l'interdis. Tu dois vivre.

Elle vint près de moi :

– Eric, tu n'as pas l'envergure des grands criminels.

– Merci pour le certificat de médiocrité.

– Un grand criminel, un vrai, n'a pas de remords.

Le téléphone sonna :

– Un Mr. Robby Allen est là pour vous, annonça la standardiste. Est-ce qu'il peut monter ?

– Je descends dans dix minutes. Au restaurant.

Je raccrochai, me retournai vers Annie :

– C'est le photographe.

– Sans l'autre cassette, il ne peut rien. Ecoute-moi bien, Eric…

Elle m'expliqua ma ligne de conduite :

– Vas-y. Il faut le décontenancer. Entre-temps, je vais réconforter Sandy. Quel est le numéro de sa chambre ?

– Juste à côté.

Au restaurant, Robby était installé à une table placée dans un coin sombre. Il se leva et me tendit la main :

– Quel plaisir de vous revoir ici ! Le cadre est heureusement plus conventionnel qu'à Naivasha ou Nakuru ! On a été un peu surchauffés là-bas. Que voulez-vous, même de l'au-delà, Angie nous manipule.

– Je vous invite à dîner.

Il frotta sa joue droite :

– J'ai failli avoir un problème de mâchoire. Vous avez frappé dur.

– Vous êtes très provocant, plutôt agressif.

– Comme tous les timides, observa-t-il.

– Vous, timide ?

J'avais envie de l'injurier. Je me suis tu.

Le maître d'hôtel nous proposa une carte. Je demandai des côtelettes d'agneau. Robby préférait se servir au buffet. Pendant qu'il s'affairait, gourmand, je l'observai. D'une taille au-dessus de la moyenne, il se penchait souvent vers ses interlocuteurs. Il revint avec une multitude de mets entassés sur son assiette, des olives, des carottes râpées, des tranches finement coupées d'œuf dur, des morceaux de thon, de poulet froid et une crêpe. Je trouvai dégoûtante cette crêpe pliée en quatre.

Je l'attaquai d'emblée :

– Vous avez voulu provoquer un accident. Vous avez promis quinze mille dollars au chauffeur en cas de dénouement fatal.

– Qui croirait ça ? demanda Robby en croquant un radis. Vous n'avez aucune preuve ! Miss Davis avait peut-être une attitude agaçante. Ce chauffeur est réputé pour ses sautes d'humeur, mais pour sa compétence aussi. Il a été convoqué et réprimandé. Venons-en aux choses sérieuses.

– Vous ne vous en tirerez pas comme ça. Vous avez loué une voiture hors d'âge pour un tel déplacement.

– Je ne suis qu'actionnaire de la société. Je ne peux pas vérifier moi-même chaque véhicule ! Laissez tomber, Eric. C'est vous qui êtes dans de sales draps. La terrasse a été photographiée par deux caméras. J'ai la première cassette et je retrouverai la deuxième.

– Des cassettes ? On peut faire des montages… ce qu'on veut.

– La deuxième cassette vous enverra devant le Grand Jury.

– Une preuve obtenue sans autorisation de perquisition n'est pas valable.

– Vous êtes bien renseigné, fit-il. On dirait que vous avez étudié le problème.

– Grâce à votre insistance méprisable !

– Je vais lâcher la police sur vous. Avec le début du film, je pourrais tenter une inculpation. La partie civile affirmera que vous avez fait voler la suite. Vous n'aurez aucune possibilité de prouver votre innocence présumée.

– Au nom de qui agissez-vous ? Vous n'étiez rien pour Angie…

– Au nom de la justice, déclara Allen qui trempa un morceau de pain dans la mayonnaise.

– Nous avons quitté la maison du lac Tahoe, Angie et moi, en compagnie de Miss Davis…

– Parlons-en ! Elle ne tiendra pas dix minutes devant l'attaque du procureur. Que ce soit bien clair : je veux provoquer un procès. Sauf si vous me rachetez la première cassette. Très cher.

– Quel serait votre prix ? Je dis ça en plaisantant, évidemment.

Le garçon venait de déposer devant moi des côtelettes d'agneau.

– Votre fondation africaine a besoin d'un grand photographe qui traduirait en images le monde d'Angie. Que d'endroits sublimes en Afrique que votre femme si regrettée avait voulu sauver…

Il prit un petit pain, l'ouvrit sans couteau et mit à l'intérieur un morceau de beurre :

– Ne parlons même pas de scènes dramatiques ! Imaginez la vue aérienne de la tombe inondée. Je l'ai survolée en avion. J'ai fait deux bobines de trente-six photos. Je voudrais être nommé directeur général adjoint, gratifié d'une clause spéciale : si quelque chose vous arrivait – accident mortel ou crise cardiaque, qu'importe –, je prendrais votre place. Je suis un excellent homme d'affaires. Je n'ai rien d'un bohème, je connais le monde, ses coins et ses recoins, je vis dans les photos et les documents, dans l'actualité.

– Et dans le chantage.

Il sourit :

– Pour la première et la dernière fois. Une proie comme vous, on n'en trouve qu'une seule fois dans la vie. C'est ce que Sanders m'a dit. N'empêche, vous l'avez eu, très habilement. Mais lui, il a eu assez de temps pour miner le terrain avant de mourir.

– Je vous le répète : nous sommes partis tous les trois de la maison, Angie, Sandy et moi.

Robby s'accouda à la table :

– Votre histoire m'amuse ! Ça m'amuse.

– Il n'est pas sûr qu'elle vous amuse longtemps.

Robby hocha la tête :

– Dans un moment de détresse, Annie a raconté vos aveux à Sanders. Il m'a légué la vérité.

– Mais non. Il vous a légué une version de sa haine. Après la discussion sur la terrasse…

– Je ne vous ai envoyé que le début, dit Robby. – Il léchait la mayonnaise de ses doigts. – Je peux prouver que vous avez brandi la chaise.

– En effet. C'était un geste regrettable. Angie a reculé, elle est tombée. Je me suis précipité pour la relever, je l'ai portée à l'intérieur de la maison… à ce moment-là, Sandy est arrivée. En accord avec Angie, nous lui avons parlé d'un léger malaise – il ne fallait pas que la secrétaire soit au courant d'une scène de ménage. Nous sommes partis ensuite dans ma voiture, j'ai déposé Miss Davis à l'aéroport de Reno.

Robby était de plus en plus agacé :

– Vous êtes d'une rare habileté avec vos complices, toutes ces femmes qui vous entourent. Elles sont imbattables comme témoins à charge et à décharge. Après le départ de ce charmant trio, qu'est-ce qui s'est passé ?

– Une escale à Las Vegas et ensuite, le voyage africain. Mais pour ce déplacement, nous étions trois aussi. Annie était déjà ma maîtresse.

– Votre maîtresse ?

– Mais oui. Je me détendais dans ses bras de la fatigante frigidité d'Angie.

– Vous voulez me faire croire que vous avez trompé Angie ?

– Bien sûr. C'est ignoble, mais c'est ainsi. La rencontre entre les deux femmes a eu lieu au Bally's Grant. Annie a réussi en une seule conversation à susciter la sympathie d'Angie : celle-ci lui a offert avec spontanéité un voyage aller-retour à Nairobi. Annie et moi avions rendez-vous au Mont Kenya Safari Club.

Je me penchai vers Robby, par-dessus mon assiette où gisaient des côtelettes de mouton refroidies.

– Souvent les hommes veulent confronter leur femme légitime et leur maîtresse. Les réunir, les voir ensemble provoque un vif sentiment de satisfaction chez les mâles.

– Vous avez fait ça ? dit Robby.

A l'aide d'une épingle piquée dans le revers de son blouson, il se cura les dents.

– Vous n'en voulez pas des classiques ?

– Quoi ?

– Des cure-dents.

– J'ai mes habitudes. Ensuite ? Landler, vous avez un culot ! J'ai déjà vu des salauds, mais comme vous…

– Je pardonne votre langage grossier. Vous serez bientôt dépouillé de votre fantasme de chantage. Annie devait me rejoindre le lendemain de notre arrivée. Mais elle était là avant. Ellc m'a envoyé un message. Je ne pouvais pas résister à la tentation de la retrouver. J'ai accompagné Angie jusqu'à notre suite – en fait deux chambres communicantes…

– Hé ! Vous permettez que je vous interrompe, s'écria Robby. Pour quelle raison vous n'étiez pas dans le bungalow ?

– Elle voulait être comme tout le monde.

– Angie ?

– Bien sûr. Plus modeste. Mais elle devait me montrer le lendemain l'endroit paradisiaque, le cottage disponible pour elle.

– Et alors ?

Allen but avidement sa bière.

– J'ai souhaité bonne nuit à Angie et j'ai rejoint Annie. Assommé par l'air du mont Kenya après l'asphyxie de Los Angeles, je m'étais endormi près d'Annie. Ma femme légitime m'a cherché très tôt et m'a trouvé – grâce à l'indication d'un boy – au lit avec Annie. Hors d'elle, choquée dans son amour-propre, elle est partie. Elle est morte la nuit suivante, à la frontière de la Tanzanie.

– Et tout ce que Sanders m'a dit serait de la foutaise ?

– Oui. De la foutaise.

Robby enrageait : le pouvoir, la fortune, l'excitant sentiment de posséder un autre être humain lui échappaient.

– Mais pour quelle raison Annie aurait-elle raconté à Sanders l'histoire d'un meurtre vicieusement camouflé, la présence d'un cadavre enfoui dans la terrasse de la maison du lac Tahoe ?

– J'étais si effrayé par le départ d'Angie que je me comportais mal avec Annie. Je l'accusais de tous mes malheurs. Elle voulait se venger. Je cherchais Angie partout. J'étais au cottage. Un homme de ménage qui faisait des retouches de peinture m'a dit qu'une lady furieuse et en larmes était venue et repartie… Elle voulait sans doute graver ses initiales à l'endroit habituel.

– Décidément, vous pensez à tout…, remarqua Robby en s'essuyant la bouche avec le dos de sa main – un peu de mousse.

Je vis apparaître Annie à la porte de la salle à manger. Elle parla au maître d'hôtel puis se dirigea vers notre table.

– Annie voulait se venger ? s'exclama Robby. Vous avez humilié une femme superbe à cause d'une quelconque changeuse d'argent, une femme qui travaillait…

– Honnêtement, compléta Annie.

Robby se retourna et se leva d'un bond. Gêné, il bégayait :

– Vous êtes Annie.

– Vous l'avez deviné. Bonsoir, Eric.

– Qu'est-ce que tu prends ?

Annie s'adressa directement au garçon :

– Un thé…

Robby tenta de se racheter :

– Je ne voulais pas vous blesser ni vous choquer, mais les circonstances sont difficiles pour tout le monde.

– Je vais vous expliquer certains faits pour nous débarrasser de vous…

– Madame, je…

– Eric et moi, nous étions amants. Mais on ne quitte pas une Fergusson pour une changeuse d'argent. On garde celle-ci en deuxième position. J'acceptais tout. Je ne voulais pas perdre Eric. J'ai été la prisonnière de Sanders dans sa maison à Malibu. Prisonnière volontaire. J'étais son joker. La carte contre Eric, maladroit, honnête et malheureux.

Je me contemplais de l'extérieur. Ce doit être comme ça, le baptême d'un adulte. Il est conscient qu'on le lave de tous ses péchés. Annie fixait le photographe, puis elle prépara son thé, ajouta de l'eau, un peu de lait, du faux sucre.

– Quand j'ai constaté le désarroi d'Eric après le départ de sa femme, j'ai été humiliée.

Elle jouait si parfaitement que je me sentis presque obligé de protester. Elle me fit taire d'un seul regard.

– J'ai décidé de me venger de cet homme devenu riche grâce à sa femme, qui me voulait en prime, qui avait le culot de montrer sa tristesse et de me rejeter. C'était la chute. Difficile à supporter.

– Vos déclarations enregistrées par le caméscope de Sanders condamnaient Eric.

– C'est ce que je voulais. Ce fameux matin, Eric, au lieu de se réjouir de cette rupture inespérée, était affolé. Alors j'ai improvisé une histoire fatale pour lui. Ensuite, j'ai pris un car de touristes japonais qui partaient vers Nairobi. On s'est retrouvés plus tard, Eric et moi.

J'observais, sidéré, la manière dont Annie bâtissait mon alibi. Allen revint à la charge.

– Tout cela n'est pas clair…

– Mais si. Eric a jeté une chaise en fer forgé contre sa femme, qui est tombée. Il l'a aussitôt relevée et s'est fait pardonner… Même secouée par cette violente scène de ménage, elle a pu partir avec lui à Las Vegas. Ce qui était amusant, c'était de voyager dans le même avion qu'eux.

Robby réfléchit :

– Je vous aurai tous les deux. Tous les trois, plutôt, avec Miss Davis. Question de temps. En tout cas, nous n'en resterons pas là. Ni moi, ni l'homme qui cherche aussi à Los Angeles. Lomel, le détective.

Le maître d'hôtel vint demander si on voulait un dessert.

– Pas de dessert, merci.

Allen se retourna vers nous :

– Je serai plus fort que vous trois…

– A votre place, dit Annie, moi, je me ferais plutôt oublier.

Robby s'exclama :

– Vous me mentez comme on ne m'a jamais menti.

– Croyez-vous ? dit Annie.

– Vous ne perdez rien pour attendre.

Il partit, furieux.

Je signai l'addition puis j'invitai Annie à la brasserie du Norfolk. A la terrasse sur la rue se tenait un public mélangé de Noirs, de Blancs, d'Hindous, d'Asiatiques. Très peu de touristes. Je m'étais assis auprès d'Annie qui commanda une bière.

– Tu prends quoi, Eric ?

– La même chose…

Je me tournai vers elle :

– Ton numéro est admirable. Mais il suffirait d'une perquisition au lac Tahoe…

Le garçon s'attardait près de nous. Annie attendit qu'il s'en aille :

– Robby n'obtiendra pas l'autorisation. Ni le détective. Sur une preuve aussi vague que la moitié d'une bande enregistrée, personne ne pourra pénétrer dans la propriété. Et même s'ils perquisitionnent, ils peuvent vider des tiroirs, passer l'intérieur au peigne fin, ils ne trouveront rien.

– Ils peuvent déplacer la table et creuser le sol.

– Ils ne viendront pas chez toi, Eric.

Le garçon venait de déposer deux verres de bière, je signai la fiche et regardai la femme qui me sauvait :

– Pourquoi tu fais ça, Annie ?

Elle répéta :

– J'ai besoin de ton avenir. Tu dois épouser Sandy

– C'est ton idée fixe.

– Oui.

– Pourquoi ce mariage ?

– Je veux être sûre que tu as une femme aimante et honnête auprès de toi. A travers elle, je ferai partie de votre vie…

– Laisse tomber l'idée du mariage. J'aime Sandy, on va vivre sans doute ensemble, mais je ne veux plus de liens juridiques.

Elle était pâle.

– Tu ne veux quand même pas terminer ta vie sur la chaise électrique ?

En me penchant vers elle, je faillis renverser le verre de bière :

– Je te donne en bien propre la Maison du Lion avec les vingt mille hectares qui l'entourent. Je te donne l'autorisation de gérer les quatre-vingts millions de dollars de la Fondation Fergusson…

– Je veux que vous formiez un couple, Sandy et toi, dit-elle, d'une voix atone.

– Mais pourquoi ?

– Elle t'aime. Tu l'aimes aussi. Pour la première fois de ton existence, tu seras marié par amour.

– J'aurais pu aussi recommencer ma vie avec toi. Quel est ton prix pour me sauver de ce maître chanteur ? Le prix final ?

– Le mariage avec Sandy, répéta-t-elle. Mais elle doit ignorer que j'ai exercé une pression sur toi. Eric, c'est à prendre ou à laisser.

– Pourquoi tu ne veux pas de moi ?

Elle ne dit pas : « Parce que tu es un meurtrier », elle déclara simplement :

– Tu es fatigant.

Elle m'avait exécuté.

Nous nous sommes retrouvés plus tard, tous les trois, dans un restaurant chinois de Nairobi. Annie, paraît-il, y allait souvent avec ses amis hindous. L'amabilité du patron se manifestait par une folle quantité de nourriture. Il ne me fallut pas longtemps pour comprendre que les deux femmes se connaissaient, selon elles par téléphone.

– Pendant deux ans, j'ai voyagé pour mieux réfléchir, raconta Annie. J'ai passé des mois étonnants à Homa Bay et à Loïta Plains.

Je plongeai ma cuillère dans la soupe épaisse et j'imaginai un monde sans femmes. Que des hommes. Des bûcherons, des mineurs, quelques esthètes pour souffrir à notre place. Elle continua :

– Les mormons dont je t'ai parlé accomplissaient leurs dix-huit mois de volontariat au Kenya. Ils y ont trouvé une Américaine perdue. Convertie à l'Eglise des Saints du Dernier Jour, j'étais sauvée.

Le Chinois nous apporta le plat de résistance dans une poêle : une étrange sauce couvrant des morceaux de viande. Je n'en voulais pas. Je mangeai, morne, juste du riz blanc pendant la discussion de Sandy et d'Annie à propos du rendez-vous avec Me Wagner le lendemain matin. Annie énuméra ses exigences supplémentaires. J'étais d'accord pour tout. Je me permis une boutade de bistrot :

– Si je me convertissais à la religion mormone, pourrais-je vivre avec vous deux ?

Sandy intervint :

– Eric, tu devrais respecter…

Je n'écoutais plus, je voulais être à Paris, remonter les Champs-Elysées à pied et rêver, comme jadis, de l'Amérique. Revenir à la case de départ.

Nous avons raccompagné Annie chez ses amis et je me suis retrouvé avec Sandy à l'hôtel Norfolk. Nous avions rendez-vous dans ma chambre. Lorsqu'elle me rejoignit, accoudé sur l'oreiller, je lui dis :

– Un seul mot désagréable, une allusion, une seule tentative d'endoctrinement et je vire tout le monde. J'ai atteint mes limites de résistance.

Elle se glissa dans mon lit et prit le commandement. Elle me recouvrit de sa chevelure encore légèrement mouillée et m'embrassa. Ses lèvres, son odeur, son abandon m'accablaient. Comment dire ? J'étais comblé et désolé. Je ne supportais pas qu'on me force à une union, même si celle-ci pouvait ressembler à un certain bonheur. Tout en serrant Sandy dans mes bras, je cherchais déjà des portes de sortie.

Au cours de ma vie aventureuse, animée de filles rapidement conquises ou de liaisons de week-end, j'avais toujours gardé une marge de sécurité. J'ai eu ensuite une femme légitime, le goût de son corps faussé par l'amertume et ses parfums, puis Annie, la rustique et naturelle Annie dont les remords massacraient nos plaisirs.

Près de Sandy, je ressentais une sorte de quiétude, l'impression d'avoir eu une enfance normale, une mère qui m'aurait aimé ; j'étais en France, je parlais le français. Pourtant, j'avais envie de garder mes distances.

Sandy dut deviner mes pensées.

– En rentrant, nous allons mettre notre relation entre parenthèses, dit-elle. Nous travaillerons comme avant. Tu réfléchiras. Dans le cadre américain. Je voudrais que tu viennes vers moi librement et à ton heure.

Me Wagner travaillait avec une équipe restreinte. Il démarchait lui-même ses adversaires ou ses alliés, il allait partout, il ne croyait pas aux intermédiaires, aux assistants, aux secrétaires, il relisait chaque lettre attentivement, il perdait beaucoup de temps mais, à terme, gagnait ses affaires. Il ne m'avait jamais apprécié ni détesté, j'étais le client dont on ne rêve pas et qu'on sert prudemment. Pendant des années, il avait gardé secrets les lieux où Annie avait habité. Aujourd'hui, il était soulagé de nous voir ensemble.

Il nous lut le contrat de divorce et énuméra les clauses de garantie de la sécurité matérielle de sa cliente.

– Monsieur Landler, vous êtes en retard pour le financement de la Fondation.

– Maître Wagner, vous pouvez assurer le gouvernement kenyan d'un premier versement de trente-cinq millions de dollars dès l'accord du conseil de la Fondation. Le rapport que nous présenterons n'est qu'une formalité. Une partie des fonds sera dégagée. Avant tout, nous exigeons l'accord pour le poste de directrice générale. Annie White sera secondée par une équipe de spécialistes du pays.

– C'est bien ça ? demanda-t-il à Annie.

– Mot pour mot.

– J'attire votre attention sur le fait, dit Me Wagner, que par rapport à votre fortune ce que votre femme actuelle vous réclame sur le plan matériel, en dehors de ses fonctions à la Fondation, est modeste. Avant de signer, voulez-vous relire le document ?

– Non.

Je signai l'acte. Chaque page, initiales ici aussi, merci. Bravo.

Le lendemain, nous avions une série de rencontres avec les autorités kenyanes. Sandy me secondait, Annie était présentée par moi comme la future présidente. Elle leur adressa un petit discours en swahili. J'étais en dehors, mais pas agacé. Consentant.

La journée à Nairobi, la circulation en folie, la foule, la pluie qui s'était déchaînée et avait plaqué les gaz bleus des pots d'échappement au sol, les cyclistes sur les trottoirs, les adolescents sur les rollers, les piétons en zigzag, partout les cris, les rires, les vociférations m'imprégnaient pour la dernière fois. J'étais soûlé d'Afrique. Lorsque nous sortîmes du dernier bureau, lorsque j'absorbai enfin les ultimes phrases de remerciement transmises par un sous-secrétaire d'État, je n'avais qu'un seul désir : ne plus jamais revenir en Afrique.

Le soir, je me jetai au lit, seul, pour dormir – et pour la première fois depuis la mort d'Angie – sans rêves. Mon cerveau avait court-circuité ma panique. Il était temps de souffler un peu.

L'atmosphère de luxe en première classe de la Swissair, de Nairobi à Zurich, était irréelle. Des hôtesses nounous nous prodiguaient toute leur attention, nous choyaient, prenaient soin de ces voyageurs paumés que nous étions. Lors de la deuxième étape, Zurich-Los Angeles, le chef de cabine, qui semblait lire dans mes pensées – était-ce la solidarité masculine ? –, recouvrit d'un plaid les pieds de Sandy, allongée près de moi et assommée par un calmant – elle ne résistait guère au triple décalage horaire et au changement de continents. Une hôtesse vint régulièrement surveiller le confort de Sandy, lui proposa d'autres coussins, s'assura que l'air conditionné était réglé à la convenance de cette passagère fébrile.

Peu avant l'atterrissage à Los Angeles, Sandy se refit une beauté. Sous le léger maquillage, ses traits étaient tirés. Je craignais l'avenir.

Vivre auprès d'une secrétaire indispensable, devenue votre maîtresse, et que, selon une promesse hâtive, vous allez devoir épouser est une situation pour le moins angoissante. Le moindre signe de connivence m'aurait gêné. Le rôle du patron qui séduit sa belle assistante en profitant d'un voyage me déplaisait. Dans les conditions morales et immorales où je me débattais, une situation aussi classique m'aurait paru de mauvais goût. On ne visite pas la tombe inondée de sa femme légitime – qu'on a supprimée – avec une maîtresse d'occasion. « Ce n'est pas bien », aurait dit, sobrement, oncle Jean.

– Je crois, Sandy, que nous devrions reprendre – pour le monde extérieur – nos anciennes manières. Je veux dire…

– Croyez-vous cette explication nécessaire ?

A l'aéroport, accueilli par des journalistes rassemblés dans un petit salon, je fis une rapide déclaration concernant le transport du cercueil d'Angie Fergusson. J'avais répété pendant les longues heures de vol le numéro de l'homme meurtri, qui compte sur l'opinion publique pour lui pardonner son pieux mensonge :

– Je suis persuadé que ceux qui ont vécu un deuil me comprendront. La personnalité éminente de ma défunte femme, Angie, avait suscité une curiosité – pas forcément malsaine, mais difficile à supporter.

L'exhumation et le transport de la dépouille mortelle de ma femme du bord de la rivière Mara jusqu'au mausolée de Loïta Plains se sont déroulés dans le plus grand secret.

Je dus répondre à diverses questions : « Oui, la Fondation dont le siège est à Los Angeles va transmettre la plus grande partie des fonds aux Kenyans. » « Oui, j'ai eu une entrevue avec ma deuxième femme. » « Oui, notre procédure de divorce est en cours. » « Oui, l'avocat de ma future ex-femme et les miens s'entendent parfaitement. » « Aucun litige à l'horizon. »

– Quelles vont être les fonctions de Mrs. Landler ? demanda une Afro-Américaine.

– Elle sera nommée directrice des affaires sociales et de l'hôpital que nous construisons. Encadrée par des fonctionnaires kenyans, elle supervisera aussi les écoles éloignées de nos centres administratifs.

Après une demi-heure de questions-réponses, je profitai d'une accalmie pour m'éclipser. Dans la limousine, alors que je voulais baisser la vitre de séparation entre Svenson et nous, elle me fit « non » de la tête. Elle ne voulait ni écouter ni parler.

Je me fis conduire à Beverly Hills, et Svenson continua avec Sandy vers Malibu. Je retrouvai la grande maison avec ses statues ridicules, la cuisine-laboratoire et des bouteilles d'eau minérale.

Je repris le travail le lendemain matin. Grosz se présenta à neuf heures à mon bureau. Je me montrai plutôt aimable et lui, prudent. Grosz voulait garder sa place, moi mon homme à tout faire. L'ambiance était à la conciliation. Il me fit son rapport sur les actions qu'il avait rachetées pour la firme.

L'Afrique s'éloignait à la vitesse de la lumière, les événements vécus là-bas se dissolvaient dans un passé irréel. Les nouvelles de notre futur centre, dont les travaux étaient dirigés de main de maître par Annie, me parvenaient comme d'une autre planète.

Un soir, j'invitai Sandy à dîner en tête à tête dans un restaurant de Malibu. A la lueur des bougies sur la table, je lui fis quelques timides avances, auxquelles elle répondit en se retranchant dans l'abstinence. Elle imposait à nos relations un style mélodramatique. C'était sa nature : vaciller entre le bonheur de l'espoir et le renoncement. Elle écouta les nouvelles de mon divorce en cours. Pour le moment, elle me rendait la vie confortable.

Allen était revenu plusieurs fois au bureau, tantôt hargneux, presque agressif, tantôt jovial. Je pensais souvent à oncle Jean qui répétait qu'il ne faut pas éviter les salauds qui vous en veulent, car il vaut mieux connaître leurs intentions. Allen me montra les photos de la rivière Mara en crue. Tout en acceptant mal mon mensonge grossier – le transport du cercueil avant l'inondation –, faute de preuve, il fit semblant d'entrer dans le jeu.

– Vous n'avez peur de rien. Vous avez de la chance. Puis-je savoir quelle entreprise a procédé à l'exhumation ?

Je me permis le luxe de perdre mon sang-froid.

– Vous allez me foutre la paix ? Je vous ai assez entendu, déguerpissez. D'ailleurs vos photos ne valent pas un clou.

– Vous êtes responsable de la mort d'Angie. Un jour, je vous coincerai.

Quelques jours plus tard, Mrs. Brown me prévint qu'Allen avait tenté de s'introduire dans la maison du lac Tahoe pour compléter son reportage photo posthume sur Angie. Je l'appelai aussitôt pour lui interdire formellement d'approcher mes maisons.

– Vos menaces, je m'en fous !

Il me haïssait. Je le lui rendais bien.

Le divorce avec Annie fut enfin prononcé. Son insistance tournait à l'obsession, elle me harcelait.

– Quand épouses-tu Sandy ? Hein ? N'essaye pas de te défiler…

Elle admit que j'avais besoin d'un peu d'oxygène avant de me retrouver devant un représentant de la loi, pour m'entendre informer que seule la mort me délivrerait des liens du mariage…

J'ai toujours admiré et redouté la complicité des femmes : celles qui savent se taire se taisent mieux que n'importe quel homme. Je ne saurais donc jamais si Sandy soupçonnait la pression qu'Annie exerçait sur moi.

J'appris à la faveur d'allusions par-ci, par-là, que ses parents avaient divorcé. Sa mère, malade, l'avait confiée à une tante. Son père – en dehors d'une pension versée jusqu'à ses dix-huit ans – s'était désintéressé d'elle. Fleur bleue, romantique, méfiante aussi, elle m'obligeait à me situer par rapport à son besoin d'affection. Je cherchais donc ma mise en scène, le cadre qui convenait à ma demande en mariage. Je ne pouvais plus attendre.

A la fin d'un après-midi chargé de problèmes, je venais de dicter mes dernières notes de la journée et je refermai le dossier en cours.

– Sandy, on a trop travaillé. J'ai la tête comme un ballon prêt à éclater. Vous aussi, je suppose. Si on faisait un tour sur la jetée de Santa Monica ?

– L'air de la mer me fera du bien. Je suis partante.

– Adjugé. On y va.

Pour une fois, il ne serait pas question de Grosz, ni de l'administrateur adjoint, Felton, qui venait de perdre sa femme. Honnêtement, lui. J'avais fait livrer une couronne de taille impressionnante de la part de la direction.

Je prévins Svenson qu'il pouvait disposer de sa soirée et, une demi-heure plus tard, je sortis du garage une Lincoln grise. Je pris l'autoroute la plus directe, au milieu d'un flot de véhicules.

– Il y a du monde, ce soir, dit Sandy.

Le parking était complet. Je tournai plusieurs fois près de la jetée pour trouver une place, puis je verrouillai la voiture et nous prîmes le chemin du bord de mer. La grande roue étincelante venait de s'ébranler, décrivant des cercles lumineux qui emportaient dans des compartiments étroits un public bruyant et joyeux. Les fêtes populaires m'attristaient, même à l'époque où j'étais un homme sans crime. Je préférais le surplace dans des boîtes obscures, avec des filles relax dans mes bras. C'était moins bruyant et plus efficace pour se retrouver ensuite au lit.

La jetée était le lieu de rendez-vous classique des champions de roller et des touristes savourant leur Californie de prospectus au milieu d'une foule de boutiques à souvenirs. Touristes, résidents, hippies démodés venus de Venice s'entremêlaient. La musique assourdissante m'assommait. J'avançai machinalement, tenant Sandy par le bras. Je maudissais l'idée qui m'avait conduit ici, mais je me serais senti tout aussi coincé dans un restaurant de luxe. Quoi dire quand on a tellement envie de se taire ?

– Vous êtes ailleurs, dit Sandy.

– Un peu perdu dans mes pensées, excusez-moi.

Balisé, canalisé, entouré de panneaux d'interdiction et de menaces, je rêvais d'une liberté inconditionnelle. Retrouver mes vingt ans et recommencer à rêver d'Amérique.

Le haut-parleur déversait une vieille chanson de Stevie Wonder. J'appréhendais la phrase fatidique que Sandy n'allait pas manquer de remarquer : « *I just called to say I love you* ». Je l'attendais avec exaspération. Un enfant me frôla avec une barbe à papa. Je sursautai. Serai-je un jour, moi aussi, livré aux porteurs de sucettes, et plus tard aux voltigeurs sur rollers ? Je m'arrêtai et, d'un seul coup, me jetai à l'eau.

– Sandy, j'aimerais vous épouser.

Stevie Wonder s'en mêla : « *I just called to say I love you* ». Sandy posa sur moi son regard clair.

– Vous vous sentez obligé parce que vous me l'avez proposé en Afrique ?

– Non. Je voudrais vivre avec vous.

Une fille et un garçon lancés sur leurs rollers et se tenant par la main nous forcèrent à nous séparer ; ils avaient peut-être seize ans et se croyaient les maîtres de l'espace. Je rattrapai Sandy :

– J'attends votre réponse.

– C'est sérieux ? demanda-t-elle. Vous plaisantez si souvent…

– Pas avec ça.

Je me retins d'en dire plus et j'attendis le couperet qui allait tomber.

– Oui, dit-elle.

Clac ! Décapitée, ma liberté ! Ma tête roula au loin en ricanant : « Elle t'a eu. Elle a eu son *happy end* ! »

Quatre adolescents noirs munis de transistors hurlants foncèrent sur nous, au moment précis où Sandy allait se jeter dans mes bras. Dépossédée de l'image cliché des amoureux enfin unis, Sandy s'immobilisa, désorientée. « *I just called to say I love you* », susurra Stevie. Je bouffais de la guimauve à en étouffer et je pensais à ma mère qui me répétait si souvent : « Tu n'es pas né pour être heureux. Ta sale nature ressortira toujours… » Stevie criait de toutes ses forces : « *I love you. I love you so much…* »

Sandy avait réussi à se caler contre ma poitrine. Je sentais l'odeur de ses cheveux.

– J'aimerais avoir…, commença Sandy.

Sa voix empreinte d'émotion annonçait des promesses à arracher, des garanties sentimentales à exiger. Avant le couloir de la mort, j'allais parcourir celui du bonheur. Sans issue.

– Je voudrais…

Sans doute des enfants. Un hippie resurgi des années soixante-dix me bouscula.

– *Sorry*, dit-il.

Je serrai Sandy dans mes bras :

– Tu voudrais… ?

– Ne pas avoir mal, dit-elle. Juste ne pas avoir mal.

C'était la condition la plus difficile à remplir.

Plutôt crever que de la décevoir.

Pour informer ceux qui s'intéressent à mon bizarre destin, je signale que nous sommes enfin mariés. J'ai donné une réception clinquante dans le parc de la demeure de Beverly Hills. Sandy portait une robe blanche brodée de perles, style fée de Walt Disney – elle y tenait tellement que j'avais cédé. Sa bague de fiançailles était une pièce unique créée par un joaillier italien dont j'avais aperçu une exposition quelque part dans le monde, peut-être à Florence, un jour. Un diamant et une émeraude montés sur platine pour une somme qui frôlait le million de dollars. J'étais plus que généreux : dépensier. Ce n'était pas de l'argent difficilement gagné, j'avais à ma disposition un puits de dollars. Les invités attrapaient tous la main de Sandy pour admirer cette bague unique.

Grosz, vêtu d'un costume gris clair, aurait pu passer pour le fiancé… Sa femme vint le rejoindre, petite, souriante, et prit son bras. L'homme lui appartenait. Allen, que j'avais invité croyant le désarmer enfin, faisait des photos. Ses lèvres étaient si minces de haine qu'elles ressemblaient à une ligne soulignant le nez. Roy – à qui je devais ma présence aux USA, Roy qui m'avait invité chez lui une éternité plus tôt – était là, maussade. Il me donna une tape dans le dos sans trop de conviction. Son ex-amie Kathy l'accompagnait. Toute son attitude exprimait l'espoir d'être rétablie dans son ancienne situation : redevenir la maîtresse attitrée de Roy. Quand celui-ci se mit à entreprendre un top model, fleuron parmi nos invités les plus chic, Kathy commença à se soûler. Je la fis reconduire chez elle par Svenson. Elle ne vit pas la bague de Sandy, ce qui l'aurait achevée.

La réception se déroulait dans le parc. Mais les invités pouvaient circuler dans le hall et les trois salons – l'un des buffets de champagne avait été installé près du piano condamné au silence depuis la mort d'Angie. Soudain, Sandy se précipita vers moi et se jeta dans mes bras, le souffle coupé.

– Eric, j'ai des hallucinations, des visions…

– Quoi, chérie ?

– Je crois…, j'ai vu…

Elle bégayait.

– Qu'est-ce que tu as vu ?

– Le chauffeur, le Kenyan… le type qui a voulu me tuer…

– Tu rêves, voyons.

– Akoua, il est là, au parking…

– Mais c'est une erreur !

– J'ai peur, Eric. Viens, viens vite.

Nous avons traversé en courant la foule des invités qui souriaient et laissaient le passage. On aurait dit une comédie musicale : la mariée au galop, la jupe relevée, suivie de son mari à ses trousses…

– J'ai accompagné à sa voiture une de mes amies de Berkeley, Cynthia. Et j'ai vu Akoua. Je te jure que je l'ai vu.

Le sol du parking était brûlant, les voitures fermées. Les chauffeurs, invités à un repas de fête, dînaient près des serres que Sandy avait fait installer quelques mois plus tôt. Je tentai de la calmer :

– Que ferait ici un chauffeur de brousse ?

– Je te jure qu'il était là.

Elle agrippait mon bras et cherchait mon regard. Je posai ma main sur la sienne.

– Attends, ne bouge pas.

Je contemplai ces bagnoles chic : plusieurs Rolls de collection, dont une blanche et une rose, des limousines aux vitres foncées, une Porsche, si plate, si brillante au soleil que les éclats lancés de son capot, en ricochant, heurtaient les yeux.

– Pas un seul chauffeur, ma chérie. Pas un. Ils prennent leur repas en buvant du champagne.

Sandy insistait, les mains crispées sur sa poitrine.

– Je t'assure… Je ne le confondrais avec personne. Il était là.

– Sois raisonnable. Comment ce type serait-il arrivé de Nairobi à Beverly Hills ? Juste aujourd'hui, juste pour te faire peur ?

– Je voudrais un verre d'eau…

– Viens, on va retrouver les invités.

– Robby Allen a pu le ramener ici, continua-t-elle.

Je pris un verre sur un plateau que présentait un garçon aux groupes d'invités. Tandis que Sandy buvait, j'aperçus Allen et j'entraînai Sandy vers lui.

– Vous allez être étonné, Robby. Le choc qu'a subi ma femme en Afrique est tel qu'elle a encore des visions de frayeur. Elle a cru apercevoir le chauffeur de votre société.

Allen sourit, hocha la tête et baissa le Leica qu'il tenait en main. L'appareil en bandoulière semblait bien inoffensif.

– Décidément, je suis le diable incarné, dit-il en s'adressant à Sandy. Chère madame Landler numéro trois, dit-il non sans impertinence, vous avez besoin de repos. Déjà, à Homa Bay, vous avez accusé mon chauffeur d'intentions malveillantes. Il faut vous méfier des obsessions.

– C'est lui qui vous a accusé, rectifia Sandy.

– Bien sûr, chère madame. Au bord du lac Victoria, tout peut arriver. Y compris un délire mental…

Soudain, c'était à Sandy de se défendre, et elle n'était pas de taille face à Allen.

– Vous êtes de mauvaise foi. Akoua m'a dit que vous lui avez demandé de me retarder. Vous vouliez même qu'il… qu'il… qu'il me tue.

Allen l'observa avec un air de pitié.

– Réfléchissez. Si c'était vrai, croyez-vous que je serais là pour photographier votre bonheur ? Et que j'aurais amené ce chauffeur ?

– Peut-être, dit Sandy, voulez-vous me maintenir dans un état d'angoisse.

Allen saisit la main de Sandy :

– Chère madame, vous avez tout ce qu'une jeune femme peut désirer : un beau mariage, une bague que tout le monde admire…

Il tenait fermement la main de Sandy, elle ne pouvait pas se dégager.

– Quelle merveille ! Créateur italien, paraît-il… Les journaux en ont donné les détails. Après les lions d'Angie, les diamants de Sandy.

Je serrai très fort le poignet d'Allen, qui lâcha prise.

– A quoi bon offrir un cadeau pareil si on n'accepte pas l'admiration que l'objet suscite ?

– Allons-y, Sandy.

Je la tirai par le bras pour l'éloigner d'Allen. Le photographe leva l'index :

– Pour circuler avec ça il vous faudrait un garde du corps. On tue pour infiniment moins… Pas besoin de convoquer mon chauffeur !

Il riait.

J'aurais dû me méfier. J'aurais dû faire contrôler chaque véhicule à l'arrivée. J'aurais repéré le chauffeur tapi sous les sièges de la limousine noire de Robby Allen, aux vitres foncées et munie de rideaux gris. Hélas, il m'a fallu quelques mois pour comprendre que nous étions un couple de mouches dans une toile d'araignée.

Sandy avait pris un léger calmant, elle s'était recoiffée en replaçant les fleurs dans ses cheveux, et elle retrouva la foule des invités. Nous passions d'un groupe à l'autre, saluant nos amis, échangeant quelques paroles, puis nous dansions sur une piste aménagée pour l'occasion et abritée de tentures bleu ciel, agrémentée de nuages floconneux.

La fête se termina par un lâcher de ballons multicolores qui prirent leur envol vers un ciel encore plus bleu que le décor.

Je prévins oncle Jean de mon mariage :

– Ça te fait maintenant combien de femmes légitimes ? Trois ? Félicitations ! Pourquoi faut-il toujours se marier dès qu'on a une aventure ?

Il avait quatre-vingt-trois ans, oncle Jean. Français, à son âge il aimait encore les femmes, sinon l'idée des femmes.

J'avais aménagé une longue conversation avec Annie, satisfaite de notre mariage.

– Tu as maintenant une femme légitime. Si tu meurs, tu te retrouveras avec elle auprès du Seigneur. Je vais proposer à Sandy de s'initier aux principes de l'Eglise des Saints du Dernier Jour, la seule religion qui détient la vérité. Elle sera peut-être touchée par la grâce…

– Crois-tu qu'elle a besoin d'être mystifiée…

– Quel mot sacrilège ! Elle connaîtra la lumière. Pour résister à l'existence auprès de toi, elle aura besoin d'une religion qui l'éclaire dans les difficultés de la vie terrestre.

Elle ajouta qu'il y avait eu à Loïta Plains plusieurs conversions à la religion des mormons, et que le baptême se déroulait dans un temple, à Nairobi.

– C'est là que j'ai été baptisée moi aussi par immersion.

Pour rompre mon silence, elle ajouta :

– Le poids que tu supportes, Eric, pourrait être allégé si tu voulais venir vers Jésus-Christ.

– Pas tout de suite. Merci. Tu m'as marié, accorde au moins la liberté à mon âme.

– Bien sûr, dit-elle. Tu te crois libre sans Dieu. C'est une question de temps. Méfie-toi de tout le monde. Tes ennemis ne pensent qu'à t'avoir un jour. Allen est venu, il a passé vingt-quatre heures à Loïta Plains, il a photographié le mausolée. Il était accompagné d'un détective privé, ils ont fureté partout, offert dix mille shillings à Ahmed pour des renseignements...

– Sur quoi ?

– Angie ! Ses séjours, ses habitudes... Le transport du cercueil juste avant l'inondation, Allen n'y croit pas du tout. Il faut dire qu'à l'époque il était à Nairobi. Il t'aurait fallu un don de dédoublement pour être en même temps à Naivasha et présent à l'exhumation. Pour le moment, je l'ai neutralisé. Je lui ai dit que j'ai assisté à cette cérémonie en compagnie d'un prêtre.

– Tu as dit ça ?

– Parfaitement. Plus ils te persécutent, plus je deviens inventive.

– Pourquoi fais-tu tout cela pour moi ?

– Par intérêt.

– Quel intérêt ?

– Le temps t'apportera la réponse.

Grâce à Sandy, la maison de Beverly Hills prenait des aspects plus aimables de jour en jour. Un jour, elle s'était aventurée en ma compagnie dans les appartements privés d'Angie. Lorsqu'elle aperçut ces pièces blanches, elle eut un réflexe de recul.

– Il faut liquider tout cela, dis-je.

Le dressing-room regorgeait de vêtements coûteux.

– Je ne veux pas y toucher, dit Sandy.

Je fis un geste qui englobait la pièce :

– Si des voleurs emportaient tout... A moins de vendre la maison et de partir.

– Elle nous suivra, dit-elle, fascinée par les arbres dont les branches et le feuillage plaqué sur les vitres projetaient des reflets verts.

Depuis qu'elle suivait les enseignements d'une jeune femme, missionnaire de l'Eglise des Saints du Dernier Jour, elle était plus détendue, l'espoir d'une présence divine desserrait l'étau d'angoisse dont elle se plaignait.

Elle réussit à faire emporter les statues nues du hall. Roy Hart en prit trois pour sa propriété de Monterey, Kathy fit déposer la quatrième dans un garde-meubles. Les deux qui nous restaient, je les fis emballer et, avec l'aide d'une petite grue mobile, transporter et entreposer dans l'un des garages.

Sandy considérait la maison comme jadis la société. Elle pensait à tout et soignait chaque détail. Un matin, j'entendis le bruit reconnaissable d'un plongeon. Je l'aperçus d'une des fenêtres qui s'ouvraient de ce côté : elle nageait dans la piscine azur un crawl harmonieux. Elle sentit mon regard, s'arrêta, émergea et fit un petit signe.

Je vivais dans une fausse quiétude ponctuée par les appels d'Annie à qui je devais raconter en détail les changements intervenus dans la maison, le personnel, la marche de l'entreprise. Elle ne me maternait pas, ne me surveillait pas : elle se renseignait, et je ne connaissais toujours pas la raison de cette pesante sollicitude. De son côté, elle me tenait au courant des événements d'Afrique. La structure humaine et sociale qu'elle avait conçue commençait à fonctionner.

– Je suis aidée par des missionnaires mormons. Ils font un magnifique travail. Nous espérons beaucoup de conversions…

Un matin, alors que je m'apprêtais à partir pour Downtown, le maître d'hôtel suédois engagé sur les recommandations de Svenson annonça la visite d'un homme dont il n'avait pas compris le nom.

– Qu'est-ce qu'il veut ?

– Quelque chose d'officiel, monsieur, si je ne me trompe.

– La police ?

– Peut-être.

Je traversai le hall. Dans l'embrasure de la porte, un jeune homme d'aspect agréable me demanda si j'étais Mr. Landler.

– Oui.

L'homme me glissa dans la main un document et se retira. J'avais sous les yeux un ordre de perquisition de la maison du lac Tahoe. Si je voulais être présent… Pour sauver la face, je devais jouer le tricheur indigné et sûr de lui.

J'appelai Kidmann. L'avocat était désolé. Il protesta auprès du juge de Reno qui avait donné l'autorisation. En vain. Je devais aller affronter la fin. Je glissai mon revolver dans mon attaché-case. J'étais décidé, au moment où ils déplaceraient la table de la terrasse, à me tuer d'une balle dans la bouche.

Sandy m'accompagnait, silencieuse. Nous prîmes l'avion de la société jusqu'à Tahoe City, ensuite une voiture de location. Il fallut bien plus d'une heure pour arriver au but. Sandy me dit :

– Tu verras, ils se traîneront bientôt à tes pieds pour te présenter leurs excuses.

Je ne répondis pas.

Mrs. Brown était déjà présente sur les lieux. Frémissante, elle déversait des flots de paroles sans même attendre une réponse. L'affaire s'annonçait sensationnelle. Attachée à nos talons, elle répétait :

– Monsieur Landler, je suis navrée ! C'est incompréhensible. Selon vous, qu'est-ce qu'ils cherchent ?

– Peut-être les archives. Des documents qui concerneraient la firme…

Elle prit un ton confidentiel :

– Il y a une bande vidéo qui circule. C'est ce qu'on raconte.

– Un montage ignoble.

Trois policiers montaient la garde devant la maison ; un quatrième, sorti de sa voiture en stationnement, me salua. Deux agents, descendus d'une camionnette, portaient des pelles. Je savais que dans l'heure j'allais me suicider.

– C'est pour quoi faire, les pelles ?

J'avais posé la question avec un sourire.

– Pour la terrasse, monsieur Landler.

– Vous voulez planter des fleurs ?

– On obéit aux ordres.

J'entrai avec eux, jouant la carte de la cordialité :

– Prenez votre temps. Je vais préparer un plateau et vous servir des rafraîchissements.

– On n'a pas le droit de boire en service.

– Même un café ? Peut-être en voulez-vous aussi, madame Brown ? Et toi, Sandy ?

Les deux femmes me regardèrent, silencieuses. A l'étage au-dessous, je rejoignis ma chambre où j'avais passé une seule nuit, déposai l'attaché-case sur la couverture et l'ouvris : le revolver n'y était plus. Je crus entendre crier. C'était moi. On avait volé ma mort. J'étais privé de ma liberté de crever.

Je réprimai une envie de vomir. Je ne supporterais pas d'être le criminel vedette traîné dans la boue devant toute l'Amérique. Le fait que Kidmann ne m'ait pas appelé était un mauvais présage. Il allait sans doute me recommander un confrère, un spécialiste des affaires criminelles. Le défenseur des assassins riches.

Je faillis bousculer Sandy, qui me rejoignait. Elle me dit quelque chose, elle voulut me retenir par le bras, je me dégageai :

– Plus tard.

Je remontai les marches, parcourus le couloir, traversai le vestibule. Enfin la sortie ! Je ralentis et souris : il fallait paraître naturel. J'échangeai quelques mots avec un policier navré à qui j'assurai que je n'étais pas choqué par cette intrusion dans ma vie.

Je fis un tour au salon. Par l'ouverture de la double porte, j'aperçus les deux hommes qui s'affairaient sur la terrasse. Du bout arrondi de leur pelle, ils tâtaient le sol. Je m'enfermai dans les toilettes du vestibule.

A pas lents, je sortis et me dirigeai vers le parking. Il y avait déjà trois voitures ; la camionnette de la police de Reno était arrêtée plus loin. Sandy apparut, je lui dis à mi-voix :

– Attire leur attention. Fais en sorte que je puisse partir.

– Où ? dit-elle.

– Juste me calmer un peu.

– Eric, il faut que je te dise…

– Non.

– Je t'en supplie, écoute-moi une seconde… Je vais t'accompagner…

Le représentant du juge qui avait délivré le permis de perquisition arriva juste à cet instant. Il me salua, interrompant le débit saccadé de Sandy. Je me montrai cordial :

– La maison est à vous…

– Vous ne voulez pas rentrer ? demanda-t-il, incertain.

– Je préfère regarder le paysage… Quand on ne comprend plus les êtres humains, il vous reste les arbres, la nature…

– Je vous accompagne à l'intérieur, dit Sandy.

Des bribes de mots me parvenaient.

– Navré… malentendu… malveillance… le juge sévère… des dénonciations…

Je me faufilai jusqu'à ma voiture, m'y glissai et tournai la clef de contact. Le moteur émit un bruit à peine perceptible. Il fallait quitter le parking, repousser le moment où on me lirait mes droits : « Vous pouvez garder le silence, tout ce que vous direz peut être utilisé contre vous. Vous pouvez appeler un avocat… ».

J'avais sur moi trois mille dollars en espèces. Où aller ? Je fonçai sur la route. Reno, puis Los Angeles ? Ou le premier avion pour l'Europe et continuer vers le Kenya ? Appeler Annie et lui annoncer que c'était la fin de mon parcours ? Du délire. Les ordinateurs et les fax m'encercleraient, mes photos seraient transmises partout. Quel que soit l'endroit, à peine arrivé, je serais arrêté. J'étais un homme fini.

Le soleil de montagne m'aveuglait. Si, dans un tournant, je fonçais contre le parapet pour m'écraser en dessous ? Brûler vif ? Non, *please*. Angie était revenue me chercher, son fantôme m'accompagnerait jusqu'à l'explosion de ma vie.

J'accélérai. Cent trente kilomètres sur le compteur, la police routière allait m'arrêter. Où était mon revolver ? J'avais vraiment la certitude de l'avoir glissé dans l'attaché-case. Je voyais à travers un voile, je me rappelai un chemin de terre peu utilisé – une ouverture dans la bande de sécurité permettait le passage, à peine visible pour les non-connaisseurs. C'était là, oui…

une seconde encore et je le rate. Je braquai le volant et quittai la route pour m'enfoncer dans un chemin de forêt. Je frôlais les arbres, je malmenais les arbustes et au milieu des bosquets, bloqué par deux jeunes arbres couchés, leurs troncs allongés enfouis dans une verdure affolante de pureté et d'abondance, je m'arrêtai. Je restai immobile au volant. Sur le pare-brise venait de s'aventurer une sorte de papillon des forêts, pas beau mais sûr de lui. Il se déplaçait sous mon nez.

En creusant, trouveraient-ils d'abord les osselets des mains ou le crâne d'Angie ? Je voyais son nez si fin, sa bouche vorace. Lorsque je l'avais mise dans la terre, ses cheveux me touchaient. Le visage d'Angie... De ses yeux teintés d'or, de vert et de bleu, il ne restait rien que des orbites noires. Depuis des années, je rencontre dans mes cauchemars ces orbites sans regard. Juste deux trous noirs.

Je serrai le frein à main, enlevai la clef de contact et quittai le véhicule. Je continuai à pied. J'arrivai vers l'une de ces maisons chic nichées dans la verdure qu'on appelait « maisons de la forêt ». Je connaissais de réputation ces propriétés luxueuses, des cottages camouflés et préservés par les arbres, dont l'obscurité était le charme. Parmi les arbres sacrés vivait quelques semaines par an une société de taupes très riches. La maison la plus proche, pratiquement cachée derrière les hêtres et les érables, était évidemment fermée. Il y avait par ici peu de systèmes d'alarme. Les riches se meublaient pauvre pour ne pas craindre les cambriolages.

Je pus casser la vitre de la porte, glisser ma main à l'intérieur et tourner la poignée. Je me trouvai aussitôt dans un endroit préservé. Pas de vue, pas de lac, pas de terrasse – une prison d'arbres et de buissons géants.

Je trouvai la cuisine, je bus un peu d'eau. Lorsqu'ils ratisseront les environs, ils découvriront ma voiture.

A cet instant, sans doute avaient-ils déjà retrouvé les ossements d'Angie Fergusson que son mari français avait, dans une crise de colère, tuée. Je tombai à genoux et, dans une cuisine inconnue, près d'une chaise en plastique, je pleurai. Ces pleurs étaient dus à une peur à peine supportable du système juridique et des prisons américaines.

Comment supporter le procès transmis à la télévision, l'étalage de mon adolescence pauvre, la cruauté de ma mère ? Et qui y croirait ? Il n'y a que des fils cruels. Les mères, c'est rare. Une mère cruelle, ça ne se trouve pas comme ça. Et pourtant, si. Est-ce qu'ils citeront au banc des témoins oncle Jean qui racontera : « Un gentil garçon ambitieux. Est-ce une faute ? Quel travailleur, messieurs-dames, quel travailleur ! Hélas, sa tête était pleine d'Amérique… » Je pleurais dans une cuisine standard, plutôt moche. Tout ce qu'ils font ici doit avoir le goût du métal. Pas une âme, pas un insecte, pas un chat, pas un rat. Juste Eric Landler dans l'obscurité verdâtre d'arbres accusateurs.

Je fouillai les tiroirs qui me tombaient sous la main, à la recherche de somnifères. Rien. Juste des produits pour la digestion. Vers neuf heures du soir, encore libre, je m'expulsai dehors. Je remontai vers l'endroit où j'avais caché la voiture, et je la retrouvai, les freins bien serrés. Je démarrai. J'étais encore libre et je roulais.

Je m'arrêtai devant un coffee-shop bon marché de Tahoe City, m'installai devant le comptoir et demandai un café. Je choisis une espèce de gâteau d'usine sous cellophane, que je dévorai. Si je voulais vivre, il fallait me sauver d'ici. Un homme seul peut gagner quelques heures. Il faut juste éviter les endroits où on l'attend. Continuer vers Reno. Là-bas, il y a du monde. Des putes et des motels à bas prix, beaucoup d'avocats.

Ce n'était qu'une solution pour quelques heures.

J'aurais dû planquer du fric à un endroit où on ne planque rien. A Madagascar. Un compte secret à Madagascar. A Tananarive.

Je continuai sur l'autoroute et, comme dans le plus parfait des cauchemars, me retrouvai près du motel dont un panneau vantait les mérites : « Chambre : 39 dollars. Télé couleur. Breakfast : 3,50 dollars ». Je m'y étais casé des années plus tôt. J'avais jeté le manteau d'Angie. L'absurde con qui jette un manteau dans une poubelle et croit que l'affaire est réglée.

J'avais passé la nuit ici, entre Las Vegas et le lac Tahoe, après l'homicide involontaire. Voilà la réception. Le type ressemble à un cafard debout sur ses pattes arrière. Il me regarde, j'attaque net.

– Une chambre.

– Trente-neuf dollars.

Je lui jette l'argent sur la table ; de mauvaise grâce, il me donne une clef, et je me précipite vers la salle à bouffer. L'air y est gras et sent l'œuf mijoté dans l'huile sans cesse réchauffée. Deux femmes dans un coin, genre touristes égarées, mangent. Qu'est-ce qu'elles foutent ici, ces deux bonnes femmes ? Touristes ? Elles ne *devraient* pas être là. Elles auraient pu continuer jusqu'à Reno. Pourquoi voulais-je réorganiser la vie de tout le monde quand je ne savais même pas organiser ma propre mort ?

La télévision marche, muette. Je découvre l'image de la route qui mène vers la maison du lac Tahoe. La journaliste qui tient le micro parle sans son. Je cherche les boutons comme un fou, en vain. La femme au micro parle et je vois la maison. Je reste dans le brouillard. Je m'acharne. Les deux touristes me regardent, indignées. Elles parlent, elles. Suédois ou danois.

Je vais dans ma chambre, je m'effondre sur le lit. Même pas une odeur de désinfectant. Juste un très vague relent de moisissure. Je n'ai pas envie de me laver, je sens ma barbe pousser. Si je devenais clochard pour quelques heures, je pourrais échapper à la police, aux avocats, au tribunal, aux femmes, à la chaise électrique. Un sommeil profond et sans rêves me paralyse. Sommeil refuge. La conscience en panne. Le repos pour mieux souffrir ensuite.

De loin et de plus en plus près, on frappe. On défonce la porte. Hébété, j'ouvre. Deux policiers se tiennent dans l'embrasure. Un peu de salive sur mes lèvres. J'ai trop de salive.

– Monsieur Landler ?

– Oui.

– Si vous vouliez…

Je lève la main :

– Pas la peine de continuer. J'arrive.

Mon parcours se termine.

– Ne me dites rien.

Sans doute parce que je suis docile, on m'épargne la lecture de mes droits et les discours. A un policier qui voudrait me parler, je hoche la tête :

– Rien, s'il vous plaît.

Ma situation de grand patron et président d'une société puissante les ennuie. J'ai donné, *the last* Noël – pardon, je rectifie, je ne sais plus en quelle langue je parle. Est-ce que la folie est un refuge ? –, donc j'ai donné à Noël, il y a un an, deux cent mille dollars aux œuvres pour les enfants de policiers morts dans la rue.

Se remémorer les clichés que tout le monde connaît. Tous les Américains et les résidus des résidents. Aucune déclaration sans avoir consulté un avocat. Ne rien signer, ne rien dire. S'enfermer dans un mutisme total.

Nous arrivons à Reno, retour à la case de départ. On me conduit au palais de justice, un bâtiment plutôt modeste. La presse n'a pas dû être prévenue, les environs sont calmes. Quel était le sujet du reportage muet à la télévision ? J'allais le savoir. Je m'imaginais déjà sur tous les petits écrans de la Californie, et avec le décalage, à New York des flashes d'informations auraient annoncé que le Français qui a si bien réussi sa vie professionnelle, et surtout son mariage avec une richissime Américaine, est présumé criminel.

Tout était contre moi, y compris l'existence d'un attaché-case qui contenait les bijoux qu'Angie prenait, elle, lors de ses déplacements. Le manteau qu'elle avait porté, je l'avais jeté, mais les bijoux se trouvaient, depuis des années, dans un coffre au sous-sol d'une banque de Las Vegas. Le coffre était sous code, mais à la location, j'étais obligé de dire mon nom. La banque n'empêchera pas les investigations d'une poursuite pénale. J'aurais dû prendre ces bijoux et les jeter dans le lac Mead. Je ne l'ai pas fait, je ne sais pas pour quelle raison. Je payais la location de ce coffre, en espèces, tous les deux ans.

– Monsieur Landler ?

J'étais tellement raide de peur qu'on dut m'aider à quitter la voiture.

– Bien sûr, ai-je marmonné.

Encadré par un policier en uniforme et un autre en civil, je me dirigeai vers les marches du palais de justice. Après le hall, je fus orienté discrètement vers un bureau situé au bout d'un couloir latéral. Ces deux policiers m'avaient épargné les menottes, mais franchement, avais-je l'air de quelqu'un qui a envie de fuir ? L'un des policiers avait signalé par son téléphone portatif notre arrivée. On m'ouvrit une porte, je me trouvai dans une grande pièce.

Je vis le juge, sans doute celui qui avait délivré le permis de perquisition, le juge Perkins. Il était connu pour son sens de l'honneur. Insensible à l'argent, au pouvoir, intouchable par les hommes politiques, n'ayant aucune ambition d'être gradé dans la hiérarchie juridique, c'était le pire des adversaires. Descendant de pionniers, il en avait gardé deux cents ans de principes et de rigueur. Il était de taille moyenne, à peine grisonnant ; ses lunettes à monture en métal bon marché lui prêtaient un aspect sévère. Il semblait pourtant légèrement énervé : évidemment, j'étais une prise de tout premier choix.

Il venait de se lever. Deux personnages, dans la pièce, exhibaient des visages empreints de gravité qui me faisaient suffoquer. Perkins s'avança vers moi. Je voulais parler. Avant lui. Tout dire. Que ça cesse. Pendant quelques secondes, j'admis la ferveur exaltée de ceux qui se confessent pour se soulager enfin d'un poids insupportable. Les premiers et les derniers chrétiens. Ceux qui croient à l'absolution.

– Monsieur le juge…

– Monsieur Landler ?

Il avança vers moi. J'allais me libérer.

– Monsieur le juge, vous aviez…

Il intervint :

– … tort, monsieur Landler. J'en suis conscient. Et je vous exprime ma gratitude de vous être déplacé pour vous rendre ici. Je voulais vous présenter mes excuses en présence du procureur et de représentants du FBI. Si j'ai abusé de votre amabilité et sollicité votre déplacement ici…

Avais-je bien entendu ? Je commençai par me taire, le temps de comprendre ce qui se passait.

– Monsieur Landler, reprit le juge, je le répète : je vous présente nos excuses. Il arrive rarement dans notre profession qu'on se trompe si gravement. Nous avons bouleversé votre intimité, nous avons effrayé votre épouse, qui est actuellement sous perfusion à l'hôpital de Reno. Elle craignait que cette absurde perquisition ne vous incite à accomplir un geste irrémédiable.

J'avais besoin de la ressource nationale du Français : piger à la seconde même. La moindre lenteur, et c'est la trappe. Même dans ma langue maternelle, j'aurais eu besoin d'un minimum de temps pour absorber, digérer et résoudre l'énigme. On a beau être totalement bilingue, quand il s'agit de la vie, les mots vous étranglent. J'écoutais cette langue américaine un peu nasale, ces expressions juridiques, ces excuses. Ma synchro était détraquée, il me fallait passer chaque mot du canal anglais sur le français. De quoi parlent-ils ? Ces gens s'excusaient ? La seule phrase sans risque que je pus prononcer fut :

– Comment va ma femme ?

Tandis que Perkins me rassurait sur l'état de Sandy, Lomel fit irruption dans la pièce et se tint un peu à l'écart. Puis, autorisé par le juge et le procureur qui ne cessaient de répéter qu'ils étaient tous les victimes d'une hystérie généralisée, il vint près de moi :

– Moi aussi, je vous présente mes excuses, monsieur Landler. Je m'enferrais dans l'erreur. Les preuves semblaient recevables, je dirais même péremptoires.

Le juge se tourna vers moi :

– Si vous voulez l'écouter…
– Je l'écoute.
– Monsieur Landler, par hasard, j'ai eu en main le manteau que vous avez jeté…

Ça y est. Je me glissai dans mon épiderme de rechange.

– Je ne sais pas de quoi vous parlez. De quel manteau ?
– Celui d'Angie. En jersey de soie. Trouvé dans la poubelle d'un motel. Les analyses ont confirmé que la terre contenue dans les fibres est la même que celle de votre terrasse, à la maison du lac Tahoe.

Il ne fallait pas m'emballer :

– Comment saviez-vous que c'était la même terre ?
– Présomption.

Il avait dû se procurer de la terre sans autorisation. Donc : preuve nulle.

– Présomption ?
– Vous savez, une bande circule… Vous avez jeté une chaise contre votre femme, qui est tombée…
– Et alors ?
– Elle est tombée dans ce manteau…
– … qu'elle a jeté en effet dans une poubelle du motel, ai-je dit. Elle voulait effacer une désagréable scène de ménage.
– Elle l'a jeté sans enlever la broche. Une tête de lion.
– Ma femme en avait plusieurs. Elle avait oublié celle-là. C'est tout.

Le juge intervint :

– Le photographe Robby Allen était persuadé qu'Angie Fergusson était enterrée dans la terre de la terrasse.

Il ajouta, gêné :

– Evidemment, nous n'avons rien trouvé.

Je dus réprimer un spasme. Il fallait rester calme, impassible. Il n'empêche que je ne comprenais rien.

– Je regretterai cette erreur toute mon existence, dit le juge.

Leur humilité était sincère. Seul Lomel avait l'air plutôt dubitatif, et son regard se teintait d'une sorte d'admiration. Non, je me faisais des idées. Disons : une sorte d'attention. J'avançai sur un tapis de peaux de banane.

– La perquisition, donc, ne vous a rien appris ?

J'inspectais chaque mot avant de le prononcer. J'étais un chien, je reniflais les reliefs des phrases, les virgules, les points-virgules. Ne pas me trahir.

– Monsieur Landler, reprit le juge, nous allons remettre la terrasse en état. Une pelle a choqué fortement l'un des tuyaux, suspecté d'être la raison d'une inondation récente.

– Je ne peux pas croire que vous cherchiez vraiment…

– Si. Le corps ou, disons, la dépouille de votre femme.

– Nous avons reçu des lettres anonymes qui émettaient l'hypothèse que votre femme Angie était enterrée là, ajouta le procureur.

– Je suis bouleversé. Ma chère femme est tombée et je l'ai tenue dans mes bras jusqu'au moment où elle s'est trouvée réconfortée.

Je cherchai du regard une chaise, j'en repérai une et me dirigeai vers ce meuble banal et stupide qui me sauvait parce que, assis, je pus mettre mes coudes sur mes genoux et cacher mon visage dans mes mains :

– Quelle horreur !

– Monsieur Landler, allez-vous déposer plainte contre…

– Contre le photographe ? Déjà en Afrique, il voulait me faire chanter. Il croyait avoir trouvé une source d'argent et il me réclamait des sommes folles. Comme j'ai toujours refusé, il s'est vengé.

Le juge marchait de long en large :

– J'ai pensé à démissionner…

Un soupçon hautain, je m'approchai du juge et lui tapai légèrement dans le dos :

– Restez, juge Perkins. Vous avez été influencé par une hypothèse. N'empêche… vous auriez pu découvrir un crime abject…

– Monsieur Landler, merci de votre indulgence. Qu'est-ce que j'ai fait ? Cette autorisation, il fallait me l'arracher. N'est-ce pas, monsieur Lomel ?

– J'ai énormément insisté, c'est exact.

Je me tournai vers l'élégant jeune homme, plus étonné que gêné.

– Vous me croyiez coupable, monsieur Lomel ?

– Par imprudence, crise de colère, violence paranoïaque… oui, coupable.

Je le regardai, impassible.

– L'erreur est humaine, Lomel.

En sortant, je faillis m'étaler sur une marche ratée.

– Vous avez pu penser que quelqu'un d'aussi maladroit que moi aurait été capable de tuer sa femme ?

Lomel m'accompagna jusqu'à une voiture qui devait m'amener à l'hôpital retrouver Sandy.

– Je serais content de vous revoir, monsieur Landler… en ami.

– Vous répondriez quoi, à ma place, Lomel ?

Il resta muet et souriant. Il n'avait pas encore abandonné. Sacré Lomel.

Je retrouvai Sandy à l'hôpital de Reno. Elle avait eu une crise d'arythmie cardiaque.

– J'ai eu un tel choc, Eric.

Elle semblait frêle, éprouvée. Je contemplai avec tendresse son visage fin et ses cheveux abondants, sur l'oreiller.

– J'ai pris ton revolver. Tu ne devais pas commettre un geste si… atroce.

– Sandy, je te promets une vie plus paisible.

– Merci, Eric.

Pour survivre gracié, il fallait entrer dans un univers absurde. Je jouai la comédie de l'homme heureux ; mais en secret avec moi-même, jour et nuit, je reconstituais la scène du meurtre que j'avais commis. J'avais enterré ma femme Angie dans la terre de la terrasse, le squelette – ou ce qu'il devait rester de son être physique – n'était plus où je l'avais enfoui. Je devenais distrait, on devait me rappeler à la réalité lors des réunions, je n'entendais pas les questions ; plusieurs fois Grosz dut me toucher le bras ou la main pour me ramener sur terre. Alors je me confondais en excuses, j'inventais des maux de tête et accusais les calmants que j'aurais pris d'une manière exagérée.

Il y eut quelques échos dans les journaux populaires, juste des allusions et des sous-entendus prudents. Kidmann était foudroyant : il frappait immédiatement les indiscrets et empêchait la rumeur de grandir.

Demander l'aide de Sandy ? J'aurais dû tout lui avouer mais elle m'aurait quitté. Souvent, le soir, je la prenais dans mes bras puis je me détachais, en la priant de m'excuser et en lui affirmant que mes défaillances n'avaient rien à voir avec mon amour pour elle. J'étais épuisé, devenu pour elle et pour ma société un homme taciturne qui ne vit que pour son travail et sa femme. Les nuits me trahissaient, je me réveillais en sueur au milieu de cauchemars. Sandy m'apaisait, son corps s'alignait sur le mien, elle me pansait avec sa tendresse.

L'énigme me détruisait. Je méritais sans doute cette punition raffinée. Je devais me forcer pour rester aimable, sinon poli. Mon secrétariat en souffrait : la femme assez revêche qui avait pris la place de Sandy en savait quelque chose. Devant les manifestations de sympathie de Grosz, je me dominais difficilement.

Annie avait écouté sans trop de commentaires le récit de cette perquisition au résultat incompréhensible.

– Tu ne crois pas aux miracles ?

– Non.

– Je ne sais pas ce qu'il te faut ! Réfléchis à la grâce et remercie le Seigneur.

Lorsque Di Arraro m'appela au sujet de son offre d'achat, je lui donnai rendez-vous au lac. Cette visite était un prétexte pour revoir la maison et réexaminer la terrasse ! Il vint accompagné d'une jeune femme qui s'ennuyait ferme, après avoir exprimé une opinion très défavorable sur les lieux. Grande, frêle, d'une blondeur insolente, elle avait des yeux de sirène, des articulations très fines ; ses cheveux raides effleuraient ses épaules.

– Comme je vais l'épouser, il vaudrait mieux qu'elle soit d'accord, expliqua Di Arraro, soucieux.

– Epouser ?

Pendant que la présumée Suédoise s'égarait sur la terrasse, Di Arraro m'expliqua :

– J'ai soixante-deux ans, elle en a quarante de moins. Lors de mes futurs pontages cardiaques, elle aura l'énergie de me veiller. C'est le grand truc des vieux riches, vous le saurez un jour, de s'assurer une présence jeune, intéressée. Mais attention : jusqu'au dernier souffle, il faut les laisser dans l'incertitude de l'héritage. Sinon elles s'en vont.

– Vous avez une étrange idée de l'humanité.

– Etrange ? Exécrable, dit-il.

Pendant qu'il visitait la maison avec la belle et froide fille de vingt-deux ans, de mon côté j'auscultai la terrasse. A quatre pattes sur le sol humide, je passai mes paumes sur la surface, je caressai presque le socle de la table.

– Vous avez perdu quelque chose ? demanda Di Arraro, de retour.

– Je croyais...

Il n'insista pas.

– Je prends congé, cher ami. Je n'achèterai pas la maison. Cette beauté – il désigna la fille – veut une piscine, un parc, de l'espace pour son jogging. Je suis navré.

– Je vous en prie, c'est votre droit absolu.

La jeune femme s'impatientait sur le seuil de la porte-fenêtre ouverte sur la terrasse.

– Louis, dit-elle, Louis, on peut s'en aller ?

Dès le début, elle évitait même de me regarder. Quel était son problème ? Je compris plus tard que je n'étais pas encore assez vieux pour l'intéresser. Il lui fallait un papa milliardaire. Louis, richissime, cynique et généreux, avait obéi à l'appel. Bientôt j'entendis le démarrage de leur voiture de sport de grande classe qu'elle conduisait, elle. Une Ferrari. Sans doute déjà un cadeau.

Kidmann m'avait annoncé que bientôt le procès en diffamation intenté au photographe allait avoir lieu, qu'il lui « pèlerait la peau » et qu'à l'apparition éventuelle de chaque copie de cette moitié de cassette, il devrait payer une fortune.

Au cours d'une de mes nuits envahies de questions éternellement répétées, la sonnerie du téléphone me tira d'un cauchemar. Je dis à Sandy de continuer à dormir. Elle se retourna mais je savais que ses yeux étaient ouverts parce qu'elle avait une respiration réveillée. Je décrochai et entendis la voix d'Annie.

– Pardon de troubler ta nuit mais il faudrait que tu viennes ici. C'est très urgent.

– Tu es malade ?

– Un peu.

Elle me dicta l'adresse : un quartier résidentiel de Nairobi.

– Je suis chez mes amis hindous, ils me soignent. Tu dois venir, Eric. Jette un pyjama dans une valise et arrive !

– Je prendrai le premier vol.

Je raccrochai, Sandy se tourna vers moi :

– Que veut-elle ?

– Que j'aille à Nairobi.

– Je peux venir ?

– Non.

L'avion arrive toujours en avance à Nairobi. Je débarquai dans un monde noir au milieu d'une nuit noire, au centre de regards noirs, de présages noirs.

Le chauffeur de taxi conduisait d'une manière heurtée – coups d'accélérateur, coups de frein. Nairobi était éclairé juste par les phares des véhicules. Il avait dû pleuvoir, tout était luisant, glissant, bruyant. Ayant traversé la ville, le chauffeur roulait dans un quartier résidentiel à la recherche de l'adresse et il s'arrêta devant une maison de style colonial. Des riches Anglais devaient habiter ici. Il était à peine sept heures.

Je sonnai. Un employé hindou m'ouvrit le portail, je traversai le petit jardin, franchis le seuil de la maison. L'intérieur sentait l'oignon et l'encens ; je fus reçu dans le hall par une femme de taille moyenne. Dans son visage serein, au milieu du front, un point bleu indiquait son appartenance sociale et religieuse. Elle était l'amie d'Annie, expliqua-t-elle, je devais monter directement au premier étage, on allait nous servir du café ou, si je voulais, du thé.

Je montai et frappai à la porte qu'on m'avait indiquée. Annie, couchée, me souriait de son lit. Elle était d'une maigreur inquiétante. Je me penchai sur elle, je l'embrassai sur les joues.

– Tu es malade ?

– Une crise de malaria de plus. Le climat ne me convient pas du tout Au lieu de m'habituer, je m'abîme.

– Tu permets ?

Je pris une chaise. La femme hindoue nous apporta sur un plateau du thé et du café. Lorsqu'elle quitta la pièce, Annie me dit :

– C'est ma meilleure amie, mariée à un antiquaire. Ils vivent des touristes. Ils ont un médecin excellent, c'est lui qui va me guérir. Je t'ai appelé à cause de la terrasse.

Je cessai de respirer quelques secondes.

– Un exploit, grâce à Ahmed.

– Je t'écoute.

– Sandy m'a prévenue depuis des mois que tu possèdes un revolver. Il fallait t'empêcher de te suicider. Mais on ne pouvait pas non plus te mettre au courant.

– Sandy savait quoi ?
– Qu'il fallait subtiliser l'arme.
– C'est tout ?
– Ce n'est pas tout. Sandy…
– Si tu pouvais laisser Sandy en dehors de ce passé…
– La laisser en dehors ? Sans elle, nous n'aurions jamais réussi. Elle était la complice idéale.
– Tu me fais frémir !
– Elle nous a donné les clefs de la maison du lac Tahoe, le plan des lieux, la manière de soulever la table…
– Annie, cesse de me tourmenter.
– Il y a un cric spécial au sous-sol. Le père Fergusson avait tout prévu, sauf que son acquisition serait un jour la pierre tombale de sa fille.
– Qu'avez-vous fait ?
– Nous avons loué à Mrs. Brown, il y a un an, un chalet voisin pour un prix faramineux. Je jouais le rôle de l'intendante-chef d'un potentat africain entouré de serviteurs : Ahmed et deux Kenyans. Je prétendais chercher une propriété de grande classe. La mère Brown planait de bonheur. La deuxième nuit, nous avons pénétré dans la maison des Fergusson grâce aux clefs de Sandy et nous avons mis la dépouille mortelle d'Angie dans un cercueil de taille réduite.
– Les Kenyans ont accepté de participer à cette opération ?
Elle esquiva la réponse :
– Il était très difficile de déplacer la table, même avec le cric spécial. On n'a toujours pas compris comment tu as réussi seul, mais il paraît que la folie ou la peur décuplent les forces.
– Sandy sait, pour Angie ?

– Oui.

– Depuis quand ?

– Depuis longtemps, je crois. Mais elle t'aime si fort.

– Tu as pris le corps d'Angie…

– C'était une épreuve atroce. Les mains gantées et les yeux en larmes, nous avons placé ce qui restait d'elle dans un tissu blanc.

– Le transport ?

– Nous avons convaincu – à l'aide d'une somme importante – une entreprise de pompes funèbres de nous délivrer les certificats nécessaires. Une compagnie aérienne privée nous a ramenés à Paris. Ensuite une autre compagnie a accepté le cercueil. Tu m'as toujours donné beaucoup d'argent, j'ai pu tout acheter. On a ramené Angie, elle est au mausolée.

– Pourquoi Sandy ne m'a-t-elle rien dit ?

– Dire quoi ? Elle est ta complice jusqu'à la fin de ton – ou de son – existence.

De nouveau, m'envahit ce sentiment détestable d'être l'otage absolu de mon crime. Je devenais la propriété de celles qui savaient et sauvaient. Le miracle était lourd.

– Et la cassette ? La deuxième ?

Elle eut un geste d'agacement.

– Tu veux tout. Tout de suite. Allen a failli faire supprimer Sandy, pensant qu'elle avait la cassette. Laisse tomber.

– Angie est au mausolée…

J'arpentais la pièce, éprouvant la honte de ma vie. J'avais froid et chaud. J'étais malade :

– Annie, pourquoi veux-tu absolument me sauver ?

Elle hocha la tête :

– Il y a une raison. Ce n'est pas l'argent, ce n'est pas l'amour, ce n'est pas la satisfaction personnelle. Tu le sauras plus tard.

J'étais choqué.

– Sandy me fait peur, dis-je. Comment pourrais-je la croire, désormais ? Elle dissimule tout. Depuis le temps qu'elle joue la comédie auprès de moi…

– C'est pour t'épargner. Si elle avait piqué des crises de nerfs, des crises d'hystérie, tu aurais fait quoi ? C'est une femme de tête. Il n'y en a pas deux comme elle.

Elle se leva et passa une robe de chambre en soie colorée :

– Eric, tu as tout donné. Tout ce qu'Angie souhaitait. Il y a l'école, les centres sociaux, tout un village autour de Loïta Plains et, quand je m'effondre de fatigue – injustifiée d'ailleurs, parce que je suis servie comme une princesse –, je vais près du mausolée et je réfléchis. Ahmed vient aussi, nous regardons la savane et on sait que Dieu existe. Tu peux t'apaiser.

Sandy m'attendait à l'aéroport de Los Angeles. Je m'approchai d'elle. Elle tendit son visage comme un animal son museau.

– Elle t'a tout dit, Annie ?

– Oui.

– Tu m'en veux ?

– Oui.

– Tu pourras me pardonner ?

– Et toi ?

Elle me serra la main. Le tapis roulant ramena ma valise légère, je la jetai sur un chariot, nous sortîmes et prîmes place dans la limousine. Devant le portail, je dis à Sandy :

– Si tu veux, on va vendre cette maison et aller ailleurs. Je l'ai trop vue. Elle ne nous porte pas bonheur.

– On fera ce que tu voudras, dit-elle, mais attendons encore.

Nous n'étions pas bavards. Nous échangions juste les mots nécessaires.

La vie se calma autour de nous. Le jardinier allait se marier avec une Mexicaine clandestine – je devais obtenir l'autorisation. Selon les rumeurs, le photographe avait une maladie grave, ce que je ne croyais pas du tout ; en tout cas je ne ressentais rien, ni joie ni compassion. Depuis le procès qu'il avait perdu, il ne m'ennuyait plus. Grosz m'avait annoncé que sa femme attendait leur troisième enfant. Les affaires marchaient. L'empire Fergusson prospérait d'une manière spectaculaire.

Après huit mois de fausse quiétude, l'avocat de Nairobi m'appela et m'annonça sa visite prochaine. Il me demanda une voiture à l'aéroport.

– Vous êtes le bienvenu, mais quelle est la raison de l'entrevue que vous souhaitez ?

– Je vous dirai tout sur place.

– Parfait.

J'appelai aussitôt Loïta Plains. Ahmed, placide, me répondit d'une manière assez sèche qu'Annie était à Nairobi. Je l'avais cherchée plusieurs fois chez les Hindous, chaque fois, me répondait-on, elle venait de sortir. Une fois de plus, entre le Kenya et ce qu'on appelait ma vie, la distance grandissait. Je végétais, en rupture avec moi-même. Quel chemin prendre pour bâtir une justification de mon existence ? Entre une monotonie de grand luxe et les tourments de jadis, vers quel côté me pencher ?

Sandy se consacrait au jardin et à l'étude de la Bible. Elle assistait, assidue, aux réunions des mormons. Elle créait des parterres de fleurs et plantait des rosiers avec le Mexicain. La piscine étincelait. A travers l'eau d'une pureté extrême, on pouvait admirer les dauphins en mosaïque. Nous n'avions pas d'amis et les échanges avec les relations d'affaires se passaient au bureau.

Annie me manquait. Ou Angie ? J'étais né pour livrer des duels aux femmes compliquées. Sandy la dévouée, la parfaite épouse, neutralisait mes élans.

Selon un appel de son secrétaire – le mercredi –, Me Wagner arriverait le lendemain jeudi, à 22 h 12. Je lui envoyai la limousine. Il fallait quarante minutes pour arriver de l'aéroport jusqu'à notre maison. Nous attendions au salon. Sandy s'enfermait dans un silence souriant, répondant quand je m'adressais à elle. Ce soir, je n'avais rien à lui dire.

J'entendis le portail s'ouvrir vers 22 h 15. Comme d'habitude, les gravillons craquaient sous les pneus. La voiture venait de s'arrêter. Puis des pas.

Nous étions installés, Sandy et moi, dans nos fauteuils en cuir ; sur la table basse, devant nous, des jus de fruits et du thé. Sandy buvait beaucoup de thé, même tard le soir. Nous n'avions plus d'âge. Impuni, trop riche et trop sûr de moi-même pour être ému de quoi que ce soit, j'attendais. Elle aussi. Depuis quelques jours, elle brodait. Ce passe-temps m'énervait.

Le maître d'hôtel annonça :

– Mr. Wagner et…

– Faites-le entrer.

Des pas, une présence. Me Wagner tenait par la main une petite fille blonde et fine. L'enfant baissait la tête. Sandy se leva, étouffant une exclamation. Me Wagner dit :

– Bonsoir, j'ai amené votre fille, monsieur Landler.

Il vint nous serrer la main. La petite leva la tête et je découvris dans son visage frêle les yeux d'Angie.

– Ma fille ?

J'entendis ma voix très loin.

– Votre fille. Elle a six ans. Sa mère vous la confie. A vous et à votre femme Sandy. Sa gouvernante attend dans la voiture. On peut l'appeler dès que vous voudrez.

J'étais stupéfait. Que devais-je faire ? Serrer la petite sur mon cœur ? Mais depuis le temps qu'on me répète que je n'en ai pas…

Sandy se leva, s'approcha de l'enfant et, se penchant vers elle, l'embrassa.

– C'est toi, maman Sandy ? prononça la petite fille.

– Oui. Bienvenue. Nous allons t'aimer beaucoup.

J'aurais dû bouger, aller vers elle. Ce que j'avais craint, présumé, deviné, enfermé dans mon subconscient – l'enfant – était là. Je vins près d'elle. Si je ne me manifestais pas, toute ma vie, elle me le reprocherait.

– Papa ? fit-elle en me tendant les bras.

Je l'embrassai. Elle avait une odeur d'enfant propre. Il y avait des années d'écart entre moi et les événements.

Sandy fit entrer la gouvernante, une Africaine d'un âge indéfinissable. La petite fille courut vers elle et l'embrassa, comme pour l'encourager. Les deux femmes échangeaient des mots en swahili. Je regardai l'enfant. Nous avions réussi, avec Annie, à concevoir la copie conforme de la femme que j'avais tuée, en petite, en très fine, mais une vraie copie, jusqu'à l'expression de son regard, plus la chaleur, l'amabilité.

Le notaire se tourna vers l'enfant :

– Présente-toi.

– Je m'appelle Victoria, dit-elle d'une voix claire. Victoria Landler. Maman veut qu'on m'appelle Victoria, pas Vicky.

Elle n'était ni intimidée ni fatiguée ; elle avait la redoutable force des enfants de supporter des journées de voyage, des émotions, des adieux et des retrouvailles, et au-delà de cette énergie, elle avait aussi peut-être un peu de la nature péremptoire d'Annie. Mais avais-je le droit de lui attribuer déjà des qualités ou des tares héréditaires ?

Sandy essaya de deviner, à défaut d'apprivoiser, la situation.

– Nous sommes profondément heureux de te connaître, Victoria.

Elle demanda au notaire :

– Combien de temps reste-t-elle ?

– Toute la vie, répliqua Me Wagner. Elle ne retournera chez sa mère qu'aux vacances scolaires. Vous ferez comme tous les couples divorcés.

– Maman a dit qu'il y a beaucoup de chaînes de télévision. Et des dessins animés. J'ai la cassette du *Roi Lion*. Mais nous avons aussi un bébé lion à Loïta Plains. Un orphelin.

– Votre nom ? demanda Sandy à la gouvernante.

– On m'appelle Casita...

– C'est moi qui l'appelle Casita, précisa Victoria. Elle est gentille comme une petite maison.

J'articulai machinalement :

– Victoria parle espagnol ?

Le notaire répondit :

– Des mots piqués ici et là... Il y a eu des missionnaires mormons chez Annie, du monde entier. Elle les invite, elle les accueille. On y parle toutes les langues.

– J'aimerais bien comprendre, dis-je.

– Quoi ? demanda Sandy. Ta fille est là. Et elle nous rendra heureux.

La petite se cala dans mes bras, et m'observa avec les yeux d'Angie.

– Si je peux être utile ? proposa Casita. Déballer les affaires ?

– Je vais vous trouver une chambre. Au premier, répondit Sandy. Prenez un verre en attendant.

– La lettre qui accompagne votre fille, dit Wagner en me tendant une enveloppe.

– Asseyez-vous, maître. On va vous servir à boire. Vous pouvez passer la nuit ici, proposai-je.

Le notaire déclina l'invitation.

– Non, merci, j'ai réservé une chambre dans l'hôtel Wilshire. J'ai toujours rêvé d'aller passer une nuit dans cet hôtel. Je ne l'aurais pas connu si Mrs. Landler n'avait pas voulu que je vienne conduire votre fille.

La petite Victoria me quitta, enleva son manteau d'enfant, s'approcha de la table et tenta de soulever une cruche en cristal pour se verser un jus de fruits.

J'ouvris la lettre pendant que Sandy lui servait la boisson et tendait un verre à Casita, qu'elle fit asseoir.

Mon cher Eric,

Quand nous avons conçu cette enfant, tu n'étais que remords et moi dévotion. De ton remords et de ma dévotion est né le sosie d'Angie.

Quand j'ai voulu te sauver de tous les périls, quand j'ai voulu que tu épouses Sandy, je travaillais pour elle. Le père de ma fille ne devait pas être condamné pour meurtre. A ses yeux, tu es un héros des affaires et un bienfaiteur de l'Afrique.

J'ai vécu avec notre fille jusqu'au moment où j'ai considéré qu'elle aurait besoin de son père. Sandy et toi, vous formez un couple idéal ! Vous aurez la force de faire face à Angie enfant. Et à l'aimer. Elle est bénie selon le rituel de la religion mormone. Elle devra être baptisée dans deux ans. Elle est ouverte au monde, aime ses proches, elle a l'habitude de la vie sociale des mormons où les enfants ont une place dans l'église – à n'importe quel âge – et savent qu'on les aime.

A bientôt.

Annie.

Je tendis la lettre à Sandy. La fillette vint vers moi :

– Où est ma chambre, papa ?

Sandy l'embrassa une fois de plus :

– Tu choisiras l'une des chambres d'invités.

Elle répondit brusquement :

– Je ne suis pas une invitée. Je suis l'enfant de Papa. Toi, tu es Maman deux.

Elle me regarda, sourit et, pour moi, autour de moi, l'horizon devint une paire d'yeux, les yeux d'Angie. Est-ce qu'elle allait être le salut, l'enfer, la réconciliation, le dévouement à un seul être, la torture ou le bonheur ?

– Je dois m'en aller, dit l'avocat, embarrassé.

La tension était trop forte.

– Je vous souhaite une bonne nuit.

– Le chauffeur va vous conduire, dis-je doucement.

Au premier étage, Victoria se dirigea d'instinct vers ce que j'appelais les appartements de ma femme morte. Elle attendit que j'ouvre la double-porte et s'approcha aussitôt des fenêtres pour admirer les arbres, si près.

– Il n'y a pas de moustiques ici ?

– Non.
– Ni de serpents ?
– Non.
– Je vais être bien. Maman me l'a promis.

Sandy venait de nous rejoindre, accompagnée de Casita qui ne semblait pas remarquer le luxueux décor.

– Il y a une pièce à côté pour vous, lui dis-je.

Je l'invitai à me suivre. Le lit à baldaquin ne fit aucun effet à la Kenyane, qui ouvrit sa valise.

Je revins vers ma fille et, en évitant son regard, je demandai à Sandy :

– Tu savais la vérité ?
– J'ai espéré, par périodes.

Elle était livide. Je ne savais pas si je lui en voulais.

– Viens dans mes bras, Victoria.

Elle se blottit contre moi. Elle aperçut une poupée vêtue d'une robe blanche, accrochée par un ruban de satin à la tête du lit, un souvenir d'enfance d'Angie que celle-ci avait gardé – une sorte de coquetterie – près d'elle.

– Enlève ça, papa.
– Bien sûr. Mais pourquoi ?
– Ce n'est pas ce que je veux.
– Qu'est-ce que tu aimes ?
– Les lions en peluche et en vrai.

Nous avons fait le lit, Sandy et moi, sous le regard intéressé de l'enfant qui nous voyait nous précipiter sur les draps, les oreillers, les couvertures. Tout était entassé dans une étroite chambre, genre débarras. Casita ouvrit la porte de la chambre communicante. La petite Victoria se déshabilla pour prendre une douche. Sandy lui avait proposé un bain, mais elle avait refusé puis exprimé le désir de rester seule. Casita put la rejoindre. On les entendait parler en swahili et rire. Puis elle demanda sa valise restée dans l'entrée. Je me précipitai pour remonter le bagage auprès duquel traînait un assez grand sac à main, disproportionné pour un enfant. Je posai la valise au milieu de la chambre. Elle était lourde et fermée par un cadenas. Ma petite fille sortit de la salle de bains, enveloppée d'une serviette épaisse.

– La clef est dans la poche de mon manteau, indiqua-t-elle.

Le petit manteau était au salon. Je trouvai la clef du cadenas dans une des poches, remontai, ouvris la valise. L'intérieur était dans un ordre impeccable.

– Je l'aurais fait, dit Casita.

Pour la première fois, je la regardai. Elle avait une noble allure, l'attitude des femmes noires qui portent des poids sur la tête et avancent comme des reines.

J'agissais dans un état second. J'avais une fille dont je n'avais pas connu les premiers pleurs ni les premiers pas. J'attendais une montée de tendresse en moi. Rien. Aucune effusion intérieure, mais la stupéfaction et la crainte mélangées. En dehors de la surprise extrême qu'avait provoquée cette arrivée, je luttais contre un malaise grandissant. Est-ce que cette enfant supporterait Sandy, est-ce que Sandy supporterait l'enfant ?

La petite prit un pyjama rose et retourna à la salle de bains pour l'enfiler. Soudain, de façon inattendue, elle sauta sur le large lit.

– Il est bien, ce lit, s'écria-t-elle. Où est la télévision ?

– Pas dans cette pièce.

– J'en aurai une demain, papa ?

– Bien sûr.

Je me hasardai sur un terrain délicat :

– Qu'est-ce que ta maman t'a dit de moi ?

– Que tu es fort. Quand je suis née, vous avez décidé que je serais élevée jusqu'à mes six ans en Afrique et qu'après je viendrais chez toi.

– C'est ce qu'elle t'a dit ?

– Oui.

– Quand ?

– Avant que je vienne ici.

– Elle ne t'a pas raconté la raison de notre séparation ?

– Tu ne me manquais pas. Il y avait Ahmed, les serviteurs, les enfants, maman…

– Elle, elle ne va pas te manquer ?

– Beaucoup. Mais elle veut que je reste ici pour mon éducation.

– Sandy va t'entourer d'amour, et moi aussi. Tu es ma fille. Tu vas aimer Sandy ?

– Maman m'a dit de l'aimer.

J'observais le visage fin, les grands yeux limpides, je subissais son regard curieux.

– Sandy est encore en bas ? demanda-t-elle.

– Oui. Elle va venir. Tu ne regrettes pas d'avoir quitté l'Afrique ?

– Non.

– Tu as vécu à Loïta Plains ?

– Oui. Et chez les amis de maman à Nairobi. Et aussi à Homa Bay avec Mrs. Ouada. Mais je ne veux pas raconter ce soir.

Je me penchai vers ma fille. Elle s'accrocha à mon cou :

– Je veux maman ici.

– On va demander qu'elle vienne.

– Oui.

Elle regardait l'arbre, celui qui caressait avec ses branches feuillues la paroi vitrée – il y avait un léger vent ; collée sur le ciel noir, la lune envoyait des éclats blancs. Je revins sur mes pas :

– Je vais tirer les rideaux.

– Merci. J'ai soif.

Je lui apportai de l'eau, puis sortis de la chambre. Je refermai la porte et, dans la large galerie menant à notre chambre, Sandy me dit :

– C'est trop brusque…

– Annie aurait dû annoncer l'existence de l'enfant. Elle est dépaysée aussi, cette petite. Mais moins que nous. Et pourquoi soudain cette séparation entre Annie et elle ?

Dans notre lit, nous étions deux naufragés sur un radeau. L'angoisse me serrait tellement qu'à la demande de Sandy et suivant mes intuitions, je commençai à appeler tous les endroits où Annie pouvait se trouver. A Loïta Plains, après onze sonneries, Ahmed prit le combiné.

– Il faudrait dire à Annie que la petite est bien arrivée. Vous savez peut-être où je pourrais la joindre ?

– Non. Mais si elle appelle, je le lui dirai.

– Vous connaissez bien ma fille, Ahmed ?

– Je l'ai vue naître…

– Elle ne vous manque pas ?

– Il fallait qu'elle soit avec vous.

Je parlai avec Sandy tard dans la nuit.

– Annie a tout organisé avec l'intention d'installer cette enfant ici. Elle a balisé le terrain avant et après l'accident.

Nous désignions ainsi la mort d'Angie Fergusson, Sandy m'avait répété qu'elle aurait pu tomber toute seule, sa colonne vertébrale était extrêmement fragile. « Si je n'avais pas jeté la chaise, elle serait encore là. – Sans doute », répondait chaque fois Sandy.

Annie ne se manifesta pas pendant des semaines. Sandy et moi, nous entrions peu à peu dans un monde dirigé par une enfant délicieuse, patiente. C'est elle qui nous protégeait. Un jour, en la cherchant dans sa chambre pour la conduire au rez-de-chaussée où le petit déjeuner était préparé, je la trouvai déjà au bord de la piscine.

– C'est dangereux, sans surveillance. Je vais engager quelqu'un pour être tous les jours près de toi.

– Pas la peine, dit-elle. Je nage comme un crocodile. Même sous l'eau. Je ne sors le nez que pour respirer. Il n'y a pas de serpents dans l'eau, c'est bien. A Homa Bay, un jour je me suis baignée, maman était très fâchée. Mrs. Ouada m'a dit de ne plus jamais faire ça…

Casita était une employée modèle, un vrai ordinateur : elle connaissait les médicaments que Victoria devait prendre contre ses allergies. Elle restait près de la piscine pour surveiller la baignade de Victoria à qui nous allions trouver une école. Chaque dimanche, je la conduisais à l'office de l'Eglise des Saints du Dernier Jour, je pouvais me mêler à une foule respectueuse, j'avais même participé à des leçons et des discussions autour de la Bible. Victoria, parmi les mormons, était heureuse comme un poisson dans l'eau bien oxygénée.

Sandy, de plus en plus ravie de ses nouvelles responsabilités et du rôle qu'elle assumait dans l'Eglise dont la communauté facilitait nos contacts avec Victoria, décida d'organiser des fêtes d'enfants. Victoria circulait dans la maison comme un rayon de soleil entre les lamelles des stores. Aucune obscurité ne lui résistait. Comme si elle avait été attachée au soleil par un ruban jaune.

– Un enfant est comme un chat, il va partout, dit Sandy.

Victoria chassait les ombres, défiait les fantômes. Bientôt le parc fut habité. Elle avait amadoué Sandy et obtenu d'elle d'adopter des chiens dans un centre d'animaux abandonnés, des bâtards heureux. Les chiens ex-clochards amenaient la vie dans la verdure de moins en moins sophistiquée.

J'avais présenté Victoria au personnel de la société. Quand elle s'asseyait sous le portrait d'Angie, deux paires d'yeux me surveillaient. Quelle serait ma vie future ? Je ne pouvais pas parler de tout cela à oncle Jean, il m'aurait dit que les femmes compliquaient trop ma vie. Kidmann m'assura que les papiers d'identité de la petite étaient parfaitement en règle, elle était déclarée sous mon nom, elle avait la nationalité américaine de naissance. Si je disparaissais, elle serait l'héritière de la fortune Fergusson. Sa personnalité rayonnante, débordante de curiosité, se dessinait peu à peu, mais je n'avais toujours pas établi un vrai contact avec elle.

J'étais loin du monde de l'enfance. Je n'étais ni hostile ni ébloui, je constatais juste que je n'avais pas grand-chose à dire à cette fille, la mienne. Une femme enceinte s'habitue à l'idée d'un enfant. Pourquoi moi, aurais-je dû éprouver un amour paternel à effet instantané ? J'étais aux petits soins avec Victoria, je l'amenais au bureau, au cinéma. Je voulais l'aimer pour me ressusciter, pour me racheter, pour me prouver que j'avais le droit d'exister… J'étais un bon mari, un bon père. L'ancien ingénieur français était maintenant au sommet de la respectabilité.

Sandy fut baptisée selon les rites mormons, par immersion, en même temps que Victoria. J'avais auprès de moi deux êtres persuadés que Dieu existe et que Jésus reviendrait un jour. Cette foi les rassurait.

Annie, après une longue convalescence, reprit des forces et vint nous rendre visite. Victoria, élevée dans l'idée de deux mères, passait facilement d'Annie à Sandy. Casita était repartie pour quelques semaines au Kenya. J'appris d'Annie qu'elle avait un petit garçon infirme d'une jambe, élevé par le reste de la famille. Sandy proposa le transfert de l'enfant chez nous, pour ne pas le séparer de sa mère.

– On verra, dit Annie. C'est un peu plus compliqué.

La présence de Casita justifiait aux yeux des gardiens l'apparition de visiteurs, hommes et femmes, afro-américains, qui venaient des quartiers difficiles. Annie dit à Sandy qu'il fallait quand même faire attention.

– A quoi ?

– Comme ça. A tout. Le monde est dangereux.

De plus en plus brillante à l'école, Victoria allait avoir neuf ans. Nous avons organisé une fête d'enfants. C'était peut-être la promesse du bonheur, mais je n'avais toujours rien à dire à ma fille. Je l'aimais sans pouvoir m'exprimer. Bloqué. J'étais bloqué. Ma vie n'était qu'un faux-semblant admirablement réussi. J'étais une peinture en trompe-l'œil.

A la fin d'un autre séjour chez nous, Annie s'apprêtait à repartir. Nous étions au bord de la piscine. Victoria nageait comme un dauphin, en plongeant, en émergeant. Il était temps de nous faire conduire à l'aéroport. Victoria vint en courant embrasser sa mère et repartit à la piscine.

– Qu'est-ce que tu vaux maintenant ? demanda Annie.

– Je suis sur la liste des dix plus grandes fortunes.

– Alors fais attention à Victoria. Remarque, elle ne serait pas en complète sécurité à Loïta Plains non plus…

– Tu m'avertis de quelque chose ?

– Non, dit-elle. Simple bon sens.

Je me retournai et ne vis plus Victoria dans la piscine. Je poussai un cri, courus vers le bassin. Soulagé, je l'aperçus sous l'eau. Elle sentit mon ombre, émergea et me souffla sur sa paume un petit baiser.

En une fraction de seconde, je compris que je l'aimais.

Œuvres de Christine Arnothy :

Autobiographies

J'ai quinze ans et je ne veux pas mourir (Grand Prix Vérité 1954), Fayard.
Il n'est pas si facile de vivre, Fayard.
Jeux de mémoire, Fayard.
Embrasser la vie, Fayard.

Romans

Dieu est en retard, Gallimard.
Le Cardinal prisonnier, Julliard.
La Saison des Américains, Julliard.
Le Jardin noir (Prix des Quatre-Jurys), Julliard.
Jouer à l'été, Julliard.
Aviva, Flammarion.
Chiche !, Flammarion.
Un type merveilleux, Flammarion.
J'aime la vie, Grasset.
Le Bonheur d'une manière ou d'une autre, Grasset.
Toutes les chances plus une (Prix Interallié), Grasset.
Un paradis sur mesure, Grasset.
L'Ami de la famille, Grasset.
Les Trouble-fête, Grasset.
Vent africain (Prix des Maisons de la Presse), Grasset.
Une affaire d'héritage, Grasset.
Désert brûlant, Grasset.
Voyage de noces, Plon.

Une question de chance, Plon.
La Piste africaine, Plon.
La Dernière Nuit avant l'an 2000, Plon.
Malins plaisirs, Plon.
Complot de femmes, Fayard.
On ne fait jamais vraiment ce que l'on veut, Fayard.
Aller-retour, tous frais payés, Fayard.
Une rentrée littéraire, Fayard.
Relations inquiétantes, Fayard.

Recueil de nouvelles

Le Cavalier mongol (Grand Prix de la nouvelle de l'Académie française), Flammarion.

Lettre ouverte

Lettre ouverte aux rois nus, Albin Michel.

Composition réalisée par Asiatype

Achevé d'imprimer en mars 2007 en Espagne par
LIBERDÚPLEX
San Llorenç d'Hortons (08791)
N° d'éditeur : 86708
Dépôt légal 1re publication : février 2007
Edition 02 - mars 2007
Librairie Générale Française – 31, rue de Fleurus – 75278 Paris Cedex 06

31/1797/5